LE VENT QUI SIFFLE DANS LES GRUES

DU MÊME AUTEUR
CHEZ LE MÊME ÉDITEUR

Un jardin sans limites

La Journée des prodiges

Le Rivage des murmures

La Forêt dans le fleuve

La Couverture du Soldat

Le monde est une longue narration, mais c'est nous qui en ourdissons l'intrigue, grande ou petite.

À tous ceux qui m'ont parlé de leurs énigmes parce qu'ils partageaient le même soupçon.

Et aussi à celui qui a écrit sur le mur de l'Avenue la phrase suivante : “Viens donc et apporte les étoiles.”

À Jean Stein qui a si bien connu Faulkner et qui pourtant a accepté d'écouter avec patience l'histoire de Milene quand elle n'était encore qu'une ébauche éperdue.

Principalement à ma chère famille qui supporte que je vive avant tout d'autres vies.

The hand that whirls the water in the pool
Stirs the quicksand; that ropes the blowing wind
Hauls my shroud sail.
And I am dumb to tell the hanging man
How of my clay is made the hangman's lime.

Dylan THOMAS

En ce chaud après-midi d'août, le long corps de la Vieille Fabrique était encore là, étendu dans le soleil. Pas intact à proprement parler, puisque déjà à l'époque la toiture verdâtre était gondolée comme si l'ondulation de la mer se prolongeait sur la couverture de l'édifice. De même, l'appui de certaines fenêtres s'ornait de bouquets d'herbes arachnéennes, semblables à des chevelures, qui le tiraient vers la terre. L'inscription frontale elle-même, *Fabrique de conserves Leandro 1908*, avait déjà perdu presque toutes ses lettres, et uniquement à une certaine distance on pouvait déchiffrer *serves* et *1908* qui formaient comme un signe cabalistique inscrit sur le mur blanc. Mais ces faits ne présentaient guère d'intérêt. Milene se tenait immobile devant le vieil édifice simplement parce qu'elle attendait que le portail s'ouvre et que quelqu'un vienne lui parler.

Milene portait un sac de plage à l'épaule, elle avait les mains libres, mais lorsqu'elle les rapprochait, celles-ci glissaient comme si elles étaient enrobées d'une graisse collante, justement parce que depuis onze heures et demie du matin Milene avait traversé plusieurs fois le champ de graminées en suivant les traces d'un sentier qui se trouvait là. Plus loin ce chemin se confondait avec le lit des rails d'acier, deux barres parallèles à côté desquelles elle s'était arrêtée. Le soleil de trois heures lui dessinait une ombre courte sur le sol, ses cheveux lui collaient au front à force d'avoir été comprimés par le chapeau de paille. Mais en ce premier moment où je la vois et où tout recommence, Milene l'avait enlevé, et face au corps interminable de la Vieille Fabrique, elle s'en rafraîchissait comme s'il était un éventail.

La journée était effectivement torride.

La Clio, qu'elle avait garée là-bas en face, à moitié inclinée sur le bas-côté de la route, bouillait sous le soleil brûlant. Pas le moindre mouvement dans les palmes lancéolées des onze palmiers qui flanquaient les murs comme s'ils étaient faits de fer-blanc peint en vert. Pas le moindre véhicule sur la route étroite, comme si une longue sieste espagnole s'était abattue sur le bord de mer. Milene se tenait devant la porte principale et elle voulait appeler quelqu'un qui soit en mesure de lui expliquer ce qui s'était passé dans la soirée du jeudi précédent. Elle avait donc déjà lancé un premier appel, elle connaissait même déjà par cœur la question qu'elle devait poser. Et qui serait *"Hé, ho, il y a quelqu'un? Là, dans la fabrique? Quelqu'un pourrait-il m'expliquer ce qui s'est passé jeudi dernier?"* Elle n'avait pas besoin de répéter. Elle était contente d'elle, c'était exactement la question qu'il fallait poser. Elle fit quelques pas en direction de la bâtisse, sortit un mouchoir de son sac pour s'éponger le visage, mais parvenue sur l'asphalte elle s'arrêta. Elle n'était pas encore sûre.

Elle avait besoin de réfléchir.

Finalement, si elle appelait quelqu'un en cette heure de chaleur où même les oiseaux ne semblaient pas réveillés, ce serait comme mettre un point final et définitif à la recherche qu'elle avait entreprise en allant et venant le long du sentier. Cela signifierait qu'elle avait renoncé à chercher par elle-même une piste qu'elle puisse offrir à ses oncles. Une piste très intime, secrète, juste pour elle et les membres les plus proches de sa famille. Si elle commençait à appeler *"Hé, ho, il y a quelqu'un?"*, ce serait le signe qu'elle avait renoncé à rechercher, par ses propres moyens, les mots nécessaires pour expliquer ce qui était arrivé à la grand-mère Regina dans la nuit du 14 au 15 août, ou qu'elle avait forcément besoin des mots des autres pour pouvoir construire sa propre version des faits. Quand ses tantes et oncles arriveraient, elle voulait commencer par dire : *"Chers oncles et tantes, j'étais à la maison vers midi, jeudi, j'écoutais les* Simple Minds, *quand on a frappé à la porte, et c'était la Garde nationale républicaine qui demandait si je savais où était la grand-mère Regina. Et après, tout à coup, les agents ont détourné le regard et m'ont dit la chose..."* Voilà ce qu'elle souhaitait dire.

Elle voulait raconter avec ses mots à elle tous ces actes car au fond elle souhaitait rester maîtresse d'une situation qui la concernait elle plus que toute autre personne. Mais elle avait l'intention de tout raconter, avec l'assurance propre à l'adulte qu'elle était, et non pas comme si elle était l'espèce d'enfant pour laquelle on la prenait. Car elle n'avait ni dix ni douze ans, ni même vingt, elle se sentait au contraire une jeune fille parfaitement responsable, et la preuve en était qu'elle s'était lancée dans cette marche, allant et revenant sur ses pas, à la recherche d'une trace de sa grand-mère, d'un cheveu, d'un mouchoir, d'un tube, d'un flacon ou même d'une feuille ou d'une branche cassée, de quelque chose qui explique ce qui s'était passé, ou du moins le confirme. Elle avait procédé avec une minutie extrême, sans découvrir le moindre indice, bien qu'elle sût mieux que quiconque que sa grand-mère était passée par là. Le champ pelé et tout ce qui l'environnait le savaient aussi. Sans l'ombre d'un doute, ils le savaient aussi bien qu'elle. Mais le sable, le gravier et les graminées, de même que les rails de fer sur lesquels les wagons de bois glissaient jadis, ainsi que les vieux arbres tombés par endroits, ici et là, tout cela participait du silence obstiné des choses sans voix qui n'étaient que des témoins passifs, des personnages muets de la nature qui détenaient un savoir et une mémoire, certes, mais qui lorsqu'il l'aurait fallu ne parlaient jamais. On avait beau les interroger, elles se cachaient, restaient secrètes, se refusaient à parler. Milene avait même envie de retourner en arrière et de dire tout haut : *"Espèces de roublardes, de crétines, d'imbéciles, parlez donc…"*

Sauf qu'elle ne pouvait pas se mettre à vitupérer en rase campagne contre les objets du monde, comme si elle était une demeurée. Ou une enfant de dix ans. Tout ce qu'elle devait faire, c'était se dire que toutes ces choses sans voix s'unissaient exprès pour dissimuler la nuit de jeudi afin qu'elle ne sache pas quoi dire à ses tantes et ses oncles. Milene était toujours debout, reprenant haleine et regardant tous ces êtres muets qui composaient le paysage, enrageant de savoir par avance qu'elle n'en tirerait pas davantage.

"Espèces d'abruties, espèces d'idiotes, parlez…"

Voilà donc pourquoi elle avait passé la matinée dans ses recherches. Pourtant, si cela avait été juste pour elle-même, elle ne les aurait pas entreprises. Car les données dont elle disposait lui suffisaient, elle n'en avait pas besoin d'autres. Finalement, ces derniers jours, elle avait accumulé assez d'informations pour reconstituer la nuit où la grand-mère Regina avait échappé à la vigilance des infirmiers de l'ambulance. Il lui fallait simplement opérer cette reconstitution. À l'endroit même où elle se trouvait, dans le soleil de trois heures de l'après-midi, elle fermait les yeux et, sans le moindre effort, elle voyait très bien la silhouette de la grand-mère Regina, en chemise de nuit, occuper tout l'espace du paysage, tout entière, corps et chemise, remplissant d'un bout à l'autre le blanc et le noir de la nuit de jeudi. À l'endroit même où elle se trouvait, si elle le voulait, Milene faisait défiler les images à l'envers comme sur l'écran du téléviseur quand elle rembobinait un film et elle apercevait avec une grande netteté l'atmosphère de cette fin du jour, avec la vapeur rouge du couchant qui flottait au-dessus de la plaine, puis l'obscurité du crépuscule qui tombait sur la station-service et qui s'épaississait le long du sentier qu'avait suivi la grand-mère Regina. Elle voyait la grand-mère Regina très distinctement, comme si elle-même l'avait accompagnée, de même que les empreintes laissées par ses pieds nus le long de la piste de terre. Elle voyait très bien le mouvement de ses pas, les imaginant chancelants, lents, tenaces, inexorables, en direction du lieu qu'elle désirait atteindre et qui était la *Fabrique de conserves Leandro 1908*, ce bloc de maçonnerie situé au milieu de Mar de Prainhas, connue dans la famille sous la désignation secrète de *diamant*. Et dans cette marche en avant elle voyait aussi les mains noueuses dépourvues de bague, le cou penché sans chaîne ni collier, les cheveux blancs de plus en plus courts dans les derniers temps comme si quelqu'un s'attachait à retirer de son visage son encadrement.

Mais la voir et l'accompagner en imagination et en imagination avoir la certitude que tout s'était passé ainsi, que la grand-mère avait marché toute seule, sans que personne ne l'eût transportée sur le chemin de terre jusqu'au seuil du portail principal pour s'asseoir là et s'y reposer, était une chose et apporter la preuve de ce parcours en était une autre, et bien différente. Voilà pourquoi Milene avait songé à retourner encore une fois sur les lieux où le chemin dénué de végétation pourrait offrir un support suffisamment meuble pour qu'une empreinte lui permette d'affirmer à ses tantes et à ses oncles : *"Oui, j'ai la certitude que personne ne l'a portée à bras le corps, elle a marché, marché toute seule jusqu'au diamant. Elle s'est enfuie de l'ambulance arrêtée devant les pompes à essence. Elle-même a marché, j'ai vu une trace de pied...*" Et ce serait la preuve suffisante que la grand-mère était passée par là. Toutefois, Milene avait déjà perdu le compte du nombre de fois où elle s'était penchée sur les surfaces sableuses nues, sans le moindre résultat, et quelque chose lui disait donc à présent qu'il ne valait pas la peine de retourner en arrière et de tout recommencer. Sa décision était prise. Elle renonçait à sa quête à travers les graminées.

Elle retournerait vers la Clio.

Mais entre vouloir et agir, il existe un atome habité par autrui, un inconnu rapide, un élément inattendu, comme disait souvent João Paulo. Ainsi, au lieu de se diriger vers la voiture et de démarrer en direction de la Praia Pequena, où son amie Violante servait des cafés depuis le matin, derrière le comptoir du bar, et où elle l'attendait, Milene s'avança sur la route et commença à appeler vers le bâtiment de la fabrique : "Hé, ho, là-bas, il y a quelqu'un ? Il y a quelqu'un, oui ou non ?"

Elle s'était mise à crier très fort, en y mettant toute son énergie, surprise de s'entendre elle-même dans l'après-midi brûlant et de constater que sa voix résonnait telle qu'elle était, faible et fragile, se répercutant en hauteur comme si elle était grave. L'appel se propageait en rase campagne, augmentait, se dédoublait autour de lui-même comme s'il enflait. Ravie de cet effet, Milene força sa voix autant qu'elle le put, dilata sa poitrine pour crier de nouveau : "Hé, ho... S'il vous plaît... Il y a quelqu'un dans cette maison, oui ou non ?"

Personne ne répondit de l'intérieur de la longue bâtisse. La cheminée de briques rouges se dressait au-dessus des tuiles comme un poing immobile. L'image d'un poing géant levé, sorti de la réalité décadente qu'était l'usine, défiant un élément invisible, mais qui persistait sans doute dans l'air comme une menace. Une tour de sécurité, de la sécurité inhérente au diamant. Alors Milene continua à appeler jusqu'à en avoir la voix complètement éraillée et l'impression qu'elle poussait des couacs de canard ridicules. "Quelqu'un m'entend-il ?"

"Il y a quelqu'un, oui ou non ?"

Au même instant un camion chargé de sel surgit du côté du Bairro dos Espelhos, dans un lent vrombissement, et le chauffeur assis sur son trône de camionneur passa, regardant droit devant lui, la tête penchée vers la vitre, les yeux sur la route comme s'il n'avait rien d'autre à faire dans la vie que de transporter derrière lui cette montagne de sel, et il ne la vit même pas. Milene attendit que la grande caisse ouverte s'enfuie sur la route en pente et disparaisse au loin. Elle fixa alors à nouveau le portail sous la lumière intense du moment qui n'avançait ni ne reculait et elle accepta les faits tels quels – si quelqu'un se claquemurait là-dedans ou était sourd ou faisait exprès de ne pas lui répondre, ses efforts ne servaient à rien. En attendant elle ne savait toujours pas quoi dire à ses tantes et à ses oncles.

Comme cela lui arrivait souvent, l'enchaînement des éléments dans sa tête était parfait, pourtant elle ne trouvait absolument rien à dire. D'ailleurs son cousin João Paulo avait toujours pensé que si on ne disposait pas de ses propres mots pour exposer une idée, mieux valait recourir à ceux des autres. Elle-même pensait parfois que cet expédient était bon et utile et venait en aide aux personnes qui manquaient d'arguments pour présenter les pensées importantes. Plus elles étaient importantes, plus les mots manquaient à ces personnes-là. Des personnes comme elle. Il lui fallait donc très bien évaluer la situation avant de déterminer si elle disposait ou non des mots suffisants pour raconter ce qui s'était passé dans la nuit de jeudi.

Elle avait fait de nombreuses tentatives pour trouver ces mots.

La veille encore, le dimanche 17, entre onze heures et quinze heures, Milene était restée dans l'église de São Francisco, attendant que quelqu'un entre et s'approche d'elle. L'attente avait été longue. Elle avait attendu jusqu'à épuisement de toutes les pensées agréables pouvant la distraire, comme le souvenir de *Star Wars* et de U2, d'autres films et d'autres disques, de promenades en bateau et en voiture quand elle était assise entre ses cousins, à côté de João Paulo. Mais à un certain moment, se sentant trop seule sous la voûte blanche, à l'ombre de ces saints qui semblaient dormir pendant des éternités les yeux ouverts, Milene avait regardé autour d'elle et elle avait réussi à déchiffrer plusieurs mots importants au milieu des ornements qui tapissaient les murs blancs. Elle avait notamment lu : *Tronc pour les âmes du purgatoire, Pax Domini, Introibo ad altarem Dei*, et alors, debout au milieu du transept, elle avait pensé qu'elle pourrait utilement se servir de ces mots. En les assemblant tous, l'un après l'autre, elle pourrait peut-être dire à ses tantes et à ses oncles : *"Chers oncles et chères tantes, ne vous faites pas de souci pour moi. On a transporté la grand-mère Regina dans l'église de São Francisco et je suis restée plusieurs heures à côté du* Tronc pour les âmes du purgatoire *et du* Totus Tuus, *et pendant tout ce temps la grand-mère Regina était encore là. Je me sentais en compagnie, je pensais à des choses plaisantes pour me changer les idées."*

Avait-elle envisagé de commencer par dire. Mais ensuite elle s'était ravisée. Réfléchissant, elle avait compris qu'il ne suffisait pas d'expliquer pourquoi elle ne s'était pas sentie esseulée, car ses tantes et ses oncles ne s'inquiéteraient sûrement pas des heures pendant lesquelles elle était restée seule avec la grand-mère Regina. À ce moment-là, tout serait déjà dépassé et elle-même serait en vie. En revanche, ses tantes et ses oncles voudraient sûrement savoir dans quelles circonstances la grand-mère était décédée et alors les mots des autres ne lui seraient d'aucun secours.

Continuait à penser Milene, plantée devant les onze palmiers.

La Clio bouillait sous le soleil et Milene pensait au retour de ses oncles. Elle les imaginait, ouvrant les uns après les autres les portières de leur voiture, le moteur en marche, les ouvrant toutes grandes et sortant des intérieurs climatisés, juste le temps de lui demander : *"Milene, comment expliques-tu ça, hein ?"* Elle voyait les yeux des oncles et des tantes libérés les uns après les autres de leurs lunettes de soleil pour la dévisager bien en face, et les portes s'ouvrir et se refermer une à une, et le chauffeur de l'oncle Rui Ludovice la regarder tout en feignant d'inspecter le sol : *"Comment expliques-tu ça, hein ?"* Mais alors, face à eux, peut-être pourrait-elle commencer par dire qu'il y avait eu une coïncidence terrible, plusieurs coïncidences qu'elle était même en mesure de prouver, s'ils l'exigeaient. Cela ne présenterait aucune difficulté pour elle.

Car si les tantes et les oncles voulaient se donner la peine de consulter leur agenda, ils verraient que le vendredi 15 août avait été le premier de toute une série de jours fériés, un jour férié collé à une fin de semaine, et que pour cette raison les gens n'étaient ni au travail ni à la maison, les routes étaient encombrées de voitures à la queue leu leu faisant penser à des essaims affolés, klaxonnant et vrombissant. Les maisons ordinairement habitées étaient vides et celles qui étaient désertes toute l'année semblaient occupées, dans les cours toutes les lumières étaient allumées. Les maisons voisines de la villa Regina, elles, étaient complètement fermées et il n'y avait personne dedans. Et tous ces faits, Milene pourrait les prouver ou sinon peut-être quelqu'un serait-il disposé à témoigner pour elle, mais elle n'avait aucune preuve qu'elle avait téléphoné à ses tantes et à ses oncles dans leur résidence, aucune preuve des appels répétés qui retentissaient à l'autre bout du fil et auxquels personne ne répondait.

Oui, elle avait téléphoné des dizaines de fois. Comme ses tantes et ses oncles ne répondaient pas, elle était allée elle-même sonner à leur porte et c'est alors qu'elle avait appris par le jardinier de tante Gininha qu'aucun d'entre eux ne se trouvait à Valmares. Enfin, on était déjà le samedi 16, elle était allée le matin à la mairie espérant y trouver de garde l'oncle Rui. Et, effectivement, la porte de l'édifice public était ouverte, elle menait à une vaste pièce contenant deux grands bureaux métalliques derrière lesquels quelqu'un aurait sûrement dû être assis, mais ne l'était pas. Il n'y avait personne. Dans le hall de la mairie, en fait d'êtres humains il n'y avait que le visage de l'oncle Rui dans des dimensions gigantesques, représenté de face, son col blanc en partie mangé par le slogan *D'autres se contentent de gesticuler, nous, nous agissons*, disposé sous la photographie et ondulant comme deux phrases bien rythmées. C'était l'affiche électorale de l'oncle Rui, victorieux aux élections d'il y a un an et demi, et qui se trouvait toujours là, sûrement à tort. Mais en cet instant aucun de ces détails n'avait d'importance. La seule chose qui comptait était que l'oncle Rui, lui tout au moins, n'avait pas complètement disparu. Alors Milene avait encore appelé d'une voix sonore car elle supposait qu'il devait bien se trouver un employé quelconque dans le bâtiment et qu'il comprendrait en l'entendant toute la gravité de l'affaire qui l'amenait : “Ohé… il y a quelqu'un ? S'il vous plaît, c'est juste pour dire que la belle-mère de monsieur le maire a été trouvée morte sur le seuil de la Vieille Fabrique… Elle est décédée…” La voix de Milene avait retenti dans la salle où trois siècles plus tôt avaient vécu des carmélites déchaussées et personne n'avait répondu. Pas l'ombre d'un doute. L'édifice solennel, où le mari de tante Angela Margarida exerçait la fonction de maire, était désert. Il n'y avait pas âme qui vive non plus dans la cour où à dix heures du matin le soleil frappait déjà avec férocité comme s'il voulait faire fondre le sol ou le lézarder. Dans les rues de Santa Maria de Valmares des étrangers déambulaient en troupeaux, l'œil vaguement effaré sous la visière de leur casquette, s'arrêtant avec admiration devant les façades des maisons blanches comme devant un Nil asséché. D'ailleurs Milene avait croisé plusieurs personnes sympathiques qui lui avaient même souri au passage, mais aucune n'avait quoi que ce soit à voir avec sa vie à elle, et encore moins avec celle de ses tantes et de ses oncles. Elle n'allait pas leur demander de s'arrêter au bord du trottoir pour leur raconter ce qui était arrivé.

Même au serveur sur la terrasse où elle s'était assise pour manger des glaces elle n'avait rien raconté. À un certain moment le serveur s'était approché de sa table sans qu'elle l'appelle. Il s'était penché au-dessus d'elle et avait dit : "Excusez-moi, mais c'est déjà la cinquième glace. Ça va vous rendre malade..."

"Cinq glaces, exactement."

Là, elle aurait très bien pu lui parler de ce qui se passait, mais à l'idée de mêler la vie de sa famille au nombre de glaces consommées, elle s'était dit que cela pourrait ouvrir la porte à une conversation interminable dans laquelle elle n'était pas disposée à s'embarquer. Elle se bornerait donc à lui répondre qu'elle ne les avait pas comptées. De plus, sans qu'elle s'en aperçoive, il était déjà tard. Elle constatait seulement maintenant que l'ombre de l'auvent de toile avait tourné, que des pigeons hardis s'approchaient de sa table pour picorer les miettes éparpillées par terre, tout près de ses sandales. Du fond du dock s'exhalait un parfum fertile, mi-pourriture mi-sel. Il lui rappelait le vaste océan, dont il devait faire partie. Il lui rappelait Mar de Prainhas. Pourquoi n'était-elle pas allée nager avec Violante, toutes deux se tenant par la main, dans les vaguelettes légères de la Praia Pequena ? Pourquoi ? Elle n'y était pas allée pour la bonne raison qu'elle n'avait pas envie de dire à ses tantes et à ses oncles quand ils reviendraient : *"Tantes et oncles, à ce moment-là je ne savais pas très bien où se trouvait la grand-mère Regina et j'en ai profité pour aller à la plage me baigner..."*

Milene avait demandé au serveur: "Vous êtes sûr qu'il y en a eu cinq? Si vous le dites, je veux bien, mais vous savez, je ne m'en suis pas aperçue..."

Et se sentant un peu bête, entourée de pigeons rebondis, seule devant les eaux lentes qui s'insinuaient dans Santa Maria de Valmares, parfumant la ville de cette odeur de crustacés et de vase, elle avait décidé de rentrer chez elle. Car en cet instant c'était déjà la fin du samedi 16, elle se sentait le devoir d'aller chercher certains objets particuliers appartenant à sa grand-mère et de les lui apporter. Des vêtements, des mouchoirs, même une canne spéciale qu'affectionnait sa grand-mère et qui devait être perdue au milieu des parapluies de l'hiver à l'intérieur des armoires profondes qui abondaient dans la villa Regina. Voilà donc exactement ce qu'elle ferait. Décidée, Milene donna un pourboire généreux au serveur pour le remercier de lui avoir permis de rester assise là et de lui avoir servi glace après glace. Maintenant elle pouvait s'adonner corps et âme à la collecte des objets et y consacrer tout le temps nécessaire. Et, quittant la table, elle s'était hâtée vers la maison.

Toutefois cette nuit-là, dans sa mémoire, les lieux du présent et du passé allaient lui apparaître étroitement imbriqués et donc il lui avait fallu beaucoup de temps pour séparer ce que la grand-mère avait pu porter récemment de ce qu'elle avait porté vingt-cinq ans plus tôt, lorsque Milene était encore une toute petite fille. Difficile de les distinguer. Ayant allumé toutes les lampes, ouvert toutes les armoires, elle avait arpenté inlassablement les deux étages de la villa Regina, fouillant dans tous les recoins de cette vaste demeure. Et sans qu'elle s'en rendît compte, le dimanche 17 août était arrivé et soudain au milieu de tant de tiroirs ouverts un nouveau jour était éclos. Cela n'avait pas d'importance. Après cet affairement, Milene allait pouvoir choisir. Le strict nécessaire. Mais elle n'avait toujours pas les mots pour expliquer les événements. Et c'était alors qu'elle s'était souvenue du cousin João Paulo.

Elle venait de dénicher la canne à embout d'argent et, la tenant encore sous le bras, elle s'approcha du téléphone. Appellerait-elle ou non? D'habitude c'était la grand-mère Regina qui composait le numéro et qui écoutait même la conversation, observant Milene, mémorisant ce qu'elle avait vu pour raconter ensuite à son fils Afonso comment Milene et João Paulo s'étaient comportés au téléphone. Mais dès lors que la grand-mère allait rester enfermée dans ce *machin* en bois, c'était peut-être à elle de composer le numéro.

Ce qu'elle fit.

La voix du cousin ne tarda pas à se faire entendre, tout bas et en anglais sur la bande enregistrée du répondeur : *"João Paulo?"* Milene elle aussi parlait tout bas, dans le combiné ou plutôt dans le répondeur du cousin, relié au même fil, de l'autre côté de l'Atlantique. *"João Paulo? Notre grand-mère est morte..."* Le mot lui sembla inapproprié. *"Elle est décédée..."* se reprit-elle. La maison sens dessus dessous, toutes les lampes allumées. À l'autre bout du fil personne ne répondait. Elle raccrocha. Puis elle s'aperçut qu'il était six heures du matin et que c'était dimanche. Dans le Massachusetts il devait être une ou deux heures. Ici le jour se levait au-dessus du feuillage des oliviers. Elle s'était alors souvenue que João Paulo lui avait dit, cinq ans plus tôt, un certain matin, ici même, dans la villa Regina : *"Ne sois pas bête, Milene, en cas de besoin, on doit avoir recours aux mots des autres. Car à quoi servent les mots des autres si ce n'est à être utilisés ?... À bien réfléchir, pas un seul des mots que nous prononçons ne nous appartient. Quelqu'un les a créés avant nous... Rien ne nous appartient."* C'était comme si João Paulo entrait de nouveau dans le salon de la grand-mère Regina, comme s'il s'approchait de la table et disait à l'instant même : *"Tu as entendu, Milene? Tu as bien entendu? Rien ne nous appartient. C'est nous qui avons la manie..."*

Rien ne nous appartient, pensait-elle pendant qu'elle choisissait les chaussures, pliait une robe que sa grand-mère avait gardée de son voyage à Londres, un mouchoir et un foulard Liberty avec de grandes corolles de coquelicot. Alors, si rien ne nous appartient, il faut faire son devoir, être de plus en plus rapide, se débarrasser de ses devoirs. Mais lorsque Milene, après avoir de nouveau couru sur la route, était arrivée, rapide et efficace, à côté de *ce machin*, chargée de tous les accessoires possibles, cela faisait déjà des heures et des heures que sa grand-mère était là, enveloppée d'un drap blanc et d'un autre noir, et Milene avait dû placer les vêtements et les autres objets à côté de Regina Leandro, comme s'ils étaient extérieurs à son habillement, le chapeau, les gants, la canne à embout d'argent et même les souliers à semelles compensées que sa grand-mère aimait tant. Tout cela disposé à côté d'elle, comme si cela ne lui appartenait pas.

Voilà l'autre détail qu'elle aurait du mal à représenter à ses tantes et à ses oncles absents et c'était pourquoi, en arrivant à l'église, elle était restée debout, dans l'espoir que quelqu'un entre et lui parle pour qu'elle puisse recueillir les mots des autres. En attendant, elle s'était mise à réfléchir. Mais une fois épuisées les pensées agréables et toutes les autres aussi, vers midi le silence avait commencé à enfler en une provocation indécente. Elle ne pouvait pas continuer à attendre ainsi. La grand-mère était toujours recouverte par le couvercle en bois, pendant que Milene restait à l'écoute des pas qui approchaient de l'autre côté des murs épais, des gens qui marchaient le long de l'église de São Francisco et qui s'éloignaient ensuite en direction de la route menant à la plage. Milene était suspendue au peu ou au rien qui se passait au-dehors. *"Et maintenant je suis sûre que quelqu'un va entrer. Une bonne chose va arriver. Une très bonne chose..."*

Et la bonne chose était arrivée.

Elle s'était annoncée de loin. Soudain, une voix interrompait le silence. Quelqu'un entrait et ce n'était ni ses oncles ni ses tantes. Un prêtre de blanc vêtu surgissait de la porte latérale et s'avançait sur le parquet précédé d'un flot de lumière qui baignait les couronnes de fleurs et de plus il n'était pas seul. Une autre personne semblable à lui l'accompagnait, ainsi qu'une femme dont les pas lourds étaient surplombés par des jambes fortes et de gros mollets carrés. Oui, enfin trois personnes, trois officiels entraient, constituant une espèce de multitude, et comme le prêtre s'était dirigé vers elle, qui était seule en compagnie de la grand-mère Regina, Milene avait compris que la grande occasion de suivre les mots d'une personne crédible était arrivée. Suivre les mots que le prêtre prononçait si bien, aidé par une magnifique dentition à la blancheur irréprochable et des sourcils levés qui s'écartaient et se rapprochaient continuellement, dessinant des accents circonflexes à mi-visage. Elle voulait suivre les mots qui sortaient de sa personne ou de son surplis, pour pouvoir dire à ses oncles : *"Chers oncles et chères tantes, voilà comment ça s'est passé..."* Elle voulait les répéter et les mémoriser. Le problème était de savoir si elle réussirait à en faire quelque chose d'utilisable pour leur raconter les événements. C'était là son grand doute.

Milene avait abaissé les yeux sur le Christ luisant que le charpentier avait cloué sur le couvercle, un Christ en métal massif, tellement cambré qu'il en paraissait évidé et qu'il avait la forme d'un insecte s'efforçant de s'arracher au bois, et pendant ce temps elle entendait retentir les paroles que le prêtre lançait à la façon de jets de pierres comme s'il voulait atteindre quelqu'un et elle attrapait celles qui volaient le plus haut telles que *l'iniquité, l'orgueil, la nouvelle qui passe, le navire qui vogue, l'oiseau qui vole, la flèche visant le but, et nous qui nous consumons dans notre malice*... Et bien d'autres encore, sans réussir toutefois à mémoriser autre chose que ces phrases lancées par le prêtre contre les murs de l'église vide. D'ailleurs, ce prêtre qu'elle n'avait jamais vu pour une raison qui lui échappait avait continué à parler d'une voix trop haute, comme s'il prêchait pour quelqu'un qu'elle ne voyait pas et elle avait éprouvé une sorte de crainte, la crainte que devait sans doute ressentir la personne ou la multitude à laquelle il s'adressait et qui n'était pas là. Et elle avait peur aussi pour elle-même, parce qu'elle ne savait pas expliquer comment elle avait tenu compagnie à la grand-mère Regina, emprisonnée dans *ce machin*. Peur d'être la seule à entendre tous ces mots, sans avoir eu pourtant la possibilité d'en recueillir un seul qui puisse lui être utile parmi tous ceux proférés par le prêtre en cette heure étrange. Et soudain tout s'était enfin achevé sans qu'elle puisse dire comment.

Car la dernière partie serait très rapide. Elle s'en souviendrait plus tard.

Cela s'était passé de la façon suivante.

Les paroles du prêtre retentissaient encore en se répercutant contre les saints que déjà une grande voiture approchait à reculons comme si elle voulait pénétrer à l'intérieur de l'église. Ensuite tout avait changé de place et les murs extérieurs avaient englouti la douce pénombre qui avait entouré Milene depuis onze heures du matin. Les saints glissaient. Tout changeait d'apparence. Elle aussi était transportée par cette énorme voiture. C'était indéniable. Milene ferma les yeux, elle sentit un moteur sous le siège, autour d'elle les fleurs occupèrent l'espace, elles se serrèrent contre les vitres et remuèrent comme si elles étaient des bêtes vivantes prêtes à respirer, s'installant, changeant de place et de forme, les gardénias au-dessus des glaïeuls, et Milene aperçut le paysage de la rue blanche de São Francisco, très paisible et très solide, à travers le verre fumé qui protégeait les yeux contre la clarté intense de l'après-midi, comme si toute la voiture n'était plus qu'une grande lunette de soleil. Les chiens couchés se levèrent au passage du véhicule lourd dans lequel Milene voyageait, assise comme sur un trône, les yeux mi-clos.

Quand elle les rouvrit, des hommes aux cheveux coupés très court retiraient déjà les gerbes de fleurs de l'intérieur du véhicule et les plaçaient en tas devant la fosse creusée où six mains unies allaient laisser tomber *ce machin* avec la grand-mère enfermée dedans. À mesure que cet objet descendait, Milene se sentait atterrée par la brutalité de la terre éventrée, mais quand celle-ci se referma, elle en fut soulagée – elle avait la certitude que Regina Leandro n'était pas là, et cela elle pourrait le raconter aux tantes et aux oncles, même si elle ne savait pas où sa grand-mère se trouvait. Ou plus précisément où, elle, Milene, l'avait laissée. La surprise la clouait au sol. *"Non, elle n'est pas ici. Elle est ailleurs, mais pas ici..."* Aurait dit Milene si le prêtre n'avait pas été présent. Mais il l'était.

Le prêtre s'était placé sur une élévation de terrain et son ombre était nette comme si elle avait été dessinée au fusain. De plus il avait les mâchoires et le front couverts de sueur. Milene remarqua qu'il appelait la femme aux mollets carrés qui devait être une bonne sœur vu le format de son fichu, et tous deux se mirent à parler à voix basse. Le prêtre descendit de la petite élévation et demanda à Milene : "Vous vous sentez bien ?"

"Vous ne vous sentez pas bien ?"

"Vous vous sentez mal ?"

Elle aurait voulu répondre comme il fallait, mais elle avait laissé son regard errer un peu autour d'elle, se posant ici et là, sur des monticules de terre, sur des petites maisons en marbre, sur des masses de noms et de dates dorées, et ensuite quand elle l'immobilisa elle ne sut quoi dire. Oui, elle se sentait très bien surtout à cause de la question inattendue que lui adressait le prêtre, de son amabilité, car il s'approchait d'elle et répétait la question. Milene se mit donc à sourire, d'abord légèrement, puis de plus en plus, en silence, pour remercier celui qui avait posé la question et pour lui montrer comme elle se sentait bien. Elle lui souriait pour le remercier d'avoir tant parlé, là-bas dans l'église, de la grand-mère Regina, alors qu'en dehors d'elle-même et de la grand-mère et de ces quelques professionnels, il n'y avait personne d'autre. Tant de choses lui venaient à l'esprit en même temps qu'elle était incapable de dire quoi que ce soit.

"C'est la nièce du maire, père Honório, je vous l'ai déjà dit. Une nièce par alliance..." disait la femme dont les jambes étaient apparues dans la lumière de l'église et qui étaient plantées sur la terre fraîchement remuée, charnues, fortes, avec leurs mollets d'une forme singulière. "Mais Dieu est grand..." dit-elle encore. Et elle fit signe à l'homme qui les accompagnait de s'approcher du prêtre. Tous trois, têtes jointes et avançant lentement le long de l'allée, avaient commencé à parler entre eux comme s'ils partageaient un secret commun. Puis ils s'éloignèrent.

"Dieu est tout-puissant..." dit encore la femme.

Pendant ce temps, tous trois, toujours très unis, attendirent Milene dont le pas incertain la faisait trébucher sur des mottes de terre et des cailloux, de vieilles fleurs éparpillées sur les sentiers étroits entre les minuscules maisons. Tous les quatre – pendant un certain temps ils avaient marché tous les quatre ensemble – descendirent jusqu'au parvis de l'église dans la voiture personnelle du prêtre. Les ombres des immeubles au ras des murs semblaient auréolées d'encre noire, tant elles étaient nettes. Alors Milene était montée dans la Clio qui était garée là depuis le matin et tous les trois, immobiles, y compris le curé, étaient restés à la regarder, comme s'ils étaient trois anges aux ailes repliées, descendus du haut des maisonnettes en pierre pour la surveiller de près. Aucun ne parlait.

Milene aurait aimé savoir pourquoi ils la regardaient ainsi, pourquoi ils semblaient attendre qu'elle démarre, comme s'ils voulaient s'assurer qu'elle était capable de conduire, et quand elle se mit en route tous trois lui adressèrent des signes d'adieu exubérants. Elle les avait vus encore d'assez loin dans le rétroviseur regarder dans sa direction. Ils avaient l'air contents, et Milene, pour qu'ils soient sûrs qu'elle savait se débrouiller au volant et qu'elle maîtrisait parfaitement son véhicule, qu'elle embrayait impeccablement, s'arrêta sur la pente et après avoir fait une marche arrière assez spectaculaire descendit tranquillement la rue qui traversait São Francisco de Valmares. Ils avaient continué à l'observer et étaient sûrement contents d'elle. De sa façon de conduire. Mais même après cette rencontre qui ne s'était pourtant pas mal passée elle ne parvenait pas à trouver deux mots qui soient vraiment utiles. C'est-à-dire qu'elle saurait expliquer ce qui était arrivé ce jour-là jusqu'à ce que la terre se referme. Ce qu'elle ne savait pas, en revanche, c'était ce qui s'était passé entre les pompes à essence et le seuil du diamant. Or tout résidait dans l'élucidation de ce parcours. Alors que dirait-elle à ses tantes et à ses oncles ? Et surtout à ses tantes qu'elle aimait tellement ?

Se demandait-elle à elle-même devant les onze palmiers dont l'ombre demeurait perpendiculaire, immobile, sans vaciller. Elle savait très bien qu'elle n'échapperait pas à une confrontation. De nouveau, chapeau de paille sur la tête, sac à l'épaule, elle se dit qu'entre la pensée et l'action se glissait un atome habité par un autre, comme disait João Paulo.

Car, à bien réfléchir, elle ne connaissait pas le parcours manquant, elle le reconstituait simplement en imagination, à partir du résumé fait par les agents de la Garde nationale républicaine et des scènes que le pompiste lui-même avait décrites en détail en tant que témoin oculaire. Elle savait grâce à eux. Les deux agents l'avaient emmenée jusqu'aux pompes dans l'après-midi du vendredi et l'un d'eux avait dit : "Eh, vous là-bas, arrêtez une seconde. Cette jeune fille est un peu paumée, elle n'est au courant de rien." Puis il l'avait laissée seule devant le pompiste.

Alors le pompiste vêtu de jaune de pied en cap avait répété ce qu'il avait déjà dit aux policiers dans le commissariat, reproduisant l'enchaînement des faits, les uns après les autres, comme si témoigner les faisait advenir de nouveau. Debout au milieu de la station-service, il raconta que le soir précédent, vers vingt et une heures, une ambulance avait surgi au carrefour, semant autour d'elle des faisceaux de lumières bleues, faisceaux qui dans son récit suivaient la direction de ses bras qui tournoyaient autour de son corps. Des lumières intenses qui auraient illuminé de bleu très vif le crépuscule du soir finissant. Des lumières bleues. Vraiment très bleues. Des lumières qui visiblement l'avaient fort impressionné et il tenait beaucoup à communiquer cette impression à Milene.

Le garçon avait raconté que l'ambulance s'était approchée lentement, projetant les éclairs de ses phares en tous sens, s'arrêtant au bord de la route toutes les deux portes jusqu'à arriver près de la station-service. Il montrait avec le bras. D'après lui, la femme pompier qui conduisait l'ambulance et l'infirmier qui l'accompagnait étaient descendus du véhicule tous les deux en même temps et ils avaient ouvert les deux portières arrière pour qu'on puisse voir à l'intérieur. Racontait-il. De plus, il témoignait que ces deux ambulanciers avaient répété l'opération au moins depuis le Frame Center et que des passants qui se trouvaient là s'étaient approchés, agglutinés et même penchés les uns après les autres vers l'intérieur de l'ambulance pour regarder ce qu'il y avait dedans. Lui-même avait regardé. Mais tout ce qu'il avait vu à l'intérieur c'était une ombre blanche enveloppée d'un drap de même couleur. Il le jurait. Au moment où il s'était penché, la femme pompier qui conduisait l'ambulance avait braqué sans cérémonie aucune une torche électrique en direction du visage de l'ombre étendue au fond du brancard bleu et blanc. Lui-même, se sentant assez déconcerté, avait même demandé s'il s'agissait d'un homme et l'infirmier qui se concentrait pour déchiffrer l'adresse inscrite sur un bout de papier lui avait répondu fort grossièrement : “Vous voyez donc pas que c'est une femme ?”

“Et elle est vivante ?” avait demandé une autre personne, le corps complètement incliné à l'intérieur de l'ambulance et tirant sur le drap blanc.

Alors l'infirmier qui commençait à être sérieusement agacé avait élevé la voix. On l'avait entendu dans toute la station-service : “Vous croyez donc qu'on la rendrait à sa famille si elle l'était pas. Si la bêtise était de la musique, alors vous seriez un concert à vous toute seule...” Et il agitait rageusement le bout de papier avec l'adresse.

Mais le pompiste trouvait une explication à cette grossièreté. Il pensait que l'infirmier comme la femme pompier avaient envie de se débarrasser de cette ombre, de même que de toutes les ombres qui occuperaient les lits des hôpitaux du district à cause des carnages sur la route prévus pour cette fin de semaine. De plus lorsqu'ils étaient arrivés à la station-service cela faisait déjà plus de deux heures qu'ils cherchaient le Kilomètre 44 qui était l'adresse inscrite sur leur fiche. Pourtant, visiblement, jusqu'alors personne n'avait été capable de leur dire où était ce kilomètre ni qui était l'ombre étendue dans l'ambulance. Lui-même, le pompiste, avouait qu'il ne savait pas. Et parmi tous ces gens qui s'étaient rassemblés sous les lumières bleues, personne ne reconnaissait la silhouette à l'intérieur. Seul un émigrant récemment arrivé d'Amérique du Nord, un homme d'un âge moyen qui s'était penché en direction du faisceau lumineux que l'infirmier braquait de nouveau sur la femme, avait reconnu dans les yeux de l'ombre couchée les hautes paupières qu'il se rappelait avoir vues sur le visage d'une dame lorsqu'il était jeune. Mais il ne se souvenait plus de son nom.

"Faites un effort, s'il vous plaît. Nous sommes perdus, nous tournons en rond depuis je ne sais combien de temps..." avait imploré la femme pompier.

"Je fais un effort, mais je ne trouve pas", avait répondu l'émigrant d'Amérique du Nord. Et cet homme était désolé de ne pouvoir aider, il ne quittait pas des yeux les paupières closes, promenant à plusieurs reprises la lumière de la torche sur le visage, mais en vain, il ne se souvenait pas. Alors, extrêmement fâchés et en désespoir de cause, l'infirmier et la femme pompier avaient entrepris une recherche dans les maisons avoisinantes, traversant la route et s'engageant dans les rues latérales, frappant à des portes où des sourds semblaient dîner, pénétrant dans des jardins potagers bloqués par des édifices qui leur barraient le passage et se heurtant à d'autres difficultés encore, d'après ce qu'ils avaient raconté ensuite. Mais quand enfin ils étaient revenus à l'ambulance, prêts à régler le problème car ils avaient désormais une idée de l'endroit où se trouvait le fameux Kilomètre 44, et s'étaient précipités vers leur siège respectif, ils avaient constaté que l'ombre avait disparu. Elle n'était plus couchée là où ils l'avaient laissée.

L'ombre n'était plus là.

Le pompiste, là, dans la station-service, avait décrit l'effet causé par l'image de l'ambulance vidée de son ombre. Il avait expliqué comment les deux, l'infirmier et la femme pompier, avaient fouillé le bord de la route et les herbes sèches aux alentours. Comment ils avaient lancé d'extraordinaires appels par téléphone et talkies-walkies, désespérés, allant et venant devant l'ambulance le long de la route, puis ils étaient repartis, refermant les deux portières ouvertes, semblables à des ailes dans la nuit. Lui-même les avait vues, ces portières. Il avait été un témoin oculaire, il était encore sous le choc de cette scène étrange. Le grand véhicule vide. Mais à partir de cet instant, il ne pouvait plus rien raconter. Il pouvait tout juste ajouter qu'entre-temps la foule s'était lassée d'attendre près de l'ambulance et avait levé le camp. Pendant ce temps-là, lui aussi allait et venait, servant l'essence, et il savait seulement que les lumières bleues avaient continué à tournoyer comme un phare durant un temps infini, sans plus personne à la ronde dans la station-service. Qui aurait pu deviner ? Le pompiste lui-même, les yeux agrandis, humides, écartait les bras pour montrer son innocence. Oui, oui, il racontait tout ce qu'il savait, il était témoin. Qu'on veuille bien l'excuser, mais la personne qu'il avait vue là à l'intérieur, couchée sur le brancard, paraissait avoir moins de force vitale que le drap qui la recouvrait. Comment avait-elle pu marcher ? Comment avait-elle pu disparaître ? Comment avait-elle pu traverser des routes encombrées de voitures roulant à toute vitesse ? Comment ? Puis, remarquant soudain les traits du visage de Milene, il avait changé de sujet.

"Excusez-moi. Regardez-moi un peu..."

Il lui dit ensuite qu'on voyait très bien qu'elle était de la famille de *l'ombre*, à cause des paupières hautes, des sourcils levés. Le pompiste n'utilisait que le mot ombre. Il dévisageait Milene d'un air grave car il avait reconnu les paupières. Les voitures formaient une longue file, une file typique du jour férié qu'était ce vendredi, et ses collègues l'appelaient. Et lui, bras levés, continuait à parler, imitant encore la giration de la lampe bleue, la lampe qui avait apporté cette histoire éphémère à une station-service de bord de route où rien n'arrivait jamais à part les réservoirs s'ouvrant et se refermant, engloutissant de l'essence avec un maximum d'octanes.

"On voit très bien que vous êtes la fille. La fille ou la petite-fille", avait-il dit en se dirigeant vers les pompes d'où on le hélait désespérément. "Ça va, ça va, les mecs, une minute, j'arrive..."

"Voilà, moi en ce qui me concerne, je le jure, je n'ai rien vu d'autre..."

Ils s'étaient séparés sur ces mots.

Ce qui signifiait que ce témoignage ne présentait pas de difficulté. Milene avait enregistré, mot à mot, les paroles du pompiste, il ne lui restait plus qu'à savoir ce qui s'était passé ensuite. Cette partie-là seulement manquait. Mais tout ce qu'elle ignorait de ce qui était arrivé après n'allait-il pas lui gâcher le souvenir des faits précédents ? Le passé immédiatement antérieur ? Les derniers moments relatés par le pompiste ? Milene s'était mise à secouer la poussière de ses jambes dénudées par la jupe courte, elle avait de nouveau ôté son chapeau et s'en éventait, agitant les cheveux courts autour de son visage en une espèce de tourbillon menaçant.

Tout s'enchevêtrait.

Devant les onze palmiers trop touffus, comme si leur tronc bien droit puisait leur énergie dans une source invisible qui sourdait à une autre profondeur de la terre, Milene ne sentait pas seulement ses cheveux agités dans l'air par le chapeau de paille. Elle sentait aussi sa tête fourmiller de personnages, de nuits, de ces quatre nuits, de pompes à essence, de caisses en bois, de fleurs pulpeuses, de routes qui s'entrecroisaient, de voitures qui partaient dans des directions différentes, de noms, d'adresses, de fosses béantes, de Mar de Prainhas qui se voyait d'ici par-delà le bâtiment de la fabrique et la zone des dunes, de chemises de nuit sans ourlet ni collet, d'ambulances, de pompiers, de sons grandioses émanant de la bible de monsieur le curé, de tout ce qu'elle avait emmagasiné tout au long de ces quatre derniers jours, de tout ce matériau utile pour les explications à donner à ses tantes et à ses oncles, qu'elle leur présenterait et offrirait comme un cadeau dont elle puisse s'enorgueillir. Mais là, sous la chaleur qui continuait à s'abattre avec une rigueur perverse, elle se dit qu'elle n'allait pas pouvoir maintenir plus longtemps intact ce panier de données que renfermait sa tête. Que ces données allaient commencer à se désintégrer toutes, à fuir comme des ions en liberté, à s'éparpiller sur les bas-fonds le long de la côte de Mar de Prainhas, parmi les vertes eaux de l'Atlantique, jusqu'au moment où sa tête serait vidée de tout et lorsque ses oncles et ses tantes arriveraient, elle n'aurait plus rien à leur dire. Quand ils lui demanderaient : *"Que s'est-il passé, Milene ?"*, elle serait incapable de leur répondre quoi que ce soit. Elle n'aurait rien à leur raconter.

Ils lui demanderaient peut-être : *"Comment une chose pareille a-t-elle pu se produire ? Tu ne t'es pas occupée de la grand-mère Regina et tu es incapable de rien raconter. Ne pas savoir expliquer ce qui s'est passé est pire que l'avoir laissée mourir..."* Elle entendait sa tante Angela Margarida dire cela et l'oncle Rui Ludovice, son mari, écouter, acquiescer, eux qui étaient si puissants, qui formaient un couple si bien assorti, qui savaient tant de choses, qui avaient gagné les élections avec le slogan imbattable de *Les autres se contentent de gesticuler, nous, nous agissons*, et maintenant ils allaient lui demander des comptes et elle n'avait rien à leur dire. Elle sentait que tout ce qu'elle avait accumulé, au lieu d'acquérir un sens, était prêt à s'évaporer. Comment expliques-tu, Milene, il faut que tu nous le dises, que nous ayons laissé la grand-mère dans le Nouveau Foyer, deux cent mille escudos pour chacun d'entre nous rien qu'en droits d'entrée, pour pouvoir partir en vacances tranquilles, vu qu'avec toi, seule avec elle dans la villa Regina, nous n'avions pas l'esprit en paix, et qu'au moment où nous avons quitté le Portugal elle était entre de bonnes mains dans ce foyer où elle disposait de tout le confort, elle avait même des chaussures de tennis au cas où elle aurait envie de faire une promenade autour de la piscine, comment expliques-tu qu'au bout de deux semaines on l'ait retrouvée morte, abandonnée, à la porte de la Vieille Fabrique ? Notre diamant ?

Oui, comment Milene expliquait-elle qu'elle ne les ait pas attendus pour laisser la grand-mère mourir ? Pourquoi ne s'était-elle pas débrouillée pour qu'elle ait toutes les fleurs, tous les honneurs qu'elle méritait ? Pourquoi ne s'était-elle pas occupée d'elle ? Pourquoi n'avait-elle pas pris à parti tous ces gens, les gardiens, le médecin légiste, les hommes en noir, y compris le curé ? Comment cela se faisait-il ? Quelques jours plus tard, l'oncle Rui Ludovice aurait peut-être même réquisitionné deux chevaux de la Garde nationale qui auraient suivi le corbillard en faisant claquer leurs sabots, il y aurait peut-être eu un sermon à l'église, quelqu'un serait peut-être venu avec deux guitares, une dans chaque main, chanter pour la grand-mère, chanter la longue vie de la grand-mère, les mérites de la grand-mère, la grand-mère qui jadis avait été la personnalité forte de la *Fabrique de conserves Leandro 1908*, gentille envers tous, des générations entières lui devaient des faveurs et cependant sa petite-fille n'avait pas attendu. Pour prendre toute la mesure de ce qui s'était passé, Milene n'avait pas besoin de compter sur ses doigts, car elle n'avait ni dix ans, ni quinze ni même vingt ans. Cela ne l'empêcha pourtant pas de compter. Pour être bien sûre, elle compta un à un les principaux absents.

De fait, n'avaient été aux côtés de la grand-mère Regina ni la tante Angela Margarida ni l'oncle Rui Ludovice, avec le caractère solennel que sa présence impliquerait. Ni leurs filles, les cousines Joana et Sabina. Ni l'oncle Afonso Leandro, ni aucune de ses dernières femmes, ni d'ailleurs la première, la tante Alda Maria, la mère de ses deux fils, le cousin Danilo et le cousin João Paulo. Ni la tante Gininha ni son mari Domitílio Silvestre, pas plus que leurs enfants que la grand-mère aimait tant, Bruno José et la nouvelle-née Artemisa. Pas plus qu'aucun des anciens employés encore relativement soumis à la grand-mère Regina. Ni les amies avec qui la grand-mère mangeait des gâteaux tout en hauteur avec un trou au milieu, découpés en tranches, ni les servantes qui lui étaient restées proches et qui lui apportaient des choux à grosses côtes et des douzaines d'œufs disposés sur de la paille au fond de paniers et dont elle était si friande. Ni le vieil épicier, ni son filleul Barbosa, le propriétaire du restaurant Maõs Largas. Non, personne n'avait été là, l'absence totale, fruit d'une terrible coïncidence. La population en déplacement, les services fermés, les hôpitaux surpeuplés, les accidents se multipliant en des constellations de tôle sur les routes, les lieux d'accueil complets. La grand-mère était décédée au beau milieu de cette confluence extraordinaire de circonstances, on la retrouvait partout et Milene serait incapable d'expliquer pourquoi. Finalement ce n'était pas seulement le parcours de la grand-mère entre l'ambulance et les rails qu'elle ne parvenait pas à expliquer, mais bien autre chose encore. C'était très grave. Entre ce qu'elle savait et ce qu'elle ne savait pas, les mots lui avaient échappé, tous les mots s'étaient enfuis et quand la famille arriverait, elle n'aurait plus rien à dire. Vide comme la conque marine sèche et morte, elle n'aurait rien. Le cœur serré en pensant à ce manque, ce manque profond, Milene avait commencé à se diriger vers le portail de la fabrique, elle marchait en direction du diamant.

“Hé ho ! Il y a quelqu'un ?” cria-t-elle.

Pas même un salaud d'oiseau.

Le portail semblait juste fermé avec le loquet. Quel plaisir ce serait de partir au loin, derrière les pensées qui se dissolvaient à toute vitesse au-dessus de l'eau, de la terre et dans l'espace. Mais comme c'était impossible car elle se sentait une et indivisible, bien plantée sur le seuil, une solution différente, mais qui avait le même objectif s'avançait à sa rencontre. Une bonne solution. Sans plus penser à rien, Milene obéit. Elle grimpa sur le butoir en pierre qui arrêtait les battants de la porte légèrement voilés, et de ses genoux ronds joints, talons écartés, elle poussa avec toute la force de sa hanche au milieu du portail et, tirant avec la main la chaînette de fer, elle réussit à libérer l'extrémité qui tenait au clou et les deux battants s'écartèrent avec fracas, un fracas qui la surprit, elle et les oiseaux, subitement réveillés. Milene demeura un instant au milieu du portail grand ouvert, écoutant le bruissement d'ailes des oiseaux. Puis elle entra. Elle vit la cour avec sa cheminée rouge, inutile et haute. Elle la reconnaissait, elle était toujours là. Mais elle ne reconnaissait rien d'autre.

La cour lui semblait petite, comme si les pavillons latéraux avaient débordé vers l'intérieur et effectivement de nouveaux murs en brique rouge avaient empiété sur les superficies primitives. Une maisonnette couleur de ciment s'élevait comme un nodule au milieu d'un carré. Un nouveau mur d'où pendait, enroulé, un énorme tuyau d'arrosage fermait l'appentis de part en part. Reliant entre elles les nouvelles surfaces maçonnées, des cordes à linge montées sur des canisses portaient des vêtements d'été aux teintes claires et des draps de couleur où pâlissaient d'énormes roses étaient disposés comme une forêt d'étoffes. Une des cordes ondula et deux bêtes surgirent de derrière les draps. Un grand chien de garde qui ouvrit la gueule en l'apercevant mais qui aussitôt se coucha par terre pour y rouler son gros corps, urinant, se traînant sur le sol alors qu'un caniche gris qui n'avait pas été tondu était attaché à une chaîne qui avait dû être celle du chien de garde. Au début le caniche aboya désespérément comme s'il était mû par deux piles. Puis il se roula aussi par terre en faisant tinter sa chaîne, il se lécha et sautilla aussi loin qu'il le put, mettant les pattes dans sa gamelle et renversant la dernière goutte d'eau qu'elle contenait. Quand les chiens se turent, ayant perçu que rien d'important pour eux ne se passerait du fait de cette présence humaine, Milene à son tour comprit que ce lieu, bien qu'enclos – elle était retournée sur ses pas pour fermer les deux battants – la laissait trop exposée, trop visible.

Mais les portes intérieures, celles qui ouvraient sur cette enceinte close, étaient fermées à clé et entre un pot où fleurissait un géranium et un sac avec de la nourriture pour chiens se dressait une petite colonne de chaises empilables. Elle pourrait en retirer une. Ce qu'elle fit. La chaise sous le bras, Milene se mit en quête d'un endroit entre le linge mis à sécher. Elle trouverait sûrement une bonne cachette derrière ces cordes couvertes d'étoffes. Pas immédiatement derrière la première corde, ni derrière la deuxième, plutôt derrière la troisième d'où pendaient les plus grands draps, ceux à grandes roses lilas, mélangés à des serviettes de bain en tissu éponge et des nappes. Là, oui, entre toutes ces étoffes, il y avait une ombre agréable. Elle plaça le visage contre un drap, s'assura qu'elle avait trouvé un endroit où ses tantes ne pourraient pas la découvrir, ni maintenant ni plus tard, quand elle n'aurait déjà plus rien dans la tête qu'elle puisse leur raconter. Elles ne pourraient jamais la débusquer là. Jamais. Genoux réunis, son sac posé dessus, le chapeau placé sur le sac. Les deux bras serrant son corps et les objets entassés dans son giron. Là, dans la fraîcheur de la cour, le lundi 18 août, Milene s'était cachée à l'intérieur du diamant.

Mais d'aucuns prétendirent autre chose.

Que Milene avait été découverte errant près du terrain de golf, sans sac et sans chapeau. D'autres jurèrent l'avoir vue marcher d'un pas pressé en direction du Bairro dos Espelhos. D'autres dirent même qu'elle avait passé ces cinq jours sur la plage, se nourrissant de poisson cru et dormant à la belle étoile. Ils dirent cela certainement pour salir sa vie, anéantir son mystère, dans l'intention de la repousser vers l'insignifiance et l'obscurité, là où tout se perd et s'annule avant terme. Mais nous ne les avons pas laissés faire.

LE LIVRE DE MILENE

1

Ce fut alors que les Mata, montés à bord de leurs trois fourgonnettes, quittèrent la route principale et s'approchèrent du Bairro dos Espelhos.

Le Bairro dos Espelhos n'était qu'une agglomération à ras de terre, sans nom sur la carte, et il s'appelait ainsi – Cité des miroirs – parce qu'à partir de cinq heures du soir les plaques d'aluminium et les verres incrustés dans les fenêtres s'unissaient en milliers de reflets comme s'il s'agissait des lamelles d'une station orbitale construite à la façon d'un œil de mouche.

Il faut dire que ce phénomène de réfraction se produisait surtout au printemps et en automne, après les pluies, quand les surfaces étaient propres et que le soleil atteignait son inclinaison médiane. Pendant ces périodes de l'année, le Bairro faisait office de phare vespéral pour les pêcheurs de Mar de Prainhas. Contrairement à ce qu'on pourrait supposer, l'été coïncidait avec le moment où l'on enregistrait le moins d'incendies, non pas parce qu'il y avait moins de détritus et de papiers en liberté, d'écorces, de chiffons, de morceaux de bois et autres matériaux inflammables, mais parce que la poussière qui s'était déposée recouvrait vitres et fenêtres d'une couche épaisse. Pendant la haute saison, le Bairro dos Espelhos était presque entièrement dépourvu de miroirs. La poussière qui s'élevait au passage des voitures n'était pas un mal, au contraire, elle protégeait les habitations et constituait un facteur de sécurité et d'entretien du quartier. Il arrivait parfois qu'un seau d'eau se renverse sur le sol qui séparait un mur d'un autre, d'autres fois que bien plus encore se répande. Quelquefois des bidons entiers étaient renversés par négligence et des yeux de verre se formaient au milieu d'étroits cercles de boue. Mais jamais les habitants ne devaient laver une porte ou une fenêtre avec l'eau qui coulait entre cinq et neuf heures du matin de deux robinets installés à l'entrée de la place. Jamais ce bien inestimable ne devait être gaspillé dans ces actes superflus. Ce principe était comme une loi fondamentale qui n'avait pas besoin d'être écrite.

Pourquoi l'aurait-elle été ?

La plupart des habitants du Bairro dos Espelhos venait de terres bordant la frange maritime du Sahel, de fragments qui s'étaient écartés de l'Afrique, d'îles atlantiques qui depuis la dernière glaciation avaient chassé les pluies et englouti les fleuves, ne subsistant à titre de souvenirs que quelques rivières, sortant de leur lit l'espace de quelques jours, puis sèches des années entières durant. Pour ces gens-là, un robinet ouvert avec une régularité cosmique entre telle et telle heure était déjà une rivière généreuse et une fois qu'ils avaient assimilé leur nouvelle réalité, le moindre filet d'eau courante se muait en l'image d'un fleuve. Deux fleuves intermittents pour un seul quartier. Il y avait cependant des personnes plus chanceuses, des personnes qui avaient quitté la Cité des miroirs et qui disposaient de trois fleuves dans leur maison, juste pour une famille qui ne dépassait pas dix-neuf membres. Un fleuve dans la cuisine, un fleuve dans les cabinets, un fleuve au plafond d'une cabane d'où l'eau coulait, soit sous forme de jet, soit sous forme de pluie. L'eau de la douche et du lavabo qui se rejoignaient en étroits ruisselets dans la cour après leur évacuation portaient d'ailleurs le nom de fleuves. Les plus jeunes s'habituaient, n'y pensaient plus, pour eux l'eau c'était l'eau, bonne à boire ou à gaspiller, actes aussi naturels que celui de respirer, mais pour les plus vieux c'était différent. Chaque fois qu'ils tournaient un robinet et que de l'eau en sortait, ils savaient qu'ils accédaient à l'embouchure d'un fleuve, au lit d'une rivière constamment alimentée. En tout cas c'était ce que pensaient les femmes les plus âgées de la famille Mata. Jusqu'à il y a cinq ans, les Mata avaient vécu dans le Bairro dos Espelhos. Maintenant ils ne le fréquentaient plus guère. Juste les hommes, le dimanche après-midi, pour y boire une bière tiède et jouer aux cartes. Quand ils jouaient.

Mais ce jour-là, le jour où notre cousine Milene se cacha dans la cour du diamant, les trois fourgonnettes des Mata avaient quitté la route goudronnée et s'étaient engagées sur le chemin de terre, entrant dans l'agglomération enveloppées d'un nuage de poussière. À l'approche du nuage, plusieurs enfants avaient abandonné le pas de leur porte, d'autres avaient sauté dans la rue directement par la fenêtre, et en moins d'une seconde, s'amassant et tournoyant comme un essaim, ils avaient entouré les trois véhicules, les empêchant d'avancer. Les trois fourgonnettes stoppèrent. Elles étaient justement venues là pour être arrêtées et interceptées.

"Voilà les Mata qui arrivent!...» crièrent les enfants en direction des maisons.

Le premier véhicule, d'un bleu métallique, était conduit par le frère aîné, Domingos Mata. En pénétrant sur la place à toute vitesse, la fourgonnette avait mis une roue dans une flaque qui avait explosé en lourdes gouttes marron. Pour que la roue puisse sortir de la flaque, le moteur s'était mis à ronfler. Conceição Mata, la femme de Domingos, avait placé les mains sur ses oreilles. Les deux gamins qui dormaient appuyés contre les fenêtres se réveillèrent. Tante Dilecta, assise sur la banquette arrière, le front contre la vitre, engourdie au milieu des objets achetés, commença elle aussi à sortir de sa torpeur. Quand le ronflement du moteur diminua et que les cahots cessèrent, tous à l'intérieur parurent plus grands, y compris les deux garçons, João et Aloísio. Mais ce ne fut pas vers cette première fourgonnette, une Mercedes Benz d'un âge avancé, que les enfants du bidonville se précipitèrent. Ni même vers la deuxième.

Celle-ci était rouge, fermée, remise en état récemment, et la poussière avait plus de mal à s'y poser. Elle se reconnaissait de loin, non seulement à cause de sa couleur et de sa forme, mais surtout parce qu'elle portait sur ses flancs l'effigie peinte du benjamin des frères Mata, le chanteur Janina Mata King. L'effigie était juxtaposée à une guitare et dessous, en lettres noires, pardessus des traits de pinceau de couleur jaune disposés en arc, on pouvait lire *Black Power*, comme s'il s'agissait d'une caricature de quelque chose de lointain et de dépassé, un chromo décollé d'un vieil album soudain déchiré et réapparaissant en liberté avec une vitalité redoublée. Le volume sombre de l'effigie, qui devait correspondre à la chevelure de Janina Mata King, touchait le B de *Black* et le R de *Power*, formant une espèce de lèvre. Entre cette lèvre et le bord inférieur de l'arc jaune, deux coups de pinceau suggéraient les traits hautement contrastés du chanteur et d'entre ses dents et ses lèvres, essaimant sur toute la surface du véhicule, s'échappaient des clés de sol et des croches ressemblant vaguement à des haches. C'était une fourgonnette extraordinaire.

Contrairement à la bleue métallique, la fourgonnette rouge poussière remplie d'objets et de plusieurs personnes tout engourdies par le voyage, s'était arrêtée sur un terrain sec. Y avaient trouvé place Heitor fils, le conducteur, sa femme, Claudina Mata, de même qu'Heitor père, son père, Germana Mata, la mère de sa femme, plus leurs deux filles, Sissi et Belisa, qui continuaient à dormir à poings fermés malgré le freinage. Mais c'était autour de la fourgonnette grise, une Mitsubishi métallisée, conduite par un jeune homme en noir, que les gamins du quartier s'étaient agglutinés. Ils étaient au courant. Ils l'attendaient. Quand la fourgonnette s'arrêta, étincelante dans le soleil, les gamins avaient crié, fous d'impatience : "Regardez, regardez, Antonino Mata est arrivé !"

Oui, il était arrivé.

Antonino Mata, chemise noire ouverte jusqu'au nombril, retira sa casquette, noire elle aussi, et ouvrit toute grande la portière, s'exposant de pied en cap. Mais il n'avait pas réussi à se faire entendre.

Les enfants collés contre la troisième fourgonnette s'étaient mis à réclamer à cor et à cri : "Pringles ! Pringles !" En cet instant le jeune homme en noir tenait devant sa poitrine une brassée de paquets qu'il avait commencé à lancer, deux par deux, trois par trois. Entraînés à attraper des objets au vol, les gamins sautaient avec tant d'agilité qu'aucun paquet ne tombait par terre, et ils n'étaient pas encore tous distribués que déjà les enfants dévoraient les lamelles de pâte de pomme de terre dans un grignotement de rongeurs aiguillonnés par la faim. "Pringles !" crièrent-ils plus fort. Antonino se retourna et, prenant les derniers paquets, il les lança de la même façon en l'air, mais les enfants avaient les mains si occupées qu'ils les attrapaient avec la tête, comme des footballeurs, et nombre de paquets s'éparpillèrent sur le sol, se cabossant et s'enterrant dans la poussière. Entre-temps, plusieurs femmes volumineuses étaient sorties des portes trop étroites pour leurs hanches et elles s'avancèrent vers les fourgonnettes, entourant les enfants qui se disputaient les boîtes tombées par terre. L'un d'entre eux les écrasait et leur donnait des coups de pied, levant les bras et braillant avec satisfaction : "Les Mata sont arrivés ! Oh, les mecs ! Racontez vite…" Comme, dans les véhicules, les Mata semblaient boursouflés par la chaleur du voyage, une femme joyeuse s'écria : "Pas la peine de raconter, nous sommes déjà au courant. Des choses merveilleuses sont arrivées à Lisbonne. Nous avons tout vu à la télé…"

Felícia Mata, la mère des quatre fils Mata, se pencha par la fenêtre, étreignit ses propres seins, sa poitrine monta et enfla comme un pneu, et elle cria d'une voix victorieuse : "Vous avez pas idée, mes amies… Janina est resté là-bas… On l'adore… Y en a pas deux comme lui au monde. Impossible de raconter ça… Ç'a été formidable…" Felícia était complètement penchée hors de la voiture, la jubilation chantait dans sa voix.

Une des matrones demanda en se frottant contre la fourgonnette poussiéreuse : "Et Janina, il revient pas ?"

La victoire s'interrompit deux secondes durant dans la poitrine de la mère du chanteur. Mais elle se redonna libre cours aussitôt : "Lui seul le sait. Tout ce que nous savons, nous, c'est que nous l'avons emmené, livré à son destin. Mais s'il reviendra ou non parmi nous, ça on le sait pas… Il est resté là-bas avec son frère."

"Sainte Vierge Marie !" s'écria la femme la plus imposante. "Et Gabriel, ton autre fils, il chante lui aussi ?" Elle n'attendit même pas la réponse, tourna le dos et commença à danser. C'était une matrone puissante, mais son cou et sa taille se désarticulaient comme si elle était faite de pièces rotatives. Elle tournoyait, de dos, de face, sans cesser de se mouvoir et de danser, les bras au-dessus de la tête. Dansant toujours, elle déclara : "Ça alors ! Vous faites que des chanteurs vous autres ! Ça alors…"

Felícia Mata, le sein en avant, riait de plaisir. Sa voix était devenue plus grave, plus ondulante et veloutée à cause du succès de son fils, reconnu par tous ceux qui émergeaient des portes du Bairro dos Espelhos pour voir les Mata. Complètement penchée hors de la voiture, elle chantonna presque : "Non, lui il chante pas. Gaby est resté pour aider son frère. Ils ont toujours été comme cul et chemise, vous le savez bien…"

Dans le troisième véhicule, outre Antonino et Felícia Mata, il y avait aussi Emanuel, Cirino et Quirino, les trois fils d'Antonino, et disparaissant au milieu de boîtes en carton et de paquets, la plus vieille de tous, Ana Mata. Elle était assise à la fenêtre opposée de celle de sa fille Felícia et c'est vers elle que se dirigea une autre femme, de petite taille, plus ou moins du même âge qu'Ana Mata et comme elle originaire de l'Ilha de Santiago. Emmitouflée de vêtements malgré la chaleur d'août qui explosait sur les murs bas, la vieille femme maigre, aussi vieille et aussi maigre que l'autre, s'était dirigée vers la fenêtre où se trouvait l'aïeule des Mata, elle avait placé la main sur le tranchant de la vitre complètement baissée et elle avait demandé dans sa langue : "T'es heureuse, Ana Mata ?" Si la voiture avait démarré, la compatriote d'Ana Mata serait partie avec elle. L'autre souriait tellement qu'elle était incapable de répondre.

"T'es vraiment heureuse ?"

Les deux femmes, très maigres, très vieilles et très noires de peau se regardaient en se souriant. Les véhicules étaient toujours à l'arrêt. "Quelle question..." répondit enfin Ana Mata, elle aussi dans sa langue. "Que veux-tu ? Déjà mon père, comme tu sais, avait cette voix, mes frères avaient cette voix, mes deux fils, tous ont eu cette voix. Maintenant tous ont disparu et leur voix, leur voix à eux tous, est dans la gorge de mon petit-fils Janina... Janina les a tous ressuscités..." Ana Mata ferma les yeux pour soupeser son bonheur. Le soleil frappait à la verticale. "Et tu me demandes si je suis heureuse. T'as pas honte ? Quelle question..."

"Oui, c'est vrai, t'es vraiment heureuse..."

"Mais oui, bien sûr. Très, très heureuse, chère sœurette. Quand Janina chante, c'est tous les hommes de ma famille qui chantent. Dès qu'il commence à poser sa voix, chaque homme de ma famille se met à chanter avec lui. Moi, des fois, je lui dis qu'il est pas le maître de tout ça. Que sa voix appartient à beaucoup d'autres, mais lui il veut rien entendre. Il chante comme si sa voix appartenait à lui seul..." Ana Mata mettait un tout petit bâton dans la roue de son immense bonheur. Elle évoquait une petite imperfection pour que le bonheur puisse se déverser à son aise. Tout cela dans sa langue à elle.

"Ça n'a aucune importance, Ana Mata. Et dis-toi bien que si t'es heureuse, moi aussi je le suis. Notre peuple..." avait encore dit la vieille femme à la fenêtre, ses deux mains appuyées sur le tranchant de la vitre. "Notre peuple, lui aussi est heureux..."

Mais là Domingos Mata, le fils aîné de Felícia, le conducteur de la première fourgonnette qui avait freiné après la flaque s'impatienta : "Alors, les gars, on y va ou quoi ?"

"On y va…"

Les moteurs au point mort commencèrent à accélérer, la poussière s'éleva de nouveau et les roues s'ébranlèrent. Toutes les femmes, les grosses et les maigres, y compris la très maigre et très vieille, unies sous l'impact des bonnes nouvelles, s'étaient mises à danser au milieu de la parcelle de terre poussiéreuse qui reliait les maisons les unes aux autres. La chair des femmes tremblait dans la poussière. C'était comme si la terre chaude se réjouissait. Les enfants, eux, continuaient à manger leurs galettes de pommes de terre en criant: "Pringles! Pringles!" Jusqu'au moment où les trois véhicules, tournant le dos au Bairro dos Espelhos et au passé récent que les Mata y avaient vécu, quittèrent la poussière et les cahots et s'engagèrent sur la route asphaltée, roulant en direction de leur maison.

Oui, les trois fourgonnettes des Mata avaient roulé avec entrain.

La rouge au milieu des deux autres, comme entre deux gardes du corps, filant toutes trois à la queue leu leu, véloces. La gloire s'incarnant dans l'allure des véhicules. La campagne autour, pouilleuse, parsemée ici et là de tas de gravats, avait bien besoin de leur passage. La gloire dans la vie, dans l'action. Quand quelqu'un la conquiert au sein d'une famille, elle peut nourrir plusieurs générations, en amont, en aval, leur donnant un sens dont, sans elle, la famille serait privée. Enfin, les trois fourgonnettes poussiéreuses s'approchèrent de l'ombre allongée de la maison semblable à celle d'un antique transport terrestre à l'arrêt. Un long train dont les fenêtres creusaient l'ombre. Mélancolique, parfois, au crépuscule. Mais en cet instant, les trois véhicules les uns derrière les autres, à côté du tertre hérissé d'herbe, transformaient cette bande de terre sombre en un havre de paix réconfortant. "Nous sommes arrivés", avait dit Domingos, comme s'il fallait le proclamer pour qu'on le sache.

"Nous sommes arrivés", dit Felícia Mata de sa voix grave de plus en plus veloutée. "Chic, on va pouvoir se dégourdir les jambes…" s'extrayant laborieusement de la voiture, à l'ombre des palmiers.

Heureusement que Gaby était resté avec son plus jeune frère. Heureusement que le Coliseu tout entier avait applaudi Janina à peine le premier vers fini: *"Tapissant la mer, tapissant la mer avec mon mouchoir...*" Et heureusement qu'ils vivaient ici dans cette bonne maison qui se dressait devant eux où, en plus des cours d'eau permanents qui surgissaient en trois points différents, il y avait plus de dix prises par lesquelles s'offrait jour et nuit le courant électrique qui s'épanouissait en lumière, mouvement, chauffage, ventilation, réfrigération, sons et images. Heureusement. La victoire de Janina sur la scène, la victoire des Mata sur cette maison. D'ailleurs Felícia Mata était persuadée qu'une chose était la conséquence de l'autre et, n'étaient les enchaînements déterminés par le temps, elle aurait été incapable de dire laquelle était venue en premier, la belle maison en pierre ou la voix de Janina? Elle débordait simplement de reconnaissance parce que les deux étaient arrivées.

"Dieu soit loué!"

Heitor père lui aussi mettait pied à terre, lentement, aidé par la main d'Heitor fils. Les autres sortiraient après. Les uns derrière les autres, ils se dégageaient d'entre des grands cartons qui enfermaient l'univers de la technique, de l'électronique et de l'informatique, tout ce qu'il y avait de plus moderne et de plus condensé. Des objets en provenance de Corée, du Japon, des USA, de Dieu sait où encore. Des pièces originaires des pays les plus divers, d'endroits aux antipodes les uns des autres, qui se raccordaient dans l'air pour gagner du temps, de merveilleuses machines, issues de partout. Pour simplifier, on pourrait même les appeler choses merveilleuses, filles de la planète tout entière. Eh bien les voilà qui sortaient. Ces choses. De l'intérieur des voitures émergeaient des cuisinières, des rôtissoires, des vilebrequins, des aspirateurs, des téléviseurs, des jeux Nintendo et Game Boy pour les enfants, des objets qui faisaient de la musique pour des personnes de tout âge, accompagnés de leurs modes d'emploi magiques. Et les Mata les déchargeaient, les uns après les autres, l'âme joyeuse, parlant très fort devant les quarante fenêtres, dont la plupart faisaient ventre et étaient cassées, envahies d'herbes, à l'ombre des onze palmiers où les oiseaux réveillés sifflaient et pépiaient. Mais seules six fenêtres, six, calfeutrées et peintes avec leur bout de toit respectif, et quelques-uns des anciens pavillons, au milieu de ce qui restait de la Fabrique de conserves Leandro, constituaient leur maison. La maison des Mata. À laquelle eux-mêmes avaient ajouté les pièces nécessaires.

"Ah! Enfin..." s'exclama pour la dixième fois Felícia Mata en étirant ses bras lents sur lesquels la gloire s'était posée. Une femme de cinquante-cinq ans, très heureuse, très lente, descendant d'une Mitsubishi.

Mais la vieille Ana Mata, qui avait voyagé emprisonnée entre les cartons de son petit-fils Antonino, avait sauté d'un bond à terre et bien qu'elle fît de petits pas comme si sa marche était entravée, elle avançait vite. Sa fille Felícia se débarrassait encore de ses chaussures que déjà Ana Mata se dirigeait de son pas menu, jambe tordue et légère, vers le portail, son petit sac à main largement ouvert dans lequel elle cherchait la grande clé parmi des mouchoirs en papier. Elle l'avait trouvée, mais en fait elle n'aurait pas à s'en servir. Ana Mata l'avait introduite dans le trou de la serrure, l'avait même tournée et aussitôt était revenue sur ses pas, annonçant à grand renfort de gémissements que le portail était ouvert.

"Ouvert?" C'était impossible.

Domingos lâcha une caisse qu'il transportait sur l'épaule, d'un bond atteignit le portail, se planta devant les deux battants disjoints, les contempla sans bouger, puis fit signe de se taire aux Mata qui entre-temps s'étaient approchés et, renversant à coups de pied une espèce de jarre cassée qui se trouvait là, il fouilla le sol et en retira un couteau.

En moins d'une seconde, le fils aîné de Felícia Mata retroussa ses manches, cracha dans ses paumes, serra le couteau contre ses hanches et avança dans la cour, comme s'il se trouvait au milieu d'un désert peu sûr où le danger pouvait surgir même de l'atmosphère. Domingos inspecta la cour en tout sens, se déplaçant à reculons entre les pavillons de la fabrique. Il scruta les angles latéraux, les portes des différents corps de bâtiment, le trou béant à la base de la grande cheminée rouge, la porte éventrée de l'ancien pavillon de salage, d'autres dépendances, cela pendant quelques longues minutes trépidantes. Ensuite seulement il revint vers le portail, annonçant que la voie était libre. Nulle trace, finalement, de qui que ce soit. Il lui restait à examiner le heurtoir et la serrure. Il découvrit le fil de fer défait, le loquet repoussé et le mentonnet desserré. Oui, la porte avait été enfoncée. Devant lui, Ana Mata, qui avait repris la clé, la brandissait d'un air incrédule: "Ah mon Dieu, qu'est-ce qu'ils auront bien pu voler?"

Toujours méfiantes, les six femmes Mata, en groupe, suivies des enfants, traversèrent la cour, avec l'ahurissement de celui qui pénètre dans un espace violé. Prudemment, elles parcoururent tous les recoins, s'attendant à trouver dérangements et disparitions. Mais Domingos avait raison. Tout était en ordre, tout était intact. Les gobelets, les vêtements, les chaises empilables, les chaises longues, les rôtissoires, les récipients pour l'eau et même les écrans de deux téléviseurs étaient à leur place dans l'appentis, attendant d'être branchés. Rien ne manquait. Rien de rien. Nulle trace de cambriolage. Tout était normal. Seuls les deux chiens jappaient et se roulaient par terre, flairant les pieds des dames, le chien de garde couinant comme un petit rat, le caniche cherchant à se libérer de la lourde chaîne du chien de garde. Les multiples récipients des chiens étaient complètement vides, après tous ces jours. Non, rien n'avait été volé. Domingos Mata lui-même, énervé après avoir fait plusieurs fois le tour des pièces inutilisées, finit par perdre patience et par exposer sa théorie. Il ne se trompait pas. Au bout du compte ç'avait été la grand-mère elle-même qui avait laissé le portail ouvert avant leur départ. Et c'était arrivé parce qu'Ana Mata avait la manie de se prendre pour leur mère à tous. Elle voulait être celle qui fermait, celle qui ouvrait, celle qui commandait, alors qu'elle ne savait même plus obéir et encore moins diriger. Eh bien c'était la dernière fois que la grand-mère Ana Mata s'était chargée de fermer à clé avant de partir, la dernière fois qu'il lui avait été permis de s'approcher du portail avant tous les autres, en revenant de quelque part. Et Domingos Mata disait *la dernière fois, la dernière fois* d'un ton sans appel tout en transportant des cartons d'appareils ménagers et des outils délicats, transformant la cour en une espèce de quai de déchargement d'un condensé du progrès électronique. Quoi qu'il en soit, la frayeur avait été grande et sans motif. Ils avaient paniqué pour rien. Maintenant il ne restait plus qu'à se précipiter sous la douche, dresser la table pour le dîner et le consommer dans la lumière du jour. Un dîner tranquille, servi sans précipitation, après le succès de Janina et l'agréable voyage de retour. Un beau dîner.

Mais il ne devait pas en être ainsi.

Conceição était la femme de Domingos et Claudina Mata celle d'Heitor fils. Deux femmes jeunes devraient être comme deux mains, elles devraient se laver l'une l'autre, avant que toutes deux, réunies, se rincent le visage mutuellement. En entrant dans la cour, Conceição se chargea des enfants en bas âge. La femme d'Heitor se mit à plier le linge qui était durci et brûlé par le soleil. Elle le décrochait, le secouait et le plaçait dans une corbeille en plastique. Elle devait le plier lentement, car certaines pièces semblaient de fer après quatre jours passés sur la corde à linge dans la chaleur la plus intense de l'année. Ruisselante de sueur, Claudina Mata secouait et tirait, étendait, pliait. Soudain elle s'était immobilisée et s'était mise à crier : "Heitor, Heitor !" Mais ce fut son cousin, Domingos Mata, qui approcha le premier, armé du couteau. Aucun autre mot n'était nécessaire. En un clin d'œil, Domingos avait compris que la raison du portail ouvert était découverte. L'explication était là. Au milieu des rangées de cordes à linge, à moitié recouverte par les draps que la femme d'Heitor tenait encore relevés, incapable d'abaisser les bras, une jeune fille blanche était assise sur une chaise.

Domingos et son couteau s'étaient interposés entre la jeune fille et Claudina. Heitor arriva ensuite, suivi d'Antonino et des femmes qui accoururent elles aussi. Oui, en effet, une jeune fille blanche était assise entre les cordes à linge, les regardant, leur souriant, muette. Et les Mata eux aussi regardaient la jeune fille sans mot dire, foudroyés par la surprise. Interdits. Seul Heitor père qui tardait à arriver, se traînant sur ses béquilles, demandait de loin : "Ça y est, vous l'avez attrapé ? Vous l'avez attrapé ?" Rêvant à la présence d'un vrai voleur. Les autres gardèrent le silence. Personne n'était prêt pour un tel choc. De cette personne blanche qu'ils venaient de découvrir se dégageait quelque chose de tragique ou de comique, ils ne savaient pas trop, mais qu'il était urgent d'élucider. Quelque chose d'assurément encore indéterminé qui venait s'immiscer dans le succès remporté par les Mata en cette fin de semaine. Une chose comique, qui sait, s'étaient-ils dit.

Oui, en un premier moment, la découverte fut si surprenante que le comique surgit, collé à la gloire. Non pas, assurément, pour l'inverser ou l'annihiler, mais juste pour la saper. Peut-être seulement pour la menacer. Le comique était cette chose intruse qui se trouvait là, cette chose blanchâtre repliée sur elle-même, aux yeux étonnés et aux lèvres entrouvertes, qui souriait ou même riait, d'un rire défensif, propre à quelqu'un surpris sur le point de commettre un crime ou tout au moins une mauvaise action. Cette personne recroquevillée en une attitude insolite, cramponnée à ses affaires, qui semblait à la fois sans défense et menaçante, retranchée entre des cordes à linge. Mais le comique explosait surtout à cause de la présence d'un élément opposé, Claudina Mata. Maintenant qu'Heitor la retenait par les bras, elle avait été prise d'un accès incontrôlable de petits cris pendant que la chose continuait à rire. La chose assise sur la chaise en plastique, un sac en bandoulière niché sur ses genoux ronds collés l'un à l'autre, son cou svelte plus svelte que jamais, ses cheveux courts complètement hérissés, regardait les Mata. En riant. Le comique progressait, gagnait du terrain dans cette enceinte où seul le parfum du succès aurait dû s'exhaler ce jour-là. Domingos avait déjà fait disparaître le couteau, mais c'était lui qui gérait la surprise et aussi l'interrogatoire, ne cessant de demander ce que faisait là cette personne planquée derrière les cordes à linge.

La voix de Felícia, toutefois, vint se superposer à celle de son fils. La voix de la gloire intacte, une voix très forte, projetée de loin vers le lieu où se trouvait Milene : "Dites-nous, ma petite, dites-nous donc qui vous êtes." Et pour que Milene comprenne bien la question, elle avait fait un pas en avant. Elle remarqua alors que le visage de la jeune fille était tout noirci. Felícia écarta les bras, s'approcha davantage : "Oh, vous êtes toute salie. Comment ça se fait ? Qu'est-ce qui vous est arrivé ?"

Les pieds de Milene, ses jambes dénudées par la jupe remontée à cause de la position assise ainsi que ses sandales étaient couverts de poussière. Ses vêtements semblaient avoir été mouillés et avoir séché sur elle.

"Vous ne pouvez pas parler ?"

"Par où êtes-vous passée ? Racontez un peu. Vous avez les jambes toutes sales…"

Felícia regardait ses sœurs, Dilecta et Germana. Tous trois observaient la jeune fille blanche avec stupéfaction : "La pauvre, elle peut pas parler… Du calme, Domingos, tu vois bien qu'elle peut pas parler…"

Mais Milene dit que si, elle pouvait parler, et pour le prouver, elle avait commencé à balbutier des mots en direction de cette dizaine et demie de personnes qui la dévisageaient avec insistance. Elle reconnaissait d'ailleurs ces gens que sa famille appelait la troisième vague et à qui elle avait loué ou prêté une partie de la Vieille Fabrique. Finalement c'était eux qu'elle cherchait depuis le matin. Mais une chose était de chercher des gens et de les trouver, et une autre d'être trouvée, alors qu'elle-même avait renoncé à être découverte par qui que ce soit, fût-ce même par ses propres oncles et tantes. Elle se trouvait à présent devant tous ces gens, sans parvenir à penser à ce qu'elle devait dire. Ou plutôt, sans avoir rien à dire. Comme si le désordre s'acharnait à tisser sa vie, elle se trouvait dans cette position inconfortable, non pas en train de parler calmement avec une ou deux personnes, mais devant quinze ou vingt qui la dévisageaient comme si elle était une larve qu'elles avaient envie de repousser d'une chiquenaude. Oui, ils étaient surpris, mais elle ne l'était pas moins. Les Mata à présent s'approchaient de plus près. Avec circonspection. Felícia, légèrement penchée vers Milene, se réjouit : "Regardez, elle peut parler, la fille peut parler…" Pleine de sollicitude, inclinée vers Milene : "Dites voir, ma petite. Pourquoi êtes-vous ici ? Savez-vous qui nous sommes ? Le savez-vous ?"

Oui, elle le savait. C'était très simple, ils constituaient la troisième vague, la troisième cohorte, et ils étaient là pour garder la Vieille Fabrique, pour polir le diamant, le cacher, le préserver, le couver, le multiplier par mille. Elle savait, mais elle ne dirait rien de tout ça.

"Alors nous sommes qui ? Nous sommes qui ?"

À ce moment-là, Felícia Mata était déjà tout près de Milene. D'ailleurs, au milieu des autres, ahuris et immobiles, Felícia s'avançait vers elle avec la délicatesse et la ruse de celui qui veut attraper de ses mains nues un chat traqué : "Qui ? Nous sommes qui ?"

Le regard de Milene allait de Felícia aux Mata rassemblés en cercle entre elle, le mur et les draps suspendus, et elle savait que leur nom, à ces gens de la troisième vague, était très court, très simple, très facile à prononcer, d'une syllabe ou deux, mais en cet instant même elle ne s'en souvenait plus. Il se passerait la même chose quand ses oncles et ses tantes arriveraient, elle ne réussirait pas non plus à se cacher d'eux ni à leur parler. Elle sentait à l'intérieur de sa tête un nuage en spirale, un carrousel d'informations, de détails proches et lointains, tous pêle-mêle, dont elle n'arrivait pas à extraire l'essentiel devant ces visages plantés autour d'elle dans l'attente de ses paroles, alors qu'elle ne leur répondait pas. Elle se dit qu'elle pourrait peut-être faire vite. Elle dépassait parfois le nuage semblable à un carrousel qui tournait, un peu comme un poisson dont la vision circulaire rend tout proche et équidistant, et elle trouait le nuage, pour en sortir à toute vitesse. Même son cousin João Paulo, qui la connaissait mieux que quiconque, lui donnait ce conseil. Qu'elle s'entraîne à être rapide, à ne pas penser à ce qu'elle allait dire, ni à l'effet de ses paroles, qu'elle s'entraîne à tout dire en une seule fois, très vite, en courant, en courant pour qu'il n'y ait pas d'intervalle entre la pensée et les lèvres. Or en cet instant, les gens qui l'avaient découverte faisaient preuve d'une patience infinie à son égard. Alors, pourquoi ne serait-elle pas rapide ? Pour ces gens, l'un d'eux muni d'un couteau, réunis autour d'elle, tout ce temps pendant lequel elle ne savait quoi dire devait sembler un cauchemar interminable. Tous les Mata, disposés en demi-cercle, y compris les enfants, restaient unis par la direction du regard qu'ils fixaient sur elle, une enfilade de regards simultanés qui la clouaient au sol. Retenue par tous ces yeux et un couteau dissimulé, Milene ne bougeait pas.

Mais le jeune homme en chemise noire, protégeant les enfants qui se cramponnaient à son pantalon, fit un pas en avant. Il se pencha vers elle : "Cette fille n'est pas stupide, elle souffre d'un grand choc…" Et, s'approchant encore davantage, il demanda : "Pourquoi êtes-vous dans cet état de choc ?"

"Pourquoi ?"

Pendant que le jeune homme en noir l'examinait de près, Milene laissa l'expression *état de choc* résonner dans sa tête et elle éprouva une sorte de satisfaction à entendre ce garçon parler d'elle. Eh oui, c'était peut-être ça, elle était dans un état de choc. *Mon Dieu, je suis sûrement en état de choc. Si ça se trouve, je suis en état de choc depuis longtemps, depuis que je suis née…* Et Milene souriait, éprouvant une grande reconnaissance pour cette expression que les gens de la troisième vague lui offraient de façon inattendue, car elle pourrait expliquer bien des choses ou même tout dans sa vie. Oui, en cet instant elle n'avait pas le temps de réfléchir à son passé, mais s'agissant du moment présent, c'était à coup sûr l'expression adéquate. Elle était sans doute dans un état de choc. Cette idée lui semblait juste, elle était raisonnable, en tout cas elle menait quelque part. Comme si, grâce à l'expression *état de choc*, elle pouvait désormais faire bouger quelque chose qui était resté figé dans sa tête et autour de laquelle tout s'articulait comme autour de l'axe d'une baguette magique. Milene commença à raconter à toute allure.

Elle raconta comment elle était bien tranquillement chez elle en train de regarder *Les Aventuriers de l'Arche perdue* tout en écoutant un vieux disque des Simple Minds quand soudain elle avait appris sans ménagement que sa grand-mère était morte. Elle raconta que de toute sa famille elle était la seule à la maison, tous ses oncles, tantes et cousins avaient quitté Valmares pour se rendre dans des endroits qu'elle n'avait pas su identifier. Elle raconta ce qu'elle avait fait alors, comment elle avait passé quatre heures dans l'église de São Francisco. Elle raconta tout cela sans reprendre haleine, sans quitter les Mata des yeux. Ensuite seulement elle raconta comment la grand-mère Regina Leandro était venue mourir à la porte de la fabrique dans la nuit du jeudi précédent. Et à la fin elle avait dit: "Je ne sais pas, je n'ai pas parlé à grand-mère Regina, mais je crois qu'elle voulait entrer ici pour penser à son passé. Je le crois sincèrement..."

"Entrer où?" demanda Felícia Mata sans rattacher la porte de la fabrique en question à celle de cette fabrique-ci.

"Ici, dans la Vieille Fabrique", dit Milene.

Les trois sœurs se regardèrent sans très bien comprendre. Comme Milene avait interrompu ce résumé tragique et qu'elle continuait à rester assise, Felícia, incrédule, voulut en savoir plus: "Vous voulez dire que cette femme dont vous parlez est venue tomber ici devant notre portail? Continue, ma petite, continue, nous voulons être sûrs de bien te comprendre."

S'agitant sur la chaise et serrant son sac contre elle, Milene avoua: "C'est bien ça le problème. Elle est morte et je suis incapable d'expliquer pour quelle raison elle est morte..." Elle fit cet aveu en regardant les Mata, comme si leurs visages étaient un vaste paysage à qui elle demandait grâce. Complètement penchés vers elle, les Mata s'efforçaient de déchiffrer ce qu'ils entendaient, comme s'ils venaient de découvrir un oracle de l'au-delà qui s'offrait à eux. Felícia s'inclina devant le visage de Milene. Elle lui tendit la main.

"Attends… Sois plus claire. Tu es ici et tu es la petite-fille de dona Regina Leandro et tu nous dis que dona Regina est décédée… Voyons tout ça dans l'ordre… D'abord, pourquoi es-tu ici?"

"Je suis venue voir si quelqu'un pouvait m'expliquer ce qui est arrivé à grand-mère Regina…" répondit Milene, la jeune fille blanche.

Là, les Mata éclatèrent de rire. Domingos rit lui aussi et dit d'une voix sonore, résumant le moment comique qui assombrissait l'opulence et la satisfaction méritées de cette famille: "Ça y est, tout s'explique. Elle a une case en moins, elle fait que débiter des inepties et nous, on perd notre temps à l'écouter, avec tout ce qu'on a à faire… Vous devriez téléphoner à notre propriétaire, ma mère, et lui dire qu'une fille ou une petite-fille à elle a débarqué ici, dans notre maison. Qui sait qui elle est? Si ça se trouve, elle ne lui est rien…"

Milene s'aperçut du malentendu.

"Ce n'est pas la peine de téléphoner, elle ne répond à personne au téléphone. Je vous ai déjà dit qu'elle est décédée…"

Plus Milene se répétait, plus ses mots rétrécissaient, perdaient de leur volume et de leur sens. On en venait à se demander si elle-même savait si la personne dont elle parlait était morte ou en vie.

Claudina n'en croyait pas ses oreilles. Elle aussi riait, s'amusant des réactions et des paroles de la jeune fille qu'ils avaient découverte: "Vous avez déjà vu un mort répondre au téléphone?" Tout ça était du plus haut comique. Les Mata auraient bien voulu éprouver du respect pour la personne toute chiffonnée assise sur une des chaises de la cour, mais ils n'y parvenaient pas. Les Mata avaient commencé à rire ouvertement, joyeusement, dans de grands hoquets. Les Mata riaient.

Ils riaient à gorge déployée, comme s'ils se trouvaient au Coliseu dos Recreios et que le succès comportait une part de bouffonnerie. Sauf que la situation présente était complètement différente. Cette jeune fille était passablement déboussolée et perdue, ce qui était bien triste, mais eux, les Mata, ne pouvaient pas s'extraire de leur bonheur conquis de haute lutte, ils ne le pouvaient pas et ne le voulaient pas, et donc cette histoire ne les intéressait absolument pas et ils prenaient leurs distances vis-à-vis de cette personne en riant entre eux. Et Milene, les entendant rire, riait aussi.

Mais ensuite, sans se lever de sa chaise, restant collée à ce siège qui l'accueillait et l'enveloppait de plastique, Milene ouvrit son sac, fourragea à l'intérieur, chercha un mouchoir de papier qu'elle se passa sur le visage et sur le cou, puis se mit à pleurer. Cela faisait si longtemps qu'elle ne pleurait pas. À bien réfléchir, elle n'avait pas pleuré depuis le départ de João Paulo. Il y avait bien longtemps. Pourquoi ne pleurerait-elle pas maintenant, devant les personnes de la troisième vague, puisqu'elle en avait tellement envie ? Et donc elle pleurait. Elle pleurait en silence à l'intérieur du mouchoir déplié qui couvrait ses yeux d'une tempe à l'autre et elle essuyait ses larmes. Au début le mouchoir se salit puis il se déchira au milieu. Elle le remplaça par un autre qui se mouilla et se déchira aussi. Elle pleurait comme un enfant dans des morceaux de papier qui se défaisaient entre ses doigts et dont elle avait du mal à se débarrasser, enroulant les lambeaux mouillés les uns dans les autres. À ce spectacle, les femmes Mata commencèrent à s'approcher. Le silence se fit dans la cour. Les pleurs de Milene n'étaient pas bruyants, mais ils faisaient fondre quelque chose à l'entour. Ils faisaient fondre le burlesque et, curieusement, ils renforçaient la gloire. Pour les Mata, en cet instant, la tristesse ne concernait que les autres, elle était une excroissance étrange dans cette maison, qui ne les concernait pas, bien que chacun sût que tous ceux qui se sentent heureux et assistent au malheur des autres ont le devoir irrécusable de se montrer charitables envers eux. Felícia Mata fut clairvoyante à cet égard, avec la logique fulgurante des vainqueurs. Quelqu'un souffrait beaucoup et venait se réfugier dans sa maison pour que les Mata l'aident et peut-être qu'en se montrant hospitaliers ils gagneraient en droits et en force, amplifiant ainsi leur état de bonheur. Felícia Mata, accroupie entre ses sœurs Germana et Dilecta, bien en face de la jeune fille à qui elle offrait patiemment des mouchoirs, lui parlait d'une voix veloutée :

"Allons, ma petite! Allons! Personne ici n'a pu croire que pareille chose ait pu arriver. Finalement il y a bien un air de famille. On l'avait pas remarqué. Et puis ta grand-mère est notre propriétaire. Raconte comment c'est arrivé. On ne va pas rire, on t'écoute..."

Et Milene, se précipitant à nouveau sur les mots, répéta la même histoire, développant un détail ici et là, poussée par les questions, présentant les événements de ces derniers jours comme si elle les pêchait au fond d'un lac lointain. Les relatant en faisant abstraction du temps et de l'espace, évoquant l'absence des membres de sa famille éparpillée dans diverses stations touristiques de la terre et la peur qu'elle avait de leur retour. Il semblait aux Mata qu'elle ne parlait pas de la réalité, mais d'un rêve qu'elle avait fait pendant son sommeil, si bien qu'en l'entendant ils se sentaient tous étrangement hors du monde, de la cohérence et des lois de la vie, tant ils étaient encore sous l'emprise de la fulgurance du parterre du Coliseu où ils avaient occupé le troisième rang, Janina déclamant sur la scène immense *: Tapissant la mer, tapissant la mer écarlate avec mon mouchoir d'étranger...* Sous l'emprise des applaudissements qui avaient retenti du parterre jusqu'aux balcons et que tous gardaient encore dans leurs oreilles, et aussi sous l'emprise du retour heureux, si heureux qu'ils n'avaient même pas remarqué la présence de la Clio blanche garée au bord de la route, juste devant la fabrique. Et comme la tragédie et le bonheur se trouvaient face à face, et que la tragédie ne touchait pas les Mata, mais cette jeune fille qui ne savait pas raconter et qui inventait sûrement – car qui pouvait imaginer que quelqu'un, dans l'état où elle décrivait la grand-mère Regina, ait pu s'enfuir d'une ambulance pour se rendre ici sans aucune aide. Felícia, comme si sa voix chaude était saisie par une pince aiguë qui la condamnait à tout jamais aux notes hautes, disait: "Quelle pitié, ma petite, vous êtes vraiment sous le choc..." Elle le disait en regardant le visage de Milene et en doutant de ce que celle-ci racontait. Tous les Mata partageaient ce sentiment. La jeune fille relatait sûrement un rêve sorti de sa propre tête pendant que Felícia répétait: "Tu dois vraiment être sous le choc, vraiment sous le choc... Comment c'est que tu t'appelles?"

Mais un groupe humain a sa propre logique de défense et d'attaque, comme un banc de poissons, comme une volée d'oiseaux. Volée et banc mystérieux, tout autant que chaque unité qui les constitue. Domingos, qui s'était remis à rassembler et à déballer les cartons, édifiant une pyramide de papiers et de plastiques dans un coin, perdit patience et se mit à crier à côté du portail: "Antonino, va donc un peu à la station-service voir de quoi il retourne exactement, pour qu'on sache vraiment ce qu'il en est. Allez, file..."

Le jeune homme en noir reboutonna sa chemise et se dirigea vers la fourgonnette grise. Ses trois fils le suivirent en grappe, se bousculant et se fourrant dans les jambes de leur père. Les trois petits furent attachés sur la banquette arrière, comme si la course allait être longue. Mais elle ne prendrait même pas une demi-heure. Ils revinrent vite, descendant de voiture tous les quatre et reformant la même grappe. Antonino se débarrassa des marmots et confirma tout: c'était la vérité! À la station-service, personne n'avait su très bien raconter, ils ne savaient même pas de qui il s'agissait, à l'exception d'un gars qui s'était offert à parler, bien qu'il eût déjà fini son service. Ce que la fille blanche avait raconté s'était passé exactement comme elle avait dit. Effectivement, il semblait que dona Regina Leandro avait été trouvée ici même, près du portail qu'ils franchissaient constamment. Elle avait été découverte lors du jour férié par des cyclistes amateurs qui s'entraînaient tôt le matin. Les cyclistes avaient enfoncé la porte, croyant qu'elle habitait là. Ensuite, la Garde nationale républicaine avait été appelée. Par les cyclistes. À partir de là, plus personne n'était en mesure de raconter. Les événements changeaient de mains et de lieu.

"Tout se confirme..."

Déclara Antonino Mata devant le portail ouvert en retirant sa casquette. Les yeux fixés sur le portail. Les Mata avaient laissé Milene assise là derrière, ils avaient cessé de la regarder, ils fixaient le portail sans réussir à détourner leurs sens de ce seuil en pierre où leur propriétaire était venue finir ses jours.

"Tout se confirmait-il?"

Par les deux battants grands ouverts, l'œil apercevait par-delà, dans le lointain, des collines douces, parsemées de blanc, des murs perdus parmi les bois distants, en un mélange estompé, puis la terre proche, rase, jaune et rousse, où des restes d'arbres, sans nom ni genre, ressemblaient à des bouts pointus d'os abandonnés, tout cela réuni sous les teintes rougeâtres du soleil couchant. Au premier plan, la route criblée de nids-de-poule et là, tout près, le portail. Personne ne disait mot. La mort était là, les signes étaient présents dedans comme dehors, le portail brisant comme une lame à double tranchant les moments vécus avant et après. Et la jeune fille blanche qui se cantonnait à l'arrière-plan, entre les cordes à linge, était sa messagère. Maintenant les Mata tournaient leur regard vers Milene, surpris, effrayés, comme si elle était la première lettre d'une longue phrase qu'il leur fallait encore déchiffrer. Ils allèrent la chercher. Et comme la nuit tombait, chaude et grouillante de moustiques, et que personne n'allumait les lumières, les Mata, intrigués, s'attroupèrent devant le portail. Ana Mata elle-même, abasourdie, allait et venait d'un côté et de l'autre, sans savoir que penser et poussant devant elle son fauteuil en plastique. Comment était-ce possible? Demandaient-ils tous. Oui, comment se pouvait-il que le jour même où ils avaient quitté Lisbonne en passant par le pont, le soleil frappant fort l'eau du fleuve, dans un scintillement aussi intense que celui du soleil au Cap-Vert sur les îles, comment se pouvait-il qu'en ce jour de pensées merveilleuses ils aient reçu à leur retour la nouvelle de la mort de leur propriétaire sur le seuil de leur porte? Que faire? Que penser? Cela ressemblait à un deuil. Dilecta songea même à aller chercher un chapelet et à réciter des *Pater Noster* pour la propriétaire défunte, comme si tout cela venait juste d'arriver.

Mais Felícia ne le permit pas.

Plus l'obscurité approchait, plus les Mata semblaient paralysés, errant tous d'un côté et de l'autre, interloqués et muets, mais Felícia, elle, voyait clairement les choses. Pour Felícia Mata, tout était simple et clair. Car il fallait faire preuve à tout moment d'intelligence dans la vie. Et aussi vis-à-vis de la mort. Et, donnant des ordres et des contrordres au milieu de la cour, elle leur demanda à tous de reprendre leurs esprits car la mort faisait partie de la vie, la vie ressuscitée que Dieu nous donnait, et elle n'était pas un fantôme obscur qui s'empressait de détruire les êtres. Qui donc avait inventé cette idée?

Et quant au fait que dona Regina était venue rendre l'âme ici, cela aussi lui semblait assez clair. Dans son interprétation, la propriétaire aimait bien les Mata et, à défaut de sa propre famille, partie on ne savait où, elle avait recherché un coin où vivaient des gens honorables pour s'y réfugier. En fin de compte, dona Regina Leandro savait fort bien que les Mata n'avaient jamais manqué à leurs engagements, payant dix mille escudos très ponctuellement pour cet espace et par-dessus le marché arrachant les mauvaises herbes, remplaçant les tuiles cassées, chassant les bêtes et empêchant les vagabonds de s'installer. Dona Regina le savait bien, elle qui les avait invités à habiter là. Au début, elle venait elle-même toucher le loyer et faisait un tour dans l'ensemble des bâtiments. Pour surveiller. La dernière fois qu'elle était venue, c'était il y a quelque deux ans. Felícia la voyait encore descendre du taxi, s'approcher du portail, les cheveux teints en lilas, avec des lunettes de soleil, le visage tout poudré de beige et de marron. Et comment qu'elle s'en souvenait.

Dona Regina était venue vérifier le bon ordre de la fabrique et faire un brin de causette. Bien droite, les mains pleines de bagues, parlant avec Ana Mata, parlant avec elles toutes. Felícia s'en souvenait très bien. Elles avaient bu une boisson fraîche justement ici. Elle la voyait encore montrer de sa canne des papiers qui traînaient par terre, puis dire au revoir et se diriger de nouveau vers le taxi resté à l'attendre. Et elle la voyait aussi repartir sur la route, toute raide sur son siège comme une reine mère, le premier jour où elles avaient parlé. Ça se passait bien avant, il y avait environ cinq ans. Tous s'en souvenaient. Oui, cinq ans plus tôt, les Mata pique-niquaient par hasard sous les palmiers et dona Regina bavardait avec eux et leur avait exposé ses conditions, tout à fait raisonnables, pour l'occupation de sa maison. Les Mata avaient exigé une seule chose : le branchement immédiat de la lumière et de l'eau. Oui, ils se souvenaient de cet après-midi de juin. Un après-midi clair. Dona Regina, plus jeune, dans un autre taxi, et eux sur le tertre, l'affaire conclue. Les cheveux de dona Regina, plus épais, brillaient à travers la vitre du taxi qui roulait le long de la route en pente. Tous s'en souvenaient. Comment souilleraient-ils à présent ces souvenirs avec des prières, des rosaires et autres litanies ? “Ouste, ouste, idées tristes, hors d'ici…”

“Allez-vous-en, allez-vous-en…”

Felícia enjoignant aux choses tristes de la nuit de s'en aller, sa voix de forteresse devenue tremblante et suintante. Devant le portail. Tous devant le portail. Entre les deux battants ouverts on apercevait la Clio en face, garée sur le bas-côté. On voyait l'obscurité se refermer sur les troncs des palmiers. On entendait les pleurs légers d'Ana Mata, assise sur son fauteuil en plastique personnel, conversant toute seule avec l'absence de sa propriétaire. Soupirant si fort que sa fille lui dit : "Arrêtez, ma mère, arrêtez. Pourquoi pleurez-vous ? Regardez la télé, distrayez-vous…" Mais soudain, au milieu des paroles pleines de bon sens que Felícia répandait autour d'elle, une idée importante lui était venue. L'idée séchait la moiteur de ses mains et de son visage, l'idée était si énorme que Felícia en écarquillait les yeux. Sa poitrine se gonfla d'air, sa voix ondula. Felícia demanda : "Ma petite, il y a quelqu'un qui t'attend chez toi ?"

Milene se dirigeait vers la Clio garée en face. Les Mata regardaient le portail et Milene.

"Personne ne t'attend ?"

"Et alors où vas-tu passer la nuit ?" demanda encore Felícia d'une voix forte à Milene. Et au milieu de l'obscurité qui descendait, l'idée de Felícia se concrétisa : "Écoute, si personne t'attend chez toi, nous, les Mata, on est des chrétiens. Tu vas rester avec nous et ta grand-mère, où qu'elle soit, sera reconnaissante. Tu vas aller te laver, tu mangeras avec nous, car tu dois crever de faim, et tu dormiras dans la chambre de mes fils artistes et demain on avisera, car tu n'es pas en état de rentrer chez toi, ma petite, en état de choc comme tu es. Moi je suis sûre que tu es très dégourdie, très intelligente, et que ce que tu as, c'est que tu es sous le choc de la tristesse de ta situation…"

Les Mata avaient l'œil fixé sur le portail grand ouvert devant la plaine sombre où même la voiture blanche disparaissait comme si elle était faite de terre. Et Felícia ordonnait : "Conceição, Claudina, allez mettre des draps propres sur le lit minuscule dans la chambre des artistes. Allez-y toutes les deux, ça ira plus vite. Allez, grouillez-vous, il se fait tard pour le dîner. Nous allons réagir. Ici personne ne pleure. Aujourd'hui est un jour trop spécial pour qu'on pleure. Vous avez entendu, ma mère ? Prenez votre *cautcha* et allez vous asseoir dessus, là-bas, un peu plus loin, près de vos rivières et maintenant arrêtez de geindre. Allons,

allons, dépêchons…" Felícia frappait dans ses paumes. Ces paumes qu'elle savait si bien utiliser en d'autres occasions lui servaient à présent à faire fuir la morosité, à casser la tristesse, à chasser les souvenirs pourris. "Allez, ouste, mauvais souvenirs. Et vous, les bons souvenirs, restez là…"

Elle n'en disait pas plus parce que ç'aurait été indécent, mais en faisant valser sa tribu dans la cour, Felícia avait envie de chanter le tube de Janina de sa voix de femme, mère de chanteur, une belle voix de contralto. Si cela n'avait pas fait mauvais effet, elle aurait même chanté pour dona Regina, en mémoire des bons souvenirs que celle-ci avait laissés aux Mata, sans parler de sa propre maison. Elle chanterait la chanson *Tapissant la mer* en l'adaptant au style d'église au moment du *Gloria*, car sa famille ne comprendrait pas qu'elle chante en une heure de deuil. Au lieu de cela, Felícia ordonnait, allant et venant : "Allez, vite, grouillez-vous… Pour que la fille puisse dormir dans le lit minuscule tout propre, allez, grouillez…"

"Voulez-vous dormir chez nous ou non ? Vous voulez ou non ?"

Oui, Milene voulait. Notre cousine n'avait même pas réussi à avancer vers l'obscurité de la rue. Elle avait faim et soif, elle avait peur et était fatiguée. Elle sentait des picotements aux chevilles, comme si elle avait été piquée par des insectes ou de la paille, ou des épines dans les champs. La nuit lui semblait une immense demeure dans laquelle elle allait se perdre et ici, à l'intérieur, quelqu'un lui avait fourni la clé de ces derniers jours et peut-être même de toute sa vie. Ou plutôt, quand elle s'y attendait le moins, les mots des autres l'avaient rejointe, chargés d'un sens qui expliquait tout : *"Oui, je suis en état de choc depuis vendredi, en état de choc depuis des années, depuis le temps où João Paulo m'emmenait dans le bateau de Guinote et me parlait. Déjà alors j'étais en état de choc. Une personne en état de choc, seule, fatiguée, conduire sa voiture en pleine nuit ? Hors de question."* Et ils la regardaient et elle les regardait. Elle était revenue sur ses pas.

C'est ainsi que Milene, en cette nuit du 18 août, dormit dans un des pavillons du diamant. Une petite part de volonté décidant de l'orientation de sa vie. Mais il n'est pas vrai que les Mata l'avaient trouvée loin de la Clio, sur le chemin du Bairro dos Espelhos, enveloppée de poussière, sans sac ni chapeau. Et encore moins que les Mata l'avaient attirée et emmenée chez eux par calcul, coincée entre des cageots de supermarché, des gens en sueur et d'autres articles de consommation. Milene s'était cachée entre les cordes à linge, elle avait accepté l'invitation, elle était revenue dans la cour de sa propre volonté.

Mais tout cela, nous l'apprendrions seulement plus tard.

2

De sa propre volonté, dont faisait aussi partie sans doute sa fatigue.

À la vérité, tout ce que Milene désirait, après avoir été découverte derrière les cordes à linge et après que la nuit fut tombée sur Mar de Prainhas, c'était pouvoir dormir dans ce lit dont parlait la femme à la voix sonore, celle qui semblait avoir connu de près la grand-mère Regina. C'était pouvoir passer la nuit parmi ces gens qui partageaient la même perplexité qu'elle au sujet des événements, dormir au milieu de personnes qui continuaient encore à parler directement avec la grand-mère Regina, comme c'était le cas d'Ana Mata, assise dans son fauteuil en plastique dans un coin de la cour. Rester parmi ces gens muets qui voulaient que leurs enfants soient eux aussi muets. Près de ce jeune homme qui était apparu au début armé d'un couteau et qui, désarmé, se contentait maintenant de regarder le portail. Près de cet autre garçon vêtu de noir qui lui avait dit qu'elle était en état de choc et qui allait et venait d'un côté et de l'autre, à la recherche de quelque chose qu'il ne trouvait pas. Milene, notre cousine Milene, en acceptant l'invitation de Felícia, s'était sentie réconfortée, comme elle le dirait plus tard. Cette nuit-là au moins, elle ne penserait pas aux agents de la Garde nationale républicaine, ni à appeler ses oncles et ses tantes par téléphone, ni aux rues dans lesquelles elle avait déambulé, ni au format *du machin*, ni au long discours du curé, ni à la femme aux mollets carrés, ni aux fleurs qui s'agitaient dans la voiture noire, ni même à la recherche qu'elle avait entreprise ce même jour jusqu'au moment où elle avait rencontré les gens de la troisième vague qui l'accueillaient avec sérénité. Milene se laissa faire sans résister. Elle n'avait même pas besoin de parler.

Comparé au retour dans l'obscurité, tout lui semblait amical.

Le lit qu'on lui offrit pour la nuit faisait partie d'une espèce d'ameublement disparate de studio d'enregistrement et avait l'air extrêmement confortable. Des instruments de musique, à clavier, à cordes, des tambours, des montagnes de disques à côté des appareils, sans doute destinés à leur écoute, tout cela lui faisait du bien. Tant de bien qu'en cet instant elle ne voulait plus penser à rien. La seule chose concrète qui lui restait à faire, c'était d'essayer de s'installer dans ce lit qualifié de minuscule, coincé entre deux lits plus grands au milieu de ce local transformé en bazar couleur coquelicot. À un certain moment, Claudina Mata s'était éloignée en entraînant avec elle Sissi et Belisa, les deux adolescentes aux cheveux frisés. Conceição avait surgi ensuite. Toutes les quatre l'avaient dévisagée, puis étaient sorties. Elles avaient poussé doucement la porte du pavillon presque sans faire de bruit. Enfin Felícia était venue dire que Milene pouvait garder la lumière allumée, celle à côté du lit minuscule, coincée entre des piles de disques. Un silence relatif s'était fait. Dehors on entendait juste Ana Mata pleurer dans la maisonnette grise et un de ses petits-fils protester parce que cela le dérangeait. Felícia imposait le silence : "Assez bavardé, on se tait..." Après une matinée passée à sillonner le champ de graminées, un après-midi tout entier cachée entre les cordes à linge, elle n'avait pas besoin de parler, elle se sentait requinquée. Dans sa situation, il valait mieux qu'elle ne rentre pas chez elle. Alors Milene ferma les yeux et évoqua des scènes plaisantes qui s'étaient déroulées ici, dans le diamant, après le désistement de la deuxième vague.

Le temps, elle ne pouvait ni ne voulait le préciser, quant à l'espace, l'événement s'était déroulé exactement ici, quand la fabrique était encore connue sous le nom de *Fabrique de conserves Leandro 1908*. Ç'avait été une époque formidable. Le visage et les jambes lavés dans de l'eau froide, la lumière de la cour pénétrant à travers les rideaux, Milene se souvenait du campement qui avait été monté ici pendant les trois mois que João Paulo appelait *le meilleur été de notre vie*. Tante Gininha était encore célibataire, elle avait de longs cheveux épars et était toujours accompagnée d'un amoureux. Et les trois cousins inséparables couraient de long en large dans cet espace dégagé, ici même, devant la haute cheminée. Milene s'en souvenait comme si elle revivait la vie agréable qu'elle avait connue ici. Mais elle n'avait pas besoin de se souvenir d'autre chose.

Elle n'avait pas besoin de se souvenir des cinq ouvriers de la deuxième vague qui avaient tendu un coussin avec des clés posées dans le petit creux au milieu du velours, prononçant les paroles propres à ce genre de restitution en 1985. Elle n'avait pas besoin de se souvenir de ces phrases que nous-mêmes répétions à satiété en tordant la bouche pour nous moquer des ouvriers : "La trahison, ça suffit. Nous rendons cette saloperie dans l'état où elle nous a été remise... Nous y avons laissé nos os pour rien... Voici les clés sur le même oreiller, pour que vous ne disiez pas que nous avons gardé quoi que ce soit de cette grande escroquerie..." Non, Milene n'avait pas besoin de se souvenir de ces paroles, ni des cinq ouvriers regardant droit devant eux dans le vague, tendus, comme s'ils allaient nous tuer. L'élément féminin du groupe, avec ses trois millimètres de cheveux, avait renchéri : "Y'a que de la filouterie partout, que de l'arnaque..." La grand-mère Regina en était restée pétrifiée. Toute la famille était pétrifiée, comme prête à se laisser lapider sans sourciller. C'était cela la dignité. Les talons des chaussures à semelles compensées de la grand-mère Regina, l'un contre l'autre comme un général. Les lèvres serrées, comme cousues, ses paupières hautes encore plus hautes. Tout ouïe : "Y'a que de la filouterie..." Les quatre hommes tournant les talons, comme s'ils venaient de signer la capitulation d'une bataille. Ensuite tous les quatre étaient partis et la femme à la tête presque rasée, la plus tendue des cinq, la plus révoltée, s'était mise soudain à insulter l'humanité tout entière, l'humanité voleuse. Les commissures de sa bouche abaissées, comme si ses lèvres avaient appris cette grimace avec la demi-lune. Eux ramassaient encore leurs dernières affaires, des papiers et des dossiers, puis ils enfourchèrent des vélomoteurs bruyants et dévalèrent la route en pétaradant. La femme conduisait une mobylette, jupe retroussée jusqu'à l'aine, casque sur le porte-bagages. La tête presque rasée, s'abandonnant au vent comme si elle était un policier. Les cinq disparaissant sur la route. Tout au bout de la route. Oui, ç'avait été un moment fort, mais maintenant Milene n'avait pas besoin de revoir tout ça. Couchée dans le lit minuscule, elle se souvenait juste du campement et des matins où nous nous réveillions tôt pour prendre le bateau de Guinote et naviguer sur la Ria.

N'empêche que, comme nous tous, Milene avait assisté à la remise des clés.

D'ailleurs, à l'époque, Milene n'avait pu se retenir de s'exclamer bien haut: "Oh, mec! Quelle histoire! On a gagné?"

La tante Angela Margarida, qui conduisait la grand-mère Regina le long des pavillons en la tenant par le bras, écartant toutes les deux du bout du pied des caisses d'emballage éparpillées qui sentaient encore le poisson et le sel, des boîtes de conserve entassées dans la zone de la mise en boîte, des jarres à huile couchées par terre, des restes d'huile renversée, lui avait fait les gros yeux pour qu'elle se taise. Tous se taisaient. Mais João Paulo avait répondu: "Avec tous ces gens qui nous regardent comme s'ils étaient dix Raspoutine, nous avons tous perdu..." Les yeux de toute la famille, y compris ceux de tante Gininha, braqués à présent sur João Paulo comme des billes blindées. Et au milieu du silence, des coups de pied dans le fatras des caisses et du bruit des pas, nous trois étions restés derrière pour donner libre cours aux éclats de rire que nous ne parvenions plus à contenir. Les murs étaient recouverts d'obscénités et d'inscriptions terribles qu'il avait fallu faire gratter pour pouvoir vivre en paix. L'herbe du tertre sur laquelle un homicide avait eu lieu avait été coupée. Les pavillons avaient été balayés et lavés à grande eau. Car après le départ de la deuxième vague, nous allions occuper nous-mêmes ce vaste espace, nous y vivrions l'été de 1985, *le meilleur été de notre vie*, comme cela a déjà été dit. De cela, en revanche, Milene pouvait se souvenir. Trois mois entiers passés là-dedans à camper. Mais nous, l'oncle Afonso n'en était jamais venu à nous qualifier de vague.

L'idée des *vagues* surgirait seulement avec la troisième, qui finalement était celle-ci, constituée des personnes qui avaient recueilli et couché Milene dans le lit minuscule où elle pouvait se prélasser maintenant à son aise sans penser à rien, sauf aux bons moments de la vie. Comme par exemple celui où les trois cousins assis dans le bateau de Guinote, en 1985, voguaient sur les bras de la Ria et où elle-même, Milene, protégée du soleil par la chemise du cousin, tenait le seau. À l'époque, João Paulo avait encore les jambes filiformes d'un adolescent, mais il sortait déjà des phrases terrifiantes: "Les filles, vous croyez, vous, que la lumière est vraiment le génie du feu?" Alors Milene se levait et le bateau menaçait de chavirer: "Ne me dites pas que l'eau va prendre feu, ne me dites pas..."

Mais ensuite João Paulo rééquilibrait le bateau et tout se remettait en place. Il se postait à la proue. Il l'obligeait à remettre son chapeau de paille et étendait sa propre chemise sur elle. Il jurait que nous serions inséparables tous les trois. "Tous les trois toujours ensemble, toujours unis, jamais séparés, jusqu'à la fin de la vie. Vous entendez?" La paix s'étendait sur les eaux de la Ria. C'est à cela qu'elle pensait, mais pour ce faire elle n'avait pas besoin de prononcer *paix*, pas besoin de dire *Ria*. Ces réalités existaient indépendamment des mots. Cette nuit-là, le 18 août, Milene était une jeune fille vêtue d'une chemise prêtée, enveloppée de pensées agréables, d'elles seulement, couchée dans un lit minuscule, puis dormant à poings fermés jusqu'au lendemain matin, bercée par le mouvement des gens de la troisième vague.

Milene n'avait pas besoin non plus de prononcer les mots *matinée agréable*. La réalité s'imposait d'elle-même.

Car bien avant que le soleil ne se lève, Felícia Mata avait commencé à s'affairer dans la cour obscure, y répandant vivacité et énergie. Les chiens qui la suivaient, eux aussi plein d'entrain, jouaient, se bousculaient et se mordaient, partageant avec elle l'élan de la vie. Le jour se levait à peine que déjà Felícia empoignait un balai et dans un grand bruit de brindilles entreprenait de pousser les papiers dans un coin, de balayer depuis le milieu de la cour jusqu'au portail que la veille au soir tous avaient regardé avec terreur. Il était évident que la mère de Janina Mata King savourait la joie et l'aventure de la vie et qu'elle ne permettrait pas que quoi que ce soit au monde, pas même le corps sans vie d'une propriétaire, vienne s'interposer sur la route de son bonheur. S'aidant de ses bras musclés, Felícia avait traîné deux pots de géraniums rabougris au pied des colonnes flanquant le portail. Ces pots traînés entre les cartons d'emballage avaient produit le bruit d'un wagon de marchandises, mais cela ne semblait avoir réveillé personne, pas même Ana Mata dans sa maisonnette grise. Felícia poussant les pots, le chien de garde et le caniche s'agitant frénétiquement, tous trois annonçaient le matin, comme si le soir précédent n'avait pas existé. En passant près de la chambre de ses fils artistes, Felícia avait crié : "Dona Milene, vous êtes réveillée ?"

Puis, se plaçant presque contre les rideaux rouges, elle avait de nouveau appelé : "Écoute, si tu dors encore, réveille-toi. J'ai quelque chose d'important à te dire..."

Aussitôt Felícia s'était approchée d'une des fenêtres du pavillon en face, criant très fort : "Domingos ? Lève-toi..."

Domingos Mata, un paquet de vêtements sous le bras, ne tarderait pas à traverser la cour et à disparaître derrière un mur. De l'autre côté de l'appentis, un robinet s'était ouvert et l'eau d'une douche s'était mise à couler sur le dallage en pente. Domingos était déjà de retour, lavé et habillé, et il se dirigeait vers sa maison lorsque Felícia lui annonça : "Dépêche-toi, Domingos, c'est toi qui vas ramener la jeune fille à sa famille..." Mais au même instant, le deuxième fils, Antonino Mata, apparut dans l'encadrement d'une autre fenêtre, puis dans celui d'une autre porte. L'air morose devant le matin naissant, lui aussi traversa la cour avec son rouleau de vêtements sous le bras. Quand il revint du lieu d'où l'eau s'écoulait, il était tout de noir vêtu, comme la veille. Les deux frères, les cheveux mouillés, se rencontrèrent sous l'appentis. Felícia les intercepta. Elle semblait sur le point de s'adresser de nouveau à Domingos, mais au dernier instant elle se ravisa et, les yeux fermés, elle désigna Antonino. "Tout bien réfléchi, c'est toi qui vas la ramener et pas Domingos." Felícia désignait son cadet du doigt, les yeux fermés, comme si la décision venait d'ailleurs ou de quelqu'un d'autre et qu'elle n'avait qu'à lever la main pour transmettre un ordre venu d'en haut. "C'est toi qui iras, parce que tu comprends plus vite et que tu as plus de mots pour parler. Ne discute pas, c'est toi qui vas rendre la fille aux siens, un point c'est tout..." Tous étaient réunis à présent autour de la table. Personne ne parlait. Felícia continua à expliquer la raison de son choix, le doigt pointé sur Antonino : "Y a pas à discuter. C'est décidé et je vais vous expliquer pourquoi. Domingos est plus vieux, mais Antonino est plus rapide quand il s'agit de comprendre et d'expliquer. Et celui qui raccompagnera la fille devra expliquer plusieurs choses en même temps. Il faut qu'il fasse vite..." Et comme ses fils feignaient de ne pas l'écouter, elle décrivit la nature de ces choses : "Des tas de choses... Celui qui ira avec elle devra expliquer que nous, on était au courant de rien, que c'est la fille qui est venue ici, nous on est pas allés la chercher. En plus, il faudra dire qu'on lui a offert notre lit et notre table uniquement parce qu'elle en avait grand besoin. Il faudra dire aussi qu'elle a dormi dans la chambre de Janina. Dans la chambre de Janina Mata King. Ça aussi il faudra le dire..." Felícia, les yeux toujours fermés et le doigt pointé: "Le problème, c'est que tout ça est tellement conforme à la vérité que ça peut paraître un mensonge. Quand il s'agit de se défendre, la vérité est très dangereuse. La vérité peut facilement sembler fausse, beaucoup plus fausse que le mensonge lui-même. Donc celui qui ramènera la jeune fille doit être très prudent avec la vérité. Heitor pourrait y aller lui aussi, mais il n'ira pas parce qu'il est le beau-frère, il est moins de la famille..."

Les trois hommes mangeaient debout. Antonino mangeait debout et regardait sa montre, comme si, en arrière-fond de cette conversation, le cadran lui envoyait des messages. Felícia, le doigt tendu: "Toi, t'arrêtes pas de regarder ta montre, t'arrêtes pas de la regarder. C'est pas la peine de tellement la regarder, ça ne te fait rien perdre ni rien gagner."

Antonino Mata continuait à regarder sa montre.

Irritée, Felícia dit: "D'ailleurs, tu perds une heure, tu en perds deux, tu en perds trois, tu perds ce que tu dois perdre, notre Seigneur Jésus Christ a perdu beaucoup plus, lui, il a perdu la vie pour l'humanité tout entière et il s'est plaint une seule fois. Et toi tu perdras au grand maximum une heure et demie. Qu'est-ce que c'est dans la vie de quelqu'un?" Débordante d'énergie, Felícia traversa la cour et cria de nouveau à côté de la fenêtre voilée de rouge, donnant des intonations théâtrales à sa voix comme si elle chantait: "Jeune fille? Dona Milene? Vous êtes réveillée? Écoutez, mon fils Antonino va vous ramener dans votre famille. Il est très content de le faire, y a aucun problème. Vous allez pas vous présenter à vos oncles et à vos tantes non accompagnée. Qu'est-ce qu'ils iraient penser?"

La tête de Felícia à l'extérieur, tout contre les rideaux. "Vous irez pas seule, les Mata le permettront pas. Si vous avez peur de vos oncles et de vos tantes, vous avez besoin d'avoir quelqu'un avec vous qui raconte comment les choses se sont passées..." Felícia, d'un ton grave, dans les tentures: "Levez-vous, ma petite. Il faut juste nous donner l'adresse exacte. D'un oncle de préférence, pas d'une tante… Vous m'entendez ?" Dehors, la fourgonnette d'un bleu métallique démarrait. Dans la cour, il n'y avait plus qu'Antonino. Et Felícia abaissa l'index, mais le ton de sa voix, lui, demeura inchangé : "Tu ne perdras pas beaucoup de temps. Le Seigneur en a perdu beaucoup plus, sans lâcher un seul gémissement, tu verras. La fille est lente, mais elle tardera pas…"

"Jeune fille ?" appela-t-elle.

Antonino s'était mis à faire les cent pas. Comme un animal en cage. Quand Milene parut, les cheveux encore dégoulinants d'eau, pour montrer concrètement combien il était pressé Antonino franchit le portail à grandes enjambées et se dirigea vers les palmiers sans lui adresser la parole. Antonino était entré dans sa fourgonnette grise sans se retourner, Milene était montée dans sa Clio, de l'autre côté de la route. Mais tandis que la voiture d'Antonino démarrait, celle de Milene ne bougeait pas. Sans se dépêcher, Milene s'installait sans mettre le contact, elle ajustait le siège comme si la voiture n'était pas la sienne, elle cherchait quelque chose sur le tableau de bord et, après avoir attendu un certain temps qui avait sûrement dû lui paraître interminable, Antonino Matan brailla : "Eh, vous là-bas, la fille qui avance pas, vous savez vraiment conduire ?"

À ce braillement, elle avait levé la tête, mais elle n'en mettait pas le contact pour autant. Alors, démarrant résolument, il avait exécuté rapidement un demi-tour et était venu se placer à côté de la Clio où Milene continuait à ranger quelque chose. Finalement, quand Antonino s'était approché, Milene avait fini par faire démarrer sa voiture. Le fils de Felícia Mata en avait profité pour mettre les choses au point. Les moteurs ronronnaient.

"Alors, quoi… vous passez devant ou vous me suivez ?" lui demanda-t-il en consultant sa montre pour la vingtième fois. La voiture de Milene glissait déjà à côté de la sienne. "Et par où on passe ?"

"Par les pompes à essence…" répondit Milene en criant elle aussi et en continuant à ajuster son siège. "Après, on prendra la voie rapide jusqu'au croisement des Brisas…"

Il n'en croyait pas ses oreilles. Il secoua la tête, surpris : "Mais c'est un détour immense. Si on passe par le Bairro dos Espelhos on arrivera beaucoup plus vite..." Et Antonino, un peu plus rassuré malgré tout, car finalement la jeune fille semblait savoir conduire, lui cria de le suivre et de faire attention aux feux. Mais ensuite il recula. La hâte l'empêchait d'organiser ses actes. "Où est-ce que je vous dépose finalement ?"

Milene commença à expliquer qu'il pouvait la laisser au croisement, près de l'hôtel Miramar, et plus précisément au Kilomètre 44 sur la route des Brisas. Elle dit cela à toute vitesse pour mettre rapidement fin à la conversation, ce qu'Antonino voulait par-dessus tout. Et aussi parce qu'elle-même réussissait à être rapide en cet instant. Ultra rapide. Mais il ne se considérait encore pas suffisamment informé, il voulait en savoir plus : "Et qui se trouve là-bas pour vous accueillir ? Vous le savez ?"

"Quelqu'un doit bien se trouver là-bas."

Sa réponse fut trop évasive. Antonino, qui était prêt à repartir, sortit de nouveau de sa voiture et, patiemment, s'adressant à elle d'une voix posée comme s'il expliquait un sujet très important à une personne extrêmement stupide. Une leçon méthodique, condensée, pour en finir une bonne fois pour toutes. Gesticulant tout près de la Clio pour qu'elle comprenne le mieux possible, il cria : "Vous m'entendez ?" Oui, elle entendait. "Vous m'entendez vraiment ?" Milene le regardait, elle le voyait très bien. Elle le voyait lui, tout de noir vêtu, ainsi que son ombre sur le sol. Ça faisait peur. Oui, elle l'entendait très bien : "Alors voilà. On va se mettre d'accord. Je suis ici pour vous ramener à votre famille. On est bien d'accord ? Et vous, vous êtes ici pour ne pas y aller seule. On est bien d'accord ? Moi je sais très bien ce que je vais dire. Mais vous, la question que vous devez vous poser, c'est si vous êtes ou non en état de choc. Et vous êtes en état de choc. On est bien d'accord ? Et une personne en état de choc doit rentrer dans sa famille. Alors, quand vous arriverez chez les membres de votre famille, vous leur direz simplement que leur mère est morte et que vous ne savez pas comment. Que vous avez été juste appelée pour identifier la défunte. Après, comme ils étaient absents, vous vous êtes occupée de tout toute seule et ça vous a mis dans cet état. Et c'est pour ça que vous êtes allée vous réfugier dans notre maison. Vous comprenez ? Pour le reste, vous vous taisez, ça suffit, vous n'avez rien d'autre à expliquer. En tout cas, c'est mon avis... Alors, où est-ce que je vous emmène?"

C'était comme s'il n'avait rien dit. Continuant à fourrager sur le tableau de bord, Milene avait répondu: "Au même endroit, au Kilomètre 44..."

Il n'y avait rien à faire. Devant l'inéluctable, Antonino se montrait plein de patience. Une impatience patiente. Un fardeau. Le blanc des yeux d'Antonino avait disparu sous les paupières. Elle l'avait vu. Il lui avait tourné le dos: "Alors, si c'est comme ça, suivez-moi, s'il vous plaît, on continue tout droit. Toujours tout droit, et on passe par le Bairro dos Espelhos pour aller plus vite."

Antonino Mata tourna de nouveau sa fourgonnette en direction du soleil levant et les deux véhicules s'engagèrent d'abord sur la route asphaltée pleine de trous, puis sur la route de terre, puis les amas de tôles au ras du sol surgirent au milieu du nuage de poussière soulevé par leurs voitures. Il remarqua que Milene remontait les vitres et ralentissait. D'ailleurs, elle faisait bien, car en traversant la place grisâtre du Bairro dos Espelhos, la voiture d'Antonino serait arrêtée par deux hommes qui surgirent d'une espèce de portail. L'un d'eux, un ample chapeau sur la tête, du genre *sombrero* mexicain, s'était planté devant la voiture en riant et en s'approchant de trop près, les bras ouverts, comme s'il voulait être renversé, interrompant le convoi.

"Attends, dis-moi un peu. C'est vrai que vous avez laissé là-bas le chanteur Janina avec ton frère Gabriel? Et que Janina a abandonné pour toujours ses études secondaires?"

Cette rencontre ne figurait pas dans le programme très serré du fils cadet de Felícia. Antonino ne s'en arrêta pas moins pour dire qu'il ne pouvait pas bavarder car il était très pressé. Et il expliqua qu'ils avaient trouvé la fille qui venait derrière réfugiée chez eux et que justement il était en train de la raccompagner chez elle.

Les deux hommes avaient regardé Milene. Les deux voitures à l'arrêt continuaient à ronronner, faisant tournoyer au ras du sol de petites spirales de poussière. La hâte d'Antonino contrastait avec la nonchalance de ces deux hommes qui lui parlaient, plantés devant la voiture, l'empêchant d'avancer: "Tu as trouvé cette femme là-bas chez toi ? Et tu la raccompagnes ? Moi, à ta place, je la raccompagnerais pas, ça non… Et d'abord qui c'est ?"

Antonino Mata avait accéléré l'explication, déclarant qu'il s'agissait de la petite-fille de dona Regina, la propriétaire de la fabrique qui était allée trépasser à la porte de la maison où ils vivaient. C'est donc pour cela qu'il était pressé, il était en mission. Alors l'homme au sombrero, pris d'une illumination subite, avait retiré son chapeau et l'avait placé sur le pare-brise de la voiture en criant : "Attends, n'avance plus !" Et une main devant lui et l'autre en l'air, comme les anciens agents de la circulation, il lui avait barré ostensiblement le passage, appelant à grands cris : "Flora ! Flora ! Viens ici !" Une femme apparut sur-le-champ à une porte dans un peignoir en soie blanche. La voix de l'homme sans chapeau était éraillée. "Tu sais qui est là ?"

Laissant les pans du peignoir traîner dans la poussière, la femme quitta l'embrasure de la porte.

"Figure-toi que c'est la petite-fille de la femme qui est morte seule et qui n'a eu personne à son enterrement. La belle-doche du maire."

"Attends", dit la femme qui se dirigea à la hâte vers la Clio. Tout près de la Clio. Là, la personne qui s'appelait Flora lâcha les pans de son peignoir et, appuyant les deux mains contre la vitre, elle se colla à la voiture, comme pour l'entourer. Elle l'examina sous tous les angles. Son habileté était extrême. Flora soupesait la coïncidence et n'avait plus aucun doute. Elle était certaine et la certitude la mettait hors d'elle. Mon Dieu, il fallait voir qui était là-dedans, qui était cette femme, disait-elle en frappant la vitre des deux mains, laissant l'ourlet du peignoir s'imprégner de la poussière brune du sol, pendant qu'elle enchaînait les questions comme si elle les avait préparées : "Ouvrez la vitre, ma fille ! C'est vrai, ça, que vous l'avez enterrée toute seule ? Que vos tantes sont toutes en vacances au Japon ? Ouvrez donc, qu'on cause un peu…" Milene, enfermée à clé, n'ouvrait pas. "C'est vrai, ça, que votre grand-mère était couverte de fourmis ? Si c'est vrai, y a pas de honte à le dire, ce sont des tragédies qui arrivent à tout le monde dans la vie…"

Les deux hommes aussi s'étaient approchés de la Clio, comme si déjà Antonino Mata ne les intéressait plus. À son tour, le fils de Felícia était sorti de la fourgonnette grise, décidé à empêcher ce qui était sur le point de se produire. “Entendons-nous bien”, disait Antonino. “Moi, j’ai été chargé de la ramener chez elle. Une fois que je l’aurai fait, vous lui téléphonerez chez elle et vous saurez comment tout s’est passé. Moi, j’ai rien à voir avec tout ça et je suis pressé de reconduire la fille que nous avons découverte. Vous avez compris maintenant ?”

Flora serra les volants de son peignoir contre sa poitrine et se mit à rire : “Téléphoner où ? C’est pas la peine, mon garçon, tout est écrit dans le *Comércio* d’hier. Ça disait, en lettres grosses comme ça : *La belle-mère du maire meurt seule et est enterrée en l’absence de la famille...* ” déclara Flora en se frappant la poitrine d’où avait disparu la protection des volants. Le peignoir ouvert de part et d’autre : “J’ai lu ça de mes propres yeux. Ce que je savais pas, c’est que c’est arrivé devant votre porte...” Et, se tournant de nouveau vers Milene, elle cria : “Arrêtez de vous enfermer, ouvrez la vitre. Votre nom, c’est quoi déjà ? Marlene ? Non, Milene Leandro, c’est ça. C’est écrit sur le journal que c’est vous qui avez tout raconté. C’est écrit en lettres plus petites : *Le maire et sa famille, en voyage au Japon, ont laissé enterrer une proche parente sans assistance médicale et sans la famille, au grand scandale des populations...* Et ça dit que c’est justement Milene Leandro qui a déclaré ça. Le Japon ou la Chine, je sais plus bien, car celui qui a écrit le savait pas non plus. Il est dit aussi qu’à la mairie on savait pas. Personne sait rien. Ouvrez donc...”

Antonino était contre la vitre et ne laissait pas Milene l’ouvrir. Il fallait déguerpir. Mais cette femme était si exaltée par la coïncidence qu’il jugea préférable de s’adresser aux hommes, collés eux aussi à la voiture : “Comprenez donc. On ne peut pas trop parler à cette fille, elle est en état de choc. Tout ce que je dois faire, c’est la raccompagner. Les journaux sont ce qu’ils sont et ils racontent des tas de mensonges. Je pense même qu’ils ne racontent que des mensonges. Ce qu’on y raconte ne correspond jamais à la réalité... Et maintenant faites-moi le plaisir de vous ôter de là devant.”

Dit Antonino Mata d’un ton menaçant en écartant ces gens avec une certaine brutalité. Et rentrant dans sa voiture après avoir retiré l’énorme chapeau du pare-brise et l’avoir lancé à son propriétaire, il se mit à avancer puis à rouler rapidement sur le chemin de poussière. Milene le suivait, vitres fermées. Dans le rétroviseur on voyait que Flora était restée sur place, là-bas derrière, drapée dans son peignoir blanc, entre les deux hommes et d'autres gens arrivés entre-temps. Mais la poussière des vitres et des miroirs se mêla vite à celle qui s'élevait au passage des voitures et une demi-minute plus tard tout n'était plus que poussière, les reflets comme la réalité.

Donc le trajet jusqu'à la villa Regina serait court.

La fourgonnette grise franchit un chemin de traverse sablonneux où la poussière se calma, s'engagea sur une route faite de courbes et de contre-courbes le long de laquelle cabanons et niches à chien se ressemblaient et où auges et pigeonniers coexistaient sur les bas-côtés. Des matériaux divers recouvraient les toits et des boîtes de carton aplatis faisaient office de tapis de couloir entre les sentiers et l'asphalte, et soudain, sans transition, on se retrouvait sur la route principale. Antonino annonça le changement de direction suffisamment longtemps à l'avance, il s'arrêta, sortit la main par la fenêtre puis, ayant attendu un petit moment, il s'avança sur la route dégagée. Ils roulèrent sur la route large pendant un kilomètre et entrèrent dans la zone de l'hôtel Miramar, un bloc perpendiculaire vissé par terre comme un feu de circulation, au milieu de plusieurs routes. C'était là. Il fallait tourner à gauche. Il lui céda le passage et elle conduisit jusque devant la porte. Sur le mur qui séparait les anciennes villas de la rue quelqu'un avait peint en lettres tordues *Km 44*. Derrière le mur, recouvert jusqu'à mi-hauteur de lierre et de vigne vierge qui en certains endroits menaçaient d'envahir le toit, on lisait *villa Regina*. Un grand noyer aux feuilles recroquevillées, sorti d'une touffe de verdure, s'élevait jusqu'aux tuiles. À l'est, les villas des années 50 couvertes de marmorite perdaient leur couleur. À l'ouest, l'une d'elles avait été à moitié démolie pour que le fleuve d'asphalte puisse passer et dans la lumière du matin ses décombres prenaient la forme d'un fer à repasser éventré. C'était comme si on n'avait pas quitté le Bairro dos Espelhos. Comme si la substance était différente, mais pas le territoire mental. Toutefois, Milene ne pensait qu'au fait qu'elle était de retour chez elle. Contrairement à la veille au soir, elle était contente de revenir. Au milieu des accotements desséchés, le vert du jardin, son microclimat, semblaient un paradis. C'était là, à l'ombre du noyer, que la veille, avant de partir pour la Praia Pequena, l'idée d'aller examiner le sentier pour avoir quelque chose à raconter à ses oncles et à ses tantes l'avait assaillie. Cela n'avait servi à rien. Finalement ce garçon en noir pouvait partir maintenant. Il était là, debout, devant sa voiture, en train de regarder l'heure. Elle-même consulta sa montre. Il était huit heures et demie, le trajet avait été assez rapide. En tout et pour tout il serait en retard de vingt minutes, au grand maximum. Mais au lieu de partir pour là où il devait se rendre, Antonino s'approchait d'elle et lui demandait d'appeler quelqu'un auprès de qui il pourrait la laisser.

"De préférence un homme, un de vos oncles", dit-il.

Ils étaient immobiles devant le portail de la villa Regina. Aux alentours tout était pareil, ce qui voulait dire que dans la maison il n'y avait personne avec qui parler. Milene se voulut efficace et très rapide, ce qui était arrivé dans le Bairro dos Espelhos lui suffisait. Elle dit : "Écoutez, jeune homme, là-dedans il n'y a personne. Mais avant il n'y avait personne non plus et ça n'avait pas d'importance. Allez vaquer à vos affaires, moi je rentre chez moi."

Antonino s'impatienta. "Comment est-ce que je peux aller vaquer à mes affaires alors que je dois vous remettre à quelqu'un ?" Il lui tourna le dos comme s'il avait besoin de ce mouvement pour comprendre la réalité. Quand il lui refit face, il avait l'air désespéré. La rangée d'acacias de la villa voisine projetait une ombre dense sur le pavage. Portant la main à sa casquette comme s'il venait de prendre une décision ou d'être vaincu par la décision d'un autre, il lui dit d'un ton aigre : "Je me doutais bien que vous m'amèneriez dans un endroit où il n'y aurait personne. Dites-moi donc où se trouve votre famille pour que je puisse vous y conduire."

Milene commençait à s'inquiéter de la tournure de leur conversation. Elle se dit que si elle entrait d'un bond dans sa maison et qu'elle s'y enfermait, cela résoudrait le problème, pour son bien à elle et pour celui de cet homme, mais sa voix à lui était plus forte et la clouait au sol : "Vous comprenez donc pas que je dois vous remettre à quelqu'un ? En personne ? Face à face ?"

Si, elle comprenait. Et l'idée d'arriver accompagnée par quelqu'un devant ses oncles et ses tantes lui était même agréable, surtout par quelqu'un qui lui avait dit que tout cela résultait de son état de choc. Et elle se répétait mentalement l'expression *état de choc* en riant de reconnaissance envers Antonino. Elle s'imaginait même dans la villa Regina, devant ses tantes et ses oncles de retour, leur disant : *"Et moi, mes tantes et mes oncles, j'étais dans un état de choc total. Et de ces jours horribles, je me souviens seulement du* Totus Tuus, *du* Tronc pour les âmes du purgatoire, *du* Introibo ad Altarem Dei, *je ne me souviens de rien d'autre...*" Elle laissait courir son imagination, reconnaissante à ce garçon à qui elle adressait un rire de contentement, bien qu'il continuât à lui répondre avec brusquerie. Il lui répondait les mains sur les hanches, la montre au poignet gauche, les aiguilles des secondes bondissant, tout entier attente, comme une barre de fer qui aurait décidé de ne pas bouger de son chemin. Oui, elle allait céder. Elle pensait que cela lui ferait perdre encore plus de temps, mais elle cédait. Elle n'allait pas se mettre à crier sur ce garçon, elle n'allait pas utiliser les mots grossiers qu'elle connaissait et dont elle savait assez bien se servir, dans les moments où on l'embêtait trop. Elle ne le ferait pas. Elle lui devait trop. *État de choc.* Voilà pourquoi elle cédait. Milene avait dit : "Bon, alors allons chez la tante Gininha. C'est très loin, dans l'Amurada..." Milene se disait qu'il ferait mieux de renoncer, pour que chacun puisse aller vaquer à ses affaires.

L'idée d'abandonner la jeune fille et de s'en aller avait aussi traversé la tête d'Antonino. Il s'était même dirigé avec cette intention vers la voiture grise, mais ensuite il avait vu Milene, les cheveux mouillés à côté de la Clio, qui lui souriait. Elle avait le visage tout propre et un chapeau accroché au bras, un sac suspendu au cou. Un cou svelte et des yeux qui lui souriaient. C'était la fille qu'ils avaient découverte. Que devait-il faire ? Derrière la jeune fille se tenaient toutes les recommandations de Felícia Mata : *C'est toi qui vas la reconduire pour expliquer où elle était, comment les Mata l'ont accueillie, et surtout pour dire que les Mata n'ont rien à voir avec la tragédie de dona Regina...* Et tout le reste. Donc il ne pouvait pas reculer. Il était remonté dans sa voiture et avait crié : "On va aller chez votre tante. Vous avez dit Quinta da Amurada ?"

"Quinta da Amurada..." confirma-t-elle. "Je sais où ça se trouve, je peux vous montrer le chemin..."

Mais de nouveau il la précéda, il s'engagea sur la grand-route où à cette heure un flux rapide et compact de voitures se déplaçait comme un ver de terre en métal et là, prenant bien soin de lever le bras chaque fois qu'il changeait de direction, il se dirigea vers la destination voulue. Quand elle le dépassa pour lui indiquer le chemin précis, il était neuf heures dix. Quand il reviendrait, il serait dix heures passées. Elle aurait voulu lui dire : *Repartez, maintenant il fait grand jour, je continuerai seule.* Mais elle savait que cela ne correspondait pas à ses intentions. Au contraire, plus il définissait l'objectif qu'il ne réussissait pas à atteindre, plus il luttait et plus l'objectif gagnait en importance. Cela s'appelait aussi obstination. Elle connaissait bien le processus à cause de João Paulo. Dans le rétroviseur elle voyait tout, elle savait. Milene commença à avoir peur de cette mauvaise humeur accumulée, elle la sentait enfler à la façon dont il conduisait, à voir les roues de la Mitsubishi frôler sa voiture à elle, accélérer comme si elles poussaient celles de la Clio, jusqu'au moment où les deux véhicules ralentirent et s'arrêtèrent devant la maison de tante Gininha. La plaque dorée proclamait *villa Dom. Silvestre.* D'un bond, Antonino fut dehors.

"C'est ici ? Sonnez donc..."

La scène de vendredi se répétait pour Milene Pas complètement toutefois parce que le jardinier n'était pas là. Le dispositif d'arrosage automatique expulsait des jaillissements d'eau à intervalles réguliers, le gazon scintillait au soleil comme si chaque brin d'herbe contenait un filament de verre doré et la maison basse, tout en corniches et auvents, était fermée. Des lignes amènes, de larges ouvertures avenantes donnant sur de vastes espaces à l'intérieur et sur des nids accueillants où se reposer. Milene la connaissait bien. Voilà l'endroit où lire, celui où faire la sieste, plus loin le siège en pierre où écouter de la musique au clair de lune. Tout cela aimable, affable. Mais sans âme qui vive là. Ils sonnèrent. Lui-même, Antonino Mata, retira ses lunettes de soleil et appuya sur le bouton de la sonnette. Il appuya avec détermination, sans lever le doigt. Le doigt d'Antonino sur le bouton doré comme la plaque sur laquelle le nom de la villa était inscrit, appuyant sans discontinuer, comme collé à la sonnette. Il sonnait, sonnait. Pas de réponse.

“Vous saviez parfaitement qu’il n’y avait personne…” dit-il, hors de lui.

Milene haussa ostensiblement les épaules.

Pour lui, ce fut comme si une flèche l’avait piqué.

“Ne répétez pas ce geste. Vous savez très bien que je dois vous remettre à quelqu’un. À qui d’autre puis-je le faire ? À qui ? Allons, dites vite…”

Milene vit le danger. Cela confirmait qu’elle avait commis une grosse imprudence en l’amenant là. Elle se dirigea vers le portail blanc où l’on pouvait lire *villa Dom. Silvestre* et elle s’y adossa. Elle ne dirait pas un mot. Immobile, bras croisés. Mais Antonino avait tourné de côté la visière de sa casquette : “Vous ne resterez pas ici, ça non. Même si je dois y laisser ma peau. Vous ne me connaissez pas. De gré ou de force, je vous remettrai à quelqu’un…” Il regarda sa montre, donna une chiquenaude au cadran. “En route”, dit-il. “Remontez dans votre voiture, je vous suis et vous me conduirez vers une maison où il y aura quelqu’un pour vous recevoir. Vous comprenez ce que je vous dis ?” Appuyée au portail blanc comme neige, collée aux lamelles de bois, Milene n’avait pas l’intention de bouger. Il s’approcha plus près, ses yeux luisaient dans le visage sévère. Le blanc de ses yeux avait englouti la partie sombre. Son ombre sur le sol faisait peur. Elle comprit que ce n’était pas la peine de se cramponner à la porte. Il exigeait qu’elle trouve quelqu’un. Il continuait à parler et elle entendait juste ce mot *quelqu’un, quelqu’un*. Franchement, la vie était trop bête. La personne qui lui avait offert ces mots si justes, si bien reliés entre eux, y compris l’état de choc, était la même personne qui exigeait maintenant d’elle quelqu’un qui n’existait pas. Du calme, se dit-elle. Ils remontèrent dans les voitures.

Elle devant, au volant de la Clio. Lui derrière.

Mais s’il avait été facile d’entrer dans l’Amurada, il serait difficile d’en sortir. La *villa Dom. Silvestre* faisait partie d’une espèce de paradis de gazon et de maisons luxueuses. Certaines avaient des murs en pure dentelle comme s’ils provenaient de temples d’Asie, avec des piscines couleur de saphir et d’émeraude. Un ensemble urbain parfait. Pour cette raison toutes les rues semblaient aveugles au nord, toutes étaient orientées vers la mer. Milene tournait à l'intérieur de cette perfection, apercevant dans le rétroviseur de la Clio Antonino qui la suivait comme si une corde invisible reliait les deux voitures, la grise docile reproduisant les tours et détours de la Clio. Pourquoi cela lui arrivait-il ?

Milene s'arrêta. Les deux voitures stoppèrent. Il sortit en exhibant sa montre et en frappant plusieurs fois le cadran du pouce, il lui demanda si elle savait ce qu'était un labyrinthe. Car sa vie à lui était un labyrinthe. Il lui dit qu'il avait suffi qu'elle apparaisse ce matin-là pour que le labyrinthe se referme, avec lui à l'intérieur. Ils s'étaient arrêtés le long d'un gros mur qui séparait la route de la mer. De là on n'apercevait pas la plage, on voyait juste l'eau puissante jusqu'à l'horizon, une surface lisse où le soleil du matin projetait une poussière d'or et d'argent. Antonino ne voyait sûrement rien. Il avait déboutonné sa chemise jusqu'à la taille et il lui avait dit : "Vous regardez passer le temps, n'est-ce pas ? Bon, eh bien maintenant on va sortir d'ici et aller directement là où je travaille pour que je puisse vous montrer, pour que mon chef de chantier vous voie, pour que je puisse lui expliquer ce que je suis en train de faire, pour qu'il me décompte ma journée, mais qu'il se rende compte que je ne mens pas. Vous comprenez ?"

Quand il disait *vous*, sa voix produisait un arc agressif de pur métal, Vvvvous.

La seule façon de sortir était de rebrousser chemin.

Oui, ils avaient découvert la sortie et retrouvé la route, ils roulaient de nouveau, la Clio derrière, la fourgonnette grise devant, jusqu'au moment où Antonino s'engagea dans une sablière clôturée de filets métalliques et tout en bas, au-delà des pins, dans une fosse immense, les fondations d'une espèce de ville commencèrent à surgir au beau milieu du sable, une ville sortie du néant. Du néant, rien que le néant, disait João Paulo, ce qu'il fallait démontrer. Tout sort du néant, tout retourne au néant, pensait-elle pour la première fois sans que pour autant cette idée entame son élan vital. Antonino Mata sauta hors de sa fourgonnette et lui cria : "Restez ici, bien en vue, pour que mon chef voie que c'est vrai." Et d'un ton rageur il l'interpella : "Si demain ou plus tard mes gosses tombent malades, comment est-ce que j'obtiendrai un congé?" L'interpellant comme si dans ce scénario futur, ses enfants étaient déjà tombés malades. Il ordonnait: "Restez ici, sortez de la voiture pour bien vous montrer. Ne rentrez pas dans la Clio. Restez dehors. Regardez là-bas au fond, pendant que je descends..."

"Regardez. N'arrêtez pas de regarder..."

Il avait commencé à descendre sans regarder derrière lui. Quand il se retourna, elle était là-haut, au bord du cratère, au même endroit. Il descendait et ses tennis noirs s'enfonçaient dans la terre, son pantalon noir, les pans de sa chemise de même couleur flottant de chaque côté, la casquette pointant en avant jusqu'au moment où il disparut et reparut au milieu des fondations. Le chef de chantier, ou quel qu'il fût, parlait avec lui. Tous deux regardaient leur montre. Antonino lui fit signe d'en bas, enfonça un chapeau de fer jaune sur sa tête et se fondit parmi les autres, eux aussi coiffés de chapeaux jaunes. Elle attendit. À côté d'elle, la porte de la voiture d'Antonino était restée ouverte. Mais elle ne pouvait pas partir. Elle le voyait se déplacer au fond de la fosse sur une plaque de ciment au milieu des autres. Elle ne pouvait pas s'en aller. Ensuite elle le vit conduire un petit véhicule qui allait et venait entre les palissades, avec le mot *Bob Cat* gravé sur ses flancs. Jusqu'à quand tout cela allait-il durer? Il était midi et demi. Milene debout, chapeau sur la tête, immobile pour que le chef la voie, occupée à réfléchir, à la recherche de mots pour expliquer ce qu'elle aurait bientôt à expliquer: *Chers oncles et chères tantes, ça s'est passé ainsi. C'est ainsi que la grand-mère a disparu de ma vie...* Le soleil de plomb sur ses jambes nues, sur son dos nu, la robe de plage dans laquelle elle était sortie la veille au matin, avant d'avoir été prise de l'envie de découvrir un signe du passage de la grand-mère sur le sentier qu'elle puisse indiquer à ses oncles et à ses tantes. Et tout ça pour rien. Antonino avait dit*: Restez ici pour vous montrer, pour qu'ils sachent que c'est vrai...* Elle ne quitterait donc pas l'endroit où elle se trouvait. Mais elle se disait qu'il était temps qu'une chose agréable lui arrive, pas besoin de deux. *Une seule, une seule...* Et tandis qu'elle se disait cela, Antonino revint enfin, remontant la pente à quatre pattes, et presque sans reprendre haleine il lui dit: "J'ai travaillé pendant une heure et demie et le chef m'a compté toute la journée. Il a dit qu'il mettait sur la feuille le mot *deuil*... Le diable est sûrement en train de dormir. Il a dû prendre un somnifère très fort. *Deuil...*" Et, se tournant vers cet énorme cratère couleur de ciment et de terre, avec des matériaux amoncelés partout, comme si quelque chose en lui avait fait la paix avec elle, il ajouta: "Vous savez? C'est dommage. Sans vous, aujourd'hui c'est moi qui serais là-haut, sur cette Liebherr..." Et il montra un engin dont le bras tournait lentement en cet instant entre la limite extérieure du chantier et son centre, déposant des planches grises sur une dalle en face d'hommes immobiles. Le bras de l'engin évoluait dans le ciel avec une lenteur extrême. Ensuite, plus rapidement. Les autres grues étaient complètement immobiles.

"Mais vous êtes apparue..." dit-il.

"En tout cas, j'ai maintenant l'après-midi libre pour vous reconduire tranquillement. On y va?... » dit-il.

"Donnez-moi l'adresse de quelqu'un chez qui vous reconduire. Même si c'est loin, on passera par une station-service et on continuera..."

Mais avant d'entrer dans sa fourgonnette, il se retourna:

"Si vous n'étiez pas apparue..."

Antonino debout au milieu des herbes sèches.

"Voilà ce qu'on va faire... J'ai réfléchi. Le mieux, c'est de vous conduire à la mairie. Là, si votre oncle est absent, il y aura un remplaçant. Il vous recevra et point final. Tout sera en ordre, tout sera correct. Vous resterez avec le remplaçant qui se chargera de vous remettre à un membre de votre famille, et moi je rentre chez moi l'esprit en paix..."

Chacun était de nouveau dans sa voiture. La grise devant, la Clio derrière, toutes deux cahotant sur la piste de sable irrégulière. Maintenant ils roulaient sur la route à la recherche d'un endroit où casser la croûte. Ils entrèrent dans un café avec un grand auvent de toile rouge, long cil projetant une ombre épaisse. Le café s'appelait Hollywood. À l'ombre de l'auvent, Antonino semblait différent. Il était détendu, décontracté à l'idée d'être libre. Pour affronter la lumière, il sortit ses lunettes de soleil à reflets. Elle ne voyait pas ses yeux. Il ne cherchait pas non plus à être vu d'elle. Quand deux hot-dogs et deux boissons gazeuses leur furent servis, lui était assis de côté, l'œil fixé sur la file interminable de voitures. Il mangeait sans la regarder. Il avait la tranquillité de l'homme qui se sait sur le point de terminer une mission et qui ressent le soulagement du devoir accompli. Avec par-dessus le marché une double récompense. Le chef de chantier avait sans doute perdu la raison. Antonino ne se souvenait pas d'une aubaine pareille. Il répéta: "Le diable a sans doute fait la sieste hier après-midi et il ne s'est pas encore réveillé..." Mais il ne la regarda pas.

Ne serait-ce que parce que devant lui, sur un présentoir en fil de fer penchant de côté à cause du poids des revues pour femmes, des mots en lettres énormes sautaient aux yeux. Soudain il se leva et se dirigea vers le présentoir. Il le tourna, en sortit un journal de grand format, le *Nova Metrópole.* Il l'ouvrit en faisant claquer le papier et se mit à lire en le levant en l'air. Entre lui et elle, les hautes feuilles du journal. Un certain temps, un long moment. Antonino referma le journal. Il la regarda et demanda:

"Quel est votre nom?"

"N'est-ce pas, Milene?"

"Eh bien, vous êtes cuite. La femme du Bairro dos Espelhos avait raison. Le journal dit exactement ce qu'elle a dit. Et bien d'autres choses encore. Il dit aussi que c'est vous qui avez raconté tout ça. Vous savez lire, lisez donc et vous verrez si c'est pas comme je dis..."

À l'ombre de l'auvent rouge du Hollywood, Milene lut.

Elle lut sans réussir à comprendre comment on pouvait lui attribuer ce qu'elle n'avait jamais dit. Mais ce qui l'étonnait le plus, c'était que la vérité et les mensonges y étaient si bien imbriqués que tout semblait vrai. Oui, effectivement, la grand-mère avait été découverte par des cyclistes, aucun des oncles et des tantes n'était chez eux, elle avait acheté les fleurs, elle avait voyagé seule dans le corbillard avec les couronnes et la caisse, et tout le reste, mais elle ne l'avait raconté à personne, et encore moins *déclaré* à qui que ce soit. Personne ne lui avait rien demandé. C'était comme si elle avait été agressée de l'intérieur. Maintenant ses craintes se trouvaient confirmées. Le problème désormais n'était plus d'expliquer à ses oncles et à ses tantes comment la grand-mère était décédée, c'était de prouver qu'elle, Milene Lino

Leandro, n'avait rien dit, ne s'était plaint de rien à personne, n'avait dit ni les vérités ni les mensonges. Milene eut envie de se cacher au plus profond des profondeurs. Dans un endroit sombre, sans lumière. Attention, pensa-t-elle. *Abissus abissum invocat*, comme disait naguère João Paulo.

Attention, fais très attention, Milene.

Le jeune homme qui était avec elle avait remis ses lunettes à reflets entre lui et le monde, le monde où elle était, mais cette fois il avait le visage serein, ou du moins paraissait-il serein sous sa peau couleur d'olive, à la surface de laquelle le sang coulait sans se montrer, en se cachant. Le jeune homme lui dit : "Je pense que nous ne pouvons pas aller à la mairie. Vous n'êtes pas capable de faire face à une chose pareille. C'est à vous de décider, mais moi, si j'étais vous, je n'irais pas..."

Antonino Mata regardait, dissimulé par la visière de sa casquette, couvert par la chemise noire boutonnée où la sueur avait imprimé des auréoles blanches sur la poitrine et dans le dos, réfugié en lui-même, mais il continuait à lui dire : "Si j'étais vous, Milene, je retournerais dans notre maison et j'y resterais, en attendant de voir. Ils sont dans l'obligation de vous chercher..."

Ex nihilo nihil. Elle ne se souvenait plus de ce que voulaient dire ces mots, tout cela était beaucoup plus compliqué que le néant néant, ou le néant du néant, ou le néant pour le néant, ou on ne peut rien tirer du néant et par conséquent quelque chose a toujours existé, et autres trucs du même acabit. Des trucs de João Paulo. Ce qui faisait naître de bonnes pensées dans sa tête c'était de dire à voix basse, *Dieu de Vérité, Totus Tuus, Tronc des âmes du purgatoire, Téléphone-moi, téléphone-moi. Les mots des autres.* Elle disait pour elle-même en entrant dans la Clio : *Sans essence, avec essence. Qu'ai-je fait de mal?* Mais elle entendait João Paulo dire : Nous ne faisons rien de mal, Milene. Quelqu'un a fait beaucoup de mal pour nous, bien avant nous, ou alors il n'a pas fait de mal mais il nous en a laissé le souvenir. La seule solution, c'est de nous en sortir tout seuls. C'est comme ça, Milene. Il faut donc faire très attention à l'abîme. Il est partout, si nous lui ouvrons la porte de notre vie. Le grand problème, c'est de ne pas mettre le bout du soulier au bord de l'abîme. L'abîme est si facile, si agréable, si simple, il suffit de fermer les yeux et de se laisser aller. Il est là, il nous attend. Il ne demande aucun effort. Il faut faire un grand effort pour apprendre à supporter l'effort. Un grand effort. *Abyssus abyssum invocat*, ma chère. Il se peut que toi aussi tu doives te débrouiller seule, mais seulement quand nous ne serons pas près de toi. Pendant peu de temps, presque rien. Après, tu le sais, même séparés, tous trois nous ne ferons qu'un, nous ne te laisserons jamais seule. Jamais, jamais, au grand jamais. Et jamais, et être toujours ensemble, ça veut dire *tant que nous serons en vie*... Toutefois, par la suite les choses se passèrent différemment. Cela a marché tant que nous deux, ses deux cousins, n'avons pas suivi le cours de notre vie, tant que nous ne sommes pas inscrits sur des formulaires avec pour en-tête London College International, Georgetown University, University of Massachusetts et autres titres analogues, et même déjà bien avant cela, nos vies avaient commencé à nous séparer très lentement. Jusqu'à arriver au point où Milene téléphonait à l'un de nous et entendait seulement, jour après jour, la même réponse: *Hi, you've reached five, seven, three, seven, nine, three, one, zero... If you want to leave a message for Lavínia or João Paulo, please do so after the tone. Thanks. Bye.* Comme si João Paulo lui aussi était mort, laissant ce message efficace en lieu et place de sépulture.

Rentrons donc, s'il vous plaît, à l'intérieur de la Vieille Fabrique. Cinquième jour de la confrontation avec le désordre du monde.

3

Oui, ils revinrent par la route de Mar de Prainhas. Milene suivait la fourgonnette Mitsubishi et en traversant la rase campagne, elle faisait surgir devant elle le lest d'images recueillies depuis le matin d'où se détachaient les personnages d'Olivia et de ses deux pages se trémoussant dans la poussière du Bairro dos Espelhos. Mais ce n'était que des silhouettes isolées d'êtres s'agitant, des messagers sans importance, des ombres sans artifice ni densité.

Ce qu'elle voyait et revoyait sans cesse, comme si toute la force du monde s'y concentrait et que le reste n'était qu'un paysage flou dans lequel la voiture roulait, c'était le visage de ses oncles et de ses tantes avançant vers elle et lui demandant avec insistance: *Qu'as-tu donc raconté à ces types des journaux, à ces intrigants professionnels, payés pour intriguer? Pourquoi leur as-tu parlé? Ne pouvais-tu donc pas garder pour toi ce qui était arrivé à la grand-mère Regina?* Voilà ce qu'elle voyait et entendait. Puis, revenant vers le tertre où était garé le véhicule rouge poussière de Janina Mata King, dit *Black Power*, éclaboussé de clés de sol en forme de hache, elle ne voyait que le tertre et le portail, que l'ombre des palmiers et aussi Antonino Mata qui sortait de sa fourgonnette et qui lui disait: "Nous voilà de retour." Sur quoi, le déroulement des événements passa entièrement entre les mains de Felícia.

Car vu de ce côté-ci, tout changeait. C'était comme si quelqu'un avait dit: voici la personne clé.

En fait, Felícia Mata était au téléphone quand elle les aperçut et tout d'abord elle eut peine à en croire ses yeux. Elle pensa même l'espace d'un instant que Milene était revenue uniquement pour récupérer quelque effet oublié. Après seulement, quand son fils lui eut résumé les événements, Felícia comprit la situation et en demeura sans voix.

En ce milieu d'après-midi, Felícia portait une robe fleurie qui soulignait ses seins. Des gouttes de sueur y luisaient, si grosses qu'elles tressautaient quand elle marchait. Elle y porta les mains en un geste de stupéfaction. Comment était-ce possible ? La famille de dona Milene n'était pas encore revenue ? Et le journal était plein de mensonges ? De mensonges vrais ? De vérités mensongères ? Les mots lui manquaient. D'une voix de commisération peinée et en même temps avec une détermination inébranlable, la même voix qui avait mis fin à la conversation téléphonique interrompue : *Oui, Janina, mon fils, va de l'avant, toujours de l'avant, nous sommes tous avec toi. Ciao, gros bisous*, avec cette même voix, Felícia Mata dit à Milene, alors qu'Antonino n'avait pas encore complètement terminé son récit : "Du calme, dona Milene. Arrêtez donc de trembler ainsi comme une feuille. Qu'est-ce qui t'arrive donc ? Allons, allons, reprends-toi. Sache que tu n'es pas seule, tu es avec les Mata. Tous ces gens que tu vois ici, autour de toi, sont de ta famille. Tous ces gens sont tes amis… Qu'est-ce que je peux te dire de plus ?"

Tous étaient sans voix.

Ana Mata assise dans son fauteuil en plastique à côté des ruisseaux qui sortaient des douches, pelant des pommes de terre dans son giron, en voyant la petite-fille de dona Regina revenir, essayait d'y voir clair dans le raccompagnement non mené à terme par son petit-fils Antonino. Le couteau en suspens entre ses mains. Et en revoyant les yeux de la jeune fille, ses paupières semblables à celles de dona Regina, elle se remit à pleurer. En fin de compte, comment dona Regina avait-elle pu arriver jusqu'ici, la nuit, sans même le secours d'un taxi ? Et pourquoi ? Que voulait-elle lui dire à elle, Ana Mata ? se demandait-elle dans sa langue. Heitor père, appuyé sur ses béquilles, lui aussi sous le coup de la mort de la propriétaire, se posait des questions analogues. Les trois fils d'Antonino, répartis sur les genoux des tantes Dilecta et Germana, s'étaient réveillés. Seuls les enfants de Domingos et les deux filles d'Heitor fils, vissés devant deux téléviseurs, ne s'étaient aperçus de rien. Mais si leurs mères Conceição et Claudina, absentes à cette heure car en train de tenir la caisse dans un supermarché avaient été là, elles aussi seraient restées sans voix. Felícia Mata, enveloppée dans un tissu à fleurs, était remplie d'une indignation légitime. Elle qui, un soir de printemps, avait conquis cette maison pour sa famille, elle qui était la mère de Janina Mata King, le chanteur qu'on entendait tous les jours à la radio, elle était choquée.

"Assieds-toi ici, dona Milene. Voyons. La tragédie de ta grand-mère est arrivée quel jour ?" Milene, comme la veille, était assise en face de tous. "Elle est arrivée jeudi et aujourd'hui on est mercredi 19 août, et personne n'est encore venu. C'est bien ça ?"

Ils parlaient dans la cour autour des petites tables carrées qu'on réunissait ou séparait au gré des besoins. Ce soir-là, les tables n'en formaient qu'une. Felícia était choquée, Dilecta et Germana aussi, leur mère, la poitrine déchirée par des soupirs profonds, les yeux noyés de larmes, parlait des surprises du destin capricieux. Qu'allaient-ils faire ? Le moment était très délicat. Antonino évidemment avait agi comme il seyait à un Mata. Il était revenu avec la jeune fille et le journal plein de mensonges qui étaient des vérités et maintenant on n'allait pas non plus la déposer devant la première porte vide venue comme si elle était un panier de choux dont personne ne veut. Felícia n'arrivait pas à imaginer qu'on puisse se retrouver aussi seul que Milene. Mais personne ne voyait concrètement quoi faire. Comme Milene elle non plus ne prenait pas de décision, Felícia s'empara du téléphone et le lui tendit : "Tiens, dona Milene, téléphone à qui tu veux. Je ne supporte pas de voir un être tomber dans un tel abandon…" Mais elle se reprit aussitôt et garda l'appareil, le fixant comme s'il était un objet doté d'intelligence avec qui discuter la solution à trouver. Sa décision était prise. "Très bien, je vais contacter moi-même vos oncles et vos tantes… Vous voulez voir ?" Et Felícia s'apprêta à téléphoner depuis le milieu de la table, pour que tous puissent entendre. Que Milene lui dicte les numéros de sa famille. Que Milene écoute, elle allait laisser des messages à tous les numéros. Elle allait leur dire leur fait : "Allô, il y a quelqu'un ? Il n'y a personne ? Eh bien, s'il n'y a personne, je vais laisser un message…"

Et, continuant à fixer Milene, Felícia laissa des messages d'une voix forte, parlant debout, péremptoire comme un professeur de lycée, écoutée par tous au milieu de la cour. Il y a quelqu'un ? Il n'y a personne ? Eh bien voici un message pour chacun. Qu'ils viennent donc chercher la jeune fille qui était apparue en état de choc entre les cordes à linge. Qu'ils viennent dès leur retour de vacances. Qu'ils se dirigent immédiatement vers la maison des

Mata. Vers la *Fabrique de conserves Leandro 1908*. Fin du message. Ils savaient très bien de quel endroit il s'agissait, puisqu'ils étaient les héritiers directs, les propriétaires de la fabrique. Felícia, parlant d'une voix très sonore de l'injustice et de l'indifférence, debout au milieu de la table. "Ça fait deux jours que la jeune fille est chez nous, et ses tantes et ses oncles ne donnent ni nouvelles ni instructions. C'est pas permis une chose pareille…" cria-t-elle au jardinier en train de nettoyer la piscine d'un des propriétaires qui avait répondu au téléphone dans le jardin, la seule voix vivante avec laquelle elle pouvait avoir une discussion en direct. Décidant : "Non, non, la jeune fille ne rentre pas chez elle seule. Nous sommes des personnes chrétiennes, vous comprenez, monsieur le jardinier ? La jeune fille voudrait bien, mais nous, on ne va pas la laisser rentrer toute seule dans la maison de sa grand-mère, après un choc aussi grand… Apprenez, jardinier portugais, qu'ici habitent les Mata, des Cap-Verdiens traîne-savates aux pieds crevassés, des gens qu'ont du cœur et de la vergogne…" Felícia, un bras en l'air, l'autre à l'oreille, parlant dans le téléphone sans fil. Laissant ce message. Un message honteux pour tous ses destinataires. Et à Milene, assise sur la longue table blanche faite de plusieurs tables mises bout à bout, elle dit : "Courage !"

"Sois courageuse, ma petite. Il y a longtemps qu'ils auraient dû revenir. Après-demain, ça devrait être la messe du septième jour pour ta grand-mère et je suis sûre qu'on n'a même pas prévu une messe à sa mémoire. Dona Regina me fait beaucoup de peine. Heureusement qu'une femme bonne et honnête ne rencontre pas trop d'obstacles à la porte du ciel…" Felícia, le téléphone refermé, surprise : "Et vous, Milene, avec tout ça, vous riez. Vous riez parce que vous souffrez beaucoup, mais vous avez beaucoup de grandeur d'âme, beaucoup de courage…" Au milieu de tous, Felícia était de nouveau au gouvernail, à la proue du navire. Sur la brèche de la vie.

Antonino lui aussi s'était mis à écouter les conversations téléphoniques. Il avait posé sur la table une boisson glacée qu'il sirotait lentement. Ses lunettes noires à reflets suspendues à sa chemise noire. La casquette bien enfoncée sur la tête, visière en avant, il reprenait ses esprits. Ce qu'il avait décidé, finalement, était juste. Il était indécent d'aller de porte en porte déposer une fille qui en plus vivait des moments pénibles. En voyant la jeune fille assise, il se souvenait de lui-même, deux ans plus tôt, quand les jours de la colère s'étaient abattus sur lui.

"Les jours de la colère, vous entendez?" dit Antonino à Milene en martelant bien les mots, comme si elle était sourde ou une enfant en bas âge, et qu'il avait à cœur de se faire comprendre. "Ne croyez pas que vous êtes la seule, ça arrive à tout le monde. Au moins une fois dans la vie, la colère s'abat sur la tête d'un individu. On ne sait pas qui envoie la colère, ni pourquoi, ni dans quel but, mais en fait c'est quand on s'y attend le moins qu'elle s'abat sur vous. Les jours où, dès qu'on se lève, on se trouve nez à nez avec le fumier de la vie... Et après elle disparaît soudain, mais elle emporte toujours quelque chose de vous qu'elle ne rend jamais..." Antonino là-bas devant, comme s'il ne parlait que pour elle. Et Milene s'apercevait que ces mots auraient dû courir à toute vitesse mais qu'il s'obstinait à les prononcer lentement, comme s'il voulait qu'ils s'insèrent dans une partie de la compréhension qui n'avait rien à voir avec ce qu'il disait, mais bien plutôt avec ce qu'il aurait peut-être voulu dire. Pourtant le message qu'il transmettait et qu'elle écoutait était parfaitement compréhensible. Elle-même savait qu'il y avait des jours terribles.

Quand Antonino se tut, Felícia dit: "Laisse tomber, mon fils, tout ça c'est fini."

"Je sais", dit Antonino. "Je lui disais seulement que tout le monde passe par des moments comme ça, c'est tout. Maintenant je vais..."

Et, abandonnant sa cannette, il se dirigea vers l'endroit où l'eau de la douche coulait, une rivière, un fleuve. Le fleuve venant de la douche coula longtemps. Puis le fils de Felícia traversa la cour, boutonné, sans casquette, sentant l'eau de Cologne, de nouveau pressé, de nouveau agité, comme cela avait déjà été le cas plusieurs fois tout au long de la journée. Courant quelque part, sans doute pour profiter de son après-midi libre. Les enfants d'Antonino devant les téléviseurs dormaient à présent sur les genoux de leurs cousines et ne se rendaient compte de rien. Mais tous les autres répétaient qu'ils n'avaient pas de mots pour décrire ce moment déconcertant. Quant à Felícia, sans s'éloigner, elle continuait à penser à des choses positives, à faire des choses positives, à parer à la vie immédiate et pratique, car maintenant que Milene était revenue pour rester elle ne savait combien de temps, elle allait la loger définitivement dans la salle de musique. En plus, comme la famille de Milene ne donnait pas signe de vie et que d'autres calomniaient injustement la jeune fille, Felícia allait montrer combien elle était bonne en octroyant à Milene non pas le lit minuscule, ni non plus le lit de Gabriel, mais celui de son fils Janina, le chanteur, qui s'était installé pour de bon à Lisbonne.

"Viens ici, viens... Regarde, dona Milene, tu vas dormir là..."

Elle pouvait maintenant regarder de ses propres yeux et à loisir. L'ancien pavillon du sertissage, de la ferblanterie, avait en fait été peint en noir, les tentures étaient rouge coquelicot et pendaient du plafond comme dans un studio de télévision et les lits rangés contre les murs étaient séparés les uns des autres par des instruments placés sur des estrades ou appuyés contre des chaises de toile. Partout il y avait des fils, des fiches d'alimentation, des herses électriques, des montagnes de disques, de la musique *soul* et afro-américaine, des images de Louis Armstrong et Jimmy Hendrix quand ils étaient jeunes. Des photographies de Janina et de son groupe s'étalaient sur les quatre murs. Sur une affiche de Terence Trent d'Arby au visage pensif, quelqu'un avait écrit sous les tresses FRÉROT. En fait Milene avait déjà passé la nuit précédente dans ce même endroit sans s'apercevoir de cette profusion d'objets. Mais à présent, consciente de la signification de cette pièce, elle se demandait si elle devait accepter le lit de Janina. Milene aurait préféré le lit minuscule. D'ailleurs, pour être sincère avec elle-même, elle ne préférait rien. En cet instant elle se retrouvait très proche de l'état d'esprit qui l'avait poussée à se cacher derrière les draps au milieu des cordes à linge. Quand sa tête était vide comme un coquillage déserté. Mais Felícia Mata, le cœur débordant de gentillesse envers elle et aussi de la fierté d'abriter des sentiments aussi merveilleux que ceux de la Beauté et de la Bonté, obligea Milene à prendre place dans le grand lit : "Vous dormirez très bien dans le lit de Janina, vous verrez."

"Les filles ! Apportez des draps pour le lit de Janina. Les grands draps à gros carreaux. Soyez gentilles..."

Oui, c'était la chambre inoccupée de ses garçons artistes, musiciens et chanteurs, encore que Janina soit vraiment le seul à chanter. Une pièce qui portait chance. Felícia expliquait le succès de ses fils à partir de là, tout en étendant les draps à carreaux sur le lit de Janina, tirant légèrement le couvre-lit, tapotant les oreillers, donnant vie aux objets inanimés. Lesquels s'animaient. Le téléphone sonna dans sa poche : "Maintenant je ne peux pas, Janina, il s'est passé une chose imprévue... La fille est de nouveau là... Dans ta chambre, mon fils... Écoute un peu, dans ton propre lit. Ça ne t'ennuie pas, n'est-ce pas ? Je le savais, tu es vraiment un brave garçon, un très très brave garçon... Continue à aller de l'avant, mon fils, toujours de l'avant... Ciao, ciao. Gros bisou..." Felícia referma le portable, tout émue, comme si le téléphone était une partie de Janina.

Mais au moment où elle allait ranger à nouveau le téléphone, Felícia sursauta. Elle se ravisa : "Suis-je bête. Je ne t'ai pas donné le téléphone. Tiens, prends... Avant de t'installer dans ta chambre, téléphone à qui tu veux, téléphoner ça fait du bien. Parle à ton aise. On comprend ta situation. Une famille riche, un avocat, un grand chef d'entreprise, un maire, tous avec leur femme ont déguerpi à l'autre bout du monde, en se fichant bien de tout le reste. Oh, Seigneur ! Vas-y, ma petite, te gêne pas..."

Milene hésitait encore, devant le lit de Janina.

Elle ne savait pas si elle accepterait. Il y avait un grand problème. Mais le gros, le vrai problème, c'était de poser le bout du soulier au bord de l'abîme. L'abîme était si facile, si attirant, si simple, il suffisait de fermer les yeux et de se laisser aller. Il nous attend les bras grands ouverts depuis le commencement du monde. Ça n'exigeait aucun effort. Ce qui demandait un effort, c'était apprendre à supporter l'effort. Ça demandait un gros, gros effort. Un jour il se peut que tu doives te débrouiller seule. *Alors, fais quelque chose par toi-même, pour ta survie. Surtout, fais-le...* Milene fut reconnaissante de pouvoir disposer du téléphone de Felícia Mata, elle le prit et laissa sur le répondeur de João Paulo le message suivant *: "João Paulo ? Écoute, c'est juste pour te dire que je me sens très seule. Je suis dans la maison de la famille Mata..."* Et elle allait dire *les gens de la troisième cohorte* ou *de la troisième vague*, mais elle se retint. Felícia, ses sœurs, Ana Mata, Heitor père, les adolescentes et aussi tous les enfants Mata avaient délaissé les téléviseurs et étaient postés devant la chambre des artistes. Elle n'allait pas les appeler, à leur barbe, comme ses oncles et ses tantes les appelaient entre eux. Elle les regarda tous et dit : *"Mais je suis très heureuse parce que j'ai rencontré ces gens qui sont très gentils avec moi…"* Tous la dévisageaient. *"Maintenant je ne peux pas t'en dire plus parce que ça coûte trop cher…"* Tous lui souriaient et elle leur souriait à tous. Ana Mata sans brandir son couteau à éplucher les pommes de terre, Heitor père sans actionner ses béquilles. Les enfants l'examinaient, programmes de télévision oubliés. Car la jeune fille blanche qui était revenue parce qu'elle n'avait pas de famille était là devant eux, dans la chambre de leurs oncles, et elle semblait ne pas savoir parler au téléphone. Milene ajouta : *"Écoute, João Paulo, c'est juste pour te dire que je suis très heureuse. Bye bye."*

"Dona Milene, vous ne voulez pas téléphoner plus longtemps ?"

Felícia allait d'un côté et de l'autre dans la salle de musique. Voyant que Milene hésitait toujours à poser ses affaires sur le lit de Janina, elle imagina que l'ombre de sa famille planait sur elle. Sa famille qui pouvait la punir et leur causer du tort, à eux les Mata. Elle, cependant, n'avait pas peur. Elle parlait haut, justement parce qu'elle n'avait pas peur des Leandro ni de ceux qui leur étaient apparentés. Et elle exposa tout ce qui lui trottait dans la tête.

Que Milene soit tranquille. D'abord, les Mata étaient à jour pour le loyer, tout ce qu'ils étaient censés faire était fait, ils ne devaient rien à personne. S'il y avait un problème, ça concernait les propriétaires eux-mêmes, à eux de s'en occuper. Quant au dû des Mata, avant le 8 de chaque mois, la somme était déposée automatiquement, soit par Heitor, soit par Antonino, soit par Domingos, à tour de rôle, pour que ce ne soit pas toujours le même qui perde des heures de travail. La somme était déposée au nom de dona Regina Leandro, dix mille escudos par mois, ils avaient les reçus de la banque, les comptes étaient en règle. Tout était payé. Si cette année, ils n'avaient pas blanchi le mur extérieur de la fabrique, c'était tout bonnement parce que les propriétaires n'avaient pas apporté la chaux. Il n'y avait plus de chaux, il n'y avait plus que de la peinture, mais ils n'envoyaient pas non plus la peinture. C'est eux qui avaient des dettes. Des dettes envers les murs de la fabrique, envers leur mère, envers la société dans son ensemble. Elle n'avait pas peur. Toute réflexion faite, c'est eux qui avaient éloigné leur propre mère de son lieu de vie naturel, sans rien dire à leur nièce. Eux qui l'avaient enlevée secrètement de chez elle. Et enfin, eux qui n'avaient pas assisté à l'enterrement de leur propre mère, exactement comme c'était écrit dans le journal.

Milene n'avait rien à se reprocher.

Une jeune fille comme elle ne devait pas s'angoisser pour ce qui n'était pas de sa faute. Une fille si simple, si délicate. Eh bien, au moins maintenant dors ici bien tranquillement. Et ne te réveille que quand tu voudras. Tout ce monde, toute cette marmaille va sortir de ta chambre. Je vais fermer la porte tout doucement, pour que tu puisses dormir dans ta propre maison, car toi aussi, finalement, tu es propriétaire. Ne possèdes-tu pas environ un vingtième de cette maison ? D'ailleurs, à bien réfléchir, comme tu es la petite-fille, la fille unique d'un fils de dona Regina, et comme dona Regina a cinq fils, le cinquième de tout ça te revient. Donc, ma petite, repose-toi bien. Personne n'a rien à voir avec tout ça. Ce qui est à toi est à toi. Tu te réveilles et tu dors dans ce qui t'appartient. Si un jour on t'offre de choisir une partie, choisis celle où nous vivons, celle où se trouve la chambre de mes fils, Janina et Gaby. La salle de musique. Ta chambre quand tu en auras besoin. Dors ici, dans ce qui est à toi. Bonsoir, bonsoir, bonne nuit.

"Réveille-toi dans ce qui est à toi. D'accord ?"

Puis Felícia disparut. Milene dormit toute la nuit. L'abîme resta au-dehors.

Entrèrent Sissi et Belisa, les fils de Domingos, João et Aloísio, et les fils d'Antonino. Les sept enfants, l'œil fixé sur elle, alors qu'il faisait déjà grand jour. Ils riaient à la porte en la regardant. Entrant et sortant, se bousculant. Les fils d'Antonino Mata, qui riaient rarement, en train de rire. Même le plus petit, le plus sombre, exhibait des petites dents blanches. Et cela se prolongeait. Un divertissement interminable : "Blanche Neige ? Lève-toi, morceau de saindoux pour notre marmite. T'es bonne pour la friture du dimanche… On va t'envoyer dans la forêt. Tout de suite. Le page a l'ordre de te tuer… Ça y est ! T'es morte !"

Se réveillant pour la deuxième fois dans la chambre aux tentures rouges, Milene se dit : *si ça se trouve, mes jours de colère, mes jours de désordre sont déjà passés. Je serai de nouveau heureuse.*

Car aujourd'hui n'avait rien à voir avec hier.

La matinée était déjà bien avancée, les hommes étaient partis depuis un bon bout de temps. Felícia cria : "Alors, comme ça, vous voulez peler des patates comme Ana Mata ? Vous voulez un tablier et une cuvette comme elle ? À côté des rivières d'Ana Mata ? Ne faites pas ça, ne vous abîmez pas les mains. Mais si vous y tenez, Belisa ira vous chercher un bon couteau. Belisa !"

Penser de nouveau à des choses plaisantes. Oublier les choses mauvaises – les hommes en noir, les fleurs pulpeuses, la femme aux mollets carrés, le soleil sur les maisonnettes décorées d'anges de pierre…

Felícia dit aussi : "Vous, dona Milene, vous voulez découper la poule ! C'est pas nécessaire. Il y a mes sœurs, Dilecta et Germana, qui font ça impeccablement. En deux temps trois mouvements, un morceau ici, un morceau là. Vous pouvez tenir les pattes. Tenez-les alors, tenez-les bien…"

Penser au moment où le curé a cru que Milene Leandro ne savait pas conduire une auto. Milene est montée dans la Clio et a prouvé qu'elle maîtrisait l'embrayage, la voiture au point mort… Ce fut un grand triomphe sur eux. Mon triomphe sur le regard de la femme aux mollets carrés qui ne croyait pas en moi, qui n'arrêtait pas de chuchoter dans l'oreille du curé…

La vie allait changer, elle le sentait.

Ensuite, on était déjà le mercredi 20 après-midi, Felícia dit : "Des cartons et encore des cartons. J'ai horreur de défaire les cartons. Je les mets à la poubelle comme ça, ouverts, les uns dans les autres. Mais si vous voulez, dona Milene, faites-en sortir le chien de garde et le caniche qui s'y sont blottis et les enfants aussi, comme ça, tout doucement, un carton ici, un carton là. Si vous avez vraiment envie de vous occuper. Les enfants vous aideront à faire sortir le chien, les enfants vous adorent... Je n'ai jamais vu de ma vie des cartons aussi bien rangés que les vôtres, dona Milene. Ranger tout ça, ranger... Votre maison doit briller comme un sou neuf, n'est-ce pas ?"

Et maintenant les oncles et les tantes peuvent venir quand ça leur chantera. Moi, je retourne au Kilomètre 44, sans eux. Mes jours de colère sont passés. Mes jours heureux vont revenir...

Oui, il y avait du poulet avec des pommes de terre pour le dîner. La table, très longue, était de nouveau constituée de plusieurs tables, tous étaient assis autour, même Antonino Mata, avec ses trois fils qui formaient une grappe. Dix-huit personnes à table, y compris elle-même. Felícia mangeait beaucoup, ses sœurs, Dilecta et Germana, aussi. Ana Mata mangeait peu. Domingos, l'homme au couteau, s'adressa pour la première fois à Milene : "Vous ne mangez rien, dona Milene ? Vous voulez rester intelligente à tout jamais, comme notre grand-mère Ana Mata ? Notre grand-mère croit que si on ne mange pas, les canaux de l'intelligence ne se bouchent pas. Elle croit qu'elle mourra savante..." Heitor fils riait et se resservait du poulet et des pommes de terre, à la lumière des ampoules qui se balançaient. "Si elle meurt un jour... n'est-ce pas, mamie ?"

Tous rirent en regardant Ana Mata, trop loin de sa *cautcha* en plastique, avec son chignon parfait planté tout en haut de son crâne allongé vers l'arrière, comme une balle de base-ball, ses petits yeux enfoncés, vifs et luisants, jambes croisées, coudes soulevés, assise à table comme un moustique, se nourrissant de rien. Non, vous ne mourrez jamais, mère. Pour écarter le sujet, Felícia chanta : "*Tapissant la mer, tapissant la mer...* Vous n'avez jamais entendu cette chanson de Janina, dona Milene ? Domingos, lève-toi et mets le disque de Janina sur la nouvelle machine. Celle que tu as achetée à Lisbonne."

Le disque tournait, la voix de Janina s'élevait, dès le premier morceau la cour se mit à frémir. "C'est avec cette chanson qu'il a gagné au Coliseu dos Recreios. Vous étiez au courant ?" demanda Felícia dont la voix, très haute, avec ses sonorités victorieuses, se superposa à la musique. "Chantez, vous aussi, dona Milene. Chantez. Oubliez la mort, oubliez les mensonges et l'absence. Dansez avec nous. Savez-vous seulement danser ?"

"Ça alors, vous savez même danser. Bravo, bravo... Il faut chasser la mort des défunts. Les défunts aiment nous voir danser. Ils aiment qu'on soit heureux et qu'on danse et qu'on chante en pensant à eux. C'est comme ça qu'eux aussi sont heureux... Pour chaque personne qui chante ici dans ce bas monde, il y a une multitude qui chante dans l'autre monde. Au début on est même choqué, à cause du mort qui nous manque, mais après ça passe. On réagit. Le défunt, s'il est gentil, ne nous veut aucun mal. Il nous regarde même du haut du ciel plus content... Eh. Continuez... Mettez maintenant le troisième morceau, celui-là est vraiment fait pour danser..." La musique résonnait dans la cour, faisant vibrer les chaises. Toutes les chaises. Toutes les tables. Ensuite, les gens, les enfants et Milene. Felícia était ravie de son œuvre, la gaieté de Milene, sa décontraction étaient son ouvrage. Felícia s'était levée pour savourer le spectacle.

"Ça, c'est ce qui s'appelle danser. Dona Milene, vous êtes très bien faite, même vos petits genoux serrés sont gracieux. Vous avez l'air un peu simplette, mais vous ne l'êtes pas du tout. Vous savez même danser..." Les enfants Mata dansaient devant l'espace défendu par les géraniums. Milene, dans les vêtements de Judite et de Claudina, dansait elle aussi. La mort était partie. La peur aussi. Allez, ma fille, si tu as envie de t'occuper active-toi, téléphone, fais la vaisselle, danse, lis des revues, chante les chansons de Janina, mais ne ris pas toute seule adossée au mur. Sors tout ce qui te pèse sur le cœur.

Il était midi, jeudi 21 août, à l'intérieur du diamant. Milene continuait à s'adosser à un mur. De là elle voyait les ongles rouges de Felícia parsemés de taches blanches comme s'ils étaient troués. Elle n'avait rien à faire, elle pourrait les lui vernir. Comment disait João Paulo ? *Abyssus abyssum clamat.* Non, non. Si, si, elle pourrait très bien. Milene riait de bon cœur. "Senhora dona Felícia, je pourrais vous faire les ongles. Vous avez du vernis et de l'acétone ?" demanda-t-elle.

Felícia tombait des nues, étendue sur la chaise longue blanche en matière synthétique, installée dans l'ombre interminable de la cheminée industrielle. Felícia souriait de toutes ses dents, immensément amusée. Bien sûr qu'elle avait de l'acétone et du vernis, mais dona Milene n'allait tout de même pas lui faire les ongles?

"Mais si, je vais le faire. Je l'ai déjà fait des tas de fois. Vous allez voir. J'ai juste besoin d'un banc, d'une cuvette, d'acétone, de vernis et de coton..." déclara Milene.

Elle lâcha un éclat de rire. La semelle de sa chaussure droite s'éloignait de l'abîme, se posait sur un terrain sûr, solide, amène. Mon Dieu, je vais enfin faire une chose utile, je vais de nouveau collaborer avec le monde, comme disait João Paulo. Felícia étendit les mains devant Milene. Ana Mata les observait, assise dans son fauteuil, ses pieds très maigres croisés, au point où se rejoignait l'eau des trois fleuves qui coulaient des douches. Milene retira les taches incarnates des ongles de Felícia, jeta le coton, agita le flacon pour que les adolescentes Sissi et Belisa regardent bien. Elles voulaient aussi qu'on leur fasse les ongles? Non, non, elles ne pouvaient pas vouloir, elles devaient obéir à leur père. Heitor voulait que ses filles gardent leurs tresses jusqu'à l'âge adulte, il ne voulait pas d'ongles peinturlurés, il ne voulait pas qu'elles deviennent des putains. Mais Felícia était une femme déjà grand-mère, elle n'avait aucun problème, ni avec les Leandro, ni avec personne en ce bas monde. Elle ne faisait de mal à personne. Pourquoi n'accepterait-elle pas l'offre de la jeune fille, il fallait une bonne heure pour aller chez la manucure? Non, Felícia ne voyait aucun inconvénient à accepter. Et quand Milene dit, parlant plus haut que d'habitude: *"Senhora dona Felícia, maintenant les pieds. Montrez-moi vos pieds...'* Felícia commença par refuser, puis dans un accès de folie courageuse elle lava elle-même ses pieds puis les tendit à Milene, avec de grands cris de joie. Des pieds dodus, potelés, avec un pli entre le coup de pied et la jambe, signe d'une vie d'abondance. Grands éclats de rire de Felícia. Et Milene aussi riait. Quand vint la fin de l'après-midi, Felícia, pieds nus au milieu de la cour, dansa pour que tous voient les vingt ongles vernis par dona Milene.

La nuit précédente, Felícia avait rêvé d'un compotier rempli de grains de grenade. Finalement il ne s'agissait pas de grains de grenade, non, mais d'ongles peints qui s'annonçaient ainsi. Et le compotier n'était pas un compotier, c'était le bon cœur de dona

Milene, cette brave fille apparue chez eux. Incroyable, vraiment, comment les rêves annonçaient la réalité. Ç'avait été la même chose avec Janina. Avant le succès au Coliseu, elle rêvait toutes les nuits d'une vague qui au lieu d'écume projetait des pièces d'or à ses pieds. Elle n'avait pas du tout envie de se réveiller. Tout son corps était orné de bijoux précieux. Finalement, la mer était le Coliseu, et les bijoux les applaudissements. Maintenant le compotier était Milene. Les grains de grenade étaient les vingt ongles vernis pour ceux qui avaient des yeux pour voir. "Les rêves nous réservent de ces surprises..."

Va-t'en, abîme, va-t'en. Retourne dans ton trou, loin de moi. Ne reviens jamais par ici, on n'a pas besoin de toi...

Était-ce déjà un autre jour, un autre soir? Un autre matin? Felícia ne s'était aperçue de rien: "Bénie soit l'heure où vous êtes venue, ma petite. Où Antonino vous a ramenée. Ç'a été merveilleux de faire votre connaissance. Finalement vous êtes vraiment très intelligente, très gentille, tout à fait sensationnelle..." déclara Felícia. "Je dis ça parce que tes oncles et tes tantes doivent être sur le point d'arriver. À cette heure, où qu'ils se trouvent, ils doivent être au courant de ce qui se passe à Valmares. Mais ayez du courage, dona Milene, ne vous laissez pas abattre par des paroles accusatrices, s'il y en avait. Dites-vous bien que c'est eux qui sont en faute..." Felícia exhibant les dix ongles vernis de ses mains. Les dix ongles de pieds assortis à la robe à ramages. "Que Notre-Dame du Bon Chemin vous accompagne. Vous entendez? Quant à nous, notre décision est prise. Nous allons juste envoyer une lettre signée, recommandée, avec accusé de réception, pour qu'ils sachent que nous avons respecté la loi. Maintenant, toi, dona Milene, pense à toi. Allez, courage. Beaucoup de courage..." Puis Felícia s'assoupit dans la chaise longue blanche sous l'appentis. Mais auparavant elle donna encore un conseil à Milene: "Essaie de dormir et de rêver toi aussi. Le secret consiste à dormir plus que de besoin. Le reste, c'est du rêve. Et le rêve, ça fait énormément de bien..."

Milene pensait qu'elle rêverait de la joie de Felícia, des ongles vernis, de sa propre satisfaction de les avoir vernis, mais il n'en serait pas ainsi.

•

C'était la nuit de jeudi. Milene s'était couchée de nouveau, pour la quatrième fois, dans le lit de Janina. À ce moment de la nuit, elle ne savait pas si c'était encore le même jour, ou le lendemain. Elle se sentait très fatiguée. Ou plutôt, une moitié d'elle était fatiguée, incapable de lever un bras, de remuer un doigt, une paupière, de décoller un tant soit peu les lèvres pour pouvoir respirer et cette partie d'elle-même, en proie à cette immense fatigue, se confondait avec la vie qu'elle avait vécue ici, en ce même lieu, auprès de ses oncles et de ses tantes, alors plus jeunes, de sa tante Gininha aux cheveux encore opulents, avec ses amoureux successifs, des représentations éparses où figuraient aussi, contre son gré, des images de velours, comme celle du coussin avec les clés où était brodé le mot *Leandros*, et les cinq personnages de la deuxième vague qui disparaissaient sur des mobylettes. Puis les hauts murs lisses, nettoyés des inscriptions obscènes photographiées par ses oncles. Puis elle, son cousin et sa cousine, João Paulo devant, à la barre du bateau de Guinote, glissant sur les canaux radiculaires de la Ria. C'était les images du *meilleur été de notre vie*, comme disait João Paulo, qui la rendaient toujours heureuse. Or, à sa grande surprise, cette nuit-là, elles la paralysaient de fatigue.

Car une autre partie d'elle-même s'opposait à la première, à l'exsangue, et les deux appliquaient des forces contraires au même axe, comme les corps oints d'huile dans la lutte libre. Cette seconde force, la deuxième partie d'elle-même, pouvait tout, savait tout, et aussi jugeait les autres, se déplaçant sans cesse vers les autres, où qu'ils se trouvent. Elle volait vers eux sans crainte et en état d'apesanteur. En évaluant les deux forces, Milene vit en elle le signe sans équivoque de la Vie et de la Mort avec des majuscules. Sauf que Milene pouvait penser et se dire à elle-même en même temps : "Tu n'es pas assez maligne pour penser ça toute seule dans ta propre tête. Quelqu'un souffle ces mots sur tes lèvres et tu te contentes de les répéter…" L'immobilité faisait descendre le mouvement vers la terre, elle le suspendait. Milene luttait au milieu d'elle-même, divisée, comme deux adversaires dans la lutte libre, séparés par leurs bras, mais unis par leur poitrine huileuse. Malgré tout, la partie agile réussit à un certain moment à comprimer la partie ankylosée et à la désintégrer comme on fend une bûche avec une hache. Et à l'instant même, son cœur battit comme les flancs d'un poulain ruisselant de sueur à la fin d'une course. Elle pensa : *Tout va bien, je me souviens de tout, je suis prête.*

Elle en était certaine.

C'est-à-dire que Milene a sa version, ses propres mots. Elle est prête pour l'épreuve. Elle mérite de bonnes notes... pensait Milene, les battements de son cœur s'espaçant. Car comme le disait João Paulo, seules les paupières séparent le sommeil de l'état de veille. Quelle est la différence entre dormir et être éveillé ? Son cousin João Paulo connaissait bien la vie. Mais en cet instant Milene était encore couchée dans un lit, à l'intérieur du diamant. Il était trop tôt pour se lever. Dans la cour, le caniche ne mordait pas encore le chien de garde, comme à l'ordinaire. C'était un autre jour. Elle était sûre que ce jour-là il se passerait quelque chose. Elle se prépara.

Lentement.

4

Très très lentement. Elle était tout à fait prête. Le calendrier mural de Felícia Mata indiquait : *vendredi 22 août 1994.* Tout se passait bien. À dix heures du matin, on entendit un moteur étouffé approcher de la maison. Milene se dirigea vers le portail. Impossible de se tromper. C'était la voiture de fonction de l'oncle Rui Ludovice qui venait la chercher.

Comme elle s'y attendait, la voiture était garée à l'ombre des palmiers et une des portières était grande ouverte, retenue par le bras de M. Frutuoso. Inutile que le chauffeur reste dans cette position, car Milene allait tarder. Ses pas se feraient lents intentionnellement. Elle était vêtue du bermuda orange de Claudina et d'elle, sur elle, elle ne portait plus que son sac en bandoulière, son chapeau de paille sous le bras et au milieu de sa poitrine son cœur qui battait calmement. Si calmement qu'elle ne le sentait même pas. Elle ne regardait pas non plus en arrière, bien qu'elle sût que Felícia et Ana Mata étaient restées pour la voir se diriger vers la voiture de fonction de son oncle. Felícia était sûrement en train de lui dire quelques-unes de ces phrases qu'elle-même connaissait déjà par cœur. Pourtant elle ne se retournerait pas pour lui faire un signe d'adieu. Elle ne voulait pas perdre un seul atome de sa concentration.

M. Frutuoso inclina même la tête en lui disant bonjour, mais elle ne lui répondit pas. Elle n'avait pas envie de parler à cet homme qui avait l'habitude de la regarder dans les miroirs des voitures, la scrutant jusque dans les tréfonds comme s'il avait un hameçon dans chaque œil et qu'il voulait ramener à la surface ce qu'elle se refusait à lui montrer. D'ailleurs, avant de lancer la grosse voiture dans son vol rasant et imperceptible, Frutuoso avait encore dit : "Vous savez que vous laissez ici votre voiture, et je ne sais pas si nous aurons le temps de revenir plus tard…" Fourrageant dans des papiers et consultant sa feuille de route. "C'est dommage de laisser votre petite Clio sous ce soleil de plomb, mademoiselle Milene, si encore vous l'aviez mise sous un arbre…" Comme d'habitude, M. Frutuoso essayait de faire la conversation, de s'insinuer dans les fissures de sa vie privée. Elle, cependant, était prête à affronter une situation beaucoup plus compliquée et elle lui fit simplement signe d'avancer.

Ensuite la voiture de son oncle avait volé en rase-mottes et Milene n'avait eu que le temps d'arrêter une fois pour toutes l'ordre dans lequel elle présenterait les faits. Totalement concentrée. Alentour les champs étaient toujours aussi secs et arides, et la paille jaune décolorée au pied des arbres ou le long des murs avait pris des teintes argentées et des deux côtés de la route on voyait des signes de défrichement par feu contrôlé qui en certains endroits avait atteint les arbres. Dans le paysage blanc, de vastes taches de pâturage incendié ornaient les courbes de la route. On avait l'impression qu'il suffirait d'une allumette pour bouter le feu à tout Valmares. Le chauffeur avait continué à parler tout seul: "Quelle route infecte, quelle route affreuse..."

Non. Milene ne répondrait rien.

Si elle parlait, ce serait juste pour exposer, en s'appuyant sur les mots des autres et sur ses propres certitudes, ce qu'elle avait réussi à tirer au clair. Des mots et des faits. Bien que ce fussent les mots qui lui venaient à l'esprit en premier. Elle fermait les yeux pour ne pas perdre sa concentration. Elle les fermait avec force. Elle se disait à elle-même: ça s'est passé comme ça, tantes et oncles, *Introibo ad Altarem Dei, Pax Domini, Totus Tuus, Tronc pour les âmes du purgatoire.* À quoi nous a servi notre orgueil, à quoi nous a servi la richesse jointe à l'arrogance, puisque tout a disparu comme une ombre... Et nous, avec nos yeux fermés, nous regardons autour de nous pour fixer tous les mots qui nous permettront de tout raconter à nos oncles et à nos tantes... Mais les faits, eux, sont venus d'abord.

En les passant tous en revue, un à un, voilà comment les faits s'étaient produits. D'abord les agents de la Garde nationale républicaine étaient venus frapper à la porte, et tout de suite après les messieurs en noir pour lui demander de l'argent. Puis il y a eu un va-et-vient de décisions contradictoires à l'intérieur de maisons blanches et devant des tables en marbre, et eux étaient absents. Sur le palier d'un de ces escaliers, en marbre aussi, elle avait crié qu'elle ne voulait pas d'autopsie, qu'elle ne voulait pas qu'on la découpe en morceaux, et elle avait crié cela au nom de son oncle puissant, impossible à contacter, et elle avait réussi à obtenir ce qu'elle voulait grâce à lui. Grâce à l'impossible à contacter. Mais tous autant qu'ils étaient, y compris l'oncle puissant, avaient été absents, pas elle. Pour cette raison, maintenant qu'elle allait les rencontrer, pas question d'*Abyssus abyssum invocat* pour elle, tout ça ne valait que pour eux. Elle allait simplement raconter comment les événements s'étaient produits, rien d'autre. Les données, qui s'étaient enfuies de sa tête quelques jours plus tôt, elle les avait récupérées et enchaînées de façon à pouvoir tout résumer en deux idées maîtresses très précises. Ce qui expliquait que son cœur soit tranquille. Elle ne le sentait même pas. En arrivant au Kilomètre 44, Frutuoso s'était précipité pour lui ouvrir la portière et elle était sortie sans lui dire un mot. Elle se sentait très bien. Elle était calme. Elle était prête.

Mais rien ne correspondrait à ce qu'elle avait imaginé. Ni à ce qu'elle avait prévu ni à ce qu'elle avait désiré.

En effet, en entrant dans la villa Regina, elle n'avait pas le cœur qui battait. Ce n'était pas nécessaire. Et en un premier moment tout lui avait paru intact. Le porte-manteau dans l'entrée continuait à soutenir de ses bras les trois chapeaux de la grand-mère Regina, et le miroir devant lequel celle-ci se plantait toujours avant de sortir semblait prêt à refléter ses cheveux lilas. Les espaces délimités sur les murs par des tableaux qui avaient été retirés présentaient les mêmes auréoles sombres autour des taches claires. Le tapis d'escalier rouge, attaché aux baguettes de bois par des alignements de crochets, non seulement était toujours en place, mais il offrait aux pieds la même surface moelleuse où les pas s'enfonçaient délicatement, comme la grand-mère aimait. Milene s'était avancée sur le tapis presque sans bruit, comme si tout était intact. En avançant, elle imaginait la frise formée par sa famille réunie autour de la table en merisier et en train de l'attendre. Elle les prévoyait tous ensemble, chacun prêt à lancer sa question. Un tir bien réglé. Mais quand elle arriva dans le salon que sa grand-mère appelait le living-room, c'était comme s'il n'y avait personne. Seules se trouvaient réunies là deux tantes, assises sur les deux sièges exclusivement occupés naguère par la grand-mère Regina : le *fauteuil** à gauche d'où elle contemplait le jardin et le *fauteuil** à droite dans lequel elle regardait la télévision. Cela faisait vingt ans qu'il en était ainsi. Et les tantes le savaient. Pourtant toutes deux étaient vautrées dans les fauteuils de la grand-mère. C'était très choquant. Elle se sentait prête à raconter tout ce qu'elle savait, mais pas à deux personnes seulement, occupant par-dessus le marché des sièges qui n'étaient pas les leurs. Écœurée par ce spectacle, elle pensa : *"Il va falloir qu'elles sortent de là. En me voyant, elles vont devoir se lever. Je ne pourrai expliquer ce qui s'est passé qu'une fois qu'elles se seront levées..."*

Et Milene resta à la porte du living-room, sans entrer, afin qu'elles comprennent, qu'elles sautent hors de ces fauteuils dès qu'elles l'apercevraient. Mais les tantes en cet instant n'étaient pas deux tantes, mais seulement deux chagrins assis. Les tantes ne pourraient pas comprendre le message qu'elle leur envoyait. À l'autre bout du salon, les tantes étaient face à face, en train de prononcer des mots décousus d'une voix nasale, comme si leur visage était rempli à l'intérieur de larmes inconscientes et accablées. Deux douleurs qui auraient pris forme humaine. Milene n'avait ni dix ans, ni quinze, ni vingt, et elle se dit que ce n'était pas le moment idéal pour leur déclarer qu'elles étaient assises là où elles ne devaient pas. Milene connaissait la vie des tantes. Elle eut pitié d'elles.

Non, elle ne les provoquerait pas.

Ne serait-ce que parce que tante Gininha l'avait aperçue et l'appelait. Alors, se montrant à la hauteur des circonstances, le cœur tranquille, elle s'était approchée à pas de loup, et la tante lui avait tendu la main, en lui parlant tout bas, comme si elle n'existait pas, comme si elle n'était plus que l'ombre d'une personne avec de longs cheveux de jeune fille : "Ma chère nièce, ma chère nièce..."

Elles s'embrassèrent. Ou plutôt la tante Gininha lui avait caressé la joue, la serrant contre elle en silence, pendant un très long moment, et elle avait enfin balbutié, lui laissant des traces humides partout : "Tu as été l'unique témoin..." Entamant un

---

* Les mots en italique suivis d'un astérisque sont en français dans le texte. *(NdT)*

nouveau sanglot interminable. C'était un instant pénible. Milene était prête. Et le souci d'être prête et de vouloir être obligeante l'éloignait de l'effusion d'amour et de pitié qu'elle ressentait devant le chagrin de ses tantes, surtout de la tante Gininha qu'elle aimait tant. Elle avait joint les genoux, elle les serrait de toutes ses forces. Les yeux fermés. Oui, elle était tout à fait prête. Comme la nouvelle qui vole, comme un navire qui vogue. En fait, j'étais en train d'écouter les *Simple Minds*, j'écoutais *Live in the city of light*, quand ils sont arrivés... Mais non elle n'allait pas commencer à relater les événements n'importe comment. Milene se borna à dire tout bas, pour ne pas incommoder ses tantes : "Tantes, je peux raconter tout ce que vous voulez savoir. Je me souviens parfaitement de toutes les démarches qui ont été faites. Je garde tout ça dans ma tête..."

La tante Angela Margarida, complètement affalée sur son siège, se contenta de demander : "Comment cela a-t-il pu arriver, Milene ? Comment ?"

La voix de la fille aînée de la grand-mère Regina elle aussi était humide, mais d'une autre façon, plus épaisse, plus forte, mouillée peut-être par un liquide plus dense. Il allait cependant être très difficile de répondre aux tantes, car leurs phrases ne collaient pas les unes avec les autres. Milene n'avait même plus le temps de désirer que les tantes se lèvent de ces fauteuils, tant le chagrin les avait rendues exsangues. Angela Margarida, malgré tout plus énergique que Gininha, lui avait dit : "Tu nous raconteras tout ça comme il faut..." La tante Angela Margarida, avec un œil plus gonflé que l'autre. Une bouffissure sur l'œil gauche. La tante dit encore : "Tout ça est très triste, très grave... Assieds-toi, Milene." Et elle-même se leva, comme une somnambule.

Mais non, ce n'était pas encore le moment.

Comme si elle était reliée à un courant électrique généré par la stupéfaction, la tante Gininha avait commencé à émettre un discours lugubre sur l'injustice de la vie, disant qu'elles, les deux filles de la grand-mère Regina, avaient toujours été auprès de leur mère, s'étaient toujours préoccupées de sa santé, lui avaient toujours téléphoné de partout pour prendre de ses nouvelles, et tout à coup, à un moment où par hasard elles étaient absentes, cette fatalité s'était produite, disait la tante Gininha. Et, suffoquée par le dérèglement des événements, la plus jeune tante s'était levée du fauteuil, les deux sièges se retrouvant enfin libres, leurs bras grands ouverts, comme s'ils attendaient l'entrée de la grand-mère Regina. Les deux fauteuils inoccupés, pendant que les tantes, toutes deux debout, comparaient la bonne mort que tous méritaient, à commencer par leur mère, avec la fin stupide qui avait été la sienne. Les tantes, anéanties, se croisant dans le salon, en apesanteur comme si elles marchaient dans l'espace, égarées comme dans un désert, se disant l'une à l'autre que jamais elles n'avaient vécu chose semblable. Les deux tantes pareilles. L'une grande, l'autre petite. L'une presque brune, l'autre presque blonde, une différence qu'elles accentuaient depuis toujours chez le coiffeur. Peu importait, toutes deux presque belles, surtout la tante Gininha, toutes deux pensant que ce séisme avait bouleversé leur vie. Sans qu'elles comprennent comment, la vie leur avait tendu un guet-apens. Et les tantes tournicotaient, marmonnant des phrases incohérentes. Quand le mot *guet-apens* apparut, la tante Angela Margarida suspendit ses larmes. Elle n'était pas d'accord. Il ne s'agissait pas d'un guet-apens, mais de plusieurs.

"Plusieurs guets-apens, tendus par des personnes concrètes, dont certaines avaient des objectifs précis, persécuteurs, personnels et même politiques..." À son avis, la famille allait devoir réagir, diligenter des actions contre les responsables.

"Quelles actions ?" demanda Gininha.

Mais l'esprit des tantes ne se concentrait pas. Il voletait au-dessus de la crédence où étaient disposées des photographies. Différentes photographies de la grand-mère Regina, depuis sa plus tendre enfance jusqu'au moment où elle avait commencé à se teindre les cheveux en lilas. Avec son mari le jour de leur mariage, avec son beau-père à côté de la Chrysler. Avec ses trois aînés, avec ses cinq enfants, y compris les filles, les deux cadettes, tous les cinq autour de leur mère, et après moins un, et plus tard moins deux. Chaque moment de la vie figé dans un rectangle d'étain et d'argent. Ensuite, la grand-mère Regina, le visage désormais ridé, avec seulement trois fils. La grand-mère Regina avec ses petits-enfants. La grand-mère Regina seule, tournant le dos à la fabrique. Le déroulement d'une vie entière était inscrit là. Oui, il fallait faire quelque chose. Et faire quelque chose signifiait traduire en justice au moins quatre entités distinctes. Quatre. Un procès contre le Nouveau Foyer où l'on avait défiguré le nom de leur mère en la désignant par Maria Soares, les deux noms intercalaires de son identité complète. Incroyable. Qui pourrait reconnaître Regina Maria Soares Leandro dans Maria Soares? Ce serait le premier procès. Un autre contre l'hôpital qui avait renvoyé dans la rue une personne alitée, sans bien diagnostiquer son état. Un autre contre les deux infirmiers qui l'avaient laissée s'échapper. Et encore un autre contre les journaux qui avaient publié ces mensonges sordides. L'aînée de la grand-mère Regina comptait sur ses doigts: "Six en tout. Six actions, pas quatre."

Mais qu'allaient donc régler ces procès?

La tante Gininha s'était assise sur le canapé mou, le grand, dans lequel on s'enfonçait, et ses genoux couronnant de longues jambes réunies touchaient presque son menton. Angela Margarida, en face d'elle, comptait sur ses doigts: "Six, sinon plus."

"Et la fuite de notre mère dans le sable jusqu'à la porte de la fabrique, comment l'expliques-tu? À qui ferais-tu un procès?"

Les tantes étaient dans l'impasse.

À la vérité, lorsqu'elles pensaient à leur mère, dans une chemise d'hôpital, en train de ramper entre les rails jusqu'à la fabrique, et tout ce qui s'était ensuivi, elles se sentaient perdues. En pensant à ces tristes détails, l'une en face de l'autre, les deux tantes plongées dans la pénombre verte de la maison n'en formaient plus qu'une. Elles étaient perplexes. L'amour filial se transmuait en stupéfaction. Les images concrètes de la mort leur perçaient les yeux, leur présentaient des coupes remplies d'une obscénité amère. Les tantes se sentaient atteintes jusqu'au tréfonds de l'âme par un événement que la vie leur jetait à la figure par dérision. C'était la deuxième fois qu'elles se parlaient. La première avait eu lieu la veille au soir, au retour des vacances, mais c'était toujours sur l'image terrifiante du portail que les tantes s'arrêtaient. Et elles s'y arrêtaient, car elles soupçonnaient que l'heure de la mort était une parabole de la vie précédemment vécue, un conte lu à rebours, comme leur mère le disait en parlant de leur père, mais en l'occurrence elles n'arrivaient pas encore à déchiffrer cette parabole que la vie leur jetait au visage. En cet instant, tout ce qu'elles voulaient comprendre c'était pourquoi la vie leur avait lancé à tous ces flèches imparables. Et toutes deux manifestaient leur étonnement au milieu du salon, pendant que Milene continuait à attendre son heure.

D'ailleurs, les tantes ne semblaient pas remarquer sa présence. C'était comme si l'événement qu'elles discutaient et l'avenir qu'elles semblaient vouloir esquisser n'avaient aucun rapport avec ce que Milene avait à leur dire. Comme s'il n'y avait aucun lien entre ce dont elle avait été témoin et qu'elle avait gardé dans sa tête et la vie concrète de ses tantes. À vrai dire, la tante Angela Margarida, avec ses deux paupières gonflées, l'une beaucoup plus que l'autre, ne regardait même pas Milene. Défigurées, les deux tantes se regardaient à peine l'une l'autre. Alors Milene consulta sa montre, sortit un mouchoir de son sac et se moucha vigoureusement. Le moment de dire ce qu'elle avait à dire était venu, elle était prête, pleine d'assurance et de courage. Pliant le mouchoir et le rangeant, Milene dit: "Tantes, je veux vous raconter comment ça s'est passé. Je n'ai pas assisté à tout, mais je sais beaucoup de choses. Pour commencer par le commencement, j'étais assise ici même où je me trouve maintenant, en train d'écouter les *Simple Minds* quand les agents de la Garde nationale républicaine ont sonné à la porte..."

Les tantes se retournèrent et lui firent face en même temps, étonnées, comme si elles revenaient de très loin et l'apercevaient pour la première fois. Au même instant, dehors, une autre voiture s'approchait du Kilomètre 44.

Milene n'avait pas pu continuer.

Une autre voiture s'était arrêtée à côté des acacias le long de la rue. On entendit la porte du véhicule faire *clac*. C'était Afonso Leandro, qui venait d'arriver par l'avion du matin, un avion en provenance de Heathrow qui avait quatre heures de retard. Quatre heures dans l'ancien pays de la ponctualité et du respect du temps d'autrui. À peine entré dans le corridor, il donna cette explication. Pressentant que c'était lui, les deux sœurs s'étaient prises par le bras. L'arrivée de quelqu'un qui n'avait pas encore partagé leur chagrin ravivait l'intensité des sentiments. Enlacées au milieu du salon, c'était comme si elles attendaient qu'il les prenne à son tour dans ses bras et que tous trois ensemble se fondent en un unique chagrin. Mais dans l'estivant qui surgissait en levant les bras sur le seuil du living-room comme s'il s'efforçait de soutenir l'arc de la porte, personne n'aurait reconnu à première vue un homme en deuil. Sa tête luisante et bronzée présentait un contraste frappant avec ses vêtements blancs et en entrant il n'arrêtait pas de pester contre le temps qu'il avait perdu. Quatre heures. Toujours enlacées, les deux sœurs attendaient. Abasourdi, il dit sans s'embarrasser de circonlocutions : "Qu'est-ce que c'est encore que cette merde ?"

Les deux sœurs se désenlacèrent. Soudain, murs et meubles disparurent. Remplissant entièrement l'espace, voilà Afonso Leandro dans son costume blanc qui formulait la même question, directement, brutalement, et qui voulait savoir sur-le-champ ce qui était arrivé, comme s'il ne le savait pas. Angela Margarida affronta son frère d'un air offensé.

"Maman est morte il y a huit jours. Et tu viens seulement de l'apprendre ?"

"Une merde !" répéta-t-il. "Comment est-ce que je pouvais le savoir, puisque j'étais à Chypre avec Isabel ?" poursuivit-il en faisant un pas en avant, un pas digne d'un cavalier d'hippodrome, un très grand pas. "Comment j'aurais pu le savoir ? Vous pouvez me le dire ?"

La sœur réfléchit.

"Personne ne dit le contraire. Nous aussi, nous sommes arrivées hier, encore que nous ayons été mises au courant il y a plusieurs jours. Mais il n'y avait pas d'avion. Ni de Cancún pour nous, ni des Canaries non plus pour Gininha, à deux pas d'ici. Dans mon cas comme dans le sien, il n'y avait tout bonnement pas d'avion. Les gens des agences prétendent qu'ils pensent à tout, mais à la première urgence on retombe dans l'âge de pierre. Il n'y a pas d'avion. Et toi à Chypre…"

"Mais comment est-ce arrivé ?" insistait l'oncle Afonso, écartant la question des avions et se mettant à arpenter lui aussi le living, croisant sur son parcours agité la tante Angela Margarida, Gininha elle aussi debout. Les deux sœurs effarées de son effarement.

"Mais tu ne sais donc encore rien ? Voilà ce qui s'est passé. Notre mère est tombée malade, on l'a amenée à l'hôpital, son état s'est amélioré et au lieu de la ramener dans le Foyer ils ont voulu la reconduire chez elle, mais les ambulanciers n'avaient pas le bon nom et ils n'ont pas trouvé la maison. Ils ont erré dans le coin, complètement perdus. Pendant qu'ils s'étaient arrêtés à la station-service, ils ont laissé les portières ouvertes, il faisait déjà nuit, et c'est arrivé..."

"Ils ont laissé les portières ouvertes ?"

"Eh oui."

"Alors comment se fait-il que la mère se soit retrouvée à la porte de la fabrique ?"

"Personne ne sait."

"Mais c'est incroyable..." déclara Afonso Leandro en déambulant entre les meubles. "Qui l'y a conduite ? Qui ?"

"Il est prouvé qu'elle a parcouru à pied toute seule sur ses propres jambes ces deux kilomètres. Tu comprends ? Elle a marché. Personne ne l'a conduite."

"Elle a marché ?" Afonso s'arrêta net. "Non. Quelqu'un l'a conduite. Elle n'a pas marché par ses propres moyens de la station-service à la fabrique... Comment pouvait-elle marcher, puisqu'elle a eu un accident cérébral ?" Lui-même se remettant à arpenter la pièce. "Je parie que ce sont les Mata qui l'ont conduite. Ce sont eux qui l'ont conduite. J'ai trouvé un message tout à fait extravagant..." Afonso cherchant un papier dans la poche de sa chemise blanche. Le papier était bien là. "J'ai appris la mort de maman par ce maudit papier que cet imbécile de Pascoa a posé sur le lit, de peur que je ne le voie pas. J'entrais dans la maison avec Isabel pour la première fois. Et le papier était là... Ce sont eux, les Mata, cette racaille de la troisième vague..."

"Absolument pas. Les Mata étaient à Lisbonne, au Coliseu, des tas de gens les ont vus à la télé. Cette nuit-là, il n'y avait personne dans la fabrique. Notre nièce a dû avoir la même intuition et elle est allée là-bas, trois jours plus tard, et les Mata n'étaient pas encore de retour. Elle s'est cachée entre des cordes à linge jusqu'à ce qu'ils arrivent... Visiblement, tu ne sais encore rien..." Angela Margarida, fatiguée. "Tiens, lis donc un peu la presse de caniveau. Le mieux, c'est que tu lises. C'est plein de bobards, mais ça te donnera une idée et ça nous évitera d'avoir à raconter..." Puis elle ajouta dans un filet de voix désespérée : "Surtout cette histoire de fourmis, qui est horrible. Incroyable et horrible. Et ça a fait la une. C'est affreux..."

La main de l'oncle Afonso tomba sur le fauteuil à gauche. Elle tourna. Tout le corps tourna avec la même main et se posa sur le fauteuil à droite. "Quelles fourmis?" Non, il ne s'assit pas dans les fauteuils de la grand-mère Regina. Les yeux de l'oncle, petits dans le visage large, brillèrent comme deux allumettes qui prennent feu et s'éteignent aussitôt. "Non, pas ça."

"Si, justement", dit Angela Margarida. "Notre mère a été retrouvée le lendemain, à la porte de la fabrique, couverte de fourmis, si tu veux tout savoir. Elle en était toute noire... C'est la vérité, toute nue et toute crue."

"Eh bien de quoi s'agit-il?" Afonso allait s'asseoir dans le fauteuil à droite, mais il dévia son corps et alla jeter son bassin étroit comme celui d'un adolescent sur le grand canapé de cuir. Faisant claquer le journal et l'ouvrant à grand bruit, il balaya des yeux le *Regiões* et le *Nova Metrópole.* Quand il les leva, ce fut pour les poser sur Milene.

"C'est vous, Milene, qui avez raconté ces ignominies à ces écrivaillons de merde?"

Milene allait répondre. Elle était prête. Plus rapide que la nouvelle qui se précipite, que la flèche qui vole, *Totus Tuus, Introibo ad Altarem Dei,* vous, une fille intelligente, vous une personne pleine de bonté, sensationnelle, croyez-le, vous devez vous débrouiller toute seule, et ainsi de suite. Milene serrait la bandoulière de son sac, tout à fait prête à répondre, sa mémoire épanouie comme un œillet fleuri à l'intérieur de sa tête, mais elle n'aurait pas le temps. Ses tantes répondirent pour elle.

"Non, mon cher, ce n'est pas Milene", dit Gininha, sortant de son état de stupeur humide. "Ils sont stupides, ils mentent. Milene n'a parlé à personne. Notre nièce était complètement perdue. Sans nous, sans âme qui vive auprès d'elle. Malgré tout, elle a couvert notre mère de fleurs, sur chaque couronne elle a mis le nom de chacun d'entre nous. Nos noms sont tous là. La pauvre petite a pu faire tout ça. D'autres n'auraient pas pu. Mais ces maudits journalistes ont profité de la situation de façon sordide. Ils ont même exploité le nom de la pauvre petite..."

Afonso transperçait Milene du regard, et il lisait et relisait les articles, comme si les mensonges des journaux, aux allures de roman-feuilleton, constituaient la meilleure source d'information.

Les journaux contenaient des renseignements qu'il ne pouvait pas se procurer autrement en cet instant. Il les replia, regarda autour de lui et dit à ses sœurs, comme si une nouvelle étape de sa vie commençait: "Eh bien, c'est maman la responsable de tout ça. Je savais bien qu'un jour elle nous tramerait quelque chose de ce genre. Elle n'était pas femme à faciliter la vie de qui que ce soit. Au moins, avec papa, ç'a été juste un verre d'alcool, un matin de décembre, là dans le jardin. Le verre est tombé par terre et lui s'est écroulé sur le côté. Une mort propre, sereine, et fini. Elle non. Je le savais. Elle a voulu nous faire faire triste figure. Nous faire passer pour de méchants enfants, des enfants exécrables..."

"Ne crie pas..." dit Angela Margarida en criant à son tour. "Voici comment se présente la situation, Afonso. Il nous faudra diligenter au moins six actions en justice dans l'immédiat. Car l'affaire est également politique. Six..." Frère et sœur se croisant dans leurs déambulations, comme en un ballet.

"Ne comptez pas sur moi", rétorqua Afonso. "Notre mère est responsable. Et ce n'est pas pour me punir moi, qui la voyais très peu. Ces derniers temps je ne venais même plus ici. Elle a voulu démontrer *urbi et orbi* que vous l'aviez abandonnée en plein mois d'août. De mauvaises filles. Vous comprenez? Elle ne l'a peut-être pas fait sciemment, elle a agi instinctivement. Contre vous. Dans sa petite tête, elle aura pensé: 'Tiens, une est à Cancún, l'autre aux Canaries, eh bien je vais les coincer...' Des procès? Six? Ne comptez pas sur moi. Je vais vous dire à quoi serviraient ces procès dans un cas comme celui-ci... Mais je ne le dirai pas, assez de grossièretés comme ça. C'est notre mère, et elle seule, qui a ourdi cette histoire de fourmis. C'est une machination de notre mère. Elle a tout prévu, y compris les fourmis. Elle savait..."

Le grand salon avec son mobilier massif avait disparu. Les passions avaient remplacé les personnes. Les sentiments s'affrontaient. La tante Gininha regardait son frère d'un air incrédule. Elle trouvait que ce qu'il avait dit constituait une interprétation malveillante et avilissante. Elle la refusait. Son respect pour sa mère demeurait inchangé. Angela Margarida, elle, comprenait déjà mieux les soupçons d'Afonso. Allant et venant entre les deux fauteuils et posant une main sur leur dos à chacun comme s'il était une épaule, elle se montra conciliatrice: "Je n'irai pas jusqu'à dire ça, en revanche on peut affirmer que ç'a toujours été la détermination excessive de notre mère qui nous a coulés..." Et elle regarda devant elle. Circonspects, tous les trois cherchaient une réponse. Milene, derrière eux trois, attendait une réponse différente. Tous étaient plongés dans des pensées qui n'avaient rien à voir avec la vérité. Est-ce qu'aucun des trois s'intéressait à ce qu'elle savait ? Elle, Milene ?

Non, aucun des trois ne s'y intéressait.

Là-bas devant, le noyer enroulait ses branches, repliait ses rameaux. Il surplombait le jardin, lui donnait une couleur de moisissure à cause des feuilles qui n'avaient pas été balayées ces derniers jours et de l'excès d'eau provenant de l'arrosage automatique qui se déclenchait à des intervalles prédéterminés, envoyant des jets en tous sens et n'importe comment. C'était exactement cela, une moisissure sylvestre. Des champignons invisibles, des tubercules, des rhizomes enterrés, une parcelle d'humus fertile au milieu de terrains désertifiés. La terre devenant sève dans les feuilles, les pétales se muant en terre, des matières se changeant en l'essence d'autres matières, ce bref circuit incohérent qu'oncle et tantes remarquaient soudain avec une amertume inusitée. C'était cela. Pour eux, subitement, la vie semblait incohérente. Ou alors son sens apparent était poignardé. Et pendant que tous trois, assis, plongeaient chacun pour soi dans son propre état de stupeur, Milene regardait sa montre et constatait qu'il était déjà deux heures de l'après-midi alors qu'elle était toujours aussi prête, comme s'il était encore dix heures du matin. *Totus Tuus, Verbum Carum.* Tous trois gardaient le silence. Elle aussi se taisait, protégeant du regard le fauteuil de la grand-mère. Puis l'oncle Afonso se leva, lança un coup d'œil sur la pendule et demanda : "Et les autres ? Qu'attendons-nous ? Ils ne viennent pas ? Il manque Dom. et Rui, ou bien ils ne viennent pas ?" Et il se leva du grand canapé pour s'asseoir dans le fauteuil de la grand-mère, à gauche, celui dans lequel celle-ci surveillait l'évolution du jardin. Et avec son bassin de jeune homme sous des vêtements juvéniles, dignes d'un marié, le père de João Paulo se pelotonna au fond du fauteuil. Milene était prête à tout sauf à cela. *Ah, il va s'asseoir dans le fauteuil de grand-mère...* avait-elle pensé plusieurs fois. Devait-elle pousser un cri ? Au milieu de ce silence ? Si elle ne criait pas, que faire ? Le tirer, l'extirper de là ? Milene ne parvenait pas à détacher les yeux de ce grand corps encastré dans un fauteuil fait pour le corps de sa grand-mère, pas pour le sien. Assis dans un fauteuil qui n'était pas le sien.

Milene se cramponnait à son sac des deux mains.

Du courage, soyez très courageuse, dites-vous bien que vous êtes une fille intelligente, tout à fait sensationnelle. Ce que vous avez, c'est que vous êtes en état de choc. Vous savez ce que c'est un état de choc ? Oui, elle le savait, à l'instant même elle allait crier pour que l'oncle se lève de ce fauteuil. Tout de suite, immédiatement. La tante Angela Margarida la regarda et de façon trop péremptoire pour quelqu'un qui allait pousser un cri, elle dit : "Tu vas nous raconter ce qui s'est passé. Malheureusement, tout ce que nous avons appris nous est parvenu très déformé. De la bouche de personnes qui n'ont pas été témoins des événements..." Et peut-être parce que la tante Angela Margarida parlait très fort, personne n'entendit arriver une autre voiture. À son bruit, on reconnaissait la voiture de l'oncle Rui Ludovice. C'était bien lui qui gravissait déjà les marches. L'oncle Afonso s'était levé du fauteuil. L'oncle Rui était entré impétueusement, s'était dirigé vers son beau-frère. Il le salua à coups de claques dans le dos. Tout le reste était silence. On entendait dans ce silence le petit bruit des tapes que l'oncle Rui assénait sur le dos de l'oncle Afonso.

"Que tout ça est assommant, mais assommant..."

Les tantes, assises, omoplates jointes, le dos très droit collé au canapé en cuir. Les mouchoirs humides serrés entre leurs mains, loin des yeux, des larmes au creux des mains, pas dans les yeux. Les larmes dans les mouchoirs. Et l'oncle Rui qui disait : "C'est extrêmement ennuyeux. Une chose inexplicable..." *Verbum Carum, Pax Dominici*, comme l'oiseau qui vole dans les airs, comme la flèche lancée contre la cible, qui fend l'air et aussitôt l'atteint, c'est maintenant qu'il va se passer quelque chose. Oui, l'oncle Rui Ludovice était entré.

De haute taille, agile, vêtu de lin couleur marron glacé, d'une chemise brune, d'une cravate marron foncé en soie brillante. La chevelure ondulée, retombant sur le col. Il était arrivé. Le grand salon de la grand-mère Regina, où chacun, jusque-là, s'était abandonné à la torture de ses propres pensées, avait soudain été rempli d'une autre substance, reléguant tout le reste dans un coin. Car Rui Ludovice venait de rentrer de l'étranger plus tôt que prévu en raison des circonstances, et en cette première journée de reprise du travail il avait déjà affronté la force de l'administration, la vivacité de la rue, l'ampleur de la vaste place publique où se profilaient et s'élevaient les choses de la vie. La vie réelle, sociale, palpable, évaluable, tangible. C'était peut-être pour cette raison qu'il ne pouvait s'empêcher de sourire du trouble dans lequel il trouvait la progéniture de la grand-mère Regina. Et l'oncle Rui Ludovice prit dans ses bras, l'une après l'autre, les femmes accablées. Il ne reconnaissait même pas sa propre femme. Il embrassa Milene. Il arrivait directement du grand air, de la rue, du sel de la vie, il remarqua la tenue de Milene, et hors du contexte des larmes et des soupirs, il dit : "Alors comme ça, en tenue de plage… Prête pour une bonne baignade, c'est ça ?" Et Milene se regarda. Effectivement, elle portait le bermuda de Claudina, mais elle ne le dirait pas. Elle n'était pas prête pour cela, elle ne s'était pas assise dans la BMW avec Frutuoso pour parler de sa tenue. Ce n'était sûrement pas sur ce sujet que son oncle souhaitait obtenir des informations. Et la preuve est qu'il détourna les yeux de son vêtement orange pour demander : "Finalement, à qui as-tu parlé, Milene, ce jour-là ? Raconte un peu."

Milene sentit son cœur bondir dans sa poitrine. Son tour était enfin arrivé. Oui, enfin. Mais elle devait réfléchir, *à qui, ce jour-là*. Elle regarda le plafond pour se concentrer, elle fixa soigneusement le stuc du plafond et se mit à pleurer. Elle pensa à ce jour-là. Elle pensa aux croque-morts, aux pompistes, au médecin, à la bonne sœur, au curé, aux phrases du curé adressées à elle seule, *comme une nouvelle qui passe, comme un navire qui fend les lames en furie*, et ainsi de suite, preuve qu'elle continuait à être prête, elle se souvenait de tout. Elle abaissa le regard du plafond et sourit à son oncle. Elle allait dire, elle allait énoncer. Il répondit pour elle.

"Je sais, tu vas dire que tu n'as parlé à personne…"

Elle dit : "Si, j'ai parlé." Et elle lui sourit, elle sourit à ses tantes et à l'oncle Afonso.

Le nouveau venu desserra un peu sa cravate. "D'accord. D'accord. Personne n'a parlé à personne. On le sait…" dit l'oncle.

“Les journalistes se nourrissent du malheur des autres, comme les acariens de la poussière. C’est comme ça partout. Il faut les laisser en paix, les pauvres. Personne ne comprend très bien comment ils savent ce qu’ils savent. Ils vivent dans leur monde invisible… Ça n’a pas d’importance. En cas d’accident, Rui est là pour prendre des coups de tous les côtés. Mais Rui doit se dépatouiller tout seul. Il a le dos bien large… On peut lui taper dessus. Plus on tape sur quelqu’un, plus il s’endurcit. Ils vont le regretter…” L’oncle parlait à toute allure, comme à son habitude, au milieu du living-room de la grand-mère Regina. Il avait ôté sa veste et en passant à côté de la tante Angela Margarida il la lui avait accrochée au bras. Le dos bien dessiné de Rui Ludovice apparut dans toute sa largeur. Il resta en bras de chemise. Il était tout marron. “Venons-en aux faits.”

“Quels faits, oncle ?”

Milene voulait parler. Son oncle puissant ne voulait-il pas entendre ?

Il ne répondit pas. Sans sa veste, il se dirigea vers les portes qui donnaient sur le jardin avec le noyer et il les ouvrit bruyamment toutes grandes. Et le soleil de deux heures, dans toute sa splendeur lumineuse, traversa les feuilles et les branches et se posa sur les meubles en merisier, sur les carreaux de faïence blancs, sur les tapis rouges et les cadres dorés, comme si tout cela soudain était à vendre. Du pied il les ouvrait toutes grandes, il écartait les tentures de ses grands doigts agiles, traversait des coins remplis de toiles d’araignée cotonneuses, les évitait et se secouait. Après un dernier coup de pied dans le boudin de protection contre la poussière d’où sortaient des bouts de feuilles mortes. Le dehors avait pénétré dans la maison. La maison devenue claire. Et dedans, tout bougea, tout entra en action. En vérité, plus que l’oncle Rui Ludovice, c’était l’Action qui était entrée. *Les autres se contentent de gesticuler, nous, nous agissons.* L’Action sortit dans le jardin à microclimat où se mêlaient les odeurs de la poussière et des feuilles comme s’il y avait du fumier dans l’air et l’Action regarda autour d’elle, de loin, comme un marchand de biens à l’heure de vendre et d’acheter. Il n’avait pas besoin de parler, ce qui importait c’était sa façon de regarder. Mi-soupçonneux, mi-attendri. Comme un homme évalue le corps exposé d’une femme qui s’offre. Il observait du même œil levantin la façade de la villa, laissant les portes ouvertes sur le microclimat. Le dos de l'oncle montrait des traces de transpiration. Il demandait au milieu du jardin : "N'était-il pas convenu que Dom. viendrait ? Il faudrait vraiment qu'il soit là…" Et comme Afonso, cramponné à un mur décoloré, ne sortait pas de l'espèce de torpeur qui l'avait envahi, l'oncle Rui monta les deux marches, entra dans le living et dit à son beau-frère, comme s'il annonçait une tragédie économique consommée : "Tu dois prendre l'avis de Dom. Mais voici le mien : en tant que bien immobilier, la villa ne vaut pas un clou. Une bonne construction, mais dans un emplacement impossible. À cause de cette maudite route. Qui est l'œuvre du malotru qui m'a précédé…" Et il tambourina avec les doigts sur le montant de la fenêtre. Milene regardait les mains de l'oncle Rui, les meubles, les jambes des tantes, les canapés dans lesquels elles étaient enfouies, loin des fauteuils. Tout et tous exposés à la lumière.

Mais désormais la question se poserait autrement.

Elle aussi était exposée à la lumière. "Et la gosse ?" demanda l'oncle Rui, comme si l'intéressée n'était pas présente.

Un silence s'était fait. L'action inactive. L'inaction muette. Le silence dans le living-room de la villa Regina. Le silence. On entendit une feuille de noyer tomber par terre avec un bruit de tôle. Personne ne regardait Milene.

"Je ne sais pas si elle restera", dit enfin Gininha. "Je trouve que nous devrions l'emmener."

"Oui, l'emmener", confirma Angela Margarida. Tout s'accélérait.

"Mais l'emmener où ?" demanda Gininha.

"Ah ! Une chose terrible est arrivée", dit sa sœur dont les cheveux presque blonds brillaient d'un éclat intense dans la lumière vive et aveuglante qui pénétrait dans la maison.

"Un moment !" Rui Ludovice était pressé. Le jugement rapide et parfait, débarrassé des sentiments qui clouaient les autres dans l'inaction. "Un moment. Pour toutes les raisons du monde, sans compter les autres, Milene doit rester ici. Elle doit apprendre à devenir responsable d'elle-même. Préserver sa stabilité émotionnelle. Rester dans la maison où elle a toujours vécu. Elle a besoin d'être autonome, d'avoir son propre travail. Elle a surtout besoin de mener une vie régulière, sans à-coups. Je déciderais comme ça, moi, si nous devions prendre une décision, et si elle était vraiment ma nièce…"

"Sauf que maman a demandé que nous ne l'abandonnions jamais." Gininha écarta ses longs cheveux qui formaient comme un rideau devant son visage.

"Votre mère n'est plus là pour empêcher que votre nièce soit autonome. Quels diplômes a-t-elle?"

Comme si Milene n'était pas présente, Angela Margarida répondit pour elle. "Elle a juste réussi les examens de sciences et de dessin."

"Et qu'aimerait-elle faire?"

Angela Margarida demanda à Milene: "Qu'aimerais-tu faire? Être serveuse? T'occuper d'enfants?"

"Ta grand-mère ne l'aurait pas permis", poursuivit l'oncle Rui. "Mais nous, nous le permettons. Maintenant tu peux avoir un horaire, de l'argent, fréquenter d'autres personnes. Finalement tu conduis ta voiture, tu fais les courses, la cuisine, tu es une personne autonome. Nous allons nous débrouiller pour que tu puisses faire ce que tu aimes. Tu travailles quand tu veux, tu reviens quand tu veux, tu précises tes obligations. Tu recevras un salaire. Tu seras sûrement contente." L'oncle regarda sa montre. Deux heures vingt. Il avait un rendez-vous pour le déjeuner. Mais l'Action était l'action. Qui pourrait bien dénicher un job pour la nièce? Qui? Qui? Ça y est, je sais. L'oncle feuilleta son agenda, composa un numéro et parla très haut: "Barbosa? J'ai ici un cas particulier. Vous êtes au courant de ce qui est arrivé à votre marraine? Oui, elle est décédée. Oui, nous aurions besoin que vous aidiez notre nièce…" Il se tourna. Dans le dos de l'Action, la sueur dessinait une tache d'un brun encore plus brun. Il parlait maintenant à voix basse. Il termina, raccrocha. Clic, clac. Il regarda Milene et dit: "Tout est résolu. Tu commences quand tu veux. D'abord à titre probatoire. C'est tout."

"Quoi, c'est tout?" demanda tante Gininha. "Si nous, nous ne savons même pas à qui tu as parlé, comment veux-tu qu'elle le sache, elle?"

Alors l'ingénieur Rui Ludovice plaça les deux mains sur le dos du fauteuil à gauche – il ne s'assit pas, l'oncle Rui ne s'était jamais assis dans aucun des fauteuils de la grand-mère Regina –

et il répéta la conversation qu'il venait d'avoir avec le propriétaire du restaurant Mãos Largas. Elle pourrait commencer quand elle voudrait. Le lendemain, si elle le souhaitait. Placée devant ce choix, Milene pensa qu'elle était prête à raconter tout ce qui s'était passé pendant ces cinq jours entre le 14 et le 18 août, mais pas à dire *oui* ou *non* à ce qui se passait ici. Et les tantes lui demandèrent : "Oui ou non, Milene ? Oui ou non ?" Les tantes lui souriaient, elle leur souriait, tous étaient debout, personne dans les fauteuils, personne sur les canapés, aucun coude sur les tables. L'oncle Afonso tout de blanc vêtu devant elle. Eh bien elle ne dirait rien. Ils n'allaient pas l'obliger à répondre à une question pour laquelle elle n'était pas prête. Elle leur souriait, mais ne répondit pas.

"Tu ne dis rien ?"

Et l'oncle Rui Ludovice la dévisagea de la tête aux pieds, comme s'il approuvait qu'elle ne réponde pas : "Tu fais bien de ne pas décider tout de suite. Si ça se trouve, ta grand-mère ne t'a jamais laissée porter un plateau de toute ta vie. On verra plus tard..."

L'oncle Rui lui était sûrement reconnaissant de l'idée des fleurs. Au lieu de la confronter aux calomnies des journaux, l'oncle la remerciait pour l'idée d'avoir commandé une couronne au nom du maire de Santa Maria de Valmares. En son nom à lui. Au nom de son oncle. L'oncle montait la garde près des deux fauteuils, une main sur chacun, bien à plat sur le dos des fauteuils, sur leurs oreilles, empêchant les autres de s'y asseoir. Et elle lui en était reconnaissante, à lui qui était venu tout changer ici. Les tantes sans larmes, l'oncle Afonso sans sortir les mots grossiers interdits par la grand-mère Regina. Seul, muet, l'œil fixé sur le bout de ses souliers blancs. L'oncle Rui Ludovice, super marron dans sa tache de sueur, recevait des mains de la tante Angela Margarida la veste couleur marron glacé qu'il enfila au-dessus de la chemise brune. Milene aurait bien voulu raconter, puisqu'elle était prête à cela, ce qui était arrivé dans la mairie, dire qu'il n'y avait personne là-bas ni le vendredi matin ni le samedi matin et que c'était là-bas que l'idée lui était venue d'envoyer des fleurs en son nom à lui et au nom de la mairie. Elle aurait voulu dire, au moins à lui qui s'intéressait à elle de cette façon, tous les mots des autres qu'elle avait conservés, *Pax Domici, Introibo ad Altarem Dei*, comme la flèche, comme l'oiseau, comme la fumée, etc., oui, oncle, j'ai vécu pendant plusieurs jours à l'intérieur du diamant, et tout le reste, sauf qu'elle ne pouvait rien dire tant que son oncle ne le lui permettrait pas. Il s'approcha d'elle et lui dit: "Vous resterez bien tranquillement ici, dans la villa Regina, en compagnie de votre oncle et de vos tantes. Moi, il faut que je parte maintenant. Frutuoso doit déjà être en train de trépigner…" L'Action en mouvement, disant un bref au revoir à la tante Angela Margarida. Ils parleraient plus tard, il y avait des milliers de problèmes à régler. Mais maintenant il était pressé. Il avait découvert pas mal de choses surprenantes. Il chercha ses lunettes de soleil qu'il avait égarées. "Enterrer les morts et prendre soin des vivants, n'est-ce pas?" Dit-il en cherchant ses lunettes. Mais l'oncle Afonso lui barra le chemin.

"Mais c'est quoi ça, Rui? Tu arrives, tu parles, tu décrètes, et hop, tu déguerpis. M'est avis que tout ça va se compliquer. Je prévois une grosse tornade. Par exemple, qui tiendra compagnie à la gamine? Je demande ça comme ça, histoire de savoir à quoi nous en tenir."

L'oncle Rui, déjà prêt à quitter le living-room, se rassit. "Où est la femme de ménage? Comment s'appelle la femme de ménage? Juliana? Où est le numéro de téléphone de cette Juliana?"

Le téléphone se déplia dans sa longue main. Il appela: "Allô, dona Juliana, c'est le maire qui appelle. Ne devriez-vous pas par hasard être ici, dans la maison de ma belle-mère? Vous ne saviez pas que ma belle-mère était morte? C'est bon, vous étiez en vacances. Vous êtes toujours en vacances? Alors voilà. Ou bien vous venez ou alors nous chercherons quelqu'un d'autre. Ma nièce ne va pas rester seule. Vous comprenez? Vous ne pouvez pas nous donner plus d'heures, vous n'avez plus de temps libre? Vous n'êtes pas sûre? Si vous ne pouvez pas, dites-le tout de suite, nous chercherons quelqu'un d'autre. Vous ne pouvez pas? Vous pouvez? Alors venez immédiatement et mettez-vous d'accord avec ma nièce. Oui, nous sommes ici. Si vous ne pouvez pas commencer avant, commencez à cinq heures. Entendez-vous avec ma nièce…" L'Action referma le téléphone: clic, clac. C'était chose faite. "Autre chose encore?" Non, personne ne voyait rien d'autre. Tous avaient l'impression d'avoir reçu un grand coup sur la tête. Les lunettes étaient retrouvées. Son beau-frère se tenait devant lui, tout de blanc vêtu, mains sur ses hanches étroites, mais ce n'est pas à lui que Rui Ludovice s'adressa, il parla à Milene. Il était visible que l'Action procédait par ellipses, elle interprétait des bonds. L'Action synthétisait afin d'être plus rapide. Du beau-frère à Juliana, de Juliana à Milene? "Plus tard tu me raconteras par le menu à qui tu as parlé. Nous allons tout tirer au clair nous-mêmes. Pas besoin d'actions en justice. Et puis quoi encore?" Il se référait sans doute à l'intention d'Angela Margarida, mais pour être plus rapide et efficace, il omettait le nom de sa femme.

Maintenant l'oncle Rui Ludovice avait récupéré sa veste, ses lunettes, son téléphone, son agenda, les poches de son pantalon, les poches de sa veste, de sa chemise, il palpa son long corps fraîchement entraîné dans une piscine très loin, si loin qu'il ne nommerait pas le pays pour qu'on ne le confonde pas avec le Japon ou avec la Chine – de ces choses drolatiques qui arrivent, car ils étaient allés précisément dans la direction opposée, à Cancún – il palpa ses longs cheveux bouclés et luisants d'huile de noix de coco, il palpa l'Action, l'action du corps, l'action du cerveau, et il sortit, laissant le living-room de la villa Regina grand ouvert, ensoleillé, rempli de verdure, et la famille perdue à l'intérieur, étourdie. La tête des tantes surtout était en proie au vertige. Un peu de vertige aussi dans les tempes de l'oncle Afonso Leandro. Il était presque trois heures. "Au revoir, Angelita", dit l'oncle Rui Ludovice à la tante Angela Margarida avant de partir. Mais là il devint plus concret: "Pas de procès en justice. Il existe d'autres moyens. En politique, malheureusement, il n'y a que les autres moyens. Milene finira par parler. Il faut du doigté, lui laisser le temps. Elle parlera..."

Mais le deuil n'était pas encore terminé.

Les tantes fermèrent les vitres, abaissèrent les stores, les toiles d'araignée redevinrent invisibles, les brins de paille cachés, les taches se confondirent avec la porcelaine, les salissures sur la peinture avec les plâtres, et l'ombre reprit tout doucement possession du terrain sur ses multiples pattes. Le chagrin refleurit. Les trois enfants s'unirent autour d'une espèce de somnolence où le deuil revêtait la forme d'un plaisir dolent. Ni l'oncle ni les tantes n'avaient faim ou soif. Ils répétaient les mots du début, avions, procès, fourmis, nouvelles, journaux, messe du septième jour, laquelle ne serait jamais célébrée. Une atmosphère funeste et lunaire avait réinvesti les lieux. Mais Milene était sûre que s'ils s'en éloignaient, la maison serait libérée de tout cela. Maintenant qu'elle savait qu'elle n'aurait plus l'occasion d'expliquer quoi que ce soit, elle souhaitait que tous débarrassent le plancher.

Toutefois les tantes retardaient leur départ. Elles allaient et venaient entre les meubles du salon, elles ouvraient les tiroirs, elles regardaient le linge, examinaient les nappes, leurs mains s'introduisaient là-dedans, déplaçaient tout, mais ne sortaient rien. "Comme notre mère était raffinée..." disait Gininha, et ses longs cheveux lui voilaient le visage. "Et des ourlets ajourés, comme on n'en fait plus..." disait Angela Margarida qui avait apparemment oublié les soupçons d'Afonso et qui ne décollait plus des commodes à linge du salon où elle découvrait le miroir de l'âme de sa mère. Et Gininha trouva un morceau de l'âme de sa mère en tombant sur les éventails qu'elle utilisait pour se rafraîchir, ce souffle qui allait et venait au gré du poignet épais de sa mère, du bruit menu des bracelets de sa mère aux mains parsemées des taches brunes de la vieillesse. Les deux filles entendaient ce souffle en regardant l'éventail et les larmes des deux tantes se mêlaient devant le regard têtu de leur frère aîné, Afonso Leandro. Lui aussi écoutait le mouvement des mains de sa mère, ces objets féminins qui le prenaient au dépourvu et qui touchaient une fibre masculine sensible aux éventails et aux étoffes. Qu'avait-il bien pu arriver ? Il semblait avoir renoncé à la thèse d'une conspiration ourdie par la mère contre ses enfants, surtout contre ses filles. Maintenant, avec des mots pondérés, il laissait la surprise affleurer. Et soudain, pendant que la tante Gininha voyait l'âme de sa mère dans les coupelles de porcelaine à grain de riz qu'elle contemplait, se bornant à les contempler, les replaçant délicatement là où elle les avait prises, les touchant seulement du bout des doigts, disant *empilées de façon exemplaire*, la tante Angela Margarida découvrait des lettres entourées de rubans qu'elle montrait comme s'il s'agissait de biographies. Il faut tout remettre à sa place, mes tantes, tout remettre. Or les tantes, l'une comme l'autre, étaient en train de toucher les objets intouchables de la grand-mère Regina. Alors Afonso Leandro, comme s'il se réveillait d'un deuil qui avait duré des années, se leva, regarda sa montre, prit le téléphone et commença à composer un numéro.

Pendant qu'il procédait à cette opération, l'oncle tourna son dos puissant, se déplaça sur ses jambes agiles, se dirigea vers les portes donnant sur le jardin à microclimat, mais au lieu que le bas de son corps transporte le haut jusqu'aux portes-fenêtres comme on aurait pu s'y attendre, il se retourna, et comme la personne à l'autre bout du fil répondait, il s'inclina et jeta son postérieur dans un des fauteuils de la grand-mère. Il y introduisit son bassin, changea de position, se carra, promena sa main sur le fauteuil, celui de droite, celui dans lequel elle regardait la télévision, et comme s'il avait chassé quelque chose d'aérien longuement cherché il dit très haut: "Isabel!" Il cria: "Je suis encore ici..." Et au lieu de se lever, il se carra encore plus au fond du fauteuil de la grand-mère Regina.

"Oui, encore..."

Il y enfonça autant qu'il put le haut et le bas de son corps, sa tête ballottant entre les deux oreilles du fauteuil comme s'il lui appartenait tout entier et qu'il s'y abandonnait, écrasant sous lui l'ombre de la grand-mère. Alors Milene sentit quelque chose d'opaque l'aveugler à tout ce qui n'était pas ce corps du fils aîné en position fœtale et elle cria si fort qu'Afonso Leandro, sursautant, coupa le téléphone et se leva, regardant le siège: "Qu'est-ce que j'ai fait?"

"Sortez de là immédiatement, sortez, sortez!"

Milene, retenue par ses tantes, dressée sur la pointe des pieds, talons écartés et genoux joints, lui dit: "Sortez immédiatement de ce fauteuil..."

"Le fauteuil appartient à la grand-mère Regina. Vous comprenez?"

"Vous comprenez ce que je suis en train de vous dire?"

"Levez de là votre cul de coureur de jupons..."

Elle savait que ses yeux trahissaient la haine et défiaient l'oncle. Tandis que lui, homme mûr en haut, jouvenceau en bas, restait paralysé par l'ébahissement. Toute la nuit sans fermer l'œil. Quatre heures de retard à Heathrow, ce lieu de passage effréné. Quatre heures. Il en resta paralysé. Le contraire de l'Action en action. L'Inaction en inaction. Lui qui avait fait partie d'un commando et qui était un des bons cavaliers de l'hippodrome les fins de semaine, sans parler du fait qu'il était un avocat énergique avec un cabinet à côté du tribunal, demeurait inerte devant sa nièce.

D'ailleurs, Milene aiguillonna aussi ses tantes avec les coudes, un coude par tante, et elle leur dit de s'en aller, de laisser cette maison en paix, déclarant qu'elles n'avaient pas à fouiller dans les objets de la grand-mère Regina, sauf pour regarder et seulement regarder. Et les tantes Gininha et Angela Margarida, éperonnées par l'extrémité de chacun des coudes, ne reconnaissaient plus leur nièce, c'était la première fois qu'elles assistaient à un accès de fureur de cette intensité ou de mauvaise éducation, la différence entre les deux n'étant pas sans importance. La fureur était juste de la fureur, la mauvaise éducation, elle, était bien pire. Sauf qu'elles croyaient encore qu'il s'agissait juste de fureur. “Milene ?”

“Calme-toi, Milene. Personne ne te veut de mal...”

S'approchant l'une et l'autre des coudes de Milene comme on s'approche d'un félin aimé subitement courroucé. Lui pardonnant, la calmant, lui disant non, que personne ne toucherait plus aux objets sacrés qui avaient appartenu à la grand-mère Regina. L'action temporisatrice s'insinuant dans les veines des tantes et transparaissant sur leurs visages. Le frère et les deux sœurs unis, s'éloignant d'elle, ayant peur d'elle. Dans son exaltation, Milene entendait dire devant elle, *Dites-vous bien que vous êtes une jeune fille très intelligente, tout à fait sensationnelle, s'ils vous embêtent, ma petite, ne vous laissez pas faire... Défendez-vous, défendez-vous. Totus Tuus, Introibo ad Altarem Dei, Misereatum tui*, mots empruntés à autrui, comme l'oiseau qui vole, la nouvelle qui passe, la fumée qui se dissipe dans le vent, des passages du *Livre de la Sagesse.* Elle est la nièce du nouveau maire. Courage. Disparaissez tous de ma vue.

Personne ne maîtrisait Milene. “Rentrez tous chez vous. Je voudrais que le soir vous engloutisse tous. Que vous disparaissiez. Compris ? Compris ?” D'une voix très aiguë : “Que le soir vous engloutisse tous, vous et votre putain de vie...”

5

Oui, le soir engloutit l'oncle et les tantes, leurs voitures et leurs cheveux, leurs chagrins divers. Le soir les emporta le long de la rue, en direction des toits du Frame Store et du Big Market, laissant à la place de leurs larmes et de leurs soupirs une espèce d'ombre silencieuse qui devait être la paix. Les tantes avaient aussi dit: "Maintenant nous allons nous reposer."

Et comme Milene montait la garde près de la porte derrière laquelle les fauteuils de la grand-mère étaient en paix, de même que son téléviseur et son tabouret, Afonso Leandro avait crié: "C'est donc ça le genre de personne que nous a laissée José Carlos? C'est ça qu'il nous a apporté pour toujours à l'intérieur d'un ballot de linge? C'est ça qu'il a légué à tout jamais à ses pauvres frères et sœurs? Cette personne incroyable..." avait dit l'oncle Afonso en pointant son bras de cavalier sur Milene, alors qu'il était épuisé par son vol de nuit entre Chypre et Athènes, plus les quatre heures perdues à Heathrow, tout ça pour rien. Épuisé. Crevé d'avoir lu les calomnies, les troisièmes pages pleines de calomnies avec leurs gros titres à la une, fatigué de chercher au fond de lui-même des paroles décentes pour exprimer des pensées qui ne pouvaient être qu'indécentes. "C'est cette personne incroyable..." avait dit l'oncle, entraîné par les tantes, chacune le tenant par un bras, telles deux cariatides, le poussant jusqu'au bas du jardin à microclimat vers la décapotable. "José Carlos nous a laissé cette personne sans éducation ni manières qui nous empoisonne la vie. C'est tout ce qu'il nous a laissé..."

"Ne dis pas ça dans un moment comme celui-ci, Afonso. Calme-toi, mon frère... Maintenant, ce que nous allons faire, c'est tous nous reposer un peu. Nous reviendrons à la nuit tombée. Gardons notre calme..." dit la tante Gininha en heurtant légèrement le porte-manteau. Les hautes paupières de la tante Angela Margarida étaient gonflées. Une beaucoup plus que l'autre, à cause de l'insecte qui était passé dessus à Cancún. Complètement décidée, la tante continuait à l'entraîner en le tenant par le bras, elle l'obligeait à descendre devant elles les marches à l'extérieur de la maison. Les deux tantes conduisirent l'oncle hors du mur tapissé de lierre, lui firent franchir le portail de fer où était écrit *villa Regina*. De là, on pouvait encore entendre l'oncle Afonso brailler: "Cette fille m'exaspère..."

Ensuite l'après-midi emporta les deux tantes et l'oncle dans trois voitures le long de la route, il emporta leurs cernes sous les yeux et leurs vêtements fripés par les très longs voyages de retour des vacances interrompues.

Les tantes avaient dit: "Mon Dieu, nous allons nous reposer un peu..."

Milene aussi avait besoin de repos.

Oui, elle en avait bien besoin. Tant qu'ils n'eurent pas disparu, elle resta sur le seuil pour avoir la certitude absolue qu'ils étaient partis et ses mains tremblaient entre les deux battants. Et cela parce que Milene savait très bien ce que l'oncle Afonso voulait dire quand il commençait à crier. Alors pourquoi, cette fois-ci, l'oncle Afonso n'allait-il pas directement au fait, comme les autres fois, quand il s'emportait contre elle? Pourquoi ne commençait-il pas par dire que José Carlos était un raté fini? Qu'il s'était toujours emballé pour des causes inutiles, jusqu'à arriver au comble de s'enticher d'une hôtesse de l'air qui avant même de lui avoir donné une fille l'avait déjà trompé mille fois? Pourquoi n'était-il pas direct cette fois-ci et n'avait-il pas tout dit, mot pour mot, comme c'était arrivé une fois en présence de João Paulo? Quand l'oncle Afonso avait dit devant João Paulo: *"Tu sais, mon fils, elle était à la veille d'accoucher de Milene qu'elle lui plantait encore des paires de cornes de la taille d'antennes de télévision avec le premier venu..."* Comme ça, mot pour mot. L'oncle Afonso pourrait très bien revenir sur ses pas et répéter l'insulte une nouvelle fois. Il pouvait reparaître et déclarer que José Carlos n'aurait jamais dû ramener chez sa propre mère, en pleine nuit de Noël, un couffin garni de volants avec un nouveau-né dedans. Une petite chose rougeaude, déjà cataloguée avec ce nom de roman pour midinette, Milene. Un nom choisi par l'hôtesse de l'air. Et cette Milene, c'était elle. Oui, pourquoi ne le disait-il pas? Au lieu de l'appeler simplement *cette personne incroyable*, pourquoi ne disait-il pas tout le reste, comme il l'avait fait d'innombrables fois? Pourquoi ne se débarrassait-il pas de ses deux sœurs et ne revenait-il pas pour décharger contre elle les énergies accumulées pendant les vacances. Qu'il revienne donc et lui redise, bien en face, que José Carlos avait fait de sa propre vie exactement ce qu'il avait fait de la Vieille Fabrique. Qu'il l'accuse pour la millième fois d'avoir livré le joyau de la famille aux aléas du hasard. Elle savait très bien que c'était exactement cela qu'il voulait lui dire.

Elle connaissait très bien son oncle.

Quand elle l'avait vu se diriger vers sa décapotable, sanglé dans son costume bien ajusté, elle s'était souvenue de tout ce qu'il lui disait. Flanqué des deux tantes, il avançait en trébuchant, se laissant docilement conduire, mais seulement parce qu'il devait être fatigué. Mais s'il ne leur avait pas obéi, s'il ne s'était pas laissé intimider, il se serait retourné vers elle pour lui rappeler comme à son habitude les fameux jours de 1975 où son père à elle, Milene, avait remis aux ouvriers les clés de la fabrique sur un coussin de velours. Il aurait parlé pour la centième fois du coussin sur lequel jadis la grand-mère Regina posait le coude pour essayer des bijoux et enfiler des gants. Le coussin où on lisait, brodé au fil d'or, le mot LEANDROS et que José Carlos, dans sa stupidité, avait pris dans la maison pour le livrer à une bande de filous, tel un roi remettant à un vassal les clés de son château. Et il évoquerait aussi l'autre scène, la scène opposée, celle de 1985, quand ces mêmes filous avaient restitué les clés déjà rouillées sur le même coussin, lui aussi tout moisi. Sans jamais faire allusion au campement à l'intérieur de la fabrique ni au *meilleur été de notre vie.* Cela n'intéressait pas l'oncle Afonso. Ce qui l'intéressait en revanche, c'était de rappeler la stupidité de José Carlos, si orgueilleux, si intelligent, et qui finalement s'était détruit en engendrant une fille avec une hôtesse de l'air débauchée, lui volant aussitôt le bébé pour obliger l'hôtesse à venir le reprendre, pensant que la prostituée de l'air était dotée d'un instinct maternel, ce qui n'était pas le cas, car elle n'était tout bonnement jamais venue. L'enfant, c'était elle, Milene. C'est cela que l'oncle Afonso voulait dire et qu'il ne disait pas parce que ce costume blanc, rapporté de Chypre, faisait sûrement de lui un poltron achevé.

Sinon, il ne serait même pas sorti du salon. Il y serait resté et aurait continué à hurler pour lui rappeler que José Carlos, non content de l'énorme échec de son mariage, était allé, de sa propre initiative, au bout de quelques années, débusquer à Lisbonne l'hôtesse de l'air, et que sur une route toute droite dans l'Alentejo – si droite, si droite qu'il n'était pas nécessaire de garder les mains sur le volant – la voiture avait capoté avec tous les deux à l'intérieur. L'oncle Afonso avait même l'habitude de rire quand il disait que dans le meilleur des cas, pour que tout ne soit pas entièrement noir, il se plaisait à imaginer que son frère avait lâché le volant car l'hôtesse de l'air et lui s'étaient réconciliés et s'étaient embrassés tout le long du trajet. Il prétendait que c'était la seule fleur possible qu'on puisse déposer sur le tas de tôle en quoi s'était transformée la Porsche de José Carlos au milieu de la plaine silencieuse survolée par des oiseaux, comme si de rien n'était. Et après tout cela, elle était restée, elle, la fille unique, Milene, qui aurait très bien pu être une jeune fille ordinaire, une bonne élève, une gentille nièce, mais non, pas du tout, peu à peu elle s'était révélée être cette personne incroyable.

Oui, c'était tout cela que l'oncle Afonso aurait sûrement voulu répéter, quand il était entraîné par les deux tantes jusqu'à la voiture décapotable, comme un prisonnier volontaire. Mais s'il avait envie de répéter une fois de plus tout ce qu'il avait sur le cœur, pourquoi ne s'était-il pas débarrassé des tantes d'une bonne secousse et n'était-il pas revenu sur ses pas? Pourquoi ne gravissait-il pas les marches et ne venait-il pas lui dire ce qu'il lui avait déjà dit si souvent? C'est ton père, Milene, qui nous a privés d'une aide de l'État pour la Vieille Fabrique. S'il n'avait pas remis les clés à cette clique à l'époque, notre famille aurait empoché trois cent millions d'escudos que nous aurions partagés entre nous cinq et qui nous auraient tous permis de vivre confortablement. Or non seulement nous avons tous vécu mal, mais en plus nous avons hérité de toi, une personne incroyable. Tu entends? Aurait pu dire l'oncle Afonso. D'ailleurs, en cet instant, il avait encore le temps de sortir de sa décapotable et de revenir. Elle continuait à attendre sur le seuil de la villa Regina pour procéder comme il se doit au cas où il reviendrait vraiment. Elle fermerait la porte, puis elle dirait d'une petite voix aiguë, comme seule elle savait le faire: "Ne remettez plus jamais les pieds ici, vous entendez?" Que l'oncle et les tantes aillent donc se reposer pour toujours. Finalement, elle se sentait très bien. Seule à la maison, dans le bermuda orange de Claudina, elle n'avait besoin de rien.

Reposez-vous donc.

"Moi, Milene Lino Leandro, je n'ai pas besoin de me reposer..." dit-elle quand la lumière intense de l'après-midi engloutit l'oncle Afonso et les tantes, leurs voitures et leurs chevaux, leurs pensées exprimées et cachées, celles qu'elle connaissait et celles qu'elle ignorait, surtout quand l'après-midi emporta leurs postérieurs qu'elle ne laisserait plus jamais se poser dans les fauteuils qui appartenaient à la grand-mère Regina. Jamais plus elle ne consentirait à ce qu'ils touchent à quoi que ce soit qui avait appartenu à leur mère. Ils s'étaient déjà servis trop généreusement. En les voyant disparaître sur la route, Milene avait seulement envie de dire: "Ouf! Ils s'en vont. Ils partent, ils sont partis..."

Elle retourna sur ses pas pour s'en assurer. Étaient-ils vraiment partis?

Eh bien à présent, de propos délibéré, elle allait recenser les objets qu'ils avaient déjà prélevés. Ils avaient un sacré culot. Cela faisait deux ans que l'oncle et les tantes avaient commencé à emporter des meubles et des bibelots, comptant sur l'acquiescement total de la grand-mère Regina. Parfois, Milene ne se souvenait de rien qui put avoir un rapport avec des objets et des biens et si par hasard elle s'en souvenait, cela lui était indifférent, mais après la rencontre d'aujourd'hui, soudain le souvenir de tout ce qu'ils avaient emporté peu à peu lui revenait.

Elle n'avait même pas besoin de faire un effort. Ils avaient vraiment un sacré culot. Les marques étaient très visibles partout dans la villa Regina. Même à côté du porte-manteau où étaient accrochés les trois chapeaux de la grand-mère, une tache très nette en forme de médaillon, imprimée dans la peinture verte du hall d'entrée, signalait le cadre ovale d'où le bisaïeul José Joaquim Leandro, à la moustache flamboyante et aux yeux un tantinet courroucés, avait surveillé pendant plusieurs décennies tous ceux qui entraient dans la maison ou qui en sortaient. Le daguerréotype appartenait à ce mur, mais l'oncle Afonso l'avait emporté temporairement, disant que cela lui ferait du bien d'avoir près de lui ce regard visionnaire. Il l'avait installé dans son cabinet et se l'était approprié à tout jamais.

À l'entrée du salon aussi, l'armoire en chêne avec de grands panneaux en relief agrémentés de torsades avait laissé un énorme rectangle de couleur plus sombre sur lequel on s'était dépêché de suspendre une tapisserie indienne. Le meuble avait été subtilisé par la tante Angela Margarida. La bibliothèque anglaise avec son escabeau en colimaçon avait été emportée avec tous ses livres reliés, et dans le vide ainsi laissé, les deux tantes avaient poussé un des canapés en cuir mou qui semblait nager entre deux guéridons. Un coffre à couvercle bombé fut aussi retiré, une antiquité que la tante Angela Margarida faisait remonter au temps des Grandes Découvertes. Mais les tantes laissèrent tout ce qui était art nouveau, des statuettes et des meubles que toutes deux détestaient et qui dataient de la jeunesse de la grand-mère Regina. Le style favori de la grand-mère. De l'escalier menant au premier étage avaient disparu deux grands tableaux dépeignant une bataille entre Espagnols et Hollandais et une armada turque cinglant vers des mers orientales, tous deux signés par un Français. N'étaient restés que les tableaux représentant la Baie de Naples avec le Vésuve au fond, et Venise avec la Place Saint-Marc survolée par de gros pigeons. La grand-mère avait dit que cela lui était égal. Cependant ils n'avaient pas eu le courage d'enlever du salon la table en merisier reposant sur deux pieds de coq ni le miroir biseauté qui la reflétait. Ni la commode pleine de linge, ni l'étagère où se trouvait la Bible des Capucins et la Grande Encyclopédie portugaise et brésilienne. Milene examinait ce qui était resté. Particulièrement le tabouret où Regina Leandro avait coutume de poser les pieds, le téléviseur et l'appareil qui servait habituellement à sa grand-mère à écouter de la musique classique et des disques extravagants comme *Camiñito Mio* et *La Violetera*, et les deux fauteuils bleus capitonnés, l'un à gauche, l'autre à droite. Mais dorénavant ils n'emporteraient plus rien. Tout appartenait à la grand-mère Regina.

Vous appartenez à la grand-mère Regina.

Heureusement qu'elle leur avait crié : "Allez-vous-en et ne revenez ni aujourd'hui, ni demain, ni après, ni jamais plus. Allez, filez… Allez poser votre cul là où vous voudrez, là-bas chez vous, mais pas ici. Vous m'avez bien entendue, vous avez bien ouvert vos esgourdes ?" Leur avait-elle dit, plantée sur le seuil, retenant les battants de la porte de ses bras écartés. Et pendant ce temps-là, l'après-midi torride emportait oncle et tantes le long de la route, emportait les trois voitures, les trois chagrins et les trois fatigues, avec leurs trois dérèglements différents. Les emportait, d'abord lui, ensuite elles.

Quelle merveille. Milene était enfin seule dans la villa Regina. Elle avait tout prévu. Avant que la nuit ne tombe, elle allumerait les lampes dans le salon, relèverait les stores, mais elle n'ouvrirait pas les fenêtres pour éviter de laisser entrer les geckos, les moustiques et les poussières nocturnes. Oncle et tantes étaient enfin partis et elle n'avait même pas réussi à leur communiquer les deux idées essentielles qu'elle avait mijotées pendant les jours où elle s'était sentie en état de choc et où elle avait trouvé refuge à l'intérieur du diamant. Voilà. Et justement l'oncle Afonso impossible à contacter à Chypre, aussi impossible à contacter que tante Gininha et les autres, tous impossibles à contacter, chacun dans sa partie du monde, chacun pensant que les autres étaient joignables, et maintenant c'était eux qui la traitaient elle de personne incroyable. Il était urgent de raconter tout ça à son cousin João Paulo.

João Paulo ?

Le téléphone que la grand-mère gardait près du fauteuil à gauche était toujours à la même place. Milene composa la longue suite de chiffres. Les choses commençaient à s'enchaîner.

Tout d'abord, entendre le message lui faisait du bien : *Hi, you've reached five, seven, three, seven…* Elle attendit la fin du message préenregistré. Mais au lieu de raconter tout ce qui s'était passé, comme si tout à coup une partie de ce qu'elle sentait s'était apaisé rien qu'à l'idée de parler à João Paulo, rien qu'à l'idée qu'elle se sentirait en sécurité quand elle entendrait sa voix, Milene hésita, se tut, puis dit seulement : *"João Paulo ? Je suis de nouveau à la maison. Cet après-midi, ton père et tes tantes sont venus. Après ils sont partis se reposer. Moi aussi je me repose dans notre maison… Aux alentours il n'y a personne. Les voisins sont tous en vacances. Et toi ? Tu es sans doute aussi en vacances ? Téléphone. Au revoir, bye-bye…"* Mais elle ne raccrocha pas. Elle continua à dicter : *"Écoute, ne m'appelle pas pendant les prochaines heures car je ne t'entendrai peut-être pas… Maintenant moi aussi je vais me reposer un peu. Je vais fermer les yeux, comme nous le faisions tous les trois. La rue va se reposer, les ombres vont se reposer, la tenue de plage de Claudina Mata que je porte, je vais l'enlever et elle se reposera. Et les meubles de la grand-mère Regina, ici autour de moi, eux aussi se reposeront… Appelle-moi plus tard. Comme je vais dormir, tu peux me téléphoner tôt demain matin quand il sera minuit là-bas, chez toi… Bye."*

6

Plus tard on raconta que Milene serait restée claquemurée dans la villa Regina pendant huit jours, écoutant les *Douze succès* de Cyndi Lauper sans manger ni boire et qu'elle ne serait allée au Pomodoro que lorsque la faim l'aurait torturée. On raconta aussi que ce fut la famille Mata qui, en lui ramenant la Clio, la sauva de l'inanition, l'ayant découverte inanimée au milieu des hortensias dans le microclimat, ce qui ne correspond nullement à la vérité. Mais les gens aiment imaginer le grotesque chez les autres pour se sentir protégés par leur prétendue normalité. Pour pouvoir se dire : ah, comme je suis intelligent, comme ma conduite est quasiment irréprochable ! Tous les matins que Dieu fait, je me lève. On peut être certain qu'à telle heure je prends mon café à la pâtisserie, à telle heure je m'occupe de mes affaires, à telle heure je signe mes chèques. Eh puis, dans ma famille, personne n'est mort prématurément, personne n'a eu de maladie grave, personne ne s'est suicidé. Ma maison est solide et bien construite, c'est moi qui l'ai bâtie. Nous sommes des personnes honorables et nous vivons une vie bien réglée, jour après jour. Mes parents ont tous un bel avenir devant eux. Par contre, voyez la petite-fille de dona Regina. La pauvre. Quand elle s'est enfin traînée jusqu'au restaurant italien, au croisement du Miramar, elle pouvait à peine articuler le mot *pizza*. Car tous l'avaient oubliée. Prétendirent d'aucuns en évoquant ces journées.

Mais cela ne s'était pas passé ainsi. Nous l'apprendrions plus tard. Et cela fut confirmé. La famille ne l'abandonna pas. Contrairement à ce qu'on prétendit, personne n'oublia notre cousine comme si elle était un objet inutile. Bien au contraire.

La preuve est que le lendemain Milene courut à la fenêtre et elle vit deux voitures s'arrêter sous les acacias de la route et son oncle et ses tantes en sortir. Les lampes étaient restées allumées toute la nuit et elles l'étaient toujours en cet instant, à onze heures du matin. Milene jugea bon de les éteindre avant de se retrancher sur le balcon. Pourquoi revenaient-ils ? se demandait-elle en prenant position et en mâchouillant du chewing-gum. Ne les avait-elle pas mis à la porte pour toujours la veille ? Ne leur avait-elle pas dit de ne plus jamais remettre les pieds ici ?

En fait, la nuit avait été longue et chaude, mais pas suffisamment pour avoir dissipé la peine qu'ils lui avaient causée. Elle s'était postée sur le balcon pour les observer. La porte sur la rue était fermée à clé. Elle savait que chaque oncle et tante avait une clé qui leur permettait d'entrer quand ils le voulaient. D'habitude, toutefois, ils ne franchissaient jamais la porte sans en demander la permission à la grand-mère Regina. Entreraient-ils ? Pendant ce temps, tous trois traversaient déjà la route, avançant lentement, prudemment, projetant des ombres sur l'asphalte. L'oncle Afonso regardait au loin, comme s'il s'intéressait davantage aux confins de l'horizon qu'à la maison dans laquelle il s'apprêtait à entrer. Les tantes avançaient côte à côte. Une arrivée suspecte. Ding, dong, fit le portail. Parvenus au milieu du jardin, ils s'étaient arrêtés, et Gininha, s'avançant de son pas délicat, presque chancelant, s'était mise à appeler en direction du balcon. Milene ? Milene ? À l'intérieur, la voix de Cyndi Lauper, élargie et amplifiée par l'attirail électronique, constituait une barrière sérieuse à cet appel. Milene courut arrêter la musique. Elle revint. Se pencha.

"Milene ? Regarde !"

C'était effectivement la tante Gininha qui appelait. Elle brandissait un paquet. Le balançant, insistant : "Tu nous laisses entrer ? Dis ?"

Milene savait que l'oncle Afonso n'aurait qu'à sortir sa clé et la faire tourner dans la serrure, mais il ne le faisait pas, il regardait au loin, car il se sentait sûrement indispensable ailleurs. La tante Angela Margarida dont le pas était nettement plus assuré croisa les bras comme si elle s'attendait à une altercation qui n'aurait pas encore commencé. Seule Gininha parlait en direction du balcon.

"Ouvre, ma chérie, ouvre donc…"

La voix suppliante de la tante semblait sincère, mais ce qui empêchait surtout Milene de descendre et d'ouvrir, c'était ce petit sac bis qui contenait sans doute de la nourriture fraîche et que la tante Gininha agitait en l'air, comme si elle avait mis une ration de cacahuètes destinée à une sorte de singe du jardin zoologique. Oui, c'était exactement cela. Elle avait horreur qu'on lui attribue huit ou neuf ans d'âge mental, même quand cette insinuation émanait de la tante Gininha. Cela l'horripilait. Cela expliquait peut-être pourquoi elle n'avait pas encore décidé de la conduite à tenir, puisque tous semblaient respecter les normes habituelles régissant l'entrée dans la villa Regina. L'oncle s'était même baissé pour réaligner une pierre qui s'était déplacée au milieu du chiendent et il n'avait toujours pas touché à la clé au fond de sa poche. Personne ne touchait à la moindre clé. La tante Gininha s'approcha davantage: "Comprends-nous bien, Milene. Si tu ne veux pas ouvrir, nous repartons. Nous accrocherons le sac à la porte et nous repartirons. C'est à toi de décider…" Puis la tante tourna le dos. Tous les trois semblaient disposés à prendre Gininha au mot. Tous les trois avaient tourné le dos, comme s'ils allaient repartir.

Milene avait non seulement arrêté la musique, elle avait aussi craché son chewing-gum. "Non, non", dit-elle, penchée au-dessus du balcon. "Je vais ouvrir, une minute."

Et surprise, elle descendit, sans avoir le temps de réfléchir. En fait, quand elle atteignit la porte, tantes et oncle se trouvaient déjà devant le trou de la serrure, pacifiques, soumis, l'attendant. Malgré tout, Milene mit un point d'honneur à les dévisager l'un après l'autre, les fixant d'un œil dur à travers la fente de la porte qu'elle ouvrait très lentement, une main encore sur la serrure, restant derrière le battant, prête à le refermer dès que tous trois se seraient avancés vers le living-room de la grand-mère Regina. Milene était très étonnée. Entre hier et aujourd'hui un changement radical semblait s'être produit. Cela n'empêcha pas l'oncle Afonso de passer à côté d'elle comme on passe devant un mur et Angela Margarida de lui faire à peine un signe de la main, alors que la tante Gininha continuait à lui parler avec affabilité en se dirigeant elle aussi vers le living-room.

"Avant que tu n'organises ta journée, voici quelques victuailles. Et sois tranquille, nous n'allons pas nous asseoir là-bas. Nous n'allons pas nous asseoir dans les fauteuils de la grand-mère Regina. Pourquoi le ferions-nous? Le salon de la grand-mère a d'autres chaises. Nous allons nous asseoir ici…"

Et les deux sœurs et le frère, sûrement pour prouver que leurs actes correspondaient à leurs paroles, avaient pris place autour de la table en merisier, sur laquelle ils posèrent des liasses de papiers.

“Tu peux être tranquille, personne parmi nous ne va s’asseoir là où il ne faut pas. Il faut juste que nous parlions...” C’était la tante Gininha qui, prudente, s’efforçait de la rassurer. “Tu comprends, Milene. Il s’agit d’une question qui ne regarde que nous, le frère et les sœurs, mais si tu as envie de rester, reste, cela ne nous dérange absolument pas...” La tante Angela Margarida, anxieuse, l’œil gauche encore assez gonflé, fixait le front luisant de l’oncle Afonso, maintenant légèrement plus pâle, contrastant avec le fond noir de sa chemise en soie. L’oncle Afonso, feignant d’être absent et regardant le plafond. En tout cas, Milene appréciait que la tante Gininha insiste sur son idée: “Si tu veux t’asseoir, assieds-toi ici, ma chérie...” Lui rapprochant une chaise.

Non, Milene ne s’assiérait pas.

Milene n’allait pas trahir la confiance que soudain ils lui témoignaient. Elle acceptait de bon cœur. Puisqu’ils lui parlaient de cette façon, ils pouvaient rester ici tout le temps qu’ils voudraient. Et pour qu’ils comprennent bien toute la portée de sa permission, elle n’allait même pas leur répondre, elle se bornerait à reculer devant eux, tirant sa chemise de nuit sur ses genoux, et elle fermerait même la porte derrière elle pour qu’ils puissent parler encore plus à leur aise. Si on la traitait de cette façon, elle était même prête à accepter le sac de victuailles que la tante Gininha lui tendait, presque contente, presque réconfortée. Maintenant son oncle et ses tantes savaient qui commandait dans cette maison et ils savaient aussi qu’ils ne pourraient se servir d’elle que dans la mesure où elle-même y consentirait. Et réfugiée dans la cuisine, pendant qu’elle buvait le café au lait tiède apporté par ses tantes et se noyait dans la crème jaune d’un gros gâteau, une meurtrissure se dissolvait au tréfonds d’elle-même ou tout au moins se transmuait en une douleur plus diffuse. Tout compte fait, quoiqu’il arrivât, ils étaient sa famille, ses vrais oncle et tantes.

Et ils devaient être extrêmement fatigués.

La meilleure preuve en était le silence dans lequel se déroulait la rencontre entre le frère et les deux sœurs dans le salon. Pendant presque une heure, on n’entendrait pas un seul mot. Ils devaient être en train de reconstituer les événements, de discuter les six procès, de penser à la traîtrise du Nouveau Foyer, au récit du pompiste, au fait que le *machin* de sa grand-mère avait été enfoui dans de la terre nue par sa faute à elle, car avec la chaleur elle avait oublié que la famille possédait elle aussi sa maisonnette de pierre surmontée d'un ange. Par respect pour l'oncle et les tantes, Milene ne mettait même pas de musique dans sa chambre. Habillée et arrangée, assise sur l'escalier, elle se contentait de fredonner des passages des *Douze succès*, imaginant le calme et la paix entre les deux sœurs et le frère, tous les trois sereins, très fatigués, d'accord sur les faits. Mais ensuite, vers midi, tout changerait. Elle chantonnait *Stone, the world is a stone* pour elle-même, pour ne pas déranger, quand des objets en bois ou en fer se mirent à tomber par terre, parfois dans un fracas barbare, d'autres fois avec un bruit étouffé par le tapis, tandis que du papier était déchiré et que des objets en métal s'entrechoquaient. Et aussitôt après, l'oncle et les tantes étaient sûrement entrés en pleine discorde.

On était le samedi 23 août et, malheureusement, dans le living-room de la grand-mère Regina, le frère et les sœurs étaient loin de s'entendre. Même sans le vouloir, on les entendait s'apostropher à tue-tête. Milene entendait surtout les éclats de voix de la tante Angela Margarida. Les heures passaient et ils ne mangeaient pas, ne buvaient pas, ne se servaient pas des salles de bains, ne sortaient pas du salon. En colère, hors d'eux. À un certain moment, Afonso parla très très fort. La tante Angela Margarida, avec son ton d'infirmière en chef, criait plus fort que lui. Milene pensa que personne ne sortirait vivant de cet affrontement. Elle alla épier du jardin, mais chaque fenêtre était comme la grille d'une cage fermée. L'oncle et les tantes avaient laissé les stores abaissés et ils s'envoyaient des coups de griffe là-dedans. Ils se dévoraient tout cru. Quand la porte s'ouvrit enfin, on eût dit qu'un torrent s'en échappait. L'oncle fut le premier à sortir. Il écumait. Pourtant la couronne clairsemée entourant sa calvitie était intacte, bien qu'hirsute, son torse puissant l'était toujours autant, ses hanches se mouvaient avec la même fougue de gymnaste. Non, ils ne s'étaient pas entre-tués. Mais les yeux de l'oncle avaient complètement disparu sous les hautes paupières. Milene le regarda passer à toute vitesse, un porte-documents à la main. Milene ne se souvenait pas de l'avoir vu entrer avec un porte-documents. Toutefois la dispute avait tellement décuplé l'agilité de l'oncle Afonso que d'un bond il fut dans sa décapotable, la voiture l'engloutit en un clin d'œil et tous deux disparurent sur la route comme une flèche.

Puis ce fut le tour de la tante Angela Margarida.

Non, elle n'était assise sur aucun des deux fauteuils, elle était sur le canapé, jambes croisées, et elle téléphonait, tournant le dos à la porte. Un taxi ? Oui, elle voulait un taxi. Elle n'adressait pas la parole à la tante Gininha. Gininha était dans le coin opposé, elle aussi claquemurée en elle-même. Entre le coup de téléphone et l'arrivée du taxi, personne n'ouvrit la bouche. Quand le taxi arriva, la tante Angela Margarida sortit en faisant claquer ses talons sur le sol, sur les marches, dans l'allée du jardin à microclimat et sur le portail de fer qui gémissait. Ding, dong. Elle sortait. La tante Gininha n'appela Milene qu'ensuite.

Elle appela tout doucement : "Milene ?"

Une bonne demi-heure s'était écoulée depuis la bagarre et pourtant il était visible que tous les trois s'étaient blessés profondément. La tante Gininha, la bonne tante Gininha, avait encore de la peine à respirer. Ses longs cheveux étaient électriques et quand elle se passait la main sur le visage, des fils sombres se mettaient à voleter tout seuls derrière ses doigts. Mais c'était elle, la plus atteinte par la querelle, qui était restée pour parler à Milene, l'appelant presque dans un murmure : "Milene ? Viens donc un peu ici..." Puis elle s'appuya contre sa nièce et l'enlaça par la taille, attirant sa tête contre sa poitrine. Elle dit : "Ce sont des choses qui arrivent..." Se référant sans doute à la dispute. "Je veux juste te dire, Milene, que nous avons ouvert le testament et que je suis ton exécutrice testamentaire. La grand-mère Regina a voulu que je te représente, que je gère tes biens et tes revenus, et, au fond, ta vie..." La tante Gininha serrait sa nièce contre elle. Milene, surprise, était appuyée contre la tante Gininha, contre l'épaule parfumée de sa tante sur laquelle retombaient, en une touffe épaisse, ses cheveux teints en châtain-bordeaux, comme autrefois, ceux de la grand-mère Regina. Milene presque assise sur ses genoux.

"Tu ne dis rien ?"

Le salon plongé dans le silence. La gravité traînant ses ailes. Les faits prenant corps. L'avenir surgissant comme une brume immense à travers laquelle il fallait dessiner une trajectoire incertaine. Toutes deux, Milene et sa tante, enchevêtrées l'une dans l'autre pour affronter un parcours inconnu qui avait déjà dû commencer, indépendamment de leur volonté, et personne ne savait quand. Se donnant la main. Le passé engendrant une vague, l'appréhension éclaboussant tout de son écume. Tout à coup, la tante Gininha dont la poitrine se soulevait à peine, comme si la dispute avec son frère et sa sœur l'empêchait de respirer, la tante Gininha ajouta : "Et encore autre chose. Outre la question de l'héritage, il y a un autre sujet dont j'aimerais t'entretenir..." Il était visible que la tante Gininha avait du mal à formuler sa pensée, avec sa poitrine presque immobile, arrêtée. C'était visible. Pauvre tante Gininha, comme elle avait maigri. Mais ensuite, la fille cadette de la grand-mère Regina prit son courage à deux mains : "Voilà, Milene, voilà. Nous t'avons distribuée de la façon suivante. Tu continueras à habiter comme avant dans la villa Regina, tu mèneras ta vie normalement, et chaque soir un de nous trois s'occupera de toi. Un roulement continu, tu comprends ? Je vais te donner un exemple pour que tu comprennes plus facilement... Supposons qu'aujourd'hui, samedi, ce soit moi qui te tienne compagnie. Demain, dimanche, ce serait la tante Angela Margarida. Lundi, ce serait l'oncle Afonso. Mardi, de nouveau moi, mercredi, la tante Angela Margarida, jeudi, de nouveau l'oncle Afonso, et après, de nouveau moi, et ainsi de suite, toujours ainsi, tous les soirs jusqu'à la fin de la vie..." Gininha, une liasse de papiers sur les genoux et un agenda à la main, regardait les jours du calendrier comme si le frère et les deux sœurs avaient été ici avec l'ange Lucifer pour arrêter l'itinéraire menant à l'enfer.

La tante disait : "Nous commencerons dans un mois, quand les jours raccourciront et que le temps fraîchira. À cette saison-là, tu ne pourras pas rester seule, ce serait trop triste..." La tante lui caressait les cheveux, le dos, lui parlait de ce calendrier perpétuel, et de peur que sa nièce ne comprenne pas, elle alla même chercher le calendrier de la cuisine et elle se mit à expliquer à l'aide d'exemples la répartition des jours.

"Tu comprends ?"

Oui, Milene réussissait à comprendre. Elle regardait ces carrés disposés les uns après les autres, enchaînés les uns aux autres, les imaginant remplis par son oncle et ses tantes, et il n'était pas difficile de conclure que si cette répartition était maintenue, les jours de la semaine ne seraient jamais les mêmes. Elle pensa que ce serait sûrement un grand supplice pour ses tantes et son oncle. Ce qui voulait dire qu'ils ne s'étaient même pas entendus sur la répartition régulière des jours. Car ils auraient pu au moins décider : les lundis et les jeudis, la tante Gininha, les mardis et les vendredis, la tante Angela Margarida, les mercredis et samedis, l'oncle Afonso, et ainsi de suite jusqu'à la fin des jours. Mais c'était à ce propos que le plus grave problème s'était sans doute posé. Il restait un jour sur les sept de la semaine et ils avaient sûrement discuté de la répartition des dimanches, la discussion ayant ensuite dégénéré en dispute. Ils ne se l'étaient pas distribuée par semaine, ni par mois. Mais par jour, une condamnation infernale. En fin de compte, l'oncle et les tantes ne s'étaient pas mis d'accord à cause d'elle. Elle regardait le calendrier que la tante Gininha avait posé sur la table en merisier et elle en tirait cette conclusion.

"Tu ne dis rien, Milene ?" demanda la tante.

Cet avenir quadrillé posé sur la table était si compliqué, si sévère et en même temps il lui faisait si mal à la tête, qu'elle ne parvenait pas à répondre. "On verra plus tard. On verra plus tard..." dit la tante. Et comme si sa poitrine se mettait soudain à respirer normalement, elle ajouta : "Mon Dieu, qu'il est tard..." Oui, Milene comprenait. Ils avaient retiré l'Encyclopédie derrière laquelle, encastré dans le mur, se trouvait le coffre vert. Ils l'avaient ouvert et ils l'avaient refermé. Plusieurs volumes étaient encore dérangés et en désordre. Se pouvait-il qu'ils aient trouvé là-dedans ce calendrier ? Non, Milene ne leur poserait pas la question. À l'intérieur de cette boîte en fer massif, cette espèce de nodule ombilical de la maison qui l'avait toujours intriguée, il pouvait y avoir bien des choses énigmatiques dont ils avaient peut-être discuté, mais ce calendrier avait été inventé par son oncle et ses tantes, elle le savait.

"Tu ne dis rien ?"

Demandait la tante vêtue de noir et de blanc, subitement pressée, disant à tout propos : "Excuse-moi, excuse-moi. Nous avons notre vie..." Et sans plus tarder elle franchissait la porte, descendait les marches, traversait le jardin à microclimat, poussait le portail de fer où était inscrit *villa Regina*. Ding, dong. Absolument comme la tante Angela Margarida. Seulement, lorsque la bonne tante Gininha, la malheureuse tante Gininha, pressée à cause de sa petite Artemisa, allait entrer dans sa Honda argentée, il devait être vers les quatre heures de l'après-midi, seulement à ce moment-là, Milene s'aperçut de la coïncidence. Il y avait des phrases inscrites dans les gènes de la famille qui étaient aussi distinctives que la configuration des paupières. À la vérité, c'était la deuxième fois qu'une personne qui lui était très proche lui promettait : *Ainsi, pour toujours, toujours jusqu'à la fin de la vie.* Elle n'y croyait pas.

Tante Gininha elle-même avait dit : “Ce sera une sorte de calendrier perpétuel, jusqu'à la fin de la vie…”

Dans d'autres circonstances, Milene aurait répondu, comme elle savait le faire, à la personne qui lui proposait ce plan, mais le moment ne s'y prêtait pas. Tous souffraient pour une raison ou une autre et le frère et les sœurs s'étaient même querellés à cause d'elle. À la réflexion, elle avait peut-être été injuste envers eux, les pauvres, qui lui demandaient maintenant la permission d'entrer dans la maison et qui ne s'asseyaient pas sur les sièges interdits. La veille, elle n'avait peut-être rien eu d'important à leur raconter. Finalement, elle disposait juste de deux idées insignifiantes, qu'elle s'était fabriquées dans sa propre tête, sans autre but que de vouloir s'en défaire. Car qu'avait-elle de si urgent à leur communiquer ? Très peu de chose. En premier lieu, qu'elle ne savait pas comment la grand-mère était morte, mais qu'elle savait comment elle-même avait aidé à enterrer le *machin*. En deuxième lieu, qu'elle n'avait rien raconté aux journaux, mais qu'ils avaient deviné. Et il y avait encore un troisième sujet qu'elle aurait voulu évoquer, mais elle n'était pas certaine de sa validité. Et c'était qu'elle avait l'impression que la grand-mère Regina n'était pas restée là-bas. Quand la terre s'était refermée sur elle et que son surplus bombé en forme de madeleine avait reçu la montagne de fleurs, elle n'était déjà plus là-dedans. Mais qu'on ne lui demande pas si elle s'était échappée pendant le trajet ou si elle s'était évaporée au moment où la terre s'était refermée. Alors, pour être plus précise, elle savait que la grand-mère n'était plus là, mais pas comment ni quand elle avait disparu. Voilà ce qu'elle aurait voulu pouvoir dire, et c'était très peu et très vague. De pareilles vétilles n'auraient pas justifié que son oncle et ses tantes lui consacrent davantage d'attention lors de la réunion de famille. Elle avait mémorisé tous les mots venus à elle au long de toutes ces journées aussi facilement qu'elle avait appris par cœur les phrases de João Paulo. Et à cause d'elle l'oncle et les tantes avaient concocté ce plan terrible, jusqu'à la fin des jours. Elle ne consentirait pas à ce qu'ils s'engagent sur cette voie.

Non, elle n'y consentirait pas.

Le lendemain matin, Milene, habillée, arrangée, cinq bracelets à chaque bras, prit le téléphone et dit: *"João Paulo? J'ai attendu toute la nuit et tu ne m'as pas appelée... C'est juste pour te dire que l'oncle et les tantes sont revenus. Ils ont un plan pour moi et pour eux jusqu'à la fin de la vie... Tu te souviens? Nous aussi nous avions un plan, mais le nôtre était très bien et celui-ci, rien qu'à y penser, j'en ai la nausée. J'en vomis presque, pour eux et pour moi, ici même, d'où je t'appelle... Je te raconterai plus tard... Bye."* Milene avait mis de la musique, mais dans une partie seulement du salon, de façon à pouvoir téléphoner. Entre ses paroles, on entendait de nouveau la voix de Cyndi Lauper, comme si elle s'était cachée, comme si elle chantait sous le parquet. Elle continua à attendre. *"As-tu fini par aller à Miami avec Lavínia?"* Silence. *"Sais-tu qui est en train de chanter? Devine... c'est elle.* Twelve Deadly Cyns, Dez Successos de Morrer, *selon* Blitz... *Allez, parle-moi... Maintenant je vais vraiment te dire au revoir. J'attends que tu me rappelles... Bye."* Milene raccrocha très lentement. Le signal de la fin de la communication ne dépendait pas de la main humaine, il résonnait toujours comme le voulait l'appareil. C'est l'appareil qui commandait. Un son désagréable. Mais aucune importance. Elle savait que bientôt son cousin João Paulo lui répondrait, disant comme toujours que les trois cousins inséparables ne se sépareraient jamais. Où qu'ils se trouvent, la séparation serait seulement un intervalle. Milene s'assit près du téléphone. Elle attendit. Alors les circonstances se précipitèrent.

João Paulo avait l'habitude de dire que la liberté se trouvait en nous-mêmes, mais que le destin, lui, était dans les circonstances, et nous, ignorants que nous sommes, nous imaginions un dieu. Les circonstances étaient les reines presque absolues de notre vie. En l'occurrence, vraiment absolues, si nous pensons aux jours que vivait Milene et qui ne seraient connus que deux ans plus tard.

Milene attendit donc en musique. Elle n'était pas pressée, elle continua à attendre.

Plusieurs jours après, elle avait mis le volume de la musique au maximum, alors qu'au-dehors un klaxon furieux ne cessait de hurler. Un soir agréable descendait sur le Kilomètre 44. Les villas voisines étaient désertes. Milene s'était penchée à une fenêtre et elle avait aperçu une fourgonnette grise et un homme debout devant elle. C'était le fils veuf de Felícia Mata qui appelait ainsi. Il était au milieu de la route, klaxonnant avec insistance, portière ouverte, et ses trois enfants étaient assis sur la banquette arrière. C'était lui-même, Antonino Mata, l'homme agité. D'ailleurs quand il la vit, le deuxième fils de Felícia Mata ne put cacher son irritation extrême. Il pointa un bras vers elle : "Ça fait un temps fou que je klaxonne ici et vous, vous faites exprès de mettre ce truc bruyant au maximum. Alors quoi, vous n'entendiez pas ?"

Sa voix se trouvait au point exact où un jour il avait tourné sa casquette devant derrière. Une voix forte, brisée par une égratignure aiguë, un filet pointu au milieu du volume grave. Peut-être agacé par sa propre voix, il insistait : "Pendant que vous faites tout ce raffut, moi je klaxonne, je klaxonne..." Elle se souvint du moment où il était descendu dans le cratère du chantier et où il avait exigé qu'elle ne bouge pas pour que le chef puisse la voir. Il était pareil aujourd'hui. Milene se précipita vers le portail. Elle l'ouvrit avec fracas.

Il lui cria : "Vous avez la clé de la voiture ?"

Oui, elle l'avait.

"Asseyez-vous ici", dit-il. "Montrez-moi la clé. J'ai l'impression que vous laissez votre voiture là-bas devant notre porte juste pour nous embêter. Vous savez depuis combien de jours vous l'avez abandonnée ? Vous le savez, oui ou non ? Eh bien, ça fait six jours, presque une semaine..."

Comme elle ne répondait pas, il démarra brusquement et les enfants en perdirent l'équilibre. Elle-même se cramponna à la poignée de la porte et lui se retourna pour jeter un coup d'œil sur les mômes, mais il ne ralentit pas. La fourgonnette continua à rouler à vive allure et lui-même continua à maugréer contre elle, elle n'avait pas entendu le klaxon, et le temps passait, passait, il n'arrêtait pas de regarder sa montre avec insistance, comme si de nouveau il avait un rendez-vous de travail. Un rendez-vous sûrement important. Quand la déviation qui menait au raccourci allant au Bairro dos Espelhos apparut, il hésita. Au dernier moment, presque déjà sur le chemin de terre, il fit une embardée et reprit la route vers la station-service. Vingt minutes plus tard, ils étaient devant les portes de la Vieille Fabrique. Mais avant même de stopper, Antonino klaxonna plusieurs fois, puis il sauta dehors et fit descendre ses trois enfants, pleurnichant et somnolant. Elle se dirigea vers la Clio. Il cria: "Eh, vous, ne me faites pas ce coup-là. Ils ont envie de vous voir là-dedans..."

Et c'était la vérité pure.

La splendeur bleue de Mar de Prainhas était toujours là, mais l'obscurité tombait rapidement à l'entour. La silhouette des palmiers se détachait sur le monde circulaire du crépuscule, une atmosphère mélancolique les imprégnait et s'étendait à perte de vue. Milene sentit que tout cela pénétrait en elle, comme si elle n'était rien et que l'univers était tout. Mais cette impression de ne pas exister ou de ne servir à rien ne dura pas plus d'une seconde. Les Mata se portaient à sa rencontre, la troisième vague l'appelait par son nom. Femmes et enfants, dans un désordre bruyant, voulaient lui parler. Très blessée par le silence de Milene, Felícia s'adressa à elle d'une voix très forte, empreinte de ressentiment et de douleur: "Dona Milene? Alors comme ça vous n'avez même pas téléphoné pour raconter la rencontre avec votre famille? Vous a-t-elle bien traitée?" Elle répondit elle-même. Bien sûr qu'elle l'avait bien traitée, c'était donc Milene qui s'était montrée lâche sans raison. Et Felícia voulait aussi savoir si la famille avait su qu'elle avait dormi dans le lit de Janina. Non? Si elle ne l'avait pas appris, ce n'était pas grave, elle l'apprendrait plus tard. Et pendant ce temps-là, comment avait-elle pu se passer de sa Clio? Possédait-elle une autre voiture? Non? Alors comment avait-elle fait? Quand Felícia sut que la petite-fille de dona Regina avait marché une demi-heure à pied sur la route pour aller chercher une pizza au Mãos Largas, elle fut scandalisée: "Dona Milene, était-ce vraiment nécessaire? Marcher à pied pendant des heures au bord d'une route dangereuse, alors que ta voiture était ici? Je sais, je sais, tu as voulu te battre avec les routes. Mais pourquoi? Écoute, ne te bats pas quand tu n'en as pas besoin. C'est un péché. Garde tes combats pour quand ce sera nécessaire, tu comprends? Ménage tes jambes pour quand les moyens de transport de ce monde te feront défaut. Tu comprends? Tu avais ta voiture ici, tu n'avais qu'à téléphoner, un de mes fils serait allé te chercher..."

Et Milene ne voulait pas entrer? Elle ne voulait pas manger? Elle ne voulait pas bavarder? Alors, quand reviendrait-elle ici? Dans très longtemps? Elle pourrait venir, par exemple, le jour où Janina passerait à la télévision. Il se produirait bientôt dans une émission, mais on ne savait pas encore quel jour et encore moins à quelle heure. Tous étaient massés autour de Felícia, sauf Ana Mata et Heitor père qui se tenaient à la porte où la tragédie de la grand-mère Regina s'était produite. Les deux pots de fleurs étaient toujours là avec leurs géraniums rabougris. Eh bien, si dona Milene voulait s'en aller, qu'elle s'en aille. Tout le monde avait fait la paix. Felícia l'embrassait, les jeunes femmes, Claudina et Conceição, lui disaient qu'elles lui faisaient cadeau du bermuda orange, qu'elle n'avait pas besoin de le leur rendre. Tous bons amis, bonnes amies, revenez nous voir. Ciao. Au revoir, vous êtes très intelligente, très délicate, tout à fait sensationnelle. Vous êtes un amour. Écoute, reviens vite, si on ne te téléphone pas et si on ne va pas chez toi, c'est pour ne pas te déranger, tu comprends? C'est vous qui viendrez chez nous, le jour de Janina. Vous viendrez, n'est-ce pas? Ciao, ciao. Au revoir. Grosses bises. Milene monta dans sa voiture en riant, ses innombrables bracelets s'entrechoquaient et tintaient. Son sac la gênait, par devant, par derrière. Soudain elle était de nouveau heureuse. La nuit était tombée. Bonne nuit. La Clio ne démarrait pas.

"Comment? Ta voiture ne démarre pas?"

Non, elle ne démarrait pas. Femmes et enfants autour de la voiture. Si ça se trouve, elle n'a plus d'eau, elle n'a plus d'huile, écoute, c'est peut-être parce qu'elle est restée ici si longtemps sous ce soleil de plomb. Ça arrive parfois à la voiture de Janina. On la pousse, elle ne démarre pas. On la pousse un peu plus tard, elle démarre. Allez comprendre. Tous regardaient. Même Ana

Mata regardait. Felícia, la tête à l'intérieur de la Clio : "Qu'est-ce qu'elle peut bien avoir, ta petite voiture ?"

"Antonino, viens donc voir un peu ce qu'elle a, la petite voiture de dona Milene !" cria-t-elle.

Antonino se tenait à l'écart. Il était apparu à la porte vêtu de façon bizarre. Ce n'était plus lui. Il n'avait pas de casquette et non seulement il portait des chaussures de toile blanche mais aussi une chemise claire. C'était comme s'il avait décidé de quitter le deuil au moment précis où elle était venue chercher sa voiture chez les Mata. Toute sa personne resplendissait dans la pénombre de la nuit tombante. En un éclair, elle vit tout. C'était un jour important dans la vie d'Antonino, et encore elle, ses misérables besoins à elle, une fille empotée, qui par le passé avait été volée dans un ballot de linge, avec le nom de Milene déjà écrit sur le front, et qui ne lui était rien de rien, et la personne qu'elle était se retrouvait sur le chemin de cet homme. Antonino, les mains sur les hanches, immobile, observait. Il semblait ne pas croire à ce qu'il voyait : "Qu'est ce qu'il y a encore maintenant ?"

"Écoute, fiston !" l'implora Felícia Mata.

"Je sais que tu es déjà habillé et parfumé, mais tu es le seul homme ici. Il faut absolument que tu mettes le nez dans ce moteur, sinon cette fille ne pourra jamais démarrer..."

Antonino lui tourna le dos. Désespéré.

"Ne sois pas méchant. C'est à cause de ça que tes jours de colère ne passent pas. Viens donc voir..." avait continué Felícia.

Contrarié, Antonino se dirigea vers sa propre voiture et en revint avec une lampe de poche. Il ouvrit le capot, regarda le moteur, toucha à quelque organe vital et le força à se mettre en route. Puis il se tourna à moitié, se pencha vers le tableau de bord et dit : "Il n'y a pas d'essence là-dedans. Roulez très lentement jusqu'à la station-service, sinon vous resterez en chemin. Vous entendez ?"

"Et si elle tombe en panne au milieu de la route ? Dans un endroit sinistre, là où sa grand-mère s'est perdue ? Dona Milene doit avoir la chair de poule rien qu'à y penser."

Antonino rentra d'un bond dans la fourgonnette grise et brailla : "Passez devant, démarrez. Je commence à avoir l'habitude..." La Clio devant, la fourgonnette grise derrière. Roulant toutes les deux sur la route parsemée de nids-de-poule, sans le moindre réverbère jusqu'aux pompes à essence où soudain les toits fluorescents rappelaient les circonstances où une ambulance aux portières ouvertes avait été à l'origine d'une fugue incroyable. Milene ne pouvait pas le savoir, personne ne le pouvait. Mais les circonstances allaient de nouveau enchevêtrer leurs rets, les circonstances, ces reines absolues de la vie, selon João Paulo.

En fait, Milene avait pris de l'essence aux pompes automatiques en tournant le dos à Antonino, pensant que celui-ci avait continué son chemin, mais quand elle se retourna il était toujours là. Antonino prévoyait déjà ce qui allait se passer, il la soupçonnait de ne pas avoir l'argent nécessaire sur elle. Et il avait raison de nourrir ce soupçon, car au lieu de se diriger vers la caisse pour payer, Milene s'était mise à s'agiter à l'intérieur de la voiture. Elle en sortait et sautillait, se secouait, scrutait le sol où ce qu'elle cherchait devait se trouver, elle ouvrit son sac plusieurs fois. Enfin, elle se mit à quatre pattes sur la banquette arrière et elle ressortit de là en embrassant une carte. Une fois hors de la voiture et sous la lumière fluorescente de la station-service, Milene se mit à couvrir de baisers la carte retrouvée, des baisers sonores, les yeux tantôt ouverts tantôt fermés. Antonino était sorti de sa fourgonnette.

"Que faites-vous donc ?"

Milene frottait la carte sur sa manche. "Cette imbécile s'est sauvée à l'arrière de la voiture, vous comprenez ?" Et comme si la carte de crédit représentait dans ces circonstances une victoire inexplicable sur l'intrication des liens de dépendance qui l'enchaînaient à cet homme qui aurait déjà dû se trouver loin, elle embrassa de nouveau la carte, courant sans se retourner vers la boutique où elle effectuerait le paiement. Sans se retourner elle dit : "Maintenant vous pouvez partir. Je me débrouillerai seule..."

Par prudence, il ne démarrerait pas immédiatement.

Avec cette personne imprévisible, on n'était jamais sûr de rien. Avec quelqu'un qui oubliait sa voiture n'importe où et qui embrassait les cartes de crédit perdues et retrouvées, on pouvait s'attendre à tout. Garé sur le bas-côté, Antonino attendait, pour voir si elle prendrait la bonne direction. Elle la prenait. Il pouvait l'abandonner. Il hésita tout de même, puis la suivit sur la voie rapide. La fourgonnette grise derrière la Clio, jusqu'à la villa Regina, comme s'il doutait qu'elle puisse retrouver le chemin de sa maison. Mais en arrivant au Kilomètre 44, Antonino ne se contenta pas de s'arrêter, il descendit, assez surpris. Il avait déjà conclu que rouler derrière cette fille était comme entrer dans un train fantôme, avec des surprises surgissant de tous côtés. Maintenant il en avait la preuve.

"Qu'est-ce que c'est que ça? Un vaisseau spatial a atterri ici?" demanda-t-il.

"Ça?" dit Milene.

"Oui, ça."

Il se référait à la villa Regina, complètement illuminée.

En fait, la lumière venant des fenêtres ouvertes irradiait au-dessus de la plaine sombre, s'élevant en une gerbe de rectangles lumineux tombés au hasard. La voie rapide pointait ses panneaux dans une autre direction et les maisons inhabitées aux alentours semblaient absentes et opaques. C'était comme si la villa Regina existait sans aucun lien avec la terre. Le feuillage du noyer, lui aussi, visible à moitié dans la lumière, brillait avec un reflet vert intense, comme ivre. Dans un premier temps il ne sut que penser, il se lança dans des considérations sur le coût de l'énergie. Mais ensuite il fit quelques pas en direction du portail et fut plus explicite: "Êtes-vous en train de me dire que vous allez vivre ici toute seule? Vous n'allez pas faire ça, c'est impossible..."

Antonino était vêtu de couleurs claires et chaussé de blanc, et qui plus est parfumé de la tête aux pieds. On voyait qu'il avait pris sa douche à la fin de l'après-midi car sa peau brillait. Son front brillait, ses pommettes brillaient. Et Milene se demanda si elle devait répondre ou non à cet homme qui d'un moment à l'autre pouvait être saisi de précipitation et devenir inélégant et brutal. Elle le connaissait. Elle savait comment il tournait la visière de sa casquette vers l'arrière et comment, quand il hurlait et vociférait, sa voix se brisait comme celle d'une femme. Mais en réalité, il avait perdu un peu de cette précipitation et disait, debout devant la villa Regina: "Ne me dites pas ça..." Elle expliqua que non, que bientôt, tous les soirs, quelqu'un de sa famille lui tiendrait compagnie. Et elle lui parla du calendrier perpétuel et lui raconta un peu ce qui s'était passé. Le strict minimum. Antonino écoutait en silence devant la maison tout illuminée. Posant des questions très brèves, qui exigeaient des réponses trop longues pour son goût à elle. Oui, effectivement, il n'était plus du tout pressé. Ou en tout cas, pas au tréfonds de son être. Quand Milene le mit au courant du calendrier, ce plan qui ressemblait à un agenda sans fin, juste pour avoir un avis, il lui dit: "N'y croyez pas..."

"Quel est ton nom déjà?"

"Milene."

"Milene, je ne peux pas dire que ce plan soit un mensonge destiné à te tromper, ça je ne peux pas le dire. Mais dans la pratique il est inapplicable..."

"Inapplicable?" demanda-t-elle. Ses bracelets tintaient.

"Inconsistant, pas viable, bref, impossible à appliquer... Pas vrai? Je ne donne pas plus de huit jours à ce projet. Très vite vous n'en entendrez plus parler. Il est impossible..." Il parlait lentement, pour qu'elle comprenne. En espaçant bien les mots. Ce n'était sûrement pas nécessaire, mais il parlait ainsi. La lenteur des mots en contradiction avec les actes. Car Antonino continuait sûrement à être très pressé. Simplement certaines circonstances devaient masquer son besoin d'agitation et de vitesse. Un camouflage momentané. En ce moment il ne regardait pas sa montre et s'acheminait même vers la voiture grise en zigzaguant. Il s'était assis dedans en gardant la portière ouverte. Il attendait. Sans s'impatienter. "Allez", dit-il. "Rentrez chez vous, j'attends que vous soyez entrée..." L'ombre de la nuit, posée sur la vieille route, l'engloutissait. On voyait sa chemise claire attendre dans la voiture. Elle montait l'escalier intérieur complètement éclairé, elle regardait par les fenêtres ouvertes et, en face, la voiture immobile avec la portière encore ouverte, puis refermée. Puis immobile, fermée dans l'obscurité. Puis démarrant lentement et roulant le long de la route. Disparaissant dans la nuit.

7

Milene allait établir une relation paradoxale avec Juliana. La relation ambiguë qui se noue entre quelqu'un qui a toujours été commandé et qui ne connaît que les voies de l'obéissance et quelqu'un qui ne sait pas commander et qui doit exercer l'autorité, fût-ce temporairement. Une méfiance réciproque, une double humiliation, un accommodement mutuel. Deux fragilités réunies. Une farce inévitable. À peine arrivée, la femme de ménage disait impétueusement : "Alors, qu'est-ce que vous voulez que je fasse ?" Ni bonjour ni bonsoir. Mais quelle importance ? Milene trottait dans la maison, la femme de ménage dans son sillage, elle lui montrait ce qu'elle devait nettoyer sommairement ou retourner, les chiffons et les instruments à utiliser, parlant très fort, imitant la voix de la grand-mère Regina. Ne faites pas comme ci, faites comme ça. "Vous voyez ces fauteuils ? C'est juste pour vous rappeler qu'ils sont à elle. Ne vous asseyez jamais dedans. Jamais de votre vie, vous m'avez bien entendue ?"

Juliana ne disait ni oui ni non. Elle regardait sa montre, la secouait, la faisait glisser de son poignet dans sa main, la tenait au creux de sa paume comme une grenade prête à être lancée : "Vous voyez, je suis arrivée à trois heures pile, on est d'accord ?" Et elle allait dans la cuisine y déposer son sac et son casque. Après elle demandait : "Qu'est-ce que c'est encore que cette idée d'aller m'asseoir dans les fauteuils de dona Regina ? Comme si je l'avais jamais fait ! Vous avez de ces lubies..." Venait alors le moment pour elle de poser à Milene ses propres questions : "Mais pourquoi que vous êtes si contente ? Pourquoi ce grand nettoyage ? Pourquoi que vous avez l'air si satisfaite ? Ça devrait-il pas être une maison en deuil ?"

Pour toute réponse, Milene montait le son de l'appareil qui contenait plusieurs disques, cinq à la file. Déjà dégoûtée de Cindy Lauper, de son chapeau rouge et de ses yeux de merlan frit, elle écoutait de nouveau les *Simple Minds*, les plages de *Ghostdancing* et de *Big Sleep* projetées à plein volume contre les murs. Puis c'était les *Waterboys*, triomphants avec leurs instruments à vent, leurs claviers, leurs cordes et leurs réverbérations tonitruantes qui remplissaient la maison. Milene avait du mal à se faire entendre. Elle criait par-dessus la musique en direction de la cuisine : "Ouvrez tous les stores, Juliana. Ouvrez aussi les fenêtres, s'il vous plaît. Je les fermerai quand la nuit viendra. Vous avez entendu ?"

Juliana devait avoir la quarantaine, elle regardait sa montre et répondait : "Ah doux Jésus, tout ça va très mal finir... Mais qu'est-ce que je peux donc y faire ?" Mais elle allait de fenêtre en fenêtre et elle remontait les stores jusqu'aux poutres. La lumière entrait à flots, éventrant la maison. Les mains sur les hanches. "Je sais pas si je vais faire tout ce que vous me dites. Maintenant que dona Regina n'est plus là pour me donner des ordres... Ah quelle grande catastrophe je prévois, Dieu du ciel ! Vous avez déjeuné ? Vous avez quelque chose à manger pour votre dîner ?" demandait Juliana, entourée de balais. Milene n'entendait pas, elle allait et venait, Mike Scott et Jim Kerr lui tenaient compagnie, ils tournaient, cachés à l'intérieur de l'appareil, vivants, en direct, lui parlant, l'interpellant, répandant la gaieté dans les interstices de la maison.

"Il est six heures", annonçait Juliana quand l'heure approchait.

"Déjà ? Vous pouvez vous en aller."

Juliana aussi parlait trop fort. "N'oubliez pas de me marquer mes heures..." Craignant que Milene ne le fasse pas, elle allait à la cuisine et écrivait sur le rectangle du jeudi *Trois heures,* de son écriture tordue et penchée. "Prenez bien soin de vous, vous entendez ? Ici toute seule, vous allez vous sentir dépaysée..." Et Juliana, pressée, toute ronde, déjà dans la cour, grimpait avec son sac et son casque sur sa mobylette qui pétaradait le long de la route. *Trois heures,* oubliez pas. Demain, je ferai plus d'heures. Combien d'heures ? Juliana ne dédaignait pas ce travail, mais elle ne viendrait là qu'aussi longtemps que cette jeune fille seule et sans surveillance ne se casserait pas la figure, ce qu'elle prévoyait pour très bientôt. Milene lui adressait des signes d'adieu d'une des fenêtres du premier étage, en short ultra-court, avec des pendants d'oreilles qui se balançaient, comme la grand-mère Regina aimait, un tas de bracelets à chaque poignet, les cheveux frisés, les paupières hautes. "Attention, attention aux voleurs et aux cambrioleurs !" recommandait Juliana avant de démarrer. Difficile de savoir si Juliana voyait des dangers partout, si c'était le champ de prédilection de son imagination, à travers lequel elle transfigurait le plus facilement la réalité de son univers. Quoiqu'il en soit, quand la femme de ménage partait, il n'y avait plus que les vitres pour protéger Milene de tous les dangers connus et inconnus. Les vitres des fenêtres pour la séparer des intrus, de la poussière, du bruit de la voie rapide qui passait à une centaine de mètres seulement, qui montait et décrivait une courbe comme un trèfle serré en forme de vipère.

Mais entre Milene et le monde, il y avait aussi les appels téléphoniques des tantes.

La sonnerie retentissait dans la maison et Milene sursautait. Non, ce n'était pas João Paulo, c'était la tante Gininha, dont la grand-mère avait fait son exécutrice testamentaire et c'était apparemment à ce titre qu'elle lui parlait, encore tout enveloppée de l'effervescence des pas endeuillés, promettant la lecture du testament, évoquant des valeurs monétaires, des ventes et des achats, des sujets abstraits, et répétant *Milene, Milene*, comme si le nom de sa nièce était le nouveau refrain d'une ballade obligatoire. Milene répondait : “Ma tante, ne vous faites pas de souci, je ne veux pas aller chez vous. Soyez tranquille…” À l'autre bout du fil, la tante Gininha gardait le silence, tous les bruits du monde s'étaient tus à Valmares. Deux nuages blancs, immobiles, flottaient en haut du ciel. La tante Gininha se sentait prise au dépourvu et ne savait plus quoi dire. “Un jour, Milene, un jour…” Mais la tante n'avait pas besoin de prolonger trop longtemps cette ritournelle. Tous savaient que la tante Gininha était tragiquement malheureuse, pour reprendre la formule utilisée par la grand-mère Regina. Tous savaient aussi qu'une partie de la tante Gininha avait cessé de lui appartenir en propre. Cela faisait des années qu'un pourcentage de la tante appartenait à l'oncle Dom. Silvestre. Quand la tante disait *Milene, Milene*, Milene savait ce que cela cachait. Derrière cette répétition ondoyante, il y avait toute l'histoire des dernières amours de la tante Gininha.

Et soudain, la tante Gininha lui téléphonait, comme si la situation avait radicalement changé : “Milene ? Viens…”

Et comment irait-elle ? Milene était abasourdie. Elle en savait assez sur la vie de sa tante pour ne pas pouvoir y croire. Pour ce qui était du présent, elle savait que dans la maison de l'Amurada il y avait l'oncle Dom. Et cela suffisait. Quant au passé, le mari de la tante Gininha n'avait été qu'un de ses innombrables amoureux, le dernier, et si cela n'expliquait pas tout, cela expliquait beaucoup de choses.

Il semblait même qu'entre quatorze et trente ans elle en avait eu près de cent cinquante. Rien que pendant l'été 1985, celui qui avait suivi la restitution de la Vieille Fabrique, durant une brève période de deux mois, la tante Gininha avait présenté deux amoureux, l'un et l'autre comme s'ils étaient des fiancés définitifs.

Le premier était un pilote d'avion qui parlait peu, assez somnolent, si somnolent que personne ne comprenait comment il pouvait conduire des Boeing dans les airs avec tout ce sommeil. Ensuite était apparu un professeur de sciences naturelles qui portait une loupe en sautoir sur la poitrine avec laquelle il examinait des fragments de coquillages bivalves. Cela n'avait marché avec aucun des deux. Le premier, elle l'avait répudié à cause de sa léthargie. C'était comme si le pilote, un bel homme qui avait la quarantaine et qui jusqu'alors chantait des chansons romantiques sur l'épaule de la tante quand il était réveillé, avait été contaminé par la somnolence des nuages. La tante avait raison. S'ils vivaient ensemble, que resterait-il pour elle, entre les voyages aériens et les roupillons ? Que deviendrait-elle ? Après un déjeuner en tête à tête, elle l'avait laissé piquer un somme tout seul dans un restaurant sur la plage, lui avait écrit un message sur un bout de nappe dans lequel elle lui demandait de ne plus venir la voir. Le deuxième, un homme plutôt terrien, la tante Gininha l'avait plaqué à cause des promenades qu'elle était obligée de faire à sa suite le long de Mar de Prainhas, un endroit où ce descendant de Darwin était persuadé qu'il allait découvrir des espèces archaïques disparues depuis longtemps. Le professeur collectionnait des coquilles d'ostréidés, notamment des nacres rosées, et il partageait les derniers jours de ses vacances tantôt à l'ombre de la tante, tantôt courbé à l'orée des vagues, enterré dans l'écume, hanches plus hautes que la tête, comme un flamant. Quand le *meilleur été de notre vie* avait pris fin, Gininha s'était déjà débarrassée de ses deux amoureux.

Cela semblait n'avoir eu aucune importance.

"Milene ? Tu vas venir ou pas ?" demandait la tante à l'autre bout du fil, cet après-midi-là, d'une voix pleine d'impatience. Pourquoi la tante était-elle si pleine d'impatience ?

Déjà à l'époque on avait l'impression que la tante cherchait quelque chose qu'elle ne trouverait jamais chez les hommes dont elle s'entichait et se désentichait continuellement. La tante voulait atteindre quelque chose qui était caché en un lieu inaccessible, une fantaisie inexistante ou une réalité indéfinissable. Une extravagance quelconque qui n'avait d'existence qu'en elle. En tout cas, c'est ce que prétendait João Paulo cet été-là en voyant la tante radieuse congédier le professeur de sciences naturelles qui lui donnait encore des baisers sur la bouche et lui offrait un sachet de nacres. Quoiqu'il en soit, ses camarades de classe continuaient à l'appeler la Sirène Gininha à cause de sa taille svelte, tous la traitaient comme si elle avait éternellement vingt ans et que son avenir était assuré, quel que soit l'angle sous lequel on l'envisageait. Son neveu et ses nièces l'adoraient, de même que le Ô de Lancôme dont elle parfumait ses vêtements, ils adoraient surtout sa façon de les embrasser. À la fin de l'été 1985, la tante Gininha était de nouveau libre. Ce fut alors que deux événements, surprenants et liés, l'avaient assaillie.

"Milene ? Chère Milene, viens, je suis à la maison, je t'attends…"

Deux événements. Le premier s'était produit dans le salon de coiffure Joseldo. La tante Gininha venait de passer trois mois de suite au grand air, allongée à côté de deux amoureux, pratiquant la course, la natation et le repos, et de retour à Valmares, élégante et bronzée comme jamais, elle était allée se livrer aux soins du coiffeur de la Marina. Mais la jeune fille qui lui attachait son peignoir n'en croyait pas ses yeux car, comme s'il s'agissait d'un ensemencement définitif et brusque, des cheveux blancs parsemaient toute la tête de tante Gininha. Qu'était-il donc arrivé ? Ébahi, Joseldo avait partagé la stupéfaction de ses employées, il examina lui-même cette tête et se livra à des commentaires passablement emphatiques. Un événement. Pour que tous puissent observer le phénomène, le coiffeur avait soulevé en l'air les longs cheveux de la tante Gininha, il avait approché une lampe pour qu'elle puisse constater elle-même les ravages. Le cas semblait lui procurer un plaisir secret et Joseldo Hairdresser avait pris des décisions à grands cris, comme s'il inaugurait avec enthousiasme une statue dédiée à son propre travail. Il avait déclaré que désormais, toutes les deux semaines, il faudrait teindre les beaux cheveux de la tante Gininha. Vite, un bol, une spatule, une écume noire, longuement touillée et bien mélangée, et la mixture épaisse ainsi obtenue fut déversée pour la première fois sur la tête de la tante Gininha. Définitivement. Joseldo sautillait autour d'elle en se frottant les mains : *Ça y est, tu y es venue, je ne t'attendais pas si vite. Maintenant tu reviendras toujours*... Pendant ce temps-là, Gininha, très pâle devant le miroir, sentait son âme émigrer par-delà sa propre image. Tu reviendras, tu reviendras. Ce fut pendant cet automne lourd de changements qu'elle fut prise d'une longue dépression, entremêlée de rhumes successifs charriés par le vent d'est.

C'était le début d'un premier événement qui n'aurait pas de fin.

"Viens, dépêche-toi..." disait la tante Gininha pour la cinquième fois cet après-midi-là. Milene hésitait. Irait-elle ou non ?

Le deuxième événement s'appellerait justement Domitílio Silvestre, mais cette fois les faits se dérouleraient différemment. Ils étaient d'une autre nature. Ils se dérouleraient en trois étapes.

D'abord on avait appris dans la villa Regina par l'avocat de la famille que quelqu'un, récemment arrivé d'Afrique du Sud, cherchait à acheter un lopin de terre que la grand-mère possédait au Lentiscal, près d'une carrière désaffectée. Ensuite, la grand-mère Regina avait reçu un appel téléphonique avec un accent anglais et tout de suite après, un homme de stature moyenne, avec des cheveux noirs et des petits yeux vifs, avait sonné à la porte du Kilomètre 44. C'était Domitílio Silvestre, l'acheteur. Déjà à l'époque, Domitílio Silvestre se déplaçait dans une voiture puissante, laissant dormir sur la banquette arrière un énorme chien-loup. L'hiver était morne et plein de germes de grippe et la tante Gininha était à l'apogée de la dépression causée par ses cheveux. Un Chopin des plus tristes flottait dans le salon autour de la tante quand l'acheteur entra pour parler de l'acquisition de la parcelle. Non, surtout que personne ne se dérange, l'acheteur ne s'attarderait pas, ce qui l'intéressait c'était seulement la parcelle dans la zone du Lentiscal. Était-elle à vendre ou non ? Oui, la grand-mère Regina dit qu'elle la vendait, que c'était une question de jours, mais elle se posait des questions sur l'utilité d'une bande de terre caillouteuse dans un endroit pareil, un désert au bord d'une carrière désaffectée. Qu'en pensait Gininha ?

Gininha n'était pas sortie du salon, elle avait juste abaissé considérablement la vibration de ces gouttelettes de musique qui l'agressaient comme un thé de mandragore. La main dans les cheveux, Gininha était restée et avait écouté la négociation, assise très droite. Et Domitílio Silvestre s'était rebiffé : "Désaffectée ? Oh, *Ma'am*!" comme s'il était encore en Afrique du Sud. Pas désaffectée. À la vue du mot *disused, disused mine*, même ses yeux riaient, voletant de la mère à la fille. "Désaffectée tant qu'il n'y aura pas quelqu'un pour la réaffecter, *Ma'am*..." D'ailleurs il était un expert en la matière. Quand il parlait, Domitílio Silvestre saupoudrait ses phrases d'accent et de mots anglais, de termes techniques propres à la taille de la pierre ou à des domaines connexes, eux aussi en anglais, et il se trouvait que Gininha enseignait cette langue. La musique triste s'était arrêtée.

"Faites une offre. Que diriez-vous de ce prix ?"

Mais le rapprochement entre tous deux ne s'opérerait qu'un mois plus tard, quand Domitílio Silvestre était venu montrer le document lui permettant d'exploiter, pendant une période de cinq ans renouvelable, la carrière du Lentiscal, celle-là même qui avait été précédemment placée sous scellés. Sur le document d'autorisation, on pouvait lire RÉPUBLIQUE PORTUGAISE, avec le sceau blanc et les armes du Portugal. Ce jour-là, les yeux très noirs de Domitílio Silvestre brillaient de joie et promettaient une énergie qui secouait l'inertie du salon de la grand-mère Regina. Il venait demander si oui ou non ils lui vendaient le terrain. Et l'homme revenu d'Afrique du Sud était si honnête qu'après avoir obtenu l'autorisation souhaitée, il offrait à présent beaucoup plus d'argent pour la parcelle pierreuse. Pas le double, mais presque. "Que dites-vous de ce prix ?" Pendant un instant, la grand-mère Regina était demeurée pensive. Puis elle avait été prise d'un accès de munificence. Il fallait être à la hauteur des événements et donc Regina Leandro vendrait le terrain à cet homme pour le prix initial. Et elle ne voyait pas non plus d'un mauvais œil que sa fille Gininha sorte pour une promenade de deux heures dans la voiture où sommeillait le chien-loup.

"Viens, même le jardin t'attend..." insistait-elle au téléphone, en ce chaud après-midi de septembre. "Je suis en train de nous préparer à dîner."

Et donc, devant la villa Regina le chien avait grondé, il s'était retourné plusieurs fois sur la banquette arrière de la puissante voiture, mais la voix autoritaire de Domitílio Silvestre l'avait forcé à s'asseoir : *"Sit down, Buggy, sit down..."* C'était de nouveau un après-midi d'hiver doux, tous deux étaient entrés dans le Foyer du Luxor et s'étaient assis entre de lourdes tentures. Puis, fatigué d'être assis, l'acheteur lui avait montré le trou de la carrière, un long et profond cratère, avec tout autour des terrains en terrasses où il voyait une grandeur biblique et elle aussi en faisant un effort. Aussitôt après, ils avaient mis le cap sur le quartier de l'Amurada où Domitílio avait commencé à construire une villa à laquelle il avait l'intention de donner son propre nom. Des murs gris s'élevaient entre de tout petits hêtres et platanes enveloppés de plastique pour qu'ils ne s'abîment pas. Il tenait par sa laisse le chien qui bondissait : *"Sit down, sit down, Buggy ! On the ground..."* Et ainsi, deux mois plus tard, ils s'étaient mariés.

Tout le monde était au courant.

Toutefois la grand-mère Regina ne voyait pas cette précipitation d'un bon œil. Une chose était de sortir se promener par un après-midi d'hiver pour soigner sa dépression, une autre était de se marier à la hâte avec un homme qui parlait d'affaires beaucoup trop vagues. La réticence superstitieuse de la grand-mère provenait surtout de ce que la relation de sa fille avec cet homme était née devant les faux documents d'autorisation achetée, fruit d'une magouille. Elle en était certaine. Plusieurs mois plus tard, quand elle s'aperçut que son gendre ne passait pas une seule minute chez lui, qu'il ne mangeait pas, ne dormait pas, ne parlait presque pas avec la tante Gininha, ni en portugais ni en anglais, car il ne faisait que négocier, multiplier, engendrer, la grand-mère Regina s'était rendue à la raison et l'avait traité de renard retors. La grand-mère faisait ses remarques à la cantonade et attribuait la situation de sa famille aux lois de la compensation universelle qu'elle-même formulait. Elle disait qu'à trente ans seulement sa benjamine avait rencontré une âme suffisamment frustre pour compenser la beauté et la sensibilité dont la nature l'avait dotée. Et elle évoquait ces deux attributs comme s'ils étaient des traits fatals qui tôt ou tard lui attireraient des ennuis, ces qualités supérieures à l'origine de la toquade subite de sa fille Gininha pour un être si opposé à elle. C'était la nostalgie ancestrale de la beauté pour le chaos. L'attraction irrémédiable de la bonté pour les ténèbres. Dans le cas du mari de sa fille, le chaos et l'ombre incarnés sous les espèces d'un renard retors. Au début on racontait des scènes conjugales terribles. La famille avait ordre de ne pas en dire un mot. Un point c'est tout.

D'ailleurs, le dépit profond qu'éprouvait la grand-mère Regina pour le mari de la tante Gininha ne faiblirait un peu que bien des années plus tard, lorsqu'un jour, discutant la décision prise par la grand-mère Regina de louer aux gens de la troisième vague la *Fabrique de conserves Leandro 1908*, il avait été le seul de la famille à se ranger de son côté. Il est vrai que Regina Leandro l'avait fait pour des raisons inavouables, mais Domitílio Silvestre voyait dans l'attitude de sa belle-mère une vision pragmatique d'une portée considérable. On bavardait à table et il avait dit à propos des Mata en se servant à boire: "Vous avez très bien fait, senhora dona Regina, de leur permettre d'habiter là. Sans personne là-dedans tout se dégraderait très vite. Le terrain ne serait même plus utilisable car pour être franc, si on le travaillait bien, on trouverait là un gisement de pierres dures d'une valeur inestimable..."

Pourquoi pas? Domitílio Silvestre était venu d'Afrique du Sud, il avait fait le trajet de la Namibie au Lundo, il connaissait bien la région à force de la sillonner en jeep, il savait tout sur les pierres dures, leurs propriétés et leurs routes commerciales. Il parlait à ses beaux-frères pour les éclairer et il les illuminait. "À quoi vous servent vos yeux? Vous ne voyez donc pas? C'est pourtant clair... La senhora dona Regina a très bien fait de trouver un usage pour toutes ces bâtisses. À sa place, je ferais de même…" Ce jour-là, la grand-mère Regina l'avait tenu pour un homme intelligent. Ensuite elle avait oublié.

"S'il te plaît, viens avant que la nuit ne tombe…" disait la tante au téléphone.

Mais le coup de chance de Domitílio Silvestre lui était venu grâce à une carte de visite, bien avant qu'il ait réussi à obtenir l'exploitation de la carrière du Lentiscal et même avant d'avoir fait la connaissance de la tante Gininha. Son nom complet avait des consonances nordiques et il était long, et à l'occasion d'une urgence, le rapatrié d'Afrique du Sud avait demandé au typographe de l'abréger le plus possible de façon à simplifier la carte de visite dont il avait besoin. Il ne voulait pas seulement une carte simple, mais pratique. Il voulait être identifié au moment même où il tendait sa carte. Que le typographe réfléchisse bien à la question. Deux jours plus tard, sur sa table de travail, étaient apparus, distribués au milieu d'un rectangle beige, deux mots seulement: *Dom. Silvestre.* C'était une trouvaille épatante. Tout le monde le reconnut. Pendant l'hiver qui suivit l'été de 1985, lorsque Domitílio Silvestre avait offert un gin tonic à la tante Gininha dans le foyer du Luxor, l'acheteur était déjà connu sous son nom abrégé. Le gérant de l'hôtel l'appelait familièrement Dom. Et son entreprise se nommerait précisément *Industrie extractive, Exploitation Dom. Silvestre.* Ainsi la tante Gininha ne l'appellerait jamais Domitílio, mais seulement Dom. Elle-même, parmi ses amis et ses proches, s'appellerait désormais la femme du Dom. des carrières.

"Entre sans sonner. La grille sera ouverte. Ce soir tu pourras même laisser ta voiture devant le garage…" disait la tante à l'autre bout du fil.

Quand le maillon qui la rattachait à la Vieille Fabrique fut brisé et avant que l'oncle Rui Ludovice n'assume la charge publique de maire, certaines personnes ne se référaient à la grand-mère Regina qu'en l'appelant la belle-mère de Dom. Silvestre. Les membres moins éminents de la famille étaient connus par leur parenté avec lui, y compris Milene. Ici une explication s'impose. L'oncle Dom. avait pris Milene en grippe depuis le début. Il éprouvait la plus vive antipathie à son égard, non pas envers sa personne, mais en tant que résultat de toute une suite de fautes qu'à son avis la famille avait commises avec elle, comme si Milene représentait une erreur de calcul, et cela l'exaspérait. L'oncle Dom. estimait que Milene aurait été une personne normale si elle avait reçu une éducation adéquate. Et à ce propos, il faisait l'éloge de collèges sud-africains qui pratiquaient de vrais programmes de maisons de correction. Avec des horaires de prison.

Toutefois, l'incident majeur s'était produit pendant les dernières vacances que João Paulo avait passées à Valmares. Ils étaient tous assis à table sous l'auvent en toile à côté de la piscine dans la maison de l'Amurada. Dom. parlait justement de la façon d'éduquer les gens à problèmes en les emmenant à l'aube dans la *jungle* et en les obligeant à revenir à leur point de départ en s'orientant uniquement avec le soleil et autres sciences analogues, tout un programme où perçaient parfois des suggestions de jeûne et de coups de cravache, un jour que, profitant d'un silence momentané, Milene avait dit : *"Oh, mais je connais un Dom. qui est le petit-fils du boulanger. Je connais un Dom…"*

Tous se sentirent très gênés. Milene débitait une inconvenance après l'autre et les présents, pétrifiés autour de la table comme une frise de statues, restaient muets. La tante Gininha était paralysée. La grand-mère Regina rongeait quelque chose, faisant converger en un mouvement circulaire un faisceau de rides vers le milieu de ses lèvres réunies, comme si on lui avait cousu la bouche avec du fil et une aiguille. Prise au piège de ce silence, Milene avait demandé : "Et après, tous les Silvestre sont allés travailler dans les mines, là-bas en Afrique du Sud… N'est-ce pas João Paulo ?" Milene regardait la grand-mère Regina qui continuait à remuer dans sa bouche l'objet dur à ronger sans regarder qui que ce soit. Personne ne regardait qui que ce soit. L'ordre naturel inversé, la force attaquée par la faiblesse. Comme ça, sans crier gare. Et précisément le jour de l'anniversaire de l'oncle Dom., quand tous étaient réunis dans la *villa Dom. Silvestre*, justement pour le fêter. Et il fallait que ça arrive ce jour-là. Les tout petits yeux très vifs de l'oncle brillaient dans son visage comme deux braises bien ventilées. Dom. Silvestre avait jeté sa serviette de table sur son assiette : "C'est elle ou moi, c'est elle ou moi..." Plusieurs fois, comme un disque rayé doté de la propriété d'augmenter sa puissance à force de répétition. Le bras tendu : "C'est elle ou moi, c'est elle ou moi..." Alors Milene était sortie de table en courant et l'oncle, épuisé par la colère, s'était rassis. Puis relevé. Ce jour-là, l'oncle Dom. ne retournerait plus à table.

"Viens, je t'attends sur la terrasse en jouant avec le bébé. Tu ne veux donc pas venir", disait la tante Gininha à l'autre bout du fil. "Viens avant que le soir ne tombe..."

Gininha et Dom. Silvestre ne se parlaient quasiment pas. Parfois elle avait besoin de lui parler, mais lui n'avait pas le temps. Il voulait sûrement faire fructifier quelque parcelle de pierre qu'il n'avait pas encore dénichée sur la face de la terre, mais qu'il recherchait activement. La grande fructification viendrait sûrement un jour. Mais quand ? Habituellement ils ne sortaient pas ensemble. La grand-mère Regina disait que, pour l'oncle Dom., les chiens étaient les meilleurs compagnons de voiture, car ils se contentaient de gronder, ils ne posaient pas de questions et ne s'immisçaient pas dans ses affaires. Quant à la tante Gininha, elle ne fréquentait pas les voitures de l'oncle. Elle donnait ses cours, circulait dans sa propre voiture et elle disait à sa sœur que Dom. Silvestre parlait l'anglais de Soweto. De temps en temps, tout de même, on les voyait ensemble, et au bout de tout ce temps d'aucuns continuaient même à appeler la femme de Dom. la Sirène Gininha. Aux réceptions du Club nautique ils surgissaient tous les deux côte à côte, elle grande et mince, bien faite, lui très vif et presque petit. Ils passaient aussi les vacances ensemble. À leur retour ils semblaient plus proches et Gininha parlait de lui plus gentiment. Ou plutôt la partie d'elle-même qui était la plus sensible à lui et qu'il pouvait occuper. Tous le savaient.

Mais cet après-midi-là le téléphone n'arrêtait pas de sonner et c'était toujours la voix de la tante Gininha à l'autre bout : "Qu'est-ce que tu attends ? Viens donc !" La voix pleine d'enthousiasme de la tante, comme si elle ne traversait pas un deuil, comme si elle était revenue à l'été de 1985. Pourtant, ce que la tante Gininha voulait dire était différent, elle voulait dire quelque chose du genre *: Viens, car ce soir, par chance, l'oncle Dom. n'est pas là...* Pour sa part Milene avait aussi pris l'initiative de soulever le combiné : "Et s'il arrive ?" demanda-t-elle tout à trac, comme si la tante lui avait dit ce qu'elle n'avait pas dit.

À l'autre bout du fil, Gininha prit l'air choqué, mais joua cartes sur table : "Tu sais ? L'oncle Dom. est allé voir des Hollandais et quand ils se rencontrent il leur faut toute la nuit pour s'entendre. L'oncle Dom. reviendra seulement au petit matin..." Milene soupçonneuse : "Et s'il revient plus tôt et se retrouve nez à nez avec moi ?" La tante, pleine de patience, à l'autre bout du fil : "Tu exagères beaucoup. Dans ce cas tu diras la vérité. Tu diras que tu t'ennuyais du bébé, que tu n'en pouvais plus. Allez, ne t'obstine pas, Milene, viens. Imagine-nous seules toutes les deux, nous dînerons sur la terrasse comme la grand-mère aimait à le faire..." La tante parlait comme si nous étions au milieu du *meilleur été de notre vie.*

Alors Milene se précipita dehors et rappliqua à toute vitesse.

Elle était allée directement dans la chambre d'Artemisa, un bébé né sur le tard, programmé expressément par l'oncle qui de temps en temps pensait aussi à sa descendance. La grand-mère Regina avait dit que c'était exclusivement pour occuper la tante Gininha à temps complet, pour qu'elle n'ait plus de loisir pour rien d'autre. Quelle que fût la raison ou l'absence de raison, le bébé était là. Milene s'était penchée sur l'enfant, qui ne restait pas en place un instant tant elle était éveillée pour son âge. Elle avait été gagnée par cette agitation aux Canaries, pendant les jours où la grand-mère Regina avait été terrassée par son accident fatal. La tante Gininha tentait en vain de maîtriser cette turbulence humaine. Le bébé gigotait, se retournait, essayait de se jeter dans le vide et, tout à coup, en pleine frénésie, il s'était endormi. Une petite chose en sueur, vaincue, abandonnée au fond du berceau. Milene et la tante Gininha, rassurées, se tenant par la taille, traversèrent la maison, s'arrêtant ici et là dans les différentes pièces. En l'absence de l'oncle. "Tu vois ? Tu vois, Milene ?"

Oui, la demeure de Dom. Silvestre n'était pas seulement une belle maison. Là-dedans, chaque bibelot, chaque objet avait un prix d'entrée et un prix de sortie, tout ce qui entourait la vie de tante Gininha dans cette maison prenait de la valeur comme des pièces d'or dans le coffre invisible d'une banque. Des tableaux, des potiches, des porcelaines délicates aux formes humaines, des sculptures modernes ressemblant à des blocs de pierre roulés, des tableaux dont la tante avait déchiffré la signature avant d'emménager là, Buffet et Vieira da Silva, suspendus au-dessus de défenses d'éléphant : "Tu vois ? Ça vaut un fric fou..." La tante expliquait que l'oncle ramenait ces pièces de chez des gens qui lui devaient de grosses sommes et qui ne payaient pas. Il était parfois assez difficile d'estimer la valeur exacte de ce genre d'objets dès lors que l'oncle n'était pas un connaisseur dans ce domaine. Ils avaient recours à un expert, un débiteur de l'oncle. La tante, très proche, très affectueuse, attirait sa nièce à elle et laissant tous ces trésors à leur place, elle avançait dans le jardin jusqu'à la terrasse couverte. La tante disait : "Tu ne peux pas imaginer ce qui nous est arrivé. Tu sais ce que dit l'oncle ? Que sans l'accident fatal de la grand-mère Regina, nous serions restés à Las Palmas sans nous rendre compte de rien. Et malheureusement, en notre absence, des gens tramaient la liquidation de l'Exploitation Dom. Silvestre..."

"Des gens tramaient, tante ? Qui donc tramait ? Qui ?"

Tante et nièce dînaient sur la terrasse de part et d'autre de la table. La nuit était paisible, le hêtre illuminé. Il y avait des coupes de *mousse** de crevette que Milene adorait. La tante faisait des confidences comme si sa nièce était une confidente valable. La tante disait que Milene ne pouvait pas imaginer ce qu'ils avaient l'intention de faire. "Quand nous sommes arrivés, des amendes d'un montant intolérable nous attendaient et pour toutes le délai de paiement était expiré. Des amendes des services centraux et des amendes municipales, et toutes étaient arrivées en même temps, sans que l'oncle se doute de quoi que ce soit. Encore deux jours aux Canaries et impossible d'échapper à un procès. Ç'a été horrible, horrible..."

"Sers-toi..." avait dit la tante Gininha, communicative, remise des premiers effets du deuil.

"Ce soir, l'oncle Dom. ne rentrera pas à la maison de bonne heure. Je t'ai déjà dit que les Hollandais sont arrivés. Et si ce n'était pas eux, c'en serait d'autres. Hier soir l'oncle est rentré à quatre heures passées. Heureusement, toute cette affaire est liquidée. À cette heure, tous ces maudits papiers ont été escamotés..." La tante expliquait la situation avec des mots qui n'étaient pas les siens, mais bien plutôt ceux de l'oncle Dom. Silvestre. C'était comme si la tante s'éloignait de l'oncle et qu'en même temps la partie la plus dense qu'il avait laissée en elle fermentait. Cela, Milene le comprenait. L'oncle parlait par la bouche de la tante. "Non, tu ne peux pas comprendre, Milene. D'après les inspecteurs, la situation est encore illégale et c'est pour ça qu'ils infligent des amendes à tout-va, mais dès que la moitié du montant de l'amende passe dans leurs poches, tout rentre dans la légalité. La légalité a la forme des poches de ces types. Tu comprends ce que je dis, Milene ?"

Milene comprenait qu'on était en train de rouler la tante et ça suffisait. Toutes deux regardaient le jardin où le gazon luisait avec des reflets d'or. Dans la maison, le bébé épuisé dormait dans son berceau blanc. Bruno José jouait avec d'autres enfants dans la villa voisine. La tante disait : "Tu imagines, Milene, l'oncle n'a découvert ce complot que parce que nous sommes revenus de vacances plus tôt. Pauvre grand-mère Regina..." La tante Gininha laissait ses longs cheveux effleurer son assiette, étonnée de ces lois énigmatiques, des lois qui régissent des dialogues extravagants entre la mort et la vie, des lois avec une pointe d'horreur et un brin d'utilité dont on profite parfois sans les comprendre. La tante émue n'arrivait pas à avaler sa mousse de crevette. La tante Gininha avec deux larmes qui tombaient dans sa jolie coupe en verre. Oh, tante Gininha...

"Heureusement que tu es venue. Tu te souviens du Lentiscal ?"

Le Lentiscal n'était plus un trou bordé de terrasses, un amphithéâtre comme l'exigeait la loi, mais une falaise lisse comme l'intérieur d'un bol et pourtant c'était encore un bon gisement de pierre, un calcaire superbe, gris, entièrement utile et utilisable, des gravillons les plus fins au gravier le plus grossier. Sauf que cela ne valait plus la peine que l'oncle achète d'autres terres autour, car les cours des maisons étaient de plus en plus proches. Milene ne pouvait imaginer comme l'oncle en souffrait. Tous les jours des particuliers déposaient des plaintes à cause des explosions. Des papiers et encore des papiers. Ce qu'il ne fallait pas payer pour que toute cette paperasse aille directement à la poubelle. Jusqu'à aujourd'hui, l'oncle réussissait encore à faire exploser la roche très au-dessus du niveau de vibration autorisée, parce qu'il possédait le sismographe qui mesurait les explosions, ce qui n'était pas le cas des inspecteurs qui devaient lui demander les données sismographiques pour eux-mêmes et pour d'autres, le cas échéant. L'oncle Dom. gardait l'appareil non scellé. Mais comme s'il était scellé. C'est-à-dire qu'il était scellé sans l'être. "Tu ne comprends pas, je le sais. Si je te raconte tout ça, Milene, c'est uniquement pour que tu saches que nous sommes dans le pétrin..."

Gininha parlait comme si elle était l'émanation de l'oncle. Milene aurait même voulu pouvoir dire: *Tante, une moitié de vous fait maintenant partie de Dom. Silvestre, vous parlez par sa bouche. Je vois vos lèvres, mais ce ne sont pas les vôtres, ce sont les siennes qui s'ouvrent et qui se ferment...* Elle ne pouvait pas dire cela. La tante soupirait beaucoup. Pourquoi soupirait-elle? Elle-même répondait. Parce qu'il suffirait qu'on scelle le sismographe ou que survienne une tête de mule quelconque qui instaure un mécanisme conforme aux méandres de la loi pour que le Lentiscal soit livré à son triste sort. Dans ce cas que ferait l'oncle Dom. de sa vie? De notre vie? La tante contemplait le gazon illuminé, la tante voulait que Milene mange plus, beaucoup plus. "Jusqu'à quand pourra-t-on tenir? Pour pouvoir tenir, l'oncle extrait tout ce qu'il peut, il arrache de là tout ce qu'il peut en arracher, nuit et jour. Il a dépensé un argent fou en éclairage pour que les broyeurs puissent fonctionner sans interruption. Sauf qu'on ne sait pas ce qui peut arriver d'un moment à l'autre. Tu comprends? C'est à cause de ce doute que l'oncle parle aux Hollandais ce soir. Nous ne savons pas jusqu'à quand nous pourrons exploiter le Lentiscal..."

"Alors, ma tante?"

"Oui, Milene. C'est là que je voulais en venir. Il faut trouver d'autres solutions pour survivre. Maintenant que malheureusement la grand-mère Regina est décédée, les conditions nécessaires sont réunies. Je ne sais pas si je me fais bien comprendre, Milene. Tout ça est très difficile à expliquer..." La tante Gininha en deuil, en noir et blanc, son chemisier blanc couvert par les cheveux châtain-bordeaux très longs qui tombaient sur le col comme si elle était une jeune fille. La tante Gininha lui demanda de se resservir, de se resservir copieusement, puis elle lui dit: "Les conditions sont réunies, Milene, et tu peux même nous aider. Ça concerne le problème de la Vieille Fabrique. Et quand notre *roulement** commencera, nous pourrons parler tous les trois jours de la façon dont tu peux nous aider si le Lentiscal ferme. Maintenant nous allons changer de sujet."

"Qu'as-tu fait, Milene, raconte un peu. Comment as-tu passé tes journées ? Tu n'es pas retournée à la Praia Pequena ? Tu ne t'entends plus avec Mar de Prainhas ? Comme c'était bien quand c'était une plage sauvage... Je m'en souviens encore, en 85. Tu étais déjà aussi grande qu'aujourd'hui et pourtant dans mon souvenir tu es beaucoup plus petite. C'était si amusant quand vous sortiez de l'eau tous les trois et que vous m'appeliez... Tu ne manges plus rien ? J'ai fait faire la salade de fruits exprès pour toi. Et puis tu devrais un peu arranger tes cheveux qui sont tout hérissés. Et mettre une robe. Tu ne mets jamais de robe ?" Quand la tante cessait de parler de la carrière du Lentiscal, ce trou creusé dans la terre, ce cratère béant face à l'océan d'où l'oncle tirait l'argent dont il avait besoin, la partie de l'oncle Dom. qui vivait en elle s'évaporait. La tante Gininha était de nouveau la très jolie tante qu'on avait envie de serrer sur son cœur, semblable à la Gininha du *meilleur été de notre vie*, quand elle avait marché sur le sable, main dans la main avec ses deux amoureux.

Et dix ans plus tard, elles étaient là, toutes les deux, très proches, en train de savourer la nuit chaude. Toutes deux enlacées.

En train de bavarder, de soupirer. La tante terminait les répliques syncopées de Milene, elle portait à sa bouche la salade de fruits avec la cuiller à dessert. On entendait du côté de la clôture Bruno José jouer avec les petits voisins. Milene se souvenait du bruit de l'eau le jour où le jardinier l'avait reçue et lui avait dit que sa tante n'était pas là. Mais elle ne parlerait pas de ces jours. Toutes les deux parlaient de plages futures, d'étés qu'elles passeraient ensemble. Ainsi occupées, aucune n'aurait pu remarquer l'entrée de qui que ce soit. Pourtant, c'était concret, c'était vrai, contrairement aux prévisions quelqu'un arrivait. Qui était-ce ?

Dom. Silvestre, traversant le gazon, s'engageait dans l'allée.

Gininha se leva.

Oui, c'était bien lui, le mari de la tante, qui s'avançait de son pas régulier, qui approchait. Un pied sur le dallage, un pied sur l'herbe, il s'avançait vers la terrasse. Cela ne faisait aucun doute. C'était son pantalon clair, ses jambes presque courtes, son ventre un peu gonflé, comprimé par la ceinture, c'était l'oncle Dom., tout entier éclairé par les luminaires au sol. La tante Gininha le regardait, médusée, sans bouger, sans articuler un seul mot, comme si un fil de nylon bien tendu unissait les yeux de la tante à la pointe des souliers de l'oncle, avançant sur le chemin de dalles semées au milieu de l'herbe haute. Comme une avalanche dont on ne verrait qu'une petite partie. Il avançait. La tante s'effondra sur sa chaise. Les restes de nourriture figés dans leur plat, la maison magnifique pétrifiée, l'honneur pétrifié. Les doux yeux de la tante Gininha écarquillés, recouverts d'une fine couche de glace. *Tante ? Tante ?* Alors Milene se leva, attrapa son sac et contourna la maison en courant. Elle traversa le bout de gazon opposé où l'eau de la piscine bleue était paisible et où un paon dormait habituellement à côté d'une petite cascade. Et, franchissant la grille toujours ouverte, Milene disparut de la scène.

8

Milene entra dans sa voiture et ne regarda même pas en arrière. Elle fonça sur la route. Elle ne s'arrêta qu'en apercevant sur la petite table de la grand-mère Regina le téléphone qui l'attendait. Son cœur se mit à battre. Elle composa un numéro, entendit : *If you want to leave a message for Lavínia or João Paulo, please do so after the tone. Thanks. Bye...* Son cœur battit moins fort. "Non, il n'est toujours pas là." Et pourtant elle avait besoin de l'avoir à l'autre bout du fil pour lui faire part d'une pensée triste qui s'était emparée d'elle pendant que sa Clio parcourait la route. Sa petite voiture délabrée semblait vouloir sortir des virages, continuer tout droit, et elle, sans savoir comment, pendant qu'elle redressait le volant, était arrivée à la conclusion que les bons n'étaient pas forts et que les forts n'étaient pas bons, mais tandis qu'il y avait des faibles très méchants, elle n'avait jamais rencontré de très bons qui soient très forts. Mais pourquoi donc ? Qu'est-ce que la bonté avait à voir avec la force ? Les deux se repoussaient-elles mutuellement ? Se repoussaient-elles, João Paulo ? Le bon ne pouvait-il pas être bon et imposer sa bonté ? S'il l'imposait, se mettait-il à pratiquer la méchanceté rien que parce qu'il l'avait imposée ? C'était une pensée qui lui était venue et qui la torturait. D'ailleurs elle connaissait même des exemples qui pouvaient illustrer les différentes catégories, mais pour illustrer un bon, qui serait en même temps très bon et très fort, elle ne trouvait aucun exemple. Voilà ce qu'elle aurait voulu dire à João Paulo s'il avait été là. Mais il n'était pas encore dans sa maison de bois recouverte de tuiles en zinc, là-bas de l'autre côté de l'Atlantique. Il n'était pas encore rentré avec Lavínia de Miami ou d'un autre endroit du même genre. Ils en reviendraient peut-être cette nuit même et il lui téléphonerait. Elle allait s'asseoir et attendre. Elle n'écouterait même aucun disque pour pouvoir soulever le combiné dès la première sonnerie. *João Paulo ? Tu sais, j'ai beaucoup réfléchi. Les bons sont très faibles, les méchants très forts, et les autres sont un peu de tout à la fois. Pour aujourd'hui je ne t'en dis pas plus.*

Nous connaîtrions la vérité deux ans plus tard.

Le carnet d'adresses de Milene se trouvait sur la petite table du téléphone de la grand-mère Regina. La photo de Meryl Streep perchée sur des arbres quand elle était petite fille prise par Lord Snowdown figurait sur la couverture du carnet. De même que les mots *Personal Addresses.* C'était un petit volume qui contenait des annotations tracées dans l'écriture ronde de Milene. Pendant qu'elle attendait que le téléphone sonne, Milene lisait des noms, des numéros et elle les biffait. L'angoisse qu'elle avait rapportée du jardin de la tante Gininha s'atténuait avec la sélection des adresses. Il fallait surtout qu'elle ne se représente plus le moment où elle avait vu Dom. Silvestre surgir et avancer dans l'herbe. Elle en venait même à s'imaginer qu'il avait toujours été là, figé, en attendant le moment d'apparaître. Afin de les surprendre, de les annihiler. Milene gardait le stylo-bille entre ses doigts. *Eh bien, voici un nom qui va disparaître :* ANABELA. Anabela avait son âge, elle était mariée depuis longtemps et elle consacrait tout son temps à ses enfants, comme si sa fonction dans ce monde consistait à conduire des enfants à l'école et à les ramener. Sa vie était un esclavage sans plaisir. Elle la biffa. Et Isabel ? Elle biffa ISABEL et aussi JAIME, des personnes qui ne l'intéressaient plus et qui avaient des activités sérieuses. Qui travaillaient comme des moteurs dans des bureaux du matin au soir. Elle passait les voir, attendait un temps fou et eux avaient toujours la tête baissée, les mains occupées et leurs heures étaient remplies d'un bout à l'autre. Elle les biffa. Et après, LUISA, son ancienne amie. Luisinha, avant, travaillait dans un magasin de disques donnant sur la Marina. Il avait une jolie devanture dans laquelle les yachts se reflétaient au-dessus des disques. C'est de là qu'elle avait rapporté ses meilleurs albums, à en croire la revue *Blitz.* Mais depuis que la boutique avait fermé, Milene n'avait plus de nouvelles de Luisinha. Celle-ci devait avoir un nouvel amoureux et vendre des disques dans un autre magasin. Elle n'avait plus jamais donné signe de vie. Milene la biffa. Et ainsi de suite, elle biffa, biffa. JOANA, PAULA, SARA, VERINHA, des amies de passage. Elle les biffa. D'ailleurs ce qu'elle aurait de mieux à faire, ce serait de biffer aussi les noms de l'oncle et des tantes. Les oublier ainsi que leur proposition de *roulement**. Elle ne les biffait pas parce qu'elle se demandait si elle ne devrait pas attendre que les jours raccourcissent pour voir le résultat du calendrier qui n'avait pas de fin. Elle n'y croyait pas, ne le souhaitait pas. Elle était simplement curieuse. Ensuite, Milene feuilleta plusieurs fois le carnet d'adresses et trouva ce qu'elle cherchait. Sur une des dernières pages, écrit de travers, figurait le nom de Violante.

VIOLANTE.

Ce nom-là, elle ne le bifferait pas.

Violante n'avait même pas encore seize ans, mais c'était comme si elles étaient nées le même jour du mois et qu'elles avaient le même âge. Elles aimaient la même musique et leurs bavardages portaient sur les mêmes sujets. Comme Milene, Violante adorait l'eau et elle parlait aussi avec la mer pendant qu'elle nageait. Elles avaient les mêmes conversations avec la mer : "Viens ! Va… Allez, avance… Celle-là, là-bas, la grande, on s'avance contre elle en se tenant par la main toutes les deux…" Il s'agissait des vagues. Quand le vent du sud-est soufflait pendant deux ou trois jours d'affilée, la mer blanche avait l'air bien menaçante. Toutes deux se prenaient par la main, levaient les bras et, courageuses, cramponnées l'une à l'autre, elles affrontaient les vagues. Les vagues les séparaient, les jetaient à terre. Violante criait : "Ah la salope, quelle tasse j'ai bue !" Toutes deux recrachaient l'eau en riant. Bien unies, toutes les deux se redonnaient la main et entraient de nouveau dans la mer. "On va faire pipi dedans, on va faire pipi dedans…" Puis, exténuées, elles se couchaient dans le sable, elles n'avaient pas besoin de serviettes de bain. Milene avait sa Clio depuis trois ans et leur amitié remontait au jour où Milene avait pris Violante en auto-stop. À l'époque, Violante avait à peine treize ans. Milene avait plus du double, mais pendant l'été elles avaient l'air de deux sœurs jumelles. Ce que l'une détestait, l'autre le détestait. Ce que l'une adorait, l'autre l'adorait. Elles trouvaient même qu'elles se ressemblaient physiquement. Et si pendant l'hiver elles se voyaient moins, c'était seulement parce que Violante étudiait pendant des après-midi entiers, des samedis interminables, les dimanches et les jours de fête, et donc on ne pouvait pas compter sur elle. Et pendant ce dernier été, malheureusement, elles ne s'étaient presque pas parlé.

Sur la Praia Pequena il y avait un bar où Violante avait trouvé un emploi de serveuse de cafés et de Schweppes et elle n'était libre que le matin, trop tôt, ou trop tard, après le coucher du soleil. Milene arrivait vers les onze heures, elle nageait et courait en face, puis venait s'asseoir sur le caillebotis du bar, en attendant que Violante ait un moment de loisir, ce qui n'arrivait jamais. Malgré tout, cette plage était devenue sa préférée et Milene avait abandonné pour elle la côte de Mar de Prainhas. Elle n'y allait plus du tout. C'était justement vers la Praia Pequena qu'elle se dirigeait en ce lundi 18 août, quand lui était venue l'idée de découvrir des preuves du passage de sa grand-mère entre la station-service et le diamant et qu'elle avait inutilement fini par importuner les personnes qui habitaient là, avec tout le bouleversement qui s'était ensuivi. Maintenant on était déjà dans la deuxième moitié du mois de septembre, mais comme le téléphone ne sonnait pas et que ses pensées sur la ligne de partage entre les bons et les méchants étaient retournées là où elles avaient toujours été, Milene avait tout de même décidé d'aller voir Violante.

Pourquoi pas ? Violante était peut-être encore sur la Praia Pequena et toutes deux pourraient aller lutter contre les vagues, sautant, se tenant par la main, se faisant presque arracher leur maillot de bain, se laissant entraîner par les vagues et criant comme elles aimaient tant à le faire. Peut-être. À côté du téléphone, Milene se promit de recommencer à aller voir Violante et le lendemain elle partit dans cette direction, mais en s'approchant elle constata que rien ne serait comme elle avait pensé.

Sur la plage il n'y avait personne. Le sable affouillé avait l'air fatigué. Les vagues se soulevaient sous l'action du vent d'est et comme si elles avaient déjà suffisamment servi les humains, elles étaient retournées à leur existence solitaire d'eau. Les vagues s'élevaient, s'exhibaient, retombaient, obéissaient à une loi ondulatoire, absolue et totalitaire. Elles disparaissaient, n'étaient plus rien, n'étaient plus que de l'eau et de nouveau elles renaissaient, semblables à des gorges hautes d'êtres vivants prisonniers de l'horizontalité. Privées de cette identité, elles se dressaient de nouveau, s'enroulaient, se refermaient, s'étirant comme une plaque d'écume et quand cette muraille d'eau s'abattait sur l'eau qui venait d'être vague, déjà une autre vague approchait. Une autre et encore une autre. Irrésistibles, bruyantes. Les années précédentes, elles les affrontaient toutes les deux comme cela, quand il n'y avait personne. Ce jour-là aussi la plage était déserte. Tout semblait en place pour que toutes deux se jettent à l'eau, Milene sentait déjà l'ondulation les entraîner. Violante était là. Le bar était ouvert. Milene s'approcha. *Violante?* Violante n'était pas là.

Elle ne devait pas être loin. Des bouteilles étaient alignées sur le comptoir en bois. La machine à café était branchée et il y avait du café répandu autour du récipient dans lequel le marc tombait. Des serviettes en papier voletaient sur le caillebotis comme si elles avaient été expulsées exprès par les fentes des boîtes qui les contenaient. Mais à l'intérieur on voyait le sac de Violante et un chapeau de plage pareil à celui de Milene. Elles les avaient achetés ensemble. Une veste en tricot était aussi suspendue à un cintre. Non, elle ne devait pas être loin.

Appelant Violante, Milene fit le tour du bar et l'aperçut.

Non, au début elle ne la vit pas.

Elle vit juste le dos de Violante assise contre quelque chose de plus grand qu'elle, au visage couvert, et sur sa tête à elle une main qui ne lui appartenait pas. D'ailleurs Violante n'était pas assise directement sur le banc, mais sur deux genoux qui en émergeaient, deux longues jambes couvertes d'un jean déchiré à la hauteur des genoux. Sa tête n'était pas levée mais appuyée contre une épaule et couverte par la main qui la soutenait. Les bras de Violante étaient cachés, comme si elle n'en avait pas, et autour, d'autres bras l'enserraient. Le visage de la personne qui la tenait ainsi était penché sur le visage caché de Violante. Deux visages devenus invisibles. Milene pensa que Violante disparaissait dans cette autre personne inconnue. Elle avait envie de dire *Violante?* C'était comme si elle l'avait dit.

La personne qui enserrait ainsi son amie leva la tête et se montra. C'était un garçon. Ses yeux fixèrent un instant le visage de Milene et s'abaissèrent de nouveau sur Violante qui ne pouvait pas la voir. Milene l'appela, cette fois-ci à haute voix. Mais le garçon leva la tête et lui fit signe de se taire. C'était comme s'il lui disait: *"Maintenant que tu nous as découverts, va-t'en, tais-toi..."* La tête du garçon replongea derrière les cheveux de Violante qu'il soulevait dans l'air en de puissants mouvements circulaires. Milene s'imagina qu'il pourrait la tuer.

"Eh ! Eh !"

Que faisait-il donc ? Elle se baissa, ramassa deux galets par terre. Elle voulait jeter les cailloux pour les séparer. Le garçon cacha une partie du visage de Violante, la bouche ou les yeux de Violante, et il dévisagea Milene. Il ne parlait pas, ne bougeait pas, ne demandait rien, il se bornait à regarder, comme s'il voulait maintenir par son immobilité le silence sur le banc qu'il occupait et chasser l'intruse. De sa main libre il indiqua à Milene le chemin qui menait vers le lointain. Loin du banc en bois, du bar, de la plage, des vagues chaudes qui se formaient et se brisaient en face. Loin, très loin, pour que tous deux puissent rester seuls. Voilà ce que le bras du garçon disait.

Milene laissa retomber les galets.

Tchumb, firent les galets en tombant dans le sable. Reculant dans le sable où ses pieds étaient enterrés, elle regardait le couple disparaître, puis le bar, puis la plage. Milene retournait à son lieu sur terre, la villa Regina. Pendant qu'elle conduisait, elle serrait avec force le stylo à bille entre ses doigts, car elle allait s'en servir pour biffer le nom de VIOLANTE de son carnet d'adresses.

Car toutes deux s'étaient promis de ne jamais embrasser un homme de leur vie, même s'il ressemblait à Schwarzenegger. Et Violante avait toujours dit qu'elle pensait comme Milene, que la compagnie des garçons ne l'intéressait absolument pas. Elle ne voulait ni sortir avec eux ni coucher avec eux. Un jour, quand elle serait vieille, elle adopterait des dizaines d'enfants, comme Mia Farrow, et Milene avait été d'accord avec elle. Toutes deux étaient libres, toutes deux allaient voir des films de guerre aux matinées du Metropolitano. Toutes deux détestaient les lèchements d'amour qu'elles appelaient des suceries. Mais maintenant, à cause du travail de Violante et du chambardement autour de la grand-mère Regina, elles s'étaient éloignées l'une de l'autre et quand Milene, de sa propre initiative, revenait pour qu'elles entrent dans les vagues en se tenant la main, elle découvrait Violante pelotonnée sur les genoux d'un garçon, en train de se laisser embrasser. Et lui, d'un bras emprisonnant Violante, lui indiquait de l'autre, à elle, Milene, le chemin menant loin de là, très loin. Elle ne voulait plus voir Violante. Elle biffait son numéro.

C'était chose faite.

Mais cela ne serait pas aussi simple. Il y a des biffures qui ressemblent à des ratures et qui sont soulignées. Il y en a d'autres qui se transforment en rayures définitives.

Quoiqu'il en soit, ces jours-là, la vie de Milene se passait près du téléphone. Le lendemain après-midi, ce fut la tante Angela Margarida qui téléphona. C'était comme si Milene courait d'un rideau à l'autre et que chacun en s'ouvrant lui offrait une bribe d'une pièce de théâtre concernant quelqu'un d'autre et dont elle-même ne ferait jamais partie. La tante Angela Margarida fut assez directe : "Tu sais ce qui se passe ?" Et sans évoquer le fait qu'elle-même avait déguerpi en taxi à l'heure du deuil, elle expliqua pourquoi elle n'avait pas téléphoné ensuite. Elle suivait les affaires de l'oncle Rui Ludovice qu'elle accompagnait pas à pas. Milene n'avait-elle pas écouté les nouvelles par hasard ? Ah, non, elle oubliait que Milene lisait seulement *Blitz* et écoutait de la musique américaine. L'univers pouvait se briser en deux et une moitié se perdre dans l'espace, Milene ne s'apercevrait de rien. C'était la tante Angela Margarida, ironique, qui parlait en allant et venant le long des corridors de la clinique. Alors cela voulait dire que Milene n'était pas encore au courant de ce qui arrivait à l'oncle Rui Ludovice.

Oui, après les articles concernant la triste disparition de la grand-mère Regina, où tous avaient été vilipendés, c'était comme si tout avait commencé à s'abattre sur l'oncle Rui. Tous les jours, de véritables cauchemars paraissaient dans les journaux, impliquant le nom de l'oncle. L'oncle était de fort méchante humeur, il avait besoin d'elle jour et nuit, à cause de ses insomnies. C'était pour cette raison qu'elle ne venait pas à la villa Regina. Donc, elle téléphonait car il fallait qu'elles se voient. Le plus rapidement possible. Il fallait que Milene raconte très exactement où elle était allée et avec qui, qui avait assisté à l'enterrement de la grand-mère Regina et autres détails. Disait la tante Angela Margarida à l'autre bout du fil vers les six heures du soir, en sortant de la clinique des Salines : "Tu m'entends ? Ton oncle devra très bientôt te parler car il se passe quelque chose de bizarre. Dis-moi qui t'a parlé ? Qui t'a abordée ces jours-là ? Qui as-tu rencontré le jour où tu as traversé le champ de graminées jusqu'aux rails ? Réfléchis, Milene, réfléchis à ces jours horribles. Creuse-toi un peu la cervelle..."

Non, elle ne se creuserait plus la cervelle.

C'était décidé. Milene, notre cousine Milene, avait mis de l'essence dans sa voiture, elle avait vérifié la pression des pneus, lavé elle-même les vitres et, s'asseyant, elle avait pris la route disant *Espagne.* Elle était confiante, elle se sentait capable de reconstituer le trajet comme si elle l'avait fait la veille.

Elle le reconstitua. Voilà comment les choses s'étaient passées. Le jour où Antonino voulut la remettre entre les mains de quelqu'un, ils étaient sortis de la propriété de l'Amurada, lui devant, elle derrière, roulant sur la voie rapide jusqu'à la sortie pour Santa Maria de Valmares et là, au lieu de continuer tout droit, il avait pris le chemin de sable entre les pins pignons aux aiguilles clairsemées, descendant en terrain ouvert jusqu'à un lieu où une corde déroulée le long d'une haie de cistes desséchés indiquait une zone d'occupation humaine accélérée. Ensuite avait surgi un grand rideau en plastique, puis ils s'étaient trouvés devant les fondations d'une ville, avec des rangées de baraques entourant la cité future qui n'était encore que cet énorme trou. Ou tout au moins un morceau de ville, avec une pancarte goudronnée où on pouvait lire VILLA CAMARGA. C'est là qu'elle était restée au soleil, pour que le chef de chantier la voie, jusqu'au moment où Antonino était reparu en remontant la pente de l'excavation à quatre pattes, et il lui avait dit quelque chose du genre *Non seulement on ne m'a pas enlevé ma journée, mais en plus on m'a donné l'après-midi...* Antonino Mata était content pour la première fois depuis qu'elle le connaissait. Peut-être la seule fois d'ailleurs, puisque le soir où il l'avait ramenée il faisait trop sombre pour qu'on distingue ses traits. Elle se souvenait seulement de l'étoffe de sa chemise qui brillait pendant qu'il lui posait des questions embarrassantes à cause du calendrier perpétuel. En tout cas, le seul moment agréable fut celui où il lui avait dit quelque chose du genre *Le diable doit être en train de faire une longue sieste. Cet homme a écrit* deuil *sur la feuille de service et tout à coup j'ai eu l'après-midi libre...* Et pendant qu'elle retraçait tout cela mentalement, Milene avait fermé sa voiture et se dirigeait vers le bord de l'excavation au fond de laquelle s'élevaient des plates-formes de ciment vissées à des tiges d'acier.

Mais au lieu de rester debout, comme le premier jour, Milene s'était assise au bord du cratère, jambes se balançant dans le vide, regardant les excavatrices immobiles, les machines électriques qui martelaient la terre avec des tremblements saccadés. Elle aimait regarder, écouter. Les bétonnières qui tournaient, les moteurs qui produisaient des bruits discontinus déchirant l'air. Les nombreux hommes jeunes coiffés de casques jaunes. La silhouette dégingandée d'Antonino devait se trouver sous l'un d'eux, avec sa chemise ouverte dont les pans voletaient de part et d'autre. Elle se mit à manger un sandwich qu'elle avait apporté, elle les regardait, un à un, ces trente et quelques garçons qui s'activaient en bas. Mais à première vue, aucun n'était Antonino, l'homme agité. D'ailleurs, la masse couleur de cendre des fondations avait considérablement augmenté, mais sur le terrain tout semblait se passer très lentement. Les mouvements de ces gens nonchalants, s'attendant les uns les autres, mains sur les hanches, comme si chacun passait son temps à surveiller son voisin. Seules les machines semblaient les agiter, comme si le courant électrique passait immédiatement dans leur circulation sanguine. Les bras des grues étaient eux aussi très lents, ils ne bougeaient pas ou alors ils bougeaient très lentement comme des oiseaux ivres, déposant des contreforts et des barres devant les ouvriers qui les attendaient. En tout cas, aucun ne correspondait à la silhouette d'Antonino. Lui, même s'il bougeait pour rien, irait d'un côté à l'autre, s'agiterait. À première vue, il n'y avait personne de ce genre, là en bas. Entre-temps une de ces hautes machines qui tendaient leurs bras au-dessus du chantier avait commencé à déplacer son aiguille d'un côté à l'autre et elle se souvint qu'Antonino lui avait dit simplement, à cette heure de midi où il voulait à toute force se débarrasser d'elle, *le diable doit être en train de dormir...* Il avait dit aussi *aujourd'hui, sans vous je serais là-haut...* Était-ce lui qui se trouvait dans une de ces cabines de verre ?

Milene s'était levée et avait commencé à marcher au bord de l'excavation, jusqu'à avoir la certitude que c'était bien lui, Antonino Mata, qui était là-haut, en train de faire tourner un de ces bras. Oui, c'était bien lui. Et si le bras bougeait si lentement, n'était-ce pas parce qu'il l'avait aperçue ? Elle ? Et l'ayant aperçue, ne comprenait-il pas combien elle était heureuse de le voir là-haut ? Non pas parce qu'il était là-haut, mais parce qu'elle se souvenait de la façon dont il avait dit *aujourd'hui, sans vous, je serais là-haut*... Ce qu'elle trouvait bizarre, toutefois, c'est qu'une personne aussi agitée aime s'occuper d'une mécanique aussi lente. Milene jeta le reste de son sandwich encore enroulé dans la serviette au fond d'un repli de la palissade. Car maintenant elle ne quitterait plus des yeux cette cabine là-haut, jusqu'à ce que quelque chose arrive.

Et Milene s'était rassise au bord du cratère, elle n'avait pas l'intention de s'éloigner de là tant que cette espèce de poulie ne s'arrêterait pas. Elle n'avait aucune idée de comment on descendait de la caisse suspendue à la flèche et elle ne la quittait pas des yeux. Elle était venue sur ce chantier encore dans sa phase de trou dans la terre uniquement pour le regarder s'agiter là-bas au fond, mais elle n'aurait jamais imaginé qu'il puisse se trouver tout en haut de cet engin appelé Liebherr et qui ressemblait à un bras attaché à une jambe. Et elle était restée à le regarder, suspendu au milieu de cette mécanique jusqu'à ce qu'il soit finalement midi passé, quand elle remarqua qu'Antonino s'extirpait de la cage de verre et commençait à descendre, un pied ici, une main là, accroché par les doigts, par les bras, descendant à une vitesse incroyable jusque par terre. Milene eut envie de l'appeler : "Eh, vous, là-bas, regardez-moi. C'est moi qui vous ai regardé de là-haut..."

Mais l'avait-il remarquée ?

Non, il ne l'avait pas remarquée. Au lieu d'escalader la pente qui menait vers elle, Antonino avait grimpé du côté opposé où il y avait des espèces de terrasses appuyées à la falaise et il ne s'était même pas dirigé vers son véhicule. Un petit groupe de gens entourait une longue voiture jaune, une vieille bagnole américaine, une Pontiac ou quelque chose qui y ressemblait, et à peine Antonino était-il entré par une des portières cabossées, qu'ils disparurent dans une espèce de rodéo en faisant des embardées de gauche à droite, tombant dans des fondrières, cahotant et soulevant de la poussière. Il disparut. Milene pensait que s'il l'avait vue, il lui aurait au moins fait un signe de la main, étant donné que ce n'était même pas lui qui conduisait la vieille bagnole américaine. Elle le croyait. De là-haut, de si haut, il ne l'avait pas aperçue.

"Ce bigleux ne m'a pas vue, hein?" avait-elle dit en le voyant disparaître dans la bagnole cahotante. "Cet idiot est parti et il n'a même pas regardé de ce côté-ci. Il ne m'a pas vue..."

Mais il l'avait bien vue.

Milene en eut la preuve en fin d'après-midi. Elle écoutait des disques et baissa le son. La Mitsubishi d'Antonino Mata avait surgi du côté du croisement avec le Miramar, elle était montée, elle avait tourné et était restée en face de la villa Regina quelque temps, comme si elle allait se garer, puis elle était repartie sur la route en pente, des grains de sable crissant sous les roues, emportant avec elle le visage basané de son conducteur. Milene n'avait plus remonté le niveau de la musique dans l'espoir d'entendre les roues. Qu'est-ce que cela voulait dire? Comment cela s'appelait-il?

Un jeu sans règles s'était instauré. Une chose ténue, suspendue à un fil, un jeu où il n'y avait ni perdant ni gagnant.

Pendant quelques jours, on ne sait pas exactement combien, Milene, de sa propre initiative, alla s'asseoir au bord de l'excavation de l'hôtel Camarga pour regarder Antonino manœuvrer la grue. Antonino partait à l'heure du déjeuner dans la vieille Pontiac jaune toute cabossée qui vrombissait et soulevait de la poussière avec dedans encore quatre ou cinq passagers, dont aucun ne la regardait. À la tombée de la nuit les rôles s'inversaient. Antonino passait très lentement en voiture devant la villa Regina, comme s'il surveillait la maison. Elle savait qu'il passait, elle le voyait à travers les vitres, mais elle ne se manifestait pas, comme si elle ne reconnaissait pas la fourgonnette. C'était parfait. Pour reprendre une expression propre à certaines personnes de notre famille, ils auraient pu continuer ainsi jusqu'à la fin des temps.

9

Pendant ce temps-là, dans la *Fabrique de conserves Leandro 1908*, Ana Mata s'était blottie près du lit de ses rivières, à l'endroit même où elles se rejoignaient pour former un fleuve compact. Perchée sur son fauteuil, elle assistait au mouvement des eaux depuis l'arrivée des premières crues du matin, avec leur reflux, leur flux et leur débordement sur les berges, jusqu'à l'évaporation des petites îles qui se formaient à la marée descendante, au fur et à mesure que les eaux disparaissaient entre les dalles.

Les rivières d'Ana Mata étaient prévisibles. Elles sentaient meilleur à l'heure de la douche et Ana Mata réussissait à identifier qui se trouvait dessous au parfum de la mousse de savon charriée par les eaux tumultueuses. Elle les différenciait très bien. Dans ses rivières coulaient les savonnettes Palmolive, Lux, Nivea, Mousse royale, aucune senteur ne ressemblait à l'autre même s'il était impossible de reconnaître les fleurs qui leur donnaient leur arôme. Des violettes ? Des roses ? De la cannelle ? Des mélanges, des odeurs de foin, des fragrances croisées, des senteurs agréables. Mais lorsque quelqu'un laissait couler dans le lavabo des substances indues au lieu de les transporter dans des seaux loin de la cuisine, là-bas dans la zone où jadis fermentait le guano, alors les rivières d'Ana Mata pouvaient sentir très mauvais, et soudain ce qui était normalement un cours d'eau coulant sur une surface plane, avec le vaste ciel au-dessus, tout cela était réduit en un clin d'œil à un ruisseau qu'elle ne pouvait qualifier, au milieu de ses idées les plus tristes, que par le mot égout. Alors les rivières d'Ana Mata pouvaient empester la graisse rance, acide, ou une odeur douceâtre, vénéneuse, de bœuf pourri. Elle craignait que cela n'arrive justement cet après-midi-là, car une de ses filles avait versé dans le cours d'eau un seau d'eau grasse provenant du lavage de la viande et à présent personne ne se dénonçait. Elle ne le disait pas tout haut par respect pour ses filles, mais en son for intérieur, à son grand regret, elle les traitait de menteuses, de spécialistes du mensonge.

Mais elle ne le dirait pas, pensait-elle dans sa langue.

Ana Mata savait très bien que ses filles étaient dévoyées. Toutes les trois, très raides, très grosses, avaient choisi cette journée de samedi pour préparer de la *cachupa* et offrir une fête aux amis du Bairro dos Espelhos pour célébrer le programme de télévision où Janina Mata allait se produire, l'héritier des voix masculines de sa famille. Et elles avaient raison. Depuis toujours, bien avant d'avoir quitté Ribeirinho da Praia, pendant le voyage qu'elle avait fait le long de la côte de l'Afrique, elle savait déjà que chacun doit partager le bien qui lui échoit, sous peine de mériter le mal qui pourrait survenir. Elle l'avait dit et répété à ses filles et celles-ci avaient assimilé la leçon. Mais maintenant, au lieu d'offrir la joie qui frappait à leur porte, accompagnée d'un repas modeste et garder ainsi l'argent excédentaire, elles s'étaient lancées dans la préparation de mets plantureux, pour bien montrer qu'elles étaient mères de chanteur. Et là elles avaient tort.

En fait la *cachupa* que sa fille Felícia préparait depuis le matin comportait du bœuf, du poulet, du bacon, du jambon, de la galantine, des viandes fumées et toutes les sortes de saucisses existant au Portugal, ce qui était un gaspillage bien honteux. Entre ses mains à elle, ces mêmes victuailles suffiraient à faire cinq *cachupas* ordinaires et à rassasier une centaine de personnes et non pas vingt. Cependant, ses filles, dans leur désir de se donner de l'importance en jetant dans la marmite tous ces ingrédients, non seulement volaient la viande à qui en avait besoin, mais en plus elles cuisinaient un salmigondis impossible à avaler. Elle, Ana Mata, qui connaissait de vrais flux comme ceux de Cacheu et Mansoa, elle en tout cas n'avalerait pas ça. Pouah, pouah… faisait-elle en crachant. Elle jurait, par Dieu et par ses trois petites rivières, qu'elle ne mangerait que la part du maïs qu'elle-même avait pilé. Heureusement que son petit-fils Domingos était un homme bon. Trois ans plus tôt, il lui avait fabriqué un pilon et un mortier en bois d'eucalyptus si bien fait qu'il n'y en avait pas de pareil. Ses amies, les pauvres, n'avaient pas de pilon de bois, leurs fils et leurs petits-fils leur offraient des pilons et des mortiers en ciment, et elles devaient s'en contenter. Les pilons en ciment n'ont aucune douceur dans la frappe, ils cassent le mil en deux ou le fractionnent en petits bouts. Elle pas, elle pilait, pilait, tuntum, tantam, et seulement le son et le duvet sortaient de chaque grain de maïs, comme il se devait. Chaque grain restait entier au fond du mortier, rond et lisse comme une perle étincelante. Un vrai pilon. Voilà pourquoi son maïs était si précieux. Ses mains soigneuses l'avaient pilé ici, à côté des rivières. Et penser de nouveau que ses filles, toutes autant qu'elles étaient, et qui s'entendaient comme larrons en foire, avaient acheté un énorme sac de viandes qu'elles avaient toutes déversées dans une seule marmite et, comme si ça ne suffisait pas, elles avaient jeté dans l'évier la graisse qu'elles avaient écumée et maintenant aucune ne s'accusait. Ni Germana, ni Dilecta. Et encore moins Felícia. Toutes des menteuses, pensait de nouveau Ana Mata, mais elle ne le disait pas. Car plus ses filles cuisinaient de bons plats, plus elles mentaient. Alors quel bienfait pouvait bien apporter la richesse de la nourriture ? Vous pouvez me le dire ? pensait Ana Mata dans sa langue, accroupie devant les rivières. Le chignon enroulé en haut de la nuque. Soudain elle releva la tête.

"Domingos, apporte-moi un bâton, mon petit-fils, je voudrais pousser cette cochonnerie de graisse un peu plus bas..."

Avait-elle dit de nouveau. Mais c'était inutile. Domingos ne répondrait pas. Tant Domingos qu'Antonino étaient sur le toit de la fabrique en train de braquer vers le ciel une antenne parabolique. Ana Mata, qui n'était pas au courant, insistait : "Antonino ! Apporte-moi une branche, un bout de roseau, pour voir si je peux pousser ça plus loin, mon petit-fils..."

Ana Mata ne se rendait pas compte. Elle était trop attentive à ce qui se passait à ses pieds pour remarquer que tous s'étaient agglutinés devant la cuisine pour regarder en direction des tuiles où les deux petits-fils aidés d'un troisième larron soutenaient une rondelle blanche, la corolle en plastique d'une fleur géante. L'antenne n'était pas encore complètement attachée au toit, mais pour ceux qui la regardaient, c'était comme si l'univers entier s'y concentrait, rien que parce qu'elle était tournée vers l'espace infini. Non, Ana Mata ne s'était aperçue de rien, préoccupée par la graisse qui obstruait le fleuve, pensant pendant tout l'après-midi au bout de bois avec lequel elle repousserait la répugnante masse jaune et ronde qui s'était accumulée là. Rien. Vous ne voyez pas qu'ils ne vous entendent pas, mère ? Vous ne voyez pas, vous ne savez pas ? Vous n'êtes pas de ce monde ?

Alors sa fille Felícia expliqua en parlant très fort pour que sa mère l'entende. Felícia était agacée : "Levez-vous de cette *cautcha*, ma mère, et venez voir ce qui se passe. Vous ne voyez pas qu'ils sont en train de relier notre maison aux satellites qui se promènent dans l'espace ? Vous ne voyez pas ? Maintenant nous aurons trois appareils de télévision, le plus grand pourra capter plus de trois cents canaux en même temps. Vous savez combien ça fait de canaux, trois cents ? Cent, plus cent, plus cent... Vous avez entendu ce que j'ai dit ?"

Ana Mata tourna la tête et vit : sous l'appentis il y avait un nouvel écran, grand comme une porte couchée. Ça semblait incroyable. Trois téléviseurs, trois cents canaux. Elle savait très bien combien ça faisait trois cents. Mais comme chaque personne n'en est qu'une, le chiffre de trois cents de quoi que ce soit est bien trop grand pour une seule personne. Trois cents ? pensait-elle, et elle-même se sentait de trop, pendant qu'elle pensait, debout, en surveillant les rivières. Pendant ce temps, suivis du technicien des paraboles, les petits-fils d'Ana Mata descendaient du toit où la coupole de la taille d'un parasol de plage était braquée vers le ciel du soir. Trois cents. Et cet objet servirait-il à mieux voir Janina ? À mieux entendre sa belle voix ? Entre-temps, Ana Mata apprendrait qu'elle n'aurait pas de réponse à ses questions de sitôt, car l'antenne ne fonctionnerait que plus tard. Ce ne serait pas encore ce soir que les satellites seraient étrennés. Ils le seraient plus tard. Non, il n'était pas nécessaire d'en dire beaucoup plus, Ana Mata comprenait tout. Elle comprenait que sa fille Felícia voulait juste que les gens du Bairro dos Espelhos qui viendraient là voient l'antenne parabolique installée sur le toit, proclamant leur ascension sociale. En attendant, Ana Mata n'avait ni bout de bois ni roseau pour faire avancer la graisse figée plus loin, et elle n'avait pas non plus le pouvoir de dénoncer les intentions cachées qui couvaient dans cette cour. Elle n'avait aucun pouvoir. C'est ça, ses filles, grosses, menteuses, prétentieuses, étaient bouffies de vanité. Puisqu'il en était ainsi, elle irait elle-même chercher une fourchette en bois pour pousser les eaux stagnantes de son fleuve. Elle ne demanderait plus rien à personne. C'était avec Domingos et Antonino qu'elle s'entendait le moins mal. Ses petits-fils descendaient du toit.

"Que faites-vous, grand-mère ?"
"Rien, mon petit Domingos, je chasse un peu de merde qui obstrue mon fleuve."
"Vraiment ?"

Elle réussissait encore à leur sourire. Leur tournant le dos, remuant le ruisseau, suscitant des rapides, des écluses, des ensablements, des dragages, des tempêtes fluviales pour que le courant passe sans cette puanteur de décomposition animale, elle nettoyait et dépolluait et eux n'y voyaient pas d'inconvénient sauf que l'opération prenait trop de temps, trouvait Felícia. Ana Mata pouvait désobstruer, certes, mais il fallait qu'elle soit obéissante, il fallait surtout qu'elle se dépêche car d'un instant à l'autre les gens du Bairro dos Espelhos allaient arriver et cela ne faisait pas bon effet de voir une femme gratter dans la cour en position de moustique en une heure de fête. Les tables étaient séparées pour accroître la capacité de la cour. La *cachupa* serait servie dans une marmite. On entendait des voitures à l'extérieur, les deux chiens jappaient d'amour envers chaque arrivant. Et il y avait des gens qui venaient à pied, portant leur propre chaise sur la tête. Ils se dépêchaient. Janina se produirait bientôt, vers sept heures trente, bien que la chanson soit déjà enregistrée. Mais l'était-elle vraiment ? Les personnes à pied entraient. Felícia Mata allait téléphoner à Janina lui-même pour s'informer.

Elle s'informa et cria au milieu de la cour du diamant : "Écoutez, c'est déjà enregistré et ça s'est très bien passé. Il ne reste plus qu'à regarder..."

Ravie, elle téléphona en parlant plus fort : "Janina ? C'est de nouveau moi, ta mère. C'est juste pour te dire que les habitants du Bairro dos Espelhos vont venir ici en force. Tes premiers amis de cœur. N'oublie jamais, mon fils... Tu auras beau paraître par satellite partout dans le monde, n'oublie jamais que tu es né trois fois. Tu m'as bien entendue ? La première fois à Ribeirinho, là-bas à Santiago. La deuxième fois, dans le Bairro dos Espelhos, tu avais huit ans et demi. Et maintenant mon fils, tu m'entends bien, la troisième et dernière fois, il y a cinq ans, tu en avais treize, ici, dans ta maison de la *Fabrique de conserves Leandro 1908*. Tu t'en souviendras ?" Felícia s'était pomponnée, elle portait une robe de soie avec un volant autour du cou, un bracelet en argent, elle avait le téléphone à l'oreille. Les habitants du Bairro dos Espelhos arrivaient effectivement en masse. "Que dis-tu, Janina ? Ah là là… Tu es né maintenant mille fois… Là tu dis n'importe quoi. Tu es né seulement les fois où il est important de naître. Je t'ai dit combien. Ciao. Bisou. Tout le monde est arrivé pour t'entendre chanter…"

Mais Felícia Mata n'avait pas encore rangé le téléphone quand elle se rappela soudain une certaine personne qu'elle n'avait pas invitée et elle se rendait compte de cet oubli seulement maintenant. Ses fils s'agitaient de-ci de-là, déjà tous habillés et prêts, les tables étaient mises et Felícia était fâchée contre elle-même. Téléphone au poing : "Dona Milene ? Oui, c'est moi, ma petite. Écoute, c'est la fête de Janina aujourd'hui. Vous ne voulez pas venir ? Viens donc et apporte-nous ta gaieté. Nous t'attendons. Il ne manque plus que toi. Ne sois pas timide, viens. Tout le monde sait que vous êtes propriétaire du cinquième de cette maison. Viens, viens donc…" Et sans encore adresser la parole aux nouveaux venus, Felícia posa les yeux sur Antonino qui traînait par là et elle l'appela : "Antonino, toi qui as l'habitude d'accompagner cette limace, va donc là-bas la chercher, elle est très timide, elle est tout à fait capable de ne pas venir ou d'arriver très en retard et de ne pas voir Janina. Vas-y. Je sais bien que tu es habillé et parfumé, mais il n'est pas indispensable de puer pour aller chercher la fille blanche, bon sang…"

Après seulement Felícia Mata s'abandonna aux baisers et aux embrassades et elle fit apporter l'énorme marmite, avec une bougie allumée en dessous pour que la nourriture reste bien chaude. Les choses pouvaient aller mal ailleurs dans le monde, mais ici au moins, tous étaient en paix et contents. Elle était d'ailleurs convaincue qu'un jour le satellite, au lieu d'apporter les paroles des autres dans sa cour, pourrait fonctionner en sens contraire, c'est-à-dire transmettre au monde les conversations qui avaient lieu dans sa cour, pour montrer aux autres comment on peut vivre dans la paix et la joie. Surtout grâce à Janina, quand il reviendrait se reposer des tournées qui ne manqueraient pas de survenir. Oui, ma petite, en attendant gros bisous. Alors, Antonino ?

Antonino n'avait pas le choix. Il prit sa voiture.

Il traversa le croisement de l'hôtel Miramar, prit la route des Brisas et fit demi-tour devant la villa Regina. Il n'y avait pas à s'en étonner. Le fils de Felícia Mata procédait en plein après-midi comme il le faisait à la tombée de la nuit, avançant silencieusement comme s'il venait enquêter sur un acte suspect. De nouveau il avait amené ses enfants. En cet instant, Emanuel, Cirino et Quirino, assis sur la banquette arrière, jouaient à se vaporiser avec un flacon de Havana. Énervé, Antonino leur arracha le flacon des mains et le posa sur le tableau de bord, l'intérieur de la fourgonnette empestait le parfum. Quand Milene approcha, Antonino enleva ses lunettes, arrêta la musique et dit avec sévérité : "Vous allez me suivre avec votre propre voiture. D'accord ? Après il se fera tard et je ne pourrai pas vous raccompagner. Personne, probablement, ne pourra vous raccompagner. Vous comprenez ?" Puis il mit le flacon dans la boîte à gants et au lieu de lui parler poliment, de lui expliquer pourquoi il venait tous les jours par ici, au lieu de faire allusion aux longues heures qu'elle passait devant les fondations de l'hôtel Camarga pour le regarder monter et descendre, au lieu de lui raconter de quelle façon et dans quelles conditions il grimpait là-haut, car il ne le faisait pas tous les jours, et de lui expliquer pourquoi il ne la regardait jamais quand il redescendait, Antonino venait la chercher et lui disait seulement : "Dépêchez-vous, il se fait tard. Quand on veut vraiment une chose, tout va de travers..." Il parlait, penché à la fenêtre, très parfumé, dans une chemise blanche, sans lui expliquer pourquoi il feignait de ne pas la voir quand il était aux commandes de la machine et après, quand il redescendait à terre, pourquoi il déguerpissait avec ses copains dans la Pontiac jaune sans lui adresser la parole. Au lieu de lui donner cette explication qui n'aurait pas pris plus d'une seconde, Antonino lui disait seulement : "Alors, on y va..." Ultra-pressé, comme si dès qu'il la voyait, elle appuyait sur le muscle chargé de le faire détaler ailleurs. Milene était vexée. Y avait-il deux Antonino ? L'Antonino qui passait tous les soirs très lentement devant la villa Regina était-il par hasard le même que celui qui lui criait avec impatience *Alors, on y va, on y va,* comme si elle était un objet auquel on donne des ordres ?

Oui, ils se mirent en route, elle devant, lui derrière. Quand ils arrivèrent près des palmiers, il fit descendre les enfants et annonça :

"Il y a trop de monde là-dedans. Je n'aime pas quand il y a trop de gens. Et puis j'ai déjà entendu Janina si souvent que j'en suis écœuré. Je vais juste rentrer les enfants et je file. Bon après-midi…"

Mais la cour n'était pas si pleine que cela. Ou tout au moins elle ne paraissait pas remplie. Tous les présents étaient assis autour des tables comme dans un café, la grosse marmite de *cachupa* avait sa bougie en dessous, et sur le toit la grande fleur en plastique envoyait des signaux aux auditeurs dans l'espace comme un central téléphonique. Felícia avait réservé à Milene une bonne place, tout près des trois téléviseurs, tous syntonisés sur le canal où Janina se produirait. Felícia était exubérante parce que la petite-fille de la propriétaire était arrivée. Oui, c'était elle en personne, dona Milene, elle aussi propriétaire. Qui ne la connaissait pas ? On goûtait déjà à la *cachupa*, bien qu'il ait été convenu que dès que Janina paraîtrait, ce qui était imminent, plus personne ne toucherait à sa fourchette. Ça y était. Janina allait paraître. Le groupe s'immobilisa. Debout, Felícia poussa un dernier gémissement entre ses mains, puis se tut. Tous se turent. Et, multiplié par trois, Janina apparut.

Il apparut et pendant deux minutes et demie sa figure s'afficha sur les trois téléviseurs dans la cour. Elle s'afficha sur les murs, emplit les portes, les vêtements, les tuiles, les palmiers, la terre tout autour, Mar de Prainhas, la côte, le vent de sud-ouest du golfe lui-même devait charrier des fragments de cette voix. Les regards extatiques de tous étaient fixés sur Janina. C'était la première fois que Milene le voyait et l'entendait et elle aussi était éblouie. Antonino Mata, qui finalement n'était pas parti, se montrait lui aussi fier de son frère. Quand ce fut fini, Felícia s'exclama : "Mon Dieu, mes sœurettes, je suis aveugle ! J'ai tellement vu que je n'ai rien pu entendre… Et vous autres ?"

En fait tout avait été si rapide que certains n'avaient pas réussi à voir et d'autres pas réussi à entendre. D'autres encore assistaient à la représentation et voyaient le spectacle précédent, celui qui avait eu lieu au Coliseu. Mais quelle importance ? Quand le chanteur suivant apparut, reproduit lui aussi trois fois par les trois téléviseurs, chantant sur la même scène où devait se poursuivre le spectacle de Janina des paroles sirupeuses qui donnaient la nausée, les habitants du Bairro dos Espelhos se précipitèrent sur la *cachupa* plantureuse et entonnèrent en chœur : *Tapissant la mer, tapissant la mer avec mon mouchoir…* Les trois téléviseurs furent débranchés, trois fois. Et c'est ainsi qu'avait commencé la nuit du samedi, par une fête en l'honneur de Janina. Seule la gaieté régnait. À l'intérieur du diamant il n'y avait place que pour la joie. Ana Mata continuait à être la seule exception.

Assise dans le fauteuil qu'elle-même avait traîné du lit des rivières, la grand-mère Ana Mata ne bougeait pas, contrairement à tous. Bras arqués, dans sa position de moustique. Ses petits yeux étaient humides. Felícia demanda : "Pourquoi pleurnichez-vous, ma mère ? Pourquoi ne bougez-vous pas de là ?" Ana Mata ne répondit pas. Antonino qui finalement était toujours là, harcelé par les enfants, lui demanda aussi : "Dites, grand-mère. Qu'est-ce qui se passe ?" Les amis du Bairro dos Espelhos qui avaient abandonné leurs assiettes s'approchèrent. Sa vieille compatriote de l'île, qui était venue elle aussi en portant une chaise sur le dos, se pencha vers son amie sans comprendre : "Tu es malheureuse, Ana Mata ? Raconte…"

Personne ne comprenait la raison de la tristesse d'Ana Mata, à un moment où son petit-fils Janina faisait honneur à son peuple. La fille de sa compatriote, la corpulente matrone, se mit à danser le tube de Janina pour dérider Ana Mata, comme elle l'avait fait plusieurs mois auparavant dans le Bairro dos Espelhos : *Et je me mettrai à blesser, je me mettrai à tuer, si mon mouchoir n'arrive pas…* Ouh ! Ouh ! La matrone imitait la voix de fausset de Janina au moment où il dépassait Terence Trent d'Arby dans son hurlement aigu de loup. Vous entendez ? Pourquoi Ana Mata larmoyait-elle au milieu de toute cette joie ? Pourquoi voulait-elle rentrer si tôt dans sa maisonnette grise, alors qu'il n'était encore que onze heures du soir et qu'on avait la nuit devant soi pour rire, bavarder, et manger ? L'équipement de Domingos à plein volume ? Felícia était ulcérée : "Laissez-la passer, elle pleure parce que la fourchette en bois qu'elle a volée dans la cuisine ne suffit pas à dégager ses rivières…" Et elle appela Antonino, qui était toujours là, qui n'était pas encore parti, qui fumait en se promenant d'un côté et de l'autre : "Antonino, raccompagne ta grand-mère chez elle, elle pleure tellement qu'elle ne voit pas où elle met les pieds…"

Oui, c'était un fait, Antonino Mata était toujours là.

Milene avait commencé à dire au revoir. Tout le monde était ravi de sa présence, on s'enquérait de sa famille, on échangeait des impressions sur la tragédie survenue en août. Tous la reconnaissaient, surtout Flora. Elle était au courant de tous les détails, elle connaissait bien l'endroit où les faits avaient eu lieu. Tout était si concentré, si prêt à se transformer en film. Oui, dona Milene était vraiment de la famille Leandro, ça se voyait de loin à cause de ses paupières hautes. Bisous, je vous embrasse. Visage contre visage, joue contre joue. Va, retourne dans ta maison où on raconte que tu vis seule avec une bonne. C'est vrai ça?

Mais avant de la laisser partir, Felícia, dans sa robe de soie brillante, fut prise du désir d'expliquer avec prolixité la raison des baisers répétés qu'elle donnait à sa propriétaire. Une main sur l'épaule de Milene, elle déclara que dona Milene et elle s'embrassaient sans façon parce que dans la famille Mata il était naturel d'embrasser des personnes de toutes les couleurs, à la suite de la leçon de Jamila Mata. C'était très simple. Les Mata étaient comme ça depuis toujours. Ou du moins depuis le scandale qui était arrivé à la bisaïeule Jamila, qui avait été trompée par le Normand, d'où il se faisait que certains d'entre eux avaient des taches de rousseur sur la bouche et les yeux verts, comme elle-même. Ce scandale n'avait pas été une bonne chose, mais de ce malheur ils avaient tiré une grande leçon. La leçon de Jamila.

Quelle était donc cette leçon?

Il commençait à se faire tard. Felícia Mata rit de plaisir au milieu de la cour: "Vous ne savez pas? Vous n'avez jamais entendu parler de mes ancêtres? J'ai du mal à le croire..."

Non, personne ne savait. Et si les habitants du Bairro dos Espelhos n'étaient pas au courant, dona Milene l'était encore moins. La nuit était si agréable, Felícia racontait si vite, elle n'avait plus qu'à débiter son histoire. Alors très brièvement: dans leur vie à eux, les Mata, il y avait eu un Français énorme, aux yeux clairs et aux cheveux presque blancs, qui était un traître. Ce Français était arrivé sur la côte tout esquinté, après que le navire sur lequel il avait voyagé s'était fracassé devant la barre. Un cargo en mille morceaux juste devant Cidade da Praia et un seul survivant, un moribond, sur le point de trépasser. Qui aurait pu sauver ce ballot humain que les vagues apportaient et remportaient ? Le mieux était de lui donner l'extrême-onction. Sauf que ce jour-là une toute jeune fille se promenait sur la plage, elle l'avait recueilli et soigné avec le plus grand dévouement, lui avait rendu la vie, et lui, à peine rétabli, pour la remercier lui avait fait un enfant. Une jeune fille, Jamila, la grand-mère d'Ana Mata. Et quand il fut rétabli et que l'arrière-grand-mère fut enceinte, le Normand, au lieu d'emmener Jamila Mata avec lui, était monté à bord d'un bateau en partance pour les îles Caraïbes avec une touffe de noix de coco sous le bras et une guenon sur l'épaule. Tous savaient comment ça c'était passé. Jamila Mata, sur le quai de Cidade da Praia, enceinte jusqu'aux yeux, regardait son amant partir sur le brigantin, emportant avec lui une guenon pour se distraire. L'arrière-grand-mère Jamila Mata abandonnée, trahie. "Vous trouvez ça excusable, vous ?" demanda Felícia d'une voix grave.

Mais ç'avait été à cause de cette scène navrante, Jamila pleurant et le Normand lui faisant signe avec l'animal sur l'épaule, que tous les descendants de Jamila avaient appris leur leçon. Leçon de traîne-savates aux pieds crevassés, mais tous des hommes rudes, les Mata. Heureusement qu'ils avaient souffert de la trahison du Normand, heureusement, disait Felícia au milieu de la cour. La grande leçon ainsi apprise se résumait à une sentence simple, une petite phrase qui organisait le monde comme aucune autre. Même dans la Bible on ne trouvait pas une page aussi édifiante. Ça semblait une polissonnerie, mais ça n'en était pas une. Felícia déclamait comme si la leçon de Jamila était un psaume : *"Question plumard et artiche, les blancs avec les blancs, les noirs avec les noirs, les pauvres avec les pauvres, les riches avec les riches... Les singes ? Eux, tout seuls, sur la plus haute branche..."* Tous rirent et eurent des doutes. Ils avaient des doutes ? Alors comment expliquaient-ils le succès de Janina ? Le succès que signifiait vivre dans cette maison, avec de l'eau et de la lumière partout ? Le fait que les Mata étaient bien reçus par tous ? Ça s'expliquait par la leçon de Jamila transmise de mère en fille et de père en fils. Tous les Mata pensaient ainsi et agissaient ainsi. Partout où passaient les Mata, c'était la tranquillité. Ils inspiraient confiance. Toujours bien avec tout le monde, amis de tous, sans prétention. Car quelqu'un qui n'aspire pas à monter en grade ne déclenche pas de conflits, ni chez lui ni chez les autres. On est tranquille !

Voilà pourquoi elle pouvait embrasser sa propriétaire tout à son aise, comme chacun pouvait voir. Elle aimait bien sa propriétaire, personne ne lui avait fait les ongles comme elle. Et pas la moindre contagion. Les baisers avec les baisers. Les embrassades avec les embrassades. Les habitants du Bairro dos Espelhos riaient et les regardaient. Maintenant va, tu peux partir, tu es à l'aise avec les Mata. Nous ne risquons pas de pécher par orgueil, nous voulons simplement être ce que nous sommes. Au lit, le noir avec la noire, le blanc avec la blanche, le métis avec la métisse et ainsi de suite. La grande tranquillité. Ah, si Mandela avait pensé comme nous, il n'aurait pas passé sa vie en prison. Car pourquoi y rester si longtemps ? Cet homme a-t-il remédié à quoi que ce soit ? Le monde n'est-il pas pareil ? Demandait Felícia Mata dans sa robe en soie toute brillante. Mais quand on a l'assurance que les uns couchent d'un côté et les autres de l'autre sans se gêner, tout le monde peut être ami et s'embrasser mutuellement sans le moindre problème. Tout le monde peut travailler ensemble et même vivre ensemble. Tous frères.

"Antonino, mon fils ? Tu es encore là ? As-tu ramené ta grand-mère chez elle ? As-tu remis sa *cautcha* à sa place ?" Au revoir, dona Milene. C'est fini, la fête est terminée. Rentre chez toi. Tout est fini.

Milene s'était encore attardée, puis elle s'était dirigée vers le tertre. Les voitures venues du Bairro dos Espelhos étaient sous l'ombre obscure des palmiers. Et les voitures des maîtres de maison étaient garées contre le mur. Antonino fumait, affalé dans la Mitsubishi grise.

Elle s'approcha. Il jeta son mégot par la fenêtre et lui dit : "Je t'attendais. Je peux à nouveau t'escorter, je vais dans cette direction..."

Il était enveloppé d'un nuage de fumée et de parfum, un parfum trop fort, qui se mêlait à une odeur de terre sèche, et c'est tout ce qu'on pouvait en dire. Tout autour la pleine lune épandait une flaque de lumière et de l'autre côté de la route les deux rails brillaient dans l'herbe. "J'ai quelque chose de très important à te dire que j'ai oublié de te communiquer. Allons, partons..."

Milene savait comment les choses allaient se passer. De nouveau elle devant, lui derrière, alors que cela aurait pu être l'inverse. De temps en temps ils parcouraient ainsi les environs, sans raison particulière. Ils ne passaient pas par le Bairro dos Espelhos, mais par la station-service et la courbe de l'hôtel Miramar. Quand ils arrivèrent enfin à l'endroit où l'ancienne route secondaire disait Kilomètre 44, la villa était éclairée. Antonino sortit de son véhicule. Il ne portait pas de casquette. Il lui dit : "Quel clair de lune..." Oui, qu'aurait-il bien pu lui dire d'autre avec cette pleine lune au-dessus de la terre ? L'arrondissant ? Lui donnant la forme d'un vaste drap circulaire où de l'argent se déversait ? Tout était si net que les ombres des acacias sur le sol les séparaient. Adossé à sa voiture il lui dit aussi : "Si je n'avais pas de rendez-vous, on aurait pu aller dans un bar quelconque. Ça vous aurait plu ?" Il avait recommencé à la vouvoyer. Toujours adossé à sa voiture comme si elle était un mur, il ajouta : "Nous irions, moi dans ma voiture, toi dans la tienne, pour qu'on ne dise pas qu'un homme comme moi a kidnappé une femme comme toi pour l'emmener dans un bar. Juste pour te dire quelque chose, pas vrai ?" Il ajouta encore : "Alors, allons-y. Nous prendrons à droite en contournant le Bairro dos Espelhos jusqu'à Riacha, il y a là-bas un endroit où nous pourrons être en paix, toi et moi, où personne ne nous embêtera..."

"Ça te dit ?"

De nouveau ils parcoururent le ruban accidenté de la côte, limitant leurs déplacements aux routes le long de la mer, dans une sorte de mouvement pendulaire. Ils arrivèrent à Riacha près de la plage et en effet il y avait un bar. Un bar presque aussi éclairé que la villa Regina. "Non, pas là-bas", lui dit-il. Dehors oui, avec la lune d'argent et la mer d'argent, le secret de tous les êtres cachés recouvert d'argent. Tout avait l'air faux. Car il savait bien que rien n'était ainsi, rien n'était en argent, c'était juste une apparence. Il lui dit : "Allons sur la plage." Puis il réfléchit. "Non, pas sur la plage." Elle lui dit : "Allons dans ma voiture." Il dit : "Non, pas dans ta voiture." C'était comme s'il était sur un sommet et qu'autour il n'y avait que le vide et aucune échelle. Antonino regardait autour de lui et il voyait des difficultés et des obstacles partout. "Voilà ce qu'on va faire, tu vas t'adosser à ta voiture et moi à la mienne et on va regarder la plage." Ce qu'ils firent. Ils regardèrent. Elle voyait sa chemise presque blanche luire dans l'obscurité. Et soudain il lui dit : "Si ma fiancée savait, elle me tuerait..."

Milene, appuyée contre la Clio au bord de la route, écoutait ce qu'il disait. Sa voix recouvrait le bruit ténu des vagues. Pour assister à la fête de Janina, Milene avait mis des dizaines de bracelets. Elle les agita. "Votre fiancée morte ?" demanda-t-elle ensuite sans bouger les mains car les bracelets pourraient tinter et cela l'empêcherait de comprendre le sens de sa réponse.

"Non", dit-il. "Ma fiancée vivante."

Il était adossé à la fourgonnette grise sur laquelle le clair de lune tombait comme il tombait sur toute chose, mais en cet instant le métal de la voiture illuminait aussi la lune. Et aussi la chemise d'Antonino. Elle était fluorescente, comme si un certain pourcentage de phosphore entrait dans sa composition. La commissure des lèvres d'Antonino semblait avoir été découpée à la pince et ses larges narines elles aussi luisaient. Nerveux, dégingandé, Antonino lui dit avec l'air de vouloir attaquer quelqu'un : "Je ne vais pas rester seul comme ça, je ne peux pas. J'ai besoin d'une femme qui me donne des enfants..." dit-il. "Les gens de mon île aiment avoir beaucoup d'enfants. Reproduire son visage dans celui d'autres êtres, ça fait du bien. C'est la vie..." déclara-t-il.

Milene se répétait tout bas ce qu'il avait dit, juste pour être sûre d'avoir bien compris.

Et lui, d'une voix sonore : "Eunice est morte. Avez-vous déjà entendu parler d'elle ? De la mère de mes enfants ? En ce moment je n'ai pas envie d'y penser. Vous savez..." À nouveau il la vouvoyait. "Vous savez, notre amour a été très beau. Eunice et moi nous étions déjà ensemble, main dans la main, dès notre naissance. Vingt ans plus tard nous n'avons plus eu qu'à nous marier... Les gens disaient..." Puis ils gardèrent le silence. Pourtant, avec Antonino, même quand il se taisait, ce n'était jamais le silence. Il dit : "Comme vous n'êtes pas au courant, je vais vous dire pour que vous sachiez. Voilà. Tout en vous me rappelle Eunice et je ne sais pas pourquoi. Ma fiancée actuelle est noire comme Eunice, mais elle ne me la rappelle en rien. Vous, vous me la rappelez et vous êtes blanche. Vous êtes tout à fait comme elle. Sa façon d'être, sa démarche. La même manie d'embrasser les objets quand vous les retrouvez. La même voix, fine, fine, que celle d'Eunice, putain... Vous, Milene, vous me rappelez Eunice. Et Divina, ma femme actuelle, ne me la rappelle absolument pas..." Dit-il. La mer et le ciel transformés en un plateau d'argent parfait. Dans la vie il ne devrait y avoir que des nuits splendides comme celle-ci. Ça serre le cœur sans raison. Elle n'avait jamais contemplé une nuit pareille ou alors elle avait oublié. Eh bien, parle donc, dis, je t'écoute. Parle, parle. Il dit enfin: "Qui l'aurait cru? À cette heure Divina m'attend encore. Nous ferions mieux de partir car si on nous voit ici à trois heures du matin, je ne sais pas ce qui se passera... Je ne le sais vraiment pas..."

"Je sais seulement que j'ai une chose à te dire", dit encore Antonino en remontant dans sa fourgonnette d'où provenait une forte odeur de parfum, du Havana peut-être, comme si la boîte à gants s'était ouverte et le flacon répandu. Au clair de lune de cette nuit chaude et calme d'octobre sa chaîne d'or démesurément grosse et sa ceinture brillaient aussi. Sa ceinture à boucle métallique étincelante. Et sa montre, sa grosse montre-bracelet, grande comme une coupe. Tout cela luisait dans la pénombre de la mer au clair de lune. Il regarda alors sa montre aux aiguilles phosphorescentes et dit: "Quatre heures. À cette heure personne ne sait où je suis. Allons-nous-en..."

Ils démarrèrent, la voiture blanche derrière, la grise devant, parcourant la route toute en virages, dépassant des bandes de jeunes à la recherche de boîtes de nuit, les hôtels avec encore des clients dans les *lounges*, un policier solitaire faisant sa ronde. Ils prirent ensuite des chemins plus longs, au milieu de maisons dont les façades blanches les regardaient comme de grands visages sortis de terre pour les saluer, les interpeller à leur passage. Puis ils dépassèrent au nord la station-service et peu après ils se trouvèrent devant le Kilomètre 44. Antonino était descendu.

"Vous continuez à laisser les lumières allumées. Pourquoi?" demanda-t-il. Ses lèvres luisaient, ses narines luisaient, tout entier il brillait.

Non, elle ne dirait rien. Il avait une fiancée vivante.

"Maintenant nous ne savons pas quand nous nous reverrons", dit-il. "Au revoir."

Puis il revint sur ses pas et dit: "Oui, je voulais vous dire une chose, Milene. Je voulais vous demander de ne plus venir me regarder quand je suis là-haut. Vous comprenez? Les gens commencent à me chercher des crosses à cause de Divina. C'est très embêtant..." Dit-il, mais la lune et la terre s'en moquaient bien. La lune était toujours argentée, claire, et la terre continuait à la recevoir avec une passivité mortelle. "C'est très embêtant, vous comprenez, Milene? Je ne sais pas comment vous expliquer. Et pourtant vous ressemblez à Eunice. Parfois je me dis que votre âme est son âme à elle..."

Il dit encore: "Allez, montez, rentrez chez vous. Éteignez les lumières. Vous devriez faire plus attention à vous. Allez, allez..." Changeant de ton et reprenant peu à peu celui du jour où il voulait à tout prix la remettre à quelqu'un. Sa voix dérapant à la fin des mots, comme ce jour-là.

Elle-même cria: "Ce n'est pas la peine de crier. Voilà, je suis déjà partie..."

Et Milene se précipita chez elle, ses talons battaient sa jupe. Elle comprimait ses bracelets pour qu'ils ne tintent pas. Le bruit du portail lui suffisait amplement. Ding, dong. S'enfuyant, elle traversa le jardin à microclimat, elle gravit les marches. Elle monta au premier étage et regarda par la fenêtre de sa chambre. Il était là. Il attendait qu'elle éteigne les lumières. Mais elle ne les éteindrait pas. Elles resteraient allumées jusqu'à l'aube. Jusqu'au matin ou toute la journée peut-être. Maintenant elle était sûre qu'il était parti. Mais en face, entre les deux villas entourées de monticules de ciment et de pyramides de briques, il était toujours là. Puis il laissa sa fourgonnette glisser sur la route en pente. Le halo de la lune à l'aube était si clair qu'on ne le distinguait plus.

Deux ans plus tard, ce clair de lune serait toujours aussi lumineux. Mais les jours suivants furent chaotiques.

Milene attendit que le téléphone lui dise les derniers mots: *Please, do so after the tone. Thanks...* Après seulement elle approcha les lèvres du combiné. Elle regardait les villas en face désertées par leurs anciens habitants et à leur place en cette fin d'après-midi, des responsables du génie civil méditaient dans leur voiture. Les feuilles du noyer s'enroulaient, perdaient leurs nervures végétales. "*João Paulo? Tu m'entends? Tu ne m'entends pas? Je te téléphone pour te parler du diamant...*" À l'autre bout du fil on entendait une saccade répétée, un tic-tac dans l'engrenage, pendant que la bande enregistreuse se déroulait. Milene, les lèvres loin du combiné, criait dans sa direction : « *Ton téléphone est dégueulasse, j'ai envie de lui cracher à la figure. Je ne sais pas si je vais continuer...* »

Elle était assise sur un banc, entre les fauteuils de la grand-mère Regina. D'une voix aussi grave que possible qui se superposait au tic-tac qui tantôt approchait tantôt s'éloignait, elle dit : « *Quelquefois ma vie me paraît très ennuyeuse... Je suis allée au Mãos Largas pour y travailler, mais je ne suis pas restée... Quand Barbosa a su que je voulais travailler, il a téléphoné d'un ton grave à l'oncle Rui Ludovice... Puis il m'a tendu un plateau, un bloc-notes et un crayon qu'on peut mettre dans la poche ou derrière l'oreille. Je l'ai coincé derrière l'oreille. Il m'a donné aussi un long tablier, qui me battait presque les mollets. Je me suis vue dans la glace. De côté j'avais l'air d'un papillon. Le nœud plus large que la ceinture et les rubans qui tombaient plus bas que la jupe... Je n'ai pas supporté une heure ce nœud, ce crayon, ce plateau. La seule chose vraiment super c'était l'odeur des pizzas. J'en ai rapporté trois chez moi, quand j'ai démissionné. Car j'ai démissionné... Je courais à droite et à gauche, alors que j'ai tant à faire dans la maison de la grand-mère Regina. Tout est toujours si sale...* » Milene s'interrompit. À l'autre bout du fil, le téléphone continuait à produire des bruits lointains, un bourdonnement intermittent destiné à la repousser ou à la retenir, elle n'en savait trop rien. Milene regardait le combiné. Elle insista : « *Que se passe-t-il là-bas chez toi ? Ton téléphone est dégueulasse, ton message est dégueulasse, tu entends ? Et tu n'es jamais là. Tu as disparu Dieu sait où. Je voulais juste te dire que je suis retournée au diamant. Tu n'imagines pas dans quel état tout ça se trouve. Une famille complète vit là-dedans, avec deux chiens, deux jeunes filles, des enfants, des maçons, un homme très vieux, des tas de vieilles, des gamins à foison. Et aussi un veuf. Ils téléphonent sans arrêt à un autre garçon qui est chanteur... Dans le diamant. C'est à cause de ça que je suis allée là-bas. L'un d'eux, le veuf, a deux femmes, une morte et une vivante. Il est grutier. Il a une fourgonnette Mitsubishi. Maintenant il ne passe plus par ici comme avant. Il passait toutes les nuits... Tu es là ?* » Milene eut peur que la bande ne s'achève. Elle dit très vite, lèvres collées contre le combiné. « *D'ailleurs je n'ai plus rien à te dire. Quand tu m'appelleras, je te raconterai ce que j'ai vu sur la Praia Pequena. Une horreur, une vraie horreur… Mais les vagues sont pareilles. Au revoir, bye. Ta cousine…"*

"João Paulo ? Oui, les lumières sont toutes allumées. On dit que la maison de la grand-mère Regina ressemble à un arbre de Noël."

10

Le calendrier perpétuel ? Oui, il a bien existé.

Les jours raccourcissaient de plus en plus, le soleil se couchait de plus en plus vite et l'aube se levait de plus en plus lentement. Il en a toujours été ainsi depuis que la terre s'est mise à tourner, mais Milene le vérifiait seulement cet automne, avec les inévitables conséquences que cela entraînait sur les horaires. Et cela concernait justement le calendrier perpétuel que sa famille voulait enfin mettre en œuvre et Milene ne savait pas si elle souhaitait l'éviter. En fait, quand l'heure changea, les deux tantes commencèrent à venir à tour de rôle et les heures d'attente se mirent à baliser la vie de Milene : "Attends-moi entre neuf heures et onze heures..." Et celle qui avait téléphoné arrivait à treize heures. "Je ne peux pas venir ce soir, mais je passerai demain vers huit heures trente..." C'était la tante Angela Margarida qui ne réussissait pas à se libérer à cause de l'oncle Rui et de son travail à la clinique. Et ainsi de suite. On sentait que le calendrier perpétuel avait été conçu jusqu'à la fin de la vie, mais qu'il était si absurde qu'en réalité il ne tiendrait pas deux semaines. Milene n'avait donc pas besoin de demander à ses tantes de mettre fin à la torture qu'elles s'étaient imposée à elles-mêmes, contrairement à ce qu'elle avait pensé au début.

Je parle ici des tantes, surtout de la tante Gininha, assez abattue depuis le soir où l'oncle Dom. n'avait pas rencontré les Hollandais et où il avait surgi au milieu du gazon.

La tante Gininha était apparue pour la première fois à la villa Regina un dimanche soir, puis, deux semaines durant, elle avait essayé de remplir sa partie de la mission. Elle débarquait vers une heure, s'étendait sur son ancien lit de célibataire et fermait les yeux, serrant la main de Milene dans la sienne. Avec l'arrivée de l'automne et à mesure que les jours passaient, son deuil semblait s'aggraver au lieu de s'atténuer, car dès qu'elle s'étendait, elle murmurait des mots sans suite, disant qu'avant ils étaient cinq frères et sœurs et maintenant ils n'étaient plus que trois, et par-dessus le marché désunis. Elle se référait à la disparition de ses deux frères aînés, dont elle s'était senti la fille, elle qui était née quand la grand-mère Regina avait déjà un certain âge. Elle faisait manifestement le bilan de sa vie et elle demandait parfois à Milene si elle se souvenait de l'un ou l'autre de ses amoureux, évoquant des promenades, des films, des rendez-vous et des colliers ethniques offerts dans des boîtes tapissées de satin. Milene se souvenait de certains, pas des autres. Mais la tante Gininha n'était pas toujours d'humeur égale.

Elle était parfois amère comme au temps où elle entrait précipitamment dans la villa Regina, aux cent coups, racontant en pleurant et de façon incohérente à qui se trouvait là des épisodes de sa mésentente avec son mari. Le temps où la grand-mère Regina lui disait: "Divorce, reviens chez ta mère avant qu'il ne soit trop tard..." Le temps où tous partageaient sa désillusion. Ensuite Gininha avait choisi de faire preuve de davantage de retenue. À la fin des années 80, Gininha confiait certains détails uniquement à une ou deux personnes de la famille qui les répétaient ensuite en secret jusqu'au moment où nous étions tous au courant et où nous nous les répétions. Gininha finissait par savoir ce que nous, nous savions de sa vie. Elle s'était renfermée en elle-même. C'était comme si elle avait conscience du ridicule de son mariage avec un homme comme Dom. Silvestre, après avoir eu plus de cent amoureux. Elle était dans son droit. Elle se protégeait. Toutefois, au bout d'un certain temps, Bruno José était d'ailleurs déjà né, les gens apprirent qu'elle vivait dans cette jolie maison à l'ombre du hêtre et des platanes mais que, dans la salle à manger où trônaient plusieurs statuettes Lladró et une nymphe en marbre rose sortie des mains de Cutileiro, l'oncle Dom. pétait. C'était triste, affreusement triste. Le gendre de dona Regina n'avait aucun sens de la profanation. À la même époque, la tante Gininha sortait du salon pour écouter de la musique classique, du Chopin et du Mendelssohn qu'elle adorait, et elle ne survivrait que grâce au souvenir de ses amoureux, chacun transfiguré dans ses particularités, et elle parmi eux, peignant ses longs cheveux et parlant l'anglais de T. S. Eliot dont elle connaissait des poèmes par cœur. Triste, amère. C'est alors qu'était survenue la grande transformation qui était sur toutes les lèvres. Gininha avait commencé à être habitée par intermittence par la logique de l'oncle Dom., comme si elle-même faisait partie intégrante de son mari. La tante avait renoncé à la tragédie, elle avait choisi le côté burlesque de la vie. Quand elle l'entendait parler, la grand-mère se disait parfois que Gininha était morte, d'autres fois qu'elle hibernait seulement. Ainsi seulement pouvait-on comprendre la conversation sur les affaires de l'oncle Dom., la nuit où il avait surgi sur le gazon. Ainsi seulement pouvait-on accepter que pendant les jours du calendrier perpétuel la tante change parfois d'humeur et semble heureuse et se mette à rêver à haute voix : "Tu sais ? L'oncle Dom. a un projet extraordinaire. Il veut édifier une ville nouvelle. Aujourd'hui, tout entrepreneur un tant soit peu ambitieux a envie de construire une ville. Mais il faut se dépêcher car la côte n'est pas élastique. L'oncle a même déjà acheté un spot publicitaire à une firme italienne de marketing. Un spot qui dit : *"Ici, l'océan, fatigué des vagues, a déposé les armes..."*

Qu'en penses-tu ?"

Il était minuit passé, Milene était étendue à côté de sa tante, laquelle parlait des projets de l'oncle Dom., de l'océan qui avait déposé les armes, de la configuration du trou de la carrière, des explosions qui avaient lieu avec le sismographe inerte, des deux ennemis de l'oncle trouvés assassinés à l'entrée de la carrière, ces morts n'ayant rien à voir avec l'oncle. Au contraire, qui casse les verres les paie, puisqu'ils avaient voulu anéantir l'entreprise de l'oncle. L'oncle avait eu quelques ennuis avec le tribunal, mais rien n'avait été prouvé. Ce n'était pas la faute de l'oncle si certains choisissaient le décor biblique de la carrière pour se descendre à coups de fusil. N'est-ce pas la vérité, Milene ? Où était la responsabilité de l'oncle ? Tu comprends, Milene ? Oui, c'était bien la tante Gininha à qui le pilote, pendant la première moitié du *meilleur été de notre vie*, toujours somnolent ou dormant le jour et en éveil la nuit, chantait une chanson des Tongas qu'il appelait *La Lullaby d'Ana Latu*, dont tous deux entonnaient les paroles assis sur le sable de Mar de Prainhas : *On the way we walked on the sand...* Lui, les yeux fermés, vautré dans le sable. *How our footprints became one.* La tante, les yeux rivés sur la mer : *So precious to me, my dear Ana Latu, oh! So precious...* "Tu te souviens ?" Oui, Milene se souvenait parfois de cette histoire.

Dommage que la tante Gininha ne soit pas allée chez le coiffeur Joseldo pendant son histoire d'amour avec le pilote. Ou avec le biologiste des coquillages de nacre, c'était pareil. Comme tout aurait été différent. Aujourd'hui elle parlait d'une ville future qui s'élèverait au bord de la mer où le dieu Océan, épuisé par les combats, déposait les armes afin de se reposer. Une ville de l'avenir, imaginée par l'oncle Dom. pour qu'on s'y repose. Quelle ironie magnifique! Milene était incapable d'ironie, mais elle était capable de mépris. Elle demanda à tante Gininha, toutes deux étendues côte à côte sur le même lit. "Tante, regardez où j'ai mis mes mains."

La tante se redressa pour la regarder: "Elles sont sur tes petits nichons..."

"Non, tante, elles sont sur mes oreilles. Regardez bien mes oreilles. Chaque fois que vous me parlerez de lui et de ses projets, mes mains où qu'elles soient se plaqueront sur mes oreilles... Ce doigt que vous voyez ici est dans mon oreille, enfoncé jusqu'au bout, pour ne rien entendre..."

Milene déplaçait sur sa poitrine deux doigts entrelacés.

La tante se recoucha, toute raide, regardant en l'air, fixant la lampe au plafond. "Pourquoi tout ça dans notre vie? Pourquoi, Milene? Dis-moi..." La tante, divisée en deux ou plutôt composée de deux personnes, dormait peu. La moitié qui n'appartenait qu'à elle, qui n'appartiendrait jamais qu'à elle, dormait encore moins et se réveillait en sursaut, demandant quelle heure il était. Elle croyait que c'était déjà le matin, en fait c'était sa façon détournée de dire que les lampes allumées la dérangeaient.

"Vous voulez que je les éteigne, tante?" demandait Milene.

"Seulement si tu veux..." La tante hésitait. "Non, finalement, si tu te sens bien comme ça, pourquoi toutes les lumières ne seraient-elles pas allumées? Laisse, ma chérie..."

La tante Gininha vint cinq fois.

La tante Angela Margarida, elle, ne vint que deux soirs. En plus elle arrivait tard et partait tôt. Habituée aux nuits de garde à la clinique, elle dormait mal et avait le sommeil léger, comme un pompier sur le qui-vive. Dès qu'elle arrivait, elle se précipitait sur les boutons de la musique et de la vidéo et elle éteignait tout.

Alors les lampes qui étaient toutes allumées semblaient redoubler d'intensité. Ensuite la tante Angela Margarida, en tailleur très court et juchée sur de hauts talons, allait éteindre chaque interrupteur. La maison semblait s'enfoncer dans la terre. Sans presque échanger un mot elles s'étendaient dans des chambres contiguës. Auparavant Milene avait dit : "Tante Angela Margarida ?"

"Oui."

"Vous n'avez pas besoin de venir. Je me sens bien comme je suis, je veille sur la maison de la grand-mère Regina. Tout bien réfléchi, je n'ai rien d'autre à faire. Vous, mes tantes, vous êtes très occupées..."

La tante ne répondait pas. Milene regardait par la porte entrebâillée de la chambre de jeune fille de la tante Angela Margarida et elle avait l'impression d'avoir chez elle une martyre. Elle ne le dirait pas tout haut, certes, mais avec cette femme ainsi étendue et toute raide, Milene ne pouvait plus rêver. Et la tante semblait avoir deviné son raisonnement intérieur, car le troisième jour de ce calendrier perpétuel jusqu'à la fin de la vie, elle n'était pas revenue. Son tour tombait un dimanche. Elle téléphona pour avertir : "C'est impossible. J'ai le double de travail à la clinique et l'oncle Rui a de gros problèmes. J'ai passé la nuit au salon, à essayer de le calmer." Puis, elle changea de ton, continuant à aller et venir dans le couloir de la clinique et le téléphone répercutait le bruit de ses pas : "Dis-moi un peu, Milene, pendant ces jours d'août, à qui as-tu parlé ? Où étais-tu ? Comment as-tu su où nous étions ? Il se trouve que ton oncle est victime d'un complot depuis ce moment-là. Un complot qui n'est pas près de finir. Il faudra que nous parlions de tout ça. Maintenant va dormir encore un peu. Repose-toi, au moins toi..."

Le calendrier perpétuel de la tante Angela Margarida avait pris fin.

Pour l'oncle Afonso, il n'avait même pas commencé. Il avait dû sans doute s'occuper des procès. Il commença à agir avant ses sœurs. Ou plutôt il fit agir. Il en chargea Pascoa.

Le jour où c'était le tour d'Afonso Leandro de tenir compagnie à sa nièce, selon ce calendrier perpétuel jusqu'à la fin de la vie, Pascoa téléphonait. Il ne faisait jamais allusion aux tensions qui existaient entre son oncle et elle, il était un bon secrétaire, un homme courtois. Il lui demandait si elle avait bien dormi, il lui disait que si elle avait besoin de faire des courses qu'elle aille à tel endroit, que si elle voulait dîner qu'elle aille dans tel restaurant. Formidable. Une vraie nourrice sèche. Et ça s'arrêtait là. Tous les trois jours. Jusqu'à la fin des jours. Mais un vendredi en novembre, l'oncle Afonso vint en personne. Il se présenta avec Isabel vers deux heures de l'après-midi. À cette heure, il faisait un soleil de plein été. Ils garèrent la décapotable près des acacias. L'oncle Afonso fut le premier à sortir. Isabel sortit ensuite et se montra. Finalement elle était une poupée ordinaire. Elle pouvait aussi bien avoir dix-sept ans que trente-sept. Et le père de João Paulo, l'oncle avocat et le cavalier, était devant la maison. Sonnerait-il ? Se servirait-il de sa propre clé ? Ni l'un ni l'autre. L'oncle Afonso savait qu'elle était sur le balcon du premier étage. Il l'appela : "Milene, ouvre donc la porte à ton oncle !"

Milene, ouvre donc la porte à ton oncle ? Cela se pouvait-il ? Elle courut ouvrir la porte et l'oncle Afonso appela Isabel.

"Isabel, Isabel, viens…"

La petite amie de l'oncle hésita à la porte mais finit par s'avancer sur le tapis de couloir rouge, d'un pas précautionneux, jusqu'à l'escalier. Elle gravit les marches, obéissant à l'appel de l'oncle Afonso. S'arrêtant, avançant, comme si elle entrait dans une maison de fantômes. "Où es-tu ? Monte plus haut. Je suis ici. Viens…" Isabel montait sans faire de bruit, sans dire un mot. Ils avaient dû se connaître à l'hippodrome et il était visible qu'ils s'entendaient bien. Il disait : "Je suis ici, chérie. Monte encore trois marches et tourne à droite…" S'enhardissant enfin, Isabel pénétra dans la pièce où se trouvait l'oncle. C'était l'ancienne chambre de la grand-mère Regina, la pièce qu'elle occupait avant que l'escalier ne devienne trop fatigant pour elle. Et Milene, qui était restée sur le palier plus bas pour assister à l'ascension, comprit ce qui occupait l'esprit de l'oncle Afonso. Oui, il avait dit *Milene, ouvre donc à ton oncle*, comme si tous deux avaient fait la paix, mais la question en suspens était trop importante pour que Milene soit tranquille. Elle monta elle aussi. L'entendant monter, ils fermèrent la porte. Elle s'approcha, attendit. Elle ne se trompait pas. L'oncle examinait le bureau à cylindre que la grand-mère avait dans sa chambre, avec des compartiments partout, des petites cachettes en bois, comme des espèces de dés, des rayons pour le papier, des stylos à plonger dans l'encre à côté de plumes de canard, des casiers délicats pour les timbres, des endroits fermés comme des coffres-forts. Le secrétaire de la grand-mère en pur bois du Brésil jaune clair. Il était évalué sur les formulaires des assurances à un million cinq cent mille escudos. Sans parler de ses lignes art nouveau, de sa vaillante solidité, de son élégance, de sa beauté. Taillé pour des gens d'un autre âge qui étaient obligés de rester droits, raides, les coudes à la hauteur de la mâchoire, quand ils voulaient écrire. Une pièce rare. Lui et elle étaient en train de l'examiner. Ils parlaient à voix basse là-dedans. Ensuite l'oncle Afonso ouvrit la porte et tous deux en descendant l'escalier se retournèrent comme hypnotisés par l'objet qui semblait s'accrocher au sol de ses huit pieds à section carrée.

L'oncle avait dit *Milene, ouvre donc à ton oncle...*

Que ferait-il ? Afonso passa à côté d'elle, Isabel aussi, tous deux en pleine conversation, sans lui adresser la parole. Puis ils parcoururent toute la maison, l'oncle devant, Isabel derrière, et quelquefois, devant un meuble, ils enlaçaient leurs mains. Milene eut envie de dire : pour l'amour de Dieu, ne prenez pas les objets de la grand-mère Regina, ne les emportez pas maintenant, ni dans une semaine, ni dans un mois, ne les prenez jamais. S'il vous plaît, oncle Afonso... Mais elle ne le dirait pas. Tous les trois jours, Pascoa l'appelait obligeamment et maintenant l'oncle la regardait sans colère, sans affliction, sans lui rappeler qu'elle était la fille de José Carlos, et en plus avant d'entrer, il lui avait dit *Milene, ouvre donc à ton oncle...* Il s'était soumis à ce compromis tortueux. D'ailleurs, si elle n'avait pas perdu la tête quand il s'était assis dans les fauteuils de la grand-mère Regina, le jour horrible du deuil, la paix aurait peut-être régné entre tous et les deux sœurs et le frère ne se seraient pas chamaillés comme ils l'avaient fait et ils n'auraient pas inventé le calendrier perpétuel. Mais Milene n'avait pas dix ans, ni quinze, ni vingt ans, et elle sut avec une certitude absolue ce qu'ils voulaient. Main dans la main, Afonso et Isabel se tenaient près du portemanteau où se trouvaient les chapeaux de la grand-mère Regina, les marques sur les murs des photographies et des tableaux emportés pendant les dernières années. Milene prit son courage à deux mains. Sa voix était étranglée, comme si elle passait à travers un sifflet. Oncle Afonso ?

"Oncle Afonso, j'ai réfléchi, beaucoup réfléchi, et voilà ce que j'ai à vous dire…" Elle serrait tellement les genoux qu'elle les sentait collés. "Si vous voulez, vous pouvez emporter encore un objet de la grand-mère Regina…"

L'oncle et Isabel, surpris, se tenant toujours par la main.

"Un objet de votre choix, une toute petite chose. Il y en a quelques-unes par là. Je vais vous montrer, vous pouvez prendre…"

L'oncle dévisageait sa nièce comme on scrute un problème de mathématique sur un tableau noir. Milene se dépêcha de dire : "Vous ne pouvez pas emporter les objets de grande taille de la grand-mère Regina. Imaginez qu'elle entre ici et ne retrouve plus ce qu'elle a laissé. Imaginez…"

Afonso Leandro ferma les yeux, tourna le dos. Il répondit dans cette position, après un long silence : "Elle n'entrera pas, Milene, elle n'entrera pas. Tu sais mieux que personne où la grand-mère se trouve." C'était comme s'il était incapable d'affronter le problème de mathématique, et encore moins de le résoudre. Mais Milene passa devant le portemanteau, se planta devant lui et, triomphante, démolissant le raisonnement bancal de son oncle, elle déclara, partageant avec lui sa certitude car il en était digne : "Non, elle n'est pas restée là-bas, mon oncle. C'est vous qui avez cette impression…"

Isabel se tenait immobile dans la lumière vive de l'automne qui entrait là, au milieu du tapis de couloir rouge menant à l'escalier. La lumière intense du jour tombant en plein sur le visage de Milene. Ils se faisaient face. Elle savait, il avait dit *Milene, ouvre donc la porte à ton oncle…* Et pourtant, si son oncle l'avait voulu, il aurait pu plonger la main dans sa poche et utiliser sa propre clé. C'était pour cela, par respect pour sa personne, par reconnaissance et amour, parce qu'il était son oncle et le père de João Paulo, qu'elle parlait ainsi, faisant un effort énorme pour expliquer ce qui était explicable. Et l'oncle regardait tour à tour Milene et Isabel. Des gouttes de sueur perlaient sur la calvitie de l'oncle, comme s'il avait plu sur son crâne chauve. Afonso, figé devant la porte. Attendant la réaction de sa petite amie.

"Que répondre à cela, Isabel ? Je ne sais absolument pas comment répondre, tu comprends ?"

Et Isabel, qui devait savoir lire dans l'âme de l'oncle et qui avait l'air d'avoir entre dix-sept et trente-sept ans, mais qui tout au fond d'elle-même devait être sa contemporaine et sur la même longueur d'onde que lui, le prit par le bras, remplie de compassion, et l'entraîna avec elle. Décidément l'oncle était destiné à être conduit hors de la maison maternelle par le bras d'une femme après chaque confrontation avec Milene. Cette fois, pourtant, Milene n'avait pas à s'inquiéter, elle n'avait rien dit qui puisse blesser, pas prononcé un seul mot vulgaire, encore moins une phrase indécente, au contraire elle avait juste voulu expliquer à l'oncle qu'elle ne pouvait pas dilapider le mobilier de la grand-mère Regina et que donc elle mettait à la disposition de son oncle quelques objets supplémentaires à condition qu'ils soient insignifiants. Juste cela, rien de plus. Mais l'oncle s'en allait, entraîné par sa petite amie et il répétait, complètement anéanti : "Au secours, je suis incapable de faire face à ça. Que d'autres se débrouillent avec elle..." L'oncle était entraîné par la poupée Isabel à travers le portail qui faisait ding dong, puis qui claquait clic, clac.

Milene, tout à fait tranquille, les regardait disparaître dans la décapotable. Disparaître complètement. Mais Pascoa continuerait à téléphoner pendant deux semaines encore tous les trois jours. Puis ce serait la disparition du calendrier perpétuel de l'oncle Afonso jusqu'à la fin des jours.

Bref, et néanmoins définitif, ce calendrier perpétuel. Nous l'apprendrions plus tard.

Nous apprendrions aussi que Juliana continuait à commencer son travail à trois heures de l'après-midi et qu'elle finissait à cinq heures. Les jours où il faisait beau, la nuit tombait déjà à cinq heures. Une fois, la femme de ménage allait partir sur sa mobylette, son casque sous le bras, quand elle revint. Aux cent coups.

"Mademoiselle Milene ?"

"Oh, mademoiselle Milene !"

"C'est la troisième fois que je surprends un sale noir en train de faire faire demi-tour à sa fourgonnette devant la maison, juste ici. Ensuite il repart tout doucement et redescend. Ça m'a flanqué une de ces peurs ! Mettez la main sur ma poitrine, ici."

Milene la mit.

En effet, sous la blouse en jersey, le cœur de Juliana battait à tout rompre. Juliana avait peur que ce type ne soit embusqué dans un coin et ne l'attaque. À bien y réfléchir, c'était à peu près la cinquième fois que cela se produisait. Ce type roulait très lentement, regardant derrière lui dans le rétroviseur et il n'accélérait qu'au bas de la côte, vers l'hôtel Miramar.

"Trois fois en tout et probablement plus, mademoiselle Milene..."

Tout cela faisait encore partie du calendrier perpétuel. Mais Milene ne le savait pas. La tante Gininha lui avait téléphoné: "Milene? Tu pourrais peut-être passer la soirée avec tes cousins et moi. Il n'est pas là. Les Hollandais sont arrivés. Cette fois c'est vrai. Je le jure sur la tête de Notre Seigneur." Dit la tante Gininha.

La tante Angela Margarida, toutefois, pris rendez-vous et agit en conséquence. Cela faisait au moins deux mois que l'oncle Rui aurait dû parler à Milene, mais il n'en avait pas eu le temps à cause de ses actions incessantes et surprenantes. Comme il disait lui-même, chaque jour de sa vie était aussi rempli qu'un opéra de Wagner. Ce ne fut donc qu'en novembre, et le mois était déjà bien avancé, qu'il lui téléphona, alors qu'il aurait déjà dû annoncer officiellement son intention de diligenter sept actions en justice contre les responsables de ce qui était arrivé à sa belle-mère, dona Regina Leandro. Rui Ludovice avait fini par se rendre compte que ces procès seraient inévitables. Il fut alors convenu que samedi Frutuoso irait chercher Milene pour une réunion à laquelle les jours tragiques du mois d'août seraient discutés, puis, quand la tante Angela Margarida serait de retour, ils déjeuneraient tous les cinq sur la terrasse.

Tous les cinq, car les cousines arriveraient après le tennis.

Donc vers midi le chauffeur se présenta et emmena Milene, d'abord sur la route parsemée de nids-de-poule, puis sur la route lisse. À un certain moment, quand les pins se firent plus rares, un peu avant la résidence Atrium, en face de la baie, un endroit idéal, ni ville ni campagne, ni forêt ni plage, mais tout cela en même temps, en cet automne sans pluie et sans vent, Frutuoso dit à Milene: "Cette fois, ça y est. Tout le monde vous attend." Et comme si elle ne connaissait pas la maison, il ajouta : "La réunion a lieu au neuvième étage, mais on peut aussi entrer par le dixième, c'est un duplex. Ne vous trompez pas. Là-haut la terrasse s'appelle maintenant *penthouse*."

Milene connaissait la maison, mais pas les transformations récentes. Elle était loin d'imaginer ce qui l'attendait.

Une nouvelle domestique, qui éclatait dans un pantalon élastique, la fit entrer dans un bureau grand comme un salon. En y pénétrant elle put constater que le *tout le monde* dont parlait Frutuoso n'était pas une invention. Mais ils ne l'attendaient peut-être pas. Et ils ne l'attendaient pas. Quoiqu'il en soit, Milene se trouva face à l'Action en action. Il y avait dans ce bureau près d'une dizaine de personnes, tous des hommes, tous concentrés, et le mélange de plusieurs parfums donnait à l'atmosphère lourde une odeur de forêt brûlée. Des papiers et des dossiers ouverts, avec des verres et des tasses à côté, parsemaient le sol. Elle s'assit et aucun de ces hommes ne lui adressa la parole, pas même l'oncle Rui Ludovice dont, en cet instant, les cheveux recouvraient la plus grande partie du visage. Elle ne voyait pas le visage des autres.

Pourquoi était-elle entrée ?

Chacun des présents était plongé dans sa liasse de papiers et son téléphone portable, sa plaque de verre évanescent qui leur permettait de communiquer les uns avec les autres. Mais l'oncle sortit son visage des papiers et lui dit sans la regarder pour ne pas perdre de temps : "Nous sommes sur le point de finir, mais si tu veux, tu peux sortir encore quelques instants…" Et poursuivant : "Nous n'avons pas eu le temps de nous parler depuis ce jour-là. Il nous reste juste à préciser encore quelques détails. Attends, ce sera l'affaire de quelques instants." L'oncle releva le visage pour regarder les autres. Tous, chacun à sa façon, étaient plongés dans quelque chose.

"Tu peux rester."

Mais son oncle, si occupé, avait-il eu le temps de bien réfléchir ? Devait-elle rester ?

Elle resta. Elle se mit à examiner le visage des personnes qui rangeaient des papiers sur la table, l'Action partagée entre plusieurs têtes. Elle les compta. L'Action répartie sur neuf têtes. C'était ainsi que l'Action dirigée par l'oncle Rui Ludovice se manifestait. Comme s'ils étaient des élèves diligents et appliqués, en train de faire leurs devoirs. Elle compta neuf têtes. Comme par hasard, les tableaux accrochés aux murs du bureau de l'oncle où se réunissait son staff particulier étaient aussi au nombre de neuf. Comme Milene avait du temps, elle se fit cette réflexion. Puis elle examina ces tableaux dans leurs cadres de bois doré, style vieil or. Neuf têtes, neuf tableaux. Intéressant. Le plus intéressant était le tableau avec la tête de cheval. Naseaux dilatés comme si elle voulait s'échapper du cadre. Un autre contenait une lampe. Une lampe à pétrole brandie par un bras. Un autre représentait une tête tombée avec des yeux en désordre, deux poissons bondissant chacun de leur côté. Il ne semblait pas y avoir de lien entre eux. Un autre tableau figurait une espèce de vache. Sur celui-là les yeux en forme de poisson vous regardaient bien en face et avaient l'air stupéfait. Comme Milene pensait aux tableaux, elle n'entendait pas ce que les autres disaient. Mais tout à coup, au milieu de ce supplice – personne ne lui adressait la parole, personne ne se rendait même compte de sa présence –, l'oncle Rui Ludovice se mit à parler plus fort et à s'imposer. Il parlait à l'unique membre de son staff qui à cette heure de la journée n'avait pas suspendu son veston au dossier de sa chaise. Le seul qui détonnait. L'oncle dit : "Ne me parlez plus. N'accusez plus personne. Tout ça est votre faute. Vous êtes un pro ou pas ?" L'autre, très penché sur la table, essayait de dire quelque chose exclusivement à l'oncle, mais l'oncle était hors de lui et parlait à la cantonade.

"Vous débarquez ici et vous me demandez une avance substantielle en prétendant avoir fait un stage au Piccolo Teatro de Milan ou autre endroit similaire. Et être chorégraphe de foules. Et nous vous avons payé pour ça. C'est vous le responsable..." Et le mari de la tante Angela Margarida pointa le doigt sur l'homme sans col et sans veston, entièrement de noir vêtu, les cheveux ramassés en une queue de cheval, qui murmurait des mots décousus pardessus la table.

En fait il devait y avoir une sorte d'affinité entre les tableaux sur les murs et les personnes assises autour de la table. L'homme auquel l'oncle s'adressait avait une vague ressemblance avec le cheval sur l'image en face. Soudain l'oncle cria plus fort: "N'essayez pas maintenant de me raconter des bobards. Vous n'avez pas fait ce que vous deviez faire." Elle pensa: *pas la patte, pas l'ampoule, pas la lampe, pas les mains de la femme qui crie, pas l'enfant, non, rien de cela...* Cet homme en noir qui riait sans joie en montrant toutes ses dents à l'oncle ressemblait au cheval hennissant. L'oncle dit: "Un chorégraphe se doit de savoir déplacer les gens. Vous décidez de concentrer la foule sur une place, vous y faites confluer deux cents personnes que vous avez sorties de chez elles, vous les faites avancer dans la mauvaise rue et après vous voulez que ce soit le ministre qui passe devant la population et non la population qui défile devant le ministre. A-t-on jamais vu ça? Ne me parlez pas de ce fiasco... Pour résumer, il devait y avoir une haie humaine sur tout le trajet du ministre. Il n'y avait rien eu. Tout était prévu, tout était payé. Tout a foiré..." Ensuite l'oncle s'assit et commença à se calmer, mais il était encore tout pantelant et poussait de petits soupirs farouches. Le staff particulier de l'Action vêtu d'habits variés, les nouveaux tableaux dans les cadres dorés au nombre de neuf.

Et soudain Milene remit ensemble les éléments éparpillés dans cette pièce et elle s'écria: "Oncle Rui, mais quelle horreur!"

La main sur les yeux, pour ne pas voir l'horreur.

Le maire Rui Ludovice, regardant vers le haut, vers le bas.

Milene debout: "Quelle horreur! Mon oncle, vous avez sur les murs *Guernica* découpé en morceaux! J'ai vu le tableau, je le connais, j'ai vu une reproduction dans *Blitz*."

Tous se tournèrent vers le coin près de la porte où elle se tenait. Le chorégraphe des groupes humains regarda. Tous la regardaient. Et Milene les regardait tous. Pourquoi était-elle entrée là? Maintenant personne ne détachait les yeux de son corsage et de sa jupe. Comme s'ils ne la croyaient pas. Elle avait horreur de cela. Elle dit: "C'est la vérité, oncle Rui. Je reconnais le tableau de Picasso. En réunissant tout ce qu'il y a ici, on a Guernica. Il est reproduit partout, ce tableau..."

Le moment était si embarrassant que personne ne bougeait. Le maire se retourna, se mit à examiner les tableaux récemment acquis et dit: "Bon, eh bien, il faudra retirer cette cochonnerie des murs." L'oncle s'assit, le chorégraphe fit de même. C'était comme si tous, suant et transpirant, venaient de plonger dans une vague d'eau froide. L'oncle ne savait plus où regarder. Il fixa Milene puis affronta les autres: "Nous allons clore la séance ici. Il y a eu suffisamment d'épisodes comiques pour aujourd'hui. Restez, docteur Inácio, ainsi que vous, docteur Idalécio. Nous profiterons de la présence de ma nièce pour avoir une petite conversation..." Et les auxiliaires de l'Action faite action, rassemblés au cœur de ce cabinet de travail, prirent congé les uns après les autres. L'oncle examinait les tableaux. Il regardait avec stupéfaction les peintures qu'on lui avait refilées et qu'il avait achetées en gros, sans marchander, et qu'il avait fait accrocher sans même y jeter un coup d'œil. Quelle honte, quelle déception. La tante n'était même pas à la maison, on le savait. Mais l'oncle Rui s'était mis à appeler en direction du dixième étage: "Angelita! Tu entends, Angelita?" L'oncle devait être très perturbé. "Enlevez-moi ces cochonneries d'ici..." Mais il était impossible de retirer sur-le-champ neuf tableaux avec les trous qui resteraient. Neuf trous sur un mur. Seuls deux membres du staff étaient encore là. Plus elle et son oncle préféré.

L'oncle la regardait avec perplexité: "Ça alors! Vous débarquez ici et vous découvrez ce que personne n'a vu. Ça alors!" Puis, la dévisageant, il lui demanda de se souvenir de nouveau du nom des personnes à qui elle avait parlé durant ces fameux jours.

Et Milene, qui avait de nouveau rangé dans sa mémoire cette chaîne d'éléments négligeables pour elle, dut regarder une nouvelle fois le plafond, ne serait-ce que parce qu'elle venait de vivre une émotion extraordinaire, mais elle ne laissa pas les battements de son cœur s'emballer, elle s'était préparée depuis la veille et elle savait par quel bout commencer et comment finir. Elle était prête. Elle convoqua les mots nécessaires et tria de nouveau les faits, comptant mentalement sur ses doigts: d'abord les représentants de l'autorité, puis les employés des pompes funèbres, puis les pompistes de la station-service et enfin le curé et la bonne sœur. "Personne d'autre", dit-elle quand elle arriva à la fin de la liste.

"Il manque une personne", dit l'oncle. Comme elle n'ajoutait pas assez vite le nom de cette personne et pour gagner du temps, il dit: "En fait, c'est toi qui as commandé les fleurs. Raconte donc au docteur Inácio ce que tu as dit à la fleuriste. Qu'as-tu dit à la fleuriste?"

La fleuriste. Oui, elle manquait. Les fleurs étaient si associées au *machin* que c'était comme si elles faisaient partie intégrante de l'église, de l'attente, du trajet le long des rues de São Francisco. Mais Milene se souvenait de tout et elle serait très rapide. Aussi vite qu'elle le pouvait, elle dit qu'elle s'était souvenue de tout le monde, qu'elle avait choisi les fleurs en fonction de chaque oncle et tante, de chaque cousin et cousine, décrivant les détails de chaque couronne, de chaque palme, jusqu'à arriver à la grande couronne d'iris bleus et blancs accompagnée d'une carte violette sur laquelle elle avait fait graver : *Hommage du maire de Santa Maria de Valmares.* Et enfin elle dit : "J'aurais voulu du jasmin, qui était la fleur préférée de la grand-mère Regina, mais il n'y en avait pas."

L'oncle Rui demanda avec impatience pendant que les autres fouillaient dans des papiers : "Et elle ne t'a pas demandé pourquoi c'était toi, et pas tes tantes, qui commandait, payait et faisait écrire les phrases de condoléances et tout le reste ? Elle ne t'a pas posé la question ?"

"Je crois bien que si."

"Et alors ?"

"J'ai dit que vous n'étiez pas là. J'ai été obligée de dire que je ne savais pas où vous étiez ni quand vous reviendriez."

"Mais ce n'est pas vrai. Tu le savais", déclara l'oncle Rui.

Elle hésita. Fallait-il le contrarier ? Dire ? Ne pas dire ? Elle dit : "En réalité, oncle, je ne savais pas."

L'ingénieur croisa les mains devant elle. Le moment de la confrontation était venu, et il était très différent de ce qu'elle avait imaginé. L'oncle se mit en colère, il déroula sa colère puis la rentra. Curieusement, un sentiment de force envahit Milene. Elle joignit les talons et la pointe des pieds, elle serra les genoux. Comment pouvait-elle dire qu'elle savait quand elle ne savait pas ? Elle disait seulement clairement ce qui était clair : "Je ne savais pas, oncle", déclara-t-elle d'une voix forte. Le moment pour lequel il fallait du courage était venu. Elle se souvint de son séjour dans le diamant et de la force des mots des autres : *"Courage, ma petite, vous êtes très intelligente, très courageuse, tout à fait sensationnelle. Courage…"* Eh bien, le moment était venu : "Non, je ne savais pas."

"Effectivement, monsieur le maire, elle ne peut pas dire maintenant qu'elle savait ce qu'elle ne savait pas. Tout cela est très dangereux. Vous trouvez que c'est utile ? Je ne le pense pas. Je ne me hasarderais pas sur cette voie", conclut cet homme en s'appuyant largement sur son bloc-notes et son appareil à couvercle évanescent.

Le maire prit un air pensif.

"Laissez tomber", dit l'oncle Rui Ludovice après deux secondes de réflexion. "Laissez tomber." Et s'adossant, épuisé, respirant l'air encore plein de la présence des hommes qui avaient rempli la pièce de leur respiration et de leur transpiration en cet automne chaud, de parfums d'herbes, de savanes, d'écorces de citron, de cannelle naturelle et de musc, tout cela sentant la végétation brûlée, et se tournant vers les deux hommes qui étaient restés, il conclut : "Alors c'est elle. La fleuriste Lola. Coupez complètement les commandes de fleurs à cette maquerelle au nom espagnol. Coupez radicalement."

"Radicalement", exigea Rui Ludovice. "C'est elle qui a téléphoné aux agences de voyage qui à leur tour ont téléphoné aux journaleux. Coupez avec la fleuriste et les voyages. À votre tour à présent", dit l'oncle à l'homme jeune censé entendre Milene.

L'homme jeune s'était penché vers elle et s'était mis à parler très lentement comme si elle avait l'ouïe déficiente. Ils devaient s'être déjà tous concertés. Milene serra son sac entre ses mains. Elle commençait à s'impatienter. Elle répondrait rapidement à toutes leurs questions. Elle voulait que le moment de la confrontation cesse avant qu'elle n'ait à évoquer tout ce qu'elle avait sur le cœur, *Totus Tuus, Tronc pour les âmes du purgatoire, Confiteor Deo*, de même que les mots du Livre de la Sagesse. Elle répondrait à toute vitesse. L'homme jeune lui demanda de se concentrer : "Pensez à l'ancienne Fabrique de conserves Leandro. Vous êtes allée vous réfugier là-bas. Y avait-il quelqu'un dans la maison quand vous êtes arrivée ?"

"Non, seulement les chiens."

"Comment en êtes-vous sûre ?"

"J'ai entendu des gens arriver au bout d'un long moment. J'étais cachée. Cela faisait plusieurs jours que les chiens n'avaient pas mangé. Tout était renversé par terre. Les draps étaient si durs qu'ils avaient l'air en fer-blanc."

"Comment le savez-vous ?"

"J'étais cachée derrière. Quand les gens sont arrivés, ils m'ont découverte et je leur ai fait très peur."

Rui Ludovice l'interrompit : "On peut interpréter ça de deux façons. De deux façons contradictoires."

"Oui, on peut interpréter ça de deux façons. Mais les faits, eux, ne sont pas contradictoires", dit l'homme jeune qui devait être avocat comme l'autre.

Et l'oncle redevint pensif.

"Alors, laissez tomber", dit l'oncle.

L'oncle Rui Ludovice était parti téléphoner. Il ne revint pas. Ses pas se perdirent sur le parquet vernissé, sur le fin tapis dans le bureau, et ne revinrent pas. En revanche l'employée de maison vint dire que M. Frutuoso avait dit que M. le maire avait dit qu'il n'y aurait pas de déjeuner. Personne n'avait le temps. Ni lui ni la tante. Ni les cousines, qui déjeunaient au tennis. Milene ne pourrait-elle pas déjeuner avec le chauffeur ? Milene était toujours assise dans le bureau où la longue table était vide et elle regarda une fois encore le mur où neuf tableaux obtenus à partir de la fragmentation de Guernica constituaient une double frise d'or plissé. C'était à cause de cela, parce qu'elle avait dit cela, parce qu'elle n'avait pas attendu l'heure propice pour en parler, c'est-à-dire à cause d'elle-même et de personne d'autre, qu'elle allait déjeuner en tête à tête avec M. Frutuoso. La dernière fois que l'oncle l'avait regardée, quand il était encore assis, ses yeux brillaient comme ceux de Raspoutine, comme disait João Paulo des yeux de l'oncle Afonso lorsque ce dernier se mettait en colère. Et l'oncle Rui, qui d'habitude la traitait bien, qui faisait des commentaires approbateurs sur sa façon de s'habiller et qui passait la main dans ses cheveux pour les dompter, l'avait regardée avec une expression proche de la colère. Avec de la vraie colère. C'était compréhensible. Si tout pouvoir était pyramidal, comme disait João Paulo, et si l'oncle était au sommet de la pyramide et elle tout en bas, pourquoi avait-elle voulu lui faire la leçon ? Ce changement était de sa faute à elle et à elle seule. Elle comprenait très bien tout ce qu'on lui disait.

Mais elle ne savait pas encore si elle déjeunerait avec M. Frutuoso.

Et ce fut alors que survint le moment le plus important du bref calendrier perpétuel.

11

Au début elle ne sut que penser.

M. Frutuoso avait pris la direction de la route côtière de Valmares. Ils roulaient sur une route sinueuse, avec des courbes et des contre-courbes indépendantes de la dentelure de la mer, comme si autrefois il y avait eu là des montagnes qu'un séisme avait abattues, anéanties et écrasées, et comme si la marque des différentes altitudes persistait encore. Comme si la route côtière était vue d'en haut, à la lumière d'un éclair, et que la foudre l'avait aplatie. Cependant il s'agissait simplement des anciens contours des propriétés entourées de chemins rustiques dont le tracé subsistait et attestait de modes de vie passés. D'ailleurs la route ne présentait pas seulement ce profil sinueux, elle était aussi de temps en temps pleine de trous, elle s'effondrait sur les côtés, ses bords ressemblaient à des lèvres tordues et même, après une courbure plus ample, on pouvait lire une phrase de Mark Twain, sans le nom de son auteur, inscrite sur toute la largeur d'une grande plaque penchée et rouillée : ACHETEZ DES TERRES CAR ON NE LES FABRIQUE PLUS. La plaque, qui était celle d'une agence immobilière en faillite mais qui avait été prospère deux ans plus tôt, avait dû être déplacée par le vent de l'hiver précédent, et maintenant elle était toute de guingois contre son poteau, comme si elle avait un coude et qu'elle s'apprêtait à dormir à tout jamais sur le sol. Le ACHETEZ DES TERRES CAR ON NE LES FABRIQUE PLUS était à peine lisible, l'inscription se réduisait à quelques lettres éparpillées sur un morceau de tôle, sans intérêt ni orgueil, la beauté de son défi ayant disparu de même que son potentiel d'astuce. Ne subsistait tout juste qu'un vieil écriteau.

Mais ce n'était pas exactement à cette altération que Milene pensait.

Adossée à la banquette arrière, elle trouvait curieux de ne pas avoir remarqué cet ample virage où un vaste terrain s'avançait jusqu'à la mer, alors qu'elle était passée par là quelques mois plus tôt. Mais elle avait été préoccupée alors par le véhicule devant elle, la fourgonnette grise qu'elle avait le devoir de suivre jusqu'à être restituée à ses tantes et à ses oncles en un marathon inutile. Elle pensait à ce matin d'août et en même temps aux pas rapides de l'oncle Rui, à son regard raspoutinien, à la fourgonnette grise et à la phrase de guingois qu'elle ignorait être de Mark Twain, elle pensait aussi au soleil resplendissant de deux heures de l'après-midi, quand la route et ses constructions basses et enchevêtrées avaient commencé à lui devenir par trop familières, comme familier aussi lui était le ravin qui se présentait immédiatement après, soudain rougeâtre et marin, à l'endroit où la terre qui avait cessé d'être plane se hérissait en une autre formation, mais le changement ne se sentait pas dans le mouvement de la BMW anthracite au volant de laquelle M. Frutuoso continuait à demander : "On s'arrête ici ? Ou là ? Ou vous préférez là-bas, plus loin ?"

Car ils passaient devant des cafés et des restaurants, des bars et des mini-bars, des snack-bars de tout genre, orientés vers la route comme si eux-mêmes étaient le comestible qu'un être extraterrestre devait faire emballer, ils passaient devant des nappes blanches immobilisées par des assiettes posées à l'envers sur des tables devant des portes, ils passaient devant et elle ne voyait pas où elle pourrait déjeuner avec le chauffeur pour remplacer le repas promis avec tante Angela Margarida, les cousines et l'oncle Rui Ludovice. Elle ne parvenait pas à découvrir un établissement devant lequel elle pourrait dire *ici*. Elle regardait vers le sud, en direction de la mer, et elle se disait que M. Frutuoso la conduisait sur des chemins qu'elle ne connaissait que trop bien. Elle fut alors assaillie par une idée, par une tentation qui allait changer sa vie.

"Arrêtez", dit-elle. Mais non, elle ne savait pas comment ni à quel point cela allait changer sa vie.

Milene frappa avec force sur la banquette. Habitué à obéir, à partir et à démarrer indépendamment de sa volonté, qu'il réservait à d'autres moments, le chauffeur s'arrêta. Mal d'ailleurs, légèrement de travers. La voiture quitta l'asphalte et fit tric tric sur le gravillon et les herbes hérissées, contrairement à l'habitude de cette BMW. Mais elle s'arrêta. Aux alentours, pas la moindre gargote. Habitué à entendre, à écouter, à ne parler que dans les interstices, il regarda derrière lui dans le rétroviseur.

"Que se passe-t-il?"

"Vous pouvez partir", dit-elle. "J'ai quelque chose à faire."

Et, sans lui laisser le temps de se retourner, la nièce par alliance du maire, dans sa jupe trop courte, avec ses cheveux divisés en deux moitiés, son sac à l'épaule, se mit à descendre à toute vitesse dans le pré desséché et les herbes encore plus sèches de la pente, puis elle arriva sur du plat, s'avança sur le sol en sable dur, puis en sable mou, et disparut ensuite entre les branches, tandis que M. Frutuoso, qui avait laissé les portières de la voiture ouvertes, essayait de la suivre. Un homme en costume-cravate, habitué à vivre assis, qui veut courir, l'appeler au milieu de l'herbe brune, qui se débat en dehors de son milieu naturel à trois heures de l'après-midi. "Hé ho! Écoutez, revenez..." Elle entendait les appels de cet homme qu'elle avait pris en grippe, sachant qu'il ne tarderait pas à renoncer, il devait déjà s'empêtrer les pieds dans les plants de thym car il ne savait pas où menait le raccourci qu'elle avait pris. Elle l'entendait appeler son nom pendant qu'elle zigzaguait entre les arbustes et les branches d'arbres et qu'elle s'éloignait, mais très bientôt elle n'entendrait plus rien. Car en se lançant dans cette course, ce qui l'intéressait n'était pas ce qu'elle laissait derrière, mais bien ce qui l'attendait plus loin.

Ce qui l'intéressait était près du sable, au ras de la mer. L'endroit où les silhouettes de ciment et de fer s'élevaient, entourées de tiges métalliques et vers lesquelles Milene se dirigeait comme si une main l'entraînait. D'ailleurs, ce qu'on construisait là se transformait de jour en jour, à vue d'œil. Elle se souvenait de la première fois où elle était venue en ce lieu, des conditions incroyables dans lesquelles elle avait attendu au soleil. Depuis, l'excavation s'était tellement transformée que désormais trois étages s'élevaient au-dessus des fondations. La structure avait cessé d'être une plate-forme vissée dans le sable pour prendre la forme d'alvéoles géantes avec des murs à angle droit qui montaient vers le niveau du sol. Autour de ce qui deviendrait l'hôtel Camarga, seuls six engins aériens remuaient leurs bras à tour de rôle. Quand ils les déplaçaient, c'était parce que quelqu'un les manœuvrait là-haut dans les cabines de verre. Elle savait très bien comment on y montait et comment on en descendait au milieu de toutes ces flèches, comment on pouvait rester immobile là-haut pendant de longs moments, sans rien faire, à attendre. Elle avait admiré suffisamment souvent les manœuvres d'Antonino pour savoir comment cela se passait. S'il était là, elle l'appellerait, elle le ferait descendre du haut de la patte qui soutenait le long bras, et lui, au milieu, comme s'il était la tête et le moteur de tout cela, devrait descendre. Mais c'était samedi, les cabines étaient vides et tous les bras métalliques immobiles. Milene pensa : *Tu t'es encore esbigné, canaille, c'est toujours toi qui as du pot.*

C'était toujours lui qui avait de la chance, à commencer par le fait que c'était un samedi. Devait-elle renoncer ? Non, elle pouvait au moins rester là, voir à quoi ressemblait ce monde sans Antonino. Répartis entre les différents postes de travail, les ouvriers se trouvaient sur la plate-forme constituée par les alvéoles, coiffés de leur casque, lents, comme fatigués des tiges de fer auxquelles ils se cramponnaient comme à des poteaux. D'autres ne bougeaient pas ou se bornaient à contourner des objets sans nom, des matériaux pesants dont la simple contemplation devait provoquer des élongations musculaires. Mais Milene, notre cousine Milene, s'étant mise à observer avec attention le chantier, finit par découvrir celui qu'elle souhaitait apercevoir. Elle reconnut Antonino au milieu de la vingtaine d'ouvriers qui s'affairaient en cet instant sur la plate-forme. Il était là. Elle le reconnaissait à sa façon agitée d'aller et venir avec un objet à la main, de l'emboîter comme s'il n'existait que pour être emboîté. Elle le reconnaissait à sa chemise déboutonnée, à la partie supérieure de son corps comme détachée du bas, il entrait dans les voitures de la même manière. La même agitation obstinée, la même énergie braquée sur un but, comme s'il avait choisi des objectifs proches impératifs, et que tout cela se transmettait à la chemise ouverte et au pantalon qui descendait sur les hanches, qui retombait sur les chaussures de sport, volumineuses et claires, comme de hauts patins, et elle pensa alors qu'elle devait agir, qu'elle ne pouvait pas attendre. Après tout il avait une fiancée vivante nommée Divina. Elle devait agir, cela ne lui coûtait rien. Elle n'allait pas renoncer. Elle attendrait debout.

Une fois de plus, tout allait être confirmé.

Oui, il était là, et il ne la regardait pas et il ne la voyait pas. Même si elle ne bougeait pas de cet endroit où un petit vent sec soufflait de biais à travers sa jupe, même si elle restait là jusqu'à la fin de ce samedi, jusqu'à la fin de la journée et de la nuit suivante, et de tous les jours et de toutes les nuits, il ne la verrait pas, pour une raison ou pour une autre. Soit parce qu'il se vouait corps et âme à cette opération d'emboîtage qui semblait l'absorber complètement, soit parce qu'il allait sortir avec les copains de la vieille Pontiac, soit encore parce qu'il avait une fiancée vivante. Il ne la verrait pas. Le ciel de trois heures de l'après-midi était trop bleu et la terre trop brune et les oiseaux qui volaient en arrière-fond trop noirs et le chantier trop tranquille. Le calme insupportable de la mer si proche dont l'ondulation était inaudible, l'ombre de Frutuoso resté là-bas derrière, tout cela additionné lui transmettait la certitude que, si elle avait dévalé cette pente accidentée et herbeuse, ce n'était pas simplement pour regarder monter la plate-forme en ciment, mais bien parce qu'elle, Milene, voulait appeler Antonino dans le silence de l'après-midi entrecoupé en cet instant par un martèlement étouffé. C'était le moment qu'elle attendait depuis qu'elle avait pris sa décision.

"Antonino ?"

Elle l'appela très fort, aussi fort qu'elle le pouvait. "Antonino !" Elle l'appela une deuxième fois, en une sorte de hurlement étranglé. Milene l'appela plusieurs fois, tout en se rendant parfaitement compte qu'une fille en jupe courte, se trémoussant devant une bande d'hommes coiffés de casques jaunes, faisait mauvais genre. Mais elle s'en moquait. Elle devait faire vite. "Antoninooooo !" cria-t-elle de toutes ses forces, projetant son nom contre le bruit à ras de terre de ce chaud après-midi de travail où personne ne travaillait vraiment. Elle appela ainsi, à grands cris, comme elle seulement savait appeler, car il fallait qu'il se décide. Il ne pouvait pas continuer à passer devant la villa Regina quotidiennement à la tombée de la nuit, ni à tournicoter devant le Kilomètre 44 aux moments les plus inattendus, pour ensuite faire semblant de ne pas la voir. Antonino était stupide. Que voulait-il donc ?

L'heure était arrivée.

D'ailleurs Milene le vit se retourner, une poutrelle à la main, ou un autre objet semblable, un outil peut-être, et comme si un travail impossible à remettre à plus tard l'attendait du côté opposé, il disparut à l'intérieur des alvéoles. Elle le vit disparaître derrière les trous gris qui lui rappelaient les alvéoles d'Alien III. Disparaître complètement. Et un autre garçon dans un angle situé entre deux piliers, s'assurant que personne ne le voyait, porta la main à un endroit suspect de son corps et lui adressa un geste obscène. Un geste qui salissait tout. Indécent. *Indécent*, se dit-elle, le dissociant d'Antonino. D'ailleurs, comme si elle ne voulait pas que ce soit le dernier message de cet après-midi, un message émanant des profondeurs de l'indécence du corps, pas très loin des excréments et de l'urine, et souhaitant que ce moment du jour reste propre, avec le courage qui l'emplissait, de façon désordonnée, joyeuse, furieuse, retenant sa jupe à deux mains, genoux joints, Milene se mit à appeler: "Antonino? Antonino? Antonino?... » Pas comme si c'était un appel ou une insulte, mais un épilogue, sachant qu'Antonino ne se trouvait pas parmi ces hommes qui la regardaient en se moquant d'elle. Elle comprenait. Antonino avait évité l'embarras qu'elle représentait, mais au moins tout était devenu clair. Elle avait horreur de souffrir longtemps. D'ailleurs elle détestait souffrir, elle ne voulait pas souffrir, il en avait toujours été ainsi, il en serait toujours ainsi. Cette histoire venait d'avoir un dénouement. Cette histoire était finie.

Milene tourna les talons et se mit à rebrousser chemin.

Elle commença à gravir la pente sableuse par un autre versant, parmi les touffes de thym et de chardon, les doigts de sorcière, les plantes rampantes qui tapissaient le grès, complètement desséchées par la rigueur de cet été sans eau, et poussée par l'idée qu'elle avait obéi à une nécessité intérieure qui à la fois emplissait son cœur et le déchirait ou le précipitait contre d'autres organes, soudain tous à l'étroit en elle, en quête d'un ordre, sans souffrir, elle remonta jusqu'à la route, prête à rentrer chez elle à pied sur les bas-côtés étroits. Les voitures passaient tout près d'elle et elle titubait, légère, comme un ivrogne qui chantonne, sans poids ni pieds ni souliers, car elle avait fait une chose complètement stupide, bien plus stupide que dévoiler la vérité à propos des tableaux de l'oncle Rui Ludovice, puisque son irruption sur le chantier mettait fin définitivement et pour toujours à cette relation, et Milene en était contente. Comme si un sentiment aussi inattendu ne pouvait que finir ainsi. Elle marchait comme si elle venait de se suicider, mais elle n'en était pas triste, elle se disait plutôt : *tiens, j'en ai été capable, j'ai été capable de faire une stupidité qu'aucune fille de mon âge ne ferait et je m'en trouve bien...* Comme si elle avait joué dans un film avec Clint Eastwood ou Schwarzenegger et qu'elle était pleine de muscles et d'un bon instinct de survie. Maintenant il ne lui restait plus qu'à marcher, marcher. Cette histoire était terminée, point final. Et avançant et réfléchissant à ce dénouement rapide, Milene ne remarqua pas le ronronnement paisible de la voiture conduite par M. Frutuoso qui s'arrêtait à côté d'elle.

12

Ensuite M. Frutuoso, avec sa façon très particulière de conduire et sans lui adresser la parole, la déposa devant le Kilomètre 44 sans regarder derrière lui, comme s'il livrait un colis qui s'était égaré et qu'il avait envie de voir disparaître.

"J'ai vraiment une patience de Job…" lui avait-il dit en l'attrapant par le bras.

Quand elle descendit de la voiture, il se tourna, mais simplement pour mieux refermer la portière par laquelle elle était sortie. Pour bien la fermer, bien la verrouiller. Pour s'assurer que Milene ne s'introduirait pas par les fentes électroniques du véhicule pour gâcher sa vie de chauffeur. Pour ne pas gâcher la vie de ses patrons, empêcher monsieur l'ingénieur et madame Angela Margarida de dormir, et aussi leurs filles qui ne devaient pas voir Milene souvent, ça ne leur faisait aucun bien. Il vaudrait d'ailleurs mieux qu'elles ne la voient jamais, qu'elles ne l'appellent jamais leur cousine. Que Milene reste toute seule là où elle voudrait. Ses revers de pantalon étaient encore pleins de poussière à force de l'avoir cherchée partout. Il était même sorti plusieurs fois de la voiture pour se secouer énergiquement. Après seulement il disparut, s'envolant en direction du Frame Store et de l'hôtel Miramar, lévitant au-dessus de la route. Il avait reçu un coup de téléphone pendant le trajet : "Si elle est là ? Oui, monsieur l'ingénieur, elle est dans la voiture, sur le siège arrière. Bien entendu, monsieur l'ingénieur, où est-ce que je la déposerais, sinon ?"

Comme s'il avait poursuivi un animal domestique avec des velléités d'escapade.

Mais Milene s'en moquait bien. Complètement au clair, désormais, elle était rentrée chez elle, elle s'était avancée dans le living-room où les fauteuils de la grand-mère Regina étaient intacts, l'un en face de l'autre. Il y avait aussi la table en merisier, l'étagère avec l'Encyclopédie et les livres du Brésil. Les portraits sépias, ceux en noir et blanc et ceux en couleurs, les tableaux peints, ceux qui avaient laissé des marques visibles sur les murs, comme les peintures avec des cabanes suisses et des scènes de

Giselle ou du *Lac des cygnes*. Tout était là et l'attendait. Elle s'approcha du téléphone. Elle composa les treize chiffres. Eux aussi l'attendaient : *"You've reached five, seven, three..."* Milene écouta, craignant que la bande soit définitivement endommagée, mais la liaison s'établit sans difficulté. D'une voix très basse, murmurée, Milene dit : *"João Paulo ?"* De nouveau la distance ne se faisait pas sentir. Comme si quelqu'un d'entièrement disponible se trouvait à l'autre bout, attendant une formule magique envoyée de ce côté-ci, mais ne souhaitant pas se manifester. *"João Paulo ?"* Milene s'arma de courage. *"Écoute, j'ai eu une histoire d'amour mais j'y ai mis fin. Ça ne me convenait pas, il avait une fiancée vivante et une autre morte. Il m'a dit que je ressemble à la morte et c'est elle qu'il aime le plus... Quoi qu'il en soit, je ne veux pas de lui. Je suis allée sur le chantier où il travaille pour le mettre au pied du mur. Maintenant je ne veux plus le voir."* Le combiné en l'air, dans l'attente d'une réponse. *"Et je veux aussi te dire qu'ici il ne pleut jamais. Comment ça va chez vous ? J'ai vu à la télé que la neige est arrivée. Les tempêtes de neige toutes blanches qui n'existent pas ici..."*

Milene continuait à attendre, le combiné entre l'oreille et les lèvres. Et pourquoi pas, puisque c'était un jour si important ? Entre-temps l'obscurité était venue et Milene songea à raccrocher, car c'était l'heure d'ouvrir tout ce qu'il était possible d'ouvrir dans la villa Regina, l'heure de rattacher l'intérieur de la maison à l'univers au-dehors, tous deux séparés uniquement par l'épaisseur des vitres des fenêtres. Mais elle poursuivit : *"Je ne sais pas si je t'ai dit que mon amoureux est un des garçons de la troisième vague... Maintenant je ne mettrai plus jamais les pieds dans le diamant..."* Ensuite elle raccrocha et alluma toutes les lampes d'un bout à l'autre de la maison. Se déplaçant entre la musique de la radio et la télévision. Mais quand elle se fatigua des bruits simultanés qu'elle-même avait créés, elle débrancha les appareils et resta au milieu du salon à côté des abats-jours clairs, à réfléchir, à penser avec sa tête. Puis elle reprit le téléphone : *"João Paulo ? Ici il fait nuit noire. Je me sens une vraie crotte. Je suis tombée de je ne sais où et je me dirige vers je ne sais quoi. Mais je suis très heureuse. Ça arrive parfois..."*

En fait Milene devinait que sa vie avait changé pour toujours, mais elle n'imaginait pas à quel point. Elle ne le saurait d'ailleurs pas de sitôt. Elle n'allait pas au Maõs Largas parce qu'elle ne voulait pas rencontrer Barbosa, elle ne voulait pas travailler pour lui, avec le tablier et le crayon. Alors elle allait ailleurs, au petit bonheur. Plusieurs jours plus tard, un dimanche après-midi, elle était au Pomodoro, à l'intérieur, et elle regardait dehors lorsqu'une fille noire, accompagnée de deux jeunes noirs comme elle, tous trois sentant le parfum Havana, entra dans le restaurant. Toutefois le parfum ne venait pas d'eux, mais d'Antonino qui marchait derrière avec ses trois enfants en bas âge.

Milene remarqua que la jeune fille et Antonino formaient déjà un couple parfait. Un des adolescents asséna une claque à Emanuel, l'aîné d'Antonino. Ils se disputaient un objet actionné par des piles. Antonino hurla en direction du fils de la femme. Excellent. Ils ne faisaient déjà plus de manières. Ils étaient peut-être déjà mariés. Alors c'était donc elle la fameuse fiancée vivante, nommée Divina ?

"Silence !" dit Antonino Mata, de sa façon sèche et saccadée.

Quant à elle, Milene, il ne la voyait pas, ou s'il la voyait, il ne voulait pas la voir. Bénis étaient les jours où la mère d'Antonino lui avait dit : *Bon sang, vous êtes très gentille, très intelligente, tout à fait sensationnelle*, alors qu'elle était tout enveloppée dans les mots des autres, *Introibo ad Altarem Dei, Totus Tuus, Confiteor Deo*, comme la flèche qui vole, le nuage qui passe, vous vous sentez bien ? Antonino lui-même lui disait, vous savez, jeune fille, si j'étais vous je n'irais pas à la mairie de votre oncle, je reviendrais chez nous, pour réfléchir à votre vie, et ainsi de suite, jusqu'au moment où tous partirent. Divina rassemblant autour d'elle ses fils déjà aussi grands qu'elle et Antonino les siens qui avaient encore des dents de lait.

Quant à la fiancée vivante, elle sortait du Pomodoro, et elle avait des jambes, des hanches, des mamelles opulentes réunies par un décolleté profond, des chevilles, des lèvres, des narines, des yeux avec peu de cils, des pommettes, des doigts pour tenir les morceaux de pizza enveloppés de plastique, et dans le corps elle devait avoir de la graisse, des tendons, un cœur, une rate et des reins, comme tout le monde, et pourtant elle s'appelait Divina. Il y avait des gens qui étaient chanceux. Au revoir, bonne chance. Car Antonino et elle ne se reverraient plus jamais, plus jamais.

Alors il plut à Valmares.

Tout commença par quelques gouttes éparses qui tombèrent en faisant un bruit de pas. Quelques-unes ici, d'autres là, soulevant une puissante odeur de terre sèche. Les gouttes étaient énormes, de la taille du contenu d'un bol, mais la terre les engloutit en moins de rien. Ce fut cela la pluie. Toutefois, les gouttes n'avaient pas été simplement de l'eau tombant du ciel. L'eau elle-même était pleine de terre. Voilà pourquoi les voitures avaient été éclaboussées de taches boueuses. Des tas de gens téléphonèrent au service météorologique pour dire qu'il avait plu de la boue. Les météorologues s'attachèrent à dissiper l'ignorance et répondirent que ce n'était pas vrai. Les écrans s'emplirent de cartes isothermiques qui avançaient et reculaient, pour combattre cette supposition. Les spécialistes affirmaient que les gouttes avaient rencontré en tombant une atmosphère pleine de poussière. Mais il y avait une grande différence entre le fait que des nuages laissaient tomber de l'eau pure qui se chargeait de poussière en cours de route et l'existence de nuages faits de boue. Pour les personnes les plus instruites et les plus imaginatives la différence était abyssale, car elles imaginèrent aussitôt des masses de boue sombre flottant dans le ciel de Valmares. Ce serait la fin de la vie humaine, tout au moins de celle conçue par les cosmogonies ordinaires où la terre figure toujours séparée des eaux. On en arriva même à évoquer fort dramatiquement l'Apocalypse et les visions de Patmos. Une ménagère exhiba un drap parsemé de grosses taches marron qui ressemblait à la robe d'une vache bicolore. Tel était l'effet de la pluie sur le linge blanc. Un spécialiste fut invité à se prononcer sur le phénomène dans le journal télévisé régional. L'expert ès pluviométrie affirma avec la plus grande assurance qu'il s'agissait de pluie mêlée de boue et non de boue sous les espèces de la pluie. Mais la majorité de la population se moquait bien du moment où s'opérait la fusion, ce qu'elle voulait c'était que la pluie ne tombe pas déjà mêlée à de la boue sur le linge dans les cours. Cela elle ne le voulait pas. Elle voulait de l'eau claire. Ce qui se passait là-haut dans l'atmosphère ne l'intéressait nullement. Les discussions durèrent trois jours. Ensuite il plut davantage.

De toutes petites gouttes transparentes qui transformèrent le sol en une saine bouillie. Le jardin à microclimat sentait l'humus et les feuilles que Milene n'avait pas balayées exhalèrent une odeur de pourriture, la bonne pourriture de la terre mouillée. Des massifs de chrysanthèmes jaunes surgirent dans les cours avec un mois de retard. Aussitôt après, la sécheresse revint, avec six mois d'avance. Abasourdie, la huppe chanta. Des nuages de moucherons s'élevèrent des mares. Les voitures étaient crasseuses. On n'avait jamais vu des vitres aussi sales où les doigts des gamins apposaient leurs premiers graffitis : LAVE-MOI, COCHON. Milene découvrit un LAVE-MOI, COCHON sur sa Clio et elle alla au garage la laver. Devant elle, une fourgonnette grise stationnait en sens contraire. Dedans elle aperçut des enfants avec des bonnets rayés sur la tête. Tout cela en un éclair. Milene reconnut les enfants et la voiture. Dehors, tournant le dos à la fourgonnette, Antonino Mata cherchait de l'argent dans sa poche.

Elle n'avait rien à lui dire. Elle lui avait déjà tout dit.

Mais il était là. Il ne sentait pas le Havana. C'était la fin de la journée et ses vêtements étaient imprégnés de poussière et son regard dur. Il avait une vie rude. Elle ne savait pas d'où venait son inclination pour lui, ni de quoi était faite la substance qui la liait à lui. Antonino fourrageait toujours dans sa poche comme s'il avait perdu son argent. Il l'aperçut, s'approcha, lui demanda : "Mais d'où venez-vous donc à cette heure ?" Il lui posa la question de but en blanc, leurs deux véhicules pointant dans des directions opposées.

Elle n'avait absolument rien à lui dire. Elle aurait quand même pu prononcer une parole de circonstance. Mais quelle circonstance ? Il lui demanda encore : "Où allez-vous ?" En fait, pourquoi lui demandait-il où elle allait ? Elle aussi aurait bien voulu le savoir et elle ne le savait pas. Elle l'ignorait complètement. Et cette ignorance à propos de son parcours personnel, dont elle s'apercevait pour la première fois, grandissait en elle pendant qu'elle s'éloignait de lui sur la route. Mais elle ne s'était aperçue de cette ignorance que parce qu'il avait posé la question. Et de quel droit le fils de Felícia Mata l'interrogeait-il ainsi, elle ne faisait pas partie de sa famille, elle ne lui était rien, pourquoi lui demandait-il ainsi, de but en blanc, d'où elle venait et où elle allait ? Simplement parce qu'il avait essayé de la ramener à ses oncles et à ses tantes un jour d'août où elle était en état de choc ? Un jour où elle était pleine des mots des autres, des ordres des autres, comme une marionnette ? *Abyssus abyssum invocat* qui l'attirait vers l'abîme ? Il n'avait pas le droit de lui demander quoi que ce soit. Non, il n'en avait pas le droit, car elle était allée l'appeler sur le chantier et il n'avait pas répondu. Et maintenant il n'avait même plus le droit de lui adresser la parole.

Et donc pour cette raison, à l'instant même, elle allait retourner en arrière pour le rattraper et le dépasser et lui dire : *"Disparais, va poser la question à ta fiancée vivante, allez, va…"* Et déjà elle faisait faire demi-tour à la Clio.

Il y avait une déviation où le Frame Store jouxtait le toit bas d'une gargote, suivie du Pomodoro et du Banana, puis de la flèche avec la déviation. La route formait un cercle, une espèce d'anneau arbitraire qui la menait dans la direction opposée. Milene connaissait les trajets d'Antonino. À cette heure il rentrait chez lui pour confier ses enfants à sa famille, puis il se lavait sous la douche dans la cour, s'habillait, se parfumait et partait vite rejoindre Divina. Milene le suivait à la trace pour lui dire qu'il n'avait pas le droit. Il aurait dû lui poser la question plus tôt. Après la déviation, elle démarra sur les chapeaux de roue, se précipita sur la voie libre devant elle. Elle accéléra, ralentit. Mais elle ralentit parce que sur la voie opposée, zigzaguant dangereusement, la fourgonnette grise s'approchait à toute allure. C'était bien sa silhouette et son museau métallique brillant, que Milene connaissait si bien.

Antonino avait-il eu la même idée qu'elle ? Avait-il pensé qu'une explication s'imposait ? Venait-il en sens inverse pour la rattraper et discuter avec elle ? Ou s'agissait-il d'une coïncidence ? C'en était trop.

En fait, Milene et Antonino s'arrêtèrent au bord de la route, sur des bas-côtés opposés, ils claquèrent les portières, s'avancèrent l'un vers l'autre comme s'ils allaient régler des comptes, comme si chacun allait lancer un projectile et blesser l'autre à mort, et pourtant, en se rapprochant l'un de l'autre, elle se heurta à lui, et lui, dans sa hâte, se heurta à elle, chacun heurtant l'autre sur l'étroite bande qui séparait les maisons des voitures, devant les trois marmots qui s'étaient mis debout sur les sièges pour les regarder. Milene et Antonino, serrés l'un contre l'autre, sans pouvoir se séparer pour aller déplacer les voitures. La main d'Antonino tremblant sur le dos de Milene. Il faisait presque nuit. Ils s'étaient retrouvés sur ce bas-côté inhospitalier. L'amour palpitait autour des maisons mal alignées le long de cette route qui se prenait pour une rue. Il s'empara de la clé de la voiture de Milene et la gara plus loin. Du bord de la route d'où Milene n'avait pas bougé, elle voyait les jambes d'Antonino courir, courir, illuminées par les éclairs de phares des voitures qui passaient. Quand il revint, il la retrouva au même endroit. Ensuite ils entrèrent dans sa voiture à lui. Les circonstances étaient futiles et ridicules. Mais décisives. LAVE-MOI, COCHON était aussi écrit sur sa fourgonnette à lui. Ils s'assirent. Où iraient-ils ?

Antonino Mata avait deux fiancées vivantes. Voilà tout ce qu'on pouvait dire.

13

On prétendit ensuite que le dîner au Luxor avait été fixé à l'heure H, au moment précis où il devait avoir lieu, comme si tout dans la vie devait être mesuré, calculé pour avoir l'air nécessaire. Mais il n'en fut pas ainsi. Ce dîner fut la conséquence de contacts noués entre Dom. Silvestre et les Hollandais bien avant le fameux soir où l'oncle avait surgi au milieu du gazon, à la grande surprise de sa femme. Un dîner d'affaires comme tant d'autres, à la table numéro 13 dans le restaurant au dernier étage. Les oncles avaient un plan, une stratégie et un objectif. Les rôles étaient distribués, les temps calculés. Dans l'autre camp, c'était pareil. Un dîner d'affaires ordinaire, juste précédé par une réunion préparatoire spéciale, en l'occurrence une longue balade aérienne. Après seulement, si ladite réunion aboutissait, le dîner serait confirmé. À l'heure H.

La promenade de travail organisée par l'oncle Dom. aurait lieu le matin. L'ordre du jour était parfait, nulle opposition, nulle suggestion.

Ainsi donc, vers les onze heures, l'hélicoptère avait entamé un vol de reconnaissance le long de la côte, il s'était aussitôt dirigé vers le nord puis de nouveau vers le sud, dans des cercles de plus en plus resserrés, jusqu'à s'approcher de Mar de Prainhas. Alors seulement l'appareil cibla la fabrique, tournant autour, la cernant et traçant finalement au-dessus d'elle une tangente parfaite. L'hélicoptère faisait un bruit assourdissant, comme une machine de guerre. Quant à la précision circulaire du vol, le pilote semblait s'inspirer de l'aigle.

"Beau, très beau..." n'avait pu s'empêcher de s'exclamer le Hollandais. Et à partir de là tout s'était déroulé à la perfection.

Déjà avant, quand ils survolaient les dunes d'où les bandes d'oiseaux s'envolaient, le Hollandais s'était retourné, l'air assez content. Malheureusement le vacarme l'empêchait de se faire comprendre. D'ailleurs, à mesure qu'ils s'approchaient du diamant, que le toit de la Vieille Fabrique s'allongeait et se déplaçait comme une plaque arrachée au sol, que cette belle tache ouvragée par les lichens grandissait entre les graminées et le sable, que les onze arbres offraient leurs palmes en éventail comme s'ils leur adressaient des signes, M. Van de Berg s'était mis à parler très fort en direction des sièges derrière lui, occupés respectivement par l'oncle Dom. et l'oncle Afonso. À un certain moment, le Hollandais dut même hurler pour se faire entendre : "C'est quoi ces oiseaux ? Là-bas, plus loin... Regardez, regardez, ils s'envolent..." Et pendant ce temps des oiseaux blancs, teintés de rose par la lumière du matin, s'élevaient en bande et faisaient des pirouettes entre le sable et la mer, chassés par le vacarme du moteur. L'oncle Dom. faisait un effort, il connaissait tous les oiseaux du coin, mais il n'était pas entièrement sûr, et vu les circonstances, il ne voulait pas courir de risque. "C'est peut-être des mouettes rieuses", criait l'oncle Dom. au milieu du tintamarre. Ensuite l'hélicoptère était descendu pour remonter aussitôt, faisant un tour complet du diamant, le survolant, et ce à plusieurs reprises. Là, le Hollandais avait pointé son doigt énorme, tout était grand chez lui, sa tête blonde déjà presque blanche frôlait le plafond de l'aéronef. "Hé ! Il y a des gens là-bas, regardez, là-bas, là-bas... Des gens..." Pointant son super-doigt.

Alors l'hélicoptère était descendu encore plus bas, s'était incliné, les gens au sol s'étaient mis à courir et à agiter les bras. M. Van de Berg était un Hollandais de Rotterdam qui avait appris le portugais dans le sud du Brésil et l'expressivité auprès de son père qui avait émigré dans sa jeunesse dans le sud de l'Italie, et donc il leur adressa des signes à travers la vitre, bien que très probablement les gens en bas ne le vissent pas. Le Hollandais se retourna pour demander à grands cris : "Hé ! Il y a des gens qui habitent là-dedans ?" Difficile de répondre, à cause du bruit assourdissant des pales.

Mais l'oncle Dom. avait entrepris d'expliquer qu'il s'agissait d'un prêt, d'un prêt passager, et que monsieur Van de Berg ne devait pas se laisser impressionner, car ces gens faisaient juste partie de la troisième vague. L'oncle Dom. complètement penché vers le Hollandais, le Hollandais complètement penché vers Dom., leurs têtes se rejoignant au milieu de l'hélicoptère. Le vacarme était le seul problème de ce genre de transport aérien. Ce serait tellement bien si on pouvait voler ainsi, pales largement éployées, mais avec l'impondérabilité de l'aigle. De nombreuses affaires allaient se conclure dans cette cabine. Mais cela, l'oncle Dom. ne le dit pas, même s'il y fit allusion plus tard. À terre, les gens continuaient à gesticuler.

"Un *préstimo*? Qu'est-ce que ça veut dire?"

Malgré tous ses efforts, le Hollandais ne comprenait pas ce mot. Et au même instant l'hélicoptère décrivait un cercle plus large, pour bien montrer l'implantation des bâtiments sur le terrain par rapport aux dunes et à la mer et quand il revint, rasant le diamant du côté nord, les rails d'acier brillèrent au soleil et les onze palmiers centenaires surgirent en face, se déployant dans toute leur élégance sauvage. Les gens dont parlait Van de Berg avaient couru entre-temps dans la direction opposée, ils se trouvaient du côté du mur sud et maintenant, même s'ils avaient agité les bras, c'est à la queue de l'hélicoptère qu'ils auraient envoyé des signes d'adieu. L'aéronef reviendrait-il? Non, le Hollandais avait vu tout ce qu'il voulait voir du haut du ciel. L'appareil était descendu et remonté jusqu'à la verticale au-dessus de la cour. Puis, chassant plus loin de nouvelles bandes d'oiseaux effarouchés, comme si le nez de l'appareil les soulevait du néant, ils étaient revenus à leur point de départ. Encore dans le cocon de verre, les pales tournant toujours, Van de Berg avait été très concret. Il déclara qu'au dîner il voudrait connaître le nom des oiseaux, la signification du mot *préstimo* et de l'expression *troisième vague*. Le Hollandais riait beaucoup, comme si tout ce qu'il voulait c'était une leçon de portugais, alors que les deux oncles, impliqués de très près dans l'opération, savaient fort bien de quoi il retournait. La première étape était franchie. Pascoa obtint alors le feu vert pour confirmer le dîner au Luxor.

"Monsieur veut réserver la table 13, à côté de la fenêtre..."

La table près de la baie vitrée les attendait. À l'arrivée du groupe, le serveur s'était précipité pour allumer les bougies dans les bougeoirs remplis d'eau. La Ria était complètement noire en cette nuit d'automne. On ne voyait rien au-delà de l'espace éclairé par les lumières de l'hôtel. Mais cette opacité n'avait aucune importance. Tous savaient que l'obscurité dissimulait une surface lagunaire aussi sinueuse que les dessins d'un tapis persan, ses entrelacs se modifiant d'instant en instant, la surface de cette bouillie humide changeant sans cesse, oscillant entre des lignes de force invisibles et mystérieuses. Ils parlaient de cela en s'asseyant. Les Hollandais attendaient ce moment depuis des mois, ils étaient contents. Van de Berg était accompagné à présent par un autre Hollandais, juste un peu moins grand et un peu moins rose que lui, et il était suivi de son propre avocat, un Portugais presque aussi corpulent qu'eux. L'oncle Afonso était accompagné encore maintenant du seul Dom. Silvestre. Comme convenu, l'oncle Rui n'était pas présent. C'était un dîner d'affaires. À peine assis, les deux bougies vacillant au milieu de la table, M. Van de Berg oublia l'obscurité extérieure et se souvint des oiseaux du matin. C'était beau, très beau. La table était pour huit, ils étaient cinq, tous en costume sombre comme pour une cérémonie, le grand Hollandais au milieu de la table, occupant l'espace de trois personnes.

"Alors, finalement, c'était bien des mouettes rieuses?" demanda-t-il en martelant bien les syllabes.

L'oncle Afonso avait cédé la parole à Dom. Silvestre. Ce sujet n'était pas de son ressort à ce dîner d'affaires. Que son beau-frère se débrouille avec les oiseaux.

"Quel est donc le nom de ces bestioles?"

Dom. Silvestre était ferré sur le chapitre des oiseaux, non seulement parce qu'il chassait et qu'il s'intéressait à toutes les bêtes qui bougeaient, mais aussi parce qu'il avait rassemblé des informations expressément en vue de ce dîner. Dom. Silvestre était tout à fait conscient de l'importance de pareils éléments de la réalité pour servir d'entrée en matière à ce genre de dîner. La chance ne lui tombait pas du ciel, il lui fallait trimer d'arrache-pied pour se la concilier. Et si M. Van de Berg et ses accompagnateurs le souhaitaient, il pourrait, bien entendu, parler des oiseaux, des mollusques, des plantes, des lagunes, des sols et des espèces rares du lieu. Car Mar de Prainhas, copropriété de sa femme, était bourré de raretés. Et comme le Hollandais l'écoutait pieusement, l'oncle Dom. s'était mis à parler des alouettes de mer et des sternes, insistant sur la valeur zoologique de la garcette, une merveilleuse petite chose blanche avec un béret pointu de plumes. Oui, elle volait. Pour montrer comment elle volait, l'oncle Dom. pépiait et écartait les bras dans la salle du Luxor, ce qui faisait rire la partie adverse. Portant de temps en temps la main à sa propre tête, l'oncle Dom. parla surtout de la poule sultane, avec ses pattes pourpres et sa petite tiare rouge au milieu du front. Portant la main à son front. Une reine. Un oiseau superbe. L'oncle piailla comme la sultane. Puis il fit aussi état de la présence de tortues d'eau, de crabes et d'hippocampes, de même que d'excellents coquillages bivalves. Les yeux rivés sur Van de Berg, l'oncle Dom. émettait des petits baisers comme s'il les dégustait : "Succulents..." Tout cela et bien plus encore se trouvait sur le domaine de la Vieille Fabrique. Mais les bandes d'oiseaux qu'ils avaient aperçus le matin et qui s'enfuyaient devant l'hélicoptère étaient sûrement des petites mouettes, *Laurus argentatus*, avait dit l'oncle, parfaitement capable de sortir quelques noms latins lorsque l'occasion l'exigeait. Faudrait-il en dire davantage ?

Le restaurant du Luxor était situé au dixième étage, tous les cinq étaient assis près de la baie vitrée, et ils avaient beau regarder dehors, ils ne distinguaient rien, même si au fond ils devinaient tout.

Le Hollandais ne cachait pas la sympathie que lui inspirait la gent ailée de cet endroit. Il avait beaucoup aimé ces oiseaux, ces innombrables bandes d'oiseaux. Van de Berg cherchait encore à s'installer commodément à table et il posait ses questions avec emphase. Ses interlocuteurs avaient-ils vu par hasard *Out of Africa*? Quand le petit avion piloté par Redford effrayait des bandes d'oiseaux dans le ciel de l'Afrique ? Eh bien, lui, associant les deux images, se sentait émerveillé. C'était magnifique, magnifique. Le monde contenait encore des paradis, il fallait juste être attentif aux chemins qui y menaient. Homme doté de flair, il sentait de loin l'emplacement de ces paradis. Souriant. À son tour l'oncle Dom. ne se lassait pas de dire que la région tout entière était le point de rencontre des oiseaux qui venaient du nord et du sud et qui y faisaient escale. "L'aéroport des oiseaux..."

Ce fut ainsi, avec la description de la faune migratrice de Mar de Prainhas, selon l'oncle Dom., qu'avait commencé le dîner au Luxor. Après seulement, le Hollandais avait voulu connaître l'histoire de la *troisième vague*. Et surtout le sens du mot *préstimo*.

"*Empréstimo*, prêt", le corrigea l'oncle Dom. "Prêter, céder temporairement en échange de rien, vous comprenez ?"

Maintenant, oui, le Hollandais avait compris. Ses auxiliaires aussi, surtout l'avocat. Bref, des gens habitaient là-dedans, mais c'était un prêt, et donc M. Dom. Silvestre pouvait continuer. On ne leur avait pas encore apporté le menu pour qu'ils choisissent leurs plats et il ne restait qu'à clarifier la question de la *troisième vague.*

"Vous voulez savoir ce qu'est la *troisième vague*, monsieur Van de Berg?" avait demandé l'oncle Afonso, devançant Dom. Silvestre.

Assis en face du grand Hollandais, Afonso Leandro semblait en forme, comme dans les grands moments. L'oncle avalait sa salive, habitude qu'il avait prise dans les salles d'audience quand il fallait gagner du temps sur l'adversaire. Mais en cet instant, ce n'était même pas nécessaire. La moitié de sa tête était froide, l'autre chaude, son état préféré. L'oncle Afonso riait. "Le problème, c'est que la troisième vague existe seulement parce qu'il y a eu une deuxième vague, et avant cela une première..."

Van de Berg était tout ouïe. Il était l'acheteur. Le dîner était à haut risque. Le sujet en question, fort délicat.

L'oncle avait dit: "Je vais peut-être vous ennuyer, monsieur Van de Berg, mais personne ne pourra comprendre l'histoire de Mar de Prainhas si je ne parle pas d'abord de la première vague. Et parler de la première vague veut dire évoquer la personnalité de mon grand-père. Personne ne peut comprendre les enjeux en cause sans savoir qu'au début du siècle, il y a eu un homme simple qui a vendu tout son héritage et hypothéqué tout ce qu'il possédait, et tout ce qu'il ne possédait pas, pour construire une fabrique qui a nourri pendant plus de cinquante ans toute une population. Vous comprenez, monsieur Van de Berg? Il n'eut pas son égal et peut-être que pour cette raison même José Joaquim Leandro a mérité la mort qu'il eut, en pleine campagne, dans la paix, adossé à sa vieille Chrysler, comme un vrai prince..." Et en inaugurant ce dîner d'affaires, l'oncle Afonso avait aussi dit: "Monsieur Van de Berg, excusez-moi de le dire, mais j'ai la conviction que Mar de Prainhas a été créé par un homme comme on n'en fait plus..."

"C'est partout pareil, il n'y a plus d'hommes comme jadis..." affirma le Hollandais d'un ton voilé de chagrin.

Contrairement aux flammes, les mèches restaient bien droites dans les bougeoirs remplis d'eau. Et outre les bougeoirs, il n'y avait sur la table que des boissons et des canapés, si petits qu'ils ressemblaient à des broderies charnues qui auraient sauté de la nappe dans les assiettes. C'était un dîner d'affaires, tout devait être pensé. L'oncle Afonso, qui buvait un whisky, devint un peu plus rouge. À côté de lui, Dom. Silvestre semblait grave. Quand ils étaient pleins de gravité, les yeux de Dom. Silvestre se fixaient sur un objet invisible et louchaient un peu. Mais le Hollandais voulait que les oncles se sentent à l'aise. *Je vous en prie, je vous en prie.* Le Hollandais répétait les mots comme un Méridional. Il comprenait très bien d'ailleurs combien les affaires de famille étaient délicates pour des Méridionaux. Van de Berg parlait un portugais souriant et balbutiant, comme un enfant, mais il parvenait à exposer parfaitement son point de vue. Assis entre ses deux compagnons et quêtant leur approbation, il encourageait l'oncle Afonso : "Allons, monsieur Leandro, les entreprises sont des êtres vivants, comme les animaux. Elles naissent, vivent, disparaissent et certaines ont des enfants, d'autres pas. Dites-vous bien que ce que vous faites à l'entreprise de votre grand-père revient à lui donner des enfants. À la féconder. Je crois que c'est comme ça qu'on dit, n'est-ce pas ?"

"Oui, monsieur Van de Berg, c'est comme ça qu'on dit", avait confirmé Dom. Silvestre.

"Alors ?"

L'oncle Afonso, ses bras de cavalier posés sur la table, la moitié de sa tête d'avocat fort bien coiffée, l'autre moitié salutairement ébouriffée, avant de regarder le menu, estima qu'il conviendrait de faire état de certains détails du passé, tels que le hurlement de la sirène, ou rugissement des pauvres, comme l'appelaient les ouvriers de la fabrique dans les années 30. L'oncle Afonso voulait que M. Van de Berg sache, de même que ses coéquipiers, que lorsque le grand-père était décédé, la gratitude de ses employés avait été telle que ceux-ci ne réussissaient pas à tenir tous sur les photographies d'hommage. En ce temps-là, devant les chambres obscures, dans les jardins publics, on composait encore de véritables pyramides humaines. Ces personnes-là, cette multitude fidèle depuis 1908, avaient constitué la première vague.

Les menus restaient ouverts sur la table. Le Hollandais était très intéressé. Lui aussi conservait des photographies de ce genre dans la maison de son enfance. Le Hollandais riait très fort. Mais son esprit n'était pas seulement jovial, il était aussi pragmatique. Descendant de commerçants et d'émigrants semi-nomades, il voulait aller droit au but. Il demanda : "Comment la troisième vague est-elle apparue ?"

"La première", dit l'oncle. "C'est de la première que je parlais. Excusez-moi, mais pour comprendre le miracle qu'est Mar de Prainhas, il faut savoir ce que la maison de mon grand-père est devenue..."

Le restaurant au dernier étage du Luxor était déjà presque plein, à l'exception des tables autour de celle des oncles, réservées à leur demande afin qu'ils puissent parler tout à leur aise. Des canapés étaient servis. L'oncle Afonso n'y touchait pas.

"Je serai clair, monsieur Van de Berg. Nous devons vous exposer notre position. Imaginez une gestion irréprochable pour l'époque, car il faut penser à l'époque et au pays misérable qu'était le nôtre au début du XXe siècle. Vu sous cet angle, imaginez par exemple ce que représentait l'emploi par mon grand-père de fillettes de sept ans, dont le rendement devait être au-dessous de zéro, simplement pour venir en aide à leur famille. Vous voyez le tableau ? Eh bien, mon grand-père en a employé des dizaines. Des centaines, si bien que les mères rendaient grâce à genoux devant São Francisco do Mar le jour où leurs filles étaient recrutées, vêtues pour la première fois d'un petit tablier bleu que mon grand-père commandait et payait de ses propres deniers. Vous comprenez ? Dans ces conditions, tant les mères que les filles tenaient mon grand-père pour un bienfaiteur et quand par hasard il surgissait dans les pavillons, à n'importe quelle heure du jour et de la nuit, leurs petits doigts se mouvaient tel un archet de violon dans un *pizzicato*. Vous comprenez ? C'était les gens de la première vague et en parler est important pour que vous saisissiez bien notre position. Car nous avons une position bien à nous, forgée au fil des ans..."

Là M. Van de Berg avait fermé les yeux d'un air rêveur et évoqué cette histoire à voix haute. En fait, il avait vu des films et lu des livres consacrés à ce même sujet, mais voir les choses *in situ* était très différent. "Très intéressant, cette histoire de fillettes... Très intéressant. Des ouvrières en bas âge. La bonté de votre grand-père... À l'époque ça se faisait partout, n'est-ce pas ?"

“Oui”, dit l’oncle en lui passant le menu. “Mais il y a des variantes qui font toute la différence…”

“C’est vrai, il y a des variantes…”

Pour qu’il puisse évaluer la différence, il fallut expliquer à M. Van de Berg que la fabrique qu’il avait vue du haut de l’hélicoptère n’était pas simplement une fabrique. C’était tout un univers. Quand le grand-père adossé à sa Chrysler était passé de vie à trépas et s’était effondré sur le capot, une main sur le cœur, l’autre sur l’automobile, le choc social avait été considérable. Les notices nécrologiques fourmillaient d’éloges fleuris, de lamentations sur l’achèvement du séjour sur terre de José Joaquim Leandro à Santa Maria de Valmares. Les mois passaient, le regret de sa mort ne s’émoussait pas. Pour que M. Van de Berg puisse imaginer le tableau, les ouvrières de la fabrique entendirent encore longtemps le bruit de la Chrysler s’approcher d’elles lentement, tourner et s’arrêter tout près d’elles. Certaines montraient même leurs pieds salis par la poussière soulevée par la Chrysler.

Et l’oncle Afonso s’était mis à rire de ce qu’il racontait.

Non, il ne voulait plus de whisky. Il n’était pas seulement un avocat, mais aussi un cavalier, un sportif, il ne pouvait pas boire. Il se sentait très bien comme ça. Il voulait continuer, démontrer que par-delà sa générosité, la conduite du grand-père était d’une honorabilité et d’une probité extraordinaires.

Car pour ce qui était de l’honorabilité personnelle, le grand-père avait aussi été irréprochable à cent pour cent. Il suffisait de dire que bien qu’en son temps il ait eu une bonne centaine de filleules, il n’avait jamais abusé de la confiance de qui que ce soit, jamais profité d’une de ces jeunes filles. Jamais un enfant lui ressemblant n’était né dans les parages. Et à l’époque, dans les années 30, partout des tas d’industriels se vantaient d’avoir eu cinquante rejetons avec cinquante femmes différentes. Certains plantaient même dans leur jardin un amandier pour chaque enfant, de façon à ne pas en oublier le nombre quand ils seraient devenus trop vieux. Pas son grand-père. Quand il devint riche et sage, il prit l’habitude de voyager seul entre Mar de Prainhas et Lisbonne, tantôt en train, tantôt dans sa Chrysler, sans qu’on lui attribue la moindre petite histoire. Il n’avait pas non plus agi comme d’autres industriels qui entraient chez Maxime en fumant des cigares cubains enroulés dans de gros billets de banque et qui avouaient avec le plus grand cynisme que la fumée de l'argent brûlé leur procurait la volupté la plus intense de leur vie. Beaucoup plus que l'absinthe.

Entre deux hautes chandelles, le Hollandais était scandalisé. "Ils fumaient de l'argent? Je n'avais jamais entendu une chose pareille..."

"Mais oui, ils fumaient des billets de banque, monsieur Van de Berg."

Alors l'oncle Afonso jugea que le moment était venu d'aller plus loin, et ses beaux-frères étaient d'accord avec lui sur ce point-là. Il estima qu'il convenait de faire état de l'irréprochabilité de la conduite de Mar de Prainhas pendant la Deuxième Guerre mondiale.

Les deux Hollandais se décollèrent de leur dossier et se penchèrent vers le centre de la table. Entre-temps ils avaient choisi des tourteaux comme entrée, encore qu'à la minute même leur seul désir était de savoir comment cet endroit se rattachait aux grandes destinées du Monde. M. Van de Berg avait du mal à s'en faire une idée. L'oncle Afonso s'était penché lui aussi vers le centre de la table pour souligner la singularité de la *Fabrique de conserves Leandro 1908* également dans ce domaine. Il convenait de préciser que pendant la Deuxième Guerre ce genre d'industrie avait connu un essor extraordinaire, comme chacun le savait, et que ni lui, Afonso Leandro, ni ses beaux-frères ne niaient que le grand-père avait fait fortune. Sauf que José Joaquim Leandro n'avait jamais fait imprimer la croix gammée sur le couvercle de ses boîtes de conserve. Jamais au grand jamais. Alors que ses concurrents, oui.

D'ailleurs non seulement les autres industriels avaient changé l'étiquetage des emballages pour vendre directement aux Allemands, mais encore en avaient-ils altéré le contenu, envoyant au lieu de la chair rosée du *tunnus thynnus* dans les boîtes, des déchets, des arêtes et des entrailles, et même des algues et des cailloux, ce que lui, Afonso Leandro, tenait en sa qualité de juriste pour un crime contre l'humanité. Mais le grand-père, jamais. Il n'avait jamais cédé. Il avait simplement passé un contrat avec des négociants qui exigeaient que les chargements sortent par les frontières avec la mention *Surplus du Portugal*, ce qui était un mensonge. Un mensonge qu'eux avaient concocté. Car quel surplus y avait-il au Portugal ? demandait l'oncle dont l'impétuosité des paroles faisait vaciller la flamme des bougies. Mais en signant ces contrats – car il les avait signés – le grand-père ignorait la destination de son produit. Sauf que la nationalité d'une bouche affamée était indifférente au grand-père. La langue parlée par celui qui avait besoin de nourriture lui importait peu, dès lors que lui-même ne l'envoyait pas aux troupes d'Hitler. Voilà. Oui, il avait gagné de l'argent. Toutefois, avec José Joaquim Leandro tout avait été clair, tout avait été juste, tout avait été au-dessus des trafics louches. D'ailleurs, l'oncle Afonso trouvait même que le geste d'indépendance et de probité de son grand-père n'avait pas été vraiment reconnu. Mais bref. S'il racontait tout cela maintenant, c'était précisément pour expliquer la survie de Mar de Prainhas. Pour montrer pourquoi la fabrique était restée debout et pourquoi elle était habitée actuellement par les gens de la troisième vague. Voilà pourquoi il attachait tant d'importance à ce dîner. Il permettait d'évaluer ce qui était en jeu pour les deux parties.

"Cette histoire me passionne", déclara le Hollandais en se resservant à boire.

Et elle le passionnait véritablement.

Le dîner au Luxor comportait des tourteaux découpés et finement assaisonnés. Ils se dégustaient lentement. Afonso Leandro aurait ainsi le loisir de parler de la deuxième vague. Il se sentait en verve. Délaissant son tourteau, la tête froide, il expliqua que vers le milieu des années 70 il était devenu possible d'écrire sur les murs des slogans d'autrefois du genre *l'usine à ses travailleurs, à bas nos exploiteurs* et ce fut ainsi qu'une deuxième vague vit le jour, une deuxième horde. "Vous me suivez?" avait demandé l'oncle Afonso qui précisa aussi que désormais c'était sa mère, au demeurant décédée récemment, qui administrait ce lourd fardeau. L'oncle avait alors regardé la nuit épaisse qui occultait le monde par-delà la vitre. Mais non, il n'allait pas donner voix à ce qui lui passait par la tête. Il n'allait pas expliquer à M. Van de Berg que sa mère avait dirigé la fabrique pendant vingt ans parce que son mari, le fils unique de José Joaquim Leandro, médecin pendant ses heures de loisir, n'avait jamais été porté sur ce genre d'activités ou, pour être plus précis, Luis Leandro, son père, détestait non seulement l'odeur du poisson, mais toutes les personnes qui de près ou de loin avaient à faire avec les ressources halieutiques. Voilà pourquoi sa mère avait assumé cette charge. Mais il ne mentionnerait pas ce fait, totalement étranger à leur affaire.

Vigilant, l'oncle Dom. se porta au secours de son beau-frère.

"Une femme aux commandes d'une usine des années 50 aux années 70, vous imaginez un peu ?"

Alors l'oncle Afonso ajouta : "Pendant vingt ans, ce fut notre mère qui supporta le tangage du bateau à l'heure du déclin. D'ailleurs, contre notre volonté à tous, notre mère se défit de tous ses biens pour garder Mar de Prainhas en état de fonctionnement, tel que le grand-père l'avait transmis, pour ne pas laisser les ouvriers de la fabrique sans emploi. Et pourtant je dois dire que la deuxième vague est issue de la première en un triste accouchement…" L'oncle gardait la tête très droite, comme si un fait historique extraordinaire se portait à sa rencontre. La moitié chaude de sa tête s'enflamma. Le Hollandais sursauta.

"Ils se sont révoltés ?" Mais avant que l'oncle ne puisse répondre, il ajouta : "Oh, ç'a été partout la même chose, littéralement, de l'Amérique latine à l'Asie. Vous savez, les relations de travail sont empreintes du plus grand cynisme…" Et comme les deux Hollandais, de même que leur avocat portugais, étaient des personnes très sensibles, ils avaient arrêté de se servir.

"Oui, les choses se sont précipitées…"

L'oncle était ému. Comme si c'était la dernière fois qu'il pouvait se rappeler ces faits, comme s'il les déposait dans la poche de quelqu'un sur le point de partir très loin et qui ne reviendrait plus. Comme s'il les vendait, les cédait, s'en dépossédait à tout jamais, comme s'il les triturait pour s'en défaire avec tristesse, avec colère, pour toujours. Afonso se sentit mal. Alors, pour abréger, il déclara : un jour où la pression était extrême, où quelqu'un avait écrit sur un mur de la fabrique : *la patronne est une ordure*, sa mère avait estimé que l'injustice avait des limites et elle avait remis la fabrique à son fils aîné, son frère à lui, José Carlos. Et le frère avait réfléchi et était arrivé à la conclusion que si le grand-père était en vie, il ferait exactement ce que lui, José Carlos, allait faire. Son frère avait conclu qu'il était inutile de lutter contre le vent de l'Histoire et un beau matin de septembre, en 1975, il décida de remettre les clefs de la fabrique aux nouveaux responsables. Les choses allaient de mal en pis. José Carlos avait voulu assumer son acte jusqu'au bout et il avait remis les clefs aux ouvriers sur un coussin de velours où l'on pouvait lire, brodé à la main, le mot *Leandros.* Et au souvenir de cet épisode, de nouveau Afonso se sentait scandalisé. Il avait envie de sortir des grossièretés, qu'il retenait uniquement parce qu'il se trouvait dans une situation très particulière. Entre-temps, le restaurant du Luxor avait fait salle comble, même les tables à côté de la leur qui, en principe, auraient dû rester vides, étaient occupées. Van de Berg avait vidé la carcasse de son tourteau depuis longtemps, il continuait à regarder l'oncle, mais il lui demandait maintenant de répéter certains passages qu'il n'était pas sûr d'avoir compris correctement. Il était stupéfait.

"Des clés sur un coussin ? Comme un roi à son vassal ?"

Dom. Silvestre traduisit à l'intention du deuxième Hollandais : *"À velvet cushion. The keys on a velvet cushion..."*

"Littéralement."

Et l'oncle Afonso, la sueur perlant sur sa calvitie claire, sans manger ni boire, expliqua comment ce geste de collaboration avec l'Histoire les avait mis en position de faiblesse dramatique. Car à l'époque, des journaux de tous bords avaient écrit qu'au milieu du chambardement et des vices de la société, il y avait des hommes qui restaient propres, qui savaient prendre de la hauteur pour défendre les grands principes. Mais ce geste si encensé n'avait engendré que des pertes matérielles considérables. D'ailleurs, que l'on sache, il avait été unique en son genre. Et s'il en parlait, c'était simplement pour que les autres saisissent bien toute la signification de Mar de Prainhas, laquelle était demeurée intacte.

"Formidable, formidable..." dit le Hollandais, enthousiasmé.

Le restaurant du Luxor était plein, on y parlait bas à toutes les tables, mais soudain, comme s'il n'était pas un avocat, mais un simple héritier offensé, l'oncle Afonso ne voyait plus d'inconvénient à parler fort. Il voulait que les Hollandais sachent que la direction de la Vieille Fabrique avait changé de mains. Que le hurlement de la sirène dont il se souvenait si bien s'était tu. En ce temps-là – il continuait à parler de 1975 –, tout le monde portait une montre à son poignet et savait l'heure, il n'était plus nécessaire d'être appelé au travail par un gémissement qui vous vrillait les oreilles et vous traversait le cerveau de part en part. Le premier acte moderne de la deuxième vague consista à faire taire la sirène du grand-père Leandro. Mais, malheureusement, il n'y eut pas de deuxième acte.

"C'est partout pareil, monsieur Leandro. À cet égard, le monde est devenu uniforme. Et puis, l'illusion que les détails changent l'essentiel est désormais universelle... Je ne sais pas si je m'exprime bien..."

"Vous vous exprimez très bien..."

"Mais avez-vous récupéré l'industrie de votre grand-père?"

Non, ils ne l'avaient pas récupérée. Comment auraient-ils pu la récupérer? Cette industrie était minée à cause de sa nature même, sa crise n'était due ni à ceux qui étaient à sa tête, ni aux outils dont ils se servaient. José Carlos de même que tous les membres de la famille le savaient depuis longtemps, seuls les nouveaux responsables, malheureusement, l'ignoraient. Ils confondaient tout. Ils confondaient le temps avec les personnages. Les caprices des poissons dans la mer avec la volonté des pêcheurs. Rien d'étonnant, par conséquent, à ce que la deuxième vague ait vécu sous le signe de la violence. Les exégètes de la deuxième vague qui subsistaient encore de la première finiraient par clore dans les larmes et les soupirs ce que la première avait inauguré dans des courses de joie, expliquait l'oncle. Très vite, les nouveaux gestionnaires en étaient venus à revendre leurs propres riveuses. Les machines avaient commencé à sortir de la fabrique deux par deux ou trois par trois, montées sur des petits chariots, et bien qu'il s'agît de lourds objets de fer, on n'avait jamais réussi à savoir qui en avait été les destinataires. Une vraie hémorragie. Des bassines, des pierres, des meubles, des dossiers numérotés se volatilisaient. Tout ce qui pouvait être monnayé partait, indépendamment de l'origine et du destinataire. Mais tous n'étaient pas stupides. Quelqu'un avait écrit à cette époque sur un des murs de la fabrique: *Ferme des animaux. Le cochon Napoléon au pouvoir.* Celui qui écrivait ainsi avait des lettres, et quelles lettres. Il fut aussitôt découvert, contraint de se rétracter et d'abandonner la fabrique pour toujours.

"Ç'a été le chaos ?"

"Oui, le chaos. Comment dire ?"

Un jour, le dernier jour, il avait fini par y avoir un accident grave. Il avait été établi que personne ne savait très bien qui ordonnait la déprédation ni qui recevait le produit de la vente. Lors d'une altercation entre plusieurs employés, un dirigeant de la Commission des travailleurs avait sorti un revolver et tiré une balle dans le cœur d'un camarade qui entrait par le portail. Pour que M. Van de Berg sache, la balle avait fait un tout petit trou, bien plus petit qu'un bouton de chemise, mais il en était sorti un ruisseau rouge et visqueux sur lequel l'homme s'était d'abord assis, puis couché, comme pour se reposer. L'homme avait expiré sans comprendre ce qui lui arrivait, étendu sur un lit de sang confectionné par son propre corps sur l'herbe du tertre. Et comme l'employé qui avait tiré était plus important dans la hiérarchie que l'autre, que celui qui agonisait, et comme il avait toujours le revolver au poing, personne n'avait osé relever la victime. L'assassin et le moribond se regardaient. Le lendemain, quand le mort fut conduit aux pompes funèbres et le tueur chez le juge d'instruction, un troisième employé avait pris les clés sur le coussin de velours, consulté les cinq camarades qui subsistaient de cette aventure qui avait duré dix ans, et ils avaient tous décidé de les restituer à leurs propriétaires légitimes.

"Les clés, de nouveau les clés ? Ils les ont rendues au même propriétaire ?"

"Malheureusement, elles ne furent pas rendues à celui qui les avait remises, monsieur Van de Berg. José Carlos, cette année-là, n'était plus de ce monde. Mon frère aîné avait été couché lui aussi sur un lit de sang. Mais bien plus modestement, au bord d'une route, le diagnostic ayant simplement été excès de vitesse… Plutôt mourir à cause d'une phrase écrite sur un mur…" dit Afonso, dont la tête s'échauffait. Il avait envie de troquer ces mots pour les mots justes, des mots grossiers.

Quoiqu'il en soit, la clé fut déposée entre les mains de notre mère, un matin de mai, et dès le lendemain l'herbe du tertre fut fauchée, la fabrique balayée, les caisses empilées, les détritus brûlés, les murs parurent hauts et nus et très vite, au lieu d'une odeur de poisson, l'endroit sentait juste le sel de la marée et l'on entendait les cris lubriques des oiseaux. Le silence et des odeurs agréables avaient pris possession de la fabrique. C'était un plaisir que d'entrer là-dedans et de prendre des photos, dit l'oncle Afonso. La famille avait passé là un été inoubliable, faisant d'interminables promenades entre les pavillons déserts et le sable blanc de Mar de Prainhas. Quelle nostalgie! C'est ainsi qu'avait pris fin la deuxième vague. Mais plus tard la Vieille Fabrique serait envahie par la troisième vague, dont M. Van de Berg avait entr'aperçu ce matin même plusieurs éléments qui couraient derrière l'hélicoptère. Comme en Afrique.

"Ah oui. Les oiseaux migrateurs en route vers l'Afrique. Quelle histoire épatante, quelle histoire de famille épatante..."

Cependant, Afonso ne raconterait pas qu'il leur avait fallu une année tout entière pour décider de l'avenir de Mar de Prainhas. Il n'expliquerait pas que la législation en vigueur à l'époque interdisait de toucher à la fabrique ou de la transformer en quoi que ce soit de moyennement rentable. C'était inutile. Car une fois les bâtiments classés spécimens d'archéologie industrielle, la fabrique n'était plus qu'un corps immobilisé, condamné à la ruine. Un objet étrange occupant un terrain qui aurait pu avoir un autre destin s'il n'avait pas abrité la fabrique. La fabrique était là pour rien, pour tomber en morceaux parmi les oiseaux. Lui-même, Afonso Leandro, en était venu à penser qu'ils n'auraient jamais dû accepter de reprendre ce train fantôme qui les embarrassait tous. À l'époque, personne ne voyait clairement quoi faire de ces murs qui noircissaient de plus en plus avec chaque matin qui passait.

Mais pourquoi raconter ces réflexions dérangeantes à Van de Berg? À quelle fin? M. Van de Berg pensait sûrement comme lui que l'omission est le plus grand stratagème des langues, surtout des langues parlées. Elle nous permet de nous ménager nous-mêmes. Voilà pourquoi ces messieurs de Hollande voudraient bien le lui pardonner, mais l'oncle passerait directement du moment où les clés avaient été restituées au jour où sa mère avait trouvé des gens en train de pique-niquer devant le portail principal de la fabrique.

Un deuxième plat avait été servi. Le bifteck était succulent, bien cuit, accompagné de légumes finement découpés. Le vin rouge était un superbe Porca de Murça, de la couleur du rubis. L'espacement du discours, qui procédait maintenant par grands bonds, se mariait harmonieusement avec le rythme de la dégustation de la viande. L'oncle Afonso hésita. Dom. Silvestre avait l'air morose. Mais M. Van de Berg dit :

"Et après ?"

"Après, notre mère est intervenue, que Dieu la garde, s'Il existe, et s'Il n'existe pas, qu'Il se mette à exister car nous avons vraiment grand besoin de penser qu'Il existe. Voilà comment les choses se sont passées et que mon beau-frère Dom. me reprenne si je me trompe. Notre mère ne pouvait voir cet espace, jadis si animé, être complètement fermé, complètement désert. Entrer là-dedans c'était comme pénétrer dans le silence d'un tombeau égyptien..."

Alors l'oncle Afonso, qui buvait à présent quelques gorgées de Porca de Murça sans se soucier des nombreux clients aux tables voisines, raconta qu'un dimanche après-midi, sa mère, Regina Leandro, avait appelé un taxi comme à son habitude et passant devant la Vieille Fabrique, elle avait constaté que l'endroit n'était pas désert car assis à l'ombre du grand mur, au sommet du tertre, était installé un groupe de personnes à la peau noire qui piqueniquaient avec de grands paniers. Et comme le taxi passait lentement, l'une de ces personnes s'était levée pour les inviter à partager leur repas. Le chauffeur aurait dit : "Madame, ce sont des Cap-Verdiens, ils habitent dans le Bairro dos Espelhos..." Et le chauffeur pensait ainsi avoir clos le sujet. À moins que dona Regina ne veuille retourner en arrière pour les expulser de l'ombre du mur. D'ailleurs, si elle était d'accord, il se chargerait lui-même de leur signifier qu'ils ne remettent plus jamais les pieds là. Mais ce n'était pas ça qui s'était passé. Monsieur Van de Berg le comprenait-il ?

Le dimanche suivant, à la même heure, sa mère était de nouveau passée devant la fabrique. Le même groupe était là. Une des femmes s'était rendue compte qu'il s'agissait de la propriétaire de la fabrique et elle s'était dirigée vers le taxi en faisant avec ses mains le signe de la paix. Elle avait sorti un mouchoir blanc de son sein et l'avait agité dans l'air. Puis elle s'était approchée du taxi et avait expliqué qu'elle adorait cet endroit à cause des palmiers et de la proximité de l'eau. Cela lui rappelait son pays regretté, son île lointaine. Il n'y avait aucun coin aux alentours où elle se sentait aussi bien. Elle avait dit qu'ils pique-niquaient là chaque fois qu'ils revenaient de la plage. Ils avaient une voiture dans laquelle ils transportaient les victuailles, les enfants et une vieille mère, qui était leur mère à tous. Si la propriétaire revenait dans une heure, elle trouverait place nette. Ils ramassaient même des détritus qui n'étaient pas les leurs, pour qu'on ne dise pas qu'ils laissaient des cochonneries partout où ils passaient. Remettant sa voiture en route, le chauffeur avait dit : "Quelle roublardise..."

Mais sa mère, assise dans le taxi, regardait en arrière, elle scrutait l'horizon et elle réfléchissait. Qu'était donc le monde ? La terre ? Qu'étaient les maisons ? Où étaient ses deux fils morts, José Carlos au bord d'une route nationale, et José Eduardo sur un sentier dans la jungle en Angola ? Où étaient-ils maintenant ? Où était son mari ? Et son beau-père, José Joaquim Leandro, pour qui elle avait tant de respect et d'affection ? Dont elle avait continué la mission ? Que pouvait-elle attendre, et à quoi bon ? À qui destiner les actes qu'il lui restait à accomplir ? Et quand les accomplir ? Si au moins elle pouvait être utile à quelqu'un encore en vie ? Quelqu'un qui se poserait les mêmes questions sans pouvoir y apporter de réponses. Au moins cela. Elle n'avait plus aucune certitude. Sans consulter personne, sa mère s'était emplie de magnanimité et ils avaient rebroussé chemin. Les noirs étaient toujours sur le tertre. Sa mère avait demandé qui était leur chef. À l'époque elle se teignait déjà les cheveux en lilas. On lui présenta alors la plus âgée des femmes et toutes les deux avaient décidé sur-le-champ de l'occupation de la fabrique.

C'est ainsi qu'avait commencé la troisième vague.

M. Van de Berg, très raide contre la vaste baie vitrée. Les fourchettes au repos. "Magnifique, très beau ! La troisième vague..."

Le mot *vague* avait vu le jour avec cette occupation, précisément. C'est lui-même, Afonso Leandro, qui l'avait forgé, il l'admettait, associant ces gens venus de l'Afrique aux migrations des oiseaux, à la propagation du choléra et aux nuées de sauterelles. Un peu exagéré, il le reconnaissait, mais ce n'était pas une bonne idée, à un moment où personne ne savait que faire de la fabrique, de livrer de la sorte un espace de cette importance aux soins de gens que le chauffeur taxait de tas de feignants, sans le moindre respect de la propriété d'autrui, sans le moindre sens de l'heure, des jours du calendrier. Des gens sortis d'un autre monde, d'un autre temps. Des gens qui ne savaient rien faire à part gâcher du mortier et entasser des briques sur des briques, actes primitifs antérieurs à la civilisation. Ils passaient leurs nuits à danser et à faire des enfants. Telle était la théorie que lui-même avait développée à l'époque, entrevoyant de graves problèmes à l'avenir. D'ailleurs, encore aujourd'hui, il ne comprenait pas pourquoi sa mère avait pris toute seule une décision aussi extravagante. C'est précisément dans ce contexte qu'il avait inventé l'expression *ces gens-là, cette bande, cette vague.* Consterné, révolté! *La troisième vague.* D'après lui, rétroactivement, une première et une deuxième vague s'étaient succédé tout au long du siècle, mais elles n'avaient eu d'existence que parce qu'une troisième était apparue. Une troisième vague.

"Vous comprenez?"

Et l'oncle Afonso, un cavalier, un avocat compétent, qui avait fait du théâtre à la faculté et qui se targuait d'avoir l'esprit pratique, un homme qui année après année conquérait des créatures de rêve pendant les querelles en justice entre maris et femmes, racontait tout cela avec émotion, sans manger son bifteck garni de bons légumes devenus froids, d'épinards bien verts enroulés comme du fil à coudre. Il n'y arrivait pas et pourtant il tentait tout juste de conclure une affaire. Incroyable. Arrivé à ce stade, l'oncle Afonso se demandait même si ç'avait été une bonne idée d'étaler à cette table une page aussi touffue de l'histoire intime de la famille. Mais en croisant le regard de son beau-frère Dom. Silvestre, il y lut une certaine approbation. Et il faisait confiance à l'intuition mercantile de son beau-frère. Ses yeux d'homme rusé brillaient dans son visage basané.

"Excusez-moi..."

"Vous n'avez pas à vous excuser. Vous avez très bien fait de raconter. C'est une saga humaine formidable. Toute cette histoire ancienne me passionne. Un coussin de velours vert… Bon, on va voir…"

Le Hollandais, enthousiasmé : "J'imagine une belle restauration. Tout sera respecté, sachez-le, remis en état. Sauf la sirène. Ça casse les oreilles des oiseaux, ça les fait fuir. Mais pour le reste, tout peut garder sa mémoire, telle quelle. Les tuiles seront retirées une à une, mises soigneusement à l'abri, comme si elles étaient en cristal. Vous comprenez ?"

Le Hollandais, l'air profondément rêveur, son associé lui aussi perdu dans le rêve : "Et quant au reste, ça se remarquera à peine, la nature ne souffrira pas. Pas un seul petit oiseau ne disparaîtra. Nous avons fait des dizaines d'opérations de ce genre partout dans le monde. Ça n'endommage nullement la nature. Hier, nous avons déjà parlé ici à votre beau-frère. On ne touchera pas à la moindre racine des palmiers. Au contraire, les palmiers seront ravis. Vous ne le croyez pas ? Les palmiers vont jubiler, autour d'eux tout reverdira…" L'air de plus en plus rêveur : "On ne touchera même pas aux rails. Ils resteront collés au sol, tels que votre grand-mère les a fait installer…"

Van de Berg s'empara de sa tasse de café, puis d'un verre contenant deux doigts de whisky, il promit de conserver Mar de Prainhas en l'état pour que beaucoup puissent jouir de son climat, de ses oiseaux. Dans l'hypothèse où l'affaire se ferait. Pour lui, c'était une question d'honneur. Il se félicitait que M. Silvestre ait pris l'initiative de le contacter. Une initiative heureuse, et tous deux, son associé et lui, en étaient très contents. Pendant que M. Van de Berg parlait, Afonso avait l'air de plus en plus fatigué. Il s'était appuyé contre le dossier de sa chaise et sa calvitie paraissait une dégradation acquise qui contrastait avec la furie de l'épaisse chevelure de son beau-frère, une chevelure noire et lisse, bien raide, presque orientale. Mais leurs yeux se rencontraient et se comprenaient.

Qu'attends-tu ?

Oui, l'oncle Afonso devait conclure.

"C'est donc ainsi qu'on peut expliquer que ce joyau au milieu du terrain de Mar de Prainhas se soit conservé intact. Un miracle, si l'on songe à la barbarie qui se donne libre cours dans les environs. Mais je ne sais pas si mon beau-frère vous a parlé du gros problème…"

“Il y a toujours des problèmes. Mais nous sommes ici ensemble pour les résoudre.” Van de Berg souriait à ses deux accompagnateurs.

“Les gens de la troisième vague pourraient quitter les lieux dès demain, mais mes sœurs ne l’entendent pas de cette oreille. Il y a désaccord entre nous. Vous ignorez sûrement que notre mère est allée mourir là-bas au mois d’août…” Les Hollandais et l’avocat, plongés dans un silence peiné. Comment ça, là-bas ? “Et qui plus est, notre nièce s’est lancée sur les traces de sa grand-mère et elle aussi a passé quelques jours là-bas. Deux obstacles. Mes sœurs, en femmes qu’elle sont, font grand cas de ce genre de considérations, sans parler de bien d’autres. Et nous deux, nous les respectons. Voilà pourquoi je ne veux pas de contacts avec ces gens. Si je devais aller là-bas en personne, bonjour, bonsoir, un point c’est tout.”

Afonso Leandro parlait comme s’il voulait simplifier une question plutôt compliquée, tout en en laissant entrevoir la complexité. Les Hollandais, soudain plus soucieux, riaient moins, ils parlaient moins d’oiseaux et davantage de problèmes légaux, l’avocat portugais des Hollandais déballait sa science juridique, il fallait sérier les questions et les aborder séparément. D’abord, tout ce qui concernait l’aménagement de la côte, ensuite le problème de l’autorisation d’occuper un bâtiment classé en échange d’un certain nombre de services et de dix mille escudos par mois, et enfin les problèmes de l’âme. L’âme humaine, cette chose compliquée et indéfinissable, ce souffle capricieux emprisonné dans l’enveloppe corporelle. Ils restèrent jusqu’à deux heures du matin. Le restaurant devait fermer et ils ne partaient pas. L’oncle Dom. imaginait un lotissement appelé Ville des Palmes, dont le spot publicitaire serait *Ici l’Océan a déposé les armes.* Les Hollandais discutèrent aussitôt les implications de ce slogan dans plusieurs langues. En néerlandais en tout cas, ça donnait quelque chose de très compliqué. On comprenait mal comment la mer pouvait avoir des armes. Quelles armes ? Ils dirent enfin que le lendemain ils s’envolaient pour Miami et qu’ensuite ils retourneraient en Tunisie. La Tunisie n’était pas loin, ils reviendraient dans deux semaines ou dans un mois. À leur retour, ils avaient l’intention de survoler de nouveau toute la côte et, s’ils étaient d’accord, ils iraient même voir en personne et sur place la ruine industrielle dont ils s'étaient entichés, ils voulaient d'abord et avant tout voir *de visu* ce terrain. Une visite rapide, sans contact avec les résidents, pour ne pas compliquer les choses. Et ensuite on verrait.

Sur la nappe, les deux chandelles s'étaient entièrement consumées. Leur table avait été la dernière à être occupée. Au fond de la salle, il n'y avait plus qu'un seul serveur. Ils s'en allèrent, il était effectivement très tard. Ils descendirent.

Les beaux-frères montèrent dans la jeep de Dom. Silvestre.

Dom. Silvestre ne disait mot. Quelque chose clochait ? Silence. Non, rien ne clochait. Silence. Il faut bien faire comprendre la valeur affective de ce qu'on vend afin que le client puisse mieux apprécier les sommes en jeu. Voilà tout. Silence. L'oncle Afonso, fatigué, ému bêtement par cette incursion éclair dans le passé, gardait lui aussi le silence. Il avait ôté son veston, le bas de son corps aussi lourd que le haut. En s'asseyant, il sentait ce corps pesant et mou comme un sac de son. Il était exténué. Mais l'oncle Dom. était frais comme un gardon, prêt à repartir immédiatement pour un autre marathon. Dehors on entendait le bruit du moteur, dedans tous deux gardaient le silence.

En déposant l'oncle Afonso devant chez lui, dans le Bairro Castro à Santa Maria où l'attendait Isabel avec la lumière allumée – elle était très prévenante cette Isabel, il était trois heures du matin –, l'oncle Dom. dit : "Écoutez, mon cher beau-frère, à partir de maintenant il serait bon d'oublier ces histoires d'oiseaux, de sirène, de Chrysler, toutes ces vieilleries qui vous fascinent tous tellement. Question amours et désamours, ce soir vous avez bien joué votre rôle. Ne revenez plus là-dessus. N'insistez pas. De plus, il faut absolument faire baisser le prix, balayer les objections des bonnes femmes. Il faut en finir une bonne fois pour toutes, signer des papiers, conclure l'affaire. Tout a des limites. Notre diamant est suffisamment poli. Sinon l'affaire va partir en eau de boudin, complètement foirer. Compris ?"

Le Diamant. C'était surtout Dom. Silvestre qui l'appelait comme cela en parlant avec ses beaux-frères. Les autres connaissaient l'appellation et l'employaient, mais lui seul, son inventeur, réussissait à extraire de la métaphore latente le sens profond de toutes ses connotations possibles. Domitílio Silvestre avait parlé d'urgence. D'urgence à propos du diamant. Le dîner au Luxor s'était terminé sur cette menace. Sur la voix de l'oncle Dom. qui n'avait même pas dit au revoir à son beau-frère.

Milene avait été présente implicitement tout au long de ce dîner. Elle ne le saurait jamais. D'autres le sauraient, mais seulement plus tard.

14

Milene et Antonino se dirigèrent vers la Ria, chacun dans sa voiture. Ils se garèrent sous des auvents de lattes. Ils allèrent à pied jusqu'à la Dune Mâle. Se pouvait-il que tout cela soit vrai ?

C'était un dimanche de novembre. La lumière irradiait du sable vers le soleil. Le bar de la plage était posé légèrement sur le sol et ne s'était pas encore affermi. Ses planches étaient aussi précaires que l'entrelacement des roseaux. Comme s'il était bâti avec des allumettes et qu'une illusion d'optique l'ait agrandi à la taille d'un homme moyen. Antonino se courba pour entrer. Milene le suivit. Ils s'assirent dans la lumière de l'après-midi. Il la regarda bien en face. Qui était-elle ? D'où venait-elle ? Pourquoi était-elle ainsi ? Il lui posait les questions que ses nièces Sissi et Belisa lui avaient déjà posées avec d'autres mots. Milene était surprise. Pourquoi Antonino Mata, assis sur un banc de bois, l'interrogeait-il ainsi ? Le regard fixé sur la dune qui s'élevait entre la Ria et la mer. Pourquoi lui posait-il des questions sur sa mère et sur son père ? Antonino si proche, qui la questionnait. Elle pourrait lui raconter, mais elle ne le ferait pas. Puisque la dune avait la couleur de l'or et le bar où ils étaient assis la consistance d'un filet et lui, Antonino Mata, sa main dans sa main à elle, avant d'aller la mettre dans celle de Divina, pourquoi ajouterait-elle un mal à un bien ? Devant, la dune offrait son dos aux oiseaux. La mésange préparait les œufs de l'année prochaine.

Assise sur le banc du bar, elle lui dit cela. Qu'elle ne voulait pas ajouter un mal à un bien si précieux.

“Que veux-tu dire ?” lui demanda-t-il.

Milene se moucha longuement, consciente qu'elle existait et qu'elle était quelqu'un sur terre, parmi les grains de sable. Les grains de sable qui l'espace d'un instant occupèrent leur juste place. Si elle parlait de la douleur, quelque chose d'indispensable autour d'eux pourrait mourir. Ne parle pas de la douleur. “Oh là ! là ! Ne parle pas de la douleur...” l'implora-t-elle.

Antonino buvait une bière au goulot. La lumière qui entrait dans la bouteille repartait vers le sable et empêchait les ténèbres d'avancer. Il s'essuya la bouche sur le poignet de sa chemise. Des oiseaux se laissaient tomber du ciel sur l'eau. La propriétaire du bar leur dit: "Avant de venir ici, j'ai failli mourir. Ça semble incroyable, mais cette cabane m'a sauvée…" Antonino riait, dénudant les trois intervalles entre ses dents. Si Milene pouvait, elle ne demanderait rien à personne, elle ne dirait rien à personne, elle ferait seulement ce que la nature et la vie exigeaient d'elle. Le monde était à parachever, la vie à construire, à nettoyer, à mettre en ordre, à conserver et à servir. Si elle pouvait. Mais elle ne pouvait pas, elle ne se trouvait pas assez dégourdie. En revanche, elle pouvait ne pas ajouter de mal ni de ténèbres là où elle savait qu'il y en avait déjà. Elle pouvait ne pas contribuer à créer de la douleur. Elle ignorait ce qu'était le mal, mais elle savait ce qui faisait mal. Du mal elle connaissait les effets, pas les racines. Même si elle ne pouvait pas le dire. Car si elle ressentait tout cela, elle n'avait pas les mots pour le dire. Et si elle avait les mots, elle pensait à autre chose et ne ressentait plus tout cela. Elle aurait voulu être lucide, elle aurait voulu que sa tête soit illuminée de part en part, qu'y règnent la clarté et l'intelligence, mais elle savait qu'il n'en était pas ainsi. Dans sa tête, comme sur une piste d'autos-tamponneuses, les néons s'éteignaient et s'allumaient par intermittence, avec des intervalles, des zones remplies d'ombre, des cratères de non-sens. Quand certaines zones s'éclairaient, d'autres plongeaient dans l'obscurité. Un cerveau voué à ne jamais embrasser la totalité. Où étaient les mots pour le dire?

Antonino riait à cause du soleil d'or. "Oh oui. Tu as raison, on ne va pas parler de la douleur…"

Elle aussi riait. "Non, on ne va jamais parler de la douleur. À quoi bon en parler? Voilà, Antonino ne parlera pas de la douleur, je n'en parlerai pas non plus, alors ce sera comme si cette chose puante n'existait pas…" dit-elle en se mouchant de nouveau bruyamment, se sentant au milieu d'un univers terrestre où la douleur ne se voyait pas. Elle devait sûrement exister, dans quelque recoin humide ou derrière un repli de sable, mais elle ne se voyait pas. Et si on ne la voyait pas et si on ne pouvait pas la palper, elle n'existait pas. Pas vrai? Antonino avait fini sa bière. La bière se transformait en lui en mouvements plus libres, en une peau plus brillante. Il riait davantage, de côté, cachant ses dents, un rire à la fois aigu et grave. "Oh, c'est dément. Il y aura donc des jours où nous serons muets…" Il essuyait le goulot jaune de la bouteille pour occuper ses mains. "C'est d'accord, on ne parle pas de la douleur." Il alluma une cigarette. Il la jeta aussitôt.

En cet instant le bar aurait pu s'élever sur ses roseaux, voyager pendant un quart d'heure et revenir au même endroit avec eux dedans. Se poser tout doucement. Les oiseaux auraient pu s'envoler en emportant dans leur bec la frange des vagues. La mer aurait pu monter dans les airs poussée par les oiseaux. Le fond de l'océan étant à ciel ouvert, des gens en attente, exilés dans un autre monde, auraient pu s'y réfugier et y fonder une colonie nouvelle. Des gens qui se refuseraient à parler de la douleur, c'est-à-dire du mal. Qui étaient innocents non par innocence, mais par discernement. Était-ce possible? "Voyons un peu ça. Ne jamais parler de la douleur. Ah, ah, comment s'y prendra-t-on, voyons voir…" dit-il, amusé, se baissant pour sortir par la porte du bar. Se faisant léger pour ne pas casser l'entrelacs de planches posé sur le sable de la Ria. Prenant ensuite Milene par le bras pour l'emmener sur le ponton de bois, le très long ponton de bois sur lequel il aurait eu mille fois l'occasion de l'embrasser. Mais non, il gardait ses baisers pour Divina, pensait-elle. Il se bornait à l'attirer, à la serrer contre lui, à l'écarter, à la faire danser dans sa jupe courte sur le tapis de planches. Lui-même dégingandé, bon danseur. Dans ses chaussures de tennis blanches, à hautes semelles comme des patins, il dansait sur les planches. Il se contentait de danser.

C'était le début d'un amour ordinaire. Les après-midi s'arrêtaient, mais pas les lendemains.

La preuve était qu'Antonino avait repris son ancienne vie. Malgré tout, ils s'entendaient. Quand l'après-midi s'achevait et que la fourgonnette grise n'apparaissait pas devant les lumières allumées de la villa Regina, c'était parce qu'Antonino passerait la longue nuit d'automne chez Divina. La femme qui avait des pieds, des chevilles, des cuisses, des aisselles, un ventre et des seins, des reins et un foie comme tout le monde et qui s'appelait Divina. Pourquoi? Mais quand il n'allait pas voir Divina, il menait sa fourgonnette loin et conduisait Milene dans le quartier des villas neuves, non seulement parce qu'il appréciait un monde bien léché, mais parce qu'il réservait les routes de l'intérieur à Divina. "Si elle savait, elle me tuerait…" disait Antonino, l'œil fixé sur le paysage.

Si ma mère savait. Si chez moi on savait. Si Domingos savait, si ma grand-mère savait. Si Eunice savait. C'était sûrement une des raisons pour lesquelles il l'emmenait dans les nouveaux quartiers riches où l'on pouvait rouler lentement sans que personne ne remarque rien. Un mariage parfait entre les buissons de lantana et le gazon. Sans âme qui vive. Sans fumée, sans radio, sans bicyclettes. Mais de grandes voitures stationnaient devant les garages ou à proximité. Des rues dont on ne savait pas si elles étaient ultra-surveillées ou abandonnées. Quoiqu'il en soit, il garait la voiture entre deux rues tracées au cordeau et il comprimait les cheveux de Milene entre ses mains. Il ne l'embrassait pas. Il ne l'embrassait jamais. Il lui serrait seulement la tête entre ses mains et il promenait son regard entre les yeux de la jeune fille, d'un œil à l'autre, d'une mèche de cheveux à l'autre, l'étudiant de très près, comme s'il avait besoin d'une loupe pour la voir. Il ne l'embrassait pas. "Que vais-je devenir ? Que vas-tu devenir ?" Parfois elle disait : "Qu'allons-nous devenir ?"

Puis, la gravité céda le pas à la gaieté. Chacun dans sa voiture, pour simplifier le retour. Elle n'entrait dans la fourgonnette d'Antonino que près des Dunes Femelles les plus proches, pour qu'il puisse se déplacer plus facilement. Très vite, Milene s'aperçut qu'Antonino n'avait pas le temps de dîner. De là où ils étaient, il devait se rendre directement chez Divina. Supposait-elle, car ils restaient dans son véhicule à lui jusqu'à huit ou neuf heures, et ensuite, regardant sa montre comme si elle était un méchant sorcier lui donnant le signe du départ, Antonino se mettait en route. *"Mais pourquoi ? Pourquoi ?"* Demandait Antonino en lui serrant les bras, seulement les bras et les épaules, ne renouvelant jamais l'étreinte fougueuse qui avait eu lieu au bord de la route. Parfois il exprimait ses regrets à voix haute : "Il aurait été si facile d'être seulement avec Divina, c'était si commode… Elle m'attend et moi j'arrive à l'heure… Mais ensuite tu es apparue…" Toutefois le ton ne correspondait pas aux paroles. Antonino Mata semblait se moquer de lui-même en parlant de la sorte : "Oui, j'étais si bien. Nous devrions arrêter…" Mais cela ne faisait qu'attiser le feu. Il portait les mains à sa tête, sans casquette, et disait : "Laisse-moi réfléchir, bien réfléchir..." Milene était déjà dans sa voiture à elle. Lui se penchait à sa fenêtre : "Mais pourquoi es-tu allée m'appeler sur un chantier ? Si ce jour-là j'avais été là-haut, je ne t'aurais pas entendue, tes cris ne seraient pas entrés dans mon cœur. Mais pourquoi ? Pourquoi ?" Il s'attardait. "Parce que c'est comme ça, parce que je voulais..." répondait-elle en se frappant la poitrine. Ses bracelets tintaient. Au retour, les deux voitures dessinaient des cercles, l'une derrière l'autre. L'une derrière l'autre, elles revenaient. Attachée l'une à l'autre par une ficelle invisible.

Un amour ne se raconte ni ne se décrit, sous peine de paraître risible. Car aucun amour n'est risible, surtout un amour ordinaire.

"Embrasse-moi", implorait Milene.

Ils se rencontraient dans les alentours de l'hôtel Cálamo. Les pittosporum vert sombre formaient une haie autour d'eux. Il lui retirait ses bracelets des bras, le bracelet qui enserrait sa cheville, il déposait les vingt et un bracelets sur le tableau de bord, il lui caressait les bras, mais il ne l'embrassait pas. "Si nous étions invisibles..." Car si nous étions invisibles, nous irions dîner à l'instant même au Mãos Largas. Nous garerions les voitures devant le restaurant et personne ne nous verrait, nous entrerions dedans, nous nous installerions à une table et personne ne nous verrait. Ni ma famille, ni la tienne, ni personne, ni Divina non plus. Si seulement nous étions invisibles. Ensuite, il lui faisait une espèce de massage dans le dos, ses deux mains se promenaient sur ses omoplates, les pétrissaient, comme à la recherche d'un os rare. D'un os caché. Il la serrait contre lui, mais il ne l'embrassait pas. La lumière blanche du réverbère traversait le feuillage des arbustes et tombait sur le visage de Milene. Elle fermait les yeux. Quand elle les rouvrait, elle le voyait devant elle, l'air terrifié. Lui-même lui ouvrait les paupières : "C'est très dangereux, Milene, très dangereux de rester ici. Je ne veux pas t'effrayer, mais j'ai vu beaucoup de films comme celui-ci. Ils finissent tous mal. Nous devrions arrêter." Il lui attrapait de nouveau les bras comme s'il allait les briser et un à un il lui renfilait ses bracelets. Puis il lui saisissait un pied et lui accrochait à la cheville le bracelet qui s'ouvrait et se refermait. Avant de partir, il perdait la tête. "Bon sang, pourquoi ne sommes-nous pas invisibles?" Il démarrait à toute vitesse. Elle savait qu'il se précipitait chez Divina.

C'était un amour normal, un amour indicible.

"Tu ne m'embrasseras jamais?" demandait-elle, les yeux grands ouverts.

Le midi solaire, cette année-là et en cette saison, après la pluie de boue, était encore tout hérissé d'aiguilles vives, mais le soir la nuit tombait vite, comme si les tropiques avaient glissé de plusieurs degrés. La semaine, ils ne se voyaient qu'à la nuit tombée. Parfois Antonino venait directement du chantier avec ses enfants. Ils faisaient juste un petit tour parce que les enfants, fatigués de la crèche, pleurnichaient. L'aîné faisait claquer des sacs en plastique vides. Ces jours-là, Antonino parlait vite, de choses pratiques. Il la raccompagnait jusqu'à la villa Regina. "Tu sais combien tu dépenses par mois avec ton vaisseau spatial toujours allumé? Dis, qui paie ton vaisseau spatial? Bon sang, en trois mois ce fric permettrait d'acheter une moto au fils aîné de Divina..." Ils se blessaient l'un l'autre. C'était un amour normal.

Une façon normale de faire la cour.

"Si nous étions invisibles, je ne dis pas que nous entrerions dans le Mãos Largas ou le Pomodoro, mais nous irions n'importe où dans un snack-bar sur la route côtière." Antonino avait faim. Un soir ils avaient fini par aller chez l'Inglês, un restaurant connu pour sa tranquillité. Le propriétaire était un Gallois, ami d'une Jamaïcaine qui cuisinait des haricots rouges avec toutes sortes de piments. Ils n'y étaient pas allés pour le menu, mais parce qu'ils étaient sûrs d'être bien reçus. D'être à l'abri. Les dossiers des bancs étaient hauts, comme dans les trains d'autrefois, et personne ne pouvait les voir. Malheureusement ce dossier protecteur coûtait très cher. Alors, Milene s'était mise à apporter des sandwichs qu'ils se partageaient dans la voiture, avant qu'Antonino ne parte chez Divina.

"Eh bien, aujourd'hui je reste ici", dit-il. "Je reste avec toi." La fourgonnette traînant ses roues en cette fin de journée entre des jardins parfaits, des arbres parfaits au milieu de gazons bien tenus d'où sortaient des lumières qui éclairaient des haies où elles se perdaient. Ils s'arrêtaient devant des maisons de vacances parfaites, des murs crénelés, des cheminées qui avaient l'air de jouets. "Je reste avec toi..." Les villas venaient à leur rencontre. "Je voudrais que personne ne puisse nous voir... Ah, si nous étions transparents, invisibles..."

À demain.

Milene, notre cousine Milene, rentrait chez elle et se précipitait sur le téléphone. Complètement courbée sur le téléphone. Elle écoutait le message préenregistré et, entourant le combiné de ses deux mains, à voix basse, elle laissait son message: *"Écoute, mon amoureux et moi on devrait être transparents et invisibles... Si on l'était, je suis sûre qu'il me prendrait dans ses bras, m'assiérait sur ses genoux et m'embrasserait... Les jours passent et il va chez elle au lieu de rester avec moi parce qu'on n'est pas invisibles. Quand tu le pourras, dis-moi ce que tu en penses..."* D'une voix encore plus basse: *"Les jours passent, il ne m'embrasse pas et toi, tu ne me réponds pas... Pourquoi ne me réponds-tu pas? Je voulais te dire que je ne me suis jamais sentie aussi heureuse de ma vie... Ou alors seulement quand nous faisions du skate tous les trois et que la grand-mère Regina nous laissait dévaler le long de la rue. Quelquefois, quand il me soulève en me prenant par la taille et qu'il me pose par terre, c'est comme si mes pieds étaient sur un skate... Je ne vais pas lui dire ça, il pourrait le prendre mal. Mais quand il me soulève, cette idée me vient."* D'une voix très très basse: *"J'ai envie qu'il m'embrasse, m'embrasse... Que me dis-tu de cela? Ne raconte pas mes pensées à Lavínia... Toujours le silence, tu ne me donnes que du silence... La bande de ton répondeur est-elle éternelle? Ne finit-elle jamais? Celles des tantes finissent presque chaque jour. Ta cousine Milene t'embrasse... Bye. Attends, encore autre chose... Ici il fait nuit noire... Est-ce qu'il neige chez toi? Et à propos de tantes, d'oncles et de ton père, j'allais oublier de te dire qu'Antonino et moi nous avons décidé de ne jamais parler du mal, jamais... Qu'en penses-tu? Ta cousine. Bye..."*

"Ça fait plus d'une minute que j'écoute le grésillement de ton répondeur, et toi, rien... Bye-bye. Ici il ne fait pas froid du tout. On dit que la terre se réchauffe. Des gens se sont sentis mal."

15

D'ailleurs, à Valmares, décembre était si chaud qu'on ne savait pas si ces matins tièdes étaient encore un reste de septembre ou s'ils annonçaient déjà le mois de juillet de l'année suivante. Pas étonnant que les rêves des gens soient eux aussi détraqués.

Les chiens dormaient la nuit et hurlaient à la lune le jour, la tête tournée vers le ciel. Felícia faisait la sieste comme si c'était l'été et après le dîner elle s'endormait et rêvait qu'elle était une autre. Ce matin, justement, elle avait rêvé qu'elle était un homme très fort, déshonoré par sa femme adultère, très maigre, mais qu'il aimait beaucoup et c'est à cause d'elle qu'il montait à bord d'un bateau en partance pour la haute mer pour y mourir. Dans son rêve, la mort était un soulagement pour lui, c'est-à-dire pour elle, Felícia, et passablement chagriné, il était resté quand il s'était aperçu que sa femme, repentie de ses adultères, marchait sur les eaux et lui demandait pardon, l'implorant de ne pas mourir et de revenir. Dans le rêve, cependant, l'honneur était le plus fort, et lui, elle, indifférent, ne revenait pas, il voguait tout droit sur les vagues en direction de ce lieu enchanteur où tout prenait fin, sans se soucier que sa femme se noie. Sa femme très maigre se noyait. Lui, elle, continuait à ramer, ramer dans son bateau. Felícia s'était réveillée de fort méchante humeur, trempée de sueur, elle sentait une rame dans sa main, comme si effectivement son monde intérieur était complètement chamboulé.

Elle avait raconté ce rêve au petit-déjeuner. Ses enfants étaient présents et tous trouvèrent qu'en définitive ce que leur mère voulait, c'était commander encore plus qu'elle ne le faisait, au point de s'imaginer qu'elle était un homme. C'est en tout cas ce que dit Domingos. Claudina pensa que sa tante, à son âge, rêvait d'amour et de vengeance. Seul le vieil Heitor ajouta du rêve au rêve : “Ce que vous avez rêvé n'est pas nouveau, c'est ce qui est arrivé au télégraphiste de Praia. Vous savez ? Le télégraphiste Monteiro. Celui qui s'est mis dans un bateau pour mourir parce que sa femme l'avait trompé, il est allé au large et s'est laissé dériver. Et elle, repentie, a affrété un bateau avec un bataillon de marins pour aller le chercher et ils vécurent heureux jusqu'à la fin de leur vie. Dans les rêves, c'est pas la vérité qui arrive, c'est juste un semblant..."

Non, Felícia ne se souvenait pas de l'histoire du télégraphiste de Cidade da Praia. Elle ne s'en souvenait pas, mais cette belle histoire devait être tapie au fin fond de sa mémoire. Dommage que dans son rêve à elle, il, elle n'ait pas pardonné à la femme. L'ennui, c'est que personne ne peut décider du dénouement des rêves. Ana Mata, toutefois, assise depuis l'aube près du lit de ses rivières pour trier le maïs, estimait qu'on ne commandait pas les rêves, mais qu'on commande le souvenir qu'on a des rêves. Ainsi, si elle était à la place de sa fille Felícia, se souvenant de ce rêve maintenant, elle imaginerait l'homme continuant à dériver en haute mer, non pas pour faire la paix avec sa femme adultère qui ne le méritait pas, mais pour sauver ce que le monde avait à sauver. Ana Mata dit même que sa fille pourrait imaginer que l'homme qu'elle avait été en rêve serait capable d'affronter un requin et de sauver grâce à ce geste toute sa famille par exemple. C'était simplement une question d'échange. Et Ana Mata expliqua dans sa langue qu'une bonne mère pourrait très bien, en cas de besoin, troquer son corps contre le salut de ceux qui lui étaient chers.

Felícia en fut très agacée.

Qu'est-ce que c'était encore que cette histoire ? Elle rêvait tout simplement qu'elle était un homme avec un bateau et déjà sa mère exigeait qu'elle soit plus que Jonas. Oh, Seigneur Dieu. Sa mère lui faisait perdre toute patience. Cette conversation tragique à cause d'une saleté de rêve.

"Ma mère, rêvez donc que vous vous placez les mains jointes devant le requin, faites donc ce rêve agréable... Pourquoi ne rêvez-vous pas ? C'est bien pire que Jonas, car lui est allé dans le ventre de la baleine et il est revenu à la vie et tous l'ont applaudi. Mais vous, vous voulez que je rêve des flancs d'un poisson d'où on ne revient jamais. Pour sauver qui ? Dites-le-moi... Quelqu'un est-il en danger ?" Et Felícia pensait que sa mère n'éprouvait même plus l'amour d'une mère. Quel diable de matin amer ! Et tout ça à cause de cette chaleur en décembre.

Felícia prit une décision. Il fallait oublier l'homme, la mer, le bateau, la femme adultère, le télégraphiste Monteiro de Cidade da Praia, le requin, la baleine et Jonas. Les oublier immédiatement et faire la vaisselle. S'abandonner à la paix que le maniement des assiettes lui procurait. Bénie soit la faïence de cuisine.

Vaquons à nos occupations.

Il devait être environ dix heures du matin. Les assiettes étaient lavées depuis longtemps et empilées sur les tables en plastique. Leur surface aux couleurs criardes, encore humide et rendue phosphorescente par le détergent brillait au soleil toujours chaud. Dans la cour, il n'y avait plus que les vieux. Le téléphone sonna et Felícia répondit. Janina demandait qu'on ne l'appelle pas parce qu'il allait se coucher seulement maintenant. La vie terrible d'un chanteur de pop-folk. Sa mère l'entendait-elle? Il était invité à aller en Allemagne. Maintenant il n'irait plus à Toronto, mais d'abord à Berlin, et non à Montréal ou à Toronto. Il irait au Canada après. Maintenant il fallait qu'il dorme. Felícia se faisait du souci: "Alors comme ça, tu intervertis le jour et la nuit? Et ceux qui t'écoutent, comment ils font pour travailler? Ton public vit le jour ou la nuit? Et ton groupe, comment il va? Bien, bien... Prends soin de toi. Dors tout ton soûl. Dors, dors, je ne te réveillerai pas, et continue à aller de l'avant, toujours de l'avant, mon fils... Ciao, grosse bise..."

Ana Mata était assise sur son perchoir privé, lunettes sur le nez, après l'altercation à propos du rêve, et elle continuait à trier le maïs. De ses doigts fins comme des pattes d'oiseau, elle rejetait certains grains, les lançait derrière elle. Heitor Père taquinait les chiens avec ses deux cannes sans parvenir à les exciter. Felícia et sa sœur Dilecta s'étaient mises à découper un poisson dans une cuvette. L'eau du poisson était à jeter derrière la fabrique, elle ne devait pas couler dans les rivières d'Ana Mata. La puanteur et les mouches devaient rester loin de la maison. La barbe du maïs elle aussi devait être jetée loin du point de jonction des trois rivières. Ana Mata avait installé son fauteuil au beau milieu de la cour afin de trier le maïs tout à son aise et pouvoir jeter les résidus le plus loin possible de ses cours d'eau. Mais tandis qu'elle se concentrait sur son tri, elle entendit un bruit. Un bruit de voitures qui s'arrêtaient. Des gens arrivaient.

"Il y a des voitures à la porte", annonça-t-elle dans sa langue. "Felícia!"

Les mains dégoulinantes d'eau de poisson tournées vers l'extérieur pour que les gouttes tombent loin de son corps, telles deux nageoires semant autour d'elles gouttes et écailles, Felícia s'était dirigée vers le portail, suivie du caniche, et elle aperçut quatre hommes arrivant dans deux jeeps qui ouvraient les portières à la hâte comme s'ils étaient des policiers et qui, une fois à terre, se mirent à examiner la fabrique. Tous les quatre observaient avec des yeux d'arpenteurs, des yeux qui en une seconde vont de haut en bas, de droite à gauche, qui calculent, divisent, additionnent. Felícia ne se trompait pas. Ces quatre personnes s'intéressaient à la fabrique. Mais Felícia ignorait qui ils étaient. Les mains pleines d'eau de poisson, elle prit elle-même l'initiative. Elle secoua ses mains, fit mine de les essuyer sur son tablier en caoutchouc et dit : "Bonjour. Vous désirez ?"

Les quatre hommes, très dissemblables, avaient continué à examiner et à parler entre eux comme s'ils ne l'entendaient pas. L'homme à moitié chauve, en costume-cravate, parlait dans un portugais brésilien à un balèze blond et rougeaud. Le petit, en jeans, avec des yeux brillants et vifs comme ceux d'un rat, parlait en anglais avec un autre légèrement moins grand que le balèze et un type qui n'avait pas l'air d'être un Anglais, les mains passées dans sa large ceinture de cuir. Ce dernier, aux yeux noirs, ne détachait pas les yeux de la fabrique, il la scrutait de bas en haut et de droite à gauche.

"Bonjour. Vous désirez quelque chose, messieurs ?"

Aucun d'eux ne répondit. Au contraire, tous les quatre unis dans un seul et même regard, avaient commencé à déambuler sous les palmiers, le long du tertre, tournant le dos à Felícia, continuant à regarder en l'air, comme si le toit de la fabrique était bien plus haut, et aussi à terre, comme si les murs s'y enfonçaient beaucoup plus profondément. Vite, vite, Felícia se précipita à l'intérieur, s'essuya les mains sur le premier chiffon venu, se dirigea vers sa chambre-cuisine, hors d'haleine, gémissant, fouillant dans un tas de paperasses à la recherche d'un document. Vite, vite. Elle trouva. Les écailles de poisson étaient plus rapides que sa main. À peine touchait-elle un papier que déjà des écailles s'y collaient. Peu importait. Il était urgent qu'elle se lance à la poursuite de ces types. Dilecta n'avait qu'à scier seule l'arête dorsale du poisson.

“Où vas-tu?”

Elle n’avait pas le temps de répondre.

“Mais où vas-tu donc?”

“Laisse-moi. Y a des Anglais qui sont arrivés.”

Ana Mata elle-même s’était levée de son perchoir et elle alla au portail pour voir les Anglais. Mais elle ne les vit pas. Elle aperçut juste le dos de sa fille Felícia qui courait en essayant de se débarrasser du tablier en caoutchouc qu’elle portait pour vider les poissons.

Oui, Felícia Mata courait, un papier à la main, derrière les visiteurs. “Messieurs! Messieurs!” Elle crut les entendre dire *gude* ou *gute* et elle leur demanda: “Vous êtes anglais, messieurs?”

Mais ils poursuivaient leur chemin, sans doute examinaient-ils l’état du mur à l’est. Felícia appelait, courait, appelait, ses tongs l’empêchaient d’aller vite. Elle courait derrière eux et les appelait en agitant son papier. Les voilà. Les Anglais avaient longé le mur est où dans des temps reculés se trouvait le pavillon du guano et maintenant il y aurait eu là une porte ouverte jour et nuit pour tous ceux à qui il prendrait la fantaisie d’entrer si les Mata n’y avaient pas installé un portail en lattes bien fixées. Mais un des visiteurs, le petit en jeans avec des cheveux noirs et des yeux brillants, donna une secousse à la porte et la poussa avec l’épaule et la hanche. D’abord, l’armature résista, puis elle céda et les trois entrèrent, les yeux toujours rivés sur le haut du toit comme s’ils y cherchaient quelque chose qui s’était envolé. Et sans se retourner, après quelques pas, tous les quatre pénétrèrent dans la Vieille Fabrique et se retrouvèrent au milieu de la cour. Ou plutôt dans la maison des Mata. Ana Mata, qui guettait à la porte où elle avait perdu de vue sa fille Felícia, se retourna, voyant bien qu’il était inutile de continuer à épier. Les visiteurs entraient dans le domaine des Mata par l’arrière et Felícia continuait à leur courir après, agitant un papier dans l’air. Tous trois – Dilecta avec son poisson coupé en deux, Heitor avec les deux chiens qui s’étaient assis sans aboyer et Ana Mata qui avait repris sa bassine de maïs –, tous trois étaient cloués sur place pendant que Felícia poursuivait les quatre visiteurs en agitant ses papiers.

“Regardez, messieurs. Tout est légal. Tout est à jour, tout est en ordre. Le contrat est signé, tout est en règle…”

Disait-elle derrière eux et elle avait retiré à présent le tablier en caoutchouc qu'elle tenait sur le bras. Les quatre hommes parlaient, deux parlaient et les deux autres écoutaient, et ils traversèrent la cour. À cette heure les trois rivières d'Ana Mata étaient à peine deux sillons blanchâtres qui rejoignaient un troisième sillon d'écume. Comme si de rien n'était, les quatre hommes enjambèrent les rivières et sortirent par le portail flanqué de pots de géraniums. Seul un, le chauve, avait regardé derrière lui et dit, avec une inclination de tête, pour mettre un point final à cette irruption surprenante: "Alors, au revoir..." Dans un portugais parfait.

Felícia les regarda partir. Les deux qui parlaient entre eux, celui de l'au-revoir et le géant blond, dans la même jeep. L'autre, l'homme au teint sombre et le géant plus petit, dans la deuxième jeep. Les premiers adressèrent un signe à Felícia alors que le véhicule démarrait. Elle se dirigea vers la deuxième jeep, conduite par l'homme aux cheveux noirs qui devait être portugais lui aussi, agitant le papier où brillaient des écailles. L'homme au teint sombre démarra et tandis qu'il faisait marche arrière, elle lui trouva un air réjoui. Il riait peut-être. Ou il souriait. Elle ne jurerait pas qu'il riait, mais elle lui avait vu un air joyeux, surtout quand elle avait brandi les feuilles blanches en disant: "Regardez. J'ai une copie de tout, des lettres adressées à la propriétaire..." Il ne restait à l'endroit d'où les quatre hommes étaient partis précipitamment que les ombres immobiles des onze palmiers.

"Qu'est-ce que ça veut dire?" demanda Dilecta, le couteau à poisson dans la main droite.

"C'est sûrement des acheteurs", répondit Felícia. "Quant à moi, j'ai absolument voulu leur montrer avant qu'il soit trop tard la preuve de nos droits, pour pas qu'ils s'engagent sur une fausse piste..." Regardant encore la plaine pelée où la route parsemée de nids-de-poule sinuait et disparaissait au-delà des rails. "Maintenant ils savent que la Fabrique n'est pas qu'une maison avec des murs et des tuiles. Il y a nous aussi..."

Mais Ana Mata, sur le seuil, près des pots de géraniums qui délimitaient l'endroit où dona Regina était venue mourir, trouvait que ces quatre hommes n'étaient pas quatre acheteurs, non, pas du tout. Un des quatre au moins était un vendeur. Quelqu'un qui voulait vendre, et ça changeait tout. Elle était arrivée à cette conclusion, mais n'expliqua pas comment. Elle se contenta de dire dans sa langue à sa fille : "Méfie-toi, dans l'homme qui a dit au revoir, j'ai reconnu la voix de ma propriétaire..."

"Et alors ?"

"Alors, sur ces quatre je ne sais pas combien veulent acheter, mais un d'eux veut sûrement vendre..." dit Ana Mata en rentrant dans la cour. Elle se jucha sur son fauteuil et plongea de nouveau les doigts dans la bassine de maïs où elle trouvait des grains abîmés qu'elle lançait par-dessus son épaule, répétant les mêmes mots, poussant ses gémissements interdits. "Si tu crois que c'est l'homme au teint sombre qui veut vendre, alors ils sont deux à vouloir vendre. L'autre, le chauve, ne me trompe pas. Il a les mêmes yeux que ma propriétaire. C'est son fils. N'auraient-ils pas piétiné mes rivières, par hasard ?" Rejetant les grains abîmés.

"Dites tout ce qui vous passe par la tête, ma mère, surtout vous gênez pas. Je sais vraiment pas ce que vous y gagnez..."

Maintenant la mère avait beau dire et pleurnicher, elle n'impressionnait plus personne, pas même ses filles. Toutes deux continuaient à scier le grand poisson dont la peau semait ses écailles dans la cour. Elles étaient sûres que les visiteurs étaient des acheteurs anglais malotrus, de ces vauriens m'as-tu vu qui entrent partout et enfoncent les portes juste parce qu'ils ont plusieurs reines à la fois et qu'ils parlent anglais depuis qu'ils sont nés. Mais pour ce qui était de la maison des Mata, Felícia ne craignait rien. Elle avait de nouveau rangé les papiers montrant que tout était légal, elle les avait bien nettoyés, elle en avait secoué toutes les écailles. Ensuite elle s'était remise à nettoyer le poisson. La pusillanimité de sa mère l'horripilait. Comme elle avait changé. C'était incroyable. "Cessez de raconter des histoires, ma mère. Tous les acheteurs du monde peuvent bien venir. Avez-vous oublié que c'est la maison de Janina Mata King ? C'est notre grand atout..." déclara-t-elle de son ton le plus triomphant.

"Avez-vous vu les numéros des voitures ?" demanda Heitor Père.

"Non, je ne les ai pas vus. Mais quelle saloperie de poisson. Plus petit que la rascasse, plus coriace que le requin..."

Dilecta emporta les entrailles et l'eau rougie là où se trouvait l'ancienne fabrique d'engrais de poisson. Felícia se lava soigneusement les mains, les secoua et les flaira, elle prit le téléphone et cessa de se disputer avec sa mère, qui fourrait son nez dans les rêves des autres et les envenimait. Assez, assez! Le téléphone collé à l'oreille, elle appela Janina Mata King d'une voix sonore: "Mon fils. Excuse-moi. Tu dors ou tu es réveillé? Quoi? Qu'est-ce que tu racontes? Tu allais te coucher, non? Tu ne t'es pas couché? Tu as un nouveau manager? Quelqu'un qui s'occupe de tout pour... Un manager, oui, j'ai très bien compris. Un imprésario, je sais ce que c'est. Et Gaby, il est pas là? Pourquoi il répond jamais au téléphone? Écoute, fiston, à ta soirée, ta grande soirée, nous serons tous avec toi. C'est ça que j'ai oublié de te dire. J'ai oublié à cause d'un mauvais rêve. Oui, un rêve horrible. Je suis contente que tu sois réveillé. Parle, parle à ta mère. Va à Berlin et après au Canada. Continue à aller de l'avant, sans faiblir. Oui, oui, ciao, ciao, mon fils. Gros bisou..."

Felícia Mata raccrocha, son âme atterrit dans la cour. Elle ne dirait plus un mot au sujet des Anglais. Inutile de perdre son temps précieux. Voilà comment se terminait le matin après ce rêve. Il faisait si chaud que tout ce qu'on avait envie de faire, c'était de s'étendre dans une chaise longue, sans parler. Tous entraient et sortaient en silence. Surtout Antonino.

Antonino Mata était particulièrement silencieux: "Tu ne dis rien, mon fils? C'est à cause de cette maudite chaleur hors de saison?"

"Antonino, tu ne m'écoutes pas, mon fils?"

Il sortit. Si nous étions invisibles, transparents, si nous passions dans les rues comme des ombres, si personne ne nous voyait, nous n'aurions pas besoin de prendre deux voitures ni de nous réfugier sur des routes désertes. Si nous étions invisibles. La vie d'Antonino Mata se résumait à cela. Un jour sur deux, il montait en haut de la grue la plus haute, la Liebherr 145, au point K.

"Je vais très bien, ma mère, ne vous inquiétez pas..."

Pour le reste c'était un amour ordinaire, un amour normal.

Cela se passait dans les Dunes Mâles à un moment où il n'y avait plus âme qui vive sur le sable. La plage était déjà hivernale.

Les petites baraques des secouristes tout au fond et une rangée de parasols recouverts de chaume étaient les seuls témoins de l'existence d'une vie de plage quelques mois plus tôt. La veille pourtant, il y avait eu un impressionnant coucher de soleil rutilant et à présent, confirmant le phénomène, une brise sèche soufflait en provenance de l'Afrique. De nouveau une brise chaude, en ce samedi après-midi. Des oiseaux blancs se balançaient, posés sur l'eau. Milene et Antonino marchaient, main dans la main. Ce jour-là, ils avaient tout leur temps. Si le téléphone sonnait enfin dans la villa Regina, ce serait João Paulo. Quant à Divina, il avait été convenu qu'Antonino n'irait chez elle qu'à la tombée de la nuit. Ils étaient donc de nouveau retournés dans les dunes et se trouvaient à présent devant leurs ondulations arrondies.

Pour arriver là, ils avaient de nouveau traversé l'étroit ponton de bois sur pilotis. Au fond de l'eau, les algues formaient des jardins qui changeaient de configuration au gré des courants. Mais la vase, très dense à cette heure-là, empêchait de voir le fond. À la surface, les bestioles vivant dans la boue faisaient un bruit de grillon. Et au-delà, un miroir s'étendait à l'infini. “Tu entends ?” Se sentant partie intégrante de l'univers autour d'eux, ils marchaient côte à côte, écoutant leurs pas se répercuter sur les planches, les ébranler, écoutant s'intensifier au milieu du silence habité leur existence, leur enthousiasme inexplicable, leur joie de pouvoir se promener à l'air libre tantôt enlacés, tantôt simplement main dans la main. Sur le côté une plaque proclamait qu'ils marchaient sur *le plus long ponton de bois.*

Avant d'arriver à la première Dune Mâle, ils espéraient pouvoir boire un verre dans le bar de la plage, comme la première fois. S'asseoir chacun sur un banc, séparés par une table en bois, et regarder l'après-midi passer, ainsi unis, en compagnie de deux ou trois autres inconnus solitaires pensant à leurs propres affaires sans fourrer leur nez dans la vie d'autrui. Mais les portes du bar, qui de loin semblaient n'avoir aucune consistance et être construites avec des allumettes abandonnées là, étaient solidement barricadées. Ils n'avaient heureusement ni faim ni soif et ne rebrousseraient pas chemin. Ils gravirent la pente qui menait aux dunes dans lesquelles ils s'avancèrent jusqu'à arriver sur la plage où ils se retrouvèrent seuls avec les oiseaux blanchâtres perchés sur les vagues. Un bateau de plaisance plein de monde passait non loin d'eux en direction de Sagres. Il était la seule chose en mouvement. Alors Antonino proposa à Milene de s'étendre dans le sable sous le soleil de l'hiver.

La brise était tiède, presque chaude, ce qui ne l'empêchait pas de hérisser la peau du cou et du visage. Les jambes nues de Milene avaient la chair de poule. Antonino déboutonna son blouson et en fit une sorte de paravent. Ils se tenaient ainsi, sur le sable, les yeux presque clos. La tête relevée, Antonino fumait et surveillait la plage. Les oiseaux se balançaient sur les ondulations de la mer. Une bande de mouettes endormies, pensa-t-il. Mais dormaient-elles ou chassaient-elles ? Elles dormaient. Les oiseaux ne bougeaient pas, ne battaient pas des ailes, ne changeaient pas de position, ils obéissaient aux mouvements de la mer et la mer ne se mouvait guère, elle arc-boutait légèrement le dos, le poussait en avant et le raplatissait aussitôt. Ces oiseaux ne bougeaient pas, ne se balançaient pas.

“Attends-moi ici”, dit-il, jetant sa cigarette et lui donnant son blouson.

“Et moi ?”

“Attends-moi.”

Antonino s'était levé et dirigé vers le rivage pour regarder les mouettes immobiles. Puis, se retournant, il vit que derrière lui Milene s'était assise sur le sable et qu'elle l'appelait en agitant le blouson en l'air. Mais il préférait regarder les mouettes. Il lui avait fait comprendre clairement qu'il n'allait pas tarder à revenir, qu'il allait juste là-bas, là où le soleil frappait la mer et où les bêtes flottaient comme si elles n'étaient pas vivantes. Antonino s'éloigna en direction de la lumière qui donnait à la mer peuplée de ces bêtes immobiles une couleur sans couleur. Il voulait seulement ramasser des cailloux de belle taille pour les lancer dans l'eau et voir si ces oiseaux étaient endormis ou éveillés et comment ils réagiraient à un bon jet de pierres, voilà tout. Mais quand il se retourna, il constata que là où il avait laissé Milene avec son blouson à la main, il y avait quelqu'un d'autre, une fille blanche en train de se déshabiller. Au début, il ne la reconnut pas. Puis, quand il se rendit compte que c'était bien Milene, il pensa que quelqu'un d'autre la déshabillait. Il mit un certain temps à comprendre que Milene se déshabillait elle-même et il se précipita vers elle dans le sable.

Il se précipita, interloqué, courant maladroitement, surpris, pendant qu'elle retirait le dernier vêtement et qu'elle se couchait par terre. Et lui, très gauche, avec de grandes secousses de la tête, comme si un ressort de son cou s'était détraqué, titubant dans ses chaussures blanches qui s'enfonçaient dans le sable mou, criait en lui demandant pardon, comme s'il prenait part lui-même à ce geste tout en le désapprouvant fermement. Il s'approcha d'elle et se mit à désenchevêtrer les vêtements entassés pêle-mêle par terre, il les ramassa un à un, les secoua et essaya de les lui enfiler par les bras et par la tête pendant qu'elle s'esquivait, sautant dans le sable, résistant au rhabillage, les bras croisés sur la poitrine et sur le sexe, amusée et déterminée. Et lui, stupéfait, regardait autour de lui, voyait le bateau dans le lointain et implorait Milene d'arrêter: "Non, pour l'amour de Dieu..." pendant que Milene, nue, dans ses seules chaussettes, sautillait devant lui. Ses cheveux étaient agités par la brise mi-chaude mi-froide. *Si, si*, disait-elle en frissonnant dans le vent.

Mais Antonino Mata s'était caché le visage. "Tu ne vois donc pas les conséquences de ce que tu es en train de faire?" Sa voix s'éraillait, sortait de son registre naturel, elle devenait fine et aiguë. Il était difficile de saisir ce qu'il disait: "Hé, ça suffit..." Il lui parlait en lui tournant le dos: "Mais rhabille-toi donc... Je n'ai rien à voir avec ça..." De nouveau, il lui rendait de force ses vêtements, lui tendait ses sandales et son sac, il la bousculait. "Car toi tu ne sais pas, mais moi si... Un noir près d'une femme blanche nue sur la plage... Dis-toi bien que c'est pan, pan", disait-il en faisant semblant de porter une carabine invisible à son œil gauche, de viser et de tirer. À reculons, refusant de la regarder, il essayait de lui donner ses habits, puis il y renonçait et jetait tout par terre. Il envoyait des coups de pied dans l'entassement de vêtements à côté du blouson et faisait mine de s'en aller. Entre la dune et la plage, Milene riait: "Alors, habille-moi, toi, je te laisse me rhabiller..." cria-t-elle.

"Eh bien oui, je vais te rhabiller..." cria-t-il lui aussi.

Et furieux, mû par un élan intérieur irrépressible, il avait commencé à lui enfiler tous ces différents vêtements, à les lui accrocher au corps, à les secouer rageusement. Mais quand Milene fut vêtue, comme si elle avait renoncé à un but qu'elle s'était fixé elle-même, Antonino la serra contre lui et l'embrassa plusieurs fois. Il l'embrassa avec désespoir puis, s'essuyant la bouche sur le poignet de sa chemise, il s'éloigna d'elle et lui cria : "Parfois rien que ça suffit pour se faire assassiner… Tu comprends ce que je te dis ? Tu comprends ou tu comprends pas ?" Il agitait le sac et les sandales devant elle. Il secouait son propre blouson. Il secouait ses pieds sur le caillebotis qui conduisait au bar en bois. Tu comprends ? Est-ce que tu comprends ?

"Tu ne comprends rien…"

"Que comprends-tu donc ? Tout ça est comme un film très ancien et très abîmé. De ces bobines striées de pluie et de sparadrap en croix. Je te l'ai déjà dit, je sais très bien comment tout ça se termine…"

Et comme s'il abritait en lui deux hommes différents, avec deux têtes opposées et des membres contradictoires qui cherchaient à atteindre des buts différents, maintenant qu'elle était habillée il l'attira de nouveau à lui, écartant son sac et le lui plaçant dans le dos pour qu'il n'y ait presque rien entre eux deux, il l'embrassa encore et encore, l'étreignant contre lui avec une force non pas brutale mais exagérée, comme si le corps de Milene pouvait s'enfuir ou qu'il contenait quelque chose d'insaisissable, mais d'absolument nécessaire, le parcourant avec ses grandes mains, faisant de ses dix doigts dix autres mains, anxieuses et agiles. Et cela encore et encore. Jusqu'au moment où il dit, avec un mal de tête qui l'empêchait de voir où était le ponton et où ils avaient laissé leurs voitures : "Allons-nous-en…"

Mais Milene ne voulait pas partir.

Elle dit : "Eh bien, maintenant porte-moi dans tes bras jusqu'au bout du ponton. Je vais replier mes jambes comme ça et tu vas me porter et moi je gigoterai…" Et pour qu'il voie qu'elle était sérieuse, elle avait joint ses bras et ses genoux l'un contre l'autre : "Allez, on va voir si tu arrives à me soulever…"

Autour d'eux, il n'y avait pas âme qui vive. Le bateau de plaisance, plein à craquer, n'était plus qu'une vague silhouette dans le lointain.

"Tu dis que tu peux me porter, mais ce n'est pas vrai… Vas-y, soulève-moi…"

Il la souleva. Nous l'apprendrions par la suite, les éclats de rire de Milene se répercutaient sur le miroir de la Ria, son corps se balançait dans les bras d'Antonino qui avançait en la portant et elle criait et riait et lui demandait à présent l'inverse : "Oh, pose-moi par terre maintenant, pose-moi par terre, s'il te plaît..." Elle lui demandait cela pendant qu'il parcourait le ponton étroit qui se proclamait *le plus long ponton de bois*. Il le parcourait solennellement, définitivement, faisant résonner les planches sous ses pieds comme s'il effectuait une marche triomphale sur un support incertain. Mais une marche triomphale. Il avançait avec elle dans les bras, elle à présent silencieuse, pelotonnée entre ses biceps qui commençaient à lui faire mal, et lui pensait : *ça n'a eu aucune importance, il ne s'est rien passé et pourtant ça a décidé de ma vie...* Ils avancèrent ainsi jusqu'aux voitures, mais ils ne savaient plus où ils les avaient garées. Ils avaient oublié.

En cet instant, Milene et Antonino étaient encore invisibles.

16

Entre-temps, Felícia Mata avait de nouveau rêvé qu'elle était un homme assis, assise, se balançant sur l'eau. Les circonstances étaient différentes, mais Felícia reconnaissait maintenant sans peine qu'elle avait rêvé du télégraphiste et quand elle avait raconté son rêve le matin, elle s'était même sentie furieuse contre elle-même. Pourquoi rêvait-elle de personnes disparues ? Transformée en homme, elle repoussait une femme très maigre qui dans son rêve marchait sans bouger alors que dans la réalité le télégraphiste de Cidade da Praia avait été sauvé par les marins que sa femme avait emmenés avec elle, après que lui-même, grâce à son sacrifice, avait retrouvé l'amour de sa femme. Pourquoi ? Mais arrivés à ce point, les événements étaient si différents que Felícia se demandait si son rêve avait le moindre rapport avec l'histoire du télégraphiste. C'était juste un mauvais rêve où elle, devenue il, jouait le rôle d'un homme méchant. Elle avait la migraine et rien qu'à penser à son rêve elle se sentait malade. Heureusement qu'ils n'avaient invité personne pour assister au show de Janina.

Le Cartaz dos Espectáculos avait annoncé que Janina clôturerait le *Show Bizz* avec deux nouvelles chansons. L'annonce du spectacle montrait sa photo et dans un magazine du vendredi, ce spectacle du samedi soir était qualifié de Show *de Janina Mata King*. Cette fois, il n'y aurait pas de ramdam dans la cour, personne ne viendrait de l'extérieur, le spectacle serait uniquement pour la famille Mata.

Sans *cachupa*, sans flan aux œufs, sans la moindre sangria.

Ainsi donc, le soir tombé, tout était en place. L'antenne parabolique braquée sur les satellites était bien visible sur le toit. Les trois téléviseurs étaient reliés aux trois magnétoscopes par leur câble respectif et plusieurs essais avaient été faits dans les heures précédentes. Tout fonctionnait. L'appentis sous lequel les appareils devaient enregistrer simultanément trois copies constituait un studio parfait. Les bruits ambiants n'étaient pas censés être captés mais, à tout hasard, enfants et adolescents furent enjoints de se tenir tranquilles. Germana et Dilecta auraient les plus petits à l'œil. Si l'un d'eux ouvrait la bouche, hop, au lit. Par avance, les chiens eux-mêmes avaient été mis à la porte et attachés au pied des palmiers pour éviter que leurs aboiements ne soient enregistrés, au cas où les bêtes se déchaîneraient. Surtout pas de chiens aboyant dans le show de Janina. Le silence absolu. Désormais, tout à la joie de la victoire de Janina dans le monde, la famille Mata ajoutait la responsabilité silencieuse exigée par un succès fermement assis. Il fallait se montrer responsable.

Mais Felícia se sentait malade.

Et si au moment où Janina devait intervenir, on faisait appel à un autre type ? Si Janina oubliait les paroles de ses chansons ? S'il avait un trou de mémoire ? Si Gaby ne prenait pas bien soin de lui et lui donnait une boisson glacée et qu'ensuite on n'entendait pas un mot des nouvelles chansons ? En tant que mère, elle avait besoin d'un tranquillisant. En plus, elle avait fait ce rêve indécent. Avait-on jamais vu chose pareille ? Elle, femme devenue homme, elle laissait une maigrichonne marcher pieds nus sur les vagues et se noyer ? Dans la cour, pendant la journée, on avait reparlé du télégraphiste. Si un jour ces créatures, bien tranquilles dans l'autre monde, pouvaient imaginer qu'elles survivaient comme matière à rêves dans des scènes qui se déroulaient exactement à l'envers, elles mourraient une deuxième fois. Dans la cour, on avait le pressentiment que quelque chose pourrait ne pas marcher. Tous attendaient en silence. La famille se sentait abattue, elle remâchait le pressentiment funeste de Felícia.

De fait, au début, le *Show Bizz* fut très ennuyeux. Une heure et demie durant, le spectacle serait fait de fausses manœuvres, de temps morts, de plaisanteries, de gens s'égosillant que les Mata avaient envie de faire taire faute de pouvoir casser la télévision. Jusqu'au moment où enfin, et ce n'était pas trop tôt, Janina Mata King surgit, compensation et récompense suprêmes. Offrant aux trois téléviseurs les images les plus belles de Janina. Tous se levèrent. Tous étaient présents. Il ne manquait qu'Antonino.

Le show était superbe. Une merveilleuse panoplie d'instruments entourait Janina. Le groupe jouait à ravir.

Au début, oubliant l'interdiction de parler, Felícia s'écria : "Doux Jésus, regardez-moi ça ! Il n'y en a que pour le saxo !" Sans pouvoir se retenir, parce que l'espace d'un instant le saxophoniste occupa le devant de la scène et le milieu de l'écran, tournoyant et parlant plus haut que les autres. Mais, très vite, ce petit bout de tube incurvé disparut et Janina surgit triomphalement, s'imposant au saxo, aux clarinettes et à la contrebasse, à tous les instruments. Janina fut seul sur les trois écrans, brandissant le micro, l'entraînant, le prenant à partie, le dominant complètement. C'était filmé et retransmis sur toute la largeur de l'écran. Janina se démenait, on le voyait tout entier, ou juste ses bras, son visage, plusieurs visages de Janina, tous bougeant en même temps et se fondant ensuite en un visage unique. Les yeux clos, les lèvres tendues en avant pour l'émission de la voix. Fabuleux. Debout, les Mata entendaient à peine. Par instants, cette saloperie de saxo était de retour. Empêchant Janina de chanter. L'empêchant de vivre. Mais aussitôt la silhouette de Janina revenait sur les écrans, avec sa vaste chevelure touffue, ses poignets cerclés de cuir, ses muscles explosant de force et d'énergie, tout cela chez un jeune homme d'à peine dix-neuf ans. L'avenir d'un chanteur de dix-neuf ans resplendissant sur trois écrans telle une étoile scintillante au milieu du silence atterré qui régnait dans la cour. Le temps de l'existence partagé en deux moitiés. Avant et après ce spectacle. Les Mata suspendus au-dessus de leurs chaises. Enfin, quand le spectacle s'achemina vers son apothéose, quand l'action céda la place à l'émotion et que la voix ne fut plus que voix, quand le hurlement de loup se prolongea comme celui de Terence Trent d'Arby et que le spectacle s'approcha de la fin, que le courant sonore se brisa et se fendit et qu'il se mit à planer et à monter encore d'un degré et que les spectateurs purent pousser un soupir de soulagement, quand les noms de toute une armée qui assurait la production du *Show Bizz* commencèrent à défiler en ondulant comme un gros serpent par-dessus le corps de Janina – même le saxo avait enfin disparu complètement –, Felícia Mata s'aperçut qu'elle n'avait pas vu son fils Gabriel sur l'écran.

"Et où donc est Gaby, qui peut me le dire ?"

C'était vrai, personne n'avait vu Gaby.

Non, personne n'avait vu Gaby, mais quelle importance ? Tous vivaient dans l'émerveillement et l'orgueil ce moment de triomphe, car sur le visage et la poitrine de Janina, sur ses talons ondulants, sur son pantalon et ses genoux, défilaient les dernières scintillations du *Show Bizz*. Une apothéose télévisuelle. Les Mata enlacés dans la cour formaient une chaîne. Seule Ana Mata n'en faisait pas partie. Pourquoi restait-elle à l'écart ? Alors Felícia se sentit prise de pitié pour sa mère qui ne se rendait sans doute plus compte de la réalité. "Ma mère, c'est la vengeance de Jamila Mata sur le Normand traître. Vous vous souvenez de Jamila Mata, votre grand-mère ? Ou vous ne vous en souvenez plus ?"

Eh bien, elle aurait dû s'en souvenir. Car tout ce à quoi avaient assisté les Mata, là, dans cette cour, c'était à une œuvre de justice qui arrivait avec cent ans de retard. Une œuvre de justice accordée à la famille Mata qui s'étendait à toutes les autres familles pareilles à elle. C'était les emprisonnés des îles pauvres du Tiers-Monde qui passaient directement de la faim et de la soif à la télévision. Leur vie se trouvait diffusée aux quatre coins du monde et des sphères, Dieu soit loué. Rendons grâce à Dieu. Réjouissez-vous donc, mère. Nous les pauvres, les délaissés, les transhumants, les déshérités, nous sommes à l'honneur à la télé et bientôt sur toutes les paraboles. Nous, maman Ana Mata. Alors, pourquoi n'êtes-vous pas heureuse ? Pourquoi ne riez-vous pas, pourquoi ne buvez-vous pas un jus de fruit de la passion avec vos enfants, vos petits-enfants et vos arrière-petits-enfants ? Pourquoi ? Vous allez encore me dire que vous n'avez pas entendu la voix de Janina, que vous n'avez rien compris à ce qu'il a dit. Vous savez bien que la première fois qu'on entend une chanson, elle ne vous entre pas tout de suite dans l'oreille ? Et surtout celles qui sont en anglais. Comment croyez-vous que Janina va pouvoir passer directement dans toutes les paraboles ? Maman Ana Mata, attendez, ne rentrez pas déjà dans votre maisonnette comme l'autre fois, alors que nous sommes encore tous ici, heureux, sans rien à nous reprocher, Dieu soit loué. Il était très difficile de croire à ce que leurs yeux avaient vu. Le grand Janina. Ah, si le saxo n'avait pas pris autant de place, le show aurait été parfait. Ça donnait même envie de reculer dans le temps et de pardonner à ce traître de Normand. Soudain, avec le succès de Janina, tout prenait un sens différent.

Mais quelqu'un avait-il vu Gaby ?
Non, personne ne l'avait vu.

Alors Felícia s'était mise à téléphoner. "Janina, c'est toi ? Est-ce que Gaby est là ?"

Personne ne pouvait répondre. Car comment répondre ? Janina, épuisé, venait d'être applaudi à la télévision, comment aurait-il pu décrocher le téléphone ? En cet instant, il devait être au milieu de la foule, à côté de son frère Gabriel, loin de tout téléphone. Ce qui n'empêchait pas Felícia d'insister : "Tu es là, fiston ? Tu es là ?" Elle se cramponnait au téléphone. "Non, tu n'es pas encore rentré..." Les lampes de la cour se mirent à se balancer dans la brise légère qui s'était levée à mesure que la nuit avançait. Mais la vraie fraîcheur ne se ferait sentir qu'à l'aube, quand les appareils seraient débranchés et que la cour s'enfoncerait dans l'obscurité.

Mais en attendant, Domingos, au milieu des câbles entrecroisés, non loin du point de jonction des rivières d'Ana Mata, Domingos et Heitor, assis tous deux avec une jambe plus haute que l'autre, placée sur une autre chaise, guitare entre les genoux, s'étaient mis à composer. Entre accords et mélodies, ils avaient surfé jusqu'à l'aube sur les sons et les paroles, y quêtant les plus belles fleurs. Leurs mains de maçon, durcies et gercées, avaient du mal à se déplacer sur les cordes, ce qui n'empêchait pas les deux hommes de pressentir ce que devait être la perfection. Ils la connaissaient. Ils faisaient de petits exercices qui leur permettaient d'entrevoir le grand style. Penchés sur leur instrument, ils jugeaient mieux le niveau de Janina et de son groupe. Ils pinçaient les cordes. Tout à coup, incapable de maîtriser son émotion et sans avoir bu, Domingos s'était mis à parler comme un homme ivre à sa guitare : "Oh Janina, Janina, mon frère. Suis-je vraiment ton frère ? Je n'en mérite pas tant, putain..."

Ils étaient allés dormir seulement à l'aube. Les lits près des fenêtres ouvertes, comme si on était encore en été, malgré la brise venant de la mer. La famille tout entière dormait. Les trois filles d'Ana Mata dormaient. Ses fils, à l'exception d'Antonino, étaient tous couchés. Ses petits-enfants, ses arrière-petits-enfants s'étaient tous effondrés sur leur lit. Quand tous furent couchés, Ana Mata se leva.

Très tôt, dès potron-minet.

Tous dormaient dans les chambres du diamant, Ana Mata tâtonnait sur la caisse qui faisait office de table de chevet à la recherche d'un linge qui lui servait de mouchoir. À la recherche de ses vêtements sur la caisse qui lui servait de malle, cherchant à discerner dans la pénombre de la maisonnette grise – celle qui avait la plus petite fenêtre de toutes – la mesure du piège qu'elle entrevoyait. Sa main maigre à la recherche de ses affaires. Son mouchoir, ses allumettes, son peigne, ses habits. Elle n'avait pas fermé l'œil de la nuit. Elle avait enfin trouvé ses vêtements. Le premier, qu'elle enfila par la tête, sans ceinture, lui tombait jusqu'aux chevilles, et le deuxième, dont elle entoura ses épaules comme s'il était une couverture en cette matinée d'hiver subitement froide. Et donc, quand elle franchit la porte, elle avait sur les épaules deux robes entrecroisées, avec deux manches qui pendouillaient à gauche, si bien qu'en atteignant son fauteuil en plastique et en se retournant elle avait comme trois bras gauches. Un bras droit, trois bras gauches. Trois bras d'étoffe pendante. Pourquoi pas ? Personne ne voyait ce qu'elle voyait. Ana Mata occupa sa place au milieu de la cour, ses manches frôlaient le sol, ses mains en forme de pont suspendu étaient jointes, ses pieds étaient posés à l'intersection des trois rivières, à présent complètement sèches. Elle se disposait à attendre. Elle attendrait, pensa-t-elle dans sa langue.

Elle attendrait longtemps.

Le soleil était déjà haut, il s'avançait pas à pas sur le dallage et personne ne se réveillait. Les Mata avaient encore dans la tête le show de Janina et ils feraient donc la grasse matinée. Personne ne pouvait les en empêcher. En plus, c'était dimanche et personne n'allait à la messe. Même Felícia, ancienne dévote, n'allait plus à la messe. Elle-même, Ana Mata, n'y allait plus non plus, mais elle était contente que ses enfants et petits-enfants y aillent pour prier Dieu. Pas à proprement parler pour prier Dieu, mais pour y aller tous ensemble, joindre leurs voix à celles des autres, former un groupe, chacun restant soi-même au milieu de tous et tous étant une personne dans le groupe. Chacun dans tous. Mais les membres de sa famille estimaient que leur vie ne regardait qu'eux-mêmes, qu'ils n'étaient pas reliés aux autres. Ils étaient bien ignorants. Ils ne savaient pas ce qu'une personne comme elle savait.

Ah ! Elle en savait des choses.

Elle savait par exemple qu'une guerre, même à l'autre bout du monde, n'était pas sans lien avec sa famille. Tout était lié à tout. La guerre des hommes qui s'entre-tuaient partout avait à voir avec ce qui se passait à la table des Mata. Elle en était convaincue. La guerre qui éclatait au loin ne faisait pas simplement rage au loin, elle n'avait pas son origine seulement là-bas, elle commençait ici même, dans les yeux des siens. Rien qu'à les regarder, elle s'était forgé toute une expérience. Le jour où Domingos regardait sa femme avec colère, les coups de feu pleuvaient à la télé. Elle en était sûre. Le jour où ils se regardaient les uns les autres avec affection, il y avait moins de morts, moins d'affamés et de malheureux au journal télévisé. Ces jours-là, le président américain ordonnait aux semeurs de troubles de faire la paix et on le voyait assis à côté d'eux à la même table, l'air très satisfait. Le contraire était vrai aussi. Car tout était lié à tout, et Ana Mata se tenait donc là, attendant que la famille se réveille.

Elle attendrait.

Elle n'avait pas dormi et elle attendrait. Elle était prête à attendre parce qu'elle savait qu'il y avait un problème. Après que dona Regina Leandro, sa propriétaire, était venue mourir là, elle, Ana Mata, avait compris que le problème était grave. Et à l'époque, personne ne l'avait écoutée. Les Mata s'étaient vu confirmer que les Leandro n'avaient pas renouvelé le bail ni envoyé qui que ce soit pour discuter la question. Ils ne les avaient même pas remerciés d'avoir accueilli leur petite-fille. Rien de rien. Ni réponse, ni lettre, ni signature. Un mur de silence, une muraille d'indifférence, et malgré ça la famille ne voyait pas le problème. Pensait-elle dans sa langue. Il était évident qu'il y avait un problème.

Elle attendrait qu'ils se réveillent.

Ce n'était pas de sa faute s'ils avaient la tête dure, bourrée de fadaises qui les empêchaient d'y voir clair. Elle, au contraire, avait une tête maigre, un cou tout fin et dans ce genre de tête les idées couraient en liberté. Tout ce qui n'était pas de la graisse était pure intelligence, comme ça l'esprit était libre de penser. Voilà pourquoi elle avait décidé de toujours manger très peu. Afin de pouvoir penser. C'était parce qu'aucun d'eux ne pouvait penser comme il fallait que personne ne voyait que Janina n'était plus Janina. C'était bien dommage. La voix de son père n'était plus dans sa voix, ni dans celle de ses frères. La voix de Janina était devenue un message. Elle ne contenait plus la voix d'aucun d'entre eux. La voix de Janina Mata King ne l'avait pas encore quitté, mais déjà elle s'était transformée en autre chose. Le groupe n'accompagnait plus Janina, Janina était devenu une toute petite pièce, assez rauque d'ailleurs, de ce groupe. Pensait-elle dans sa langue. Et ils avaient tous vu et entendu la télévision, tout était clair comme de l'eau de roche, mais ils n'avaient rien compris. Comme s'ils étaient aveugles. C'était cela même qui l'avait poussée à prendre une décision. Un plan d'action s'imposait d'urgence. Elle allait le mettre en application dès qu'ils se réveilleraient. Ana Mata entendit une fenêtre s'ouvrir. Elle se retourna. Mais ce n'était pas Domingos.

"Domingos ?"

Conceição, tenant par la main João et Aloísio qui grelottaient, apparut à la porte. Nus, ils allaient se laver dehors et, surpris, ils constatèrent qu'il faisait froid. Ana Mata, la poitrine découverte, deux manches frôlant le sol, échevelée, dit : "Conceição ? Appelle ton mari…"

"Domingos !"

Domingos apparut enfin sur le seuil. La nuit l'enveloppait encore. Il chancelait, n'arrêtait pas de bâiller, avec des relents d'accords de guitare dans chaque bâillement. Torse nu, chevelure abondante, très semblable à Janina, il aurait pu être un autre Janina. Il s'étira, ouvrit une grande bouche, il avait encore sommeil. Ana Mata attendit que cela passe et quand elle vit que son petit-fils se grattait normalement, elle l'appela : "Domingos, viens un peu ici…"

S'étirant une dernière fois, il s'approcha.

"Où as-tu mis les livrets de la Caisse d'épargne ?"

Le fils aîné de Felícia Mata se réveilla alors en un éclair. "Pourquoi vous les faut-il, grand-mère ?" Et la laissant parler toute seule, Domingos traversa la cour en survêtement et se dirigea vers les douches. Ana Mata ne se laissa pas impressionner. Il fallait lui laisser le temps de calmer le couteau qu'il avait toujours dans la main et l'autre dans la gorge. Ana Mata attendrait. Il avait encore les doigts sur sa guitare, elle avait encore le dimanche tout entier pour lui parler. Elle n'était pas bête, elle n'allait pas gâcher un plan aussi bien conçu par précipitation. Domingos revenait, cheveux dégoulinant le long de son dos. Un bout de lame de couteau pointait dans sa voix: "On ne voit nulle part ailleurs ce qu'on voit dans cette maison..." Ana Mata était assise, parfaitement immobile. Surtout ne pas réagir. Que les aveugles se réveillent tous. Les enfants passaient avec des seaux, les deux chiens poussaient les aboiements stupides propres aux bêtes inutiles en direction des mains des enfants. Depuis qu'elle avait ouvert les yeux et mis la main sur le téléphone, Felícia n'arrêtait pas de téléphoner et de recevoir des appels. Elle déambulait dans la cour, vêtue d'une robe de chambre parsemée de roses, penchée vers le téléphone qu'elle tenait collé à l'oreille, proférant des discours péremptoires. C'était comme si elle avait maintenant une troisième oreille pendue à l'autre.

Felícia parlait à la troisième oreille: "Gabriel est-il là? Pourquoi ne l'a-t-on pas vu à la télé? Je sais bien que tu n'es pas la télévision, mais tu as un contrat... Si ça n'y figure pas, il faut que ça y figure, là où tu apparais toi, ton frère aussi doit apparaître. On n'a vu que toi à l'écran. Je sais très bien que tu n'es pas le chef de la télévision... L'ennui, c'est que je fais de très mauvais rêves qui ne me plaisent pas du tout..." Et elle raccrocha en arpentant la cour, les seins ballant, tombant sous la robe de chambre, et déjà elle recevait un autre appel, de quelqu'un de très important, avec qui elle riait, extasiée: "Oui, oui, ç'a été tout à fait formidable..." Disait Felícia, dans sa robe de chambre mal ficelée, semée de roses, en secouant son épaisse chevelure dénouée.

Ana Mata assistait à ce spectacle. Elle attendait. Il fallait attendre que Domingos soit de bonne humeur. Le voilà qui arrivait en costume de sport et qui se dirigeait vers la table. Elle était sûre qu'il avait dans sa poche ce dont elle avait besoin. Elle ne pouvait plus attendre.

"Tu as tous les livrets? Lis-moi l'argent qu'il y a dessus..."

Demanda Ana Mata.

La bouche encore pleine, Domingos sortit les livrets de sa poche et commença à lire. Si quelqu'un devait lire, il lirait lui, juste pour faire plaisir à sa grand-mère. C'était son tribut de petit-fils, dès lors que chacun devait payer un tribut à quelqu'un. Le fils aîné de Felícia lut: "Mon livret, un mille et vingt et quarante mille escudos..." Lu de cette façon et aussi lentement, la somme ressemblait à une charade.

"Lis pour de vrai..." demanda Ana Mata.

"Comme si j'allais lire des mensonges! Mais Heitor a bien plus. Il a mille cinq cent vingt escudos. Ça date de la semaine dernière... Et Antonino? Attendez, laissez-moi voir..." Domingos se mit à rire. "Antonino a trois cent mille vingt-deux escudos. Le reste doit être sur le livret de Divina..." Domingos, en tenue de sport noire rayée de bleu, riait: "Vous êtes contente, grand-mère Ana Mata?"

Ana Mata, l'air très concentrée: "Et ça donne quoi tout ça?"

"En tout, deux millions cinq cent mille escudos, pas plus..." Domingos, patient, sans couteau dans la voix, additionnait les sommes.

Ana Mata elle aussi additionnait. Elle réfléchissait, réfléchissait, une main en l'air, tenant elle-même les livrets pour empêcher Domingos de tourner les talons. Il ne pouvait pas encore partir, il devait d'abord lui dire combien de voitures neuves, comme celle d'Antonino, on pouvait acheter avec deux millions cinq cent mille escudos. Elle posa la question craintivement, une main en l'air, craignant que son petit-fils ne change de ton.

Mais Domingos Mata était encore plein de patience somnolente. Il dit la vérité: "Aucune, grand-mère. Juste la moitié d'une."

"La moitié? Mais qu'est-ce que tu racontes... Vous avez de l'argent caché sur d'autres livrets. Vous n'avez pas cet argent qui est écrit là, c'est pas possible..."

Felícia, toujours le téléphone à l'oreille, passait à côté de sa mère et de son fils aîné. Tête penchée, elle transportait des boissons et des sandwichs qu'elle disposait sur la table comme si c'était l'été, le téléphone coincé entre le cou et l'oreille. Elle disait à présent: "Merci, mon amie, merci. Dieu vous rende à tous pareille bonté. Parfaitement, c'est de la bonté que d'être heureux du bonheur de Janina... Depuis hier soir le téléphone n'arrête pas de sonner, tout le monde est ravi du succès de Janina... Ciao. Au revoir. À bientôt..." Elle éteignit enfin le téléphone. Maintenant qu'elle s'était débarrassée de l'appareil, elle aussi irait chercher son livret pour le lire à sa mère. Elle irait immédiatement. Elle alla, revint, et avec la voix déterminée de la personne qui surmonte les difficultés de la vie et qui peut désormais se présenter comme un symbole, elle proclama haut et fort que cela faisait plusieurs mois que son compte était vide, à zéro. "*Zéro de zéro*", disait Felícia, ignorant le téléphone qui ne cessait de sonner. Le déconnectant. C'était les habitants du Bairro dos Espelhos qui la félicitaient, les uns après les autres. Mais elle n'en pouvait plus. Et elle expliqua qu'elle avait donné à Janina et à Gabriel tout ce qu'elle possédait. Qu'on n'oublie pas qu'elle avait même payé un professeur de chant à Janina. Elle, oui, elle. Et maintenant son compte était à sec. Mais cela ne lui faisait rien d'être à sec. "Je continue à aller de l'avant à zéro. Dieu est grand. La Sainte Vierge est grande. Qui vivra verra. Dieu est miséricordieux..." disait-elle comme si elle voulait faire la leçon à sa mère cramponnée à quatre livrets de Caisse d'épargne qui ne lui appartenaient pas, les regardant, les feuilletant alors qu'elle ne savait même pas déchiffrer une lettre de la taille d'un bœuf. Pourquoi vous cramponnez-vous à ces livrets, ma mère? Lui demanda-t-elle avec la miséricorde de la nuit précédente. Mais le téléphone s'était remis à sonner. Le petit appareil appelait et tressaillait en même temps. Felícia le prit et cria: "Oui, merci. Tout va très bien. Janina ne répond pas parce qu'il est très occupé, là-bas, à Lisbonne. Écoute, à l'heure qu'il est, il fait de la gymnastique pour pouvoir danser sur la scène. Oui, Gabriel aussi..." Elle s'interrompit, puis raccrocha définitivement. Elle le mit sur messagerie.

Felícia dit à sa mère: "Moi, votre fille Felícia, de même que mes sœurs, nous sommes toutes les trois à zéro. Nos livrets sont vides. Germana et Dilecta n'ont même pas de livret. Pourquoi vous vous en prenez aux garçons, hein? Nous sommes tous à zéro et nous vivons bien."

Ana Mata attendait. Elle procédait lentement, elle avait un plan.

Oui, les deux sœurs, Dilecta et Germana, entraînées par la conversation, apportèrent leur magot en billets et le montrèrent. Toutes deux s'étaient mises à compter. Elles comptaient, un billet après l'autre, assises sur les chaises empilables, à l'ombre d'un parasol figurant Pocahontas et son cheval au milieu d'un pré. Elles comptaient lentement, mouillant un doigt sur leur lèvre, faisant défiler les billets, calculant de tête. Mais ni l'une ni l'autre n'arrivait à cent. C'était une scène familière. Domingos perdit patience. "On ne voit ça nulle part au monde. Il ne manque plus que les enfants apportent leurs petits cochons en terre cuite..."

Ana Mata réfléchissait, caressant les livrets, refusant de les rendre. Ses trois filles, les enfants et les belles-filles et petites-filles, les petits-enfants de sexe masculin, tous étaient présents. Belisa et Sissi. Heitor Père s'éloigna, s'adossa à une porte. Lui non plus n'avait rien. Tout ce qu'il possédait était caché dans une botte. Domingos perdit patience pendant qu'Ana Mata réfléchissait, cramponnée aux livrets.

Ana Mata tendit la main et les rendit.

"Ah là là... Nous allons rentrer chez nous très pauvres..." dit-elle avec une grande tristesse. "Très très pauvres. Mais nous devons partir."

Felícia éloigna le téléphone. Puis elle fit face à sa mère.

"Qu'est-ce que vous dites, mère ?"

"Chez nous, très pauvres, très très pauvres. Mais c'est décidé. Nous rentrons."

"Mais nous rentrons où ?" demanda Felícia, remarquant pour la première fois la façon dont Ana Mata était entortillée dans une robe dont les manches touchaient terre. Elle regardait sa mère mal fagotée qui soudain surgissait on ne savait d'où pour leur casser les pieds à tous. "Mais qu'est-ce que c'est que ça ? Vous ne savez même plus vous habiller maintenant ? Où allons-nous ?" Les petits-enfants se mirent à rire. Les uns après les autres, ils prenaient tardivement un petit-déjeuner digne d'un lendemain de fête et ils ne pouvaient s'empêcher de ricaner. Un sentiment de liberté régnait dans la cour aux ombres froides et ils riaient. La table avait été mise à la hâte, n'importe comment vu l'heure avancée.

"Nous devons rentrer", dit Ana Mata dans sa langue. "Ici nous allons tous disparaître, un à un. Nous allons tous rentrer, y compris Gabriel et Janina. Là-bas, à Cidade da Praia, il pourra chanter où il voudra. Mon père y a chanté, mon grand-père et tous mes fils, les oncles de Janina. Là-bas, dans notre pays, ce paradis sur terre. *Paraiso di terra, nha gente…*" chantonna-t-elle.

Les petits-enfants et arrière-petits-enfants se mirent à rire. Même les fils d'Antonino, répartis sur les genoux des tantes âgées riaient. Même eux. C'était agréable de voir rire. Tous riaient d'Ana Mata. Même les deux chiens, assis, suivant des yeux la nourriture et les mains de chacun, même les yeux des deux chiens des Mata riaient. Assise dans son fauteuil, sa *cautcha* en plastique, Ana Mata écoutait. Après les douches, trois rivières en crue coulaient. Des rivières parfumées. Nivea, Cadum, Mousse royale, Palmolive.

"Pas aujourd'hui, pas demain ni après-demain. Mais dans quelques mois, dans un an nous partirons. Nous retournerons au pays. Il est très grand, il a de l'eau très loin, mais il en a. Nous la chercherons. Tous les jours, nous irons chercher de l'eau. À quoi bon avoir beaucoup d'eau ? Ici nous sommes au milieu de l'eau et nous disparaîtrons. Nous disparaîtrons tous, personne n'en réchappera…" Tous riaient d'Ana Mata. Les arrière-petits-enfants et parmi eux les fils d'Antonino se tordaient de rire. Les deux chiens, les oreilles baissées, continuaient à rire. Conceição eut pitié d'Ana Mata.

Penchée au-dessus de son fauteuil en plastique, Conceição lui caressa les épaules, redressa la robe qui avait glissé sur son dos, expliqua : "Nous ne pouvons pas rentrer au pays, grand-mère Mata, c'est impossible. Vous ne voyez pas que nous ne sommes pas prêts ? Que nous n'avons pas d'argent pour rentrer ? Vous ne voyez pas que ça coûte les yeux de la tête de rapatrier toute la famille en avion ? Vous savez ce que coûte l'avion ? Et puis, que ferions-nous tous là-bas ? Où travaillerions-nous ? De quoi vivrions-nous ? On ne peut pas gagner sa vie là-bas. Réfléchissez bien. Votre maison là-bas est faite de trois petites cabanes sans toit. Vous ne vous souvenez pas des photos qu'on nous a envoyées ? Sans fenêtre ni portes ? À cette heure, ce sont les chèvres qui y logent… Vous vivez dans un autre monde, grand-mère."

Ana Mata sentit son plan lui glisser d'entre les doigts.

Elle regarda d'un œil ferme le mur en face d'elle, le haut mur dans la cour. Sa tête pouvait penser sans encombre, elle pensa tout ce qu'il y avait à penser et ses yeux virent trop clair.

Les Mata étaient donc encerclés. Ils étaient prisonniers de toutes parts. Prisonniers partout, ici, là-bas, partout sur la terre et sur la mer, les Mata étaient prisonniers. Prisonniers dans la maison de Ribeirinho de Praia, prisonniers dans le Bairro dos Espelhos, prisonniers dans la Vieille Fabrique. Prisonniers. *Alors nous ne retournerons plus jamais là-bas, c'est ça que tu veux dire*, pensait Ana Mata. Tout cela était-il vraiment vrai ? Ne lui mentait-on pas ? Felícia soulevait des plateaux chargés de bouteilles, les serrait contre les roses de son grand peignoir. Vêtus de costumes de sport, Domingos et Heitor enfourchaient des bicyclettes étincelantes et s'en allaient. Les enfants se dispersèrent dans la cour en poussant des dizaines d'objets qui couinaient, trottaient et couraient en émettant des bruits plus grinçants que les anciens mécanismes des norias. Les petites-filles se séchaient les cheveux avec des machines électriques. Dilecta brancha la radio pour écouter la messe. Ana Mata était sur le point de manger du pain avec du lait, mais elle les rejeta. Car c'était bien là le problème, sa famille s'était noyée dans les objets pendant que sa maisonnette par-delà les mers tombait en ruines.

"Felícia ?" appela Ana Mata.

Sa fille ne l'entendit même pas.

"Hé, Felícia !"

S'ils n'avaient pas d'argent sur les livrets d'épargne, c'était bien parce que ce même argent se trouvait là, éparpillé par terre, dans toutes ces machines qui remplissaient les maisons et la cour. Pensa-t-elle dans sa langue. Pourquoi dépensaient-ils tant d'argent dans des objets inutiles ? Dans des fils électriques ? Des lampes ? Des montres ? Rien que les montres, dans cette maison, il y en avait vingt-cinq, elle les avait comptées. Dans des disques, des revues, des photos ? Des charretées et des charretées d'objets complètement inutiles. Ils avaient deux chiens qui n'aboyaient même pas et qui ne mordaient même pas, et pour chacun il y avait cinq muselières. Dix muselières en tout. Des poupées, ses petites-filles en avaient tellement qu'elles ne s'amusaient même plus à les bercer et à les habiller, elles ne faisaient plus que les compter. Des bicyclettes, chacun avait la sienne, comme s'il était impossible qu'elles soient enfourchées par les jambes d'un autre. Du gaspillage. Ils étaient des esclaves. Esclaves à tout jamais des lieux parce qu'ils étaient esclaves des objets et des machines. Rien que des machines, ils en avaient pour ouvrir les boîtes de conserve, pour couper les ongles, couper les cheveux, couper le pain, faire des massages dans le dos, sur les dents. D'autres faisaient des trous dans les portes, d'autres des trous dans les murs, d'autres seulement dans l'aluminium. Une machine pour chaque métal. Ils avaient des machines pour scier, pour triturer, pour appuyer sur des boutons qui agissaient sans qu'on ait à se déplacer, pour réchauffer, pour refroidir, pour geler, pour moudre, pour faire de la chaleur et pour faire du vent, pour remplacer le froid et le sel, ils avaient tout pour tout. Ils étaient esclaves de tout ça et par conséquent ils étaient esclaves des lieux où toutes ces choses se trouvaient. C'était cela qu'elle voulait dire à Felícia, exactement cela. Elle cria dans sa langue : “Felícia, viens ici !”

Felícia, sur la crête de la vague d'euphorie où tout lui souriait dans la vie, de nouveau ne l'entendit pas. Elle lui lança de loin : “Retournez dans votre paradis sur terre, ma mère. Vous y avez encore vos belles-sœurs. Pourquoi ne laissez-vous pas votre *cautcha* ici et n'allez-vous pas rejoindre là-bas vos petites sœurs ? Partez, moi, en ce qui me concerne, je ne veux pas retourner là-bas. Je ne sais pas si mes sœurs veulent rentrer, elles, mais moi je ne veux pas. Eh, les filles, vous voulez retourner au pays ?”

Dilecta et Germana se taisaient, elles ne disaient ni oui ni non. Ana Mata attendait qu'elles se prononcent, et elles, si lourdes, si gauches, n'ouvraient pas la bouche. Les petites-filles, elles aussi présentes, se taisaient. Personne ne disait mot. Ana Mata, comme si elle voyait un chemin bordé de fleurs déboucher soudain sur le néant, regardait devant elle, à la recherche d'un avenir, et cet avenir était absent. Trois masures sans toit. C'était comme si un gouffre s'ouvrait sous ses pieds et engloutissait son plan de retour avec tous au pays.

Mais Ana Mata tomberait encore plus bas. Le gouffre dans lequel elle avait pénétré serait encore plus profond. Le jour clair était devenu d'encre. La robe sur ses épaules avait glissé.

“Ça veut donc dire que vous m’avez trompée. Qu’aucun de vous ne va revenir. C’est bien ça? Et moi, comment je vais faire? Comment je vais rentrer seule au pays? Je vous ai fait confiance, j’ai cru qu’on viendrait ici et qu’on s’en retournerait. Mais maintenant, vous voulez tous mourir sur cette terre si différente de la nôtre. Et elle n’est pas bonne pour mes os, pour les os des Mata, et les os des Mata sont tous là-bas. Au pays qui est le nôtre…”

“Qui a dit qu’elle n’était pas bonne?” demanda Felícia, imperturbable, marchant de long en large. “Allons, allons, ma mère… Ce n’est pas le passé mort des autres qui commande au mort que chacun pressent en soi, mais l’avenir du vivant que chacun renferme en soi. Allons-nous maintenant vivre la vie misérable des gens qui nous aiment à cause du mort que chacun porte en soi? Arrêtez vos histoires, ma mère, nous n’avons pas de terre sûre… La seule terre sûre, c’est le corps de chacun. De quel autre lieu sûr dispose-t-on? Et si ça se trouve, on ne dispose même pas de celui-là…” Felícia Mata avalait du pain, se curait une dent, parlait comme si elle était immortelle. Elle reprit le téléphone.

Et Ana Mata, assise les mains dans son giron, ayant renversé son verre de lait et jeté son pain, les manches de sa robe frôlant le sol, se mit à pleurer. On comprenait à peine les paroles qu’elle proférait dans sa langue. “Nous devrions profiter de ce que nous sommes encore tous vivants et tous honnêtes. Eh oui, encore tous honnêtes. Nous devrions en profiter pour partir d’ici. Aïe, aïe.” Ana Mata se leva de son fauteuil en plastique, se déplaça dans la cour, revint sur ses pas, la robe sur ses épaules traînant par terre, poussa son fauteuil, lentement, lentement.

“Que faites-vous, ma mère?”

Aïe, aïe, très lentement, à travers la cour, le fauteuil s’éloigna de la jonction des trois rivières où il était comme emprisonné et elle-même s’en éloigna, elle dit adieu aux rivières puisqu’elle n’y retournerait plus jamais et qu’elle irait s’asseoir ailleurs. Elle poussait le fauteuil de ses deux poignets maigres de femme moustique, elle poussait un monde loin d’un autre, elle séparait les deux mondes en s’obligeant à un long parcours avec ses jambes tordues et grêles à travers une partie considérable du monde. Non, que personne ne l’aide, elle n’en avait pas besoin. Cette affaire ne concernait qu’elle. Elle se rendait elle-même par ses propres moyens dans un autre coin de la cour. Dans un autre endroit de la terre. Elle poussait sa *cautcha* jusqu'à la porte ouverte de sa maisonnette grise, avec une seule fenêtre, pas plus grande que la couverture d'un cahier d'écolier. Tournant le dos pour toujours au pays de ceux qui l'avaient trahie et abandonnée.

Pour toujours.

Le téléphone à l'oreille, Felícia criait de très loin : "Oh oui, notre mère est insupportable. Elle croit qu'elle sait tout, ma petite. Elle parle directement avec Dieu, mais elle entend beaucoup plus que ce qu'Il lui dit. C'est la vie, c'est la vie. Dieu lui dit un et elle entend deux, quand ce n'est pas trois. Elle exagère tout. Janina, oui, il va bien. Dieu nous guide... En ce moment, il est à Lisbonne, il dort. Moi aussi, je vous embrasse. Je féliciterai Janina de votre part, chère amie..." Felícia très loin, très très loin.

Tous très loin, et tout ce qui était très loin était très proche, ici, dans le diamant. Ensuite on a dit que, sans que personne ne s'en rende compte, c'était la vie qui les avait tous poussés, pêle-mêle, les uns à côté des autres, et dans la boue on trouve à la fois la perle et le scarabée. Et dans l'abîme, la phalange et la dent en or se rejoignent. "Oui, ma chère, ne vous faites pas de mouron, nous allons tous bien ici, nous sommes tous en forme, ça marche comme sur des roulettes..."

17

Milene composa les numéros de téléphone sur son vieil appareil à cadran qui grinçait en tournant comme s'il contenait une crémaillère, mais elle ne voulut même pas écouter le message qu'elle connaissait par cœur. *After the beep. Bye...* C'était le commencement de l'après-midi, et dans le Massachusetts le début de la matinée. Elle gardait une montre qui retardait de cinq heures sur le bureau de la grand-mère Regina pour pouvoir vérifier l'heure. Elle ne voulait pas se tromper. Elle attendait depuis un bon bout de temps. Elle s'approcha et dit: *"João Paulo?"* Tout bas, projetant sa voix dans le micro. *"Il y a du nouveau, du nouveau vraiment nouveau..."* Tout bas. Dans un susurrement. *"Hier, nous avons passé tout l'après-midi ensemble, mais il m'a embrassée seulement le soir... Tu entends? Il m'a embrassée des tas de fois, très fort, et ç'a été formidable. Ça m'a énormément plu. Il a commencé par m'embrasser les cheveux, puis il a cherché ma bouche et m'a embrassée partout. Il fermait les yeux et moi je gardais les miens ouverts. J'ai tout vu. Il a une langue toute rose. Il m'a embrassée et embrassée. Je m'en fiche pas mal qu'il ait une autre fiancée vivante. Ç'a été formidable... Nous avons d'abord fait des kilomètres à pied pour retrouver nos voitures. Nous sommes passés tout près, mais nous ne les avons pas vues. Ensuite il a fallu attendre tout l'après-midi et le soir avant qu'il ne se décide à m'embrasser. Il m'a embrassée seulement alors, comme je te l'ai dit il y a un petit moment. Ensuite il est resté dans sa voiture, ici en face de la maison, et il a dormi... Il n'est pas allé voir Divina. Mais je m'en fiche qu'il ait une autre fiancée vivante. Je te l'ai déjà dit. Au revoir. Un grand au revoir. Quand il m'embrasse, ça me flanque un choc électrique. Ciao. Milene...*

Elle n'attendit pas la réponse. Elle raccrocha. *"Bye, bye."*

Alors, les choses se précipitèrent. Cela se produisit le week-end suivant. Antonino demanda à Milene de rester garée devant le restaurant de l'Inglês. Il reviendrait dans une demi-heure. "Une demi-heure", dit-il. "Regarde bien ta montre..."

La fourgonnette grise s'élança sur la route et disparut dans la courbe de l'hôtel Miramar. Il ne lui fallut même pas une demi-heure. Quand il revint, il sortit de sa voiture avec un sac et lui en montra le contenu. Il voulait qu'elle regarde et palpe pour qu'elle sache ce qu'il y avait là-dedans. Trois cravates rouges, une montre-bracelet, un réveil électronique avec une radio incorporée, une radio en forme de pomme, un pyjama à rayures encore dans son sac en plastique et une chaîne en or avec un Christ en émail. Plus une assiette de porcelaine fine bordée d'or disant MON CHÉRI.

"Qu'est-ce que c'est que ça ?"

"C'est à rendre."

"Rendre à qui ?"

"Tu verras bientôt. Attends-moi ici dans une heure."

Milene attendit trois heures. Elle écouta Cyndi Lauper chanter *What's going on* plus de trente fois. Elle vit le restaurant de l'Inglês accueillir ses premiers et ses derniers clients. Alors qu'elle n'en pouvait plus d'entendre *Mother, mother, brother, brother, brother* et que le restaurant fermait, la fourgonnette grise reparut. Antonino était en sueur comme s'il avait escaladé trois grues Liebherr d'une seule traite et qu'il ne s'était pas lavé. Il avait un sac et il montra à Milene ce qu'il contenait. Une poupée en porcelaine, une boîte minuscule avec une bague en or très épaisse et un tout petit diamant, une écharpe en soie blanche, un calendrier avec un paysage asiatique et un sac à main Lonchamp.

"Tu comprends ce qui est arrivé ?" lui demanda-t-il en l'enlaçant par la taille. "Divina et moi, on s'est rendu tout ce qu'on s'était offert l'un à l'autre. On s'est quittés. T'as compris ? Maintenant il n'y a plus que nous deux, pour toujours. Ma seule fiancée vivante..."

Le restaurant de l'Inglês était fermé. Ils n'avaient pas faim, ils étaient maigres et n'avaient pas besoin de manger. C'était un amour normal.

18

Juliana s'était mise à arriver dans la villa Regina à quatre heures et elle repartait à six heures, à la nuit tombée. Ces dernières semaines, Juliana et Milene ne se rencontraient pas souvent. Quand elles se voyaient, Juliana lui criait : "Faites attention, ça va mal finir pour vous. Rien que dans ce quartier, en un mois il y a eu cinq agressions et deux viols, partout il y a des assassins qui rôdent en liberté. J'ai peur de travailler dans cette maison, avec toutes ces lumières allumées. Un jour, si je ne viens pas, ne soyez pas surprise, j'aurai décidé de faire autre chose..." Puis Juliana demandait : "Je nettoie de nouveau la chambre de dona Regina ? Entre hier et aujourd'hui, la poussière n'a pas eu le temps de se déposer. Comment je vais faire ? L'attraper en l'air ? Je ne fais pas la cuisine, je ne fais pas les courses. Vous voulez que je lèche cette maison comme une chatte lèche ses chatons ? À propos, pourquoi ne prenez-vous pas un animal de compagnie ? Un animal domestique pour vous tenir compagnie ? Au moins une petite bête qui sauterait partout..." Mais l'après-midi suivant le soir où Antonino avait jeté les cadeaux offerts à Divina, tout fut différent.

Milene n'était pas assise au milieu de l'escalier comme à son habitude, mais devant le miroir dans sa chambre, genoux joints, visage tendu en avant, concentrée sur le reflet de son image. Elle se regardait. Elle avait éparpillé sur le lit toutes sortes de bijoux et elle venait sûrement d'essayer des toilettes car plusieurs vêtements retournés à l'envers se trouvaient accrochés à des chaises et à des poignées. Des chapeaux et des bonnets étaient enfoncés sur les boules du lit et en cet instant précis elle essayait un bonnet que Juliana ne connaissait pas encore, couleur rouille, qui lui mangeait la moitié du front. Ce n'était pas ces objets qui trahissaient un nouvel événement chez Milene, mais bien plutôt les changements sur son visage, comme si un éclat inhabituel en révélait des linéaments jusque-là invisibles. La femme de ménage sentit l'effet de cet éclat dans l'air.

"Que vous arrive-t-il ?"

Milene avait commencé par ne pas répondre, mais elle changea aussitôt d'attitude : "Tu ne croiras pas ce que je vais te dire. Un soir, nous avons jeté des objets dans la mer. Je n'en dis pas plus..."

"Des objets dans la mer? Quels objets? Quelle mer?" Juliana, méfiante, sachant depuis le mois d'août que tôt ou tard quelque chose d'extraordinaire arriverait. Une illumination lui indiqua que l'événement qu'elle attendait tellement était sur le point de se produire. Tout cet amas de fringues et de colifichets n'était qu'un indice. "Quelle mer? Quels objets? Racontez donc..."

Milene ne pouvait pas raconter, la voix d'Antonino lui revenait: "Si nous étions transparents, si nous étions invisibles, si nous pouvions nous promener librement et que personne ne nous voit..." Effectivement, la veille au soir ils étaient allés jeter les cadeaux. Le restaurant de l'Inglês était fermé, ils se tenaient par la main dans la fourgonnette grise, la Clio était garée à côté, et ils n'arrivaient pas à rentrer chacun chez soi. Ils étaient allés jusqu'aux Dunes Femelles et Antonino, dans un accès de courage insoupçonné, était sorti de la voiture et s'était mis à jeter les cadeaux à la mer, les uns après les autres. S'en défaisant comme s'il s'agissait d'objets maléfiques. "Et voilà le sac cher qui s'en va, et la poupée, et l'écharpe blanche que j'ai eu tant de mal à acheter... Et voilà..." Milene voulait au moins sauver une chose: "Oh, pas la bague, ne jette pas une bague avec un brillant..." avait-elle demandé. Et lui, implacable. "Et voilà la bague qui s'en va, le calendrier..." annonçait Antonino avant de lancer chaque objet vers l'obscurité de la mer. Les objets sifflaient dans l'air. "Allez-vous-en, cadeaux pour Divina, allez-vous-en..." Tout cela était arrivé non pas plusieurs jours auparavant, mais la veille au soir, et aujourd'hui Milene s'apprêtait à sortir plus tôt. Antonino lui avait dit qu'ils pourraient aller chercher tous les deux, sans se presser, les trois petits garçons, Emanuel, Cirino et Quirino à la crèche. Cela ils pouvaient le faire. Ils ne pouvaient pas aller dans d'autres endroits, mais ils pouvaient dîner dans le restaurant de l'Inglês et aller chercher les petits. S'ils étaient transparents, s'ils étaient invisibles, si personne ne les voyait quand ils se promenaient... Milene était pressée. Et Juliana était arrivée plus tôt. Très surprise, inquiète, Juliana flairait l'événement dans l'air, et Milene, sur son quant-à-soi, essayait son nouveau bonnet. Juliana tentait de débrouiller l'écheveau de l'événement.

"Mademoiselle Milene? Vous savez? Je vais vous quitter. Excusez-moi, mais il le faut. Il y a là plus bas une dame belge qui me paiera presque le double. Tout ce quartier, depuis qu'on a fait la voie rapide, dégringole complètement. Il n'y a plus que des voleurs et des assassins partout. Un de ces jours, pendant que je serai ici toute seule, n'importe qui entrera, me violera et me piquera ma paye..." Juliana s'écoutait parler. "Alors comme ça vous êtes allée jeter des objets?"

Toujours devant le miroir, Milene riait: "Et j'ai été embrassée aussi..."

Juliana recula d'un pas.

"Qui vous a embrassée, mademoiselle Milene? Qui?"

Une bourrasque traversa le capital cognitif de Juliana. Soudain elle ne sut pas d'où lui venait ce savoir, cette intuition, cette découverte qui explosait en elle. Ni quelles données elle avait recueillies, ni comment elles s'étaient organisées derrière son front. Elle avança d'un pas, tremblante, très pâle: "Mademoiselle Milene, vous fréquentez l'homme à la voiture grise. Ne mentez pas, ne me mentez pas..."

Milene était assise au milieu de l'amoncellement de vêtements et elle poussa un cri: "Si tu racontes ça à quelqu'un, je te tue. Je te tue si tu le racontes..."

Juliana, la main sur la bouche. Incapable de rester debout, elle s'assit à côté de Milene, tête baissée pour que ses veines ne se vident pas de leur sang comme cela lui arrivait quand la surprise était trop forte. "Mademoiselle Milene, je savais que vous alliez vous casser la gueule, je ne savais pas comment ni quand, mais je le savais..." Ensuite elle garda le silence un long moment. Puis elle fut prise d'attendrissement et fondit en larmes. "Ah les pauvres petits, pauvres de vous. J'aime beaucoup les noirs, mademoiselle Milene, j'ai vu *La Case de l'oncle Tom*... Je suis pour eux, pour eux tous..." Juliana était toute retournée. "Et vous vous êtes embrassés..."

"Je te tue, tu entends?"

Juliana avait mis la main sur sa bouche. Un événement majeur. Elle savait qu'un événement important allait se produire dans cette maison, mais elle ne savait pas quoi, ni quand. Maintenant elle savait. La main sur la bouche: "Personne, absolument personne n'apprendra rien de moi, rien de rien. Écoutez, je vous le jure sur l'âme de mon père." Juliana joignant les lèvres et les serrant avec deux doigts, comme si elle les cousait en la regardant, elle, Milene, et dans un geste ancestral de solidarité féminine, elle s'était mise à lui arranger les cheveux de part et d'autre du visage. Votre jupe est trop courte, mademoiselle Milene. On voit beaucoup trop vos jambes. Joignez bien les talons. Mettez aussi des boucles d'oreilles, les pendants d'oreilles blancs iraient bien avec votre nouveau bonnet. Les yeux humides, elle la pomponnait, l'admirait. Mon Dieu, il vous a embrassée. Milene était aimée, respectée, touchée par le don de l'amour. "Soyez tranquille, mademoiselle Milene, j'allumerai les lampes de votre grand-mère, je fermerai toutes les portes à clé ! Partez tranquille. Mais soyez prudente, très prudente. Embrassez-vous, embrassez-vous, mais ne le laissez pas faire autre chose. Sinon, ça fera un foin de tous les diables. Donc, attention, faites très attention..." Juliana à la porte – la nuit était déjà tombée – pour la regarder partir dans sa petite voiture blanche. Deux phares dans l'obscurité. Un hanneton bourdonnant dans la nuit. Allez, allez.

"Mademoiselle Milene ?" La femme de ménage rattrapa la voiture qui roulait déjà. "Alors, voilà... Je ne dirai rien à personne, mais vous, mademoiselle Milene, vous ne m'avez rien dit non plus. D'accord ? On est toutes les deux dans le secret, mais maintenant chacune va de son côté..." En la regardant partir, le cœur de Juliana fit un bond dans sa poitrine. Elle était émue. Pour Juliana, une histoire d'amour comme au cinéma se levait à l'horizon. Et cette ligne lointaine lui apparaissait soudain dramatiquement enflammée de couleurs rutilantes, de musiques vibrantes et de fuites le long de plages sablonneuses jusqu'à des cabanes désertes. Mais il n'en faudrait pas tant. En deçà de l'horizon, la réalité s'avérerait bien plus banale. Juliana eut beau rêver d'exploits grandioses et extraordinaires, rien ne se produisit au cours des jours suivants en dehors d'un brouillard qui s'abattit sur la région un matin très tôt. Deux jours après, personne ne se souvenait de la chaleur qui avait prolongé l'été jusqu'à Noël.

Oui, un brouillard s'abattit silencieusement, comme l'ombre dont il faisait partie. Une masse aquatique arachnéenne s'avança sur toute chose et s'installa. Les matins restèrent en suspens et les après-midi aussi. Même de très près, les murs des maisons demeuraient invisibles. Dans une région de soleil et de clarté, cette ouate laiteuse qui projetait de l'obscurité par-delà les vitres provoqua des événements variés tout au long de cinq jours. Radio Valmares diffusait d'heure en heure des conseils de prudence et enjoignait les automobilistes de rouler en code. À l'aéroport, les avions n'atterrirent ni ne décollèrent. Sur l'océan, un navire passa en faisant gémir sa sirène pendant deux bonnes heures, ce qui n'était pas arrivé depuis des années. Un événement remarquable. Rien qu'en une matinée, il y eut plusieurs collisions, avec trois morts et huit blessés. Les amants qui se voulaient invisibles entendirent les nouvelles à la radio mais n'en eurent cure, cela concernait la vie des autres, l'imprudence et même la mort des autres. Cela ne les regardait pas. Eux étaient très contents du brouillard. Ils s'embrassaient à la fin du jour dans la Mitsubishi, ni plus ni moins visibles, mais se croyant invisibles. Lui, Antonino, plus qu'elle.

Autour de la Vieille Fabrique, on avait l'impression d'être non pas dans de la vapeur d'eau, mais à l'intérieur d'une substance solide et lourde, d'un drap épais qui enveloppait tout. On ne voyait rien entre les rivières d'Ana Mata et l'endroit où elle s'asseyait désormais sur sa *cautcha*. On ne distinguait rien d'un mur à l'autre. Et comme par un fait exprès, on attendait la venue de Janina justement ces jours-là.

Car Gabriel et Janina allaient venir. Ils feraient exprès une pause dans les concerts et l'enregistrement du troisième disque, le vrai disque compact de Janina, un album avec douze plages dont deux avaient déjà été chantées pendant le *Show Bizz*. Toutefois, lors de l'enregistrement, pour ces deux seules chansons, il y aurait trois petites guitares supplémentaires et deux clarinettes, en plus des instruments qui étaient déjà présents, et une contrebasse ferait également contrepoint au fausset. De la sorte on pourrait entendre à la perfection la voix de Janina dans le vibrato et aussitôt après le hurlement de loup qu'il exécutait bien mieux que Terence Trent d'Arby dans ses meilleurs moments de séduction. Ensuite le cœur profond de la contrebasse interviendrait de nouveau. En contrepoint du dialogue, tantim, tantam, vous voyez ? D'accord, mon fils, je te suis. Felícia était au courant de tous les projets et elle approuvait tout et tous de loin, la seule chose qui lui déplaisait c'était le type au saxophone qui s'était trop exhibé pendant le spectacle à la télé. Et le *reco*? Entendait-on le *reco-reco*? Quand? Où? Le *reco* ne figurait que sur une des plages. C'est tout à fait formidable. Bon, alors interromps ton enregistrement, mon fils, et viens vite.

Ils viendraient, certes. Mais par quel moyen?

Janina dit au téléphone qu'ils viendraient avec un ami de Gabriel. Gabriel, lui, déclara qu'ils viendraient avec le manager de Janina. Le cœur d'une mère est toujours méfiant. Il existe quelque part une baie de sang où les fils se noient en rêve. Mais en l'occurrence tout se passait à merveille – l'ami et le manager étaient une seule et même personne et il faisait exprès trois cents kilomètres, à ses frais, pour que Janina et Gabriel puissent rendre visite à leur mère, leurs tantes âgées, leur vieille grand-mère, leurs frères, leurs belles-sœurs et les gosses que Janina adorait. "Écoutez, il vient avec leur ami manager", avait expliqué Felícia, un peu déçue par ce brouillard stupide dans une région si lumineuse. La mère qu'elle était avait imaginé l'arrivée de son fils apparaissant par le toit ouvrant d'une voiture, un char de gloire, comme en son temps Elvis Presley au milieu de ses fans, une voiture arrivant dans la lumière chaude du jour, afin que tous les amis du Bairro dos Espelhos puissent assister en personne au spectacle. Elle savait que ses habitants nourrissaient le rêve de recevoir un jour le chanteur Janina avec une banderole disant: ATTENTION, JANINA MATA KING APPARTIENT AU BAIRRO DOS ESPELHOS. Quand cela arriverait, Dieu sait la fortune que pourrait atteindre cette banderole, et jusqu'à quelle distance on pourrait la voir. Sûrement très loin, elle ferait le tour du monde, jusqu'à ce que chacun ait un parent qui reconnaisse le lien de Janina Mata King, le chanteur, avec le Bairro dos Espelhos. Des rêves, des étincelles de rêve de gloire et de notoriété dans le cœur de la mère.

"Enfin, ils viennent tout de même..." soupira Felícia.

Il fallait savoir remettre à plus tard certains rêves. Cette rencontre triomphale entre le petit monde du voisinage et le grand, celui de l'univers, serait pour plus tard, lorsque Janina aurait mis la dernière main à son troisième disque et au clip vidéo l'accompagnant, de même que les promenades le long de la mer devant laquelle le chanteur serait obligé de changer de tenues dix fois de suite, sinon plus. Maintenant ils venaient tout juste pour quarante-huit heures, incognito, pour voir la famille, et il se trouvait que c'était le troisième jour consécutif de brouillard dans une région où il n'y en avait jamais. Un brouillard épais, qui ferait que l'entrée de Janina à Valmares passerait inaperçue. En tout cas, ils venaient, Dieu soit loué, pensait Felícia Mata, radieuse. Le monde s'était mis à défiler lentement à la porte de chez elle. À la porte du diamant.

Les Mata avaient ouvert les battants du grand portail et ils attendaient dehors. Autour, c'était comme si tous les arbres qui existaient encore étaient partis. Même les couronnes des onze palmiers le long du bâtiment de la Vieille Fabrique avaient disparu et s'étaient enfoncées dans le néant. Des silhouettes estompées par le brouillard accidentel. Pourquoi les garçons se faisaient-ils attendre ainsi ? Pourquoi ne téléphonaient-ils pas ? Trouveraient-ils la maison, plongée comme elle était dans ce brouillard stupide qui donnait l'impression d'être en pleine mer ? Les Mata attendaient dedans et dehors, ils attendaient et souffraient. Sauf qu'il était inutile de désespérer. Difficile à croire mais vrai : les garçons étaient sur le point d'arriver enfin.

Ils arrivaient.

Venant de la route, enfouis dans le nuage blanc, deux phares jaunes divergents surgirent, trouant l'atmosphère dense de l'après-midi. Derrière ces lumières qui approchaient lentement, comme à la recherche d'un objet perdu, roulait une belle voiture, une Alfa Romeo grenat. Ils étaient là. Le cœur de Felícia se serra. Janina ne serait-il pas venu ? Mais sa panique ne dura pas plus d'une seconde. Un garçon couleur de lait conduisait l'Alfa Romeo, comme si la face humaine du brouillard se condensait sur son visage. Des yeux clairs, regardant droit devant eux à la recherche du tertre pour garer l'automobile. À côté de lui, Gabriel, très droit, ses yeux sombres brillant dans son visage, imposant le silence du doigt avant même qu'ils ne s'arrêtent, et sur la banquette arrière, enveloppé dans une couverture écossaise comme une masse insignifiante, enroulé sur lui-même, Janina dormait. Felícia Mata écarta les enfants, regarda et ne put s'empêcher de s'écrier tout contre la vitre : "Mon fils, comme tu es maigre !"

Ce n'était pas ainsi qu'elle l'avait imaginé. Ils avaient attendu si longtemps, le temps avait passé si lentement, et maintenant tout allait très vite. Trop vite. Gabriel sortit de la voiture et avant de saluer qui que ce soit – comme s'il était transformé en un étranger, une autorité judiciaire ou autre, ou en un garde du corps implacable – il écarta avec sévérité la multitude des visages familiers qui encerclaient la voiture. Les vitres de l'Alfa Romeo rouge étaient trop exiguës pour tous ces visages, et tous se dispersèrent devant le geste impérieux de Gabriel qui s'imposait de façon disproportionnée, planté entre la voiture et le brouillard, très grand, perché sur les semelles compensées de ses bottes de cow-boy.

"Excusez-moi d'avoir dû faire ça…" dit-il. "Mais Janina vient pour dormir."

"Pour dormir, dis-tu ?"

Oui. Felícia était étonnée, toute la famille Mata était vraiment étonnée, mais c'était un fait que rien ne démentait, le chanteur venait pour dormir. La preuve était là. Gabriel posa la main sur la portière de la voiture avec la précision, la force et le suspens de l'homme qui ouvre une fenêtre sur Hollywood ou alors sur la cage à fauves du cirque Chen et pourtant, malgré toute la magnificence du geste, la silhouette de Janina demeurait toute recroquevillée au fond de la banquette. Mais la silhouette remuait. Janina se réveillait. Il commença par se dérouler et par se débarrasser de la couverture, puis il s'étira. Il prenait son temps. Gabriel et le manager, le chauffeur d'une blancheur laiteuse, défendaient tous les deux les portières, pendant qu'à l'intérieur, enfin, l'ensommeillé parvenait à se dépêtrer de la couverture et s'extirpait de l'automobile rouge pour s'abandonner aux assauts de l'amour familial. La tribu l'attendait à deux pas et malgré la froideur imposée par l'attitude de Gabriel, la famille lui tendait les bras, l'étreignait. C'était Janina Mata King en personne. Il riait. Il se laissait faire. Mais rien ne serait comme Felícia l'avait imaginé.

Rien ne coïncidait avec le moment préparé dans son âme et pour lequel elle avait demandé à ses autres fils de quitter leur travail plus tôt pour qu'ils soient là à l'heure de l'arrivée. Et Domingos, Heitor et Antonino étaient tous présents. Quand elle parvint à approcher, Felícia tendit les bras et perdit l'équilibre : "Tu as réussi, mon fils… Mais tu es si maigre…" Étranglant Janina, résumant en une seule phrase plusieurs idées contradictoires : *tu as réussi, mon fils, mais tu as payé très cher… Ici, nous ne nous rendons pas compte du prix que tu as payé… Si tu es si maigrichon, ça veut peut-être dire qu'à l'avenir tu ne réussiras pas…*

Tu dois prendre grand soin de toi... Et d'autres pensées de ce genre se bousculaient dans sa tête de mère. Il fallait les chasser. Tu as réussi, mon fils.

"Tu as réussi, mon fils!" Dit-elle, triomphante.

La mère reconnue parce qu'il était son fils, remerciant Dieu de pareil bonheur. Et Janina au centre de la famille, à côté de la voiture rouge, à côté du garçon blond à la peau de lait, tous réunis autour de la victoire de Janina et malgré tout bien plus silencieusement qu'ils ne l'avaient imaginé. Même les enfants se tenaient tranquilles. Felícia Mata enveloppa ses deux fils en visite d'un long regard de respect et de compassion: "Mon Dieu, que vous êtes maigres, que vous êtes efflanqués, surtout Janina. Rentrons à la maison manger un morceau. Allons."

Mais de nouveau Gabriel intervint, il avait l'air immense dans ses bottes montées sur des échasses. Gabriel commandait, décidait: "S'il vous plaît, ne le réveillez pas trop. Nous avons travaillé jusqu'à l'aube. Maintenant il faut absolument que Janina se repose. Ne le réveillez pas par une agitation hors de propos. Nous avons déjà mangé, déjà bu, mais nous n'avons pas fermé l'œil..."

Felícia trouva cela exagéré. Il était vrai qu'ils avaient avec eux ce manager que les Mata ne connaissaient ni d'Ève ni d'Adam, mais elle, en sa qualité de mère, ne pouvait s'empêcher de se poser des questions sur la façon bizarre qu'avait Gabriel d'insister devant tout le monde sur le fait que Janina avait seulement besoin de dormir, personne dans la famille n'était idiot. Mais pourquoi Gaby n'arrêtait-il pas de le répéter? Ici personne n'était aveugle, tous se rendaient compte de ce qui se passait. Ils voyaient tous très bien dans quel état était Janina, ils n'avaient pas besoin d'autres explications. Dit Felícia. Mais Gabriel, sévère, se tourna vers son ami blanc, manager et conducteur de l'auto rouge, comme s'il était son unique interlocuteur.

"Je vous l'avais bien dit. Nous avons eu tort de ne pas aller directement à l'hôtel Continental. Notre mère ne comprend pas..."

Le manager ne pipa mot. Ils étaient au milieu de la cour envahie par le brouillard. Les cordes à linge, à deux pas, où pendait un survêtement, étaient invisibles. Les visages étaient plongés dans ce liquide pâteux, comme si l'absence de vent, d'énergie et d'émotion sur la terre empêchait les nuages de bouger. Comme si eux-mêmes étaient tombés d'inanition dans les rues, sur la mer, sur les ponts, à l'instar du brouillard. Et les Mata avaient l'impression bizarre que tout était très différent de ce qu'ils avaient imaginé. Janina lui-même, qui à la télévision paraissait plein de muscles et de nerfs, semblait effectivement avoir perdu beaucoup de poids une fois dépêtré de sa couverture. Deux cernes profonds entouraient ses yeux rapetissés et rougis par le manque de sommeil. On n'aurait même pas dit Janina. "Je te l'avais bien dit", déclara Gabriel, les mains sur les hanches et avec une hâte qui frisait l'arrogance ou tout autre sentiment innommable tant il était déconcertant. Un mot sévère traversa la tête de Felícia qui le rejeta aussitôt. Non, c'était juste qu'ils étaient pressés. Gabriel avait enlevé ses lunettes opaques qu'il avait gardées jusque-là pour se protéger le visage et il lança vers ses frères aînés et les autres personnes qui faisaient cercle autour d'eux: "L'ennui, c'est que nous ne disposons que de deux heures..."

Felícia n'en crut pas ses oreilles. Clouée au sol, au milieu de la cour plongée dans le brouillard. L'antenne parabolique avait disparu, les chaises empilées étaient immergées comme eux tous dans la vapeur d'eau: "Deux heures, Gaby? Vous avez fait trois cents kilomètres dans cet état, pour seulement deux heures?"

"C'était deux heures ou rien..." Gabriel, tendu, ses lunettes accrochées à son blouson de cuir. L'autre, l'ami, le manager, silencieux, timide, deux yeux décolorés où ne transparaissait ni passion ni doute. Il était sans doute un gestionnaire, un architecte du succès d'autrui. Il y a des gens ainsi, c'est indéniable, qui ne désirent que le succès d'autrui, sans rien exiger en retour. Felícia l'avait entendu dire. Mais ici, en réalité, c'était Janina qui comptait, ses longs cheveux attachés, très maigre, l'air frigorifié et paralysé par le brouillard. Ce n'était pas ainsi qu'ils l'avaient imaginé. Surprise, blessée: "Deux heures? Mais qu'est-ce qu'on peut faire en deux heures? Nous avons arrangé votre chambre pour qu'elle soit bien confortable. Nous avons préparé trois lits. Vous avez trois lits pour vous trois, trois édredons bien douillets, des couvertures, le chauffage, le téléphone, l'eau, l'électricité, des W-C et tout le tremblement, tout pour pouvoir dormir tout votre soûl, et vous partez?" Felícia était désolée, les enfants étaient désolés.

"Ne t'ai-je pas dit qu'elle ne comprendrait pas?" insista Gabriel qui marchait devant ses frères comme s'il était le porte-parole des uns vis-à-vis des autres et que tout passait par lui, et qu'il fallait à présent expliquer longuement ce qui ne pouvait se comprendre par osmose de la pensée. La famille entière était réunie et personne ne comprenait. Gabriel fut explicite. Seulement deux heures parce que Janina avait besoin de se reposer et donc leur ami, le manager de Janina, avait réservé des chambres à l'hôtel Continental. C'était la seule raison. Qu'ils regardent donc Janina. Ce serait une grave erreur de le fatiguer au beau milieu de l'enregistrement de son disque.

"Si c'est un sacrifice aussi grand, pourquoi êtes-vous venus ?" demanda Domingos en rassemblant sa femme et ses enfants et en se dirigeant vers sa maison.

"À cause de notre mère, qui n'arrêtait pas de nous demander de venir..."

"Et avec tout ça, nous n'avons même plus deux heures, une bonne demi-heure est déjà passée. Nous avons une heure et demie et quand nous aurons fini de discuter, nous n'aurons plus de temps du tout..." dit Antonino. Les enfants regardaient d'un air apeuré et ils constataient que la vie était très différente de ce qui se passait à la télévision.

Devant la désertion générale, Felícia dit : "Un moment, gardons notre calme, réfléchissons posément. Moi aussi, je vois qu'il est maigre, mais il n'est pas moribond. Et donc avec seulement deux heures, qui ne sont même plus deux, je ne vois pas la grande différence que ça fera. Mes chers enfants, rentrons à l'intérieur..."

"Mais où donc ? Dans quelle maison ?" demanda Gabriel.

"Rentrons, allons, pressons..." dit Felícia Mata, qui ne voulait pas que tout soit perdu. "Ne discutons plus. Janina va donc rester ici et dormir, puisqu'il est venu pour dormir et seulement dormir. Et chacun ira vaquer à ses affaires..." La voix de Felícia avait perdu son éclat. C'était toujours la voix de la gloire, théâtrale, sonore, mais brisée en deux, désarticulée. Et de fait chacun reprit sa place dans les pavillons où jadis, il y avait bien longtemps, on mettait le poisson en conserve, et Janina, qui semblait avoir pris un comprimé sédatif ultrafort, du Xanax ou du Valium 10, se coucha pour dormir dans la salle de musique.

"Si vous n'aviez que deux heures, il reste à peine plus d'une heure..."

Gabriel demanda à voix basse : “Vous avez la clé de la fourgonnette de Janina ?”

Vexée, Felícia vida un gobelet sur la table et lui tendit la clé sans un mot. Gabriel et le garçon couleur de lait partirent. Le manager dans l’auto rouge, Gabriel dans celle de Janina. Les deux voitures rouges démarrèrent l’une derrière l’autre en haut du tertre. Felícia assista à leur départ. Elle regarda sa montre. Elle n’était pas femme à regarder l’heure, mais cet accueil avorté avait duré trois quarts d’heure. Elle disposait d’un peu plus d’une heure pour profiter de la présence de son fils Janina dans un des lits de sa maison. Elle avait du mal à le croire. Quand elle revint dans la cour, elle la trouva vide car tous étaient rentrés chez eux, vexés, alors qu’ils auraient tous voulu au moins montrer les triples enregistrements. Au moins poser quelques questions. Ils ne savaient même pas comment s’appellerait le nouveau disque de Janina. Felícia entra dans la salle de musique et les larmes lui vinrent aux yeux. Qu’est-ce que c’était que cette histoire ? Dans une heure on viendrait chercher Janina et elle n’avait pas le droit de le réveiller ?

Felícia prit son courage à deux mains, s’approcha de la porte, frappa légèrement et entra. Janina se réveilla presque. Mais elle s’assit sans faire de bruit et dit tout bas : “Excuse-moi d’être entrée, Janina, mais ta mère a envie d’être avec toi, elle restera bien tranquille. Continue à dormir…”

Janina n’était pas complètement endormi. Il tendit une main vers celle de Felícia et la serra. Felícia dit de nouveau tout bas : “Nous avons fait trois enregistrements de tout. Il y a ici une nouvelle étagère rien que pour toi. Quand tu te réveilleras, j’aimerais que tu vois ça… Continue à dormir. Fais comme si je n’étais pas là.”

Janina serra de nouveau la main de sa mère. Il était vraiment épuisé et regrettait même d’être venu. Il parlait et respirait comme s’il n’était pas complètement endormi.

“Ta grand-mère est vraiment très vieille. Elle dit que ce n’est plus ta voix, la pauvre… Nous ne savons pas encore comment s’appelle ton nouveau disque.”

“Disque solaire”, répondit le dormeur dans son sommeil entrecoupé. Dehors la nuit s’épaississait, mêlée de brouillard, comme s’ils étaient dans une autre région.

“Comme c’est joli ! *Disque solaire.* Ça sera merveilleux. C’est un beau nom. Ça fait penser au soleil qui s’enfonce dans la mer. Qui a choisi ce titre ?”

Janina ne répondit pas. Baignant dans la pénombre rouge foncé de la salle de musique.

“Qui l’a choisi ?”

Comme il ne répondait pas, elle se tut et resta assise. Puis elle sortit de la chambre. Au moins elle lui avait parlé. Quand les deux heures se seraient écoulées, ils iraient tous dormir à l’hôtel Continental. Elle ne savait même pas où ça se trouvait. Où était donc cet hôtel Continental, cet endroit idéal où tous pourraient se reposer à satiété ? De quoi avait-il l’air ?

Puis la nuit tomba complètement. Ils ne revenaient toujours pas. Janina dormait à poings fermés dans la chambre. Comme déjà pendant l’après-midi, Gabriel avait désactivé son portable. Plus tard, plus tard. Felícia resta à la porte. Toute la nuit. Une nuit terrible. À l’aube seulement, les deux voitures revinrent, se garèrent tout doucement, les deux garçons entrèrent à pas de loup et Gabriel dit à sa mère : “Nous avons passé la nuit dans le Bairro dos Espelhos. C’est là que nous ferons le clip vidéo pour le disque de Janina. Nous avons passé la nuit à discuter de ça sur place. Maintenant, nous ne filmerons plus seulement au bord de la mer, mais surtout dans le Bairro dos Espelhos…”

“Là-bas, dans le Bairro dos Espelhos ?”

“Mais vous n’écoutez donc pas ce que je dis ?”

Oui, s’il en était ainsi, alors tout se tenait, être chanteur n’était pas du gâteau, ni être l’accompagnateur et le manager du chanteur. Elle ne savait pas que ça se passait comme ça, elle pensait que tout se faisait dans une espèce de fête, comme au temps où, il n’y avait pas si longtemps, Janina circulait dans sa voiture et se produisait de village en village, de salle en salle. Tantôt avec un groupe, tantôt sans. Elle-même n’était qu’une personne inculte et un peu sotte, voilà tout. Et peut-être que le sommeil de l’un et l’exaspération de l’autre faisaient partie de l’élaboration d’un disque, et elle ne le savait pas. Quoiqu’il en soit, malgré son ignorance et sa sottise en matière de disques, quand Felícia les vit disparaître à l’aube, elle eut l’impression étrange que certains traits qui auraient été compréhensibles chez Janina transparaissaient à présent chez son autre fils. Qu’une substance, qu’elle était bien incapable de nommer, était passée de l'un à l'autre et ce déplacement avait faussé le jeu. Ce brouillard idiot, offrande pernicieuse envoyée de loin, persistait, et si Felícia ne voyait pas les choses clairement, elle les sentait. La vanité, l'arrogance, l'impatience et le sentiment de triomphe qui auraient pu être en quelque sorte justifiés chez Janina se faisaient maintenant jour chez son frère. Le succès de l'un retentissait dans la tête de l'autre. Entortillé dans la couverture, Janina continuait à être un garçon doux et fragile. Un fragile doux, doté d'une forte volonté. Qu'est-ce que c'était que ce miracle ? Dieu veillait sur lui sans aucun doute. Quand Janina avait besoin de force, Dieu lui donnait celle dont il semblait dépourvu. Ce mystère lui paraissait insondable. Cette énigme provoquait en elle un malaise, une nausée bizarre, une envie d'expulser quelque chose qui l'incommodait, logé elle ne savait où. Felícia, grosse et robuste, de fort méchante humeur, tremblait au-dedans d'elle-même. Elle ne savait pas s'il s'agissait d'un dérangement physique ou mental, effet de la surprise qui s'était abattue sur elle à l'arrivée de Janina. Ce matin-là, elle était rentrée chez elle un peu chancelante, juste un peu, avant d'aller se coucher. Ces derniers temps, elle n'avait même pas fait de mauvais rêves. Elle n'avait été tourmentée ni par le télégraphiste de Praia ni par sa femme décharnée, ces êtres venus de son passé l'avaient laissée en paix. Pourtant, cette visite éclair de ses fils lui semblait irréelle, sortie d'un rêve. Il devait y avoir des événements qui n'étaient ni des rêves ni des faits et qui n'avaient pas de nom, indépendamment de leur nature bonne ou mauvaise. “Aïe !” soupira-t-elle en se laissant choir sur son lit, dans sa cuisine qui était aussi sa chambre à coucher.

Ce fut alors que débuta l'épisode de l'automobile grenat.

Peu après, la terre jaunâtre et grumeleuse fut restituée par le brouillard et le sable apparut, labouré par l'eau, la mer s'agita avec une certaine véhémence, comme si une main vigoureuse la précipitait contre le cordon des Dunes Femelles où Antonino Mata et notre cousine Milene s'étendaient côte à côte, les samedis après-midi. Ils restaient là étendus deux heures durant, yeux clos, yeux ouverts, sans parler de l'avenir. “Et qu'allons-nous faire maintenant ?” demandait parfois Antonino. “Je cherche le chemin, je sais qu'il y en a un, mais lequel ?" Et il s'en tenait là. Milene avait la réponse, elle voulait qu'Antonino fasse l'amour avec elle. "Fais l'amour avec moi", l'implorait-elle.

Quelquefois Antonino se tordait de rire, comme si elle venait de débiter une blague. Elle le voyait secouer la tête, les yeux fermés, riant, le cou mobile comme si plusieurs vertèbres étaient déboîtées. Mais d'autres fois le veuf restait silencieux, l'air grave, réfléchissant. Assis très droit sans bouger un muscle. "Non, c'est impossible, nous ne sommes pas mariés. Tu n'es pas Divina. Divina, elle, avait eu des maris, c'était différent. Avec toi, c'est impossible. Nous ne sommes pas des sauvages. Les hommes de mon île, les traîne-savates aux pieds crevassés, ont toujours des masses de femmes, mais moi je n'aime pas ça, j'ai été éduqué différemment. J'ai respecté Eunice et maintenant je te respecte. Ne parlons pas de ça..."

"Si, parlons-en", insistait-elle.

"Non. Nous ne sommes pas des sauvages..."

Milene s'asseyait elle aussi. *Des sauvages ?* Que voulait-il dire par là ? Pour elle, il n'en serait pas ainsi. Quand elle s'étendait dans le sable sur son blouson, c'était comme si ces rencontres étaient la conséquence logique et irréversible de l'après-midi où elle avait abandonné Frutuoso dans la BMW pendant qu'elle marchait vers les grues, les voyant au fond du cratère lui indiquer la voie d'une décision urgente, et elle leur obéissait, elle continuait toujours tout droit, sans revenir en arrière. Pour elle, ç'avait été le jour décisif. Milene pensa qu'Antonino se trompait. *Pourquoi des sauvages ?* Il gardait le silence. En guise de réponse à ce qu'il ne disait pas, elle demanda de nouveau : "Pourquoi des sauvages ? Pourquoi ?"

"Ne parlons pas de ça maintenant", répondit Antonino.

C'était comme s'ils s'étaient mis d'accord pour ne jamais parler de la douleur, mais cela les empêchait de faire des projets. En arrivant devant le portail de l'avenir, la conversation était frappée d'une espèce de court-circuit. Antonino enlevait à Milene le bonnet rouille et se remettait à l'embrasser. Étendus sur le blouson, ils s'embrassaient. Leurs têtes étaient froides, presque mouillées. Puis soudain, avant que l'après-midi soit fini, ils se dirigeaient vers la fourgonnette grise, garée derrière les dunes, prêts à rentrer. Le vent arrivait du sable, pénétrait dans leurs vêtements et leurs chaussures, et cramponnés l'un à l'autre ils se dirigeaient vers le terrain nu où était garée la Mitsubishi.

Mais cet après-midi-là, la fourgonnette d'Antonino n'était pas seule, il y en avait d'autres.

Plus exactement, il y avait à côté de la Mitsubishi trois voitures et deux fourgonnettes. Juste là où le chemin de sable tassé débouchait sur le terrain nu. Des traces de pneus s'entrecroisaient dans le sable. Au moment même où Antonino et Milene arrivaient, les voitures avaient démarré. Peut-être leurs occupants avaient-ils aussi froid qu'eux et, renonçant à se promener du côté de la mer, ils rentraient à présent chez eux. Possible. Il y avait plusieurs hommes, et parmi eux une femme. La fourgonnette grise dut s'arrêter et attendre que les autres véhicules s'en aillent. Milene et Antonino restèrent à l'intérieur, attendant que les autres partent. Ces voitures constituaient une sorte de caravane organisée, et l'une d'elles, garée plus loin, à une trentaine de mètres à peine, était identique à celle qui avait amené Janina, la voiture rouge dans laquelle il était arrivé et reparti. Cette voiture ne bougea quasiment pas avant que les autres ne se soient éloignées. Alors elle démarra résolument en dessinant une courbe brève et pendant ce mouvement de rotation Antonino Mata crut reconnaître le visage du manager dans le profil du conducteur.

"C'est Janina", dit Antonino. "Que font-ils ici ?"

La voiture grenat roulait assez vite et Antonino la suivit.

"Nous les poursuivons ?" demanda Milene, qui ne comprenait pas cette précipitation.

Mais Antonino avait déjà réfléchi.

Non, ce n'était pas la peine de poursuivre qui que ce soit. Il n'avait pas l'intention de déranger qui que ce soit. Ils étaient sans doute venus chercher des images pour le clip vidéo et ils s'étaient logés à l'hôtel Continental pour fuir le tohu-bohu de cette maison terrible où tous voulaient commander. Mais ils continuaient à rouler dans le même ordre, l'auto rouge devant, la grise derrière, les voitures de tête ayant déjà disparu. Antonino avait raison, tout s'expliquait. En effet, en arrivant à la courbe de l'hôtel Miramar, la voiture rouge avait dévié en direction du Bairro dos Espelhos. Tout était parfaitement clair. Le clip vidéo de Janina était en cours d'élaboration.

Quelques jours plus tard, de bon matin, Milene n'était pas présente et Antonino partait travailler. En passant sur la route d'où bifurquait le chemin de terre menant vers l'intérieur, Antonino avait soudain vu surgir une voiture identique à celle du manager qui le dépassa. Il eut de nouveau l'impression que le garçon couleur de lait était dedans, mais il ne réussit pas à l'identifier en toute certitude. En arrivant au croisement, la voiture s'était dirigée vers le Bairro dos Espelhos. Il l'avait vue dans le rétroviseur. C'était sûrement pour le clip vidéo de Janina. Ou peut-être pas. Il devait y avoir des centaines d'automobiles de la même couleur et de la même marque. Mais il n'avait jamais prêté attention aux Alfa Romeo grenat avec des chromes étincelants. Maintenant, en revanche, il les remarquait. Celle-là était pareille à celle qui avait transporté ses deux frères, Gaby et Janina, le jour du brouillard.

Une semaine plus tard, Antonino passa avec ses enfants sur la même route. Tout excité, Emmanuel s'était mis debout sur la banquette arrière en criant: "Regardez, c'est la voiture de Janina, la voiture de Janina..." Le rétroviseur reflétait en effet la voiture rouge au moment où elle tournait vers le Bairro dos Espelhos. Antonino avait fait faire demi-tour à sa fourgonnette pour prendre le chemin de terre. Dans le bidonville, il n'y avait que deux rues où les voitures pouvaient passer et une seule place digne de ce nom. Cette fois-ci, il allait percer à jour l'identité du conducteur de cette voiture identique à celle du manager de Janina. Il accéléra. Les enfants basculèrent en arrière tant la fourgonnette cahotait sur les nids-de-poule. Antonino conduisait à toute vitesse. À une centaine de mètres de la place, il vit l'auto disparaître, sa silhouette rouge sombre s'évanouir entre des murs de ciment et des toits de tôle. Sur la place, il y avait des tas de gens sur le pas de leur porte, mais personne n'avait vu la voiture grenat.

Penché à la portière, Antonino décrivit la couleur et la forme de la voiture.

"Nous n'avons rien vu. Si elle est passée par ici, elle a disparu..." dit un garçon en s'éloignant lentement de la portière.

“Si elle est passée par ici, elle a vite déguerpi, mon gars, personne l’a vue...” dit un autre, un peu plus vif, faisant un pas pour scruter l’horizon bouché par les bicoques grises. Pour la première fois, Antonino eut l’impression de ne pas connaître ces gens. Où étaient les gamins à qui il avait lancé des Pringles l’été dernier? Où? Il regardait autour de lui et tous lui semblaient inconnus. Ils formaient une haie compacte, mais aucun, petit ou grand, n’avait vu ce qu’il poursuivait: une belle auto rouge cahotant sur la route du Bairro dos Espelhos, avec au volant un visage blanc, couleur de lait.

“Eh bien tant pis”, avait-il dit.

Et il avait renoncé.

À Ribeirinho da Praia on racontait des légendes à propos de motos et de voitures conduites par des chauffeurs sans tête. D’aucuns prétendaient avoir vu des voitures rouler sans le moindre conducteur. Mais Antonino n’allait pas rebrousser chemin, ni imaginer que des voitures fantômes roulaient entre les Dunes Femelles et le Bairro dos Espelhos dans le seul but de le rendre fou. Il avait déjà assez de préoccupations comme ça. Il avait plaqué Divina, il était tombé amoureux de Milene, une blanche de famille riche. Comment allait-il s’en sortir? Jusqu’où irait-il, lui qui était amoureux fou de cette fille plus âgée que lui, qui ressemblait dans son âme et ses manières à Eunice et qu’il avait constamment dans le cœur et dans la peau? Cette fille avec qui il avait envie de passer ses journées et ses nuits, pour faire l’amour avec elle jusqu’à l’aube? À qui il pensait sans cesse, c’était comme une maladie, et qu’il irait rejoindre dès qu’il aurait déposé ses enfants à la porte de chez lui? Non, il ne permettrait pas à une voiture qu’il voyait disparaître et reparaître, comme dans les légendes de Ribeirinho, de venir lui gâcher la vie.

Antonino avait fait demi-tour sur l’unique place du Bairro dos Espelhos où soudain il avait l’impression de ne plus connaître personne ni d’être reconnu par qui que ce soit, et laissant derrière lui ces êtres circonspects qui se cramponnaient à leur seuil, il s’était engagé sur le chemin de terre menant à la Vieille Fabrique pour aller vaquer à ses propres affaires.

19

Le dimanche matin suivant, Milene s'assit sur la banquette arrière de la BMW et se laissa conduire par M. Frutuoso chez l'oncle Ludovice. Sur les bas-côtés les arbres défilaient, comme montés sur des racines électriques, le ciel semblait illusoire et inhumain et la mer lointaine et inaccessible. Les êtres et les maisons en mouvement à cette heure matinale ressemblaient à des fragments d'oiseaux trop lourds pour pouvoir voler.

Mais ce moment n'avait rien à voir avec celui qui avait suivi le 15 août, lorsqu'elle avait été en état de choc. *Car cette fois-ci je ne serai pas en état de choc. Même s'ils sont au courant de tout, je répondrai comme si j'étais forte, bien plus forte qu'eux. Et comme je dirai la vérité, rien ne pourra m'arriver…* Milene se carra dans la voiture et regarda la réalité en face. La réalité se résumait à un ciel parfaitement dégagé, très haut, comme si la terre n'occupait qu'une place infime. Le long de la chaussée, les bas-côtés formaient d'étroits sentiers bordant les maisons défendues par des grilles sécurisées. Et si elle, dans la BMW, faisait corps avec le siège, c'était pour avoir le courage dans les minutes à venir de leur faire face : *Espèces de vieux, de cinglés, allez-vous-en, allez-vous-en…* Pour le reste, Milene n'était au courant de rien.

Milene ne savait pas que les routes principales de Valmares étaient surveillées par des patrouilles de police depuis la veille au soir. La circulation était strictement contrôlée depuis sept heures du matin. On inaugurait un complexe sportif comprenant des gymnases, des pistes de course et de saut, des courts de tennis et une piscine olympique, deux lacs naturels au milieu du gazon, un poste d'observation des oiseaux et on posait aussi la première pierre d'une institution de solidarité pour vieillards et orphelins. Bien que ce qui était inauguré fût en réalité un nouveau complexe urbain, mot qui avait perdu sa signification originelle pour désigner une flopée de villas composée d'environ un millier de maisonnettes imbriquées les unes dans les autres et dégringolant jusqu'au pied de la falaise. Et c'était cet amas de logements minuscules, exposé au soleil comme des coquilles de mollusques grégaires dont la partie molle restait encore à trouver, qui exigeait une mise en scène spectaculaire et qui allait être inauguré par un marathon international.

À cette heure – environ huit heures trente du matin –, les marathoniens étaient déjà en train de courir, après le coup d'envoi donné par un claquement de poudre sèche et après que le sol eut tremblé sous les pieds des coureurs. Le parcours avait été balisé par des rubans blancs, et des banderoles proclamant *Welcome* et *Benvenuto* et la même chose dans d'autres langues avaient été tendues partout. Des groupes se massaient ici et là le long des rues transformées en piste pour regarder le peloton compact courir sans encore trop se presser. Et la présence des caméras et des véhicules de reportage excitait les badauds, cependant que les patrouilles de police accomplissaient leur mission le plus normalement du monde. Prenant un air féroce de circonstance, les agents dirigeaient la circulation à coups de grands gestes vigoureux et impérieux, avec des bras qui auraient eu besoin de faire davantage de gymnastique. De loin, lorsqu'ils commandaient aux voitures de s'arrêter ou de repartir, on avait l'impression qu'ils faisaient des gestes obscènes. Le visage fermé, ils exerçaient pleinement une autorité qui avait sûrement les mêmes caractéristiques depuis toujours et qui, reconnue comme telle depuis des temps immémoriaux, procurait une grande joie à ceux qui l'exerçaient et aussi à ceux qui l'acceptaient de bon cœur. D'ailleurs les rares personnes qui désobéissaient et qui regimbaient avaient l'air contentes elles aussi. Des gens qui en général ne voyaient pas la police pendant des mois pouvaient maintenant gesticuler devant les agents devenus soudain visibles et ils profitaient de cette magnifique occasion pour hurler à pleins poumons que leurs droits étaient bafoués pendant ces quelques minutes de leur vie. Ils lançaient des insultes lourdes, des gros mots qui ne sortent d'habitude que pendant une bonne bagarre ou après, quand jadis il fallait se battre contre l'obstination des bêtes de somme. C'est ainsi que Milene les entendit leur adresser des injures, à elle et à M. Frutuoso, comme si à l'intérieur de la BMW ils étaient les deux faces d'une même médaille : *Espèce de maquereau, d'esclave... Et toi, la morue bien gavée, va te faire foutre, va te faire épouiller...* C'était les gentillesses les plus anodines qu'ils avaient entendues lorsque la BMW anthracite, après avoir traversé les barrières de sécurité, s'était mise à rouler sur la piste réservée aux marathoniens avec la complicité des policiers dont les gestes, à droite et à gauche, ressemblaient à des bras d'honneur. Mais Milene n'était au courant de rien. Elle savait tout juste qu'on était venu la chercher à neuf heures du matin et maintenant elle se laissait conduire, pensant à sa famille et à la façon dont elle lui ferait face.

D'ailleurs M. Frutuoso, qui conduisait à une vitesse insensée sur ces quinze kilomètres où la voie rapide servait de piste, ne lui avait pas encore adressé la parole. Ce fut seulement lorsqu'ils prirent la route secondaire menant à la résidence Atrium, qu'il lui dit: "Monsieur l'ingénieur a eu un malaise lors du départ du marathon..." Le chauffeur ne lui avait plus parlé depuis le jour où elle s'était échappée à travers champs, et il était allé l'arracher à son lit une demi-heure plus tôt en sonnant frénétiquement à la porte de la villa Regina et quand elle était apparue au balcon, il lui avait dit: "J'ai reçu l'ordre d'aller chercher la nièce de Mme Angela Margarida..." comme s'il s'adressait à une tierce personne.

En un premier temps, Milene avait pensé que sa relation avec Antonino avait été découverte. Antonino avait raison: si seulement nous étions transparents, invisibles. Et elle s'était préparée mentalement, dépassant les effets de l'état de choc. Bref, si la tante Angela Margarida ou l'oncle Ludovice lui demandait si c'était vrai ou non, elle se lèverait et dirait le pire qu'elle était capable de dire pour couper court à toute éventuelle discussion. Elle dirait: *Bande de cinglés, espèces de vieux schnoques, occupez-vous de vos oignons. J'adore cet homme. Il m'a déjà embrassée des milliers de fois. J'ai l'intention de faire l'amour avec lui dès qu'il y consentira. Allez-vous-en...*

Et comme elle n'aurait pas de voiture pour rentrer chez elle, elle avait imaginé un long trajet à pied qui lui permettrait de se libérer de sa rage. Mais en s'approchant du territoire discipliné de la résidence Atrium, avec son fronton triangulaire à l'entrée et son triton à la queue ondulante, le chauffeur avait décidé soudain de lui fournir un autre détail. En lui ouvrant la portière, il avait dit: "Je ne sais vraiment pas ce qui va se passer. Monsieur l'ingénieur s'est senti très mal..."

Il ne s'agissait donc pas d'Antonino ? Alors, de quoi pouvait-il bien s'agir ?

Milene n'eut de certitude qu'après avoir pris l'ascenseur et être entrée dans le salon du duplex de l'oncle Ludovice. Rien de ce qu'elle voyait ne pouvait se rattacher à la personne d'Antonino et ce qu'elle voyait, c'était les affaires de l'oncle éparpillées dans le vaste salon : la veste marron suspendue à une chaise, la chemise et la ceinture sur une autre, et par terre, à côté de la porte, comme s'ils étaient en train de s'enfuir, les deux souliers. Les chaussettes avaient dû aussi être ôtées à la hâte car elles gisaient par terre, en boule, et chacune de son côté. L'oncle lui-même était étendu sur un canapé espagnol à dossier bas dont les coussins avaient été retirés. Un radiateur d'appoint avait été placé à côté de l'oncle dont les pieds nus et maigres sortaient du pantalon et ressemblaient à deux jeannettes pour le repassage. L'oncle n'était pas mort. La tante était à côté de lui.

Un récipient rempli d'un liquide où nageait un linge blanc était installé près de la tante et plusieurs tubes étaient posés sur une banquette. De l'un d'eux, la tante faisait sortir un gel dont elle enduisait les épaules et la poitrine de l'oncle. De toute évidence, elle le frictionnait et Milene se dit que l'oncle Rui Ludovice était simplement très fatigué. Il disait toujours que chacune de ses journées était comme un opéra romantique et que son univers administratif ressemblait à un tableau de Bruegel l'Ancien où les réalités les plus innocentes étaient toujours flanquées de poissons-lunes et d'œufs de serpent, de façon à réduire à néant tout espoir de paix. Fatigué, à juste titre, de la diversité de ses responsabilités qui allaient de la société philharmonique avec ses grosses caisses et ses fifres jusqu'au traitement des déjections, humaines et animales, en passant par l'élévation de bourgades au rang de villes et la transformation d'étendues de sable désertique en stations touristiques à logo bleu. Fatigué. Sûr et certain, l'oncle Rui Ludovice avait eu un coup de fatigue. Et Milene avait contemplé l'oncle et la tante au milieu du grand salon avec sa fenêtre panoramique d'où l'on apercevait l'océan avec son trafic inexistant et elle ne savait que penser. Sous les massages de la tante Angela Margarida, l'oncle semblait de plus en plus inerte. Mais pas au point d'expirer. Les poils sur sa poitrine, déjà entremêlés de fils blancs, s'élevaient et s'abaissaient à un rythme qui paraissait normal à Milene. Elle avait dit bonjour et personne ne lui avait répondu. Alors pourquoi l'avaient-ils fait venir ? Dans quel but ? Mais l'oncle s'aperçut de sa présence et ouvrit les yeux.

Tout se clarifia.

C'était comme si la dernière fois où Milene avait vu l'oncle Rui Ludovice, le jour où il s'était fâché avec elle à cause de Guernica décomposé en petits morceaux, et cet instant-ci, il n'y avait pas eu d'intervalle. À peine eut-il ouvert les yeux qu'elle se rendit compte que son oncle était toujours en colère. Une colère active qui faisait bouger ses pupilles et ses paupières, comme si ses yeux le brûlaient. Elle voyait que toute la force de l'Action qui résidait dans son oncle se concentrait à présent dans ses seuls yeux. Ou plutôt dans son regard. Milene prit peur. "Flûte, alors !" dit-elle en reculant d'un pas.

Mais la tante lui fit signe d'approcher.

"Parle à ton oncle, s'il te plaît..."

L'oncle avait fait mine de se lever, mais la tante l'en empêcha. À son autorité d'épouse, elle joignait celle de l'infirmière. On voyait très bien que l'oncle dépendait des deux. La tante Angela Margarida, l'autorité, dit très vite : "Parle-lui donc. Il est très fatigué et il doit sortir dans une demi-heure à cause du marathon, il doit assister à l'arrivée des coureurs et il est encore ici, l'oncle a un soupçon que tu dois infirmer ou confirmer..."

Milene sentit le duplex commencer à tourner. Elle était prête à faire face à l'histoire avec Antonino, elle savait quoi dire, elle s'était préparée juste pour cela, mais pour rien d'autre. Et l'oncle se soulevait sur le canapé et la regardait, avec ces lueurs dans les yeux. Cette colère déroulée. Il lui demanda de but en blanc : "Écoute un peu, te souviens-tu ou non de ce qui est arrivé le jour où ta grand-mère a été enterrée ?" Et s'abandonnant aux mains huileuses d'Angela Margarida, il ferma les yeux et ne fut plus qu'ouïe.

La tête de l'oncle Rui Ludovice était en effervescence. Les oreilles de l'oncle étaient grandes ouvertes sous ses cheveux touffus dont une boucle était éloignée de son cou. Pour gagner du temps, Milene avait fixé son regard dessus. Dans sa tête, les choses tardaient à se mettre en place. Car de nouveau, oncle et tante revenaient à ce sujet dont ils n'arrivaient pas à se dépêtrer et qui lui était déjà sorti de l'esprit ou dont elle se souvenait seulement au prix d'un grand effort, un effort si grand qu'à cette heure de la matinée où elle était encore à jeun, elle en avait la nausée. Milene dit à sa tante : "Tante, excusez-moi..." À quoi la tante rétorqua : "Rappelle-toi ce que tu peux te rappeler. Ce que tu ne peux pas te rappeler, ne te le rappelle pas. Allez, ton oncle s'est mis dans la tête qu'il lui fallait se défaire du doute qui le harcèle avant la fin du marathon, car il va rencontrer des gens à qui il serrera ou pas la main dans une demi-heure. Réponds donc à la question de ton oncle. Que s'est-il passé ce jour-là ?"

"Je l'ai déjà raconté..." répondit Milene, incapable de continuer.

Puis elle se concentra. L'oncle, les yeux clos, la tante qui attendait. Elle avait encore la nausée, mais elle dit : "Bon, alors voilà. Je suis restée plusieurs heures seule dans l'église de São Francisco, seule avec la grand-mère et les fleurs. Personne ne venait. Tout à coup, une femme avec des mollets carrés est arrivée, puis un homme et le curé déjà vêtu et prêt. Après je suis entrée dans le corbillard avec les fleurs et le corps de la grand-mère. Mais la grand-mère n'était déjà plus là... Nous sommes allés au cimetière où il n'y avait que des caveaux, des cyprès et des tombes, et j'étais là avec eux, seule. Personne ne m'a rien dit. Le corps de la grand-mère est entré dans le trou, mais la grand-mère n'était déjà plus là..."

Milene avait cessé de se sentir nauséeuse. Elle se souvenait de tout. Elle n'avait rien mangé, mais elle se souvenait. João Paulo lui disait toujours de parler vite, de penser seulement à ce qu'elle avait à dire et pas à l'effet de ses paroles. Heureusement que l'oncle Rui gardait les yeux fermés, car ainsi elle regardait uniquement les oreilles de l'oncle, le bord du pavillon où les poils avaient été récemment coupés. Elle ne pensait pas à l'oncle, juste à ses oreilles et à la coupe de ses poils. Mais l'oncle suivait ce qu'elle disait et elle en eut la certitude car il se souleva de nouveau. Milene fit un effort redoublé pour ne penser qu'aux traits de l'oncle sur lesquels la colère n'était pas visible.

"Retourne en arrière, s'il te plaît. Que s'est-il passé dans l'église ? Qu'a fait le curé ?" Les yeux de l'oncle étaient baissés.

"Il a fait le signe de la croix et il a parlé..."

"Qu'a-t-il dit?"

"Ce qu'un prêtre dit d'habitude..."

"Et après?"

"Après, il a commencé à prêcher. Comme s'il y avait une foule dans l'église. Il devait beaucoup aimer la grand-mère Regina. Il la défendait, mais elle n'était déjà plus là..." Les oreilles de l'oncle s'offraient sur le côté et Milene parlait directement dedans, évitant l'interférence des yeux, de même que des cheveux luisants de l'oncle. "Le curé parlait, parlait, il était déjà trois heures de l'après-midi, et moi j'étais toujours là. Comme aujourd'hui, je n'avais rien mangé..."

"Tu mangeras..." dit la tante. "Le marathon a commencé et ton oncle est ici. Il a eu un malaise. Excuse-moi, mais il faut que tu parles à ton oncle..."

L'oncle demanda: "Dis-moi, Milene, le curé a parlé ou il a aussi lu?"

"Il a lu et après il a parlé de ce qu'il a lu..."

"Et qu'a-t-il lu?"

"Je l'ai déjà dit. Et si je ne l'ai pas dit, je m'étais préparée à le dire, mais personne n'a voulu m'entendre. Maintenant, j'ai déjà oublié beaucoup de choses car j'étais en état de choc. Mais de ça, je me souviens parfaitement. Il a lu le *Jugement dernier.*"

"Tu as dit que c'était le *Livre de la Sagesse* et maintenant tu dis autre chose."

Milene s'énerva. "Oh là là! Je commence à en avoir vraiment ras le bol, oncle. J'ai dit, si je l'ai dit et si on m'a écoutée, qu'il a dit *Livre de la Sagesse, Jugement dernier...*"

L'ingénieur Rui Ludovice se laissa retomber sur le canapé, pas par déception mais bien plutôt parce qu'il se sentait réconforté. La preuve est qu'il demanda à la tante qui avait toujours les mains passablement poisseuses de lui apporter la Bible. "Angelita, va me chercher la Bible sur l'étagère, j'ai comme un *feeling* qui ne me trompe pas. Apporte-moi ça et ouvre à ce passage-là. J'ai vu ces types éviter mon regard et soudain j'ai eu ce *feeling*, j'ai tout compris et je veux juste confirmer..."

Entre-temps la tante s'était débarrassée du gel et elle avait descendu de l'étagère une grande bible richement reliée qui n'avait jamais dû être ouverte à cause de la position des petits rubans qui étaient encore repliés. La tante ne s'y retrouvait pas.

L'oncle lui dit: "C'est comme un dictionnaire ou un annuaire téléphonique. On cherche la partie dans le tout, et dans la partie la rubrique ou le mot souhaité. Dans le cas de la Bible, on cherche aussi le verset." Mais la tante ne trouvait pas le Livre en question et elle donna la Bible à l'oncle en disant: "Tu vas rater l'arrivée du marathon à cause de cette idée fixe, tu vas la rater..." L'oncle feuilletait la Bible de bout en bout. C'était un volume extraordinairement lourd. D'un bout à l'autre. Mais il avait trouvé le *Livre de la Sagesse.* Il dut chausser ses lunettes pour y découvrir le *Jugement dernier.* Le voici. Il se pencha. Il tendit le grand livre ouvert plus ou moins au milieu, largement écarté. Fermant les yeux, soulagé d'avoir au moins retrouvé la source, il dit en direction de Milene, notre cousine Milene: "Es-tu capable de reconnaître s'il a lu ce que tu dis qu'il a lu ou non?"

Milene n'avait pas envie de s'engager.

Cette nouvelle épreuve ranima sa nausée. Elle se sentait enfermée dans une toile d'araignée, elle avait l'impression que des forces qu'elle ne dominait ni ne voyait gravitaient furieusement autour d'elle. Comme elle ne répondait pas, l'oncle Rui demanda à sa femme: "Lis, et elle confirmera ou pas..." Avant de prendre l'énorme volume ouvert au milieu et de commencer à lire, la tante ajouta: "Milene, tu n'as pas besoin de parler. Quand tu reconnaîtras un mot, une phrase, lève le bras. C'est comme ça que je fais avec les malades dans la clinique. Difficile de faire moins d'effort que ça..." Et elle s'était mise à lire. "*Alors, avec une grande confiance, le juste se lèvera face à ceux qui l'ont affligé et qui ont méprisé ses œuvres...* Tu te souviens de ça?" Milene n'en était pas sûre. La tante continua à lire et l'oncle, l'œil bien aux aguets, attendait qu'elle lève le bras, ce qu'elle ne faisait pas. Quand la tante lut "*Nous avons erré dans le désert dépourvu de chemins et nous avons ignoré le chemin du Seigneur*", elle leva le bras. Mais elle n'était pas entièrement sûre. Elle leva le bras vigoureusement seulement quand la tante lut: "*Tout cela disparut comme l'ombre, comme une nouvelle qui passe, comme un navire qui vogue...*" Là, Milene se mit debout.

"Oui, il a lu ça et c'est sur ça qu'il a parlé..."

L'oncle Rui Ludovice retira la Bible des mains de sa femme. "Je le savais. Elle a confirmé..." L'oncle lisait à haute voix, à toute vitesse, sautant des lignes: "*La foudre partira comme une flèche bien ciblée...*"

Milene était debout.

“Oncle, il a fait son sermon sur ça. J'étais seule dans l'église, plus les fleurs et la caisse fermée, et le soleil entrait à l'intérieur et il faisait même chaud, et le curé a parlé de la foudre qui détruirait tous ceux qui s'attaquaient à la vie des justes et des bons, sinon dans ce bas monde, du moins dans l'autre. Mais il a dit qu'il valait mieux être dans ce monde-ci pour ensuite avoir le temps de lire le sens de sa vie et d'être sauvé… *La foudre détruira comme une flèche bien ciblée…* J'en suis sûre.”

Milene n'avait rien mangé et elle parlait surtout dans l'oreille de l'oncle, se cramponnant au souvenir de la réalité qui lui était revenu. Mais elle vit la tante et l'oncle fixer son visage comme s'ils l'emprisonnaient.

“Tu en es sûre ?”

Oui, elle en était sûre. Elle n'était pas sûre de l'endroit où la grand-mère s'en était allée, mais de cela, du sermon du curé, elle était sûre.

L'oncle Rui demanda à la tante de chercher le dossier concernant cet événement du mois d'août et qui devait être un sujet essentiel dans leur vie, car un amas de feuillets découpés se trouvait à portée de main dans le tiroir d'un meuble. La tante remit à l'oncle Rui la brassée de feuilles, il relut dans un murmure certains passages soulignés. Et à haute voix, il lut certains fragments du commentaire d'un air écœuré. “C'est plus ou moins par ici. *Tous les membres de sa famille sont en vacances non seulement hors du pays, mais encore loin de l'Europe. Sa nièce ayant déclaré qu'elle ne savait pas si c'était au Japon ou en Chine…* Et cetera, et cetera. *Ses proches collaborateurs se répandent en commentaires très critiques… Il est fait état d'une absence d'humanité et d'un manque de respect puisque Regina Leandro a été une figure éminente de l'activité industrielle…* Voilà : *Des flèches bien dirigées contre la personne qui abandonne les siens… Si elle abandonne les siens, comment n'abandonnera-t-elle pas ceux qui ne lui sont rien ? En plein mois d'août, la nouvelle de l'événement fit l'effet de la foudre frappant le cœur de tous ceux qui faisaient encore confiance à son administration jusqu'à hier… On dit…*” L'oncle, révolté, ému, répétait ces lignes. “Donc voilà, voilà, je savais bien que cette prose baroque tout en méandres et contre-méandres sortait finalement de leur plume… C'est eux qui ont tramé tout ça depuis le début…”

L'oncle relisait le passage sur les flèches et la foudre avec l'excitation de l'homme qui découvre une théorie révolutionnaire. L'excitation propre à l'homme qui confirme que le monde est organisé comme une intrigue gigantesque, sans aucun mystère. L'oncle Rui Ludovice, ingénieur administrant une autarcie, assis sur le canapé espagnol, découvrant les racines de la méchanceté du monde. Avec le chagrin de celui qui incise la chair et y découvre une tumeur maligne. L'oncle avait à côté de lui une pile de journaux de ce même jour à laquelle il donna une légère chiquenaude, sûrement trop forte, car journaux du matin et hebdomadaires déjà lus par l'attaché de presse dégringolèrent et s'éparpillèrent dans le salon. Entre-temps une lueur s'était calmée dans le regard de l'oncle. Et sa voix aussi. L'oncle Rui s'adressa à Milene.

"Et après, pendant l'enterrement, là-bas dans le cimetière, personne ne t'a rien dit?"

Milene se concentra une nouvelle fois. Oui, elle se souvenait qu'on lui avait posé une question à laquelle elle n'avait pas répondu à voix haute, mais si elle répétait ce qu'elle avait pensé sans se rappeler ce que le curé et la femme aux mollets carrés lui avaient dit, elle ne serait pas très avancée. Elle dit: "Je ne me souviens de rien d'autre..."

Entre-temps la tante surveillait l'heure avec attention, mais l'oncle s'était radossé au canapé et ses pieds nus avaient l'air de plus en plus froids. Les yeux clos, il remercia Milene et s'adressa même à elle par son nom. Puis il dit à la tante: "Angelita, tu sais très bien qu'il y a mille façons d'assassiner quelqu'un. Ces gens sont en train de m'assassiner. Un jour comme aujourd'hui, alors qu'un projet de cette envergure est lancé avec un marathon auquel participent des représentants d'une bonne trentaine de pays, alors que tout est organisé de façon irréprochable, on m'ignore complètement. Rien que pour inaugurer le complexe cet après-midi, pas moins de trois ministres du Portugal sont attendus. Je me suis impliqué directement et personnellement dans cette affaire, je l'ai conçue, j'ai lancé les invitations, j'ai pris les risques, mais mon nom et ma photo ne figurent nulle part. Je n'existe pas. On veut me rayer de la carte..."

La tante Angela Margarida reconstituait la pile de journaux, elle les pliait un à un sans répondre.

“Ne le nie pas, tout ça est leur œuvre. Même si notre nièce ne l’avait pas confirmé, moi je le savais déjà. Ce matin, le coadjuteur de l’évêque ne m’a même pas adressé la parole. Il a feint de ne pas me voir, il a fait un petit tour et s’est esquivé dès qu’il a pu. Et d’autres se sont déjà comportés avec moi exactement de la même manière. Mais lui, toujours si poli, pourquoi ne m’a-t-il pas dit un seul mot? Parce qu’ils sont tous de mèche. Tout à l’heure, quand les coureurs atteindront le poteau d’arrivée et qu’on remettra les médailles, l’évêque sera là en personne. Eh bien, ce ne sera pas moi qui lui adresserai la parole. Ils veulent me déboulonner. Ils veulent me déboulonner en se cachant derrière d’autres, ou d’autres derrière eux. Je ne sais pas. Ils ont commencé à m’attaquer sous prétexte que ta mère est morte en plein mois d’août et que j’étais absent. Un prétexte stupide, soit dit en passant. L’affaire, évidemment, vient de bien plus loin, elle est autre. En tout cas, et en un mot comme en cent, ils veulent me déboulonner...”

Les pieds de l’oncle Rui pointaient vers la fenêtre panoramique qui encadrait la mer de mars, si claire et si calme qu’on aurait pu écrire dessous *Repos des eaux,* et sa tête était orientée vers le mur opposé où des étagères étaient chargées jusqu’au plafond d’épais volumes et de disques compacts. La tante y replaça la Bible en grimpant sur un escabeau en bois camphré. Pendant ce temps, l’oncle aurait dû s’habiller. À cette heure, les coureurs s’étaient séparés, les forts devant, les faibles derrière, les merdes très loin derrière et les merdes vraiment merdiques avaient déjà jeté l’éponge. Et l’oncle devait se dépêcher. S’habiller, prendre son manteau sur le bras, mettre un peu de gel sur ses cheveux, de parfum à ses poignets et sous les bras, et partir le plus vite possible, ne serait-ce que parce que la route était coupée en plusieurs endroits. Mais au lieu de se mettre en branle, l’oncle était affalé sur le canapé et ne parvenait pas à se lever. Les yeux de l’oncle avaient perdu leur flamme et brillaient très peu, ils étaient devenus ternes. Il imaginait le marathon. Il entrevoyait quelques coureurs en tête, encore forts et frais, prêts à la lutte finale, et les autres, les merdes, complètement relégués à l’arrière. Les merdes vraiment merdiques, si loin derrière qu’elles avaient déjà abandonné. Il se sentait des leurs. D’après ses calculs, il avait encore une demi-heure devant lui, mais il était incapable d’affronter des gens qui s'étaient concertés pour le rayer de la carte. Non, il n'enfilerait pas ses chaussettes, ni ses souliers, ni sa chemise, il resterait ici, allongé, se sentant une merde achevée.

"Je renonce", dit l'oncle.

Milene s'était mise à pleurer. Tout cela était horrible. Des gens intelligents comme l'oncle Ludovice pouvaient découvrir des liens effroyables entre les faits et en être si malheureux qu'il vaudrait mieux qu'ils n'en soient pas capables. Elle, par exemple, ne parvenait pas à voir le moindre lien entre les paroles du curé à propos de la grand-mère Regina en ce dimanche d'août et l'horrible faiblesse dont son oncle était la proie. Et encore moins entre tout ça et des évêques et des marathons. Mais ces gens-là voyaient ces liens, à coup sûr nécessaires, et ils en souffraient énormément. Leur univers était un embrouillamini qui ressemblait beaucoup aux scènes qui la poursuivaient parfois dans ses cauchemars. Des chiens courant derrière elle pour l'attaquer et la précipiter dans des champs sans aucun horizon. Ou seulement leurs dents s'approchant de ses talons, sans qu'elle puisse se défendre. Le cauchemar de l'oncle devait être analogue. Elle avait enfoncé son bonnet couleur rouille jusqu'aux yeux et elle se couvrait le visage de ses mains. Elle se refusait à regarder son oncle dans cet état. Elle s'y refusait. Elle sanglotait entre ses doigts, étouffant le son, refoulant ses sanglots dans sa gorge, mais ils résonnaient si fort qu'elle ne réussissait pas à les contenir. Elle pleurait ouvertement. Et pourtant elle devait se taire, car sa tante à côté d'elle avait besoin de pouvoir réfléchir en paix. Quelqu'un, en cette heure critique, devait rester lucide. La tante était lucide. La tante maîtrisait la situation comme si elle était Geena Davis dans *l'Île aux têtes coupées*. Exactement comme elle. La tante regardait son poignet, puis l'oncle, sans signe apparent d'urgence ou d'angoisse, elle était aux commandes du navire. Le timonier. La force de l'exemple de sa tante tarit ses larmes. Oui, si Milene voulait être un tant soit peu utile dans cette situation, elle ne devait pas introduire dans cette scène un sentiment déplacé de pitié pour son oncle. D'ailleurs l'oncle déclara: "Angelita, je renonce..."

La tante, très lucide, essaya de le rasséréner.

"Mais non, tu ne renonces pas... Tu vas simplement monter sur les gradins, tendre la main à l'évêque, baiser son anneau, le saluer, et même s'il ne te rend pas ton salut, tu feras en sorte qu'il entende de ta bouche quelque chose du genre : Monseigneur, nous avons sur les bras une affaire très importante qui n'avance pas. Il nous faut tirer au clair le plus rapidement possible un certain nombre de choses inadmissibles. J'ai des idées à revendre, Monseigneur. Et ainsi de suite..." Dit la tante et, percevant l'hésitation de l'oncle, elle lui parla d'un ton sans réplique : "Tu ne vas pas te défiler maintenant, Rui. Tout passe. Un jour c'est le gibier qui gagne, le lendemain c'est le chasseur. Tu le sais très bien. Alors ?"

L'oncle Rui ne bougeait toujours pas, le massage semblait l'avoir paralysé au lieu de l'aider à réagir maintenant qu'il se sentait appartenir au camp de ceux qui avaient renoncé. Mais les objurgations de sa femme lui donnaient la nostalgie de l'Action, comme si le renoncement d'une heure menaçait de durer toute l'éternité. L'Action reprenait possession de l'oncle. Tout doucement l'Action s'était remise en marche. "Et tu as une idée concrète susceptible de nous tirer d'affaire ?"

"Oui", dit la tante en aidant son mari à se relever. Et elle avait commencé à lui tendre sa chemise, sa ceinture, sa cravate et elle-même se penchait sur ses pieds, lui enfilait ses chaussettes, puis ses chaussures. Son veston. Il fallait lui faire endosser son veston. Il l'endossait. L'Action recevant le pouvoir de l'action. *Tu as une idée ?* Mon Dieu, comment Rui pouvait-il ne pas voir ce qu'il devait faire ? L'oncle debout. Un bel homme, de haute taille. La tante, toujours en robe de chambre, parfumait l'oncle. Lui devant elle, les yeux clos. Dans cette position, les yeux toujours fermés, l'oncle demanda : "Angelita, que vient faire l'ombre de ta mère dans cette histoire ?"

Ce fut comme si la tante venait de recevoir un coup de poing en pleine figure. Elle explosa : "Mais de quelle ombre parles-tu ? Mon Dieu, que tu es donc fragile, quel manque d'énergie..." La tante lui tourna même le dos. "Pour des hommes comme toi, il est plus facile de s'imaginer qu'ils luttent contre le pouvoir des morts que contre le pouvoir des vivants qui se cachent. Ça donne moins de travail, n'est-ce pas, Rui ?" La tante était vexée, la tante était fâchée : "Maintenant, la seule chose à faire c'est d'aller dare-dare là-bas... Ton âme parlera à Dieu quand tu auras mis de l'ordre dans ta vie publique..."

Ils étaient dans le hall, près de la porte.

"Mais tu as une idée?"

"Oui, je te l'ai déjà dit." Et elle demanda par l'intercom si M. Frutuoso était à son poste. Il l'était. "Conduisez monsieur l'ingénieur directement aux gradins. Et vite, s'il vous plaît, monsieur l'ingénieur doit être là-bas pour l'arrivée des coureurs et même, si possible, bien avant..." L'ascenseur montait. "Tu as une bonne idée?" Angela Margarida ouvrit la porte de l'ascenseur pour l'oncle et dit: "Oui, j'ai une idée. Promets un don appréciable, un don généreux, et tu verras aussitôt le résultat..." Dans l'ascenseur, l'oncle se sentait floué, il n'avait aucune envie de descendre, mais la tante dit en refermant la porte: "Le chauffeur t'attend en bas. Pourquoi lambines-tu?" Et elle colla l'oreille à la porte de la cage d'ascenseur pour s'assurer que l'oncle descendait bien au rez-de-chaussée. Oui, il descendait. Elle avait du mal à le croire. Elle s'était précipitée à la fenêtre panoramique, en bas l'oncle entrait dans la voiture. Il ne faisait pas froid, mais l'oncle avait pris son manteau pour se donner une contenance, au cas où il y aurait un reportage. La tante était épuisée. Ce qui arrivait à son mari n'avait pas une importance majeure, il s'agissait juste d'une crispation purement physique qui passerait vite. Mais elle, cela l'épuisait.

L'oncle était parti.

Entre-temps Milene fut placée devant une table avec des restes de petit-déjeuner. Elle continuait à réprimer des sanglots dans sa gorge. Au début, elle ne put toucher à rien, bouleversée qu'elle était par la situation, mais ensuite, quand le téléviseur fut branché, elle se coupa une grosse tranche de pain car l'énervement et les pleurs lui avaient donné une faim de loup. Ce qui n'était pas le cas de la tante. Les pensées d'Angela Margarida continuaient à se concentrer sur son mari. Sa nièce ne pouvait pas comprendre, mais le problème se présentait de la manière suivante: étant donné les objectifs qu'il poursuivait, l'administrateur qu'il était n'avait pas à se tracasser pour des hésitations qui n'étaient qu'une perte de temps. Et la tante ne quittait pas le téléviseur des yeux. La tante était aux aguets. Tout le monde était là, sauf l'oncle. Il n'y avait pas trace non plus de l'évêque. En les attendant, deux plans distincts ne cessaient de s'entrecroiser sur l'écran : les marathoniens du peloton de tête et les gradins où trônaient les notables. Dans les deux cas, on ne montrait que les étoiles. Soudain la tante aperçut l'oncle Rui au premier plan, fort élégant, et elle eut du mal à en croire ses yeux. "Le voilà, et il a même bonne mine. Mon Dieu, quel miracle !" avait dit la tante en poussant un grand soupir, avec la sérénité du devoir accompli et la paix résultant d'une difficulté vaincue. Après tout cela, par un heureux hasard, la tante n'avait même pas les paupières gonflées.

"Tu en reveux ? Reprends-en."

Angela Margarida assistait poliment au repas de sa nièce qui mangeait lentement et elle gérait très bien son temps, le partageant entre deux activités différentes. Quand l'oncle n'apparaissait pas à l'écran, elle engageait une conversation rapide avec sa nièce et lui disait que sa vie n'était qu'une lutte sans trêve. Que tout ce dont Milene avait eu un pâle échantillon lui ôtait la tranquillité et le sommeil. Que restait-il de ses journées pour être utile à Milene ? Et en attendant, aujourd'hui Milene avait été très utile à sa tante et son oncle.

"Moi, ma tante ?"

Oui, le fait qu'elle se soit souvenue de la foudre et des flèches était très important. Cela avait confirmé le *feeling* de l'oncle. La tante dit avec un sourire que Milene méritait un dix-huit sur vingt. La tante, fraîche, presque blonde, assez jolie, épuisée et pourtant si lucide, si forte, capable en à peine une demi-heure, par la seule force de son raisonnement, de faire se relever un homme d'un canapé où il se vidait de toute énergie et de le transformer en ce personnage sûr de lui sur les gradins où se trouvait aussi à présent l'évêque. Milene éprouva du respect pour sa tante. De l'amour pour sa tante, une envie de mettre le pain et le gobelet de côté pour lui dire : *Je vais vous raconter un secret, ma tante, que je partage avec une certaine personne...* Et au même instant la tante lui sourit. Elle lui expliqua que si ses cousines ne venaient pas bavarder avec elle dans la cuisine, c'était parce qu'elles faisaient la grasse matinée le dimanche, après l'éreintement des cours. Ses cousines avaient la vie dure. Milene aurait pu juste dire : *Écoutez, ma tante, un de ces jours j'aimerais beaucoup vous raconter quelque chose de super qui m'est arrivé. Quand vous aurez le temps. J'ai une chose très importante à vous raconter. Je croyais même que vous étiez déjà au courant. Je m'étais préparée. Mais je vous raconterai ça plus tard...* Reportant la conversation à plus tard, mais annonçant le thème. Maintenant que la tante était rassérénée et qu'elle déclarait que le mieux était de téléphoner à Frutuoso pour qu'il vienne la chercher et la raccompagner chez elle, pendant que l'oncle Rui assistait à la fin du marathon. Ce n'était pas Milene qui parlait, mais Angela Margarida.

"Tu en veux encore? Il y a combien de temps que tu n'as pas mangé?"

En ces dernières minutes, la tante voulait encore élucider plusieurs sujets, expliquer à Milene, par exemple, que tout ce qui s'était passé n'avait rien à voir avec les procès au tribunal. Comme Milene le savait déjà, elle était dispensée de faire une déposition. D'ailleurs, si le *feeling* de l'oncle se confirmait, à quoi bon des procès? Il y aurait en revanche d'autres types de procès. Maintenant, la tante devait descendre à l'étage du dessous car il était déjà onze heures et elle n'était toujours pas habillée. Oui, ma tante. Mais Milene aurait aimé pouvoir dire: *Vous ne pouvez imaginer ce qui m'arrive, tante Angela Margarida, vous ne pouvez l'imaginer...* Si elle disait ça, sa tante demanderait peut-être: *"Quoi donc?"* Pour la simple raison qu'il faut toujours deux interlocuteurs pour mener une conversation. Une conversation exige au minimum deux personnes. Alors Milene ôta son bonnet et proféra sa phrase:

"Vous ne pouvez imaginer, tante, ce qui m'arrive..."

Milene attendit, le bonnet à la main, elle avait dit ce qui lui incombait. Mais la tante, toujours dans ses vêtements de nuit, ne lui donna pas la réplique. Elle ne demanda pas: *Mais quoi donc?* Seulement trois mots, trois syllabes, mais elle ne les dit pas. La tante se borna à se lever et à se diriger vers la porte. Bon, alors très bien, Milene ne dirait plus rien. Fini le rêve de dire quelque chose d'important et de personnel à la tante Angela Margarida.

Milene pensait à la simplicité des trois syllabes en roulant sur les routes où l'on percevait encore des traces de l'interdiction de passer. Les flics arpentaient encore la zone, donnant des ordres, et leurs bras semblaient renfermer un ressort à la hauteur du coude. Ils avaient l'air d'asséner des coups de poing dans l'air en indiquant la direction des déviations. Les banderoles souhaitant la bienvenue en plusieurs langues – *Bienvenidos! Bienvenidos!* – étaient visibles à la hauteur de l'embranchement. Le silence régnait dans la voiture. Les seuls mots prononcés par le chauffeur avaient été adressés au paysage aride qui défilait pour annoncer que le vainqueur du marathon de Valmares était un Africain du Kenya. *"Il ne connaît presque pas l'anglais, il parle seulement sa langue..."* entendait-on à la radio. Milene continuait à se dire que sa tante aurait pu prononcer trois syllabes pour répondre à ce qu'elle lui avait dit: *Tante Angela Margarida? Vous ne pouvez imaginer ce qui m'arrive...*

Sa tante aurait même pu ne pas prononcer trois syllabes, elle aurait pu fixer ses yeux dans ses yeux à elle, comme si dans la phrase elle avait entendu les mots essentiels: *ce qui m'arrive...* Et là, même si elle n'avait pas dit un seul mot, juste du fait qu'elle la regardait, Milene aurait pu ajouter: *La prochaine fois, je vous raconterai tout ce qui m'arrive. Pas maintenant, parce que vous êtes pressée...* Et rien que cela lui aurait fait beaucoup de bien, à elle, Milene. Au moins elle ne ressasserait pas les choses comme à son habitude, avec l'impression qu'une lueur obscure flottait au-dessus d'eux tous, en contraste avec la lumière resplendissante de ce jour-là. Une lumière qui faisait tout pâlir, y compris le toit rouge du Frame Store avec sa publicité tapageuse. Tout cela était exclusivement sa faute à elle, parce qu'elle n'avait pas eu le courage de dire: *Écoutez, ma tante, voilà ce qui se passe. Écoutez, regardez-moi donc un peu...* Et ainsi, elle avait non seulement raté une occasion unique de lui communiquer la nouvelle, mais en plus elle avait allumé une lueur obscure en elle-même, semblable à celle que lui renvoyaient les objets. Une lueur terne qu'elle aurait voulu pouvoir chasser loin d'elle, comme une chose dotée d'oreilles qui pouvait rester ou partir selon qu'on criait plus ou moins fort. Avec cette lueur qui faisait tout pâlir, aujourd'hui elle n'aurait même pas envie d'être embrassée. Pourquoi sa tante n'avait-elle pas prononcé ces trois syllabes? Pourquoi n'avait-elle pas émis trois sons, bien plus brefs que le ding dong du portail d'entrée?

Milene rentrait dans la villa Regina telle qu'elle en était partie.

Mais l'après-midi serait l'opposé du matin, comme si les deux n'appartenaient pas au même jour. La vie faisait des zigzags, elle réservait des surprises.

Au début, cela ne s'était même pas remarqué. Antonino fit le trajet entre le Miramar et la route de la Ria en silence, sans dire pourquoi. Pas même quand la fourgonnette grise s'arrêta devant les Dunes Femelles et que le vent de l'après-midi y pénétra. Il se borna à l'embrasser. Puis ils remontèrent les vitres et restèrent à regarder osciller le duvet du sable, sans mot dire. En face, un drapeau de plage n'arrêtait pas de claquer au vent, comme une aile. Même sans qu'ils s'embrassent, la lumière du jour combattait la pénombre créée par l'absence des trois syllabes. "Qu'allons-nous faire?" avait-elle demandé, sans raconter ce qui s'était passé. Alors Antonino lui fit face, déclarant solennellement qu'ils devraient émigrer dans un pays où ils n'auraient pas besoin d'être transparents. Un pays lointain. Une terre riche. Laquelle? Il se mit à les énumérer: la France, l'Allemagne, la Hollande, les États-Unis d'Amérique, l'Australie. Maintenant qu'il manœuvrait quotidiennement la Liebherr, l'idée de s'enfuir dans un pays lointain ne lui sortait pas de la tête. Il y avait un seul ennui. Il n'avait pas la certitude que dans ces endroits aussi ils n'auraient pas besoin d'être transparents et invisibles pour être heureux. Oui, dans quel recoin du monde existait-il un endroit où ils n'auraient pas besoin d'être invisibles? Un pays qui soit une extension du restaurant de l'Inglês? Où? Antonino eut alors une idée surprenante.

"Et si on allait au Pomodoro?"

Oui, ils iraient au Pomodoro et verraient bien ce qui se passerait. Là où il avait l'habitude de casser la croûte avec Divina, là où précisément ils s'étaient tous rencontrés un dimanche après-midi et ne s'étaient pas parlés. Jusqu'à aujourd'hui il ne voulait même pas passer par là, mais soudain il avait changé d'avis. Antonino inspira profondément. En face, le drapeau claquait toujours. "Alors, allons au Pomodoro..." C'était décidé. Les commissures saillantes de sa bouche formèrent un cercle quand il se tut. Lorsqu'ils quittèrent les dunes, Antonino regarda droit devant lui. Ils se mirent en route, lui à quelque distance d'elle, comme s'ils étaient simplement des amis qui avaient décidé d'entrer dans un restaurant pour bavarder. Ils choisirent une table, s'assirent. Antonino transpirait. Autour d'eux tout était normal, personne ne leur parlait. Un serveur dans un tablier blanc jusqu'aux pieds leur apporta le menu et un antipasto. Une musique napolitaine flottait dans l'air. Antonino, lèvres serrées, ne parlait presque pas. Il regardait autour de lui, attendant. Il ne se passa rien. Un monsieur à côté racontait une histoire hilarante d'une voix forte. Il racontait qu'on lui avait attribué un passeport avec l'identité d'un autre et que pendant six mois il avait été obligé de vivre une parenthèse de vie qui n'était pas la sienne, entre le Brésil et le Canada. Rien de plus comique que d'être tout à coup marié avec une autre femme, d'avoir une autre mère, d'autres enfants et d'avoir fait d'autres études dans sa jeunesse. La vie transformée en carnaval. Milene avait dit tout bas : "Tu vois, Antonino, tu vois. Personne ne fait attention à nous. Chacun raconte ses petites histoires, et c'est tout..." Milene était dédommagée des trois syllabes qui n'avaient pas été prononcées. À vrai dire, le restaurant était comble et personne ne se souciait de leur présence, et encore moins du fait que Divina y était déjà venue. Car qui s'intéressait à Milene, à Antonino, à Divina ? Qui s'intéressait à qui ? C'était ce qui s'appelait la liberté. Milene commença à se sentir contente, à rire, à enfoncer son bonnet rouille jusqu'aux sourcils. Antonino regardait autour de lui, aux aguets, mais il ne se passait rien. Il avait même entrepris de libérer les cheveux de Milene, trop cachés, et il avait laissé la main sur son visage, le restaurant était bondé et autour d'eux il ne se passait rien de particulier. Et si leurs chaussures à semelle de caoutchouc se touchaient sous la table, c'était comme s'ils le faisaient pour la première fois. Ils tressaillaient, riaient tout bas, puis riaient tout haut. Il ne se passait rien. En fin de compte, personne ne faisait attention à eux au Pomodoro. Comme s'ils étaient transparents, invisibles.

"Qu'est-ce que je te disais ? Mais qu'est-ce que je te disais ?"

Un autre serveur dans un tablier plus court s'approcha, exhibant les portions gigantesques servies par la maison. Voulaient-ils des jus de fruit ? Du vin ? Tout le monde parlait très fort. Antonino attendait et il ne se passait rien. À la fin du repas, ils avaient bu du vin et mangé une *pizza romana*. Jamais morceau de pâte avec du fromage fondu dessus n'aura servi de barque pour traverser autant de siècles.

C'est alors qu'il décida. Sa décision était prise.

Antonino parcourut les routes qui entre-temps étaient redevenues libres, il prit le raccourci par le Bairro dos Espelhos. Il était ultra-pressé. Il atteignit très vite la route parsemée de nids-de-poule, les rails, le tertre, les palmiers, le portail ouvert, et il pénétra dans la cour désertée. Désertée par les téléviseurs, désertée par ses frères, chacun s'étant réfugié chez soi avec ses appareils électriques. Les chiens étaient sûrement pelotonnés aux pieds de quelqu'un, peut-être dormaient-ils auprès de ses fils. En cet instant, il ne voulait pas penser à ses fils. Il était extraordinairement pressé. Il entra dans la cuisine qui servait aussi de chambre à sa mère et il s'immobilisa sur le seuil. Il devait lui parler maintenant, il ne pouvait remettre cela à plus tard. Felícia était encore en train de ranger la vaisselle. Son fils ouvrit la porte toute grande.

"Mère, vous ne vous êtes aperçue de rien?"

Felícia tint les assiettes en braquant les cercles de céramique vers la lumière comme des boucliers. Ces objets montraient leur forme intérieure, la révélaient. Antonino était pressé.

"Dona Milene et moi, on va se marier, mère. On a déjà presque couché ensemble."

Antonino, la main sur les montants de la porte, comme s'il avait franchi la porte battante d'un saloon, comme s'il venait de gifler un objet plutôt qu'un être humain et était pour l'instant le vainqueur. Face à lui, Felícia glissait, glissait jusqu'au moment où son corps massif rencontra le siège d'une chaise. Glissant, glissant sur le siège incliné. On n'entendit pas le moindre fracas. C'était comme dans le rêve du télégraphiste où elle, lui, jamais n'était complètement en vie et jamais ne se noyait.

20

Le lendemain au soir, lorsque Antonino s'approcha de la Vieille Fabrique, le heurtoir de la porte retentissait sans que personne ne le touche. Sa cigarette s'éteignait entre ses doigts et le briquet engendrait une langue têtue qui léchait le tabac sans réussir à l'allumer. Mais il était si concentré sur son trajet dans la nuit qu'il ne se demandait même pas pourquoi un heurtoir frappait tout seul. C'était évidemment la force du vent qui convoquait la pluie. Et cela le dérangeait parce qu'il voulait entrer sans bruit, traverser la cour sans toucher à rien pour ne pas se faire remarquer. Il n'avait pas l'intention de regarder vers la cuisine. Il avait débranché son walkman et sa cigarette était complètement éteinte. Malgré toutes ces précautions, Felícia Mata était plantée sur le seuil de sa porte. Impossible de passer sans s'arrêter. Il avait rebranché son walkman pour feindre d'être distrait. "Dites, mère." Il n'en dit pas plus pour ne pas alimenter la conversation, mais la porte de la cuisine-chambre à coucher battait toute seule.

"Alors, ça veut-il dire que tu as quitté Divina et que tu traînes par là avec la petite-fille de dona Regina jusqu'à pas d'heure ? Et moi qui ne voulais pas croire tes mioches. Finalement, tout ça c'était vrai..."

Antonino avait fini par entrer là où il ne voulait pas. C'était une nuit idiote. Dedans, le jupon de la nappe bougeait tout seul. Le tissu qui recouvrait le vaisselier bougeait lui aussi. Dans la luminosité de la lampe fluorescente, Felícia abandonna sa main potelée à son fils Antonino. Sa main forte, gercée par l'eau, où brillaient les ongles rouges écaillés. La main dodue de Felícia sur la grande main désarticulée de son fils veuf, si pressé. D'ailleurs l'urgence se lisait sur son visage. Vite, vite. La main d'Antonino posée sur son genou, elle aussi très pressée. Il manquait juste qu'il regarde sa montre et demande *Quand?* Felícia Mata, sans voix. Son fils Antonino était devenu fou. Fou ? Oui, c'était la vérité, c'était le mot juste. Il en profita alors pour dire à sa mère qu'il aimait la jeune fille. Il l'aimait. Jour et nuit il ne faisait que penser à elle. Il voulait l'embrasser, l'habiller, la déshabiller, coucher avec elle, avoir avec elle le reste des enfants qu'il voulait encore engendrer. Finalement sa mère la connaissait à peine, si elle la connaissait, elle verrait qu'elle était absolument comme Eunice qu'il avait perdue.

"D'accord, Antonino, d'accord... Mais attends."

Felícia regardait les marmites, les casseroles, les poêles, la vie qu'elles contenaient, les torchons suspendus, le monde figé autour d'elle, les objets qui semblaient immobiles, mais ce n'était pas vrai, ils bougeaient et vous regardaient avec la sagesse d'un registre servile. Ensuite elle avait passé la main sur son front et sur ses yeux, les frottant énergiquement, comme si elle voulait expulser par ses narines quelque chose qui lui pesait.

"Alors ?"

"Alors, tu ne dois pas décider tout de suite, attends encore un peu."

Une nuit idiote pour Antonino. Felícia s'était approchée de la porte. Dehors il n'y avait que la nuit noire, avec des objets déchaînés qui bougeaient tout seuls. La mère prit une torche électrique qui traînait par là et elle dit à Antonino : "Excuse-moi, mais viens avec moi. Il y a des choses qui doivent être tirées au clair par une nuit comme celle-ci..." Et elle alluma la lampe et la braqua sur le dallage de la cour. "Allez, viens voir..."

C'était vraiment une nuit idiote.

Felícia Mata braqua la torche sur le portail et sortit sur le tertre. Tous deux marchaient en suivant le faisceau lumineux sur le sol, passant sous les palmiers, contournant le vieux bâtiment à l'est où arrivait l'odeur marécageuse de la Ria et la rumeur d'une agitation subite sur la mer. Le vent sec appelait la pluie. Felícia, devant, appuyait ses pieds lourds sur le sable, elle éclairait leurs pas et Antonino, derrière, était déconcerté par cette promenade étrange. Sa mère marchait, passait à côté de la grille que les Anglais avaient démantibulée, elle arrivait devant une autre qu'elle ouvrait sur un espace envahi d'herbes et de morceaux de tôle, de planches pourries arrachées à des coques de bateaux, un endroit habité par des détritus où personne ne passait jamais. Marchant derrière, Antonino vit sa mère sauter sur un terrain en contrebas et à la sûreté avec laquelle elle se déplaçait on voyait qu'elle avait fait ce trajet plusieurs fois. Antonino demanda : "Mais où allons-nous ?"

Au lieu de répondre, Felícia lui passa la torche et il vit sa mère s'accroupir, se recroqueviller et se mettre à pousser, à hauteur de ses épaules, une des portes de ce qui avait dû être un ancien réservoir de viscères de poissons, ou de sel, ou de bois de chauffage, ou d'eau, ou d'huile, maintenant cela n'avait guère d'importance. Ce qui importait, c'était qu'il entendait sa mère souffler en poussant la porte. Comme il avait laissé dévier le faisceau de lumière, elle cria : "Éclaire-moi bien, mon garçon." Car lui aussi avait sauté et tous deux se trouvaient dans cet espace bas et indéterminé, une espèce de cave ouverte transformée en décharge. Antonino vit sa mère – ses cheveux s'étaient échappés de l'élastique et lui retombaient sur le visage – s'acharner avec vigueur contre quelque chose. Il la vit insérer un pieu dans le couvercle latéral d'un réceptacle, une espèce de citerne à décanter les eaux, et se mettre à en retirer des plastiques. Elle retirait ces plastiques sans mot dire, lui faisant signe d'approcher et de braquer la torche sur l'ouverture par laquelle elle sortait ces emballages froissés. Puis elle s'écarta, piétina les plastiques et lui dit : "Approche-toi, regarde un peu là-dedans."

"Ici, de ce côté-ci."

Il se pencha et regarda. Il aperçut ce qui lui sembla être d'abord un entassement de paquets de briques blanches, du genre brique réfractaire, puis il pensa à du plâtre, à du sucre, à du détergent emballé. Il mit un certain temps à se rendre compte qu'il s'agissait d'une autre substance. Peu à peu, la tête complètement à l'intérieur, le fil de son walkman frôlant les plastiques, il comprit la nature de cette substance empaquetée dans des emballages poisseux que quelqu'un avait entreposés ici. La vérité se fit jour lentement dans son esprit et il sortit de là comme si le capot d'une voiture lui avait écrasé la tête. Il se redressa, la torche braquée sur le mur.

Antonino était sans voix.

"Tu vois ? Notre maison est sur un baril de poudre..." dit Felícia. "C'est une vraie bombe à retardement..." Felícia passa entre la torche et le mur sur lequel Antonino envoyait le faisceau lumineux en bourrant les plastiques de coups de pied. Décomposée, comme si elle avait retiré du fond d'une fosse un être cher et qu'elle venait d'en apercevoir le visage. Mais l'énergie de ses paroles s'accordait mal avec ses traits altérés. Felícia piétinait les plastiques. "Maintenant on comprend. Ils achètent, ils vendent, ils en consomment. Après tout ce que j'ai fait pour eux, ils mériteraient d'être fusillés. Tu te rends compte? Mais ils apprendront bientôt de quel bois nous nous chauffons. Je vais agir..." Dit Felícia, résolue, mue par une urgence plus rapide que les heures de la nuit. Il devait être deux heures passées. Antonino avait de nouveau dévié la torche vers cet amas de paquets emballés avec soin, industriellement, sûrement très loin, avec la complicité des courriers qui les apportaient ici, et lui aussi trouvait qu'il fallait agir.

"Je pense que nous devrions réveiller Domingos."

Mais Felícia avait déjà imaginé plusieurs scénarios possibles et elle rejeta l'idée de demander de l'aide à qui que ce soit. D'après elle, seuls eux deux étaient capables de liquider ce truc. Cette cargaison qui valait une fortune, qu'elle était bien incapable d'évaluer, mais qui représentait sûrement une somme aussi astronomique que la puissance de la bombe à retardement qu'était cette substance pour sa famille. Oui, ils devaient l'enlever de là le plus vite possible, cette nuit même. Peut-être à l'instant même. On ne savait jamais qui pouvait arriver d'une minute à l'autre. *"Une bombe à retardement sous notre maison..."* Contrairement à sa mère, Antonino n'avait pas encore eu le temps de relier les faits les uns aux autres, mais Felícia l'aida, d'ailleurs elle n'arrêtait pas d'aider: "D'après ce que j'ai pu constater, c'est la quatrième livraison que j'ai découverte ici depuis que tes frères ont fait un saut chez nous. Les uns viennent déposer ça la nuit. Les autres viennent le chercher à l'aube. L'ami de tes frères trempe dans tout ça, le délavé qui conduisait la voiture dans laquelle Janina est arrivé pour dormir. Il n'est pas venu du tout pour dormir, c'est moi qui étais aveugle. Depuis, j'ai vu la voiture rouge arriver ici, je l'ai vue repartir. Je n'en reviens pas! Comme j'étais aveugle, je ne voyais vraiment pas plus loin que le bout de mon nez..."

Felícia Mata parlait dans l'obscurité de ce lieu marécageux pendant qu'Antonino pointait la torche vers le sol, dans l'espoir d'éclairer au moins l'endroit où sa mère mettait les pieds, mais elle marchait devant cette espèce très particulière de briques réfractaires sans se préoccuper des débris humides qu'elle foulait. Menaçante: "En tout cas, ils ne feront plus de notre maison une halte pour le pigeon voyageur. Ça va finir tout ça. Aide-moi,

Antonino. Dans les moments difficiles, il n'y a que toi pour m'aider…" La cargaison tout entière devait peser entre trente et quarante kilos. Felícia s'était de nouveau penchée dessus, elle la tirait, et c'était comme si elle-même faisait partie de la bombe à retardement, comme si elle en était le détonateur qui pouvait l'actionner ou empêcher qu'elle n'explose, et qu'elle ne voulait ni ne pouvait s'en éloigner une seule seconde, car elle devait la surveiller. C'était comme si elle-même avait perdu toute peur, y compris de ce lieu infect où une eau à demi-croupie entrait et sortait et où se rassemblaient des dépôts saumâtres et des choses en putréfaction. Elle s'obstinait. Elle ne voulait même pas garder la torche. Qu'Antonino se dépêche d'apporter une pelle ou même un pieu quelconque pour retirer tout ça de là. Surtout, qu'il fasse vite.

Étourdi, Antonino avait laissé sa mère comme elle le voulait, en train de garder dans l'obscurité la cargaison vénéneuse. Il revint bientôt avec une pelle, un sac en toile grossière et un couteau de cuisine. Maintenant seulement il commençait à vraiment comprendre qu'il y avait une bombe à retardement sous leur maison, une bombe avec un détonateur caché parmi les herbes saumâtres dans cet endroit malodorant où sa mère l'attendait à côté de l'ouverture. En s'aidant de la pelle, tous deux retirèrent la cargaison visqueuse de la citerne. Antonino la mit dans le sac, plaça le sac sur son dos et se dirigea vers l'endroit où les voitures étaient garées. Il s'éloignait à grands pas. Mais Felícia voulait s'assurer de ses propres yeux de ce que devenait cette substance particulière entreposée sous sa demeure. Un dépôt auquel le nom de ses deux fils cadets était associé, elle le savait. Elle tenait à accompagner Antonino. Elle voulait être sûre d'être débarrassée de cette cargaison. Elle souhaitait ardemment que la personne qui viendrait chercher cette commande ne la trouve pas. Qu'elle se sente frustrée à en mourir, qu'elle meure même, surtout si c'était le blanc à la face délavée.

"On va où ?"

Antonino avait mis le sac au fond de la fourgonnette et après le chemin qui contournait le Bairro dos Espelhos, il prit la route côtière qui sinuait et, à l'endroit où la côte s'élevait en falaises abruptes creusées par la mer, en escarpements onduleux, il s'engagea sur des chemins de sable. Mouillée, éteinte, assise devant, Felícia attendait que son fils introduise la main dans le sac et en secoue le contenu dehors. “Laisse ça ici, qu’est-ce que tu attends ?” Antonino avançait toujours.

Ils étaient passés à côté de constructions signalant la proximité de la plage et ils descendaient à présent dans une espèce de ravin où, plus loin, il serait impossible d’avancer en voiture. “Laisse ça ici”, disait Felícia. Antonino était sorti et transportait le chargement sur son dos. Autour, on ne voyait rien. Felícia le suivait, pointant la torche sur leurs pieds. Ils couraient évidemment le risque d’être vus, mais chez Felícia la pression de l’urgence l’emportait. “Jette-moi ça…” Antonino s’arrêta. Un vent stupide, sec et sombre bruissait.

“Alors ?”

Antonino réfléchissait et se sentait aussi bête que les événements. Était-ce à lui et à sa mère de jouer ce rôle ? Éviteraient-ils la bombe à retardement en éventrant les paquets et en les jetant au fond du ravin pour que les vagues les emportent au loin, comme ils avaient pensé le faire ? Ou, au contraire, la bombe n’exploserait-elle pas plus vite, au-dessus de leurs têtes à tous, si le lendemain tout ça était retrouvé en train de flotter ? Et on ne savait pas non plus quelle serait la réaction de ceux qui se verraient privés d’une somme aussi énorme. À présent, Antonino y voyait plus clair. La cargaison sur le dos, immobile en haut du ravin, il se disait que le mal et ses instruments rôdaient partout. Si étroitement mêlés au bien qu’il était difficile d’en désenchevêtrer les racines ainsi que leurs manifestations. Se déferaient-ils du mal qui les menaçait en se défaisant de ce mal-ci ? Non, cela ne se passait pas ainsi. On ne doit jamais attiser le feu lorsque l’incendie franchit la porte. Il fallait rebrousser chemin et replacer tout cela au même endroit, il fallait retourner dans les souterrains de la Vieille Fabrique, ouvrir le portillon et remettre la cargaison comme elle était. Pas exactement comme elle était, mais la replacer de façon à ce que ceux qui la déposaient voient qu’on y avait touché, mais sans en déranger le contenu, sans les frustrer. Il fallait leur montrer qu’ils étaient observés, qu’ils étaient entre les mains de quelqu’un qui ne les avait pas encore dénoncés. Il fallait procéder de la sorte, dans l’intérêt de Gabriel et de Janina. Afin de désamorcer la bombe à retardement qu’ils avaient avec eux.

Ils devaient rebrousser chemin.

Felícia, qui ne comprenait pas pareille volte-face, s'obstinait. Dans sa précipitation, elle voulait même passer au commissariat de police pour remettre officiellement, solennellement, la cargaison, afin qu'on sache bien qu'aucun membre de sa famille n'était impliqué. Ni les présents ni les absents. *Ni les absents?* Au bout d'un moment, Felícia se ressaisit. Pourquoi reprenait-elle un raisonnement qu'elle avait déjà écarté implicitement? Pourquoi? Puis, de retour dans la vase, quand Antonino eut replacé la cargaison pêle-mêle sur la citerne, Felícia elle non plus ne voulut pas rentrer chez elle sans laisser une trace de son passage. Elle voulait se déchausser et laisser ses souliers sur le paquet enveloppé de plastique. Deux souliers trempés disant *Moi, Felícia Mata, mère de mes deux fils cadets, je suis venue ici et je sais qui vous êtes. J'accuse, j'accuse...* Ensuite elle voulut laisser la blouse en tricot qu'elle portait. Ou son sac. En tout cas, le sac en grosse toile serait le signe certain que c'était bien les Mata qui étaient passés par là. C'était le sac qui servait à transporter le maïs qu'Ana Mata pilait avant de se mettre à bouder définitivement. Mais Antonino ne permit à sa mère qu'un signe anonyme. Il leur fallait agir rapidement. Felícia réfléchit. "Deux bouts de bois en croix et un fragment de brique par-dessus, qu'en penses-tu, mon fils?" Oui, pourquoi pas? Les deux bouts de bois et la brique furent donc posés. Simplement pour que la mère ait l'illusion de combattre activement le feu des étoiles et de signer son combat. Oui, oui, pourquoi pas?

En d'autres termes, les Mata étaient enfermés dans un cercle, chacun à sa façon. Mais tous n'en avaient pas conscience. Certains ne le soupçonnaient même pas. Et nous, nous ne l'apprendrions que plus tard.

Domingos, par exemple, se prenait depuis toujours pour le gardien de la famille, mais il ignorait tout de la bombe à retardement.

Deux soirs plus tard, il était rentré à la maison tout blanc, comme s'il avait construit des murs en se plongeant tout entier dans un bidon de poussière. Les cheveux poussiéreux, les souliers poussiéreux, les vêtements de la couleur de la farine. Mais contrairement à son habitude, il ne se dirigea pas vers les douches. Il resta d'abord planté sur le tertre, puis, arrivé au milieu de la cour, il demanda: "Où sont les clés de la voiture de Janina? Ces clés sont où?"

Il était évident qu'il les croyait introuvables. Mais Felícia entra dans sa cuisine-chambre, en rapporta un gobelet qu'elle renversa sur une des tables et la clé de la voiture en sortit. Domingos était accompagné de ses deux fils et voulait prouver quelque chose. Il s'empara de la clé avec une certaine solennité et entra dans la voiture. Elle démarra. Quand il eut terminé l'expérience, il sortit de la voiture et commença à donner des coups de pied dans les flancs peints, des coups de pied violents qui n'avaient pas d'effets trop délétères parce que les semelles de ses chaussures étaient en caoutchouc. Les enfants de Domingos regardaient leur père et en avaient peur. "De quel droit démolis-tu la voiture de Janina? Hein? De quel droit?" demanda Felícia. Domingos, le fils qui avait failli être chanteur, il s'en était fallu d'un cheveu, ne répondit pas.

Il répondit le lendemain, lorsque la scène se répéta: "Ne me cassez pas les bonbons. Je vois bien que cette voiture se déplace. Quelqu'un la prend pendant la nuit. Qu'est-ce que vous complotez derrière mon dos?" dit-il d'un air soupçonneux à Heitor fils et à son frère Antonino. Il cria: "Mon petit doigt me dit qu'il y a anguille sous roche..." Et il scrutait le sol du tertre où, faute de pluie et à cause de la maigreur de la couche de terre, il était impossible de discerner des traces de roues. Décharnés, les rails aboutissaient là, semblables à deux vrilles couchées. Malgré tout, il étudiait l'herbe clairsemée autour comme si elle était une carte. Il ne découvrait rien.

Par moments, tous étaient enfermés dans un cercle.

En réalité, le vent qui aurait dû amener la pluie finit par apporter seulement deux nuages. L'un d'eux déversa de grosses gouttes le matin et s'en alla. L'autre arriva tout doucement et répandit une pluie fine, mais juste pendant une nuit. Depuis qu'Ana Mata avait décidé d'abandonner ses rivières pour se cantonner près de la maison grise, elle se déplaçait moins dans la cour. Cet après-midi-là elle déambulait d'un côté et de l'autre pour voir les effets de l'eau naturelle sur ses rivières. Elle n'avait eu aucun effet. La pluie qui était tombée n'avait pas suffi pour changer quoi que ce soit. Inutile qu'Ana Mata imagine que ses rivières étaient des fleuves sortant de leur lit à cause de l'eau tombée du ciel. Cela n'arrivait que lorsque six douches coulaient en même temps ou qu'une grosse bassine était déversée indûment. Tournant le dos, Ana Mata s'était rassise dans le lieu du ressentiment qu'elle avait choisi.

Pendant ce temps, sa fille Dilecta donnait à manger aux enfants d'Antonino dans la maison de briques rouges. Mais les autres enfants s'étaient agglutinés devant la porte de Domingos. L'aîné de Felícia, les cheveux tirés en arrière, sortit de là-dedans avec une brassée de couteaux qu'il éparpilla sur la table dans la cour. Alors tous firent cercle autour de Domingos, même Heitor Père, appuyé sur ses béquilles, tous sauf Ana Mata, assise au même endroit dans sa position de moustique. Et Domingos, devant la table, chevelu, trapu, se mit à examiner les couteaux. Il avait apporté des chiffons et il essuyait les couteaux dessus comme s'il s'agissait d'épées. Il en observait le tranchant, en vérifiait les mécanismes, passait la lame sur le dos d'un ongle. Il y avait le couteau simple et le couteau à double tranchant. Il y avait le coutelas et le poignard en forme de dague, le coupe-coupe recourbé pour fendre les noix de coco, le couteau à cran d'arrêt et il y avait le surin le plus terrible parmi les terribles, le couteau type Sandokan plein d'indentations. Celui-là, chaque fois qu'il entrait quelque part, en ressortait en déchirant tout. Les enfants faisaient cercle. Lui, en silence, montrait comme tout cela était terrible. Il faisait passer le message. Même Emanuel, Cirino et Quirino avaient le droit de voir comment on maniait un couteau. On alla les chercher. Tous les trois se joignirent au spectacle. Il y avait une dizaine de couteaux exposés, disposés méthodiquement, du plus grand au plus petit. On pouvait juste regarder, pas toucher. Et la carabine aux canons sciés fut elle aussi sortie et placée sur la table dans le sens de la longueur, formant un L avec les couteaux. Les enfants devaient regarder. Apprendre. Afin de vaincre eux aussi un jour. Sans dire un mot, Domingos prit la carabine, la porta à la hauteur de son visage, visa la cible formée par une serviette accrochée au mur contre le cintre du portail.

Pour que les enfants voient bien. Tout cela pour qu'ils voient et apprennent. Sans prononcer un seul mot. La scène était muette.

"Tout le monde est donc muet dans cette maison?" avait demandé Antonino.

"Oui", répondit Domingos.

Claudina et Conceição vaquaient d'un côté et de l'autre, muettes, invisibles, portant devant elles du linge, des corbeilles, d'autres objets. Se croisant, et seul retentissait le claquement de leurs mules.

Sissi, la fille aînée d'Heitor et de Claudina, demanda à son oncle: "Qui allez-vous tuer?"

"Celui qui viendra fricoter avec la voiture de mon frère. Si c'est un homme, le tué sera un homme, si c'est une femme, ce sera une femme. Si c'est le diable, ce sera le diable. Les esprits aussi, ça s'abat..."

Felícia Mata apparut sur le seuil de sa porte, mécontente: "Et toi, qu'as-tu à voir avec la voiture? Elle ne t'appartient pas. Laisse Janina s'occuper de cette histoire. La fourgonnette roule, eh bien, laisse-la rouler..."

"Certainement pas", rétorqua Domingos, outré, essayant à présent le couteau Sandokan. Faisant une pirouette rapide, l'introduisant dans un corps imaginaire près du sien, forçant le corps fantôme à se plier jusqu'à terre. C'était comme ça qu'on abattait l'ennemi. Muni du couteau, en plein jour, il s'était dirigé vers la voiture en annonçant qu'il avait l'intention de passer la nuit à côté. Felícia le suivit. Les ongles sans vernis de Felícia s'agitaient dans l'air derrière Domingos.

"N'essaie pas d'en savoir plus que tu ne dois. J'ai déjà tout dit. Ce qui doit être sera. Laisse tout ça à notre bon destin. T'occupe pas..."

Domingos tenait le couteau comme s'il allait le plonger dans sa mère. "Quelqu'un se sert de notre fourgonnette, mère. Ça se voit au compteur. Ce n'est pas énorme, mais on peut voir qu'elle fait de trente à quarante kilomètres chaque nuit. Quelqu'un a une clé et emmène et ramène la voiture. Quelqu'un a un double de la clé et nous prend pour une bande d'idiots. Et vous me dites que ce qui doit être sera? Cette nuit, je dormirai à côté de la voiture..."

"Eh bien, puisque tu t'obstines, dors ici", dit Felícia. "Reste au moins caché derrière la porte, ne dors pas là-bas. Eux aussi ont des couteaux et des fusils à canons sciés, mon fils. Reste ici, dors ici derrière la porte…"

"Bon, je dormirai ici. Quelqu'un se moque de nous. Il se moque de mes frères Janina et Gaby, mais ils vont voir ce qu'ils vont voir…" dit Domingos.

Les Mata s'étaient réunis autour de la fourgonnette rouge comme si elle était un ovni. Sur ses flancs, elle proclamait toujours *Black Power*, sous l'effigie de Janina. Et penser que dans cette fourgonnette, où Janina avait vécu ses premiers moments de succès, un inconnu au moins entrait et sortait chaque nuit. Il se servait du véhicule et le replaçait au même endroit, pendant qu'eux, dans la maison, écoutaient de la musique, lisaient les journaux sportifs ou simplement dormaient. Domingos cherchait des indices, étudiait les vitres, flairait le tableau de bord et les sièges, mais il avait beau renifler et coller son nez partout, il ne sentait absolument rien.

Alors, ce même soir, Domingos traîna près du portail un matelas fait de petits morceaux de mousse qui se déplaçaient comme une panse mi-pleine mi-vide, et après l'avoir étendu et en avoir redistribué le contenu mouvant, il s'empara d'une couverture et avec des mines de chien de garde il se coucha dessus tout habillé, la tête transformée en une sorte de museau-antenne à côté du portail dont il entrebâilla les battants. Domingos, dans une attitude de sentinelle. D'ailleurs, si les battants étaient entrouverts c'était bien parce qu'il y avait coincé le canon du fusil. Les canons sciés du fusil. Et glissés dans sa ceinture, à la hauteur du flanc sur lequel il n'était pas couché – il était étendu sur le flanc et sa casquette lui couvrait la tête de ce même côté –, se trouvaient deux couteaux dont le fils de Felícia s'était armé. L'un d'eux, avec des indentations recourbées comme des nageoires de requin, était le terrible couteau Sandokan qu'il avait fait venir par correspondance après avoir vu une publicité à la télévision et qu'il avait gardé jusque-là dans sa boîte sans jamais l'utiliser, se contentant de le regarder. Mais cette fois il était résolu à s'en servir.

Il avait bien plus envie d'attraper quelqu'un en lui portant à l'épaule ou à la gorge un coup de couteau plutôt que de lui envoyer une balle de loin. Et donc, lorsque Conceição vint lui demander de dormir entre ses draps, de laisser en paix la fourgonnette de Janina car cette vieille guimbarde décolorée tombait en morceaux, ne servait plus à rien et ne méritait pas tant de dévouement maintenant que Janina voyageait dans d'autres voitures, et que c'était idiot de passer nuit après nuit aux aguets, à la belle étoile, sur un sol humide, Domingos fut pris de rage. Il releva la tête de son lieu de vigie, saisit le fusil de chasse aux canons sciés qu'il retira de son appui et le pointa sur sa femme. Domingos Mata était devenu insensible à tout argument, aussi logique fût-il, dès lors qu'il le détournait de sa décision de découvrir le fin mot de l'énigme. Il s'était imposé la lourde tâche de démasquer, de descendre d'un coup de fusil, d'anéantir la personne qui venait, à leur nez et à leur barbe, utiliser sans vergogne le véhicule de Janina.

Et Domingos se mit à surveiller ce pan de campagne et de route qu'il fallait traverser pour arriver jusqu'à la fourgonnette rouge garée sur le tertre légèrement de biais entre deux troncs de palmiers. Le tertre au sol dur, emprisonné par un réseau très fin de minuscules plantes rampantes qui fixaient les grains de sable au soubassement de grès, ainsi que les détritus et les palmes tombées des palmiers, tout cela formant un tapis compact. Plus loin, entre le tertre et la route semée de nids-de-poule comme si elle avait la lèpre, s'étendait une bande de boue jaune à l'endroit où la pluie avait ruisselé. La roue arrière droite mordait un peu sur cette bande. Domingos était au courant de tout. Il connaissait centimètre par centimètre la géographie du terrain sur lequel la voiture était garée, il l'avait étudiée. Cependant ce n'était pas sur le tertre qu'il avait braqué les canons sciés, mais trois ou quatre mètres plus bas, sur le bas-côté de la route pleine de trous, ou même un peu plus loin, sur le champ gommé par la nuit, mais qui était bel et bien là, et par où peut-être la personne arriverait, et d'où sans être entendue de lui, sans faire de bruit, sans actionner le démarreur, elle ferait partir la voiture.

Alors, comme un chien de garde qui favorise l'ouïe aux dépens de la vue, il tendit l'oreille, fut tout ouïe, rattaché par ce sens au sol et à l'air imprégné d'une humidité froide, la joue collée à la crosse, et tout ouïe, rien qu'ouïe, il ferma les yeux et se laissa bercer par le sommeil, lové comme un chien à son poste, museau par terre, exactement comme un chien, épuisé. Les chiens de sa mère, le caniche femelle gris et le chien de garde inoffensif, avaient été parqués à l'intérieur, sous les lits, précisément afin que lui seul entende les bruits et ne soit pas gêné par eux. Tout entier flair et ouïe, réduit à l'odorat et aux oreilles, et tout le reste pouvait dormir. Toutefois il se réveillerait entièrement et d'un seul coup à la voix d'Antonino passant au-dessus de lui : "La fourgonnette s'en va, la fourgonnette s'en va..."

Domingos se souleva de la mousse, se releva d'un bond et tira en direction de là où devait se trouver la voiture, mais les coups de feu se perdirent dans l'air. Domingos s'aperçut après que cela n'avait servi à rien. Trente mètres plus bas, vers la station-service, les feux arrière de la fourgonnette de Janina s'allumèrent puis disparurent. Le fils aîné de Felícia resta planté au bord de la route et tira encore deux coups pour rien. Il porta aussi la main à sa ceinture où était glissé le couteau Sandokan qu'il jeta par terre. Il était furieux contre lui-même, comme un chien contre un autre chien.

"Tu n'as pas entendu démarrer ? Tu n'as pas entendu ?" cria-t-il à Antonino.

Derrière Antonino, effrayés par les coups de feu, se tenaient Conceição et Dilecta, Heitor Fils et Claudina. Conceição tremblait dans son pyjama cotte de maille, pieds nus à l'entrée de la fabrique. Antonino avait une lampe de poche et Domingos la lui arracha : "Disparaissez, allez, vite !" Dit-il en se dirigeant vers l'endroit d'où était partie la fourgonnette. "Tu ne l'as pas entendue démarrer ?"

"Qu'est-ce que tu racontes..." rétorqua Antonino. "Ils l'ont poussée, tu ne vois donc pas qu'ils l'ont poussée et qu'ils l'ont mise en marche plus loin, là-bas ?"

Domingos braqua la lampe sur le sol. C'était vrai. On voyait les traces de pied de celui qui avait poussé. Il y en avait de deux sortes. Il se pencha sur les traces, la torche à la main. Elles s'entrecroisaient. Il y avait des traces de semelles de caoutchouc, avec leurs dessins particuliers, et entre elles des traces de bottes de cow-boy, les marques de leur bout très pointu et du talon effilé. Domingos regarda Antonino. "Les traces de Gabriel. Regarde, ici..."

"Mais comment peut-il y avoir ici des traces de Gabriel ?"

Domingos s'accroupit, la torche entre les jambes, il se mit à réfléchir, rivé sur place. La torche tout contre le sexe, comme si la lumière allumée pouvait lui communiquer une force que

Domingos reconnaissait ne pas avoir. "Tu savais?" demanda-t-il à son frère. "Tu savais ou tu ne savais pas?"

"Je ne te répondrai pas."

Domingos réfléchissait.

"Tu savais, petit malin, tu savais..."

Domingos avait projeté trop loin sa rage contre l'énigme pour pouvoir se contenir à présent devant cette révélation évidente. Il éloigna la torche de son sexe, se releva, écarta sa femme et les autres membres de la famille qui étaient encore là et qui se rendaient compte eux aussi que finalement c'était Gabriel qui se baladait la nuit avec la fourgonnette, et il sauta par-dessus le matelas, se retourna, envoya un coup de pied dans le matelas qui réagit, s'enroula et se déroula comme si ce ventre d'étoupe voulait montrer qu'il avait une vie, puis il traversa la cour pour aller frapper à la porte derrière laquelle dormait Felícia Mata, sa mère.

"Mère?"

Dit-il sans ménagement, alors que Felícia n'avait pas encore allumé la lampe de la psyché qui lui servait de table. "Mère, c'est Gaby qui vole la voiture." Les dix ongles sans vernis de Felícia reposaient sur le rabat du drap. "Téléphonez immédiatement à Janina." Sa mère se tourna sur le côté sans le regarder. Maintenant seulement, mais seulement maintenant, Domingos remarquait que cela faisait longtemps, depuis la visite de Janina le jour du brouillard, que sa mère ne criait plus au téléphone en allant et venant dans la cour, disant *Continue à aller de l'avant, toujours de l'avant, ciao, gros bisou.* C'était vrai, sa mère avait cessé de s'égosiller et il ne le remarquait que maintenant. Que maintenant. Même les ongles de sa mère où il n'y avait plus le moindre vestige de vernis le lui confirmaient. Ses ongles très pâles sur les mains d'un brun très sombre le prouvaient. Domingos se tenait devant sa mère, le fusil aux canons sciés dans la main droite, plus deux couteaux dans la ceinture. Ridicule, hein? Ridicule. Une torche électrique dans la main gauche, une pétoire dans la droite, deux couteaux pour rien sur la hanche, devant sa mère qui elle aussi était au courant de tout. Pas vrai?

Ridicule.

"On le livre à la police? On appelle la police?"

"Quelle police? Quelle police?" dit-elle en se levant, déjà habillée. Felícia Mata s'était couchée toute habillée. C'est sans solution, Felícia Mata. Elle voulait en trouver une mais n'en trouvait pas. La seule solution, provisoire, serait que Domingos aille dehors harnaché comme il l'était afin qu'ils sachent que tous les Mata étaient au courant que leur maison était encerclée de bombes à retardement qui explosaient silencieusement et tuaient on ne savait où ni quand. Mais qui tuaient. Tous à présent se trouvaient dans la cour, y compris la vieille Ana Mata qui poussait sa *cautcha* en plastique. Mais Domingos, entouré par sa famille qu'il croyait commander, voulait du positif. Il ne pouvait sortir de la fabrique cette nuit sans l'idée de quelque chose de positif.

"Et Janina ?" demanda-t-il. "Téléphonez à Janina."

Felícia Mata ne voulait pas téléphoner. Domingos Mata prit le téléphone de sa mère. Le numéro de Janina était le premier sur la liste. Il appuya sur la touche de mise en marche, composa le numéro. Tu réponds ou non ? Réponds, mon gars. Réponds, sinon ça va barder, je ne réponds plus de moi. Janina répondit. Domingos hurla : "C'est moi, ton frère. Domingos. T'es dans quel camp ? T'es avec eux ou contre eux ? Dis-le moi, salaud..."

Felícia arracha le téléphone à son fils Domingos.

"Janina ? C'est ton frère Domingos qui t'a parlé, il est hors de lui à cause de Gaby qui vole ta fourgonnette toutes les nuits. Et l'autre, le blanc qui se balade dans le coin avec la voiture rouge... Dis dans quel camp tu es. Avec eux ? Pas avec eux ? Dis-le-nous pour notre tranquillité à tous. Si tu es avec eux..."

Felícia écouta. La cuisine-chambre à coucher de Felícia était pleine de monde. Toute la famille Mata était dedans, y compris les enfants d'Antonino. La réponse de Janina, à l'autre bout du fil, à trois heures du matin, n'en finissait plus, on aurait dit un testament interminable. Il raccrocha. Felícia posa le téléphone. "Du calme, Janina n'est pas avec eux. Janina continue à aller de l'avant. Il part demain en Allemagne où tout le monde l'attend. Il continue à aller de l'avant, toujours de l'avant, notre cher Janina..." Felícia n'en était pas tellement sûre, mais à cette minute il fallait rassurer la famille tout entière. Les consoler tous, un à un. Consoler plus particulièrement son fils Domingos, violent, ridiculement armé jusqu'aux dents. Felícia, déjà vêtue, les regardait : "Nous allons tous nous poster dehors, pour qu'ils sachent qu'ils ne peuvent plus ramener la fourgonnette de Janina devant le portail, ni les saloperies qu'ils transportent dedans. Il faut qu'ils le sachent… Sortons tous ensemble. Quand ils arriveront, ils verront que nous sommes au courant et que nous formons un rempart contre eux… Allons-y, les gars…"

Ils grelottaient dehors. Alors qu'ils auraient dû être en plein printemps, l'hiver arrivait.

À l'aube seulement, les deux phares de la voiture pointèrent tout au bout de la route pleine de trous. Les deux phares jaunes. Ils s'éteignirent. La fourgonnette fut engloutie par l'obscurité de la route. Où étaient-ils ? Ensuite, on aperçut de nouveau les feux arrière. Rouges. La voiture avait fait demi-tour et repartait. La fourgonnette de Janina disparut vers une destination lugubre et criminelle, emportant Gaby. Emportant une partie de Janina lui-même, Dieu sait où.

"On appelle la police ?" demanda à nouveau Domingos.

Sachant au fond de lui-même que la police n'était que le prolongement de sa propre impuissance.

Felícia resta couchée plusieurs jours, incapable de cuisiner.

Elle comprenait tout. Elle venait d'entrer dans le vaste groupe des femmes qui se plaignaient d'avoir donné le jour à des bébés parés de volants et de dentelles et dix-huit ans plus tard, au lieu d'enfants modèles, des hommes efflanqués aux dents pourries se présentaient à la porte, traînant des boîtes en carton qui faisaient office de maison et des mouchoirs pour tout mobilier, leur quémandant leurs derniers sous et leur disant qu'ils étaient leurs fils. Mensonge. Ils n'étaient pas leurs fils. Ce n'était pas ces fils-là que ces mères-là avaient mis au monde. Oui. Janina et Gaby ? Eh oui. Elle était inconsolable. Qu'avait-elle raté ? Qu'avait-elle omis ? Quel ange aux ailes noires les avait poursuivis ?

Felícia regrettait d'avoir tant téléphoné, de s'être tellement égosillée. D'avoir cru que le chemin de la gloire ne pouvait que monter. D'avoir imaginé que la gloire existait. "Car, de vraie gloire, il n'y a que celle de la Sainte Vierge et encore elle ne l'a obtenue qu'à force de pleurs amers…" dit-elle.

Antonino l'écoutait, assis dans la cuisine-chambre à coucher, et il l'attendait. "Mon fils Antonino, c'est toi ? Tu as entendu ta mère ? Et toi, à quoi penses-tu ? À dona Milene ? S'il te plaît, n'amène pas encore dona Milene chez nous. Ta mère est tellement perturbée qu'elle n'a pas encore décidé. Comment ta mère peut-elle penser à deux sujets aussi différents en même temps ? Ne l'amène pas encore..."

"Mais si tu veux l'amener, eh bien vas-y. Tout compte fait, moi aussi parfois elle me manque cette maigrichonne. J'ai la nostalgie des jours heureux où nous l'avons découverte cachée entre les cordes à linge. Nous venions tout juste de rentrer du Coliseu dos Recreios..."

"Ta décision est prise, Antonino ?"

"Ne lui parle surtout pas de la bombe à retardement sous notre maison. Bientôt, tout ça sera du passé."

21

Non, jamais ils ne parlèrent de la bombe à retardement.

Car dès le début, ils avaient décidé qu'ils ne parleraient jamais de la douleur. C'est Milene qui l'avait proposé. Pourquoi parler de ce qui contrarie ? Pour aggraver la contrariété ? Nous parlerons uniquement de l'amour. Et des chansons de Simple Minds et de U2, et seulement de leurs bonnes chansons, pas des autres. Nous parlerons d'*Indiana Jones*, d'*Apollo 13* et même de *la Maîtresse du lieutenant français*, cette histoire à l'eau de rose qui elle au moins finit bien. Nous parlerons de ça, mais pas de la douleur. Jamais… C'est Milene qui l'avait dit, mais à présent Antonino lui aussi pensait avoir suggéré la même chose. Pourquoi parler de la douleur ? Pour l'accroître ? Hors de question. Antonino ne parlait jamais des substances vénéneuses qu'il avait découvertes dans la citerne, ni de l'utilisation clandestine de la voiture de Janina, ni de tout ce qui avait précédé, ni de ce qui allait se passer selon toute probabilité. Ni de la tristesse qui s'emparait de la Vieille Fabrique lorsque ses occupants imaginaient Gabriel vivant désormais comme un marginal et Janina Mata King, le chanteur, voyant sa carrière aller à vau-l'eau. Non, ils ne parlaient jamais de cette douleur-là.

C'était la fin de la journée, ils étaient silencieux et ils se regardaient, dans l'attente d'une autre forme de communication. Antonino retirait de ses oreilles les écouteurs de son walkman, éteignait sa cigarette, déboutonnait deux boutons de sa chemise. Il enlevait le bonnet hivernal de la tête de Milene et faisait bouffer ses cheveux. Joyeux tous les deux, silencieux. Ils se mettaient parfois à parler rapidement, comme si le temps leur manquait, mais jamais de la douleur. Milene racontait que Juliana était devenue sa complice rusée, voulant tout savoir d'eux tout en ne le voulant pas. Antonino parlait des projets qu'il formait quand il escaladait la Liebherr. Les projets visibles ou invisibles. Antonino voulait partir au loin avec elle. Il ne savait toujours pas dans quel pays. Il achetait la revue intitulée *Derniers voyages*, mais il avait beau lire, il ne se décidait pas. Ce genre de revue ne montrait que des villes déjà terminées, avec des palais anciens et des gens qui se promenaient dans les rues, comme si la construction de tout ça était tombée du ciel, dans un état parfait, il y avait des milliers de siècles. Seule l'une d'elles, Berlin, était hérissée d'une forêt de grues surplombant les immeubles, mais la revue n'en parlait même pas. Comment pouvait-on se laisser guider par de pareilles images ? Une revue en couleur intitulée *Travail assuré et Distance nécessaire*, comme ce qu'il recherchait, semblait ne pas exister ou ne pas être disponible.

Mais la distance était-elle si nécessaire ?

Ils s'étaient mis à fréquenter régulièrement le Pomodoro et bien qu'Antonino regardât autour de lui, attendant encore qu'un événement incongru se produise, tout se passait très naturellement. Ils n'avaient pas besoin d'être invisibles. Ç'aurait même été dommage qu'ils soient invisibles. Se voir était agréable, se reconnaître, se regarder dans la glace du Pomodoro, avec des gens qui entraient et sortaient. Des gens qui les voyaient et qui leur disaient avec le plus grand naturel *pardon, excusez-nous, merci beaucoup*... Ils aimaient à s'évaluer eux-mêmes en s'appréciant à l'aune du jugement des autres. Se tenant par la main, elle sous son bras à lui, et lui vêtu de cuir. Ils regardaient autour d'eux et rien ne se passait. Ils se prenaient en photo à tour de rôle, faisaient développer les pellicules au Big Store et attendaient le résultat à la porte du magasin. Ils demandaient parfois à des tiers de les photographier et ils s'enlaçaient devant l'appareil. Ils avaient déjà une flopée de photos qu'ils ne montreraient à personne. Des photos d'eux, pour eux seuls.

Quand ils étaient avec les enfants, ils allaient chez Tocatinas. Dans ce restaurant contigu à un garage, il y avait de la musique dès la fin de l'après-midi et on pouvait picorer des amuse-gueule ou manger du couscous, du manioc, de la banane frite. Les enfants étaient admis. Il y avait des chaises hautes où il était possible d'attacher le plus petit, même s'il gigotait. Les enfants pouvaient en mordre le bois s'ils avaient envie de se faire les dents. Ils pouvaient courir entre les tables, personne ne protestait.

Ce jour-là, ils allèrent chez Tocatinas. Ils entrèrent. On dansait la *coladera* et la *funaná,* des danses du Cap-Vert. Dehors, il avait commencé à pleuvioter. Milene ôta son imperméable. "Vous nous revenez? Vous êtes des amoureux? Vous allez vous marier? Vous couchez déjà ensemble? Maître Cachopinha, de la musique pour les amoureux fiancés. Il faut qu'ils dansent..."

Milene avait retiré son bonnet et massé toute sa tignasse crêpelée d'un côté de sa tête. Elle avait dit: "Allons donc là-bas, tu veux bien?" Antonino avait rechigné. Pendant qu'Antonino entraînait sa fiancée vers la piste pour qu'ils s'y balancent face à face, Tocatinas, un vieux noir borgne, plaça sa main entre les jambes du jeune homme. "Allez, va donc, sacré veuf. À quoi tu sers?" Deux petites guitares éclatèrent de rire entre les mains de deux solides gaillards et le vieux, estropiant indécemment les paroles d'une *morna* bien sentie, au rythme ondulant, chanta: *"Notre-Dame de Fatima, prête-moi ta petite bouche d'ange, tes petites mains de fée, conserve ma petite flamme pour qu'elle s'enfile toute droite là où tu en as tant besoin..."* Le vieux à moitié aveugle riait de sa propre gaillardise, il riait de lui-même, il riait des fiançailles blanches noires. Il riait avec une franche gaieté. Une gaieté qui effaçait la gaillardise et faisait de son geste obscène un appendice naturel de son enjouement. Antonino était plutôt gêné: "Excuse-le, Milene..." Milene riait et se trémoussait fort joliment, parfaitement détendue, ses genoux ronds bien joints, secouant sa jupe devant Antonino. "Excuse-le, Milene..." Et le vieux traversa le petit groupe qui se tortillait jusqu'à les rejoindre en ondulant des hanches d'un air madré et en dansant sur ce fatras bâtard: *"Sinhora di Fátima, minha boquinha, ó minha boquiiiiinha..."*

Milene dansait, toute contente.

"Qu'est-ce que tu as? Je n'y vois aucun mal..."

Le vieux noir s'approcha d'elle: *"Laisse-moi poser un baiser sur ta bouche cristalline, ta bouche de petite fille, un baiser triste, un baiser nostalgique..."* Antonino entraîna Milene plus loin et Milene riait de bon cœur à cause du vieux noir qui faisait semblant de la voler à Antonino, poursuivi par le geste obscène. Milene était euphorique. Ses hautes paupières baissées riaient.

"Qu'est-ce que tu as? Je n'y vois aucun mal..."

"Embrassez-vous donc..." disait le vieux au son de la musique. "Faut voir ça pour y croire..."

“Jeune fille, qui est donc ton père et ta mère ? Hein ?” demanda une très jeune femme qui portait son petit-fils dans ses bras en regardant Milene qui se trémoussait toujours. Le son des guitares était bien impuissant devant le brouhaha des voix. La femme disait : “C’est bien dommage que vous soyez si blanche, ma petite...”

Antonino était allé libérer Quirino qui gigotait dans la chaise où il était emprisonné et appeler Emanuel et Cirino qui escaladaient une table dans un réduit où se trouvaient deux énormes marmites bouillantes. Euphorique, Milene remettait sur sa tête le bonnet en tricot. Antonino était furieux de l’intrusion du père Tocatinas : “Un vieux dégueulasse, un cochon, un sauvage qui a manqué de respect envers ma fiancée, nom d’un chien...” Poussés par Antonino, tous les quatre se dirigèrent au pas de charge vers la voiture. Milene tenait Emanuel par la main et riait encore de plaisir au souvenir du vieux radoteur. “Pourquoi riez-vous, Milene ? Pourquoi riez-vous ?” Il la vouvoyait dans les situations particulières, soit très heureuses, soit presque fâcheuses.

C’était un amour normal.

Mais Antonino était devenu excessivement sérieux en retournant au Kilomètre 44. Comment cela se passerait-il à l’avenir ? Où habiteraient-ils ? Comment vivraient-ils ? Tocatinas plus que tout autre paraissait avoir scellé l’irréversibilité de la situation. L’homme semblait les avoir poussés avec ses blagues salaces vers un inévitable point de non-retour. Sans le vouloir, ils avaient été placés à mi-chemin entre l’éthéré et le corps. Familiarisés avec la trivialité qui les ramenait au niveau du quotidien, de la vie vécue au jour le jour. Des choses ordinaires comme la vaisselle, le linge sale, les factures d’électricité, les remboursements, les robinets qui fuient, les pipis d’enfant et les crottes de chien sur les trottoirs. La bénédiction profane de Tocatinas avait rendu tout cela incontournable. Une niveleuse nécessaire. Ils étaient descendus des altitudes propres aux oiseaux jusqu’au terre-à-terre des humains. Ils étaient fiancés. Mais alors, s’ils étaient fiancés, comment feraient-ils ? Avec qui parleraient-ils ? Où iraient-ils habiter ? Tous les cinq ensemble. Où ? Antonino réfléchissait. Ils étaient devant la villa Regina, tout illuminée, et devant la rangée des villas voisines en cours de réfection, et ils devaient prendre une décision. Elle dit : "Je te l'ai déjà dit, allons tous les deux nous montrer à ma famille. Nous ne demanderons rien à personne, nous leur dirons simplement que nous nous entendons très bien, ce qui sera déjà un grand pas de fait…" Comme il tardait à décider et que les enfants se battaient sur la banquette arrière, elle tendit les bras hors de la voiture et les écarta. "Ô lumière de la maison ! Quelle barbe ! Aide-le à dire oui…" Enlevant et remettant son bonnet. C'était un amour ordinaire.

Ils décidèrent alors que le samedi suivant ils iraient tous les deux se présenter, par surprise, à la famille Leandro. Milene trouvait que l'heure était venue, que tout cela était en place. En rentrant chez elle, elle était heureuse. Qu'était-il arrivé ? Les abîmes, les jours tristes, sans parler des fleurs charnues et des femmes avec des mollets carrés, avaient cessé d'empoisonner sa vie. Elle n'avait plus aucun souvenir qui puisse se rattacher à tout cela. Elle ne se souvenait pas non plus de ce que João Paulo disait quand les deux cousines trouvaient que tout était en place. En place ? s'exclamait-il. Méfiez-vous quand tout va bien. Si vous faites bien attention, vous verrez que tout est flanqué de son contraire. Autour de la bonté rôde l'envie, autour du rire le couteau, autour de l'amour la salissure, autour du plaisir l'escarre. Autour de la beauté, le fumier. Seulement ainsi, en variant les quantités et l'ordre des facteurs, tout est à sa place. Apprenez. Apprenez ça par cœur. Avait-il coutume de dire. À l'époque, Milene avait un peu mélangé toutes ces notions, mais à dire vrai, aujourd'hui elle ne se souvenait plus de rien. Nous-mêmes, nous nous souviendrions de tout cela plus tard.

Les choses se passèrent donc de la façon suivante.

Milene et Antonino, en cet après-midi de printemps, traversèrent l'enchevêtrement de fils qui se croisaient en l'air, les baraques qui fermaient la route d'un côté et de l'autre, le désordre et la laideur qu'ils laissèrent derrière eux. Ils atteignirent la zone où les platanes commençaient à grandir au milieu du gazon et ils entrèrent dans la Quinta da Amurada où ils cherchèrent les chemins de fée menant à la villa de la tante Gininha. Antonino connaissait bien ces rues en forme de fer à cheval, fermées au nord et ouvertes au sud, qui l'avaient tellement exaspéré le jour où il avait voulu rendre Milene à sa famille. Une sorte de puissance qu'il n'aurait su nommer le ramenait là aujourd'hui, mais la situation était complètement inversée. Il venait dire qu'il souhaitait garder pour lui la personne que le hasard ne lui avait pas permis de mener à destination en août dernier. Il se souvenait très bien de la dispute survenue devant la porte où l'on pouvait lire sur une plaque de bronze le nom de la maison : *villa Dom. Silvestre.* À l'extérieur tout semblait pareil. Un panneau de loupiotes et de boutons discrets indiquait qu'il fallait procéder à un certain nombre d'opérations avant de pouvoir entrer.

Mais par chance, c'était peut-être de bon augure, la grille latérale était entrebâillée, il n'était donc pas nécessaire de sonner. Ils n'avaient pas prononcé un mot tout le long du trajet. Milene prit la main d'Antonino et ils entrèrent. Ils avancèrent d'un pas inégal dans l'allée du jardin. Elle devant, lui derrière. Il avait le sentiment d'un risque, elle seulement l'idée de la surprise. Milene voulait à toute force surprendre d'abord la tante Gininha. La dernière fois qu'elle était venue ici, ç'avait été le soir d'été où le rendez-vous entre l'oncle Dom. et les Hollandais avait foiré. Il était d'ailleurs désagréable de repenser à l'apparition inopinée de l'oncle. Maintenant, tout était tellement nouveau dans sa vie qu'elle pensait que, dans la foulée, le monde et le genre humain avaient eux aussi changé et que l'oncle Dom. lui-même, le trafiquant de la croûte terrestre, était inclus dans cette transformation. Milene n'avait pas peur du tout. Elle avait même réfléchi à sa toilette. Antonino était vêtu d'une veste en cuir noir, avec une ceinture à boucle. Elle portait un imperméable court. Ses bracelets dépassaient des manches. Des pendants d'oreilles blancs scintillaient de part et d'autre de son visage triangulaire. Milene et Antonino, différents, contrastés, se ressemblaient dans leurs chaussures. Tous deux en Adidas blanches à hautes semelles. Faites pour courir. Tous deux comme s'ils étaient sur des patins, prêts à lever les pieds et à exhiber leurs lames aux spectateurs dans une patinoire.

Ils étaient maintenant main dans la main devant la porte de la villa Dom. Silvestre. Une voix de garçonnet derrière la porte demandait comme s'il s'agissait d'une maison quelconque : “Qui est là ?" Appuyée contre Antonino, Milene ne répondait pas, amusée, comme si elle s'apprêtait à faire une niche. À jouer un mauvais tour à sa tante à qui elle n'avait pas parlé depuis un bon bout de temps. Elle n'avait pas besoin de sa tante, sa tante n'avait pas besoin d'elle. Milene devant la porte. Le garçonnet était Bruno José, il avait dix ans et déjà il avait tiré le loquet. La porte s'ouvrit immédiatement sur le hall et la tante Gininha, le bébé Artemisa aux deux petits poings levés dans les bras, surgit d'entre les murs couverts de tissu. *Tante Gininha ? Quelle grande surprise. Un peu embarrassant, pas vrai ?* Cela se voyait sur son visage. Dans un premier temps, la tante n'avait vu sur le seuil que les deux paires de chaussures blanches, énormes, puis elle avait levé les yeux et aperçu sa nièce à côté d'un homme grand, de couleur brune. Elle les avait aussitôt abaissés et elle avait constaté que tous deux se tenaient par la main. La tante en était restée paralysée.

"Regardez-nous..."

Pauvre tante Gininha, à la longue chevelure de jeune fille et à la texture de femme mûre, en cet instant assurément assez débraillée. Quel dommage, quel dommage, comme elle était différente lorsqu'elle se promenait à Mar de Prainhas et qu'elle avait d'autres amoureux, dont l'un lui chantait la chanson d'Ana Latu quand il ne dormait pas. La pauvre. Mais pendant cette visite, Milene ne dirait pas un mot de cela. Elle était venue pour dire bien autre chose : *Tante Gininha, regardez-nous bien tous les deux. Vous nous voyez ? Nous allons nous marier...* La tante s'était assise sur une chaise de Birmanie, d'un grand prix, entre le téléphone de l'entrée et une sculpture en marbre de la taille d'une femme. D'un très grand prix. Milene connaissait l'entrée. Il y avait là aussi une table minuscule, trop petite pour supporter un vase, mais où la tante Gininha plaça le coude pour mieux tenir la petite Artemisa prête à sauter hors de ses bras, avec ses menottes de poupée levées bien haut en l'air. Milene riait. La tante Gininha dit à son fils Bruno : "Va là-bas chercher quelqu'un pour m'aider..." Alors Milene balança entre elle et Antonino leurs deux poings unis, enlacés par les doigts, comme si personne ne pouvait plus les séparer et elle exposa la raison de sa visite.

"Ne vous dérangez pas, tante. N'appelez personne, nous sommes juste venus vous dire que nous allons nous marier... N'est-ce pas la vérité, Antonino ?"

Il confirma. Ou plutôt il commença par balbutier, puis dit: "C'est la vérité. Nous allons nous marier dès que les papiers seront prêts. Nous allons les demander..."

Et Milene continuait à balancer le double poing aux doigts entrelacés entre le corps d'Antonino et le sien. Avec joie. Comme la tante Gininha ne bougeait pas, que personne ne venait chercher le bébé et que Bruno José ne revenait pas, Milene dit: "Nous allons repartir. Nous voulions juste que vous soyez la première à savoir, tante Gininha..."

La tante Gininha était beaucoup plus lente que la tante Angela Margarida. Elle l'avait toujours été. C'est peut-être pour cette raison qu'elle s'était levée et qu'elle avait agité ses longs cheveux, comme si elle avait besoin que le vent sec de la rue rentre dans sa maison et lui secoue l'âme. Et c'est peut-être pour cette raison qu'elle leur avait tourné le dos, leur restituant à tous deux le visage lunaire de la petite Artemisa. Elle leur fit signe d'entrer au salon. En arrivant dans l'espace blanc et capitonné du living, la tante se laissa choir sur le canapé Divani comme si ses jambes ne soutenaient plus Artemisa. Le bébé bien installé dansait sur les genoux de sa mère, levait ses bras tout rembourrés par les couches de vêtements et faisait lala, lala. Milene s'était mise à rire aux éclats en direction de la petite, mais elle ne se levait pas pour la caresser comme elle l'aurait voulu parce qu'elle était attachée à Antonino Mata par le poing fermé. Doigts insérés entre des doigts. Inséparables. Pour toujours. Pour toujours. "Nous allons nous marier, tante..." dit-elle, assise cette fois, tous deux face à la tante.

"C'est ton fiancé?" demanda la tante Gininha. Son visage n'avait pas perdu sa pâleur.

"Oui."

Antonino estima qu'il devait intervenir. Il s'était préparé: "Je m'appelle Antonino Mata, je suis le petit-fils d'Ana Mata qui conversait parfois avec la senhora dona Regina. Nous nous sommes connus précisément, moi et elle – et il indiqua Milene – à l'occasion du décès de votre mère, excusez-moi à l'occasion du décès de madame votre mère... Nous habitons dans la Vieille Fabrique et nous avons même écrit une lettre. C'est à ce moment-là que nous nous sommes connus, moi et elle..." Tous deux s'entre-regardèrent un instant, appuyés l'un à l'autre, puis ils rendirent en même temps leur regard à la tante. "Maintenant nous allons nous marier."

"Oui. Ça fait des mois que nous nous fréquentons."

Milene s'agita sur le canapé, chercha une position plus confortable et dit à Antonino : "Appuie-toi donc contre le dossier." La tante Gininha les regardait, l'un tout contre l'autre. Milene était plus vive et plus expressive qu'Antonino. Quand Antonino s'appuya contre le dossier du canapé profond comme un tombeau, le bout de ses chaussures Adidas resta en l'air. Milene était penchée sur le côté et elle portait sur Antonino un regard d'intimité intense, l'exhibant comme un trophée précieux, un objet hors du commun qu'elle offrait à sa tante préférée. De même qu'elle lui offrait l'amour d'Antonino pour elle et le sien pour lui. *Non, nous ne sommes pas des sauvages, nous avons l'intention de nous marier.* La tante de plus en plus pâle.

"Tu ne nous as jamais rien dit..."

Le bébé s'était mis à geindre et à gigoter dans les bras de sa mère, puis un hurlement strident se déchaîna dans le salon. L'enfant se retourna et regarda Milene et Antonino avec son visage lunaire largement ouvert sur le monde. Il n'était plus que pleurs. La tante Gininha essayait de le calmer, sans quitter Milene et Antonino des yeux. "Pardon..." disait Gininha, soulagée que la diversion représentée par ces pleurs lui fasse gagner du temps et lui permette d'organiser sa tête et sa réaction.

"Ça n'a aucune importance, tante Gininha. Antonino a l'habitude. Il a trois enfants en bas âge et il s'en occupe lui-même. Il dort même avec eux..." Milene regardait Antonino pour qu'il confirme. Elle était si légère que les cheveux qui sortaient de son bonnet voletaient tout seuls autour de sa tête. "Oui, il dort avec eux. Antonino est veuf. Sa femme, Eunice, est décédée l'année dernière..." Milene dit encore : "Il raconte souvent qu'il a deux fiancées, une morte et une vivante. La vivante, c'est moi..." dit-elle en appuyant sa tête sur l'épaule d'Antonino et en regardant sa tante. Milene était émue par la pâleur de sa tante et par l'aspect boudiné du bébé dans ses vêtements pelucheux. "Il a une grande habitude des enfants..." Et ses cheveux voletant en tous sens, elle s'adressa de nouveau à Antonino : "N'est-ce pas que tu en as l'habitude ?"

"C'est vrai", dit-il en riant et en agitant les doigts en direction du bébé qui se tut, enfouit la tête dans l'épaule de sa mère et sanglota plus bas. Il arrêta même de sangloter. C'était une victoire pour Antonino. Une sorte de paix était tombée sur le salon. Tous les trois se regardaient en silence que seul un reste de sanglot vint interrompre.

"Pourquoi ne nous as-tu rien dit?" demanda de nouveau la tante Gininha.

Oui, pourquoi n'avait-elle rien dit? Milene regarda de nouveau son fiancé, l'appelant à la rescousse. C'était très difficile à expliquer. Comment pourrait-elle expliquer qu'Antonino avait commencé par dire qu'ils devraient être transparents et invisibles, expliquer tous ses autres pas en avant et en arrière? Elle regarda le plafond, fut sur le point de dire qu'elle avait voulu parler à la tante Angela Margarida le jour du marathon, mais que c'était très difficile dans ces circonstances de faire aller sa mémoire en avant et en arrière pour exposer ce qui n'était pas encore arrivé. Elle dirait juste quelque chose qui était vrai: "C'était pour vous faire une surprise, tante. Une surprise totale. Je savais que vous en resteriez toutes les deux comme deux ronds de flan..."

Milene souriait à Antonino. Le silence régna de nouveau dans le salon rempli d'objets rares, de meubles qui prenaient de la valeur à chaque sursaut des aiguilles de la pendule, le prix de certains de ces meubles dépendant même des caprices de la Bourse de New York, prétendait-on. Milene avait envie de dire combien valait le tapis sur lequel les pieds d'Antonino étaient posés, mais ce n'était pas le moment. Ne serait-ce que parce que trois personnes entraient dans le salon: le cousin Bruno, l'air méfiant comme s'il venait d'être attaqué par un Indien, une bonne avec un tablier en dentelle et une coiffe en forme de crête comme jadis, il y a très longtemps, et Dom. Silvestre, les yeux gonflés comme s'il avait interrompu il y a tout juste un instant une sieste profonde à l'étage du dessus. Bruno, debout, entendait sûrement le cri de guerre de son Indien imaginaire. La bonne à l'ancienne avec son tablier en dentelle emportait le bébé dans ses bras. L'oncle Dom. entrait et sortait du salon. Il n'y entrait pas vraiment, car les deux Rottweiler qui l'accompagnaient étaient censés rester derrière la porte, mais ils passaient un museau avide dans l'ouverture et ils grattaient et jappaient tout bas, comme s'ils flairaient une chose ennemie derrière la vitre. L'oncle s'était assis à côté de sa femme et dévisageait le fiancé de Milene. Ses petits yeux noirs très brillants regardaient fixement Antonino. Milene n'en avait cure. Qu'il regarde donc. Il ne lui faisait pas peur.

"Un whisky?"

"Non, merci."

"Mais prenez donc un whisky", insista l'oncle Dom. "Mettez-vous à l'aise..." On voyait bien que Dom. Silvestre n'était pas à l'aise, il ne regardait même pas Milene, ses yeux restaient rivés sur l'accompagnateur de sa nièce. Littéralement rivés. L'oncle finit par demander: "Alors, que faites-vous dans la vie?" Mais Antonino avait le sens du danger, il donna une impulsion au poing qui continuait à l'unir à Milene et tous deux se levèrent. Appuyée à son fiancé, Milene expliqua qu'ils avaient décidé de visiter toute la famille cet après-midi-là, comme cela, par surprise. Maintenant, à l'instant même, ils allaient se rendre chez la tante Angela Margarida. Allez, on s'en va. Et ils sortirent. Ils n'avaient pas passé un quart d'heure chez la tante Gininha.

Toujours main dans la main, ils traversèrent le jardin particulièrement vert où le paon se reposait à l'ombre du hêtre argenté. Tous deux, elle plus que lui, en tournant le dos à la villa Dom. Silvestre, firent un bilan positif de cette visite qui, à n'en pas douter, les avait tous laissés comme deux ronds de flan. Milene était très contente de cet effet, de les avoir autant surpris, sans leur donner le temps de réagir. Elle était contente, contente. Quand la fourgonnette roula dans les rues de contes de fées, fermées au nord, ouvertes sur la mer, elle se pencha sur le volant et déposa un baiser sur la main droite d'Antonino. "Chère main noire, n'aie pas peur de mes oncles, ils ne te feront aucun mal. N'aie pas peur..." Elle avait vu comme sa main tremblait quand il avait refusé le whisky. "Chère main, chère main..." Ils étaient contents. Milene sautillait en s'approchant de la voiture. Elle était vraiment heureuse. Comme si le rire, l'amour, le plaisir, la beauté existaient parfois sur la terre à l'état pur. La fourgonnette se dirigea vers la résidence Atrium en traversant le paysage hivernal. Milene était heureuse. "N'aie pas peur..." répéta-t-elle. "Tout sera très simple. Je sonnerai en bas, je m'annoncerai et ensuite on montera tous les deux. La tante Angela Margarida elle aussi va en rester comme deux ronds de flan. Tu verras..."

Mais ils ne le virent pas.

À cette heure du samedi, seule la voiture personnelle de l'oncle Rui Ludovice était garée en face, sous les pins. Les autres voitures de l'oncle devaient être remisées dans le garage. Quoiqu'il en soit, le gardien de la résidence déclara qu'il n'y avait personne. Milene regarda très attentivement les derniers étages, le neuvième et le dixième, où des stores de toile rayée ondulaient dans l'après-midi grise et elle eut l'impression que sa tante et son oncle étaient là. Elle détecta même des indices précis, tels que les stores tous relevés. Les deux étages semblaient vraiment receler leurs propriétaires, tout disait que oui, ils étaient là-haut, alors que le gardien prétendait que non, faisant semblant d'appuyer sur des boutons et d'appeler des personnes absentes par l'interphone. Milene s'était appuyée contre Antonino Mata, mais elle s'en écarta: "Laissez-moi monter, je vais aller voir..." L'homme se renfrogna et s'obstina. "Je n'ai pas reçu l'ordre de laisser entrer..." lui dit-il. Milene s'impatienta. "Mais enfin merde. Je vois bien qu'ils sont là. J'ai une surprise à leur faire et vous gâchez tout. Vous comprenez?" Un monsieur, tout de blanc vêtu, comme s'il allait jouer au golf, sortait et elle voulut en profiter pour entrer. Le garde cria: "Arrêtez!"

"Mais vous comprenez ou vous ne comprenez pas?" hurla Milene.

Antonino la prit par le bras pour la soustraire à cette discussion. L'homme devait avoir appris à ne pas répondre aux provocations. Il empoigna un papier qu'il feignit de lire. L'air distant. Elle lui cria, alors qu'elle était déjà retournée à la voiture. "Merde de merde. Vous comprenez?"

"Vous comprenez ou vous ne comprenez pas?"

Et à Antonino: "Arrête ici, il faut que je réfléchisse. Que se passe-t-il pour qu'ils n'aient pas voulu ouvrir la porte? Ils sont là, je n'ai pas vu les voitures, ils ne se sont pas montrés aux fenêtres ni sur le balcon, ni dans le penthouse, mais ils sont là. L'appartement n'est jamais vide, il y a au moins la bonne. Au moins elle. J'ai bien envie d'y retourner..."

Ils s'étaient arrêtés devant le mur, celui qui commençait après le parc, qui se prolongeait devant les maisons et qui les protégeait. Une muraille délicate. Un mur construit et peint de frais, avec des plantes qui retombaient comme des chevelures, des pierres avec du mica et du feldspath qui formaient un linteau d'inspiration art nouveau, un luxe dans la nature. Au-dessus, un triton à la queue enroulée dominait le paysage. Milene ne voyait rien. Elle demanda à Antonino de s'arrêter de nouveau. Elle voulait réfléchir dans le calme. Car le contraire aurait pu tout aussi bien se produire. Pourquoi ne pas le reconnaître ? La tante Gininha aurait pu téléphoner, pâle, avec les Rottweiler qui aboyaient, le bébé qui pleurait dans ses bras, l'oncle Dom. qui buvait son whisky, elle aurait très bien pu téléphoner à la tante Angela Margarida. Prévenue d'avance, la tante Angela Margarida aurait pu ne pas vouloir avoir l'air bête devant la surprise qu'on lui avait préparée, car il fallait se souvenir que le matin du marathon il y avait eu cette histoire de syllabes et elle, Milene, n'avait rien dit à sa tante. Et maintenant, mis au courant de tout, l'oncle Rui s'était peut-être senti mal. Ou il avait rencontré un autre évêque qui ne lui avait pas tendu la main. Pauvre oncle Rui, tout entier Action en pleine action, et pourtant l'effet de son action dépendait des autres, depuis les mains fines d'évêques et de cardinaux jusqu'aux mains sales des manœuvres les plus misérables. Comme l'oncle lui-même disait parfois, la démocratie était à revoir d'urgence. Mais Milene était de mauvaise humeur et elle ne voulait plus penser à ça. Antonino aussi regardait les derniers étages de la résidence et il était chagriné.

"Et maintenant, qu'est-ce qu'on fait ? On va à l'hippodrome ?"

Milene réfléchissait toujours. Non, ils n'iraient pas à l'hippodrome. D'ailleurs l'oncle Afonso n'y était peut-être déjà plus. Ou il y était et ne voulait pas y être. Ils n'iraient pas. Ils pourraient en revanche aller aux Dunes Femelles. Même s'ils n'arrivaient pas jusque-là, ils pourraient se mettre en route comme s'ils allaient là-bas. Milene avait un peu froid et elle prononçait des paroles abstraites. Elle disait qu'avant le ciel gris lui faisait mal ici, au milieu de la poitrine et au cou, elle devait même prendre des comprimés. Mais plus depuis qu'elle aimait Antonino. Le ciel pouvait être de la couleur qu'il voulait, cela ne lui faisait plus rien, elle n'avait plus besoin de comprimés. Un jour, il faudrait qu'elle aille voir Violante pour lui raconter tout cela. Antonino conduisait la voiture dans la direction opposée, sans rien dire, allumant la radio, l'éteignant, mettant la musique que tous les deux aimaient, puis accélérant, d'abord sur la route en bon état, ensuite sur celle pleine de trous. Dans la direction opposée.

"Tu sais où on va?"

"Non."

"On va chez moi", dit Antonino en secouant la tête au rythme de la musique. Terence Trent d'Arby, au sommet de son cri, bien inférieur à celui de Janina. Son frère avait une voix bien plus épanouie, celle de Terence était beaucoup plus éraillée, bien plus âpre, beaucoup plus étriquée. Pas Janina. Milene s'était blottie contre Antonino. "Chez toi?" Sur la route pleine de trous, la tête de Milene aurait roulé sur Antonino s'il n'avait pas amorti le choc avec son épaule. Sa main droite sur Milene, chaque fois qu'elle quittait le volant. Elle en Cacharel, lui en Paco Rabanne. Tu entends? On ne va pas parler de la douleur, cette chose puante. On va plutôt parler de l'amour, de la musique que nous aimons, des disques de Janina, de notre vie, du bon côté de notre vie. Ma fiancée vivante, qui ressemble tellement à Eunice. Voilà ce qu'on va faire. Dieu t'a mise sur mon chemin après les jours de colère qui ont empoisonné mon existence. Pensait Antonino.

"Tu sais, Milene, on ne peut pas comparer. Ta famille a été prise au dépourvu. La mienne te connaît déjà bien. Pas vrai? À vrai dire, ma mère, qui n'est pas tout à fait dans son assiette, va se lever de son lit en nous voyant pour nous préparer un dîner comme l'été dernier… Écoute, Milene, même la grand-mère Ana Mata sera contente…"

Et Antonino raconta avant d'arriver au tertre comment sa grand-mère, qui était fâchée avec son dentier, ses lunettes et ses rivières parce que personne ne voulait retourner avec elle à Ribeirinho da Praia, pourrait se montrer s'il la convainquait habilement, s'il lui disait que Milene était la petite-fille de dona Regina.

D'ailleurs, lui-même transporterait la grand-mère Ana Mata à bout de bras, assise sur sa *cautcha*, jusqu'à la table s'il le fallait. À cause de son grand âge, la grand-mère Mata voyait des pièges partout. Que Milene ne se laisse pas impressionner, si ça la prenait. Antonino, amusé: "Vous savez, Milene, la grand-mère est la petite-fille de Jamila Mata, vous l'avez déjà entendu raconter ce fameux soir, une histoire dingue, une histoire insensée de ressentiment féminin…" En tout cas, il était convaincu que sa famille tout entière oublierait la dette du bisaïeul normand dès qu'elle les verrait tous les deux se regarder dans les yeux au milieu de la cour. "Nous allons nous présenter côte à côte..." Les femmes Mata surtout devaient comprendre qu'un péché originel suffisait et faisait assez souffrir les gens comme ça. Pourquoi en inventer d'autres ? Naître avec un péché originel, le même pour tous, passe encore, mais inventer des péchés originels différenciés pour une raison ou pour une autre et en faire retomber plusieurs sur chacun, ça faisait vraiment trop de péchés originels.

"Vous écoutez ce que je dis ?"

"Attrape-moi..." avait demandé Milene avant de sauter sur le sol près des palmiers et de rencontrer dans l'air les mains d'Antonino.

C'est ainsi que tous deux apparurent, elle sautant dans les bras d'Antonino, devant le portail de la Vieille Fabrique. Nous l'apprendrions par la suite.

Mais d'aucuns dirent autre chose. Que les quatre femmes Mata avaient attendu à la porte, vêtues de robes de lamé, avec des châles semés de verroteries et de paillettes pour séduire Milene comme si elle avait trois ans et que la vie n'était qu'un cirque. Et qu'ensuite, à l'intérieur, ils auraient mangé de l'agneau et dansé et chanté sur la musique de Janina jusqu'à l'aube. Et pourtant il n'en fut rien. En réalité, Felícia Mata ne s'habilla ainsi en l'honneur de son fils Antonino qu'après avoir cuisiné pendant deux heures un poulet au riz et à la tomate. Pendant ce temps, elle continua à porter ce qu'elle avait sur elle, y compris un grand tablier.

Elle finirait aussi par chausser ses souliers à hauts talons en peau de boa qu'elle avait étrennés au Coliseu dos Recreios, mais seulement parce qu'ils étaient là, à portée de main dans la cuisine qui lui servait de chambre. Ses sœurs ne se changèrent même pas, pas plus que sa mère, Ana Mata, qui ce soir-là condescendit tout juste à mettre son dentier et à sucer une aile de poulet devant Milene. Entre-temps, revenant d'une balade sur la route côtière, les autres membres de la famille étaient arrivés, fort surpris, troublés par ce qu'ils voyaient, mais rien de spécial ne se produisit. Contrairement à ce qui fut dit plus tard, la famille parla peu et on ne demanda rien à Milene. Tous savaient que dans l'eau boueuse de la Ria qui pénétrait dans les bas-fonds de la Vieille

Fabrique une bombe à retardement pouvait de nouveau être posée d'un moment à l'autre. Les Mata avaient cherché un refuge dans un monde neuf, ils ne pouvaient pas fuir en permanence la tristesse qui leur était intrinsèque. Felícia Mata ne riait que de temps en temps. Ce qu'on a dit plus tard à ce sujet n'est pas vrai. Et Milene, il faut le préciser, rentra même de bonne heure au Kilomètre 44.

Certes, vu de loin, cela peut paraître n'avoir guère d'importance. La bruine, l'été et le brouillard sont juste des décors s'ils ne pénètrent pas dans le cœur des hommes où les choses se passent. Mais dans le cas de Milene, il convient de signaler que les jours rallongeaient.

Cette nuit-là, elle s'approcha à pas de loup du téléphone et elle dit dans un murmure, comme à son habitude : *"Écoute, João Paulo… Je suis de plus en plus convaincue que tu as déménagé. Si ça se trouve, tu es allé écrire un livre différent dans une autre université. Si ça se trouve, tu laisses ce téléphone enregistrer tout seul et tu ne m'entends même plus… Mais ça ne me fait plus rien. Chacun a sa vie… Tu sais, moi aussi j'ai ma vie… C'est formidable d'avoir sa vie, d'avoir un amour et de se marier. Connaître la famille de l'autre, c'est très bien aussi…"* Elle venait d'arriver et elle téléphonait accroupie pour ne pas s'asseoir dans le fauteuil de la grand-mère Regina. Elle poursuivit : *"Mais ce qui est super, vraiment super, c'est de s'embrasser et de sentir sa main sous ma jupe, son bras autour de ma taille me serrer fort fort comme s'il voulait me casser en deux moitiés. Parfois il me fait asseoir sur sa main comme si j'étais le fond d'une bouteille et il tourne en rond avec moi jusqu'à ce que j'en aie le vertige. Quand il me fait ça, je sens que je lui appartiens complètement. C'est super… Moi aussi, je connais presque tout son corps, parce que je mets ma main sous sa chemise. Tout ça est formidable. Quand il me serre très fort, son sexe est si dur qu'il me fait mal. C'est tout à fait génial. Quelquefois, sans qu'il s'en rende compte, ma main est sur son slip. C'est fantastique, formidable… Ça a été aussi très bien d'aller dire à nos familles que nous allions nous marier. Ils nous ont tous regardés comme s'ils n'avaient jamais vu deux fiancés ensemble et ils ont posé des questions de gens qui ne savent pas ce qu'il faut demander… Ils avaient l'air bien bêtes. La tante Gininha était contente, mais elle n'a rien su dire. Ça va t'en boucher un coin, mais de tous, celui qui s'est le mieux comporté, c'est l'oncle Dom. Silvestre. Il voulait offrir un whisky à Antonino qui a refusé, ça ne lui disait rien... On voyait très bien que la bouche de l'oncle Dom. était pleine de questions. Il n'avait qu'une envie, nous questionner, questionner... On a filé juste à temps. Ensuite on est allés chez l'oncle Ludovice. Ils n'étaient pas chez eux, ou s'ils y étaient, ils souffraient sans doute beaucoup à cause du service public de l'oncle qui lui a déjà flanqué un ulcère à l'estomac de la taille d'une capsule de bouteille. Je pense qu'ils n'étaient pas chez eux. Nous avons voulu aussi faire une surprise à ton père. Nous pensions aller à l'hippodrome le regarder faire de l'équitation. Je ne l'ai pas vu depuis le calendrier perpétuel. Je l'avais imaginé descendant de cheval et nous à côté du cheval lui disant:* Oncle Afonso, nous allons nous marier. *La dernière petite amie de ton père s'appelle Isabel, je te l'ai déjà dit. En ce qui me concerne, elle pouvait bien être là. Tellement j'avais envie que tous fassent la connaissance d'Antonino... D'ailleurs je voulais aussi leur demander de tes nouvelles, savoir pourquoi tu ne réponds pas au téléphone depuis des mois. Si l'oncle ne voulait pas répondre, tant pis, je n'allais pas l'y obliger... Mais ensuite il s'est fait tard et j'ai dû décider entre aller à l'hippodrome et aller au diamant. J'ai choisi le diamant car j'avais très envie d'y retourner. Ce qui s'y passe me rappelle les films tournés en Afrique, mais seulement les bons, car ici personne ne souffre de rien. Tout est paisible. Dans le diamant, tous m'ont bien reçue. Tous étaient stupéfaits, comme je l'ai déjà dit... J'ai été très heureuse. Aller dire à la famille qu'on est amoureux est presque aussi chouette qu'être amoureux...*" Milene était étendue par terre, entre les deux canapés de la grand-mère Regina. *"Je te raconte tout ça pour que tu saches que j'en ai ras le bol de te téléphoner, tu sais, maintenant je ne veux plus que tu me dises:* Nous ne nous séparerons jamais, jusqu'à la fin de la vie. *Ce n'est pas vrai. Ce n'est plus nécessaire. Maintenant j'ai envie que ce soit Antonino qui me dise ce genre de choses. Qu'en penses-tu? Sa peau est satinée, ses sourcils ne se voient pas. Ses yeux sont noirs, mais ceux de sa mère sont clairs. Il a les cheveux bien plus frisés, sacrément plus frisés que les miens ou les tiens. Quand il rit, ses dents sont blanches comme de la craie. Il en a fait arracher quelques-unes et il a maintenant deux intervalles, un de chaque côté, mais ça n'a pas d'importance. Quand il aura gagné assez d'argent comme grutier, il s'en fera mettre d'autres. Il a un grand corps, je suis complètement à l'abri sous son épaule quand nous marchons ensemble. Maintenant tu n'existes plus que dans mon souvenir jusqu'à ce que tu reviennes ici et que je te revoie. Mais si tu ne reviens pas, je n'en mourrai pas. Antonino remplit ma vie. Comme Lavínia remplit la tienne... J'aimerais savoir si le typhon Andrew est passé près de ta maison. Ici, on a vu les images d'une ville qui s'effondrait et d'un tribunal qui s'envolait. Ce coup de téléphone est bien long, mais c'est pour que tu sois au courant de tout... Je crois maintenant que cette saleté de répondeur n'enregistre plus rien du tout. Je vais raccrocher et recommencer... À tout de suite...*" Milene avait le dos frigorifié, le tapis dans le salon était propre comme le sol d'une chambre d'hôpital, mais il était froid et humide à force d'être nettoyé. Milene éternua. *"C'est fini, je crois que l'appareil n'enregistre vraiment rien. Alors, au revoir, c'est moi, Milene, à onze heures du soir, au Portugal,* bye bye, *trente deux mille escudos par mois en appels internationaux pour rien."*

"Qu'en dis-tu?"

22

Alors, l'odieuse journée du lundi arriva pour la tante Angela Margarida. Que faire ?

Même à la clinique des Salines où l'on faisait tout pour oublier le corps, celui-ci s'imposait. D'habitude, sans longues queues, sans cris, sans manifestations d'affliction. Mais maintenant, dangereusement, surtout ce jour-là de la semaine, le corps se montrait et s'installait dans les salles d'attente pendant des simulacres d'éternité. Il est vrai que là personne ne pouvait hurler les obscénités qu'on entendait dans les autres cliniques, mais beaucoup moins dans les établissements populeux de santé publique. Des salles lugubres, remplies de patients intimidés, assis comme s'ils allaient passer au poteau d'exécution, et soudain un infirmier se montrait à la porte et réduisait en poussière l'identité d'un des présents, comme s'il était condamné à la déportation. Criant : *La personne qui n'est pas encore allée à la selle est-elle prête à entrer ?* Et la personne en question qui est justement celle qui est assise à côté de vous se lève, emplissant la salle d'attente de la pitoyable misère de son corps offert à la vue de tous, et elle obtempère comme si elle était elle-même le bocal débordant de matières fécales identifiées.

Non, dans la clinique qu'elle avait fondée cinq ans plus tôt avec la précieuse collaboration du docteur Seabra, il était formellement interdit d'appeler qui que ce soit la personne à la vessie pleine ou au clystère opaque, comme cela se passait dans ces autres lieux où des êtres humains baptisés étaient traités comme s'ils étaient de simples réceptacles à fèces. À la clinique des Salines, au contraire, ces réalités désincrustées du corps étaient mentionnées avec parcimonie, comme si chaque patient n'était pas un corps, mais un membre de la famille. On ne crie jamais à une personne de la famille : *Allez, faites vos besoins rapidos, grouillez-vous,* car les liens de famille présupposent l'existence d'une histoire et d'une âme par-delà le corps. Or à la clinique des Salines, les patients étaient traités comme des personnes précisément parce qu'on leur reconnaissait une âme, un temps propre, un rendez-vous à une heure précise et un nom de famille par lequel on les appelait. Angela Margarida savait tout ce que la clinique des Salines lui devait dans le domaine des sentiments et de la délicatesse, à elle, Angela Margarida Soares Leandro Ludovice de son nom complet, tel qu'il figurait dans les documents constitutifs.

Deuxième actionnaire, la tante faisait partie de l'équipe qui avait élaboré la formule qui s'était avérée particulièrement efficace et qui résultait du croisement mathématique entre le nombre de rendez-vous, le temps consacré à chacun et le degré d'affection témoignée à chaque patient. Une constante infaillible. Pour cette raison, le respect et l'affection avaient fini par devenir eux aussi des composantes essentielles du succès de cette clinique. La capacité de l'offre s'était toutefois révélée très inférieure à la demande et la formule s'en était trouvée dénaturée. L'imminence du déséquilibre était perceptible. Les patients étaient là, avec leur nom, leur profession, leur histoire clinique et leur âge. Mais ils étaient si nombreux en ce jour de la semaine que le corps, ce roi immonde, prenait aussitôt possession de l'espace qui lui était interdit et il dominait tout. Le corps s'imposait. Sa chair, ses os, sa graisse. Ses tumeurs qui n'étaient qu'une floraison exubérante du corps, une prolifération de jacinthes au fond des eaux. La nature dans son fonctionnement déchaîné, sa luxuriance organique, ses emballements biologiques, ses excédents tissulaires. La grande différence par rapport aux services analogues des hôpitaux publics où tout est conçu pour enjoindre au patient qui arrive de repartir, comme si un écriteau lumineux à l'entrée disait : *Repars, renonce, va mourir chez toi*, c'était les murmures qui entouraient les soins prodigués aux patients. Les gestes empreints de respect et d'affection propres au temps distribué avec dévouement. Pour résumer, le lundi était le jour où il y avait le plus grand nombre de patients, le moins de temps, le plus de corps et le moins d'âme. Le moins de sentiment. Ce qui prouvait ce que l'on savait déjà, à savoir que l'affection et la délicatesse étaient proportionnelles au temps consacré à chacun. Et l'affection c'était du temps, et le temps c'était de l'argent, et le temps c'était de la délicatesse, par conséquent l'affection et la délicatesse c'était aussi de l'argent. Tout le monde le savait. La clinique des Salines était assez chère. Donc pour préserver la qualité et décongestionner les locaux, surtout le lundi, les soins allaient coûter encore plus cher.

Désormais, ils seraient uniquement à la portée de ceux qui pourraient se les payer. La tante Angela Margarida l'avait déjà annoncé. Il fallait couper court aux effets pervers du nombre élevé des patients. Le jour viendrait très vite où la direction serait obligée de prendre des décisions radicales. Ce matin-là, justement, Angela Margarida n'était pas encore arrivée qu'elle apercevait déjà une longue file sinueuse à la porte de sa clinique, comme devant un centre de santé improvisé en Inde ou au Pakistan. C'était inadmissible. *La clinique des Salines, Analyses et Traitements*, occupait deux bâtiments jumeaux, deux constructions solides des années 60, trois étages tournés vers les marais salins et une rangée de filaos qui bruissaient devant. C'était inadmissible.

Mais si toutes ces questions ce jour-là, à huit heures du matin, se posaient avec autant d'acuité, c'était pour la raison ironique qu'Angela Margarida se sentait nauséeuse depuis la veille et à la vue de la file sinueuse sa nausée s'intensifia et explosa. Son corps aussi semblait vouloir s'imposer, exister avant toute chose et se révolter. Comme tous ceux qui faisaient la queue à la porte de sa clinique, elle aussi avait besoin d'aide. En descendant la courbe vers les marais salins, elle pensait: *Moi aussi, moi aussi...* Pourtant, au lieu de se diriger vers la réception, pour la première fois depuis les cinq ans d'existence de la clinique, elle, l'infirmière en chef, téléphona à l'infirmière Eulália. "Vous m'entendez? Il va falloir que vous teniez le fort car je ne suis pas dans mon assiette... J'ai une petite pointe de nausée. Je viendrai dès que je me sentirai mieux..." Et sans dire qu'elle se trouvait à deux pas de la clinique, devant les salines que le soleil du matin rosissait, elle s'était adossée contre son siège pour réfléchir. Immobile, regardant les montagnes de sel, elle pensait: *Il faut faire quelque chose...*

Oui, il le fallait. Peu à peu elle commençait à discerner ce qui s'était passé. À voir tout en transparence comme sur une radiographie. Et *tout* était le lien qu'elle découvrait entre les parties comme si soudain, sur la scène, un acteur en donnant un coup de pied dans une porte dévoilait l'intrigue et que quelqu'un disait: *Voici le nœud du drame. C'est cela même que nous attendions sans le savoir au tréfonds de notre cœur depuis que tout a commencé, il y a très longtemps.*

L'attendu inattendu, la vraie surprise vient de nous être révélée. C'était exactement cela. Soudain tout était clair, comme le matin froid qui se levait sans nuage au-dessus de la ligne rose des salines. L'intrigue se dessinait depuis la veille lorsque Frutuoso lui avait dit sans ralentir : "Senhora dona Angela Margarida, il y a quelque chose qui concerne aussi bien Madame que Monsieur l'ingénieur, mais malgré tout, je préfère parler à Madame…" Après quoi Frutuoso avait ralenti, tourné la tête vers le milieu de la voiture, sa bouche toute tordue pour mieux se faire entendre : "Madame, c'est quoi un cafre ?"

"Un cafre ?"

"Oui, un cafre."

Puis, les yeux baissés en une très ancienne attitude de confidence, semblable à celle qui depuis des temps immémoriaux poussa deux hommes à en attaquer un troisième pour le pendre à un arbre et le dévorer conjointement, une action ni bonne ni mauvaise, ni noble ni vile, de pure nécessité, Frutuoso avait ajouté : "Madame ne sait pas, mais elle devrait savoir que les gens commencent à jaser et à dire que la nièce de Madame, et donc la nièce de Monsieur l'ingénieur, est en train de se *cafréiser*… Que Madame et Monsieur le permettent. Madame m'excusera d'employer un mot pareil…" Et Frutuoso avait répété le même vocable avec la répugnance de celui qui sort une grave obscénité. C'est alors que le premier lien se fit jour dans l'esprit de la tante Angela Margarida. Le nœud du drame s'était révélé. C'était arrivé après le déjeuner, la veille, quand Frutuoso ramenait sa patronne du restaurant à chez elle dans la BMW anthracite. Mais maintenant, et seulement maintenant, dans la courbe de la route qui donnait sur les marais salins, elle voyait tout.

Elle voyait sa sœur Gininha, cette boussole détraquée, ce roseau au vent qu'était sa volonté, elle voyait pour quelle raison celle-ci lui avait téléphoné le samedi après-midi et lui avait parlé d'un tourbillon de surprises et d'accidents survenus depuis la disparition de leur mère. Malheureusement, des idées irrationnelles, comme celles dont son propre mari se berçait, selon lesquelles les morts veulent non seulement des choses, mais des choses justes, dansaient dans la tête de Gininha. Quelle horreur, Angela Margarida se sentait cernée de tous côtés par des débiles mentaux. Mais la veille, elle avait dit au chauffeur : "Monsieur

Frutuoso, expliquez-vous un peu mieux…" Et, comme s'il faisait la leçon à sa patronne, comme s'il lui ouvrait les yeux, il lui avait dit : "Mais Madame sait bien qu'après la mort de Madame votre mère, votre nièce est allée se réfugier dans la Vieille Fabrique… Où est-ce que je suis donc allé la chercher quand Monsieur et Madame sont revenus de Cancún ? Où donc ? Où est-elle allée tous les après-midi, ou presque, pendant l'automne ? Ne vous l'ai-je pas dit ? Je la voyais, c'est vrai, à droite et à gauche, mais elle se dirigeait toujours, toujours de ce côté-là. Je croyais que Madame savait… Bien sûr que Madame n'était pas au courant de la cafréisation…" Et Frutuoso, comme s'il avait surpris ses patrons en situation d'ignorance et de manquement vis-à-vis du monde, avait élevé la voix au moment de conclure : "La nièce de Madame s'est cafréisée. Elle mange et dort avec eux. Tout le monde est au courant et bientôt ça sera dans la presse régionale et tout de suite après dans la nationale. Car ça ne tardera pas… Et si jamais Madame voulait la voir de ses propres yeux au milieu d'eux, elle n'aura qu'à se donner la peine d'aller dans cette voiture jusqu'au Banana… Au début, ils allaient seulement au Pomodoro, mais après ils ont commencé à aller au Banana et au Mãos Largas. Vous savez, ils vont absolument partout…"

Oui, ils étaient allés jusqu'au Banana, un restaurant au bord de la route, au milieu de beaucoup d'autres, notamment le Pomodoro et le Mãos Largas, certains dont la façade donnait sur le devant, d'autres sur l'arrière. Le Banana avait une immense terrasse qui enjambait tout le bas-côté jusqu'à l'asphalte.

Les voitures et les motos étaient éparpillées et laissées à la va-comme-je-te-pousse. Ils avaient roulé lentement. Frutuoso, avec ses cheveux très raides comme ceux d'un Oriental, sa moustache de Turc dans une face maigre de vieux paysan portugais ressuscité des années 50, vêtu d'un costume moderne bien coupé, conduisit sa patronne lentement et dit : "Regardez, les voilà, sa Mitsubishi à lui et à côté la Clio blanche…" Et Frutuoso avait ajouté : "Madame veut que je m'arrête ? Madame veut que j'entre ? Madame veut entrer ?" *Je ne sais pas, je ne sais pas,* disait le silence stupéfait de Madame. Mais l'esprit d'initiative du chauffeur fut le plus fort et la BMW s'arrêta et, comme par un fait exprès, des jeunes gens sortirent et se jetèrent sur un de ces destriers d'acier qui se mit à vrombir avec fracas et aussitôt après ils apparurent, courant et sautant comme deux enfants déchaînés sur une plage, lui et elle, le Mata en question et Milene, tous deux cabriolant dans le froid en direction de leurs voitures. Elle, Angela Margarida, les avait vus tous les deux, main dans la main. Elle beaucoup plus petite que lui, sautillante, et lui, sombre et dégingandé, vêtu d'un volumineux blouson en cuir. Elle dans un imperméable ultra-court. Elle, elle. Elle attendit que le Mata lui ouvre la portière de l'intérieur de la voiture et elle sauta dedans. Elle tira la portière. Ils auraient très bien pu apercevoir la BMW, ils étaient tout près les uns des autres, mais ils n'avaient sûrement rien vu, tous deux étaient certainement aveugles. Quand la Mitsubishi démarra, tous deux avaient mis des lunettes de soleil à reflets. La Clio, elle, resta sur place, devant le Banana. Frutuoso avait dit: "C'est intolérable, intolérable..." Angela Margarida avait renversé la situation. "Ce qu'il faut, c'est garder son calme..." Du calme, du calme, M. Frutuoso. Justement, parce qu'en un premier temps, elle ne voyait pas encore très clairement.

Mais à présent, devant les salines, avec la couleur rose du matin qui s'évanouissait, remplacée par la pâleur solaire du mois d'avril sec et froid, elle voyait tout, peut-être à cause de la splendeur qui émanait des rectangles d'eau d'où émergeait un soleil éclatant. Frutuoso avait dit: "Eh bien, on va garder son calme... Et sur toute la largeur des articles diffamatoires, comme dit Monsieur l'ingénieur, on va pouvoir lire: *La nièce du maire Ludovice chez les Cafres...*" Pour que Frutuoso ne concrétise pas aussi crûment ce qu'elle-même pressentait, Angela Margarida avait dit: "Non, monsieur Frutuoso, on dit ça, mais on ne l'écrit pas. Vous ne savez donc pas que l'on n'écrit pas ce genre de chose? Vous ne voyez pas le danger que cela représenterait pour celui qui écrirait ça? Vous ne vous rendez pas compte? Vous ne connaissez pas la loi portugaise?"

"Non, senhora dona Angela Margarida, je ne connais pas les lois, malheureusement..." avait dit Frutuoso en la reconduisant lentement chez elle, dimanche après-midi.

Voilà où se trouvait le nœud du drame venu de loin, les faits étaient visibles, ils attendaient d'être élucidés. Il fallait les élucider. Depuis le soir précédent, elle ne pensait qu'à leur dénouement, elle avait un pressentiment qu'elle n'arrivait pas encore à préciser, c'était juste l'idée vague, mais certaine, qu'il allait falloir faire quelque chose.

Oui, il faut faire quelque chose... se dit-elle, tournant le dos à la clinique, sa voiture garée face aux salines blanches. Elle tendit le bras, mit du temps à trouver son portable. La tenaille de l'angoisse avait la forme d'une lame double. Elle appela : "Gininha ?" Il lui fallait parler sérieusement à sa sœur Gininha.

"Bien sûr, j'ai tout vu. Ne me cache plus rien. Ils sont allés chez toi, oui ou non ? Alors, pourquoi ne l'as-tu pas dit tout de suite ? Pourquoi m'as-tu simplement dit qu'elle allait chez nous ? Pourquoi ne m'as-tu pas parlé de lui ? D'accord, à ce moment-là j'étais très occupée, mais si tu m'en avais parlé, ç'aurait été très différent... Non, je ne t'accuse de rien... Je ne sais pas comment tout ça est arrivé. Maintenant il faut faire quelque chose... Oui, évidemment, toi tu ne vois rien qu'on puisse faire, le contraire m'aurait étonnée..." Dans sa Honda basse sur roues, Angela Margarida s'agita : "Tu ne vois rien de mal à ça, n'est-ce pas ? Mais tu ne vois rien de mal parce que tu trouves ça bien ou parce que tu ne veux pas te remuer ?" Elle s'interrompit, immobile dans l'habitacle délicat de sa voiture posée sur le sol recouvert de salpêtre. "Très bien, tu ne vois ni mal ni bien... Parfait, absolument parfait. Alors, au revoir..." Angela Margarida portait un manteau en laine et elle commençait à avoir chaud. Elle l'ôta. D'un doigt nerveux, elle chercha le numéro d'Afonso.

"Afonso ?"

Afonso Leandro était en chemin pour le tribunal et il avait un problème sérieux. À la minute même, il ne pouvait pas s'occuper des affaires de la fille de José Carlos. Un type allait perdre vingt millions d'escudos pour une question d'honneur. Bien entendu, il était du côté de l'honneur, mais quand l'honneur passait avant tout, cela lui mettait la puce à l'oreille. Un type dont l'honneur atteignait les vingt millions n'avait-il pas trop d'honneur ? Angela Margarida était en chemisier dans la Honda. "Écoute, il faut faire quelque chose... Et c'est moi qui dois agir ? Pourquoi moi et pas vous ? Tu dis que tu es carrément contre et que tu vois un

grand désastre poindre à l'horizon, mais que tu ne sais pas par quel bout le prendre. Comme si quelqu'un avait jamais su comment faire face à un désastre avant de décider d'y faire face. Alors très bien… Reste avec l'honneur de ton client pendant que ces deux-là se baladent partout, main dans la main, ta nièce sautillant à côté de lui, comme je les ai vus faire… Reste donc avec ton client…" L'angoisse libérait les lames, les réflexes d'Angela Margarida s'accélérèrent. Vite, très vite : "Dom. Silvestre ?"
"Oui, je viens de parler à ta femme."

"Ah ! Vous les avez vus chez vous, vous les avez même reçus parce que vous avez pensé que vous ne pouviez rien faire… Le problème aurait déjà dû être réglé avec ce boulet qu'est la Vieille Fabrique que nous n'avons pas encore vendue ? Comment ? C'est pourtant toi qui disais, année après année, que nous avions tout le temps devant nous, que nous étions simplement en train de lapider un diamant ? Mais maintenant, tout à coup, tout doit se faire dans l'urgence, du jour au lendemain, le diamant doit passer aux mains des Hollandais. Et comme l'affaire ne s'est pas faite selon ton calendrier, eh bien, que chacun se débrouille tout seul, c'est ça, n'est-ce pas ? À partir de maintenant, chacun avec son bolide, chacun avec sa propriété, chacun avec son parcours de golf, chacun avec sa partie de chasse et sa carrière. Oh oui, j'imagine très bien, je ne doute pas du tout que tu saches combien la terre est obstinée. Ce que la terre ne veut pas donner, elle ne le donne pas. Oui, on ne peut l'exploiter que dans la mesure où elle y consent. C'est la terre qui commande, on ne peut pas la forcer… De même pour les pierres et les cailloux… Mais dis-toi bien que ce n'est pas l'exemple que tu donnes aux autres… Que Milene reste donc avec qui elle veut, avec qui bon lui semble, dès lors que ton commerce avec la croûte terrestre n'en souffre pas. N'est-ce pas ? C'est bien ça ?" Dom. Silvestre avait raccroché depuis longtemps et Angela Margarida continuait à parler dans le vide.
"Dom. ? Dom. ?"

Elle était toujours devant les salines blanches. Comment se faisait-il donc que des pyramides blanches de sel puissent sortir de cette étendue d'eau sale ? Quelle force résidait donc dans la terre, la lumière, l'air, qui n'existait pas dans le cœur humain, lequel, malgré tout le désir qu'il en avait, ne parvenait jamais à transformer réellement quoi que ce soit ? Pauvre cœur humain, faisceau de muscles parfaits, rattachés au misérable arbitre de la tête brute. Elle n'était pas très sûre qu'il en allait ainsi, mais quelle importance ? Elle regardait par la fenêtre de sa voiture et elle réfléchissait, réfléchissait, paupières gonflées, cernes immenses, yeux noyés de larmes, cheveux blond cendré tirant sur le jaune. La tenaille la torturait. Il faudrait peut-être qu'elle téléphone à Rui, son mari éternellement occupé.

"Oui, c'est moi..."

"Excuse-moi de te déranger, mais je n'arrive pas à franchir le seuil de la clinique, je m'en sens incapable. À cause de Milene... Oui, le jour du marathon je l'avais trouvée bien, elle se souvenait de tout, elle a reconnu les passages que nous lui avons lus, elle a collaboré avec nous... Et, tout à trac, cette révélation stupéfiante. Ne trouves-tu pas qu'il faudrait faire quelque chose ?... Je t'écoute. Oui, il faut faire quelque chose. Trouver un remède. Je ne sais pas encore lequel, mais j'étais sûre que tu me dirais précisément ça... Faire quelque chose, ne pas attendre que le ciel nous tombe sur la tête. Agir, agir. Car pourquoi attendre ? Attendre qui ? Eh bien merci, merci beaucoup, mon chéri..." La tenaille s'ouvrit, la nausée la quitta, ses pensées prirent leur envol, se dotèrent de grandes ailes. Angela Margarida avait mis le contact, la voiture démarra lentement. Son mari avait parfaitement raison, le monde était dans une situation pathologique à cause des multiples erreurs de la nature. Des erreurs de Dieu. Mais jusqu'à quel point devrions-nous nous faire complices des erreurs de la nature ? Ou même de celles de Dieu ? C'était textuellement ce qu'il avait dit. Rien de plus, mais cela suffit à lui donner de l'élan. En moins de temps qu'il n'en faut pour le dire, elle arriva à la clinique sans veste, en chemisier. Elle entra, entrevit la salle d'attente bondée à travers la porte translucide et l'humanité lui parut être un grand corps malade. Ou constamment en voie de devenir malade. L'on était à peine né que déjà l'on commençait à mourir. Une erreur. À quoi servait la clinique des Salines ? À réparer le monde malade, le monde des hommes naturellement entaché d'erreur. Elle savait que l'univers clinique avait d'autres objectifs, mais en cet instant son cerveau troublé ne voyait que l'erreur. La grande erreur de la nature. Et le défi lancé à l'efficacité humaine pour la réparer.

Il était en effet urgent de faire quelque chose.

De trouver une solution. Pendant qu'elle se déshabillait pour se vêtir de blanc, incapable pour la première fois d'entrer dans la ronde effrénée de la clinique, elle se disait que la solution était peut-être en train de venir à sa rencontre. Angela Margarida s'assit dans son cabinet minuscule. Elle n'était pas femme à remâcher des souvenirs et des regrets, mais soudain le temps ouvrit tout grand ses vannes et lui présenta des images très nettes du passé.

Il lui restitua surtout des images de son frère aîné. C'était comme si elle revoyait José Carlos dans les dernières années de sa vie ainsi que les circonstances dans lesquelles Milene avait surgi. Ce sujet n'était jamais effleuré, jamais évoqué, il était même défendu d'y faire allusion. Seul Afonso s'excitait de temps en temps et disait ce qu'il ne fallait pas avec des mots malséants pour un homme de sa condition. Pour le reste, silence absolu, comme le souhaitait leur mère. À présent, toutefois, le sujet était devenu incontournable. Soyons clairs: Angela Margarida, outre son statut d'épouse du maire, continuait à se sentir d'abord et avant tout une infirmière, une personne vivant au milieu des traumatismes, des maladies, des symptômes, des pathologies, des étiologies, des diagnostics, des thérapies, et elle connaissait le mot exact qui caractérisait sa nièce: *Oligophrène*. Il était inscrit sur la fiche du médecin qui l'avait examinée en 1977, quand elle avait treize ans. Le médecin avait d'abord écrit *Oligo*, puis de son écriture lente et penchée, comme dans les lettres d'amour du XIXe siècle, il avait tracé *phrène* et expliqué l'origine grecque des deux mots à sa mère, Regina Leandro, et à elle-même, toutes les deux devant le bureau d'un médecin qui ne portait pas de blouse blanche, lequel avait dit: "On ne peut absolument rien faire. Il faut simplement s'armer de patience, d'une longue patience, aussi longue que sa vie. Mais ne vous faites pas de soucis, mesdames, nous sommes tous un peu comme ça… Ou *oligo* ou *schizo*, tous autant que nous sommes. Quelquefois il semblerait même que nous soyons l'un et l'autre en même temps. Elle sera peut-être même heureuse. Qui sait si elle ne sera pas même extraordinairement heureuse ? Pour le reste, une médication adéquate de temps en temps et une longue, longue patience… *Voilà**…" Ce médecin avait reçu une formation aux États-Unis, mais le mot qu'il utilisait le plus fréquemment pour couronner ses raisonnements était français. Il l'avait prononcé à plusieurs reprises. Un médecin qui ne portait pas la blouse, qui disait que nous étions tous des malades mentaux, qui avait eu son diplôme en Amérique, qui parsemait son discours du mot *voilà*, ce médecin avait semblé à Regina Leandro ne pas être digne de confiance. En deux ans, elles avaient consulté près de vingt cliniciens. Tous étaient unanimes. Leur diagnostic était identique, leur analyse du comportement du sujet identique, quelques divergences les séparaient, mais ils étaient tous unis autour de la même certitude : la cause de la pathologie était inconnue. Mais la tante Angela Margarida la connaissait.

La cause avait un rapport avec la gestation de l'enfant.

Pour la tante Angela Margarida, l'idée courante selon laquelle les fruits des grandes amours étaient marqués du sceau de la perfection n'était qu'un mensonge. En tant que technicienne de la santé, son expérience lui disait exactement le contraire, à savoir que les enfants de la passion étaient d'habitude névrotiques et difficiles, voués à l'échec, comme si l'être humain ne supportait pas une origine trop exaltée. Son expérience de la vie lui disait que les fruits des amours paisibles, ou même seulement de la chaleur du foyer, se révélaient être très différents de ceux qui naissent de la passion extrême. La passion vit pour elle-même, elle n'a pas besoin de prolongement par-delà ses propres actes. Elle n'a pas besoin de descendance. À son avis, les enfants de l'extase étaient sûrement blessés par le souvenir de leur insignifiance en comparaison avec un sentiment qui les marginalisait. En tout cas Angela Margarida soupçonnait qu'il en était ainsi et jusqu'à présent toutes les preuves qu'elle avait recueillies confirmaient cette thèse. Et voilà que surgissait Milene.

Tous savaient que sa nièce avait été engendrée en pleine passion extravagante de José Carlos pour l'hôtesse de l'air Helena Lino, une femme plus âgée que lui avec le visage de Julie Andrews et le tempérament de Raquel Welch, une sacrée pin-up qu'il avait épousée au bout de six mois, entraînant tout et tous derrière lui jusqu'à la chapelle de Cascais où ils s'étaient mariés. Mais quinze jours plus tard ou peut-être moins, José Carlos avait commencé à soupçonner que l'hôtesse de l'air avec qui il avait fait ce mariage luxueux ne lui appartenait pas, qu'elle était une offrande au monde. Il imaginait non sans raison que la population entière, surtout celle des avions, voulait la posséder ou tout au moins la toucher, ce à quoi elle consentirait très volontiers. La moitié des appels téléphoniques qu'il lui passait pendant les fins de semaine angoissées qu'il passait à la villa Regina était pour la traiter d'évaporée. Voilà pourquoi José Carlos lui avait enlevé la nouvelle-née et l'avait ramenée avec lui, cette nuit mémorable de Noël, en 1964. Non, l'hôtesse n'était jamais venue récupérer sa fille comme il y comptait. Elle ne voulait pas de l'enfant. José Carlos allait rejoindre l'hôtesse qui, semble-t-il, lui ouvrait de temps en temps la porte de son appartement avenue de l'Infante Santo. Quand elle ne lui ouvrait pas, il allait s'asseoir bêtement, lui, un homme intelligent, dans l'aéroport de Portela, simplement pour la voir passer avec le reste de l'équipage avant de s'envoler pour Dieu sait quelle destination. Angela Margarida était persuadée que c'était pour se sentir libre et pouvoir courir tout à son aise après l'hôtesse que José Carlos s'était débarrassé d'une fabrique solide et qui marchait encore bien, fait sans précédent sur le rivage du Portugal.

Pourquoi ne disait-on pas la vérité ? Pourquoi travestissait-on son geste quand on racontait la scène du coussin de velours ? Dans son interprétation à elle, Angela Margarida, ce n'était pas parce que José Carlos était sensible au vent de l'Histoire qu'il avait donné les clés aux gens de la troisième vague, mais pour se libérer de la responsabilité de ses attaches avec Mar de Prainhas. Ensuite il y avait eu le tout dernier voyage de José Carlos avec l'hôtesse de l'air, en 1976. Personne ne faisait allusion à Milene à propos de ce voyage, sauf Afonso quand l'envie le prenait de fouiller dans le passé. Milene non plus ne posait pas de questions, elle avait douze ans quand tout cela était arrivé. Seul le médecin de formation américaine, comme si le secret du monde était élucidé de cette façon et comme si *voilà* était le résultat indélébile de tout, le trait horizontal au-dessus de la somme, avait dit *voilà*, puis il avait recommandé qu'on ne la trouble pas, la patiente pourrait même être très équilibrée, mais surtout qu'on ne la tourmente pas avec la question de son origine. À quoi bon? D'ailleurs, il n'était pas avéré que Milene était ainsi, hors du commun, à cause de la course effrénée de son père avec elle, de Lisbonne à Valmares, une nuit de Noël, alors qu'elle avait à peine un jour de vie. La cause? Sans pécher par présomption, Angela Margarida la voyait très bien. Mais bien qu'on lui eût tout raconté, le médecin qui avait écrit ce mot pour la première fois sur la fiche de Milene ignorait la cause. Le médecin avait souri et s'était déclaré incapable de la déterminer. À son avis, Milene pourrait fort bien avoir son intelligence à elle et mener une vie normale, et, si nous réfléchissions bien, insistait-il, force nous serait de reconnaître que nous étions tous un peu comme Milene. Tout le monde, finalement, était un peu comme Milene. Pourquoi dramatiser, mesdames? *Voilà*. C'était tout ce que la science nord-américaine située dans la bruyante avenue Fontes Pereira de Melo, à Lisbonne, avait eu à dire à l'époque.

Oui, il était urgent de faire quelque chose.

Il n'y avait aucun doute possible. Milene, à treize ans, était comme si elle en avait neuf, à quinze ans elle en aurait dix, et parfois cinq et d'autres fois trois, et soudain elle exhibait son âge véritable, servi par une petite voix aiguë comme une enfant de dix ans qui prononçait les mots avec le bout de la langue comme si elle avait deux ans. À vingt ans, elle aurait une quinzaine d'années et à vingt-cinq peut-être les mêmes quinze ans. L'âge que lui attribuait à présent Angela Margarida. Milene avait trente ans de vie et quinze ans d'âge mental. Étant donné ce dérangement, on comprenait que Milene n'ait jamais montré d'inclination pour l'amour. Ses quinze ans ressemblaient à quinze ans naïfs, ou plutôt à sept, se disait-on. Sept ans dans un corps qui en avait trente. Et dans tous les domaines. Dans la conduite de sa vie, dans l'organisation de ses affaires, elle en avait tout juste quinze. Quinze années sobres, infantiles. C'est bien pour cette raison que sa sœur, son frère et elle-même avaient dormi tranquilles. Milene ne se montrait pas parce qu'elle était sans doute en accord avec elle-même, elle gérait sa vie toute simple, ses horaires simples, ses plaisirs simples faits de glaces, de jus de fruits et de coups de téléphone pendant qu'eux, ses tantes et ses oncles, ne savaient où donner de la tête tant le tourbillon de leur vie les absorbait. Elle-même avait une vie compliquée à la clinique, son mari une vie si compliquée qu'on ne pouvait même plus parler de vie mais d'auto-immolation pour une société détestable qui ne le méritait pas. Bref, inutile d'en dire plus. Sa sœur et Dom. Silvestre, occupés par leur existence inexplicable, leurs enfants, leurs carrières funestes, de même que par diverses autres affaires, des amendes, des menaces de mort, des constructions au bord de la mer, de futures grandes métropoles, les ambitions du beau-frère Dom. qui souvent ne dormait pas à la maison et qui partait avec un pistolet dans sa poche, au grand désespoir de sa sœur Gininha. Son frère Afonso lui aussi avait une vie compliquée. Son cabinet, ses procès, ses pépées interchangeables, ses costumes de jockey et ses chevaux. Tout cela avait continué et s'était même accéléré après la mort tragique de leur mère.

Ils avaient quand même essayé de soutenir Milene, tenté de se la distribuer entre tous chaque semaine, mais cela s'était avéré impossible à cause de leurs vies.

Pour récapituler: d'un côté, leurs vies compliquées et de l'autre, l'erreur qui avait explosé en Milene... Les jacinthes qui proliféraient au fond de l'eau. D'ailleurs, le spécialiste qui avait dit vingt fois *voilà* en une heure de consultation en avait atténué la gravité, mais il n'avait jamais dit qu'il n'y avait pas d'erreur. Le message transmis par le médecin était que nous participions tous de la même erreur et que, par conséquent, tous ceux qui avaient en eux une part plus faible de ladite erreur devaient aider les autres, ceux dont la part était plus grande, à se libérer du mal commun à l'espèce: le fait d'être tous et chacun la déclinaison de la même erreur. Donc, elle, la tante de Milene Lino Leandro, avait le devoir d'aider sa nièce.

Oui, si dans un premier temps elle avait éprouvé un sentiment de révolte contre cette fille claire comme sa mère et petite comme son père, qui tantôt lui paraissait laide, tantôt simplement insignifiante, une personne qui existait juste pour enquiquiner les autres, et soudain, la première fois qu'elle restait seule, elle courait se vautrer dans la boue et tout cela lui donnait envie d'aller la secouer, de lui flanquer quelques bonnes gifles, elle imaginait même sa main allant et venant sur le visage de sa nièce, en avant, en arrière, pour la corriger, la châtier et en même temps l'éloigner du danger – elle s'entendait elle-même vociférer –, cela en un premier temps, car à présent son sentiment avait totalement changé, il était à l'opposé. À présent, elle éprouvait de la commisération et de la pitié. De l'affection, peut-être. De l'amour, pourquoi pas ? La voix du sang parlait plus haut chez elle depuis qu'elle voyait tout, retenait tout entre les cinq doigts de sa main, et toute seule. Il n'y avait aucun doute. Il fallait aimer Milene, la préparer et la préserver maintenant qu'elle avait été abandonnée par les siens pour la deuxième fois. La famille ne pouvait pas l'abandonner encore une fois. Et Angela Margarida imagina l'avenir de sa nièce à côté de ce garçon que sa sœur et le gardien-portier avait décrit la veille au soir comme étant relativement normal, mais qu'elle-même avait vu sortir du Banana d'un pas de maraudeur et elle se dit qu'elle devait agir. En cet instant, sa révolte se retournait contre des gens comme Barbosa du Mãos Largas qui leur devait tant et qui était sûrement au courant de tout, mais qui ne les avait pas avertis. Et que penser de la femme de ménage ? Comment avait-elle pu se taire, celle-là ? Il fallait agir.

C'était indispensable.

Angela Margarida regarda la porte en face et lut le nom du directeur de la clinique : *Dr Luis Seabra, Directeur*, c'était lundi. Analyses et traitements s'accumulaient et elle était là, complètement inerte. Il lui fallait encore un instant pour réfléchir avant d'agir. Oui, il devenait nécessaire d'empêcher cette affluence, de détourner les patients et de les orienter vers d'autres établissements si l'on ne voulait pas voir se ternir la réputation exemplaire de cette clinique. Au-dessus du bureau de la direction, on pouvait lire la devise d'Hippocrate : *Primum non nuocere*. Une estampe romantique représentait un blessé enveloppé d'un linge transporté par deux hommes alors qu'un troisième, lanterne à la main, éclairait le chemin sombre. Sûrement un truc anglais. Qui nous reportait à un temps où le corps n'était pas encore le corps, mais juste un amas de magie et de mystères. Certaines expressions

ridicules, démodées, traversaient les siècles, telles des gardiennes de principes privés de leur sens. *Primum non nuocere.*
Oui, elle avait décidé d'agir, de faire quelque chose.

Toutefois, elle voulait encore tenter la dissuasion. Aimait-elle ou non la fille de José Carlos ? Oui, elle l'aimait. En pensant à la façon dont Milene avait réussi à collaborer le matin du marathon et dont elle avait été sensible à l'abattement de Rui, en piètre état ce jour-là, sa nièce comprenant tout ce qui se passait comme n'importe qui d'autre, son cœur se remplit de tendresse. Il fallait la protéger, s'occuper d'elle, l'écarter de tout le mal de ce monde.

Alors, tout au long de cet après-midi, il y eut un échange interminable de coups de téléphone entre Angela Margarida et sa sœur Gininha. Gininha était entièrement d'accord avec sa sœur, il fallait tenter de dissuader Milene.
Sur ce sujet-là, les sœurs étaient unies.
Une devant, l'autre derrière, chacune dans sa Honda, elles se dirigèrent vers la villa Regina comme elles ne l'avaient plus fait depuis le mois d'août puis, séparément, pendant la période du calendrier perpétuel. Toutes les deux, comme depuis le matin du jour de la dispute, après leur voyage en été. Toutes les deux arrivèrent sur la vieille route à la tombée de la nuit. Toutes les deux aperçurent de loin la villa illuminée. Elles revenaient dans la maison où elles avaient passé leur jeunesse et elles virent la vie, l'espace d'un instant, à la lumière d'un éclair lilas. La voiture blanche de Milene était garée sous les acacias. Les deux tantes somnambules, encore incrédules, voulaient entrer dans la maison pour parler à Milene. Milene, bonnet sur la tête, voulait sortir. Elle était contrariée. “Vous voulez me parler maintenant ?” À voir l'expression de Milene, maintenant était *le moment le plus mal choisi* pour venir lui parler. Milene, à côté du portail de la villa Regina, très ennuyée, déclarait qu'elle avait un fiancé père de trois enfants à qui elle voulait tenir compagnie avant qu'il ne fasse tout à fait nuit. Regardant sa montre, Milene déclara qu'elle était en retard et ne s'arrêta pas près du portail. Perchée sur ses chaussures de tennis, dans sa jupe courte, haute comme la paume de la main, si courte qu'elle aurait pu passer pour une jupe de

tennis si elle avait été blanche. Avec un blouson de cuir noir semblable à celui d'Antonino Mata.

"Nous sommes venues te parler. Ne peux-tu pas attendre un tout petit instant?" *Une longue patience, mesdames, aussi longue que la vie...* "S'il te plaît, Milene, nous voulons te parler..."

Milene, ainsi attifée, jambes couvertes de bas résille sombre avec un motif en losanges. Ses bracelets tintant comme des battants de cloche. Souriant très parcimonieusement à ses tantes. Souriant à peine. Regardant sa montre. Quand Milene avait-elle appris à regarder sa montre? Quand? Milene décidant: "Je ne peux pas, vous ne voyez donc pas que j'ai ma vie?" Milene se dirigeant à la hâte vers sa Clio en se trémoussant dans sa jupe. Sans se retourner.

Gininha, sans savoir ce qu'elle disait, capitula.

"La voilà qui s'en va..."

Angela Margarida sentait que la nature, l'erreur de la nature se manifestait dans toute sa force, ébranlant tout. Aussi absurde et injuste qu'un tremblement de terre. Et même si cela n'avait pas été une erreur de la nature, mais de Dieu lui-même, il fallait agir. Car si Dieu parlait, ce devait être de très loin, dès lors que ses paroles se perdaient en cours de route et que, quand elles arrivaient aux oreilles humaines, elles n'étaient plus que des souffles et des soupirs. Il fallait inventer constamment la parole de Dieu à partir de ces syllabes susurrées et ténues. D'ailleurs l'image la plus solide de Dieu s'alimentait de cela même, de l'ambiguïté sonore de sa parole. Pensait la tante Angela Margarida. Alors elle aussi capitula. Toutes deux s'accordèrent pour capituler. Elles se tenaient devant la maison de leur mère. Qu'aurait fait leur mère si elle avait été en vie?

Elle aussi aurait capitulé, évidemment.

"Gininha? Écoute un peu..."

Le soleil s'était déjà couché quand Angela Margarida persuada sa sœur de convaincre leur nièce qu'elle ferait bien de passer à la clinique maintenant qu'elle avait décidé de mener une vie de femme normale. Gininha et Milene étaient très proches, elles se comprendraient bien mieux. Mais il fallait que Milene aille à la clinique car aucune des deux tantes ne se souvenait qu'elle ait jamais fait d'examens dans sa vie autres que psychiques. Elles étaient d'accord, c'était décidé. Si cela dépendait de Gininha Leandro, bien sûr que Milene irait à la clinique.

23

C'est la dernière fois que nous verrons la fourgonnette d'Antonino Mata. On nous en reparlera par la suite, dans d'autres circonstances, mais c'est la dernière fois qu'elle est entière, que son apparence est intacte et son habitacle complet, sa peinture parfaite. En ce moment, elle est encore garée à côté des acacias et la silhouette de son conducteur, vêtu de noir ce jour-là, se distingue à peine. Les enfants, eux, oui, sont visibles. Ils sont vêtus de couleurs claires et portent des bonnets rayés sur la tête. L'aîné, aux épais cheveux ondulés qui débordent du bonnet, tient dans la main un jouet en plastique. Le cadet lèche la vitre de la fenêtre avec sa langue rose. Le benjamin, recouvert d'un châle, dort dans le siège auto. Pendant quelques instants, aucun des quatre ne bouge, enveloppés par l'obscurité des branches et le réverbère au-dessus. Mais Antonino ouvrit la vitre de son côté et cria en direction de la maison : "Milene !"

Il pouvait l'appeler tout à son aise. Il n'y avait personne à proximité. Parmi les villas voisines, les unes continuaient à être inhabitées, les autres se transformaient rapidement en entrepôts. La grande maison en forme de fer à repasser disparaissait sous les touffes de pervenches qui l'asphyxiaient. Comme le volume gigantesque du noyer cachait la villa où les lampes restaient allumées, il renouvela énergiquement son appel : "Hé ! Milene !" Milene ne répondait pas parce qu'elle était déjà près de la porte qu'elle refermait et soudain la masse compacte de la villa Regina fut plongée dans l'obscurité. Milene se dirigea vers la route. Une voiture pressée passa entre eux deux, mais s'arrêta dans un grand bruit de freins devant le chemin barré. "Attention !" Antonino traversa la rue pour prendre le sac de Milene. La voiture fit demitour et accéléra en traçant une tangente par rapport à Milene qui resta pétrifiée, ses *Blitz* éparpillées sur le sol. "Faites donc attention ! Vous ne faites absolument pas attention…" Fâché contre elle. Gesticulant. Comment pouvait-elle traverser sans regarder ? Comment pouvait-elle vivre dans cet endroit désert sans prendre un minimum de précautions ? Demandait-il, attrapant son sac et le portant sur son épaule tout en la grondant. Puis il en évalua le poids, faisant danser d'un côté et de l'autre son maigre bagage. "Oh là là ! Que de choses... Vous allez rester là-bas ?"

"Non", dit Milene. "Je ne resterai qu'un instant. Dans trois heures, je serai de retour chez moi."

"Trois heures ?" Antonino consulta sa volumineuse montre-bracelet. "Dans trois heures, je ne pourrai pas aller te chercher." La voiture qui revenait du chemin barré passa furieusement tout contre la voiture d'Antonino en vrombissant avec fracas en cette heure matinale. Antonino qui tenait encore les *Blitz* de Milene fit un bond de côté, interpella le fou dans la voiture, gare à vous si vous repassez par là, et il agitait les revues en l'air. "Vous vivez dans un quartier épouvantable, Milene, super dangereux. Je n'arrête pas de vous le répéter. Aujourd'hui, il y a des bandits partout, des assassins en pleine rue... Alors, comment allez-vous rentrer chez vous ?" Il était encore sous le coup de la colère et de la peur causées par la brute dans la voiture. Encore un peu et cette brute aurait renversé Milene. Oublie, laisse tomber.

Quant au retour chez elle, pas de problème, sa tante Angela Margarida avait promis de la ramener. Ce ne serait pas Frutuoso qui la raccompagnerait, mais sa tante en personne, l'assura Milene.

Pour le reste, tout était normal. Milene s'installa d'un bond sur le siège avant. Les deux enfants qui ne dormaient pas s'approchèrent d'elle en se penchant par-dessus le dossier du siège de la banquette. Antonino s'impatienta : "Asseyez-vous, bande de vauriens. La nuit ils ne dorment pas, ils jouent, et après, à l'école, ils ne font que dormir, ils n'apprennent rien..." dit-il en les repoussant derrière, à côté de celui qui dormait. Ils avancèrent ainsi, quittant la rue, s'engageant sur la route. Au croisement de l'hôtel Miramar d'où partait la route menant à la Vieille Fabrique, Milene dit très fort pour couvrir le bruit du moteur : "Après, tu vas devoir revenir en arrière, tout ça à cause de moi..." L'espace d'un instant, Antonino rit de plaisir. Au début, il se contenta de rire, sans parler. Puis il regarda de côté en faisant une légère embardée pour lui dire plus directement. "À cause de toi, je ferais chaque matin l'aller et retour jusqu'à Lisbonne. Tu ne me crois pas ? J'irais même bien plus loin, tu n'imagines pas... Allons-y." Il lui prit la main et l'attira à lui. Dommage que la fourgonnette fasse tant de bruit quand la radio n'était pas branchée. La Mitsubishi était un véhicule robuste, puissant, accroché à la terre, fait pour transporter des appareils et des outils, et aussi beaucoup de monde en cas de besoin. Une voiture silencieuse. Mais de temps en temps elle émettait un grondement rauque, comme si un circuit était grippé dans les engrenages du moteur. Voilà pourquoi il ne mettait ni la radio ni la musique, il concentrait toute son attention sur le bruit du moteur. Tous se taisaient. Ils roulaient sur la route plane, ils avaient encore une quinzaine de kilomètres à faire, plus vingt minutes avant que le jour ne soit complètement levé. Ils contourneraient Santa Maria, passant à côté de sa silhouette blanche, basse et crénelée, puis ils prendraient la route des salines, descendraient devant elles et plus loin, là où l'air était frais et où la nuit le phare offrait son fanal lumineux, s'élevait une construction isolée, faite de deux immeubles réunis, au milieu d'un terrain arboré entouré d'une grille hérissée de fers de lance, récemment peinte en vert. C'était la clinique. La semaine précédente, Milene y était déjà allée deux fois. Le soleil tardait à se lever en face, comme si le vent qui soufflait du nord-ouest les poussait tous vers l'Afrique. Antonino avait arrêté la voiture.

"Il est encore tôt. Tu ne veux pas qu'on aille prendre un petit-déjeuner un peu plus loin ? On a tout le temps. Aller là-bas, petit-déjeuner et revenir ne nous prendra que quelques minutes."

Milene s'était emparée de son sac. "Je ne peux pas. Je dois être à jeun aujourd'hui." Antonino était sorti de la voiture et serrait son blouson autour de son corps. Sinon le vent s'engouffrait dedans et en faisait une bouée.

"À jeun ? Je déteste ce mot. Jeun, jeûne..." Il lui rappelait de mauvais souvenirs, il se plantait au creux de son estomac comme l'annonce d'un malheur. Il se souvenait bien de ce mot, qui était accompagné d'autres : Eunice, jeûne, septicémie... Il s'en souvenait. Mais dans toute la mesure du possible, ni lui ni elle n'évoquaient dans leur conversation le malheur ou les sujets de contrariété, pas plus que la frayeur, comme celle qu'ils venaient d'avoir. La consternation le reprenait chaque fois qu'il pensait à la brute dans la voiture, et encore sous le coup du savon qu'il avait passé à Milene, il insistait : "Allons manger, Milene, allons-y. Comme s'ils allaient savoir si vous avez mangé ou non.. Allez, venez."

“Je ne peux pas”, répondit-elle.

La tante Angela Margarida avait dit qu'elle n'en aurait que pour un instant, mais elle n'avait cessé de lui répéter de ne rien manger. Milene regarda sa montre. Ils avaient exactement la même heure, sept heures et demie du matin. Cela n'avait aucun sens de s'être levés de si bonne heure pour se retrouver debout, tout ensommeillés, l'un devant l'autre. Ou cela en avait-il un?

Antonino continuait à parler, pour tuer le temps: “Aujourd'hui je n'ai vraiment pas de chance. C'est un autre mec qui ira là-haut. Si ça continue, j'irai dans un autre pays et je ferai des démarches pour être affecté à ce type d'engin. Et fini tout ça. Ici, on n'arrête pas de me casser les pieds. Après toi, c'est ce que je désire le plus...” Dit-il, grognon, vêtu de noir. “Et puis, je ne sais pas... Quand tu sortiras, regarde à droite et à gauche. Fais attention à toi...”

Ce début de journée semblait une plage de temps sans suite. Chacun avait commencé à aller dans sa propre direction. La destination de Milene était toute proche. Il lui suffisait de gravir quelques marches pour atteindre la porte de la clinique. Antonino lui envoya un signe d'adieu de l'intérieur de sa voiture avant de s'éloigner dans la lumière. Les bonnets des trois enfants derrière furent les derniers à disparaître. En ce début de matin incohérent, assise sur un canapé dans la salle d'attente entre deux personnes qui semblaient avoir dormi là, Milene se laissa aller à des pensées vagues tandis que d'autres patientes bien habillées et parfumées continuaient à entrer. Elles s'asseyaient, croisaient les jambes avec distinction et lisaient les livres écrits en lettres minuscules qu'elles avaient apportés. Milene se bornait à réfléchir. Elle ne lisait pas, elle se contentait de feuilleter ses *Blitz*. En rentrant à la maison, elle téléphonerait à son cousin. Pendant qu'elle feuilletait les revues, faisant défiler les images des chanteurs et les tableaux de classification des disques, elle s'entendait en train de parler à son cousin, de lui débiter les phrases banales du début de ses messages. Elle feuilletait. *Tu es là? C'est moi, Milene...* Mais cette fois ce serait différent, elle lui dirait sans préambule: *Il y a du nouveau. J'ai passé un long moment avec la tante Angela Margarida... La tante m'a parlé de toi et ça, c'est vraiment nouveau. Elle m'a dit que tu es en train d'écrire un livre sur la stupidité humaine et que tu en es déjà à la page 1000...*

C'est vrai ça? C'est une grande nouvelle... Puis elle lui dirait ce qu'il méritait d'entendre et c'était qu'elle ne lui téléphonerait plus jamais. La vie était ainsi faite, chacun désormais avait sa vie. Et à cette idée, soit à cause du silence qui régnait dans la vaste salle d'attente, soit pour une autre raison, Milene éprouva le besoin de mâcher un chewing-gum.

Sans savoir comment, elle était assise là et attendait, entourée de chaises et de personnes muettes, et c'était comme si elle était retournée sur le sable de la Praia Pequena et qu'elle avait retrouvé son amie Violante, à qui elle n'avait pas pensé sérieusement depuis des mois, assise sur les genoux de ce garçon en jeans troués. Violante découvrait son visage, regardait Milene et lui disait: *"Pourquoi es-tu si triste? Tu devrais te réjouir..."* C'était peut-être à cause de la frayeur du matin. Encore un chewing-gum. Et un troisième, en cas de besoin, pensait Milene en feuilletant ses revues. Pensive, elle ne lisait pas. Devant elle, les fers de lance et les branches effilées, sombres et ployées des filaos divisaient le paysage des salines en plusieurs tableautins. Derrière la porte, les marches. La tante Angela Margarida les gravissait et arrivait. *Tu devrais te réjouir...* Milene s'était présentée trop tôt à cause d'Antonino, cet homme que l'heure et tout le reste mettaient en effervescence. La tante avait dit: "À huit heures tapantes, Milene, n'oublie pas..."

Mais la tante arrivait avant huit heures, elle aussi. Et la brise du matin lui avait donné des couleurs. Elle portait un tailleur bleu ciel ou presque, en tissu épais, et par-dessus un manteau de la même couleur. Milene ne devait pas être la seule à la trouver très belle car un homme pressé, très grand et avec un veston au col relevé jusqu'aux oreilles, dont la simple présence éloigna deux personnes de la porte, demanda à la tante: "Alors, vous êtes prête pour votre journée auguste?"

"Comme toujours", avait répondu Angela Margarida en disparaissant à sa suite derrière la porte vitrée. Elle reparut une quinzaine de minutes plus tard. Il était huit heures un quart très exactement.

Elle était en blanc et portait sur la tête une coiffe avec deux orifices, un de chaque côté, par où l'on apercevait ses cheveux.

Ses bras étaient nus comme si entre-temps le froid s'en était retiré. Elle était sûrement prête à affronter une dure journée de labeur aux prises avec le corps humain. La brise du matin continuait à souffler dehors, couchant l'herbe et soulevant les papiers sur le trottoir, mais à l'intérieur le visage d'Angela Margarida continuait à rosir. Comme si tout son être s'emplissait de bonté. Milene n'avait jamais vu sa tante ainsi, aussi paisible, se diriger vers elle, la lever de son siège, la conduire avec douceur dans une pièce plongée dans la pénombre, lui disant : "Tu me donnes tes petites affaires ?" Milene lui tendit ce qu'elle avait apporté. Il était tout juste huit heures et demie du matin. "Une chose toute simple, très rapide. Déshabillez-vous et enfilez ça", lui dit une infirmière qui n'était pas l'infirmière en chef. Seule sa tante était la vraie chef. "Ça sera très rapide", dit encore sans se retourner une troisième personne en coiffe qui poussait une espèce de chariot.

Au même instant, une voix d'homme s'éleva derrière les vitres dépolies, celle-là même qui avait dit : *Vous êtes prête pour votre journée auguste ?* La voix grave de l'homme était mélodieuse, d'un son qui ressemblait à la couleur du visage de la tante. Vu son assurance, ce devait être un médecin. Il chantonnait *"La lune s'est levée et s'est arrondie au loin… Et la nuit est tombée…"* Puis il se mit à chanter vraiment. Sa voix vibrait très fort derrière la vitre, comme s'il parodiait le timbre d'un vrai orphéoniste qu'il était sans doute lui-même étant donné sa façon de projeter sa voix et d'emplir tout l'espace. Derrière la vitre de cette pièce plongée dans la pénombre, il continuait à s'activer à demi penché, comme s'il se lavait les mains dans une cuvette, sans les laver. Puis il se redressa, haussant la voix à mesure qu'il se relevait pour regarder un objet. *"Oh, viens voir, mon garçon… Il est si doux de rêver…"* Il chantait. Il s'avança dans la pièce plongée dans la pénombre. L'infirmière, de dos, actionna quelque chose. La pièce fut illuminée, c'était un salon et non une cour. Milene n'était vêtue que d'une chemise d'hôpital et elle avait froid.

"Vous avez froid ? Ça sera rapide."

Le médecin tournait toujours le dos et il se remit à chanter : *"Oh viens voir, mon garçon…"* Il n'arrêtait pas de chanter, d'une voix désinvolte et volubile qui montait et descendait. Milene trouva curieux qu'il chante ainsi et elle se mit à rire. Le médecin se retourna vers elle, élevant quelque chose en l'air et disant de nouveau : *"Oh, viens voir..."*

"S'il vous plaît, docteur Seabra, ne soyez pas sadique..." dit quelqu'un de dos, interrompant le médecin. Une voix péremptoire, désespérée. On aurait dit la voix de la tante. Pour secouer le silence glacial qui s'ensuivit, Milene rit tout haut. Elle rit tout haut pour qu'on se rende bien compte qu'elle riait. C'était effectivement la voix de la tante Angela Margarida. Ne soyez pas sadique. La tante se pencha vers elle. On voyait parfaitement, de bas en haut, le visage maintenant plus rond à cause de la position, les yeux noisette, les cheveux raides qui lui tombaient des deux côtés du visage, avec des mèches blondes brillantes, les paupières hautes semblables à celles de la grand-mère Regina. Les cils très noirs qui arrondissaient les yeux de la tante. Les cils de la tante qui battaient, qui la regardaient, la tante qui lui caressait la main, la main de la tante qui lui demandait si elle avait froid, au milieu d'autres visages tous penchés sur elle. Ensuite la voix de la tante s'entremêla à celle du médecin chanteur pour ne plus en former qu'une seule qui sombra dans le jaune, puis dans le noir. Et Milene eut encore une idée qui ne réussit pas à prendre forme, l'idée qu'elle n'était pas venue ici pour cela. En réalité c'était juste une intuition, un pressentiment du corps qui s'engageait tout entier sur cette pente glissante monté sur un coussin d'air où il était écrit : *Quelle surprise, je ne suis pas venue ici pour ça.* Et après, elle ne put plus dire : *Tiens, j'ai plongé dans le néant*, car elle avait justement plongé dans le néant.

Le néant continuait à être précisément le néant.

Un long intervalle sans poids ni espace, se prolongeant indéfiniment vers l'avant et vers l'arrière.

Sauf que le néant ne l'était pas complètement, le néant devait avoir un peu reculé, avoir rebroussé chemin, repoussé momentanément plus loin son néant de néant, car lui, le néant, avait commencé à être une branche contre une vitre. Une branche qui apparaissait et disparaissait, qui raclait la surface de verre et s'évanouissait. Comme si elle voulait entrer et ne le pouvait pas et que cette branche était tout ce qui existait et constituait le seul champ de conscience possible, et comme elle n'entrait pas et ne s'éloignait pas, elle n'était qu'une branche, car aucune action n'intervenait en dehors de cet aller et venir. La branche en tant qu'unique être en mouvement, qui voulait être, avoir une existence, là tout près de quelque chose qui était elle sans l'être, et pour cette raison même elle était quelque chose avant le néant qui se confondait avec ce puissant morceau d'arbre, cet être primordial qui allait et venait avec un raclement monotone, nasillard, en forme de néant. Et uniquement après que la branche fut allée et venue devant la vitre comme une main vigoureuse et antique, désireuse d'entrer, aussi antique et sauvage qu'aux temps où l'arbre était pareil à l'animal ou que, privé de ses racines, il s'était transformé en animal, seulement alors elle pensa qu'elle avait de nouveau une existence et à sa grande stupéfaction elle sentit qu'elle était quelque chose de moins que rien, ou de plus que rien, mais elle n'était pas rien de rien et elle se sentit étonnée de posséder ce don, celui d'être quelqu'un qui faisait des va-et-vient au réveil. La branche frissonna, se montra en entier et disparut aussitôt et elle n'était pas la branche et elle dit : "Je suis Milene. Je ne suis pas l'arbre qui m'agrippe derrière la vitre. Je suis peut-être moins, peut-être une chose morte, mais je ne suis pas l'arbre..." Stupéfaite. "Milene?" S'appela-t-elle elle-même. Et sa main rencontra sa poitrine et son épaule. Rien d'autre. Ce n'était encore qu'un étonnement du corps, pas de la conscience.

D'ailleurs elle était encore à demi-consciente lorsque son corps lui dit : *"Toi et moi sommes entrés sur un chemin qui n'était pas prévu."* Quelque chose était en effet tout à fait nouveau et inattendu. Une surprise. Mais comme la surprise n'atteignait pas vraiment le centre de son cerveau ou de son cœur, elle n'engendrait pas l'effroi. Milene ne pouvait pas dire qu'elle ressentait de l'effroi pendant que sa tête était collée à l'oreiller. C'était peut-être l'effroi avant l'effroi, fait pour l'instant de syllabes, de parties constitutives si espacées que même réunies elles ne réussissaient pas à produire de la perplexité. Ce n'était donc pas de l'effroi, mais son annonce, son signe avant-coureur. Un fragment de cet effroi s'approcha et lui montra la fenêtre blanche jusqu'au milieu de la vitre et au-delà la nuit. Ce qui voulait dire que ce n'était ni le matin ni l'après-midi mais la nuit. Un autre fragment d'effroi lui apporta des mains et des bras nus, une coiffe et le reste, et pourtant tout cela ne faisait pas partie de la tante, cela appartenait à une autre personne aimable, mais inconnue. Un autre fragment d'effroi poussa la personne inconnue à dire : "Quelle nuit, hein ? Vous avez entendu ?" L'autre fragment d'effroi entendit un grondement. Elle connaissait ce bruit, celui des éclairs au-dessus de la mer, amorti par le volume de l'eau, avec des zigzags féroces dans le ciel. Dormez, reposez-vous. Quelle nuit, hein ? C'est l'hiver qui prend congé. L'autre fragment d'effroi s'approcha dans le silence le plus complet, il portait un costume de laine bleue avec un manteau sur les épaules, il avait des cheveux blonds, raides, coupés tout droit à la hauteur du lobe des oreilles. Des souliers à hauts talons qui se déplaçaient sur la pointe. La silhouette se pencha sur elle en silence et disparut derrière le lit. L'effroi ne parvenait pas à se matérialiser, il avait la configuration du corps de la tante. Ensuite, Milene se rendormit.

24

Un nuage recouvrait la terre entre la clinique des Salines et la maison de la tante Angela Margarida. Au sud le nuage s'épaissit, grandit et d'autres surgirent derrière lui, obstruant l'espace. *Six*, pensa-t-elle.

Six assiettes, six couverts, six truites, six tiramisus, six. Six verres bas, six verres à pied, six sets de table individuels en lin, six serviettes, six tasses à café, six flûtes à champagne, six chaises, six dossiers, six. Six apéritifs, six digestifs, six salades vertes avec du melon et du jambon "patte-noire" comme entrée. Six mains droites maniant six couteaux, six mains gauches portant la nourriture à la bouche, six bouches, six têtes, six fronts, six opinions, six discours. Six de tout pour cette soirée spéciale. Six de tout pour un unique problème. Six personnes réunies pour faire le point de la situation et affronter ensemble le grand problème. On verrait alors qui parlerait le premier. "Six." Mon Dieu, pourquoi est-ce que je tourne autour de la table puisque la jeune fille a déjà mis six de tout ? Je me sens épouvantablement fatiguée.

Angela Margarida retira son manteau bleu et resta dans son tailleur de la même couleur et du même tissu, cintré et avec une jupe courte. Elle secoua le bas de sa jupe. Ne devrait-elle pas changer de tailleur ? Le vent et la pluie en avaient mouillé l'étoffe par endroits. Et une parcelle du tonnerre et des éclairs qui éclataient encore au-dessus de la mer s'était nichée dans ses cheveux. Une belle matinée, mais ensuite quel après-midi et quelle soirée.

Elle regarda sa montre. Huit heures et demie. Elle savait déjà que Rui arriverait en retard. Il se présenterait comme à l'accoutumée après tout le monde. Bien qu'elle lui eût recommandé d'être ponctuel, elle connaissait les raisons qui l'empêchaient d'honorer sa promesse d'être à l'heure. Son mari portait sur son propre dos cinq cents kilomètres carrés de territoire national. Cinq cents kilomètres de territoire national avec son passé, son avenir et son présent troublé le défiaient en permanence. C'était lourd. Rui, le maire Rui Ludovice, était grand et bien découplé, dans la rue il marchait droit comme un poteau télégraphique, mais si la population pour laquelle il œuvrait avec une abnégation totale pouvait percer à jour son âme, elle se rendrait compte que très souvent il marchait à quatre pattes comme un forçat. Il arrivait au dernier étage de cet immeuble avec vue sur la baie, le phare et les îles, et il ne les voyait même pas à cause de ses préoccupations d'homme condamné aux travaux forcés. Elle l'imaginait souvent dans le rôle d'un des Bateliers de la Volga, mais en l'occurrence halant le bateau tout seul, un bateau bien trop lourd pour ses épaules. Jour après jour, vers minuit il hissait la cargaison, c'était bien cela, il la hissait jusqu'au dernier étage, se reposait cinq heures et dormait à peine trois heures, à coups de médicaments et de massages dans le dos qu'elle-même lui administrait lentement, avec toute l'application dont elle était capable. Que deviendrait-il sans elle ? Ou si par hasard elle n'avait pas été une infirmière dévouée ? Que deviendrait-il, lui et les autres membres de la famille ? Ils lui devaient tous individuellement plus qu'ils ne pouvaient l'imaginer. Tous dépendaient d'elle, d'une façon ou d'une autre. Tant les six qui allaient venir que leurs descendants. Six. Et soudain elle se frappa le front et dit : "Six ? Mon Dieu, je m'oubliais moi-même !" Ils étaient sept. Angela Margarida se sentit défaillir.

"Je comprends. Je suis malade."

Sept ? Non, pas sept. Ils seraient évidemment six à table, elle comprise. Elle était en train de s'inclure deux fois. Six. Elle n'était pas si malade que cela. Juste fatiguée. Elle ferait bien de changer de tailleur pour chasser le mauvais temps. Dehors, des grondements lointains continuaient à éclater au-dessus de la barre. Mais cela n'avait pas d'importance, c'était les derniers coups de tonnerre de l'hiver qu'il n'y avait pas eu, la dernière rafale, la dernière tempête, le dernier assaut des staphylocoques, la dernière *influenza*. Après, peut-être dès le lendemain, viendrait le temps doux de l'été. Dès demain. Joana et Sabina, ses deux filles, étudiaient dans leurs chambres, puis elles dormiraient, bien loin de tout cela. Seulement six, pas sept. Elle prévoyait que Gininha arriverait la première avec Dom. Silvestre, chacun dans sa voiture, puis Afonso avec la fée Isabel, et seulement après, bien plus tard, Rui. Le problème serait Isabel. De quoi pourraient-ils bien causer si Afonso l'amenait ? Comment lui demander de s'éloigner quand l'heure de parler arriverait ? Qui était-elle ? Mais à sa grande surprise, les cinq arrivèrent en même temps et Afonso était accompagné de sa première femme légitime, Alda Maria, et non d'Isabel. C'était de bon augure. Afonso avait compris que la situation était grave.

Oui, là dehors, le printemps larguait sa dernière bourrasque. On pouvait même se demander s'il y avait eu une première bourrasque cette année-là. Si même il y en avait eu une seule. Elle ne s'en souvenait pas. La dernière bourrasque dont elle se souvenait lui semblait avoir eu lieu il y avait bien longtemps, dans des temps immémoriaux. Une réminiscence lointaine, datant d'avant la vie. Curieux comme tout lui semblait avoir changé. Quoi qu'il en soit, pensant à l'été imminent, elle se dit que c'était sûrement la dernière nuit où elle entendrait des coups de tonnerre. Et au moment précis où les Silvestre s'asseyaient, on vit un éclair et Gininha poussa un cri. Un cri très particulier à Gininha, étouffé, la main sur la bouche. Dom. Silvestre la regarda de l'autre côté de la table. Des intérêts identiques avaient beau les rapprocher, même la petite Artemisa était impuissante à les unir. Ils étaient séparés à tout jamais par leur nature. Même au-delà de l'éternité. Comment était-ce possible ? *Je suis dérangée*, pensa Angela Margarida et elle se pencha vers la fenêtre panoramique dont elle descendit l'un après l'autre les multiples stores. Afonso dit : "Ne craignez rien, ces éclairs ne sont pas pour nous..." Afonso riait, espiègle, d'humeur folâtre, balayant la tension du moment difficile qu'ils traversaient tous et qui était la raison d'être de ce dîner organisé au pied levé par leur sœur. Rui lui-même, comprenant toute la gravité de l'affaire, avait abandonné les cinq cents kilomètres carrés de territoire à leur destin et à son adjoint et il était arrivé à l'heure.

"Venons-en à notre affaire..."

Dit Afonso Leandro, un apéritif à la main, à côté de sa première femme, remontant d'une trentaine d'années dans le temps. Alda Maria avait son âge et paraissait plus jeune que lui, et quand elle était à côté de lui, elle le vieillissait considérablement. Comme si tous deux, se retrouvant ensemble, ne parvenaient pas à se libérer du poids du temps mais s'y laissaient engloutir. L'espace d'un instant Angela Margarida pensa aux vases communicants qui unissent la jeunesse à la beauté et elle se dit qu'il était dommage qu'Isabel ne puisse être là sans être présente. Être là, sourde et muette à côté de son frère, lampe rayonnante lui prêtant sa jeunesse. Il lui fallait chasser cette pensée stérile de son esprit. Elle était dérangée. D'ailleurs, Isabel n'aurait pas pu être là. Ç'eût été une faute grave si Afonso l'avait amenée. La mère de João Paulo et de Danilo avait été présente depuis le début de cette histoire complexe d'amour, de droits et d'intérêts. Dans les moments décisifs, Afonso savait sur qui miser. Ils étaient tous présents.

Tous les cinq, six avec elle. Ils avaient commencé à dîner. Personne ne parlait. Afonso Leandro dit: "Il semblerait que nous n'ayons pas besoin de parler. Ce dîner sert à partager le silence…" Ils étaient tous silencieux. Puis Afonso poursuivit: "Quant à moi, je vais droit au but. Voilà où réside le problème: la fille de José Carlos s'est entichée d'un des Mata et maintenant, que nous le voulions ou non, nous devons aborder de front cette question. Une sacrée tuile…"

Dom. posa sa fourchette pour dire: "C'est vraiment curieux. Sans nous en rendre compte, nous commençons à être menés par eux, à faire partie nous-mêmes de la troisième vague…" Dom. Silvestre riait. Angela Margarida n'entendait pas bien ce qui se disait autour de la table. Six salades vertes, six tranches de melon, six portions de jambon "patte-noire", un éclair qui pénétrait dans la salle à manger, un grondement de tonnerre au-dehors. Le tonnerre et l'éclair étaient encore loin, il n'y avait pas de danger.

"S'il vous plaît, pas de digression, prononcez-vous concrètement sur le sujet…" Disait Angela Margarida qui n'arrivait pas à avaler une bouchée de quoi que ce soit. "Que dis-tu de tout ça, Gininha?" Salade verte et melon, non. Pas de jambon non plus. Elle non plus ne pouvait rien avaler.

La tante Gininha s'arma de courage, elle secoua ses longs cheveux de jouvencelle: "Je pense qu'à ce stade les choses sont irréversibles…" Elle les secouait trop, comme si elle avait besoin de l'aide de la toison sur sa tête pour communiquer sa pensée: "Que ça nous plaise ou non, Milene aime cet homme à sa façon. J'ai vu comment ils se comportaient chez moi, comment elle le regardait. Quel droit avons-nous de nous immiscer dans sa vie? Quel droit avons-nous de l'écarter de son chemin? Tout ça est arrivé sans nous. Comment imaginer maintenant que nous puissions empêcher quoi que ce soit? Et de quel droit? Vous vous en sentez peut-être le droit, moi pas…" Elle parlait à sa sœur assise en face d'elle.

Angela Margarida n'avait pas eu le temps de changer de tailleur et le bleu de la laine dont il était fait, les cheveux plus jaunes qu'ils n'auraient dû, les cils noirs, les paupières gonflées lui donnaient un air fatigué. Quelqu'un qui s'est trop démené, quelqu'un qui s'effondre après un bal. Six poissons, six couteaux, six serviettes. Elle pensait: *"Je me sens mal parce que j'ai fait le bien, mais je dois me taire, garder ça pour moi, je ne peux faire de confidence à personne. Je dois être comme un poisson. Sans langue, qui n'émet aucun son, qui ne parle pas."* Le trouble d'Angela Margarida était visible. En revanche Afonso, lui, était serein dans son costume trois-pièces. Le haut du corps uni au bas et cohérent. Tous avaient les yeux fixés sur lui, il devait se prononcer.

Afonso dit: "Bon, eh bien…"

Il poursuivit: "Le mieux est encore de résumer, comme l'enseigne la science juridique. Précision et concision. Alors voilà: en ce qui concerne la relation entre ces deux-là, la fille de José Carlos et ce fameux Antonino que je ne veux surtout pas connaître, il n'y a rien à faire. On ne peut pas accuser cet homme de séduction, ni de viol, ni de dépucelage, ni de dol, car il n'y en a pas eu. Comme a dit Gininha, personne ne peut les empêcher de se fréquenter. Point final, affaire close. Deuxièmement, concernant la situation patrimoniale, lui et sa famille sont locataires de la fabrique, ils ont signé un contrat qu'ils honorent. En vertu de ce contrat, il appert qu'après avoir reçu notification de congé, ils disposent de six mois pour quitter les lieux. C'est un principe auquel nous avons tous souscrit. Mais en l'occurrence, qui va les flanquer à la rue? Nous pourrions le faire si nous étions d'accord pour intervenir dans leur relation. Mais de quoi aurions-nous l'air? Alors que leur relation est publique. Elle était d'ailleurs publique et aucun de nous n'était au courant. Pour résumer: on peut agir devant la loi, mais je vois mal comment faire face à la médisance publique, à moins que tous ensemble nous décidions d'agir comme si nous ne savions rien. Point final…"

Six moitiés de six poissons, six arêtes dénudées, six têtes farcies de lard fumé, six portions d'amandes grillées dessus, six flûtes remplies de champagne. Personne n'y touchait pour l'instant.

Fallait-il aller de l'avant ou faire marche arrière? Laisser courir ou faire obstacle?

Ils s'entre-regardèrent. Tous les six assis autour de la table. Six têtes de poissons, six arêtes, six queues.

Dom. Silvestre se mit à rire, on ne savait de quoi, tout en sirotant son champagne. Puis il dit: "Mais qui peut hésiter entre reculer ou avancer? Moi, en ce qui me concerne, dès que je les ai vus enlacés l'un à l'autre, vautrés sur le canapé chez nous, j'ai aussitôt conclu qu'il n'y avait qu'une solution, avancer... Je revois encore la scène. Et votre sœur paralysée par la stupeur et eux qui se trémoussaient sur le canapé..." Dom. buvait et riait. Et il ajoutait en son for intérieur: *Sit down, sit down... On the ground...*

On voyait très bien que Dom. s'apprêtait à intervenir à sa façon. Six salades vertes, composées de tout ce qui pouvait être vert, même une demi-douzaine de pistaches à l'intérieur des feuilles, prenaient place sur la table. Avant la truite, à présent avec la truite, décidons-nous. Dom. dit: "Et pour changer de sujet, j'ai appris hier qu'un saligaud de Rottweiler impur a attaqué son propre maître, celui qui le nourrissait. Au moment où il allait lui donner sa pâtée, le clébard est devenu fou. Et vous savez pourquoi?"

"Pourquoi?"

"Parce qu'il n'était pas de race pure, il était le rejeton d'une chienne Rottweiler authentique et d'un berger allemand. Le clebs est devenu enragé, il a été pris de folie et a bouffé le tarin de son maître. Vous vous rendez compte? L'homme a été privé de son nez à cause de la folie d'une bête issue d'un croisement. Ça donne à réfléchir, non? Vous ne trouvez pas? Un corniaud perd le flair propre à sa race, il n'a plus de race du tout, il ne reconnaît pas l'odeur de son maître. Il faut fuir les bêtes hybrides..."

"Mais qu'est-ce que tu veux dire avec ça, Dom.? Précise ta pensée..."

Dom. Silvestre se servit du champagne lui-même. Personne n'en voulait? Personne ne buvait? Personne ne savait s'ils devaient aller de l'avant ou faire marche arrière avec l'histoire de cette demeurée de Milene? Alors il allait être encore plus explicite. Il connaissait bien l'Afrique. L'Afrique lui avait tout donné et elle lui avait aussi tout retiré. Heureusement pour lui qu'il avait embarqué un soir à bord d'un avion de la British Airways avec un gros tas de cailloux précieux enveloppés dans un mouchoir. Et autant dans ses chaussettes et ses souliers. Et en avant ! Il avait une théorie parfaitement claire. L'Humanité était une, mais les hommes, eux, n'étaient pas égaux et il ne fallait pas les présumer tels. Lui, par exemple, trouvait que les compétitions sportives internationales étaient devenues les plus grandes supercheries des temps modernes. Pourquoi s'humilier les uns devant les autres quand la compétition était inégale parce que les concurrents n'étaient pas du même niveau ? Six arêtes, six têtes aux mandibules ouvertes, six assiettes luisantes et un éclair entrant par les fentes des fenêtres panoramiques. Un grondement en face, retentissant au-dessus de la mer. “Putain, vous avez un paratonnerre ?”

L'oncle Dom. sursauta.

“Je ne sais pas, mais vous voyez qu'il n'y a pas que des avantages à vivre dans une maison comme celle-ci, contrairement à ce que pensent les gens. Qui n'écrivent que des conneries sur les murs, là en bas, devant l'entrée...” dit Rui Ludovice en se levant pour ouvrir les fenêtres et affronter la tempête qui se déchaînait sur la mer. “On dirait que c'est ici dans le jardin, mais ça se passe très loin, presque au Maroc. Excusez-moi d'avoir relevé les stores, mais je préfère m'en assurer. Continuez, Dom...”

Dom. dit alors : “Il est injuste et inadmissible d'obliger un Européen à courir les cent mètres à côté d'eux. Ils ont une implantation différente du coccyx qui fait toute la différence. Leurs jambes s'emboîtent différemment. Mais c'est le coccyx qui fait toute la différence. Une seule Humanité, mais des coccyx différents. Des coccyx différents, des courses différentes, des épreuves différentes. Des jeux olympiques certes parce que l'Humanité est une, mais tout comme il y a des épreuves féminines et des épreuves masculines, il faudrait des épreuves différentes pour eux et nous. Car il y a un *Homo faber* pour plusieurs espèces d'*Homo athleticus...*”

“Où avez-vous appris ça ?”

“Dites-vous bien que c'est la même chose avec le chant, cette autre supercherie. Dans le chant aussi, il y a des différences. Leur cavité buccale est différente, leurs dents sont différentes, tout résonne différemment à l'intérieur, il n'y a pas de compétition possible. Eux chantent d'un côté, nous, nous chantons de l'autre.

C'est pour ça que j'ai quitté au bon moment l'Afrique du Sud où ma vie était assurée. Je sentais la chienlit approcher. Je la subodorais. J'ai quitté le pays avec juste ce que je vous ai dit, avant que la grande supercherie ne commence là-bas aussi. J'ai fourré quelques-unes de mes petites pierres dans du dentifrice…" Et Dom. de se mettre à rire. On ne voyait pas pourquoi il trouvait ça si drôle. Le vacarme dans le ciel s'évanouissait au loin, vers l'ouest, en direction du large au-dessus de l'Atlantique. Il s'éloignait vers les vagues. Six tiramisus, six cuillers à dessert, six. Six petits verres à liqueur de la taille de dés à coudre.

Angela Margarida n'en pouvait plus.

"Et alors, et alors ?"

Dom. Silvestre dit qu'il ne voulait pas de dessert, qu'on lui apporte plutôt un fruit. Puis il conclut : "La confusion est partout, et vous, dont un frère pourtant a été taillé en morceaux sur une piste dans la jungle en Angola, ça ne vous a pas empêchés de vous opposer aux principes des gens de bon sens avec une expérience de terrain comme moi, eh bien, à présent supportez-en les conséquences dans votre chair. Vous n'avez plus qu'à les subir. Qui aura le courage de me contredire publiquement ? Ici chez vous, dans votre propre chair ? Qui ? Qui aura ce courage ? Eh bien, moi je trouve ça très bien. Très très bien. Continuez donc à regarder ces deux-là, main dans la main, ils sont vraiment trop mignons… J'ai tout compris lorsque je suis entré dans le salon l'autre jour… Celle-là, blanche comme un linge, a failli laisser tomber le bébé. Moi, j'ai vu tout de suite ce que ça allait donner…" Domitílio Silvestre riait. Petit, noiraud, yeux sombres luisants. Yeux presque fermés à force de rire, et plus ils se fermaient, plus ils luisaient. Autour de la table, six assiettes avec des tiramisus intacts, petites cuillers posées dessus. Pourtant, personne d'autre ne riait ni ne mangeait. Fallait-il reculer ou aller de l'avant ? Les laisser continuer, eux ? Lui, Dom. Silvestre, avait suspendu tous les pourparlers au sujet de la vente du diamant à cause des hésitations des sœurs d'Afonso. Pas à cause d'Afonso. Il aimerait bien voir comment ils allaient se sortir de ce pétrin maintenant. Au lieu de s'accrocher à cette bonne occasion à temps, ils l'avaient laissée partir en eau de boudin. Ils auraient dû agir avant que la tragédie ne s'abatte sur eux. Dom. parlait comme si une justice immanente présidait à la bonne marche des affaires. Comme si lui-même avait eu raison depuis toujours d'appuyer l'invasion de la troisième vague, puis de signaler ensuite que la troisième vague avait donné tout ce qu'elle avait à donner et que le moment était venu d'envisager un nouveau départ, une nouvelle vague. Tous se rendaient évidemment compte que la pensée de Dom. avait fait là un saut périlleux, mais il n'en demeurait pas moins que son raisonnement les avait impressionnés. Alors, où donc avaient-ils fait fausse route ? Avait-ce été simplement un problème de calendrier ou s'agissait-il aussi d'une question de principe ? La grande table rectangulaire était bien accrochée au sol, personne ne touchait au dessert, personne ne touchait à son verre. Les mains étaient croisées. Douze mains, douze bras, six têtes, six mémoires, six projets pour une seule décision. Qu'allons-nous faire ? *Il est très difficile de décider, mais une fois la décision prise, il faut l'exécuter, il faut aller tout droit, ce n'est plus difficile...*

Afonso Leandro allait parler, mais sa première femme légitime, la mère de ses deux enfants légitimes et futurs héritiers légitimes, avait une idée. "Je peux ?"

"Je n'ai pas suivi l'affaire depuis le début, mais je trouve que vous devriez hâter l'expulsion des Mata" dit-elle

C'était une femme encore bien conservée. Elle se coiffait comme Mme Thatcher, une coiffure rigide qui rebiquait, plébéienne, mais comme dans l'attente d'une couronne. Tous les convives la regardaient, guettant son bon sens. Sa bouche un peu en retrait était bien dessinée et les mots étaient prononcés au niveau du cou. "Voici ce que je ferais, moi. Indépendamment de la question de savoir si Milene et ce garçon resteront ensemble ou non, je pense que ces gens devraient retourner là où ils étaient avant. Dans le Bairro dos Espelhos."

Tous guettaient son bon sens.

"Rien ne les empêche de retourner à l'endroit d'où ils sont venus. Voici comment ça se passerait : ils retourneraient là-bas, entre-temps ils déposeraient une demande de logement social, Rui donnerait un coup de pouce, on vendrait la fabrique et les terrains, on réglerait cette affaire urgente et dans l'intervalle j'ai bien l'impression que le problème de Milene deviendrait secondaire. C'est mon sentiment", dit-elle. "Parce que ça ne va pas marcher entre eux. Mais de toute façon, il faut d'abord résoudre la question de ce train fantôme qu'il convient de vendre au plus vite. L'endroit commence à être maudit, dans tous les sens du terme. Pensez à toutes les catastrophes qui s'y sont produites..." Alda Maria, toute droite, entamait son tiramisu, le séparait en deux, repoussait une moitié sur le côté de l'assiette. La portion était trop grosse. "Et Rui, ici, donnerait un coup de pouce. Mais eux retourneraient immédiatement, dès maintenant, dans le Bairro dos Espelhos. Voilà comment je vois les choses. Ce qui ne veut pas dire que je sois d'accord avec les opinions de Dom., loin de là..." dit la première épouse d'Afonso Leandro. La tempête grondait au loin. Que dirait-on au parti si l'on était au courant des théories de Dom. ? Silence dans la pièce. La table était débarrassée, les verres avaient été sirotés. Tous étaient debout, tous se taisaient, réfléchissant. Il y avait vraiment quelque chose de sensé dans cet avis.

"Alors, Rui ?" demanda Alda Maria.

On the ground, baby... L'oncle Dom. Silvestre s'était levé lui aussi et arpentait la salle.

Mais ce fut celui qui avait été interpellé, Rui Ludovice, qui répondit.

"Alda Maria, en fait, je ne vous réponds pas. Je me parle simplement à moi-même et savez-vous ce que je me dis ? Que vous faites tous de moi votre mouchoir privé. Et donc, ici, dans cette affaire, ce serait de nouveau moi, pour la centième fois, qui défendrais vos intérêts, au péril de ma carrière ? Ma chère belle-sœur, franchement, vous n'avez qu'une idée en tête, recevoir un certain pourcentage de cette saleté de train fantôme, et ce à n'importe quel prix, quitte à ce que votre beau-frère ait à donner un centième coup de pouce pour y arriver... Je m'explique, ces gens décampent de la fabrique, c'est moi qui trinque. Ces gens s'installent dans les gourbis du Bairro dos Espelhos, c'est moi qui trinque. Ces gens sont inscrits parmi les premiers candidats aux cages à poule en béton, après être passés de Mar de Prainhas à leur nouveau quartier, c'est moi qui trinque. Ces gens seraient pistonnés parce que l'un d'eux a un lien avec un membre déficient de notre famille, c'est moi qui trinque. Partout où je passe, je vois sur les murs : *cochon, fasciste, cocu, voleur,* tous sont contre moi, vous comprenez ? Vous me prenez vraiment pour votre cuvette de chiottes et votre bidet. Moi…" Rui Ludovice était hors de lui, il ne maîtrisait plus son langage et arpentait la salle à manger à grandes enjambées. Il en sortait presque de la pièce tant il était ivre de colère.

Six morceaux de sucre, six cafés, six tisanes, à chacun de choisir, six biscuits ronds au chocolat noir de la taille d'une bille. Six, autour de la table en verre. Six verres de whisky pour les amateurs. Pour Rui Ludovice, plein de colère et d'impatience, plein d'ulcères d'estomac, plein de courbatures invisibles à la moelle épinière et dans la nuque à cause du poids des cinq cents kilomètres de territoire national et de l'ingratitude de tous, pas d'alcool. "Rui, tes comprimés…" Le maire, étendu sur le canapé espagnol du salon, les coussins tous à leur place. Regina Leandro avait effectivement été trouvée morte devant le portail de la Vieille Fabrique un matin d'août, quand la famille était à l'étranger. Personne ne saurait jamais comment cette dame avait abouti là. Avait-elle trouvé une porte ouverte devant elle et avait-elle cheminé sur deux kilomètres jusqu'au portail pour qu'ensuite chacun puisse donner libre cours à son imagination ? La belle-mère avait fait cette ultime offrande au monde. Mais à la vérité, tous y avaient gagné, jusqu'à Milene qui s'était trouvé un amoureux. Seul lui, simple gendre, en avait pris plein la gueule. Et par-dessus le marché, on lui demandait maintenant de donner un dernier coup de pouce. Il n'en ferait rien. Et comme tout ce que disait Rui Ludovice était la vérité pure, tous restaient cois. En fait, Rui avait mille fois raison. À présent, la tempête semblait s'être définitivement éloignée. Tous avaient donné leur opinion sur le sujet, mais personne n'y voyait plus clair pour autant. Sauf que personne ne sortirait d'ici sans qu'une décision concrète ne soit prise.

Mais comment ?

Du calme, pas d'agitation. Une tisane, un whisky, un cigare ou rien, rien n'était nécessaire. Il fallait juste décider.

Tous gardaient le silence, chacun avec ses pensées. Réfléchir, réfléchir. Décider. Avancer, comme ils l'avaient envisagé, ou reculer ?

La tante Angela Margarida dit : "Imaginons une bissectrice."

"Laquelle ?" demanda Dom.

"Une bissectrice qui passerait pour l'instant, en attendant d'y voir plus clair, par le maintien du diamant entre nos mains, sans qu'aucun de nous n'y perde quoi que ce soit. Qui passerait par le lien de Milene avec les Mata, comme elle le souhaite, tout en respectant les nombreux principes humanitaires qui nous ont toujours tenu à cœur, sans attenter à notre bonne réputation. Au contraire, la bissectrice protégera chacun des deux camps sans violer un seul de nos principes. De façon à aider Rui Ludovice en ce moment crucial de sa vie. Mais à condition que la bissectrice préserve aussi tout ce que Dom. craint. Bref, pour être plus explicite, je n'aurai pas recours à la parabole déprimante de Dom., mais nous devons tous nous accepter tels que nous sommes, et Dom. est comme il est. C'est parfaitement son droit. La bissectrice passerait également par là. Et ce serait d'ailleurs plutôt une ligne qui respecterait par-dessus tout l'amour, comme le souhaite Gininha..."

Six personnes, un salon, deux fenêtres panoramiques donnant sur la baie de Santa Maria, plusieurs types de pas de long en large, chacun s'efforçant de voir où se situe sa propre vie par rapport à la bissectrice. Il faut voir, il faut laisser faire.

"Ma petite belle-sœur", dit Dom., reconnaissant. "Qu'est-ce que ça donnerait, tout ça?"

Non, elle ne raconterait pas ce qui s'était passé, ce qu'elle avait conçu et exécuté avec courage, détermination et volonté, avec l'instinct de sauver sa tribu, comme sa mère jusqu'à un certain âge. Après, que Dieu nous garde. Non, elle ne raconterait pas. Elle allait juste soumettre l'idée sous forme d'hypothèse.

"Mes enfants", dit Angela Margarida.

Et elle poursuivit: "Tout ça est arrivé parce que nous n'avons pas prêté assez d'attention à Milene, nous ne l'avons pas traitée comme il aurait fallu, nous l'avons laissée à la grâce de Dieu, nous n'avons pensé qu'à nous et à nos petites affaires. Or elle méritait notre affection et notre dévouement, et tout ce qui lui est dû. Milene est un être inoffensif qui nous aime bien. Une créature innocente qui ne nous a jamais causé le moindre préjudice. C'est son père qui nous en a causé, pas elle. Tout ça..."

Rui Ludovice écoutait sa femme, assis, les yeux fermés. *Angelita, Angelita...* L'Action extérieurement inactive, active intérieurement, concentrée. Tous étaient concentrés.

“Alors, voilà. Supposons par exemple qu’on découvre que Milene ne puisse pas avoir d’enfants. On peut tracer cette bissectrice, non ?”

Dans son tailleur en laine bleue, Angela Margarida les regardait, les voyait tous, chacun disposant ses intérêts et son point de vue de part et d’autre de cette ligne. Là où la résultante serait positive pour chacun et pour tous.

Alda Maria déclara : “Quant à moi, ça ne me regarde guère, mais je pense que nous n’avons rien à perdre à connaître la vérité. À première vue, l’hypothèse semble extravagante, mais cela vaudrait quand même la peine d’essayer. Qui sait ? Cela résoudrait aussi la question du penchant de Milene pour notre fils João Paulo. Hier encore, Lavínia a téléphoné du Massachusetts. Comme la voix de João Paulo est toujours sur le message préenregistré, Milene, semble-t-il, continue à téléphoner là-bas tous les jours. Une fixation démente. Il nous a été si difficile de les éloigner, si difficile… Mais João Paulo l’a oubliée, la meilleure preuve en est qu’il a déménagé depuis près d’un an et qu’il ne lui a jamais téléphoné. S’il l’avait appelée, il lui aurait donné son nouveau numéro de téléphone… Et ce ne sera pas moi qui le lui communiquerai…”

“Milene ?” cria très haut la tante Gininha.

Son mari la dévisagea : *Sit down Buggy! On the ground…*

La tante Gininha n’entendit rien, baissa les yeux, sortit un mouchoir. Elle le déplia et y étouffa ses pleurs. Le carré d’étoffe étendu entre ses deux mains changea de couleur. “Pauvre Milene, qui téléphone en croyant s’adresser à João Paulo, c’est vraiment trop cruel…” Elle se leva. Gininha avait encore une élégance de jeune fille, elle était encore très belle. On comprenait que les garçons de vingt ans la sifflent au passage ! Oui, parfaitement. Gininha était choquée qu’on ait relégué dans des limbes cette créature qu’elle respectait. Choquée qu’on trompe Milene de cette façon. Pourquoi Alda Maria ne lui avait-elle pas dit qu’elle téléphonait à un mauvais numéro ? Pourquoi ? Gininha pétrissait le mouchoir entre ses doigts. Quelle perversité de la part d’Alda Maria ! Elle était scandalisée qu’on traite Milene ainsi.

Mais Dom. voulait en savoir davantage. Il interrompit sa femme. Il détestait la mièvrerie, les tampons sur les yeux, les mouchoirs humides.

"Tu ne pourrais pas t'arrêter un peu, non?" dit-il à Gininha. Et s'adressant à ses beaux-frères: "Voyons voir. Comment pourrait-on savoir ça? Si la fille est stérile ou pas?" L'oncle Dom. Silvestre attendait qu'on lui réponde. Pas de bissectrice possible sans cette réponse. Angela Margarida l'emmènerait-elle à la clinique? Lui ferait-elle faire des examens là-bas? Pourquoi avait-elle évoqué cette possibilité? En général, les femmes sont fécondes et les noirs prolifiques. Il allait y avoir une flopée de métis dans la famille Leandro. Lui, ça ne lui faisait ni chaud ni froid. Quoiqu'il arrive. Il avait très bien compris vers où se dirigeaient les espèces humaines quand il avait décidé de quitter Johannesburg. Et qu'ils remarquent bien qu'il était revenu pratiquement sans rien, simplement pour ne pas assister à ce qui était sur le point de se produire dans un pays qu'il croyait à l'abri de tout ça. Partout le monde allait à vau-l'eau. Tant pis. Sur quoi se fondait donc sa belle-sœur Angela Margarida pour avancer pareille supposition?

Tous avaient compris que la bissectrice dépendait précisément de cela. De cela même. Personne ne bougeait. Chacun était figé sur place. Même l'oncle Rui Ludovice s'était redressé sur le canapé espagnol, les yeux fixés sur sa femme Angela Margarida. Elle était assise bien droite sur sa chaise Interlübke. Elle ne dirait rien. Elle avait serré les lèvres. La tisane dans la tasse et la tasse sur ses genoux qui dépassaient de la jupe bleue. En face, Afonso Leandro, le *lawyer*, en costume sombre, cravate claire, le haut du corps en accord avec le bas. Elle ne dirait rien. Mais Afonso s'avança vers elle.

"Angela Margarida, où est notre nièce à l'heure qu'il est?"

Elle eut peur de la porte du salon, si grande, en verre si fragile, si vulnérable. Elle se leva pour aller monter la garde. "Parle plus bas."

"Angela Margarida?"

Elle alla se rasseoir. Afonso Leandro, son frère, était debout devant elle, ses tempes étaient très dégarnies, précisément parce qu'il était un coureur de jupons, c'était dégoûtant que la calvitie ait un rapport avec le système hormonal, il existait des traitements contre la chute des cheveux et il ne se soignait pas. Avait-il jamais fait des implants? Des massages? Rien de tout ça. Il ne s'intéressait qu'aux femmes et aux chevaux, les deux faces de la même médaille. Il se tenait devant elle, brutal et arrogant comme un vieux père têtu. Elle se rassit. Il tendit vers elle un doigt accusateur. “Écoute, Angela Margarida, tu l’as châtrée?”

“Tu l’as châtrée, oui ou non?”

“Tu l’as châtrée!”

Elle se leva et lui fit face: “Tu as toujours été un grossier personnage, tu n’as jamais su employer un langage décent. Toujours le même, toujours...”

“Dis la vérité, Angela Margarida...”

Il insistait, la menaçait, droit, fort, poitrine projetée en avant, au milieu du salon. La bissectrice possible devenue impossible. Rui Ludovice ferma les yeux. Alda Maria croisa les bras. Elle laissa une mèche de cheveux s’échapper du carcan de laque et voleter dans l’air. Dom. Silvestre se mit à rire, le moment n’était pas aux grands éclats de rire, malgré toute l’envie qu’il en avait. Il s’était adossé à un meuble et il riait sous cape. Il secouait la tête. Il avait tout compris. Il n’en revenait pas. Gininha ressortit son mouchoir et se mit à y déposer de nouvelles larmes. Pourtant, elle n’était pas sûre d’avoir bien compris, même si elle avait saisi le tableau général. Elle ne savait pas si c’était déjà fait ou si cela allait se faire. De toute façon, c’était juste une question de temps. La situation lui semblait irréversible en ce qui concernait Milene. Que dirait leur mère si elle était encore en vie? Gininha pleurait tout haut. Angela Margarida attendit que le premier moment passe. Afonso Leandro se laissa choir dans le canapé qui était justement derrière lui. Il y avait à côté une bouteille de William Lawson et des verres épais. Un seau avec de la glace, une pince, de l’eau gazeuse et de l’eau plate. Il hésitait. Le verre? La bouteille? De la glace? Rien? Angela Margarida s’approcha et servit son frère. Du whisky pur vu la situation, pour faire bouillir ses lèvres et lui illuminer la cervelle. Pour l’instant, elle voulait juste qu’ils comprennent tous qu’on ne pouvait pas décemment recueillir les fruits d’un acte sans avoir pris part à sa préparation. Il était inconvenant de distribuer un bien sans faire partager le mal qu’il entraîne. D’ailleurs, ce n’était pas exactement ainsi qu’elle avait imaginé ce dîner, mais puisque les choses avaient pris cette tournure, elle voulait qu’ils aient leur part du poids de son silence, pour compenser la souffrance d’avoir tout décidé et exécuté seule. Même en cet instant elle se sentait seule et isolée, un frêle palmier dans le sable qui lutte contre le vent du désert.

Tous se taisaient. La pluie tombait.

“Combien de personnes sont au courant?” demanda son frère Afonso comme s’il revenait de très loin et se sentait très fatigué.

“Deux infirmières et Seabra, le directeur de la clinique. Trois tombes…” dit Angela Margarida.

Mais il était difficile de discerner à la minute même tous les avantages et les inconvénients de cette bissectrice. Très difficile, pour ne pas dire impossible.

Il fallait que chacun rentre chez soi, chargé de son sac de silence, qu’il le regarde sous différents angles, sans jamais l’ouvrir, sachant que fermé ainsi, avec un double nœud et un double tour de corde, ce secret se transformerait en un bien précieux, d’une valeur inestimable. Six bras, six mains droites, six fronts, six cœurs. Six bouches closes. À tout jamais. Tous ensemble. Qu’on ne reparle plus jamais de ce sujet, mais si on l’évoque un jour que ce soit à voix basse, si basse que les paroles mourront avant de franchir le seuil des lèvres. Ainsi, ce sujet n’aura jamais existé. Nous avons été unis ce soir-là justement parce que rien n’est arrivé, rien n’a existé. Et ce qui est arrivé, bien qu’invisible au grand jour, aura été pour le bien de tous. Et qu’était-il donc arrivé? Simplement, on avait peaufiné l’œuvre imparfaite de Dieu. Nous, silencieux comme Dieu, avons géré avec notre silence humain son œuvre par trop imparfaite. Si notre mère était en vie, elle serait avec nous en ce moment difficile. J’en suis sûre.

Bonne nuit.

L’oncle Dom. lui-même dit: “Bonne nuit, Angelita.”

Dehors, la rampe de la résidence Atrium luisait après l’unique tempête de l’année, hors de saison en ce printemps. La pluie s’était interrompue quelques instants. Les quatre voitures sortirent du parc sans bruit, se contentant d’étinceler. Debout, regardant la vaste baie où les lumières des quais dansaient dans l’eau, Rui Ludovice découvrait les immenses potentialités de cette situation délicate. D’un côté son caractère délicat, de l’autre ses potentialités. Sa femme l’avait stupéfié. Il lui reconnaissait un talent rare. En fait, ce qu’il lui devait était sans limite. Ce que tous lui devaient dans cette famille était sans prix.

Dans le lave-vaisselle, six couverts, six assiettes moyennes, six assiettes plates, six assiettes à dessert, six verres de toutes les tailles, six coupes, six soucoupes, six tasses. Six. Dans la corbeille à linge sale, six sets de table en lin, six serviettes et toute une masse de torchons nécessaires, mais qui n'avaient pas été apportés à table. Pêle-mêle avec tout cela, six surprises, six douleurs. Dans la poubelle, surtout, six arêtes de poissons, six têtes désossées. Six secrets dans les cœurs. Six. Angela Margarida poussa un soupir. Son mari se tenait les bras écartés dans l'embrasure de la porte du grand salon panoramique du dixième étage et il demanda : "Et elle ?"

"Elle est encore là-bas. Elle va très bien."

Le lendemain, la pluie tardive chantait encore sur les vitres.

FIN

Post-Scriptum

Deux ans plus tard, la cérémonie serait discrète. À cette époque, je n'étais encore au courant de rien. Je fus placée au milieu des femmes blanches. L'espace n'aurait pas contenu plus de soixante personnes, mais il en viendrait à peine une quarantaine. Les femmes noires occupaient les premiers rangs. Leurs robes scintillaient et leurs chapeaux étaient ornés de voilettes et de plumes. Les nôtres étaient des capelines à larges bords. La mienne projetait un cône d'ombre qui me protégeait jusqu'aux genoux. Je n'étais au courant de rien. Je me réjouissais simplement de ce jour où Milene, habillée en princesse, prendrait pour mari Antonino Mata et où toute notre famille unie serait présente. Oui, pour moi ce fut une énorme surprise. Moi aussi, je venais d'arriver et je n'avais pas encore eu l'occasion de parler à Milene. J'étais non seulement venue de loin, mais aussi pour peu de temps, du genre arriver le soir et repartir trois jours plus tard. J'étais assise à la place qui m'avait été réservée. J'attendais que Milene apparaisse, mais j'attendrais encore avant d'entendre le bruissement de sa robe. Cela se passait à Pâques. Tout était lumineux. La lumière entrait par les hautes fenêtres et jetait des reflets brillants sur les murs. Comme fleurs, il y avait des roses roses et des œillets jaune canari. Santa Maria do Mar était sur la route menant à la baie et l'image, au lieu d'être une Mater Dolorosa ordinaire, était une Vierge baroque avec une bouche de jeune Vénus sauvant les marins en mer. Le ciel était d'un bleu indigo, les parements dorés, les dentelles lavées de frais et les vases sacrés étincelaient dans la lumière. Je n'étais au courant de rien.

Gloria, ai-je pensé.

Avant même que l'oncle Afonso ne se soit avancé avec Milene au bras, je nous ai revus tous les trois quand nous étions petits et que nous glissions sur nos skates sur la route des Brisas devant le Kilomètre 44. Elle était plus âgée que nous de cinq ans. Elle était plus grande que nous, elle chaussait deux pointures de plus, mais elle jouait avec nous exactement comme si elle avait le même âge que nous. Des après-midi inoubliables. J'étais là, au milieu des femmes blanches, derrière les femmes noires, et j'étais heureuse au souvenir de nos courses sur la route en pente. À l'époque, João Paulo et moi devions avoir huit ans, elle douze. Elle gardait les genoux très rapprochés et se débrouillait mal avec son skate. Nous courions exprès devant elle. Alors elle abandonnait sa planche et se précipitait sur la route pour nous rejoindre. João Paulo criait alors: *"Tu as perdu, tu as perdu, tu as mis les deux pieds par terre..."* Et Milene, ravie de participer à une course où elle perdait, criait à son tour: *"J'ai perdu, j'ai perdu..."* Nous avions déjà compris en ce temps-là ce que signifiait pour elle le fait d'être incluse. Nous l'avions saisi sans pouvoir l'exprimer. Toutefois, João Paulo ne savait pas comment réagir au sentiment qui l'envahissait et il fuyait Milene. Ensuite, il revenait doucement vers elle, l'appelait sœurette et à notre grand étonnement elle acceptait. Elle nous rejoignait comme si de rien n'était. C'était comme si elle disait recommençons, recommençons, pour que je perde de nouveau. Les souvenirs m'assaillaient. Déjà, à l'époque, elle parlait à sa planche: *"Tiens bon, mène-moi comme il faut, sinon je te tue..."* Même s'il m'avait fallu arriver et repartir le même jour, j'aurais fait le voyage jusqu'à Valmares. Milene avait trouvé un fiancé. Je l'avais déjà aperçu, très droit, très sérieux, dans son costume gris foncé avec des mouchetures argentées.

Mais je n'étais au courant de rien.

Je commencerais à savoir ce jour-là, au cours de l'après-midi. Cependant, au moment où l'oncle Afonso s'avançait sur le tapis dans la travée, conduisant Milene dont le visage était caché par le voile, accomplissant un rituel dont j'avais oublié qu'il se pratiquait encore, son visage n'étant plus qu'une ombre pâle là derrière, car on devait lui avoir fait un maquillage trop blanc, alors que tous deux avançaient ainsi je pensais à nous trois, pendant le *meilleur été de notre vie*, lorsque nous nous emparions du bateau de Guinote et que nous passions nos matins sur les bras de la Ria, au milieu de continents et d'îles de boue, João Paulo fouillant dans la vase d'où il extrayait des êtres marins qu'il mettait dans un seau et nous deux étendues, paressant à la proue et à la poupe de l'embarcation. À l'époque, nous étions déjà plus grands que Milene. Elle devait déjà avoir presque vingt ans. Nous n'avions pas besoin de parler. Nous nous comprenions. Quand nous revenions, João Paulo disait : "C'est si épatant, si chouette… Nous ne nous séparerons jamais, jamais. Jusqu'à la fin de la vie…" Et elle criait : "Formidable !" Et moi, je demandais : "Et la fin de la vie, c'est jusqu'à quand ?" Et João Paulo répondait : "En tout cas, aussi longtemps que nous serons en vie…" Nous deux avions quinze ans. Ensuite je disais : "Mais un jour nous serons morts ?" Non, nous ne serions jamais morts. Nous avions eu trois décès tragiques dans notre famille, mais nous ne croyions pas à la mort. À cet âge, si nous avions cru à la mort, nous n'aurions pas supporté la vie. Alors Milene, qui en ce temps-là était déjà plus petite que nous, nous implorait : "Ne parlez pas de ça, sinon je me jette dans cette eau boueuse et je m'en vais, je m'en vais…" João Paulo s'approchait de Milene, lui arrangeait les cheveux. "Ce que tu peux être lente. *Jamais* signifie que nous serons toujours ensemble, pendant toute notre vie et notre vie n'aura jamais de fin. *Elle n'aura jamais de fin…"* Nous répétions cela tous les trois.

C'était précisément ces mots que j'entendais lorsqu'un type qui se tenait près d'un vieil orgue un peu désaccordé se mit à jouer avec beaucoup d'entrain et la petite église s'emplit de candeur et de musique. Milene avait conservé la même silhouette : elle avait toujours la taille trop cambrée, le dos trop maigre, le cou trop long. On lui avait trop tiré les cheveux et cela ne lui seyait pas. J'aurais préféré qu'elle les laisse épars. Heureusement que j'étais venue. Quelle que soit la suite des événements, nous savions tous les trois que nous nous étions aimés. Nous avions longtemps constitué une île où pas même la grand-mère Regina ne parvenait à mettre le pied. À présent Milene était passée, sa robe frôlant le sol. Le fiancé la suivait. C'était lui, le voici. Je voyais Antonino Mata, cramponné au bras d'une femme forte, vêtue de bleu outremer, mais je ne savais pas encore qu'elle s'appelait Felícia. Je l'apprendrais plus tard.

Oui, ils devaient avoir répété les mouvements, mais il y eut une hésitation et le fiancé s'immobilisa. Il avait à la main une paire de gants blancs et ne savait qu'en faire. Il avait l'air de tenir deux colombes anesthésiées que quelqu'un lui aurait confiées au passage. Je remarquai qu'il portait une cravate de soie gris clair et une épingle ornée d'une pierre rouge. S'il avait été un peu plus étoffé, ç'aurait été un beau garçon. C'était une cérémonie discrète. Des enfants étaient habillés comme des adultes. Aucun ne courait ni ne parlait. Je pensais aux jours où João Paulo demandait à Milene d'apprendre des phrases par cœur. João Paulo prétendait que Milene devait avoir recours aux paroles des autres pour pouvoir les utiliser ensuite comme si elles étaient d'elle. Qu'elle devait exercer sa mémoire, sinon elle n'arriverait jamais jusqu'au brevet. Mais João Paulo lui faisait apprendre des phrases qui n'avaient aucun sens pour elle. Il lui disait : "Tu dois apprendre, tu dois apprendre par cœur des phrases intelligentes. Par exemple, on te demande de parler de la pensée et tu ne sais rien de la pensée..." Je lui disais : "João Paulo, personne ne va demander à Milene de parler de la pensée..." À l'époque, nous étions déjà à l'université et Milene fréquentait un établissement d'enseignement secondaire, mais elle n'arriverait pas à la fin du cycle. Les jours où il faisait très chaud et où elle devait se préparer pour les examens, elle s'endormait en classe. João Paulo insistait : "Par exemple, apprends avec Novalis que les organes de la pensée sont les parties génitales de la nature..." Milene apprenait par cœur ces phrases et d'autres du même acabit. L'employée de maison entendait ces phrases et les répétait à la grand-mère Regina. La grand-mère Regina convoquait son fils Afonso Leandro. Ces phrases étaient la preuve qu'une relation indue s'établissait entre les cousins. Alors tous se liguaient pour nous séparer. Personne ne comprenait notre entente. "Toujours, toujours ensemble, jamais séparés, jusqu'à la fin de la vie ?" demandait Milene. Oui, jusqu'à la fin de la vie, ou plutôt pour toujours, jusqu'à l'éternité. C'était à cela que je pensais, en ce jour où j'étais venue exprès pour assister à un moment aussi important de la vie de Milene.

João Paulo n'était pas présent.

Gloria... ai-je pensé.

C'est à peu près tout ce que je connaissais des rituels de notre sainte mère l'Église. La cérémonie commença alors et j'étais assise parmi les femmes blanches, juste derrière la rangée des femmes noires, selon l'ordre qui m'avait été transmis. Je me rendais compte aussi que cette cérémonie discrète avait été très sérieusement préparée, si bien que j'en venais à me demander si c'était une cérémonie de mariage ou un plan de film, mais sur le moment je me souvenais uniquement de la voix de João Paulo au téléphone, deux semaines plus tôt, le même João Paulo de toujours, me disant: "Es-tu au courant de quelque chose de bizarre qui se serait passé entre *ta* famille et les gars de la troisième vague?" Non, je venais juste d'apprendre qu'il y avait eu une histoire d'amour entre Milene, notre cousine Milene, et Antonino Mata, un veuf, frère d'un certain Janina Mata King, un chanteur dont les journaux dans la communauté portugaise de Newark parlaient avec enthousiasme. Et qu'ils se marieraient dans quelques semaines comme on se mariait autrefois. C'était tout. Et João Paulo avait dit: "Ça ne peut pas être vrai. Je les connais, on force Milene. Je vois d'ici la mise en scène. Ils vont la marier à ce garçon pour avoir des photos multiraciales... Pour eux, ça tomberait vraiment à point... Je savais que tôt ou tard un crime se produirait dans cette famille... Mais cette fois-ci je vais aller là-bas voir ce qui se passe de mes propres yeux... Je vais tout débrouiller dès que j'arriverai là-bas... Je pars..." C'était toujours le même João Paulo qui étudiait maintenant le rôle du hasard dans les calculs mathématiques alors que tous pensaient qu'il allait se consacrer à la philosophie. Ou était-ce la même chose? Une intelligence brutale. Harvard. Il irait sûrement à Harvard. Toujours le même João Paulo. Fatigant. Du calme, João Paulo. Il semble que tu étudies une discipline appelée Calcul stochastique dont le nom ne figure pas encore dans les dictionnaires. Était-ce possible? De quoi s'agissait-il? Reste ici, reste tranquille. Mais en cet instant j'apercevais Milene de dos, colombe chamarrée à côté d'Antonino Mata, vêtu lui de soie gris foncé avec des éclaboussures argentées, en ce midi lumineux de Pâques fleurie, et je sentis une émotion me serrer le cœur, un sentiment que je cachais sous ma capeline couleur paille car la musique de l'orgue résonnait encore dans l'air et je n'étais au courant de rien.

C'est vrai, j'entendis tout et j'assistai à tout et j'étais remplie de pensées bienveillantes, sans savoir que deux ans plus tôt un dîner avait eu lieu où la tante Angela Margarida, flanquée de son mari, l'oncle Rui Ludovice, avait parlé de l'éventualité d'une bissectrice qui rendrait tout le monde plus heureux. Je n'étais au courant ni des poissons, ni des salades, ni des biscuits au chocolat jetés à la poubelle en même temps que les arêtes, puisque la révélation de la tante Angela Margarida avait eu lieu après le dessert. D'ailleurs, plus qu'une révélation de la tante, ç'avait été la divination de la part de l'oncle Afonso assis devant et dont le crâne bronzé et chauve dépassait les autres têtes des personnes assises au premier rang. Non que l'oncle fût très grand mais ses exercices équestres lui donnaient un port superbe et préservaient la souplesse de son corps. Je ne savais pas non plus que le lendemain de la nuit des éclairs, tous avaient commencé à agir.

Ou plutôt j'ignorais que quelqu'un eût agi dès cette nuit-là. Je veux parler de Dom. Silvestre. Il était là, à côté de la tante Gininha, coiffée discrètement comme moi d'une capeline de la même couleur que la mienne. La tante était beaucoup plus grande, beaucoup plus élégante que moi, avec sa chevelure sombre de jeune fille et Dom., dans son beau costume taupe, semblait avoir un tic dans la jambe gauche qu'il n'arrêtait pas d'agiter. Entre les longues jambes de la tante et la guibolle tressautante de l'oncle, Bruno José semblait avoir grandi. Pour revenir à la nuit d'orage, je n'imaginais évidemment pas que l'oncle Dom. avait été le premier à agir.

J'appris ensuite de source sûre que cette nuit-là – la pluie tombait encore comme après les grands orages, effaçant de la terre des traînées de soufre, lorsqu'ils rentrèrent chez eux, chacun dans sa voiture –, Dom. Silvestre avait appelé la tante Gininha et lui avait dit: "Branche le fax..." Et qu'ensuite, sans s'asseoir à son bureau, il se serait mis à dicter: "Écris: *Monsieur Van de Berg, il y a du nouveau. Contactez-moi, s'il vous plaît. Exploitations Dom. Silvestre, Industries extractives, Constructions Dom. Silvestre.*" Sa hâte était telle qu'il avait exigé que le fax soit envoyé sur-le-champ. L'oncle voulait que le message vole pendant la nuit, se pose sans bruit devant les yeux endormis du Hollandais et que dès que celui-ci les ouvrirait, il aperçoive le fax. Le lendemain matin, semble-t-il, à peine l'oncle eut-il ouvert les siens que la machine annonçait déjà un envoi. Il avait attendu. Une langue de papier en sortait avec un message en retour, rédigé en portugais:

“Attendez mon coup de téléphone. Je m’envole pour l’Afrique du Nord. On se verra peut-être au Portugal. Ça dépendra de l’agence de voyage. Ces gens sont très enquiquinants. Salutations. Piet Van de Berg.”

Ce jour-là, l’oncle Dom. ne serait pas passé à la carrière du Lentiscal. Il avait trois grosses amendes à négocier, mais ça pouvait attendre. Et trois municipalités lui devaient des millions d’escudos, des créances toutes parfaitement légales et d’un paiement assuré. Pour lui, tout allait comme sur des roulettes. Il pourrait attendre chez lui en jouant avec ses Rottweiler. Parfait. En ce moment aussi, aujourd’hui, éclairé par la lumière intense du printemps qui entrait pour célébrer la gloire de la Résurrection, traversant les vitres avec les couleurs de l’arc-en-ciel, l’oncle Dom. était parfait. Seule sa jambe gauche s’agitait, comme si une partie de son âme pédalait et que le siège visible de cette agitation fut son genou. J’entendis alors plusieurs voix clamer *“Gloria, Gloria…”* mais je ne savais pas si c’était mon âme qui exultait. Je tournai la tête et j’aperçus un homme de très haute taille, un géant comparé à nous, très blond, avec un visage poupin, près d’un autre de la même espèce mais bien moins gigantesque. Le géant s’appelait Piet Van de Berg, mais je ne savais pas qui ils étaient ni pourquoi des hommes de complexion batave assistaient au mariage de notre cousine Milene.

Je le saurais plus tard, lorsque j’aurais renoncé à retourner dans mon logis d’étudiante vers la fenêtre duquel s’inclinait le sapin le plus touffu du campus de mon université. Oui, j’apprendrais que six jours après le dîner de truites aux amandes et comme conséquence de la bissectrice, l’oncle Afonso, l’oncle Dom. et le plus grand des deux Hollandais, Piet Van de Berg, avaient survolé une nouvelle fois le diamant. Une pluie tardive tombait tout doucement. Ce qui n’avait pas empêché le pilote de foncer vers le diamant et de faire deux fois le tour de Mar de Prainhas. Le Hollandais avait été chagriné par la pluie pendant quelques instants parce qu’elle rendait tout monotone. Il y avait des jours où la pluie transformait la terre entière en paysages flamands délavés. Mais l’oncle Dom. lui avait assuré que sous nos climats il ne pleuvait que le strict nécessaire. À Valmares, il n’y avait que quinze jours de crachin par an. Il restait donc trois cent cinquante jours consécutifs d’été. D’ailleurs, pendant qu’ils survolaient la zone, les oiseaux se blottissaient dans le sable en attendant le retour du beau temps pour s'envoler en bandes pittoresques. Le soir même, la méfiance du Hollandais s'évanouirait. D'ailleurs, s'il avait assisté par la suite à la cérémonie, c'était bien parce que sa méfiance avait disparu. Felícia Mata était elle aussi au premier rang, tantôt assise, tantôt debout, avec son chapeau de feutre bleu orné d'une plume de la même couleur et dans un tailleur d'un bleu outremer, mais le jour où l'hélicoptère avait frôlé le diamant pour la deuxième fois malgré la pluie, elle en était restée pétrifiée. Et si Ana Mata avait raison ? S'il y avait un piège dans l'air, prêt à se refermer sur eux tous ? Si le rêve du télégraphiste avait justement cette signification ? Ce furent des jours de grande inquiétude. Mais maintenant il n'y avait plus de piège. Dieu les unissait tous sous la même voûte. Plus elle était haute et distante, mieux elle unissait. Et nous étions tous là réunis.

Pour être plus précis, après la sensation mélancolique qui s'était emparée de lui dans l'hélicoptère, Piet Van de Berg avait loué une voiture sur le plancher des vaches pour passer en personne devant la fabrique. Les onze palmiers y étaient fustigés par la pluie de l'après-midi et en les voyant danser en tous sens le Hollandais avait senti une illusion de tropiques, sans aucun des inconvénients des tristes tropiques. Il n'y avait aucune voiture en vue, pas un être humain, le portail de la fabrique était juste poussé. Les rails, que la pluie faisait étinceler, dessinaient un zigzag inutile mais propice au rêve. Van de Berg ne savait pas très bien quelle était la nature du rêve qui l'aiguillonnait. De la logique et encore de la logique, des calculs sans fin et soudain la décision dépendait de deux lignes d'acier sans utilisation possible, brillant à travers la pluie. Incroyable. Oui, douze hectares de terrain, un front de mer d'un kilomètre, sur cent vingt mètres de long dans le sens nord-sud, les trois quarts de ce territoire en zone molle, ni terre ni eau, avec une vieille fabrique au milieu, et pourtant c'étaient ces deux lignes parallèles de métal qui faisaient pencher la balance. Et donc ce même soir, ils avaient recommencé à négocier. Les sœurs de Felícia étaient là elles aussi, au premier rang, vêtues presque pareillement, coiffées de chapeaux très simples, sans voiles ni plumes, de la paille teinte en vert clair. Leurs formes opulentes sanglées dans des tailleurs. Pourtant, le jour de l'hélicoptère, affublées de vieilles frusques, elles avaient épié et s'étaient précipitées dans la cour en criant : "Felícia, Felícia, l'Anglais est revenu… Regarde, regarde donc, il a vraiment la tête d'un homme qui veut acheter. Qu'allons-nous devenir ?" Six jours après le dîner des truites et de la bissectrice, six jours seulement. Exactement six jours plus tard, les deux oncles et le Hollandais étaient retournés dîner dans le restaurant du Luxor. À l'heure H.

Le Hollandais alla droit au but : "Et les problèmes qu'il y avait à cause de mesdames vos sœurs, ils se sont envolés ?" La Real Estate Van de Berg, Rotterdam, voulait avoir la garantie que les locaux seraient vides, c'est-à-dire débarrassés de tout locataire huit jours ouvrables avant la signature. Premier point. Personne là-dedans. Deuxième point, la Real Estate devait avoir l'assurance que la volumétrie de l'édification pourrait dépasser d'un étage le toit actuel de la fabrique. Non, il ne s'agissait pas d'un deuxième étage, mais juste d'un étage au-dessus, ce qui était très différent. S'il en était bien ainsi, alors parfait, *geweldig, geweldig,* pour utiliser un vocable néerlandais. Le reste avait été communiqué dans un portugais éloquent. Ils dînaient tous les trois seulement. La pluie ruisselait le long des vitres et la nuit était tombée beaucoup trop tôt pour ce jour de printemps déjà bien avancé. L'oncle Dom. avait dit : "Très bien, monsieur Van de Berg. Personne dans la fabrique et deux étages, c'est bien ce que vous voulez ? Mais au-delà des deux étages, ce que nous obtiendrons tous les deux en plus représentera un effort supplémentaire. Et ce qui sera obtenu hors la vue du notaire grâce à notre entremise personnelle devra aussi être récompensé personnellement…"

Et là le Hollandais s'était senti un peu perdu. Parfois il ne saisissait pas certaines nuances de la langue portugaise et il avait donc conclu ce qui suit : il achèterait pour une certaine somme la volumétrie approuvée de un étage au-dessus du toit et il ne lui en fallait pas plus puisqu'il avait les oiseaux, les hippocampes, les dunes et les vents dominants, les lagunes avec leurs hautes cannes. Mais si les propriétaires réussissaient par la suite, grâce à leur entregent, à augmenter la volumétrie, ils souhaitaient recevoir une somme plus importante hors la vue du notaire. Et l'oncle Dom. aurait rétorqué, deux ans plus tôt, à la table 13 du

Luxor: "Oui, c'est plus ou moins ça… Il y a toutes sortes de détours possibles." Et Piet Van de Berg s'était mis à réfléchir. "Nous devrons étudier l'influence que cela pourrait avoir sur les oiseaux, les lagunes et les dunes. Il faut que j'en parle à mes conseillers…" Le Hollandais était très surpris. Vous voulez dire que si au moment de la signature six étages au-dessus du toit, par exemple, étaient approuvés, le prix serait bien plus élevé? Et de combien? Et hors la vue du notaire, le paiement se ferait en quelle monnaie et de quelle façon? Et à qui? Et où? Piet Van de Berg réfléchissait, titillait la nourriture dans son assiette, la repoussait sur le côté. Il avait conclu: "C'est comme avec les Turcs et les Arabes, c'est pareil…" Il devait en parler à ses associés, faire venir son avocat au Luxor. Et puis il y avait les oiseaux, peut-être ne voudraient-ils plus venir faire leurs nids là-bas si de hauts murs leur barraient le passage. Un oiseau est un peu comme un avion, il aime atterrir en voyant parfaitement la piste. Il peut effectuer une descente en piqué, mais il a besoin d'espace pour se sentir à l'aise. Les oiseaux sont comme ils sont. Mais lui, Piet Van de Berg comprenait, les affaires ici se faisaient comme avec les Turcs, les Grecs et les Arabes, tous des Méridionaux. Très bien. Très mal.

Le danger rôdait au Luxor. Afonso avait flairé le danger. Lui, un homme de galop et de saut. Il était venu à la rescousse au bon moment. Il avait dit: "Ça, c'est l'idée de mon beau-frère qui a imaginé une ville moderne poussant à cet endroit. Mais vous, vous préférez une demeure destinée à des amoureux de la solitude et la nature… Moi aussi, je préfère une volumétrie de deux étages, totalement respectueuse des oiseaux, de la zone des bas-fonds, du champ de graminées, des palmiers, du tertre élevé où jadis on remisait les charrettes et la Chrysler et où aboutissaient les wagons chargés de bois et d'eau potable. Oui, monsieur Van de Berg, s'il vous plaît, développez cela sans rien y changer…" Et l'oncle Dom. aurait été un peu vexé en voyant le diamant réduit de moitié. Maintenant, pourtant, deux années avaient passé et tout était décidé. Il y aurait deux étages au-dessus du toit. L'oncle Rui était intervenu. Van de Berg avait accepté. Le Hollandais avait conclu qu'il y avait encore d'autres paradis sur terre. L'argent qu'il gagnerait rapidement à Mar de Prainhas serait investi dans un autre paradis. Mais alors, quitte à détruire, il raserait tout. C'était très simple : on préparerait le dynamitage pendant deux semaines et en quinze secondes on ferait imploser la Vieille Fabrique. Comme elle était classée et située dans une réserve, il faudrait que ce soit une action clandestine, effectuée par une société indépendante qui n'aurait rien à voir avec la Real Estate Van de Berg. Tous trois s'étaient salués par-dessus la table.

Ainsi, le jour de la cérémonie, de la *Fabrique de conserves Leandro 1908* il ne restait que les onze palmiers qui n'avaient pas souffert le moins du monde, chevelures vertes au vent, alignés le long du tertre qui avait été supprimé, coupé verticalement comme une tranche de pain. Cette enceinte qui avait vu passer pendant un siècle trois vagues humaines, plus les tragédies de ses propriétaires, s'était transformée en un grand trou. Rien n'avait subsisté. L'oncle Dom. était un actionnaire minoritaire, mais un actionnaire tout de même, et le projet urbanistique s'appellerait Cité des Palmes, avec le fameux slogan italien. Un trou humide à perte de vue. Les travaux n'avaient pas encore commencé. Dans Santa Maria do Mar quelqu'un dit, ou beaucoup dirent, c'est moi qui croyais que c'était seulement mon cœur : *"Gloire ! Gloire ! Mon corps était sous une pierre !"*

Au même instant, la tante Gininha serra ses coudes contre sa taille, ses jolies petites fesses bien moulées dans sa jupe. Milene se tenait là-bas devant, elle ne tournait pas la tête. Je l'imaginais, hautes paupières baissées. On apercevait sous le voile le lobe de ses oreilles sans pendants. Pourquoi n'en avait-elle pas mis, elle qui les aimait tant ? Ou ne les aimait-elle plus ? Sa tante ne l'avait-elle pas aidée ? Peut-être pas.

Je ne savais même pas qu'après le dîner chez la tante Angela Margarida, la tante Gininha avait cessé de donner ses cours. Après la nuit d'orage, elle n'avait plus quitté son lit. Le lit de l'oncle Dom. et de la tante Gininha était si large qu'un couple normal et aimant aurait pu dormir entre eux deux. La tante dormait au bord du lit, genoux dehors comme si elle s'apprêtait à en sortir pour aller ailleurs. Elle irait peut-être rejoindre le biologiste des coquilles de nacre ou le pilote endormi qui lui chantait dans le creux de l'oreille la *Lullaby* d'Ana Latu. Seuls elle et Dieu savaient à quoi elle pensait. Car le problème était le suivant : Gininha trouvait que le testament de sa mère contenait une omission car il se bornait à demander que la part de Milene soit séparée du reste, pour être garantie. Mais quelle part?

Gininha devait faire exécuter le testament. Sa sœur, son frère et elle ne s'étaient pas entendus, car eux estimaient que seul le Kilomètre 44 revenait à Milene. L'exécutrice testamentaire estimait que Milene devait aussi avoir droit à une part du produit de la vente de la Vieille Fabrique. Sauf que dans l'esprit des frères, on ne pouvait pas donner une part aux nièces, aux filles symétriques de chacun des frères décédés, José Carlos et José Eduardo, que Dieu vienne en aide à ces deux filles incapables chacune dans leur genre de remuer le petit doigt. D'ailleurs elles ne s'intéressaient même pas à l'héritage. Et Gininha ne savait que faire, car elle balançait entre sa générosité et son esprit pratique, et là elle adoptait la logique de Dom. Silvestre. Tous savaient comment sa voix se confondait avec celle de son mari quand elle discutait avec lui, recoin de plaisir caché lié au commerce chez la personne désintéressée qu'était la tante Gininha. Mais à l'époque elle s'était alitée pour une quinzaine de jours, s'abandonnant au doux bercement du renoncement, pendant que dehors le mois d'avril s'était ligué par anticipation avec une espèce de juillet chaud et que la pluie faisait pourrir les foins et engendrait des grippes foudroyantes. La tante Gininha était restée chez elle, simulant une de ces grippes. Elle bougeait si peu que ses jambes élégantes avaient maigri. L'oncle Dom. s'approchait de son lit et lui demandait: “Alors, on en est où? Vas-tu parler à ta nièce, oui ou non? Dis-moi un peu, est-il vrai que ce crétin de Ludovice est allé dire devant la gosse après la mort de ta mère que la villa Regina ne valait pas un clou?” Gininha sortait encore plus les genoux en dehors du lit et elle imaginait ce qu'ils avaient fait à Milene. Elle imaginait la clinique des Salines et voyait le docteur Seabra s'approcher de Milene, l'endormir et après elle n'en supportait pas plus. Elle ne cessait de répéter: “Que lui avons-nous fait, mon Dieu, que lui avons-nous fait?… » Mais je vivais très loin, tout comme João Paulo, et à présent j'étais là, de ma propre initiative, et je n'étais encore au courant de rien.

Je ne savais pas qu'à la demande de l'oncle Dom., Gininha s'était mise en route dans sa Honda argentée. À la villa Regina, le jardin explosait d'hortensias colorés et de fougères qui déroulaient leurs crosses. Le noyer était feuillu, le lierre débordait du mur, le recouvrant entièrement. Un fragment d'un autre climat prospérait dans ce lieu où la pluie avait laissé des flaques d'où s'élevaient des moustiques gros comme des oiseaux. Peut-être était-ce pour cette raison que la tante Gininha n'avait pas remarqué la fourgonnette grise garée en face. Gininha sonna à la porte, on lui ouvrit, elle monta, mais en pénétrant dans le salon elle s'aperçut que Milene n'était pas seule. Elle était de nouveau assise sur le canapé, main dans la main avec Antonino Mata.

Antonino se leva. Milene fit de même. Gininha ne pouvait pas parler à Milene du testament, de la maison, de la fabrique, des signatures devant leurs mains collées l'une à l'autre. Contrairement à son habitude, Milene n'avait pas mis de musique. Elle ne portait pas non plus de bonnet, ni de lunettes de soleil, ni de sac. Elle portait juste une jupe très courte, des chaussettes blanches et des chaussures de tennis de la même couleur qui divisaient exactement par deux ses trente ans. Lui avait les mêmes chaussures qu'elle, ils étaient appariés par leurs chaussures blanches. C'était un jour de semaine, pendant les heures de travail, et lui était là avec elle. Leurs mains collées l'une à l'autre. "Excusez-moi, excusez-moi…" Et la tante était retournée à sa Honda. Arrivée chez elle, elle avait capitulé devant Dom. Silvestre. "Dom., comprends-moi, je n'ai pas pu quand je les ai vus. J'estime que ç'a été un crime…" Mais qu'est-ce qui était un crime pour la tante Gininha? Un crime pour Dom. Silvestre? Aujourd'hui, en ce dimanche de Pâques, la tante regardait devant elle, protégée par sa capeline jaune, comme les ornements des parements sacerdotaux. Tout semblait juste.

Sur le premier banc, tout de suite après les trois femmes noires et plusieurs enfants de la même couleur, il y avait Alda Maria, la mère de João Paulo et l'ex-femme de l'oncle Afonso. La fée Isabel n'accompagnait pas l'oncle Afonso. J'apprendrais par la suite que l'oncle s'était occupé du divorce d'une jeune femme bien plus jolie qu'Isabel et qui présentait l'avantage de ne pas monter à cheval, ce qui lui permettait de mieux apprécier les prouesses équestres de l'oncle. La nouvelle poupée de l'oncle portait le nom de Marta Débora. Une chorale entamait une conversation avec Dieu. J'entendis résonner dans mes oreilles: *"Resurrexit!*

Resurrexit!" Mais je ne savais toujours pas si cela ne sortait pas de mon cœur. J'appris ensuite que la tante Alda Maria avait téléphoné à la tante Angela Margarida la même semaine. Chacun prenait sa place par rapport à la bissectrice.

Car durant la semaine qui avait suivi le dîner de truites, la tante Alda Maria n'avait même pas relevé ses cheveux. Elle les avait laissés pendre sur son front et ses oreilles. Elle avait grand peur qu'on apprenne ce qui s'était passé à la clinique des Salines. Malgré son maintien assuré, la mère de João Paulo n'était pas très au fait des progrès technologiques de la médecine et elle ignorait complètement les effets de la laparoscopie. Pauvre tante Alda Maria, elle s'imaginait encore qu'une petite opération chirurgicale de cette nature, faite en un tournemain et en chantant, laissait encore des séquelles anatomiques apparentes. Pauvre tante, ignorante, qui ressemblait tellement à Mme Thatcher. La pauvre dame prévoyait une catastrophe affreuse si Milene apprenait, si les Mata apprenaient, si les dirigeants du parti apprenaient, si les journaux apprenaient, si la population apprenait. Et si son fils João Paulo apprenait, alors la catastrophe serait totale. Car si le monde entier apprenait, la catastrophe serait encore supportable. Mais si João Paulo était au courant, s'il devinait, s'il pressentait, ce serait la fin de tout. Lui qui ne cessait de dire depuis qu'il avait l'âge de raison qu'un crime se produirait un jour chez les Leandro. La tante Alda Maria était encore paniquée après quinze jours où rien ne s'était passé. Au contraire. Des gens lui racontaient qu'ils avaient vu Antonino Mata et Milene Leandro, main dans la main, au Banana et au Pomodoro, même au Mãos Largas, ou à la porte de la crèche où tous deux allaient chercher les enfants. Alors, dans un éclair de lucidité qui ne lui était pas inhabituelle, elle avait dit au téléphone : "Écoute, Angela Margarida. Si j'étais vous, je les marierais le plus vite possible. Je les marierais avant que tout ne s'effondre..." Puis, dans un double éclair de bon sens : "Vous pourriez même filmer le mariage et en tirer profit maintenant que Rui est dans une si mauvaise passe..." Angela Margarida avait répondu : "C'est une idée..." Et c'est ainsi que peu à peu cette cérémonie avait commencé à exister à l'état de projet, deux ans plus tôt. Mais moi, franchement, je me trouvais parmi eux et je ne pouvais pas deviner, contrairement à João Paulo. Une voix très pure chantait en solo au milieu de la chorale dans la petite église : *"Seigneur, oh mon Seigneur. Tu étais sous une pierre, la pierre a roulé et tu as ressuscité…"* La voix venait d'en haut.

J'avais été placée parmi les femmes blanches de mon clan, à côté de mes cousines Joana et Sabrina et d'autres personnes de ma connaissance dont j'avais oublié les noms, mais la rangée se terminait par un homme trapu qui ressemblait à Antonino Mata. Sa femme était à côté de lui. J'apprendrais par la suite qu'il s'agissait de Maria da Conceição et de Domingos Mata dont l'abondante chevelure devait empêcher les gens assis derrière lui de voir ce qui se passait à l'autel. Je commençais à me rendre compte que nous étions placés sans ordre précis. Mais mes observations s'arrêtaient là car je ne pouvais pas trop me retourner à cause de ma capeline. Chaque mouvement de tête était considérablement amplifié par la capeline.

Si j'avais pu bouger, j'aurais constaté qu'à l'endroit opposé se trouvaient Heitor Fils et sa femme Claudina tels qu'ils me seraient présentés ensuite. D'où je me trouvais, je ne voyais pas Heitor Père avec ses cannes posées par terre, je ne voyais pas les amis venus du Bairro dos Espelhos ou d'Amérique ou de France. En revanche, je voyais très bien les épaules de la personne en chapeau bleu avec une plume bleue et en tailleur bleu outremer bouger devant moi comme sous l'effet d'un tremblement de terre. Je savais que c'était la mère d'Antonino Mata.

J'appris aussi que deux ans auparavant – la pluie avait cessé, l'été était venu – le facteur avait apporté une enveloppe expédiée par un avocat. Felícia avait été saisie d'un pressentiment. Dans son rêve récurrent, elle était de plus en plus un homme fort et la femme qui la poursuivait sur les eaux de l'océan là-bas, à Praia, était de plus en plus maigre. Comme si, dans le rêve, il y avait un équilibre entre les choses, là où l'un enflait l'autre devait maigrir. La nuit précédente encore, Felícia, lui, elle, avait tellement enflé et fait monter le niveau des eaux que la femme, déjà presque inexistante, avait disparu. Sans lui pardonner. Felícia s'était réveillée inondée de sueur. Qu'avait-elle donc fait, elle, lui, à une autre personne ? Pour que celle-ci disparaisse ainsi. Son cœur eut une prémonition. Felícia Mata s'était assise dans le lit de sa cuisine-chambre et elle avait mis ses lunettes pour mieux voir.

Mais il faisait encore nuit, la lettre n'était pas encore arrivée. Dès qu'elle la reçut, elle l'ouvrit et la lut. Elle ne se trompait pas. Un avocat dont elle n'avait jamais entendu parler, mais qui ne s'appelait pas Leandro, la convoquait dans son cabinet *"pour discuter une affaire la concernant..."* Felícia comprenait les faits. Les réels et les rêvés. Il fallait qu'elle parle à quelqu'un.

Elle parla à Dilecta.

Sa sœur et elle avaient décidé ensemble comment elles procéderaient. Elles ne diraient rien à personne, elles ne demanderaient pas à être conduites en voiture, elles se lèveraient de bonne heure, elles attendraient que tous partent au travail, elles prendraient un car qui les mènerait à Santa Maria, à l'adresse indiquée sur la lettre. Ce qu'elles firent. Elles ne s'étaient pas trompées. L'avocat représentait toute la famille Leandro. L'affaire était aussi directe qu'un rayon de soleil entrant par la fenêtre. Ils avaient six mois pour quitter la fabrique. Felícia attendait, les deux mains posées sur son sac. Elle le sentait s'enfoncer dans son giron. Elle se dit que ce n'était pas à cause du poids de ses mains et elle le remonta sur ses genoux : "Bon, mais nous écrirons une lettre..." dit-elle. Mais quelle lettre ? Ils disposaient de six mois. Dilecta eut l'idée de dire : "Maître, est-ce qu'on va vraiment nous jeter à la rue maintenant que le fils de ma sœur a une liaison avec une des héritières de cette maison ? Si dona Regina était en vie, ça ne se passerait pas comme ça..." Et confondant l'avocat avec les intérêts qu'il représentait, elle avait commencé à s'en prendre à l'homme de loi, encore jeune, bien mis, le traitant de voleur.

Il fallait faire taire la sœur. L'avocat demanda à Dilecta de sortir et il dit à Felícia, résumant la situation : tout était parfaitement conforme à la loi. Les Mata quittaient bien sagement les installations de la Vieille Fabrique déjà pratiquement vendues à une société hollandaise, ils retournaient dans le Bairro dos Espelhos, ils s'inscrivaient immédiatement sur la liste des candidats aux logements sociaux que les pouvoirs publics étaient en train de construire de l'autre côté de la route et dans deux ou trois ans les quatre familles qu'ils constituaient auraient un logement assuré. Voilà. Felícia était de plus en plus silencieuse. Ces derniers temps elle était allée plusieurs fois en enfer et elle en était revenue. Son fils Gabriel, auquel elle avait donné le nom d'un saint protecteur, avait disparu, personne n'avait de ses nouvelles. La voiture de Janina avait été confisquée par la police, montrée à la télévision et expédiée à la ferraille. Janina chantait bien, il avait de plus en plus de succès, il agrandissait son groupe, perfectionnait son petit hurlement de loup et cela lui avait valu la dénomination de chanteur *soul*. Désormais il ne chantait plus en portugais. Le rythme était imprévisible, quand elle croyait que pour lui tout allait pour le mieux, les choses dégringolaient et inversement. Cela ne l'empêchait pas d'être toujours prête à lui dire : *"Va toujours de l'avant, toujours, toujours…"* quand elle lui téléphonait. Puis elle ajoutait à voix basse : "*Ciao, mon fils, évite ton frère, fuis-le…*" C'était décourageant. Et sa mère Ana Mata qui ne l'aimait plus, qui se faisait vieille, et son fils Antonino qui s'était entiché de la blanche, sa propriétaire pour un cinquième et qui lui causait tous ces ennuis. Oui, elle avait déjà tout vu, elle était allée plusieurs fois en enfer et elle en était revenue. Alors Felícia avait osé dire : "Vous savez, maître, le problème c'est que mon fils a une liaison avec une fille de cette famille. Ils veulent se venger…"

L'avocat était un homme circonspect. Il déclara qu'il n'en était rien. Et il avait même fait quelque chose qu'il n'aurait pas dû faire. Il avait demandé à dona Felícia Mata de bien le regarder. Et lui-même ouvrit bien grand les yeux pour que ceux-ci lui disent ce que sa bouche taisait. "Il faut que vous retourniez dans le bidonville avec les autres. Ensuite, une fois que vous serez là-bas, le maire donnera un coup de pouce. Je ne dis pas que vous serez les premiers à bénéficier des logements sociaux, mais vous serez en septième ou huitième place. Vous comprenez, dona Felícia ?" Oui, elle comprenait. Elle était sortie de ce cabinet élégant comme si elle avait reçu un grand coup sur chaque œil. Elle avait du mal à voir son chemin. Sa sœur et elle durent s'asseoir à une terrasse et manger chacune un gâteau. Elles ne se sentaient pas très bien. Retourner dans le Bairro dos Espelhos ? Elles avaient répété cela tout au long de la route. Les deux sœurs se tenaient par la main dans le car pour ne pas sombrer. Elles avaient décidé de ne rien dire aussi longtemps qu'elles n'en seraient pas capables. Elles laissèrent l'été passer. Après seulement, toutes les deux s'étaient mises en route pour le Bairro dos Espelhos.

Felícia portait une vieille robe décolorée. Dilecta aussi. Elles étaient parties telles que vêtues à la maison. Ce jour-là elles n'auraient jamais pu imaginer que dans un an et demi elles se trouveraient dans une église toute blanche où le curé serait revêtu de parements clairs et de fils d'or et où l'on chanterait : *"Oh! Oh! Mon Seigneur s'est envolé dès que la pierre a roulé!"* C'était la voix de la soliste, la voix qui venait du chœur. Felícia en chapeau bleu orné d'une plume bleue avait les épaules qui tressautaient en raison de ce qu'elle vivait actuellement. J'étais derrière elle et je me rendais soudain compte que j'avais mal vu où les uns et les autres étaient placés. Sûrement à cause de la taille invraisemblable de ma capeline, je n'avais pas remarqué qu'à côté de la mère du fiancé se trouvait maintenant la tante Angela Margarida et qu'au bout du banc devant se profilait la silhouette de son mari, l'oncle Rui Ludovice, en costume bleu marine. J'eus la certitude, même sans le voir de face, qu'il portait une cravate rouge. "Ils n'occupaient pas ces places avant", me suis-je dit. "D'où viennent-ils?" Oui, les gens changeaient de place pendant cette cérémonie discrète, si discrète qu'on ne comprenait pas pourquoi ils en changeaient. Ce ne fut qu'ensuite que je commençai à comprendre. Ma capeline m'empêchait de voir. Je me rendis compte enfin que dans cette enceinte sacrée il y avait un chorégraphe.

Je me retournai.

Nous étions effectivement à peine quarante. Derrière, comme deux cierges, se tenaient les Hollandais, tous deux souriants. Leurs sourires de joie passaient au-dessus de tous. Ils avaient raison. Deux ans plus tôt ils avaient dit : *"Des locaux vides, sans personne dedans…"* Le problème à l'époque ne concernait plus les oiseaux, la poule sultane, la garcette au bonnet blanc, que ces bêtes restent si elles le pouvaient, sinon qu'elles aillent ailleurs, car il y avait d'autres paradis sur terre. Elles aussi les dénicheraient. Quant au second point, celui de la volumétrie et de l'implosion qui devait rester secrète, il avait fait l'objet d'un accord. Le problème était la première condition qui n'était pas remplie, or il y avait urgence. *Urgence* était souligné dans une deuxième lettre de l'avocat. À ce moment-là, enfin, Dilecta et Felícia étaient allées inspecter le Bairro dos Espelhos, vêtues des vieilles nippes qu'elles portaient à la maison.

Les femmes du bidonville les avaient entourées. Les matrones, les maigres, Olívia, et aussi la plus âgée, la compatriote d'Ana

Mata. Des hommes aussi. Les Mata étaient de retour. Mon Dieu, pourquoi revenaient-ils ? Les commentaires étaient inaudibles. Chacun prenait à cœur l'histoire de l'expulsion comme si c'était la sienne, c'était symbolique de la vie, de la lutte entre pauvres et riches, entre les différentes races, symbolique de la persécution de l'amour entre Milene et Antonino, ces Romeo et Juliette martyrisés en cette fin du XXe siècle. Les Leandro étaient jaloux parce que malgré toutes leurs richesses ils n'avaient pas de chanteur dans leur famille. Il fallait avertir la télévision que la famille de Janina Mata King était expulsée ignominieusement. Bref, il y avait tellement de conclusions possibles qu'elles s'enchevêtraient irrémédiablement, au point d'en perdre toute logique. Ils étaient tombés d'accord. Les Mata occuperaient les maisons de ceux qui seraient les premiers à recevoir un logement social. Qui ? Personne ne le savait encore, la liste était longue. Une vraie foule. Mais si c'était par ordre d'inscription, ils pouvaient déjà prévoir où ils habiteraient. Les deux sœurs avaient passé cette matinée d'octobre à visiter des baraques grises qui sentaient la poule morte et le poisson frit ainsi que le Brise vaporisé dans l'air, elles les visitaient et allaient de porte en porte.

Alors, en ce soir d'octobre, Felícia et Dilecta avaient réuni toute la famille autour de la table pour exposer la situation. Le choc fut si grand que Conceição voulut se tuer cette nuit même avec un des couteaux de son mari Domingos. Ses deux fils s'étaient assis par terre pour pleurer. Tous les enfants étaient sortis dans la rue. Sissi et Belisa avaient décrété qu'elles se posteraient au bord de la route, qu'elles couperaient leurs tresses et se peindraient les ongles car leur père, Heitor Fils, ne pourrait pas dans ces conditions leur interdire de suivre leur destin. Elles ne retourneraient pas dans ces cahutes du Bairro dos Espelhos. Felícia avait beau leur dire que ce serait temporaire, qu'il s'agissait du prix à payer pour obtenir de grands logements, de bons logements avec des robinets partout, personne ne pouvait envisager de retourner là-bas. Tous se révoltèrent. Chacun faisait retomber sa révolte sur l'autre, cible facile.

Mais la tête de Turc de tous était Ana Mata.

Tous l'accusaient. La grand-mère avait vu le piège et n'avait pas été capable de le décrire comme elle aurait dû. Elle savait tout, prétendait-elle, et elle n'avait rien évité. Ils lui parlaient impoliment, oubliant ses paroles d'avertissement ou reprenant celles qu'elle avait employées pour lui faire des reproches. Cela dans un premier temps, dans un deuxième, déjà en décembre, chacun commença à trier ses affaires. Les objets étaient si nombreux qu'ils ne savaient lesquels choisir. Domingos fit trois gros tas : les choses à vendre, à emporter et à abandonner sur place, que les Hollandais les détruisent après s'ils voulaient. Ce fut alors, pendant les derniers jours de février, qu'Ana Mata prit sa décision.

C'était précisément à cause de la décision d'Ana Mata que les épaules de sa fille Felícia ne tenaient pas en place, de même que ses coudes, son sac à main et le mouchoir qu'elle en sortait. La chorale chantait, le curé regardait les fiancés, très bientôt il pourrait les marier. La première partie de la cérémonie était terminée, les fiancés étaient à sa disposition, qu'il les marie quand bon lui semblerait. Ils étaient à genoux. Pour que nous soyons au complet, il ne manquait que João Paulo qui avait déclaré : "Il faut que j'aille là-bas de toute urgence..." Heureusement qu'il n'en avait rien fait.

Oui, Felícia avait entonné très haut, d'une voix déchirante : *"Oh oui, il a ressuscité comme il l'avait annoncé et je ne l'ai pas vu..."* D'un ton nasal, elle répétait les paroles du célébrant vêtu pour Pâques de blanc et d'or avec ses parements resplendissants. Dans l'après-midi, j'apprendrais peu à peu ce qui était arrivé. Felícia déclarerait que ce moment de perfection n'avait pu avoir lieu que parce que sa mère avait réalisé dans sa vie le rêve du télégraphiste.

Dans l'église, les épaules de Felícia tressautaient à cause de la décision d'Ana Mata.

Cela se passa pendant les premiers jours de mars. Les deux chiens étaient déjà tombés malades. Les femmes préparaient de la *cachupa* riche qui avait un goût de *cachupa* pauvre et personne n'avait faim. La moitié des objets avait déjà été vendue, l'antenne parabolique avait été démontée et sa corolle blanche géante gisait par terre. Tournée à l'envers, l'antenne avait l'air d'un truc bizarre vomi par un ovni. Le toit d'où elle avait été retirée avait un trou de plus. Des tuiles étaient tombées dans la cuisine-chambre à coucher de Felícia. Toutes sortes de petits appareils étaient éparpillés dans la cour. Les Mata laissaient cette mer d'objets aux Hollandais. Au milieu de cette mer, Ana Mata n'avait pas le courage de leur demander d'emporter son fauteuil en plastique. *"Nha cautcha forrode di plástico ?"* Non, non, laisse ça ici, là-bas je m'assoirai n'importe où… laisse… dit-elle à sa façon, car elle le dit dans sa langue.

Alors, par un matin froid, Ana Mata commença à marcher, à marcher. Elle ne raconta jamais comment elle avait cheminé, comment elle avait traversé le champ de graminées et le marécage ni comment elle avait suivi les rails et abouti aux dunes où étaient hissées sur le sable des embarcations pour pêcher les palourdes, des petites barques à fond plat. On en déduisit qu'elle avait voulu tirer un de ces petits bateaux depuis l'eau de la Ria jusqu'aux vagues de la mer. Ensuite, on comprit. Ana Mata avait voulu faire comme le télégraphiste de Cidade da Praia dans les années 40 ou 50, personne ne le savait plus exactement. On suppose que c'est ce qu'elle avait imaginé faire car elle avait pris avec elle un sac en toile rempli d'un solide casse-croûte. Bref, elle était partie avec l'idée de revenir. D'appeler le destin à l'aide, s'offrant elle-même sans s'immoler complètement. Mais il n'en serait pas ainsi.

Ses filles et ses petits-enfants étaient si malheureux qu'ils s'aperçurent le lendemain seulement que la porte de la maisonnette grise était restée ouverte. Le fauteuil était toujours à la même place, là où confluaient les trois rivières pour n'en former plus qu'une après les ablutions parfumées. Ils s'étaient alors lancés à sa recherche et ils ne la découvrirent que deux jours plus tard, à moitié enterrée dans la vase, la main cramponnée au sac de victuailles, à côté d'un bateau en caoutchouc troué qui dérivait d'un bras à l'autre de la Ria depuis des mois. Ce fut horrible. On aperçut d'abord les jambes tordues et maigres d'Ana Mata. Puis on retrouva ses lunettes entortillées d'algues, son dentier, lui, avait disparu. Voilà pourquoi les épaules de Felícia Mata n'arrêtaient pas de se secouer pendant la cérémonie. Elle s'attachait à étouffer le bruit de ses sanglots. Elle était convaincue que le sacrifice de sa mère avait porté ses fruits. Elle regardait autour d'elle et le résultat était là.

"Alléluia! Oh! Oh! Alléluia!" dirent les voix du chœur dans l'église de Santa Maria do Mar. Je ne savais pas si c'était mon âme qui chantait ainsi, de retour de quelque contrée lointaine. Je ne savais pas encore qu'il y avait une Ana Mata qui était allée s'offrir à la Ria pour sauver ses enfants de l'humiliation. Comme si c'était possible. Si je l'avais su, peut-être aurais-je commencé à secouer moi-même mes épaules et à fouiller dans mon sac à la recherche d'un mouchoir. Peut-être ma capeline aurait-elle roulé par terre. Je ne sais pas. Pourquoi ne pas plonger encore davantage les esprits dans la confusion, puisque qu'il est impossible d'atteindre la lucidité totale? J'appris plus tard que les choses avaient changé. Cela commença par la présence du maire, l'oncle Rui Ludovice, à l'enterrement d'Ana Mata, et pas uniquement de lui. Son adjoint et même son chauffeur y assistèrent. Le fait fut très remarqué et il donna quelque espoir à la famille Mata, surtout aux femmes. Le cimetière était bondé ce matin-là. Des gens se suspendaient aux grilles des maisonnettes de pierre. Ensuite un message leur parvint. Le Hollandais Piet Van de Berg était non seulement disposé à respecter les oiseaux, les poules sultanes et les garcettes blanches avec leur bonnet à plumes. Il respectait aussi les êtres humains chaque fois que c'était possible. Bref, il accordait deux mois supplémentaires à la famille Mata pour se reloger. La vente serait signée avec des locataires encore dans les lieux. Puis, au début de l'été, vint la meilleure nouvelle de toutes, qui faisait que l'on aurait beaucoup de mal à dissocier la saga victorieuse de cette famille du dernier voyage d'Ana Mata. Mais le rituel de l'union matrimoniale n'avait pas encore commencé. Il tardait parce que de temps en temps la voix éthérée, comme celle d'un ange, entre la beauté et la mort, s'élevait en ce dimanche lumineux de Pâques: *"Seigneur! Seigneur! Tu as ressuscité!"*

Comment aurais-je pu savoir?

L'oncle Rui se trouvait à côté de la tante Angela Margarida qui était en tailleur bleu ciel et capeline de la même couleur. Ses cheveux étaient lisses et elle portait des pendants d'oreilles blancs. L'oncle, très grand, se retourna alors et je pus vérifier que sa cravate était rouge sur son costume bleu marine comme n'importe quel politicien depuis que la télévision existe. En attendant, cette cérémonie était d'une sobriété et d'une économie extraordinaires. Seuls les chœurs étiraient le temps. J'avais l'impression qu'ils prenaient naissance dans mon âme. Je jure par Dieu que ce ne fut qu'en cet instant que je me convainquis qu'il y avait vraiment un chorégraphe dans l'église. Je ne savais pas non plus alors que la question de la distribution des logements sociaux avait fait l'objet de si âpres discussions. La famille Mata était une des dernières sur la liste, laquelle fut d'ailleurs rendue publique. L'oncle avait réuni son staff personnel et ses conseillers s'étaient demandé ce qui serait le plus préjudiciable pour l'oncle : respecter la légalité, c'est-à-dire que les Mata soient relogés d'ici deux bonnes années et que lui, Rui Ludovice, passe à l'histoire comme rigoriste, légaliste pur et dur, ou qu'il déroge aux règles, par compassion pour ses proches ?

Les conseillers s'étaient réunis au neuvième étage de la résidence Atrium. Ils réfléchirent longuement et conclurent qu'il serait beaucoup plus humain que la charité commence par les proches. Ce serait bien mieux accepté par la population authentiquement portugaise de Valmares. Plutôt la charité que la justice, cette charité suprême qu'on a beau pratiquer mais qu'on n'atteint jamais. Pratiquons donc la charité. Ainsi fut-il décidé. Les Mata ne furent pas les premiers, ni les deuxièmes, ni les troisièmes. Ils furent les quatrièmes à recevoir leurs appartements en béton avec l'eau courante et tout ce qu'il faut, de l'autre côté de la route. Les sœurs, Felícia, Dilecta et Germana étaient entrées dans leurs nouvelles demeures avec un large sourire. Ribeirinho da Praia était bien oublié. Elles se sentaient en sécurité. Elles savaient que le rêve du télégraphiste avait porté ses fruits. Voilà ce qui était à l'origine du tressautement cadencé et intermittent des épaules de Felícia pendant la cérémonie. Et l'oncle Rui qui se tenait là, droit comme un pied d'eucalyptus, n'avait jusqu'à présent pas été critiqué pour sa politique du logement.

D'ailleurs cela se passait beaucoup mieux pour lui que deux ans plus tôt. Son ulcère s'était quelque peu cicatrisé, il avait maintenant la taille d'un bouton de chemise. Un tout petit bouton. Mais je voyais surtout les couleurs et les mouvements et j'entendais les cantiques éthérés.

Entre la mère du fiancé vêtue de bleu outremer et la tante Angela Margarida, vêtue de bleu clair, il n'y avait personne. Leurs bras se touchaient. J'apercevais Milene et Antonino Mata entre leurs têtes chapeautées. L'église était toujours aussi lumineuse. La lumière se posait sur la tête des promis. La cérémonie semblait secrète. Le chorégraphe donnait des instructions par des signes infimes. Le curé, aussi souriant que le jour, parlait aux fiancés, il leur posait les questions habituelles. Auxquelles ils répondaient si bas qu'on ne les entendait pas. Ils semblaient ne rien vouloir dire dans cette église, ils avaient sans doute déjà tout dit ailleurs. Cela n'empêchait pas le curé de continuer à sourire, de faire passer cette cérémonie pour un moment d'intimité insolite, comme s'il y avait une pause dans la résurrection du Christ et que le curé lui-même faisait l'amour avec les fiancés. Le soleil entrait à flots par la fenêtre.

Pendant longtemps je ne saurais rien sur Milene et Antonino Mata. Ils seraient le domaine le plus difficile à percer à jour. Le plus secret, le plus intime. Mais aussi le plus nécessaire. À cause de lui, je ne retournerais pas sur le campus où ma science de vingt-huit ans s'efforçait de démontrer sa compétence aux adultes. Je comprenais soudain que je ne savais rien de l'essentiel. Et que je ne le saurais jamais si je retournais sur ce campus gardé par des hauts arbres universitaires. L'essentiel, soudain, consistait à comprendre ce qui s'était passé ici. Car quelque chose s'était passé, je le percevais en regardant Antonino Mata. Il occupait le côté droit de l'église, moi le gauche, et c'était pour cette raison que j'apercevais son visage à lui et pas celui de Milene. De Milene, je voyais seulement le corps étroit et l'évasement de la robe, le voile rejeté en arrière. Ils ne s'embrassèrent pas.

Heureusement que João Paulo n'était pas venu, que j'avais obtenu qu'il reste dans le Massachusetts, faisant valoir qu'un homme qui ne s'était pas intéressé depuis trois ans à une fille à qui il disait toujours : *Ensemble pour toujours, unis tous les trois jusqu'à la fin de la vie*, devait se tenir à carreau et ne se mêler de rien. Était-ce parce que l'on cessait d'être adolescent que l'on se mettait à aimer imparfaitement ? Quel droit avait João Paulo de revenir semer le trouble au mariage de Milene ? Qu'il avait bel et bien oubliée ? Pourquoi menaçait-il d'aller s'installer à l'hôtel Miramar pour fourrer son nez dans la vie des autres ? Pour imposer son ordre ? La vie à Valmares avait déjà son ordre, elle n'avait aucun besoin de son cerveau à lui. Si crime il y avait, comme il le prétendait, il ne serait pas évité par des déductions mathématiques dans lesquelles il s'obstinait à inclure des mots latins. Il avait été très difficile de l'empêcher de venir. La veille de mon départ pour Lisbonne, João Paulo faisait penser à un taureau en cage grattant la terre avec ses sabots à l'autre bout du fil. Il prétendait que c'était faux, qu'il ne l'avait pas oubliée, au contraire, qu'il l'adorait tellement qu'il l'avait statufiée dans sa pensée, affirmation banale reproduite dans les livres depuis que les livres existent. Dans ces conditions, que la mauvaise langue reste où elle est. Il n'avait pas le droit de venir. Moi seule en avais le droit. Je ne me doutais de rien.

Puis il y eut le prêche.

Le curé parlait bas, pour un public intime, paisible, sensé. On avait l'impression que le curé avait répété son sermon devant les vagues de la mer. Quand il levait la main droite, c'était pour parler de la Résurrection glorieuse. Quand il levait la gauche, c'était pour évoquer une Humanité indivisible. Quand il joignait les deux, il désignait les fiancés et disait : "Une seule âme, un seul cœur, par-delà la diversité des apparences..." Bien trop abstrait. Mais quand il parla de Regina Leandro, il devint concret. Il dit tout bas : "Oui, cette femme pleine de sagesse passa parmi nous qui étions insensibles dans l'obscurité de la nuit et tandis qu'elle abandonnait un bras à la mort, de l'autre elle prenait sa petite fille pour l'offrir à l'amour..." Honteuse, je baissai les yeux, j'avais l'impression que ces tropes grandiloquents sortaient directement de mon âme. Mais c'était sans danger, tout se passa très bas et très vite.

D'ailleurs, les épaules des deux tantes n'eurent pas un tressaillement, comme si elles étaient en céramique. Quand l'homélie prit fin, je jure que je ne savais encore rien.

Par exemple, je ne pouvais pas savoir que les choses ne s'étaient pas tout à fait bien passées dans la clinique des Salines. Que lorsque Milene s'était réveillée le lendemain, la pluie frappait les vitres des fenêtres et elle ne voulait pas sortir de sa chambre. Les heures passaient et elle restait assise sur un coin du lit, cramponnée à ses deux sacs. On avait beau faire, impossible de la déloger de là. Il pleuvait sur les fenêtres, la branche de filao allait et venait comme si elle faisait signe. Pourquoi ne voulait-elle pas quitter la clinique? Pourquoi refusait-elle de descendre l'escalier? Milene déclara à l'infirmière Eulália qu'elle ne voulait pas s'en aller parce qu'elle avait perdu quelque chose. "Quelle chose, mademoiselle Milene, quelle chose?" Angela Margarida n'oublierait jamais le doute qui s'était insinué en elle lorsqu'elle avait vu Milene à quatre pattes cherchant sous son lit quelque chose qu'elle aurait perdu. "Quoi, Milene, que cherches-tu?" Milene avait éparpillé toutes ses affaires sur le lit pour voir s'il ne lui manquait rien. Alors, l'espace d'un instant, Angela Margarida avait hésité. Elle avait senti qu'elle devait dire la vérité à cette fille. Elle avait éprouvé une sorte de respect pour sa logique sans logique, sa sagesse dénuée de science, son intuition proche de la raison, mais éloignée de son axe central. L'espace d'un instant, sa nièce lui parut immense, d'une misère et d'un désarroi si grands qu'elle les dépassait et surpassait tous. L'espace d'un instant, elle eut l'impression que Milene se confondait avec quelque chose d'indéfinissable chez les êtres humains, de réfractaire à la connaissance, d'inaccessible à la parole. Elle éprouva du respect pour cette chose au-delà des mots et des vies ordinaires. Elle eut alors envie de lui raconter ce qui s'était passé, ce qui lui était arrivé ici, à elle, Milene, dans un élan destructeur qui s'empare parfois des plus audacieux dans les moments les plus inattendus. Mais ce n'était qu'un leurre suicidaire. Quand elle comprit ce qui se passait au tréfonds d'elle-même, Angela Margarida verrouilla son cœur et s'avança vers le lit en criant: "Ramasse-moi tout ce bazar. Tu fais l'idiote ou quoi? Crois-tu vraiment que quelqu'un ici va s'amuser à te voler quoi que ce soit?" Et elle avait commencé elle-même à fourrer à la hâte et pêle-mêle les affaires de Milene dans les sacs. Heureusement qu'à la fin de l'après-midi Antonino, ruisselant, s'était présenté à la réception. Angela Margarida n'oublierait jamais non plus la façon dont Milene était descendue précipitamment pour se réfugier auprès de lui, la façon dont il l'avait accueillie, regardant avec méfiance autour de lui, et il l'avait emmenée une main glissée sous son bras comme s'il la transportait en l'air. Et Milene s'était laissée conduire, regardant derrière elle, cramponnée à ses sacs. Ç'avait été très dur. Mais ça en avait valu la peine. Deux ans plus tard, Angela Margarida était là, vêtue de bleu, sa nièce était en blanc et le chemin intermédiaire avait été ardu, mais heureusement il arrivait à son terme. C'était le dimanche de Pâques. Une belle journée de printemps à Valmares. Chacun avait ses secrets. Moi, je sentais seulement qu'il s'était passé quelque chose.

Le curé entonna en solo: *"Ô Seigneur..."*

L'assistance reprit à l'unisson. Une cérémonie intime, délicate. Ceux qui photographiaient et filmaient le faisaient très discrètement, avec de petits appareils. Avec des gestes presque imperceptibles. Je me retournai sous ma capeline. C'était vrai, les noirs n'étaient pas d'un côté et les blancs de l'autre. Nous étions bien mélangés. Nous avions été placés par un bon chorégraphe. Si João Paulo avait été là, aurait-il su quelque chose de plus, avec sa science stochastique?

À mes risques et périls, j'apprendrais par la suite que le soir du retour de la clinique, les lumières de la villa Regina étaient éteintes.

Milene et Antonino allaient dîner au Pomodoro et au Mãos Largas, ils prenaient leur café au Banana et le samedi ils allaient chez Tocatinas. Ils se promenaient dans les Dunes Femelles et quand ils en avaient le temps, ils poussaient une pointe jusqu'aux Dunes Mâles. Ils allaient aussi au cinéma Metropolitano en se tenant par la main. Les gens les apercevaient ici et là, parfois silencieux, parfois front contre front.

Une nuit, toujours en ce mois de juin pluvieux, les lumières de la villa Regina étaient allumées. Antonino aurait dit à Milene: "Milene, je sais bien ce qu'il en est. Elle peut vouloir venir de nuit dormir à la maison et ne pas trouver le chemin. Je sais très bien ce qu'il en est. Tu devrais faire installer des lampes dehors, au-dessus du mur, là où ça dit *Km 44*. Comme ça, quand elle arriverait, elle lirait et pourrait entrer. Mais avec toutes les lumières allumées, comment veux-tu qu'elle reconnaisse le chemin, puisqu'elle ne l'a jamais vu ainsi avant? Elle pensera que ce n'est pas sa maison, qu'il s'agit d'une illumination de Noël. Elle sera perdue..." Ç'avait été dit d'un ton mi-sérieux mi-blagueur. "Tu crois?" avait dit la cousine Milene. Elle savait que c'était mi-vrai mi-faux. La partie véridique n'existait pas sans le mensonge, et inversement. Tout était juste. Il avait été décidé que dès que la pluie de juin s'arrêterait, ils couperaient le lierre et raviveraient le *Km 44*. Ils achèteraient deux grosses lanternes pour éclairer l'entrée. Il faudrait des ampoules très puissantes. En face, les anciennes villas devenaient de plus en plus défigurées et se transformaient en entrepôts de marchandises les plus diverses. Du sable, du bois, des échafaudages et des voitures rouges transportant de la viande encombraient le trottoir. Comme si pour qu'une partie du monde embellisse, une autre devait enlaidir. Oui, il était tout à fait justifié de changer de tactique pour accueillir les absents égarés la nuit sur les routes, à la recherche de leur demeure. La mort ce n'est pas mourir, c'est disparaître du souvenir. La chambre de dona Regina, là-haut, du temps où elle était encore une femme leste, celle-là pouvait rester toujours éclairée. Pourquoi pas, si Milene le souhaitait ? Si elle ne savait pas avec certitude où Regina Leandro s'en était allée ? Le curé avait de nouveau chanté. *"Je suis avec vous ici !"* Je n'étais encore au courant de rien.

Alors seulement, la tante Gininha avait tourné la tête et regardé derrière elle. Ses yeux étaient encore impeccablement maquillés.

J'apprendrais aussi que le jour où Gininha avait essayé pour la troisième fois d'aller lire à Milene le testament dont une copie était conservée dans le coffre dissimulé derrière la grande encyclopédie portugaise et brésilienne, elle était totalement sous l'emprise de l'esprit mercantile de l'oncle Dom. Silvestre. C'était comme s'il lui avait administré un puissant stimulant. Sans perdre un instant, la tante avait démontré à Milene qu'il était de son intérêt de n'hériter que de la seule villa Regina. Milene savait que ce n'était pas vrai, que c'était un mensonge. Ce jour-là, les petits yeux luisants de l'oncle perçaient au milieu des grands yeux de la tante. "C'est très bien comme ça, tante, laissez comme ça..." Milene comprenait, pour elle c'était sans importance. À l'époque, la grand-mère d'Antonino n'avait pas encore disparu dans la vase et Milene avait envie de dire à tous les Mata de venir vivre dans la villa Regina, au lieu de retourner dans la poussière du Bairro dos Espelhos. Le mieux serait encore d'accepter immédiatement le Kilomètre 44 afin de pouvoir disposer librement de la maison. Elle acceptait donc. La tante, les yeux de l'oncle étincelant au fond des siens : "Et tu ne réclames pas de soulte ?" Non, elle l'avait déjà dit, elle s'en fichait. Comme cela, les Mata pourraient tout occuper, du microclimat jusqu'aux chambres. Juliana était radieuse. Si les Mata s'installaient là, ce serait vraiment comme dans *La Case de l'Oncle Tom.* Tout s'arrangeait bien. Ce jour de janvier, la tante était partie contente.

Mais personne ne savait avec certitude dans quelle mesure Milene et Antonino étaient au courant de ce qui s'était passé à la clinique des Salines. Si les contradictions des autres étaient difficiles à gérer, la vie d'Antonino et de Milene, elle, relevait d'un domaine bien plus délicat. Il était impossible de dépasser une certaine limite.

Parfois, vers midi, Milene allait regarder Antonino descendre de la grue, ils allaient déjeuner tous les deux, puis elle retournait s'asseoir en face du chantier presque terminé. Les engins au milieu des hautes tours coupaient la ligne de la mer. Une dernière terrasse couronnait l'hôtel au milieu des constructions de la future Vila Carmaga. Milene adorait voir Antonino grimper comme un gros chat tout en haut de l'engin, puis obliger le long bras à déposer les matériaux soulevés de terre sur la dernière plaque. Elle était contente de le voir là-haut manœuvrer la longue aiguille, exécuter les opérations d'assemblage, soulever et déposer les fardeaux. Mais ce qu'elle aimait par-dessus tout, c'était le voir monter et descendre. L'année d'après, en février, il y eut beaucoup de vent. Le vent soufflait dans les grues avec un sifflement brutal. Il était dangereux d'y grimper. Un jour que les structures avaient commencé à osciller, Antonino se trouvait là-haut, assis dans la cabine de la Liebherr, et il ne voulait pas descendre. Les gars de la Pontiac jaune s'étaient mis à crier qu'il allait y avoir un malheur. Ses camarades de travail l'appelaient d'en bas. Le chef de chantier, lui, appela l'ingénieur, tous appelaient Antonino. Le chef l'insultait par le haut-parleur. Tous regardaient sans comprendre. Quand les rafales de vent cessèrent, alors seulement il descendit. Qu'est-ce que vous comptiez faire là-haut, Antonino ? Quoi ? Mettre l'entreprise de construction dans l'embarras ? C'est ça ? Que voulait-il donc ? Si le vent n'avait pas faibli, où serait-il à l'heure qu'il est ? Écrabouillé par terre, c'est ça ? L'imbécile, le crétin ! Ce jour-là, Milene n'était pas présente. Elle n'en sut rien. Moi, je l'apprendrais plus tard. Oui, ils s'aimaient. Ils s'embrassaient comme avant, ils faisaient des projets comme avant. Mais quelque chose, qui n'avait pas de nom, les avait désertés. Ce devait être la fin de la messe, le chœur était seul à chanter. *"Voici le Créateur…"* La voix de la soliste s'élevait, limpide, pure comme le jour : *"Le Créateur est à la fois au ciel et sur la terre…"*

Ou alors c'était seulement mon âme qui chantait. À vrai dire, je n'avais jamais cru en João Paulo.

Ainsi donc j'apprendrais qu'un an plus tôt Antonino était entré dans le supermarché Modelo et qu'il s'était approché d'une des caissières. C'était une heure creuse, entre quatre et cinq heures de l'après-midi. L'employée bavardait sans se gêner avec ses collègues. Il avait acheté des lames de rasoir dont il n'avait nul besoin. Il s'était dirigé intentionnellement vers la caisse de Divina. Il lui sourit, au début elle ne lui rendit pas son sourire, mais ensuite elle le rappela d'une voix sonore : "Ne pars pas tout de suite… Attends-moi dehors, tu vas voir ce que tu vas voir. Espèce de vaurien, de salaud… Attends-moi dehors…" La menace lui avait plu. Divina s'était vite libérée, elle était sortie bien avant l'heure. "Tiens, tu es encore là ? J'avais oublié…" Elle avait feint la surprise. "Bon, d'accord. Très bien. Voyons un peu. Qu'attends-tu de moi ?"

Divina n'avait pas de voiture.

Elle monta dans la fourgonnette grise. Ils roulèrent très très vite. La route elle-même semblait avoir des roues supplémentaires. Tout était si facile avec Divina, si simple, si commode. Ils entrèrent vite dans sa maison, Divina vivait dans une espèce de village, mais ce n'était pas plus mal, on pouvait entrer sans traîner et mener ça rondement. Tout le monde savait tout sur tout le monde et tous s'en fichaient. Le logement était exigu. Divina se déshabilla, Antonino itou. Les lieux avaient beau être sombres, il connaissait le chemin. "Mon petit salaud, mon grand vaurien…" sanglotait-elle. Ils s'étreignirent furieusement puis, au bout d'une demi-heure, Divina commença à remettre son soutien-gorge et sa culotte. Elle hurla : "Elle t'a ensorcelé, espèce de couille molle de merde. Un Cap-Verdien qu'est pas fichu de bander ! Un bon à rien aux pieds crevassés qu'est comme une lavette, ça sert à quoi, espèce de couille molle de merde..." Divina était sortie sur le pas de la porte pour hurler ça, afin que tout le patelin soit au courant.

"Moins nous Le voyons, mieux nous Le reconnaissons. Ô Seigneur c'est Lui-même..." chanta la voix cristalline.

Oui, les mariés étaient toujours là. Maintenant ils se retournaient. Nous pouvions les voir. La caméra s'approchait, comme si elle voulait leur arracher une part d'eux-mêmes. Le silence dans l'église fut si absolu qu'il parut mortel. Quelque chose s'était passé avant qu'Ana Mata ait disparu avec un sac de victuailles en quête d'un bateau, idée héritée du télégraphiste de Cidade de Praia. Fin janvier, quand Milene voulait que tous les habitants de la Vieille Fabrique aillent vivre dans la villa Regina, alors que les Mata s'apprêtaient à retourner dans le Bairro dos Espelhos. Je ne saurais jamais exactement. Cette rencontre me resta interdite. Mais j'en viendrais à avoir de bonnes raisons de penser qu'il en avait bien été ainsi.

Qu'un jour Antonino Mata avait débarqué vers onze heures du matin à la mairie de Santa Maria de Valmares. Un lundi, la salle d'attente était bondée. Antonino Mata, qui n'avait jamais demandé d'audience à qui que ce fût dans cette mairie, voulait voir le maire. L'employée de service ce jour-là était une femme en chaussures orthopédiques et collier de perles d'eau douce. Elle l'avait regardé comme on regarde un chien qui essaie d'entrer dans une boucherie. "Vous voulez voir le maire ? Et à quel sujet ?" Antonino portait une énorme montre au poignet et des chaussures blanches à semelles très épaisses. Ses deux prémolaires manquantes lui creusaient le visage. En outre, il fumait en suçotant sa cigarette. Sa carte de visite n'était pas très inspirante. Mais il avait insisté : "S'il vous plaît, dites qu'Antonino Mata a besoin de parler au maire et qu'il attend ici." La femme entra et revint. Il s'était mis à attendre. Pendant la première heure, assis sur un banc. Pendant la deuxième, en faisant les cent pas, pendant la troisième, debout, mains dans les poches de son blouson de cuir, plus ou moins immobile L'employée lui avait demandé de loin, comme si elle avait oublié : "Qu'est-ce que vous voulez ?" Il ne lui avait même pas répondu. Il s'était seulement détourné. Il était déjà quatorze heures trente. La porte s'était ouverte et l'ingénieur Rui Ludovice était sorti avec son adjoint et son secrétaire. "Et vous, vous n'allez pas déjeuner ?" Antonino Mata avait répondu non, il restait pour ne pas perdre sa place. L'employée se rendait très bien compte que cet homme était résolu à attendre le maire. Elle avait alors dit : "Inscrivez ici l'objet de votre visite..." Il avait écrit : *Je m'appelle Antonino Normand Mata. Je désire parler à monsieur le maire.* Elle avait regardé le papier et décidé : "Vous ne pourrez le voir que dans l'après-midi..." Évidemment, puisque c'était déjà l'après-midi. Elle avait ajouté : "Tard, très tard." Peu importait. Cela pouvait être très très tard. Elle fit semblant de se souvenir de quelque chose. C'était à cause d'une vieille fabrique ? Il avait répondu : Exact. C'était déjà l'après-midi, mais pas très tard. Le maire et son équipe officielle restreinte étaient revenus et avaient recommencé à recevoir leurs administrés. Vers dix-sept heures l'employée de mairie avait dit de l'air de quelqu'un qui a surmonté seul d'immenses difficultés : "Attendez encore..." D'un air de grande complicité : "Il va vous recevoir en surnombre, sans rendez-vous. Qu'est-ce qu'on va devenir quand cet homme si bon quittera la mairie..." Antonino Mata ne serait reçu qu'à huit heures du soir.

À cette heure, le bâtiment de la mairie était vide. Il ne restait plus que l'adjoint. Le maire avait dit à l'employée : "Dona Eulália, vous pouvez partir. Il est déjà très tard. Moi non plus, je ne tarderai pas. Que Frutuoso s'en aille lui aussi." Trois personnes, Antonino compris, étaient restées dans la salle. Le maire avait demandé à son adjoint : "Pourriez-vous aller chercher le dossier dont je vous ai parlé ?" L'autre obtempéra. Le maire fit alors face à Antonino Mata : "Que se passe-t-il ?" Antonino Mata lui aurait répondu : "Monsieur le maire, il se passe que quelqu'un va bientôt perdre la vie. C'est moi qui vais la lui ôter et je veux savoir à qui je dois m'en prendre. Je veux parler de ce que votre femme a fait à ma fiancée dans la clinique..." Rui Ludovice avait été imprudent, les locaux étaient déserts, il n'y avait même pas de garde, il se leva pour rappeler son adjoint. "Laissez. Cette fois-ci, je suis juste venu dire que je sais et demander si c'est vous, si c'est votre femme ou quelqu'un d'autre qui est à l'origine de cette saloperie. Ce soir, vous allez juste me dire ça. Vous pouvez d'ailleurs me fouiller les poches, je n'y ai rien caché. Mais la prochaine fois, ça sera différent…" L'adjoint n'était pas loin et il n'entendait pas la teneur de la conversation, il ne pensait qu'à appeler à l'aide, contrairement à ce qu'indiquait la main levée de Rui Ludovice qui disait dans deux directions différentes en donnant à ces mots un sens opposé: "Du calme, du calme…" Le mari de la tante Angela Margarida demanda à son adjoint de se retirer. Il ne fallait pas qu'il soit au courant du motif qui amenait là ce garçon du Cap-Vert.

Et ils étaient donc restés en tête à tête dans cette grande bâtisse.

De quoi avaient-ils parlé?

Antonino aura énuméré tous les couteaux qu'il avait chez lui et toutes les armes à feu qu'il savait manier, et il aura parlé de sa soif de vengeance, plus forte que lui car elle avait été rodée depuis des temps immémoriaux par ses ancêtres et il avait répété que oui il assumait, que c'était une question de vengeance, que le maire le regarde bien, il éprouvait un pur désir de tuer. En cet instant, il donnerait tout pour se venger. Une vie entière valait bien une minute de vengeance. Oui, il pensait à Milene et il voulait la venger, il ne demandait pas justice, car il n'y avait pas de justice possible. Les mains d'Antonino étaient devenues blanches de rage. Les mains du maire de Santa Maria de Valmares tremblaient légèrement sur la table. Son ulcère de la taille d'un bouton saignerait sûrement dans la nuit. Mais Rui Ludovice était un homme d'action. Parfois il était même l'Action faite homme, il observait tout de haut et agissait par-delà les conflits.

Ce fut le cas. Ludovice dit: "Mon cher, raisonnons…"

"Je ne sais pas ce qui s'est passé. Ce sont des affaires de femmes, de médecins, cette clique qui farfouille dans les corps… Moi, je ne sais pas ce qui s'est passé. Maintenant, il y a une chose qui est sûre. Si ça s'est passé comme ça, et si vous voulez vous venger, eh bien, vengez-vous… Moi, je ne sais rien, mais ce que je peux vous dire, c'est que si j'étais vous je réfléchirais à deux fois… La vengeance c'est bien beau, c'est nécessaire, mais ça ne dure qu'une minute. Dans votre cas, et comme concrètement vous voulez vous venger sur moi, vous avez deux portes. Vous avez la porte de la vengeance, vous entrez et vous êtes content de vous, votre main n'oubliera jamais la sensation délicieuse que donne la vengeance, vous ouvrez cette porte et derrière c'est l'abîme. Rien que l'abîme. Vous comprenez? En revanche, si vous vous retenez, si vous entrez par l'autre porte, celle de la prudence, vous sauvez vos trois fils, votre mère, vos tantes et tous vos frères de l'abîme... Vous empêchez Milene elle-même de tomber dans l'abîme. Réfléchissez bien... Si vous choisissez la première porte, tous, à commencer par Milene, qui est à l'origine de tout ça, seront précipités dans l'abîme. Donc, pour résumer, vous avez deux portes. En entrant par la deuxième, vous sauvez tout le monde et même vos frères que la police a à l'œil, et surtout vous vous sauvez vous-même, Antonino. Mais oui, parce qu'au milieu de tout ça, ne vous oubliez pas, Antonino, vous êtes important pour vous-même..." Le mari de la tante Angela Margarida s'était levé, il arpentait son bureau et, en bon orateur qu'il était, son instinct le poussait à la démonstration. Il ouvrait une porte et disait, pour concrétiser sa pensée: "Faites comme si cette porte était celle du salut. Et maintenant imaginez que cette autre porte est celle qui donne sur l'abîme... Vous entrez par celle-ci tout content, ça ne prend qu'une seconde et vous fichez tout en l'air. Celle-là, il est plus difficile d'y entrer, mais vous sauvez tout le monde. Maintenant, à vous de choisir, Antonino..."

Ses mains blanches de fureur, Antonino avait beaucoup de mal à entendre. La nuit serait longue. Il est avéré qu'ils seraient sortis dehors. Que dans un élan d'audace inusitée, Rui Ludovice aurait dit: "Je n'y suis pour rien, mais puisque vous m'avez choisi, vengez-vous sur moi..." Ils étaient dans la voiture personnelle de l'oncle. Le visage d'Antonino était mouillé. L'oncle aurait encore dit: "Mais si vous ne vous vengez pas, vous offrirez une bonne vie à tous ceux qui vous sont si chers... Et vous savez une chose, Antonino? Ça fait longtemps, vraiment très longtemps que je n'ai pas eu affaire à quelqu'un avec autant de noblesse de caractère que vous. Excusez-moi de changer de sujet, mais quelle instruction avez-vous? Sept ans au séminaire de São Nicolau? Vous n'avez pas fini la huitième année? Vous ne vous intéressiez qu'aux moteurs et à l'électricité. Vous aimeriez être un grutier titularisé. Vous aimeriez partir d'ici, aller très loin, avec vos trois enfants et Milene. Je comprends aussi que vous aimez les grues parce que vous aimez regarder de haut, vous aimez manier des charges. Vous aimez arriver là-haut avec le cœur qui bat. Vous aimez le danger quand le vent siffle dans les grues et qu'elles risquent de se renverser. Vous aimez grimper là-haut même quand elles risquent de se renverser et vous d'y laisser votre peau. C'est bien, Antonino, c'est bien. Vous avez besoin qu'on vous aide. Finalement je ne vous connaissais pas… Vous voyez les deux portes s'ouvrir, vous êtes entre les deux, vous pouvez encore choisir…"

Et visiblement, Antonino avait choisi. Il faudrait encore attendre un an.

Le choix ne fut sûrement pas linéaire, il oscilla sûrement entre les deux portes, pendant des jours et des nuits, et même des mois, comme le prouve sa visite à la caissière Divina, avant de décider. Les mariés étaient là. Milene se retourna vers l'assemblée avant Antonino. Elle avait relevé son voile et souriait, rougissante, les yeux brillants. Elle semblait vouloir se précipiter dans les bras de celle qui était arrivée par l'avion le matin même. Antonino la retint. Il la conduisit calmement jusqu'à moi. Je dus retirer ma capeline pour l'embrasser. Nous rîmes toutes les deux, l'une devant l'autre, comme au temps du *meilleur été de notre vie.* Simplement le garçon dans le bateau était un autre. On dut nous séparer. Milene et Antonino se dirigèrent vers le portail. L'assistance forma de nouveau deux haies. Là, par terre, nous étions près de quarante, personne n'était encore parti. Pour quelqu'un qui nous aurait vus du haut de la voûte blanche, nous étions sans doute tous semblables. Du haut de la route des oiseaux, nous nous ressemblions tous. Existions-nous pour la voûte céleste ? Le curé nous adressa un signe d'adieu en souriant. Un rayon de soleil tombait sur lui, faisant resplendir les ramages dorés de sa chasuble. Les voix argentées du chœur s'adressèrent au ciel : *"Ô Seigneur, quand te reverrons-nous ?"*

Dehors, un groupe s'était formé et le photographe actionnait inlassablement son appareil.

Lisbonne, 10 juillet 1998

BIBLIOTHÈQUE PORTUGAISE
dirigée par Pierre LÉGLISE-COSTA

Agustina BESSA-LUÍS
La Cour du Nord
Le Confortable Désespoir des femmes
Les Terres du risque
Party
Un chien qui rêve
Le Principe de l'incertitude

Luis CARDOSO
Une île au loin

Vergílio FERREIRA
Apparition

Lídia JORGE
Le Rivage des murmures
La Journée des prodiges
La Dernière Femme
Le Jardin sans limites
La Couverture du soldat

Nuno JÚDICE
Traces d'ombre

Maria Gabriela LLANSOL
Les Errances du Mal

Rosa LOBATO DE FARIA
Le Village englouti

António LOBO ANTUNES
Le Cul de Judas

Eduardo LOURENÇO
Pessoa l'étranger absolu
L'Europe introuvable

José RÉGIO
Colin-Maillard

Pedro ROSA-MENDES
Baie des tigres

Jorge DE SENA
Le Physicien prodigieux
Les Grands Capitaines
Au nom du diable